臺中文學史

廖振富・楊 翠 著

臺中市政府文化局 編印

【市長序】

臺灣文學在臺中

臺中市長　林佳龍

　　臺中位居全島中樞位置，氣候宜人，交通便捷，兼具山海之勝，向來被公認是最宜居的都市。我在臺中深耕十年，從外來者到融入此地，臺中敞開無私的胸懷接納我，而我也長期在臺中和煦的陽光照拂下，充分體驗臺中豐厚溫潤的人情，進而認識到臺中的文化底蘊與歷史風華，恰如一罈老酒般的甘醇，歷久彌新。

　　文化建設是城市進步的精神指標，其重要性並不亞於交通、經濟建設。日治時代以來，臺中便是全臺文化的重鎮，各類文學、藝術活動蓬勃發展，從最具代表性的古典詩文組織：櫟社、臺灣文社，到新文學社團：南音社、臺灣文藝聯盟，都在此地集會，並發行各種文學刊物，如《臺灣文藝叢誌》、《南音》、《台灣文藝》、《臺灣新文學》。再者，當時文化啟蒙運動的領導人物，也以出身中臺灣者最多。

　　日治時代「臺中州」的行政範圍，涵蓋今日的臺中、彰化、南投等縣市，其後數十年雖歷經多次行政區域劃分的更迭，然而不論是交通往來、經濟消費、文化活動等，臺中一直是中臺灣的樞紐，這也就是我所謂「中都」概念之所本。就文化活動而言，百餘年來的臺中，不但是文學家、藝術家活躍的舞臺，更是全臺菁英匯聚的文化之都，人文薈萃、百家爭鳴，共同締造風起雲湧的文化盛景，比起南北各大都市，毫不遜色。顯見臺中在臺灣文化活動場域中，居於領導地位，扮演引領時代風潮的角色，而這正是臺中被後人美稱為「文化城」的歷史根源。

　　文學與藝術的關係密不可分，在表現形式上，文字的創作與閱讀，或許不如音樂、美術、戲劇、電影，那麼動態而容易吸引人，但文學卻往往是各類藝術的養分來源，文學內涵與美學的深刻底蘊，更是人類文明發展的重要指標，其重要性不言可喻。

　　為了彰顯臺中文學的光榮傳統，讓市民與各界人士認識臺中文學的豐富內涵，

進而強化在地認同，臺中市政府特別委託廖振富、楊翠兩位教授，編寫這部全新的《臺中文學史》，他們都出身臺中，對家鄉有深厚的情感認同，並長期致力於臺灣文學研究。本書共計四十多萬字，不但資料詳盡，書寫架構也突破過往，令人耳目一新。期待這本書的出版，能增進臺中市民對在地文學的認識，強化臺中人的光榮感，也能為文學界、學術界，以及一般民眾，開啟另一扇認識臺灣文學之美的窗口。

【局長序】

臺中文學的新紀元

臺中市政府文化局長　王志誠

　　我在苑裡出生，在大甲度過快樂的童年，高中就讀臺中一中，曾與同學合組文藝社團「繆思社」，結交不少文學同好，開啟我的文學生涯。高中畢業，為了追尋文學之夢，我一度放棄大學，到東海花園與前輩作家楊逵共同生活好幾個月。他以無言身教啟發我：真正扎根大地的作家，是如何在平凡的勞動實踐中認真生活、思考與寫作，文學不是象牙塔中的喃喃自語，更不是賣弄文字的風花雪月。

　　大學時期我如願縱橫文學園地，寫作不輟。畢業後在臺北文化圈工作多年，1996年源於故鄉的召喚，毅然返回臺中，擔任《台灣日報》副總編輯兼藝文中心主任，前後達十年之久。這段時間，我以報紙媒體為主要載體，發揮媒體作為交流平臺的功能，與在地文史團體、藝文界人士密切合作，在該報副刊策劃不少與臺中在地文學、文化有關的專題，希望能跳脫「臺北中心觀點」，並挖掘、探勘臺中的人文價值與歷史傳統。同時，我還擔任文化總會中部辦公室主任、投入臺中縣公民大學的籌設與寫作教學、主持電臺節目、主編各類文化雜誌，這些都是我出自臺中人的使命感，對臺中文化與文學戮力播種、深耕的努力。2005—2008年間，我應邀出任高雄市文化局長，有機會掌握政府資源，實踐我長期構思、擘劃的文化理想，其中也包括委託彭瑞金教授編寫出版的《高雄市文學史》計畫在內。因此，我深知區域文學史的編寫出版，對梳理在地文學傳統、建構在地文化認同，具有重大意義。

　　大約二十年前，合併前的臺中縣市曾開全臺風氣之先，委請施懿琳、鍾美芳、楊翠教授進行臺中縣文學的調查研究，其成果為1993、1995年出版的《臺中縣文學發展史・田野調查報告書》、《臺中縣文學發展史》兩部書，而合併前的臺中市，也隨後在1999年出版由陳明台教授編寫的《台中市文學史初編》。

　　近年來，由於在地文化尋根熱潮的推波助瀾，各大學紛紛成立臺灣文學系所，臺灣文學不論是創作、研究、出版都快速成長。2010年12月臺中縣市合併，升格

為直轄市，面對全新的社會脈動，自有重新出版《臺中文學史》的必要。因此臺中市政府文化局特別委託廖振富、楊翠兩位教授，合力編寫這部全新的《臺中文學史》。兩位教授都是我熟識多年的朋友，我深知他們對家鄉臺中都懷抱著深刻的感情，對臺中文學的發展歷程，也累積多年的關注與研究，他們以嚴謹的治學態度完成本書，交出可觀的成果。

　　文化原本就是來自不斷的累積、更迭與深化，回顧輝煌的過往，將有助於惕厲將來。我想藉本書出版的機會，邀請臺中人一起來閱讀臺中文學、關心臺中文學，並期許臺中文學展開全新的紀元，相信光明和希望就在眼前。

【作者序】

點滴在心頭

廖振富

　　歷經兩年多的努力，看到剛完成排版後的樣書，以美觀的版面呈現在電腦螢幕上，內心不由得湧起「點滴在心頭」的複雜感受。

　　依照契約書的要求，我們的工作內容並非單純寫一本《臺中文學史》專書，還包括為即將啟用的臺中文學館蒐集展示資料、提供展示構想，甚至還需提出文創商品的設計建議。這些複雜的工作要求，遠超出當初接受委託時的理解與想像，但既然接受委託，化身為契約書中的「廠商」，成了過河卒子，我們除了拚命向前之外，也別無反悔的可能了。

　　本案的執行期限，原本是2013年1月到2014年11月底，不足兩年，時間壓力不言可喻。實際進行之初，卻耗費不少心力在溝通協調上，釐清工作內容。其後在2013年3—6月舉行四場座談會，8月之前完成十七位作家及家屬訪談，交付展示文物蒐集清單，擬定《臺中文學史》專書架構，隨後才是真正撰寫專書的開始。由於時間太過急迫，不得不報請文化局同意展延。等本書初稿完成後，又是繁複而漫長的審查修訂、公文往返，實際結案、出版專書，已經是春日將盡，暑熱登場的2015年6月。

　　我跟楊翠都是土生土長的臺中人，基於共同關懷與對鄉土的認同，並肩挑起重新編寫《臺中文學史》的任務，但這段時間接受的淬礪磨練，箇中甘苦實非三言兩語所能道盡。這兩年多來，我們一直在時間的夾縫中奮力向前，難以喘息。楊翠遠在花蓮東華大學任教，為了這項任務，常需搭飛機、火車、高鐵，返回臺中開會，她除認真教學之外，更終年東奔西跑，為各種社會議題奔走、發聲。而2014年3月爆發風起雲湧的「三一八學運」，由於「魏揚之母」的身分，更讓她成為媒體追逐的對象，飽受各種污衊，不得安寧。至於我個人為了專心處理本案，特別向學校申請半年的「休假」，天天在研究室趕工。所幸兩位助理洪千媚、張明權，徹底發揮

耐勞、耐操的精神，齊心奮戰，協助我們步步向前，如今總算安然抵達任務的終點。

　　此刻，我要特別感謝以下幾位教授：臺灣師大的吳文星教授、陳龍廷教授，臺灣大學吳密察教授、黃美娥教授，成功大學游勝冠教授，臺北教育大學翁聖峰教授，淡江大學吳明勇教授。他們多次擔任本案的審查工作，提供諸多寶貴建議，為我們進行品質把關，以減低錯誤，甚至盛情鼓勵，我們深深銘感在心。

　　區域文學史的編寫，在臺灣已經發展了二十多年，這段期間社會環境急遽變遷，文學創作益加蓬勃，而臺灣文學的研究也有長足進展。我們雖在巨大壓下認真撰寫這本全新的《臺中文學史》，努力尋求突破，但我們也深知：文學史的書寫永遠是「現在進行式」，不可能是完成式。本書在倉促中完成，思慮有限，缺失必然不少，當然也難以滿足各方期待。我們交出的，不過是現階段性的成果，至於臺中文學的精神內涵與未來發展，仍有待後繼者不斷的重新書寫、詮釋。

Contents

Contents

Contents

第一章 緒論

第一節 區域文學與「臺中文學」概說

一、從區域文學史到臺中文學史、臺中文學館

21世紀的臺灣，處在全球化的脈動之下，對追求「國際化」有迫切的時代需求，另一方面，對臺灣在地文學與文化的保存研究、推廣普及，也就是文化與文學的「本土化」，同樣是沛然莫之能禦的另一股龐大社會力量，「本土化」與「國際化」恰如鳥之雙翼，缺一不可。

隨著本土化尋根熱潮的興起，近年臺灣文史研究受到社會普遍重視，具體指標包括中央與地方政府致力各地文化資產保存工作，行政院文建會擴大改制為文化部，投入大量經費於各項文化建設；至於民間力量，從個人文史工作室到民間社團如雨後春筍，紛紛投身地方文史景點探勘、相關史料之整理挖掘，匯集而成一股方興未艾的時代風潮。區域文學史的編寫起點，也在這樣的脈絡中開展。

在這波熱潮中臺中並未缺席、落後，早在1993—1999年改制前的臺中縣市，便曾分別出版《臺中縣文學發展史·田野調查報告書》、《臺中縣文學發展史》、《台中市文學史初編》等書，堪稱開風氣之先，帶動不少縣市跟進，進而編纂出版各縣市的文學史。上述三本專書出版距今已有將近十三至二十年之久，而近年來臺灣學界與民間不斷挖掘出更多文學史料、出版各類專書，成果遠超過一、二十年前，因此當初奠定開創之功的臺中縣市文學史，自有重新編寫之必要。而臺中縣市自2010年合併升格之後，不但幅員擴大，大臺中的城市形象也需要重新打造，除了追求經濟成長與硬體建設外，提升本市文化建設，強化都市文化內涵，重新將臺中

「文化城」的美名發揚光大，實屬當務之急。

　　那什麼是區域文學史呢？簡單的說：區域文學是地域性的文學，強調特定行政區域（如縣市鄉鎮與聚落）所產出或發展的文學，是相對於全國的、中央的文學。撰寫區域文學史的意義，在於能夠羅列較多出生於當地，或旅居該地且對文學文化有所貢獻的作家及作品，並加以探討分析，藉此發揚當地的文學特色與人文風貌。然而，區域文學史亦有其限制，首先，在時代的進程上，區域發展的更迭影響文學的生產。其次，作家的遷移影響選錄的標準。第三，必須考量作品對於地方文學的影響與重要性。

　　為求周全，關於臺中文學的涵蓋範圍，本書以多元並敘的角度，採取從寬界定。就涵蓋時間而言，本書將時間下限訂於撰寫完成的2014年，而時間上限則盡可能的向上延伸，追溯至原住民口傳文學之時代。

　　在涵蓋的空間方面，依時代推展，「臺中」一詞所涵蓋的地理範圍，逐漸由小而大，由清領時期的臺中省城一帶，擴張至今日包含二十九個區的直轄市規模。本書以大範圍的空間，作為文學史書寫的場域，企圖更完整的討論文人往來網絡與文學發展樣貌。然而必須強調的是：行政區域的名稱與範圍，常隨著不同時空的政治因素而調整，而作家與人群流動性，乃至鄰近區域互動的頻繁，必然無法以當代狹隘的行政區域劃分而加以限制，以免造成削足適履的後果，因此上述的空間界定僅屬原則性的區隔，實際撰寫內容將考量各種因素，進行更具彈性的討論。

　　以涵蓋的作家及作品來看，出生於臺中的作家，是第一優先的選項，縱使該作家日後遷離臺中，或作品未提及臺中，但臺中作為其成長環境，終究是影響作家創作的要素之一，在人親土親與記錄理當詳備的考量下，只要該作家在文學領域有其重要性、代表性，都是本書收錄對象。此外，雖非出生於臺中，但遷居或長期旅居於臺中的作家，甚至僅短暫停留數年，但其人與作品對臺中文學之發展具有一定的意義或影響者。再者，由於本書將文學地景的書寫列為重要議題，因此不論古典或當代作家，只要是書寫臺中的作品，也都將納入本書觀察視野。總而言之，考慮文學成就、作品內容，及作家與空間的關聯性等原則，本書將採多元包容的角度，討論與臺中有關的作家及其作品。至於這些作家是否能被稱為「臺中作家」，並非本書重點。

　　換言之，本書認為：是作家以作品彰顯特定空間的意義與價值，而特定空間可能是孕育作家創作的養分之一，但不應該成為作家的標籤或限制，臺中如此，其他地區亦然。討論當代區域文學史，對作家與作品的界定與取材，宜採取寬闊的視野，不應過度拘泥定義，以免造成論述阻礙。

　　此外，值得一提的是，除了出版全新的《臺中文學史》，臺中市政府將「歷史建築日式警察宿舍」規劃為「臺中文學館」，館舍也即將於2016年年中完成整復工程並開放，屆時臺中文學館將是中臺灣第一座獨立的專業文學館場。目前臺灣較常見以作家命名之文學館，如賴和文學館、鍾理和文學館等，以地方命名的文學館並不多。第一座地方文學館是高雄文學館，其前身為高雄市立圖書館第二圖書館，於2003年轉型成功。第二座為南投縣文學資料館，是利用南投縣政府文化局既有空間，於2007年開館營運，目前常有特定的展示主題持續進行。第三座為宜蘭文學館，主要展示空間是由宜蘭縣歷史建築「舊農校校長宿舍」修復而成，於2011年開館。臺北亦有計畫成立臺北文學館，目前尚在籌備階段。

　　由於本書之撰寫出版，與臺中文學館修復及展示規劃息息相關，經過多方諮詢、審查之後，確定本書之撰寫方向與內容設計，除兼顧學術性、普及性之外，也考慮與未來之展示規劃主題配合，進行各種相關議題之探討，諸如地景、性別、族群文學、兒童文學等。

二、臺灣當代區域文學史、臺中地區文學史相關成果回顧

　　就臺灣文學的蒐集研究觀察，隸屬文化部的「國立臺灣文學館」已成立多年，各大學陸續創設臺灣文學、語言、文化的相關系所，各縣市政府或積極鼓勵文學創作，舉辦各類地方文學獎，並持續出版在地作家作品集，或設置文學步道、地方文學館等，積極舉辦各類文學活動──如作家演講、詩歌節、地方文學研討會等，引領大眾更容易親近在地文學，使臺灣文學作家與作品提升能見度，逐漸融入民眾的生活中。同時，由各縣市政府主導地區性文學史著作的出版，帶動更多區域文學的深化研究，無疑也具有關鍵性的貢獻與深刻的學術意義。

臺灣各縣市政府出版地方文學史著作一覽表[1]（依年代先後排序）

書　名	作　者	出版者	出版時間（民國）
臺中縣文學發展史・田野調查報告書	施懿琳、鍾美芳、楊翠	臺中縣立文化中心	82年6月
臺中縣文學發展史	施懿琳、許俊雅、楊翠	臺中縣立文化中心	84年6月
彰化縣文學發展史（上）	施懿琳、楊翠	彰化縣立文化中心	86年5月
彰化縣文學發展史（下）	施懿琳、楊翠	彰化縣立文化中心	86年5月
嘉義地區古典文學發展史	江寶釵	嘉義市立文化中心	87年6月
台中市文學史初編	陳明台	臺中市立文化中心	88年6月
苗栗縣文學史	莫渝、王幼華	苗栗縣立文化中心	89年1月
澎湖文學發展之研究	葉連鵬	澎湖縣文化局	90年12月
臺南縣文學史（上編）	龔顯宗	臺南縣文化局	95年12月
高雄市文學史・古典篇	彭瑞金	高雄市文獻委員會	96年12月
高雄市文學史・現代篇	彭瑞金	高雄市立圖書館	97年5月
南投縣文學發展史（上卷）	李瑞騰、林淑貞、顧敏耀、羅秀美、陳政彥	南投縣文化局	98年12月
南投縣文學發展史（下卷）	李瑞騰、林淑貞、顧敏耀、羅秀美、陳政彥	南投縣文化局	100年10月

　　包括合併前的臺中縣市，迄民國101年（2012）為止，為期約二十年間，各縣市政府出版之縣市文學史專書，共達十三冊之多（詳見上表）。以區域觀察，集中在中臺灣的臺中、彰化、苗栗、南投等縣市，其次為嘉義、臺南、高雄，乃至離島澎湖，至於東部及北部各縣市，目前並未出現區域文學史著作。

　　綜合觀察以上各縣市文學史，有幾點現象值得關注。

1　本統計表所列，以各縣市政府文化單位出版，性質屬於地區文學史者為限，其他如：南華大學鄭定國教授主編的《雲林文學的古典與現代》、《雲林文學的古典與現代續編》二書，由南華大學臺文研究中心於民國97、98年出版，由於不合上述標準，並未納入本表。

　　其一，最早出版的《臺中縣文學發展史・田野調查報告書》，是唯一透過大規模調查編輯而成的文學史料彙編，書中不但收集大量的口述訪問，也記錄甚多珍貴的第一手史料與文獻，充分證明從事臺灣區域文學史研究，田野調查的必要性。其他各縣市文學史，雖然並未將田野調查成果單獨整理出版，但也多半藉助田野調查獲致可觀的成果，從而深化研究。

　　其二，各區域文學史的作者，或集體分工，或一人獨力完成。以現況觀察，屬於集體分工的有臺中縣、彰化縣、苗栗縣、南投縣文學史；由一人撰稿者，包括嘉義、臺南兩本古典文學史、《台中市文學史初編》、《澎湖文學發展之研究》，及《高雄文學史》的古典篇與現代篇。不論是集體分工，或一人獨力完成，各有優缺點，但決定品質的關鍵，仍在於論述架構、材料掌握與撰寫的嚴謹度。

　　其三，各區域文學史的作者，在進行論述前，通常會對區域文學史撰述的概念、困難及意義進行反省，讀者可配合實際撰寫內容進行檢視與觀察。而各區域文學史的架構設計與選擇標準也各有異同，這些前行研究的思考，對後續研究者有相當高的參考價值，得以借鏡進行研究，進而在前人實踐成果的基礎上，力求後出轉精。

　　以下針對這些區域文學史著作之架構、內容與特色，依照各書出版時間先後順序進行討論。至於與臺中文學史直接相關的專書，放在最後討論。

　　《彰化縣文學發展史》共分口傳文學、清代、日治、戰後至今四篇，由施懿琳與楊翠兩位學者分工，施懿琳負責口傳與古典文學，楊翠負責日治及當代新文學，這是她們在《臺中縣文學發展史》之後的再度合作。兩位學者累積先前經驗，有更深刻的學術思考與成果展現。本書的論述主軸與探討的議題，都具有相當的開創性，尤其拈出「在野批判精神」，作為彰化文學的精神主脈，貫串古典與現代文學，對區域文學特質之建構，企圖提出特定論述觀點，頗具創見。諸如古典作家清領時期的陳肇興、日治時期的洪棄生，到日治時期出身彰化者的賴和、楊守愚、陳虛谷、周定山，及戰後迄今當代彰化作家如葉榮鐘、洪炎秋、吳晟、宋澤萊、林雙不、洪醒夫等人，如何展現關切現實的批判諷諭精神，頗能展現區域特色，具有說服力，其觀點頗多可採。

　　《嘉義地區古典文學發展史》由古典文學專業的江寶釵教授所撰，先從漢人社

會的形成、文社機構的建立談起，然後依時間序，自清領至戰後，略論大環境中的古典文學處境，再針對古典文社、文人、作品性質、主題逐一論述，將嘉義地區古典文學的發展清楚的呈現。

《苗栗縣文學史》共分五編，前四編以時間線性為軸線，分為史前與原住民文化概說、清領時期、日治時期、戰後文學四大部分，第五編為附編。清領時期分別介紹遊宦詩文、碑記、在地作家，並額外收錄苗栗八景詩為一節。日治時期主要分為傳統文學家及傳統詩社兩章。戰後文學則依照文類分章，計有小說、新詩、散文、報導文學、戲劇、文學評論、翻譯文學、兒童文學及客家文學等九章，前八章皆介紹代表作家及作品，第九章客家文學則劃分歌謠與戲曲、新詩、文化論著作討論。就其架構來看，針對作家討論詳細，但在日治及戰後兩編皆無通說或引言，直接進入作家論，難以掌握時代背景；另外，日治時期僅論述古典文學，幾乎未見新文學之論述，戰後則恰好相反，僅討論新文學而未見古典文學，造成論述之斷裂與空白。

《臺南縣文學史（上編）》根據書前凡例說明，原規劃為上、下編，共四十餘萬字，上下編各居其半，但目前僅見上編出版。上編內容包括遠古、明鄭、清代、日本殖民談到戰後的古典文學，下編則自日治時期的新文學談至現代，但目前未見下編出版。上編為龔顯宗所著，共十章，前九章是以線性時間作劃分，自遠古談到戰後，其中「日殖」與「戰後迄今」各分為上中下三章作討論，著重於漢文人、詩社概述，其中第五、六章及第八、九章是以地區劃分作家。第十章則專論俗文學與碑、聯、籤詩。本書特色在於主要介紹古典文學作家作品，對於戰後的古典文人、社團關注頗深；優點是雅俗兼具，而且書中圖片豐富，顯見作者的田野採訪做得很精實用心，值得肯定。

《高雄市文學史》為彭瑞金所著，分為「古典篇」與「現代篇」兩冊。古典篇有五章，自口傳文學時期談起，第三章談明鄭及清治時期的宦遊文人及作品，第四章專論清治至戰後在地漢文人、作品與詩社的發展，第五章則為通俗文學。本書的特色在於將口傳文學、古典文學及通俗文學定義為「古典」，且並非以時間斷代作為本書的架構，而是以文類來區分，在文類之下才按時間先後而撰之。現代篇亦有五章，第一章談新文學運動時期及當時的高雄文學發展；第二、三章則以時間斷

代，分別討論一九三〇、一九四〇年代的高雄市文學及代表作家作品，以及戰後高雄市文學的發展。第四章專論高雄文學與臺灣文學本土化運動的密切關聯，第五章則從解嚴後的高雄視角出發，看臺灣文學與高雄文學如何重新建構。

《南投縣文學發展史》分為上下卷，上卷分為四章，自口傳文學、清領時期漢語古典詩文、日治時期漢語古典詩文，談到日治時期新文學，除了日治時期漢語古典詩文一章未有綜論之外，其他三章皆對各時期之文學發展有概略性論述。而在口傳部分，每節介紹不同族群的口傳文學，清領至日治則以一節篇幅講述文學社團、書院，其他各節主要還是以人為主。下卷則分為四編，亦以時間排序，第一編介紹古典文學，接著五〇至六〇年代、七〇至八〇年代、九〇年代迄今各為一編，再依文類：詩、散文與文學評論、小說、兒童文學與劇本文學各一章，主要以一作家一節之模式進行撰寫，少數以作品分節。綜觀而言，《南投縣文學發展史》以時間軸排序，再以文類分界，帶出代表作家及作品，兼顧時間性與議題性。

關於臺中文學史的相關著作，除了前文提到的三本臺中文學史專書，臺中市政府於2008年也曾出版由黃秀政教授總主持的《臺中市志》，其中由陳器文教授負責《臺中市志·藝文志》一冊，分上、中、下三篇，上篇為「文學篇」，包括五章，性質也近於臺中市文學史，下文將一併納入討論。以下先列出各書之章節名稱，再進一步分析比較其特色與優缺點。

綜合觀察這三本有關臺中文學史的先行著作，首先就涵蓋時間而言，《臺中縣文學發展史》與《臺中市志·藝文志（上）文學篇》，皆起自原住民口傳文學，並分論清領、日治、戰後各階段之文學概況，而《台中市文學史初編》一書，則割捨口傳文學與清領兩個時期，直接由日治時期開始論述，推論這樣的鋪排，是當時堅守臺中市行政區域作為論述範疇所導致，畢竟所謂「臺中城」的草創，時間已晚至清領末期，而城區的文學活動也是到日治時期才逐漸蓬勃。然而，就文學史發展的角度來看，捨棄口傳文學與清領時期，將使論述產生歷史脈絡不清的問題，相信這也是晚出的《臺中市志·藝文志（上）文學篇》以大臺中地區作為論述場域，重新納入口傳文學，強化歷史縱深的主因。所幸，在縣市合併的如今，我們可以兼顧行政區域與文化互動範圍，將大臺中地區作為一個整體的論述範疇，完整的討論各時代的文學發展與特色。

　　其次，就戰後文學分期而言，《臺中縣文學發展史》清楚劃分十年為一期；《台中市文學史初編》分戰後初期、四、五〇年代、六、七〇年代與八〇年代等四期，其主要是以二十年為一期；而《臺中市志‧藝文志（上）文學篇》則以1960年為界，直接分為前後兩期。以現今文學史研究而言，十年斷代法（二十年是同性質的方式）是一種相對傳統的操作方式，雖然有分期明確、容易掌握的優點，但也有機械化操作、斬斷歷史事件脈絡等弊病，目前已較少使用。

　　其三，就著作內容而言，《臺中縣文學發展史》與《臺中市志‧藝文志（上）文學篇》二書，皆以專章介紹原住民口傳文學，但論及漢人創作時，《臺中縣文學發展史》僅討論文字創作，忽略漢人口傳文學的部分。而《臺中市志‧藝文志（上）文學篇》則以「民間文學的採錄與寫定」一節之篇幅，說明八〇年代民間文學採錄的熱潮與工作成果。若能吸收近年民間文學的田調成果，應可補足臺中文學史過往論述之不足。

　　此外，《臺中縣文學發展史》與《臺中市志‧藝文志（上）文學篇》兼顧新舊文學發展的作法，可謂相當值得肯定。關於臺中地區古典文學的發展，《台中市文學史初編》記錄僅止於日治時期，戰後便再無半點著墨，而《臺中縣文學發展史》設有「戰後臺中縣舊文學發展概況」一節；《臺中市志‧藝文志（上）文學篇》則有「四、五〇年代古典文學的餘風」一節，皆以專文討論古典文學在戰後的發展狀況，這是一種更具全面性的處理方式，畢竟戰後古典文學雖逐漸式微，但並非是傳統的斷絕，仍有一定數量的文學社群與作家作品，實有整理爬梳記錄之必要。特別值得稱道的是，在《臺中縣文學發展史》一書中，佔相當龐大分量的第三篇「日治時代」，包括第一章發展背景、第二章文學社團與文學活動、第三章作家與作品，全都採取古典文學與現代文學分節分頭綜論的模式，展現開闊的觀察視野，是臺灣文學史相關著作之首創，實屬難得，值得借鑑。

第二節　臺中的地理環境與歷史文化特質

　　臺中自日治時期即擁有「文化城」的豐厚內涵，並逐漸形成特殊的城市傳統，

反映出臺中具有豐富的文學與文化運動。這與臺中的自然、人文環境之優越性息息相關。在地理位置方面，臺中居於臺灣的中心樞紐地帶，南北往來交通便捷，最好的例子是1908年西部縱貫鐵路通車時，盛大的通車典禮即選在臺中公園舉行。氣候方面，不同於北部多雨、南部炎熱，臺中各轄區幾乎都處於亞熱帶氣候區，除和平區因地勢關係，東西兩半部分屬溫帶與副寒帶外，主要地區都溫度適中，氣候宜人。

「臺中」此一行政名稱的確立時間為日本殖民統治的明治時期，主要也是地理位置的考量——位居臺灣中部，故稱臺中。在此之前，行政區域因政權與治權的更迭而有極多的變化。先從地名與地域的變化來看，臺灣建省以前，中臺灣為道卡斯族（Taokas）、巴布薩族（Babuza）、巴宰海族（Pazeh）、洪雅族（Hoanya）及泰雅族（Atayal）等平埔族與高山原住民族落居之處，並由數支平埔族成立大肚王國。明鄭時期隸屬於天興州，清康熙年間改天興州為諸羅縣（地域從嘉義跨至基隆）；清雍正元年則設彰化縣，範圍從雲林到臺中。直至光緒13年（1887）建省後，再隸於臺灣府（今雲林至苗栗）下，臺灣省省會即設於臺灣府臺灣縣（今臺中市），後因故省會改遷至臺北。

日本殖民統治的第二年，即明治29年（1896），臺中縣（今臺中縣、彰化縣、雲林縣）正式設立；明治34年（1901）廢縣，臺中縣分為苗栗、臺中、南投、彰化、斗六五廳。大正9年（1920）因實施地方制度改正，原臺中、南投合併為臺中州，設有臺中市，以及大屯、豐原、東勢、大甲、彰化、員林、北斗、南投、新高、能高、竹山等十一郡。

二次大戰結束後，日本退出臺灣，民國34年（1945），全臺行政區域重新劃分，臺中縣、市正式分治，並於民國40年（1951）進行首次縣市長民選（縣長林鶴年，市長楊基先）。直至民國99年（2010），臺中縣、市又合併升格為直轄市，下轄二十九個行政區，分別為：中區、東區、西區、南區、北區、西屯區、南屯區、北屯區（以上屬於原臺中市）、大里區、烏日區、霧峰區、太平、豐原區、潭子區、大雅區、神岡區、清水區、大肚區、龍井區、沙鹿區、梧棲區、大安區、大甲區、外埔區、后里區、石岡區、新社區、東勢區、和平區（以上屬於原臺中縣）。

再從歷史發展來看，清代臺灣曾發生三大民變：朱一貴事件、林爽文事件、

戴潮春事件，其中林爽文事件、戴潮春事件兩起是發生在臺中，背後隱含「官逼民反」、「不平則鳴」的抗爭性格，值得深究，而兩大民變亦影響地方街市與文教的發展。清代中部三大市街是犁頭店街、大墩街及四張犁街，最早形成的街市為犁頭店街，過去農業社會中，農具是十分重要且必要的物品，製作與販售農具的犁頭業聚集之處也就成了交易市集；有市集就有人潮，資訊的傳播也更便利，加上有地方文昌祠組成的「起社」，慢慢形成地方的文教重鎮，可惜1786年在林爽文事件中受到波及，街市衰微，雖經重建仍不如以往。之後靠著有農產集散中心之實的大墩街後來居上，再加上文人雅士共組「超然社」，其文教發展也不亞於犁頭店，而且大墩街雖連續歷經林爽文事件與戴潮春事件（1862年），仍恢復得極好[2]。至於道光年間設立的四張犁街，位於當時犁頭店至葫蘆墩（今豐原）必經之路，街內重要文教據點有文昌廟及「文蔚社」，但戴潮春事件時四張犁街大受波及，導致後來的發展遠不如大墩街。

　　日治以來臺中發展快速，日本殖民政府選定大墩街為中心，歷經數次市街改正，將臺中市區建設為新興都市，而基於先天條件的地理位置、氣候冷熱適中，與後天的交通便捷、城市建設、商業消費蓬勃諸多有利因素，當時具有全臺指標性意義的文學、文化、政治活動，常以臺中為活動舞臺，向全島甚至海外發聲，堪稱風起雲湧，極一時之盛。此一文化風潮的形成，可上推至1901年櫟社的成立、1915年「公立臺中中學校」的創設、1919年《臺灣文藝叢誌》的出版，到1921年臺灣文化協會的成立，而1928年的新文協、臺灣農民組合也都以臺中為活動本部，逐漸型塑臺中「文化城」的風貌。其中櫟社的成立致使新舊文人們交流頻繁，《臺灣文藝叢誌》則成為匯聚全臺傳統文人的代表性舊文學刊物，並引介許多西方新學知識進入臺灣。其次，一九二〇年代由留日青年創辦的文化啟蒙刊物《臺灣青年》系列，是臺灣人宣傳臺灣人立場的代表性傳播媒介，其演變也跟臺中有密切關係。而簡吉成立的臺灣農民組合、一九三〇年代的臺灣文藝聯盟等諸多文學、文化運動團體，也都在臺中活躍發展。

　　戰後初期，臺中的文化活動曾短暫出現蓬勃現象，不幸因二二八事件爆發而趨

2　犁頭店街與大墩街之形成脈絡，參考自陳器文主持，《臺中市志・藝文志》，臺中：臺中市政府，2008年12月，頁9-10。

於沉寂。一九五〇年代，東海大學的設立、省立農學院（國立中興大學前身）的改制，聚集不少本地與外來作家、學者在學院內外交流。一九五〇年代，省政府設立在中部，臺中市區結合臺灣省政府新聞處、黎明辦公區、教育廳（霧峰）等文化教育機構，推動甚多文學與文化活動。再者，臺中作為文學作家的搖籃，包含臺中一中、臺中女中、臺中師範、東海大學、中興大學等著名學府師生，在文學與文化領域迭有表現者不乏其人，他們在臺中地區的文學傳播、養成與活動足跡，數十年來已累積成一股巨大的能量，進而貢獻於臺灣文學整體的豐碩成果。

當代臺中，在臺中縣、市合併成為大臺中市之後，不但幅員遼闊，發展更為快速，而過去長期累積的人文傳統，因行政體系的一元化，更有助於合併觀察、討論。因此本書企圖以寫作當下的2014年為時間斷限，透過時間脈絡與特定議題的探究，鳥瞰臺中文學發展之概況，進而彰顯臺中文學的特色。

第三節　本書論述「臺中文學」的雙軌架構

一般文學史著作的章節架構，大抵都按照時間先後為序，進行分章論述，本書則基於以下考量，嘗試採取「雙軌架構」的論述模式：前半部第二至五章，保留時間性發展脈絡的鋪陳，分為口傳文學、清領時期、日治時期、戰後迄今四大階段進行，屬於鳥瞰方式的勾勒，以掌握臺中文學發展的大致輪廓。後半部第六至九章，則以議題為導向，分別選定族群文學的多元圖像、女性與性別反思、兒童文學、文學地景與在地書寫等四個議題進行分析。

如此嘗試的原因，其一是反映學界研究趨勢，且與社會脈動的連結更為緊密。其二，考量本書撰寫出版，與臺中文學館未來的展示規劃進行有機連結。其三，則是突破文學史以時間軸進行論述，造成無法深論特定議題的限制。

一、從歷史的剖面看臺中文學

本書既以「臺中文學史」命名，討論的重點便是臺中文學及其歷史。追本溯

源，本書從「史」入手，除作家書寫的文學，早已有口傳文學的存在，包括原住民與漢族先民皆然，因此本書第二章先介紹原住民與漢人的口傳文學，接著在第三至五章分別介紹清領時期、日治時期、戰後迄今的臺中文學發展概況。由於各個不同歷史階段的文學發展迥然有別，且愈趨近現代，發展愈蓬勃興盛，因此各章篇幅也有不小的差異。

第三章，從清領時期開始談起，先探討古典詩文的發展背景，分析士紳階層所扮演的角色、科舉社群的形成，以及在臺中地區文教發展概況，進而介紹外來（吳子光）與在地代表作家（神岡呂家、傅于天、丘逢甲等人）及其作品。

第四章，論日治時期臺中文學的發展概況，本章特別重視修正學界長期以來將新舊文學視為「對立與斷裂」的史觀，強調兩者的傳承與演化關聯。先以第一節「臺灣文壇中心的形成」，勾勒臺中在日治時期臺灣文學發展中的特殊地位。第二節「文學社團與文學刊物」，介紹該時期的文學社團與文學刊物，包括以櫟社為主的傳統詩社活動，代表全臺傳統文人的大串連，由「臺灣文社」發行《臺灣文藝叢誌》，該組織與刊物在1919—1924年間，在新舊文學過渡階段極具傳承意義。接著討論臺灣新文學崛起之後，第一個全臺作家結盟的「臺灣文藝聯盟」，以及機關刊物《台灣文藝》，和楊逵另創的《臺灣新文學》系列刊物的發行，進而論述在此背景下發展的臺灣新文學運動，同時扣緊臺中作家的崛起，論述臺中作家對新文學運動的參與。第三、四兩節，則分別就古典文學與新文學兩大範疇，以作家為敘述座標，透過鳥瞰的方式介紹臺中作家與作品。

第五章，探討戰後至今臺中文學的沉寂與復甦，由於本章論述範圍極廣，時代轉變巨大，且作家與作品創作量非常龐大，因此本章篇幅相當可觀。第一、二節專門討論戰後臺中地區古典文學，第一節為戰後臺中地區古典文學的發展概況，包括創作社群的組成與現象，創作主題取向與變革，進而檢視戰後古典詩的價值與發展困境；第二節則專論戰後的古典詩社與詩刊。

第三節，以一九八〇年代為時間斷限，首先討論戰後初期在二二八事件、白色恐怖政治高壓底下，臺中地區作家的對應與處境，將特別討論戰前戰後中部地區重要的文學團體「銀鈴會」，以及臺中作家楊逵如何參與戰後初期關於「臺灣文學」與「中國文學」的論爭，彰顯臺中地區在臺灣文學史中的歷史性地位；其次論述五

〇至六〇年代臺中文學如何由沉寂逐漸復甦，包括由軍公教系統的外省作家主導，接著是在地作家再起，引導孕育新秀登臨。最後再討論六〇至八〇年代前後，臺灣的社會變遷與臺中地區文學的新趨勢。

最後在第四節的部分，先概述解嚴前後臺中文學的概況，然後論述九〇年代至今，在文學商品化風潮下，臺中文學的發展概況。由於這個時期的政治、社會、經濟、文化變遷劇烈，文學當然也在這樣的時代情境之中，不論是作家、作品或是文學社團、刊物均相當多元，因此，本節將先針對時代背景、文學發展與文學活動進行概述，藉以彰顯此時期臺中文學的多元性與豐富性。

二、從議題看臺中文學

本書後半部，第六章到第九章，將處理近年來備受關注的數項議題，分別簡述如下。

第六章，則側重呈現臺中多元族群之文學特色，首先探討清領至日治時期古典詩文反映的族群互動關係，足以作為當代相關議題之參照。第二節，進而探討臺中當代原住民作家文學的創作與精神內涵，尤其是瓦歷斯‧諾幹及利格拉樂‧阿𡠥等人對於臺灣、臺中原住民文學文化之貢獻。本章最後，介紹臺中漢族母語文學之發展概況與代表詩人的作品，包括發展背景、社群與刊物，最後選定成果較為突出的臺語、客語詩人做簡要介紹。

第七章，針對女性形象與性別反思，分別針對日治時期古典詩及當代女性作家的作品，探討男性文人筆下的女性形象，以及當代女作家各類書寫主題。當代臺中地區的女性作家，在臺灣文壇佔有極重要地位，如廖玉蕙、廖輝英、周芬伶、陳雪等，她們長期關切性別議題，透過文學作品，彰顯她們對性別文化的反思、刻劃兩性形象、書寫女性身體與情慾；二方面，她們的作品又超越了性別議題，而具有更多元的關懷視角，包括歷史記憶、鄉土敘事、政治反思等等，彰顯出臺中女作家多向度的思考面向。因此，第七章將先略述男性文人筆下的女性形象，而後將重點放在女性作家作品中的女性形象討論，扣緊她們的作品，進行具體分析討論與性別反思。

　　第八章，著重在臺中兒童文學的發展與作家作品介紹。兒童文學自日治時期即出現少量創作，至七〇、八〇年代後，不論在創作量、體例或推廣上都有顯著的改變，如在1989年由趙天儀、陳千武等臺中作家所創立的「臺灣兒童文學協會」，1990年則有洪中周等人開辦「滿天星」兒童書刊，更在1992年與學界合作，在靜宜大學成立「兒童文學教學研究室」，為兒童文學發展奠定良好基礎。而近年則有蔡榮勇、魏桂洲、鄭宗弦、陳秀鳳等作家，為兒童文學的創作與推動付出心力。

　　第九章以「文學地景與在地書寫」為主軸，論述方向鎖定文學與地方特色及人文、自然空間的連結，首先分析清領時期古典詩文作品，如何描寫臺中地區的地景特色，包括山岳、農村、園林等，藉此呈現早期古典詩文所反映的臺中地景風貌。接著討論日治時期臺中具有指標性的歷史空間，選定鐵砧山、萊園、臺中公園三處，其性質分屬歷史古蹟、私人園林、公共遊憩空間等，透過作品分析這些景點對臺中文學的重要意涵。至於當代作家的創作，則以「在地書寫」為切入點，觀察不同世代作家如何書寫臺中。另外，隨著一九八〇年代以後臺灣本土意識勃興，各縣市政府紛紛設立「地方文學獎」，臺中縣、市合併前的「大墩文學獎」、「臺中縣文學獎」，有不少獲獎作品的主題都可歸屬為臺中「在地書寫」，從中可觀察寫作者筆下的臺中究竟呈現何種特質。

　　綜言之，本書企圖以雙軌架構，一方面扼要呈現臺中文學的發展歷程，一方面透過重要議題的探討，包括族群、女性、兒童文學、文學地景等，都是融合過去與現代，拉長歷史縱深，且與當代社會對話的議題。希望這種架構能彌補過往文學史著作以時間為敘述主軸之不足，進而呈現出臺中文學多元且豐碩的樣貌。

第二章　原住民族與漢族口傳文學

在未有文字記錄的過去，沒有文人與非文人階層的分別，人與人之間只透過口耳相傳的方式，將各民族的生活慣習（包括信仰、禮俗、鄉野奇談、日常生活方式等），以說故事或唱誦的方式，由長輩傳承給下一代或相互流傳，這些世代傳承下來的故事和歌謠，就成了口傳文學。口傳文學是相對於文字記錄的一種傳播方法，特色是講述者可據其所聞，直述或加入本身想法再說予聽者，優點是內容可能更加生動豐富，缺點是被捨去的部分可能永不復見於世。另外，以歌傳唱的形式在口傳文學中也佔極重要的角色，節奏和韻律不僅有助於聽者記憶，在「文學」美學方面也大有加分。

本節要介紹臺中市的原住民族及漢族口傳文學，但是口傳文學在研究上有語言及文本不易標舉之限制，為了能讓大眾易於查找及閱讀，因此本節將以文字為載體的出版品為媒介，並引為佐證。

另外，關於原住民的稱謂，漢人及日本人對於住在山地地區的住民，曾稱之為「生番」、「高砂族／高山族」、「山地山胞」，居於平地的住民則以「熟番」或「平地山胞」、「平埔族」稱之，不少名稱帶有歧視的意味。由於時代的推進與科技的進步，現今已知臺灣的原住民屬於南島語系民族的馬來人種，而臺灣官方又將臺灣的南島語系民族區分為原住民族與平埔族[1]。不過，本節為求原漢兩族在解說時的易辨性，以原住民族通稱原居於臺灣的族群，並就其主要居住地之地勢，以高山族和平埔族代稱之。

在討論臺中地區的原漢族群的口傳文學之前，先簡介其主要生活空間。臺中市依山靠海，除了原居的高山族與平埔族之外，還有跨海而來移居的閩南人、客家人

1　關於南島語系民族的說法，參引自「原住民族委員會」網站：http://www.apc.gov.tw/portal/docList.html?CID=49744114ECE41D1F，登站日期：2014年10月17日。

以及新移民，顯見臺中市族群的多元化。因新移民不在本節的討論範圍，在此略而不談。

　　臺中人數最多的高山族是泰雅族（Atayal），主要分布於和平區內的達觀、自由、中坑、南勢、天輪、博愛、梨山、平等八個村落，又可略分為住在大安溪上游的「澤敖列」（Tsuli）支系，大甲溪上游的「賽考列克」（Seqleque）支系，以及相對小眾的斯卡瑤群（平等村環山部落）及薩拉茂群（梨山部落）[2]。據信，泰雅族原應居於平地[3]，但因各種因素遷移至現居地，原因略分為三種：一是「生活方式」的考量。泰雅人以農獵維持生活，其農作傳統「刀耕火種法」[4]不適用於平地，再則是為了便於獵取動物性食物，基於此兩項因素，泰雅人遷至山區生活[5]。第二是「生存安全」的考量。泰雅族的口傳文學裡有洪水傳說且被保存下來，這適度反映出過去泰雅人曾被水患困擾，為了保障生命安全，因而移居高地定居。其三，「生存空間」的取捨。過去泰雅族曾住於平地，但因生存空間與平埔族人重疊，加上雙方人口日益增多，為了土地而時有爭執，最後泰雅人遷往山區，因此稱為高山族[6]。

　　臺中市的平埔族則有數個族群，每族又細分數支社，由於篇幅有限，本處僅介紹主要族群及活動位置。臺中的西南方有巴布薩（Babuza）和巴布拉（Papora），前者以南屯、烏日為主要活動地區，後者以大甲、大肚、龍井、沙鹿、梧棲、清水地區為主要範圍。西北方為道卡斯（Taokas），以大甲、大安、外埔地區為活動範圍。東北方則有巴宰海（Pazeh），活動地區遍及潭子、神岡、后里、豐原、東勢。南方是洪雅（Hoanya），主要生活在霧峰以南，兼及太平、烏日、清水地區。

　　而在移居的漢族部分，主要有閩南人與客家人。閩南人人數眾多，分布也最廣，可以說臺中無處不見閩南人。至於客家人，主要居住於東勢和石岡地區，新社

2　臺中市泰雅族支系可參考自根誌優，《台灣原住民歷史變遷──泰雅族》，臺北：台灣原住民出版有限公司，2008年9月，頁42-43。

3　泰雅族多數的洪水傳說都指出過去土地平坦，幾乎無高山（有的傳說提到只有大霸尖山），人們都住於平原上，是因為發生大洪水，水退去之後才出現各式各樣的地形。

4　「刀耕火種法」是指以火燒除地上物，拓墾出耕地，以事農作。該名詞引自施懿琳、許俊雅、楊翠，《臺中縣文學發展史》，臺中：臺中縣立文化中心，1995年，頁11。

5　有關生存方式的說法，參引自施懿琳、許俊雅、楊翠，《臺中縣文學發展史》，頁11。

6　有關生存空間的說法，參引自施懿琳、許俊雅、楊翠，《臺中縣文學發展史》，頁11。

也有客家人，但無前兩地來得多。

　　不論泰雅族或平埔族住於高山或平地，在外國人及漢人未踏入臺灣之前，生存已久的原住民族群未有文字記錄，各族群之間的生活智慧及其文化全靠口耳相傳，這些代代傳誦的故事，即被視為最早的文學，又稱為「口傳文學」。口傳文學憑藉言說者與聆聽者的表達能力及記憶力，因此在每一次講述和理解的過程，都可能因人而改變，而且即便同一族人，屬於不同的支族或是生活不同地域，所傳承的故事都略有差異，但故事的原型與基礎都能保留。底下將分別介紹原住民及漢人口傳文學，並選介故事的原始精神。

第一節　原住民族口傳文學

　　一九八○年代起，臺灣原住民族運動萌發，許多學者及有心人士投入臺灣原住民族文學文化的探查及研究，就目前可蒐集到的文獻而言，高山族的資料豐碩，平埔族的紀錄則相對短缺，在口傳文學方面更是弱勢。值得注意的是，臺中市五大平埔族的口傳文學紀錄中，以巴宰海族為最多，其他族群可說是幾乎缺如，因此本篇選介資料會以巴宰海族為主。

　　原住民的口傳文學內容主要可分為「起源」、「神／靈」、「英雄形象」、「特殊慣習」、「歌謠」等類，底下一一簡介之。

1、起源說

　　不論高山族或平埔族，對於「族祖」（第一對具有繁衍能力的異性）的出現，都有著不可思議的描述。臺中市泰雅族支族多、分布廣，對族祖的起源地主要有兩種說法，大安溪上游的澤敖列亞族認為大霸尖山是該族的發源地[7]，賽考列克亞族則認為祖先來自南投縣仁愛鄉的pinsebukan（賓沙布甘），兩地都傳說族祖是巨石（石名有白石和牡丹岩兩種說法）所生，他們孕育許多小孩，成為泰雅的族祖[8]。巴

7　參引自瓦斯歷・諾幹，《伊能再踏查》，臺中：晨星出版有限公司，1999年，頁124。
8　泰雅族族祖自巨石中誕生的傳說參引自達西烏拉彎・畢馬（田哲益），《泰雅族神話與傳

宰海族認為族祖是自天上降生，世代居於平原[9]。

　　此外，原住民族生命的續存也常與水患，也就是著名的「大洪水傳說」有關。在臺灣，包括泰雅、賽夏、布農、鄒族、排灣、魯凱、卑南、阿美、雅美、巴宰海族及噶瑪蘭族（Kavalan）等，都有洪水傳說[10]。

　　以泰雅族為例，大洪水傳說的雛形是「原本土地平垣，只有大霸尖山是高山。某次發生大洪水，大水消退之後，平地形成有高有低的樣貌，且水中始有魚類可捕撈」。傳說故事不僅說明了泰雅世居地的環境變化，之後依著此雛形，也發展出各部族的故事。北勢群衍生出「一對兄妹違反Gaga，結成夫妻，此事觸怒祖靈（utux），因而引發大洪水，水遲遲不退，最後族人將兩兄妹投入水中，才解消這場毀天滅地的惡水，保全了全族人」[11]的說法。南勢群則有「管水的靈（utux）為討祭品而引發大水，族人原先讓相貌一般的女子為祭品，但大水不退，改獻祭貌美女子，大水始消退，族人免於受難」[12]這樣不同版本的大洪水傳說。

　　在平埔族方面，相傳居於平地的巴宰海族遇上大洪水，人畜幾悉消滅，只有一對兄妹逃到名為Paradan（今豐原）的高地，躲過一劫，兩人為了延續巴宰海族，婚後生下孩子／一塊肉，兩人將孩子／肉塊切分成數小塊，這些肉塊都長成人，繼續繁衍下一代，成為巴宰海各部落的創社始祖[13]。

　　由泰雅族和巴宰海族的起源及大洪水傳說來看，可見其族祖之誕生與生命衍續之細微不同處。

2、神／靈傳說

　　在基督教未傳入部落以前，泰雅族是「泛靈信仰」，祖靈為其核心。「靈」

　　說》，臺中：晨星出版有限公司，2002年7月，頁31。此外，瓦歷斯‧諾幹在作品中也寫過：「遠古的時候，山頂上有顆巨石／所有的走獸都推不動，希麗克鳥／自天空長鳴，巨石裂開，迸出一男一女／就是泰雅的始祖」，全文見《伊能再踏查》，頁141。

9　巴宰海族祖降生傳說參引自施懿琳、許俊雅、楊翠，《臺中縣文學發展史》，頁20。
10　各族洪水傳說可參見浦忠成，《被遺忘的聖域：原住民神話、歷史與文學的追溯》，臺北：五南圖書出版股份有限公司，2007年1月，頁69-93。
11　參引自瓦歷斯‧諾幹，〈鼠的告誡──泰雅族北勢群神話傳說〉，《番人之眼》，臺中：晨星出版有限公司，1999年9月，頁195-199。
12　泰雅族南勢群的大洪水傳說參引自施懿琳、許俊雅、楊翠，《臺中縣文學發展史》，頁21。
13　巴宰海族的大洪水神話傳說整理自張隆志，《族群關係與鄉村台灣──一個清代台灣平埔族群史的重建和理解》，臺北：國立臺灣大學文學院，1991年6月，頁116-117。

主要指的是人死後的靈魂，另也有自動物、植物或非生物轉化而成，其中又可分為善靈與惡靈。善靈就如同漢人的仙佛，會幫助族人渡過災厄；惡靈則如同漢人的鬼魅，輕則使族人受傷，重則喪命。此外，還有一種特別的靈，喜愛惡作劇，會捉弄人，但不會致命。而泰雅族傳說，只要看見像人一樣的靈，一段時間內就會死去，極少例外[14]。

　　平埔族方面，巴宰海族以「神」稱呼無法解釋的現象或事物的主宰。如有「番神」（apu dadawan），類似巫師，具有法術及高強的醫術，專醫善人，會挑選族中聰慧的孩子傳授醫術，使之成為現實世界的助手。例如有水神（apu mao）主宰水的資源，為求有豐足的水能灌溉、飲用，也求不做水患，每年都要祭祀水神，祈求平安。又如有火神（apu kaiteh）主掌火，過去人類無火可用，只能向火神祈求賜予，但人類無法取得處於險地的火種，因此名為ziziquis的鳥為幫助人類而前去取火，雖成功取回火種，卻也弄得一身傷，為感謝ziziquis，巴宰海人禁止獵食之[15]。

　　綜觀兩族的神／靈傳說，除了與祖先有關的祖靈崇拜，更多是對自然物與現象的敬畏與解釋，甚至是反抗。

3、英雄形象

　　泰雅族的英雄主要有兩類，一是解救世人的「射日英雄」，一是領袖型英雄。關於射日英雄，版本眾多，故事原型是相傳過去天上有兩顆太陽，終年發散熱力，人與作物都形容枯槁，有泰雅勇士背小孩與糧食，向太陽所在之處而去，經年累月，勇士終於到了太陽升起的地方，衰老的勇士射下一顆太陽卻沒能回到部落（一說被太陽滴落的血燙死，一說在回程路上死去），只有長大成人的小孩順利回到部落報訊，而被射落的太陽則成了今日的月亮[16]。領袖型英雄以頭目布達為主角，布達驍勇善戰且足智多謀，備受族人愛戴，對於不服從的他族施行懲戒，或加以聲

14　相關案例可見《和平鄉泰雅族故事・歌謠集》采錄之鬼故事。李福清主編，《和平鄉泰雅族故事・歌謠集》，臺中：臺中縣立文化中心，1995年7月，頁196-222。

15　本段參引自《臺中縣志》卷二〈住民志・同冑篇〉，臺中：臺中縣政府，1989年9月，頁310-313。

16　射日傳說的故事原型是根據《和平鄉泰雅族故事・歌謠集》所集錄的〈兩個太陽〉和〈射太陽〉濃縮而成。參見李福清主編，《和平鄉泰雅族故事・歌謠集》，頁6-17。

討，以獵殺他族的重要人士，達到殺一儆百之效[17]。

巴宰海族的英雄形象則較屬於個人式的，據載有awi和bahalut兩人的故事。awi欲與外地女子結婚，但不被女方家同意，最後以賽跑和獵鹿的好成績獲得女方村人的贊同與祝福。bahalut則因家人不分享獵物而引發族人不滿，為平息眾怒，bahalut獵得許多高山族的人頭，族人才與bahalut家人和解[18]。

由上述四個例子來看，除了不具名的射日英雄之外，在遊獵的時代，能一人或集體獵取最多糧食、獵得最多人頭，或是退敵的人，表示其不只英勇善戰，更頗具領導資質，有本事保障、引領家族，甚至是整個族群，而且關係到個人與全體的存續問題。而英雄形象的塑造，不僅是對於先人的紀念，也是延續族群光榮歷史的方式。

4、特殊慣習

相傳泰雅族人死後的靈魂會回到彩虹橋另一端的「靈魂之家」[19]，通過彩虹橋的方向有兩種說法，一是傳說橋上有隻螃蟹會檢驗前來的死靈手掌，呈紅色者表示男善獵女善織，即可過橋，未呈紅色者需繞經布滿荊棘利刺的難行之路，通過考驗者才能回到靈魂之家。二是憑藉臉上的「紋面」[20]。在過去，泰雅族的男人需要有能力獵得動物，或是完成馘首（獵人頭），女人則需要會織布，代表足以持家，滿足這些條件的人才能紋面。沒有紋面者，不僅被視為無用之人，死後更無法到達祖先所在之處。不過紋面的傳統，在日治中期被明文禁止，隨著時間的演進，現有紋面的泰雅族人已凋零無幾，若想看見紋面的影像，大概只能參考照片或相關影片。

此外，泰雅人有「夢占」和「鳥占」的慣習，遇上不確定、無法抉擇，或重要之事，除了以自身或族人的夢境或傷亡現象來判斷之外，也常透過鳥占來決定做

17　布達頭目的故事原載於《原語によふ台灣高砂族傳說集》，是陳千武翻譯整理而成，見於陳千武，〈領土爭奪戰〉，《台灣原住民的母語傳說》，臺北：臺原出版社，1999年5月第7刷，頁94-97。

18　巴宰海族的英雄傳說引自《臺中縣志》卷二〈住民志・同胄篇〉，頁314-315。

19　「靈魂之家」一詞引自瓦歷斯・諾幹，《伊能再踏查》，頁107。

20　泰雅人臉上的黑青色針刺印記，稱為「紋面」或「黥面」。但因「黥面」在過去指罪犯臉上被針上的文字或記號，本處為區別之，故以「紋面」統稱。

或放棄。占卜的鳥是「希麗克鳥」（Siliq），即繡眼畫眉，泰雅族人視其為具有神力與不可思議力量的神鳥，因此憑藉Siliq的叫聲和飛行方式來評定事物的凶吉。泰雅族作家瓦歷斯・諾幹就曾寫到：「高高在上的祖靈／我們來求希麗克鳥／我們出獵如果會受傷／請讓這鳥如實唱吧／我們不被敵人箭射而死／讓它如實叫吧！」[21]

5、歌謠──祭典、勞動之歌、情歌

除了傳說故事，原住民族常以唱歌來傳達、抒發情感，因此歌謠在口傳文學也是極重要的一環，以下簡要介紹有關祭典、勞動時唱的歌及情歌。

原住民族的祭儀相當豐富，舉凡播種、收成、打獵、祭祖等時候，都會以歌慶祝，不過由於禁忌的關係，許多歌謠只能在特定時刻吟唱，不得任意傳唱，因此難以采錄。

不過，《臺海使槎錄》記有平埔族大肚社的祭祖歌謠，中譯為：「今日過年，都備新酒賽戲祭祖。想祖上何等英雄！願子孫一如祖上英雄！」[22]這首以漢字記錄而成的歌詞，可見祭祖方式和需準備的物品，以及歌者對於祖先的敬仰與子孫的期盼。另外，洪麗完也曾在進行田野調查時，記錄下巴布拉族沙轆社社員的祭祖用語：「ka mo ni gi ni si; ka lu ma do ni ya nu na」[23]，前句用來恭請先祖，後句是祈福的話語。

在生活中，不論在狩獵或是農耕之時或者前後，族人也會以歌表達內心所想，例如〈牛罵、沙轆思歸歌〉：「嚜嗎嘎乞武力，蘇多喃任嘩須岐散文！買捷嚜離嗎嘎乞武力，葛買蘇散文喃任岐引！」[24]唱的是平埔族獵人在捕鹿過程中，一時想起家中妻小，決定先返家探視再來獵鹿。

21　瓦歷斯・諾幹為澤敖列亞族之北勢群，引文收錄於《伊能再踏查》，頁106-107。
22　〈大肚社祀祖歌〉原載於黃叔璥《臺海使槎錄》，引自黃哲永、吳福助主編，《全臺文》五十二，文听閣，頁155。
23　此為洪麗完訪談沙鹿鎮沙轆社社人祖廟管理人潘寶先生後集錄的資料，以沙轆社語發音，無全文翻譯。又洪氏將前句註為「請神之語」，但觀洪氏前後文，筆者認為應是恭請祖族之語。引文參見洪麗完，《台灣中部平埔族：沙轆社與岸裡大社之研究》，臺北：稻鄉出版社，1997年6月，頁127。
24　〈牛罵、沙轆思歸歌〉原載於黃叔璥《臺海使槎錄》，引自黃哲永、吳福助主編，《全臺文》五十二，文听閣，頁155。

　　而未婚男女要傳達彼此的情意也多透過歌唱。《和平鄉泰雅族故事·歌謠集》收錄以拼音方式寫成的〈離情依依〉，據譯者所寫，大意表示青年男女透過媒人介紹，互有好感，但女方表現得保守矜持，男方誤以為女方無意而正要離開，女子見狀以富含情意的口吻詢問男子是否真要離去，男子才意會過來，確定雙方心意後互道再見，靜待婚嫁時間到來[25]。《臺海使槎錄》也有〈貓霧捒社男婦會飲應答歌〉：

　　　　爾貓呷嘆（幼番請番婦先歌），
　　　　爾達惹巫腦（番婦請幼番先歌）。
　　　　爾貓力邁邁由系引呂乞麻哃（番曰，汝婦人賢而且美），
　　　　爾達惹麻達馬鱗唭什格（婦曰，汝男人英雄兼能捷走），
　　　　爾貓力邁邁符馬乞打老末輼引奴薩（番曰，汝婦人在家能養雞豕，并能
　　　　釀酒）。
　　　　爾達惹達赫赫麻允倒叮文南乞網果嗎（婦曰，汝男人上山能捕鹿，又能
　　　　耕田園）。
　　　　美什果孩唧彎哩勺根摸巫腦岐引奴薩（今眾社皆大歡喜和歌飲酒）。[26]

　　一來一往之間，不單只在表訴情意，亦可見雙方不只看見外表，也看重能力，內外兼俱之下才相互傾心。

第二節　漢族口傳文學

　　臺中的漢族，以閩南人為多數，客家人相對少數[27]。就漢族口傳文學來說，不

25　參見李福清主編，《和平鄉泰雅族故事·歌謠集》，頁226-227。
26　〈貓霧捒社男婦會飲應答歌〉原載於黃叔璥《臺海使槎錄》，引自黃哲永、吳福助主編，《全臺文》五十二，文听閣，頁156。
27　依據行政院客家委員會委託研究報告顯示，在《客家基本法》（指具有客家血緣或客家淵源，且自我認同為客家人者）定義下，2010年縣市合併前，臺中縣原有客家人口比例為18.5%，臺中市為13.4%，合併之後為16.4%，約43.6萬人。前述資料參見行政院客家委員會編印，《99年至100年全國客家人口基礎資料調查研究》，2011年4月，頁31-32、34，電子

外乎從生活現象、工作模式、民間習俗、神明信仰等處取材，且一個版本流傳至今，在文句上或多或少有所增減，但基本上仍是通俗的、大眾所知的。另外則是具有地方性的在地故事，像是講述地名、風水、歷史等，這些通常都只有當地或鄰近鄉鎮才會流傳。

在一九九〇年代以後的政府出版紀錄上，臺中市立文化中心曾出版《臺中市臺灣民間文學采錄集》（1998）、《臺中市民間文學采錄集（三）》（1999）、《臺中市民間文學采錄集（四）》（2000），以及《台中市大墩民間文學采錄集》（1999）、《台中市大墩民間文學采錄集（二）》（2003），此五本的共通處在於皆以漢羅記錄，並用普通話加以註解；收錄類型可分為童謠、念謠、吉祥話、謎語、俗諺及民間故事等。

臺中縣立文化中心則以十餘年時間（1993—2003），完成三十九冊中縣民間文學集，除了《和平鄉泰雅族故事·歌謠集》之外，橫跨了新社、東勢、石岡、潭子、大甲、清水、大安、沙鹿、梧棲地區，語言上分為閩南語或客語（東勢及石岡），類型有傳說、故事、歌謠、笑話、猜謎等，成效頗豐。另外，由陳益源主編的《台中縣國民中小學台灣文學讀本：地方傳說卷》，則以舊臺中縣二十一鄉鎮市為分界，每一地收錄二至六篇不等的地方傳說，其中有大部分是轉錄自臺中縣民間文學集，少部分自地方誌或個人著作取材，彙編成冊，對於要快速閱覽臺中縣各鄉鎮市口傳文學者極有幫助。

由於本篇主在介紹臺中地區的口傳文學特色，雖然政府集錄的成效豐碩，但為求聚焦，以歌謠和地方傳說兩項，分別舉出數個議題，兼顧地方特色與口傳文學的豐富性。另因采錄的方式不一，考量一般人對於漢羅拼音及客語記音的不熟悉，為方便閱讀，本處擬以大意說明或摘錄譯文片段，而不引用原文。

檔。而在103年客家委員會委託調查報告中，臺中市的客家人口比例為16.3%。參見客家委員會委託、典通股份有限公司執行，《103年度臺閩地區客家人口推估及客家認同委託研究成果》，2004年6月，頁1，電子檔。

一、歌謠

1、閩客兒歌同聲唱

　　一般人最早接觸的口傳文學，應屬兒童歌謠，歌詞多半簡短好記，內容淺白易懂，普及的程度及流通的強度更勝於一般歌謠和故事、俗諺等類，因此底下選擇以兒歌為主要介紹對象。

　　「火金姑」（或作「火金星」，即螢火蟲）可說是最具代表性的兒歌作品之一，幾乎是每個兒童都可朗朗上口的歌曲，不只在閩南人之間傳唱，客家人亦有之（客語稱為「火焰蟲」）。就臺中縣民間文學集的收錄情況來看，在閩南語歌謠集中幾乎本本都有採錄到，且每個鄉鎮都不只一首；客語方面雖不是如此，但將「火金姑」當作兒歌的代表作是可以成立的，故底下即以此為討論對象。

　　在六本閩南語歌謠集中，計有二十八首關於螢火蟲的兒歌[28]，其中有三首詞句最短少，內容也最不一樣，分別是：「螢火蟲來來／我一角錢／給你買鳳梨」[29]、「螢火蟲　來喝茶／茶熱熱　配香蕉／茶冷冷　配龍眼」[30]，以及「螢火蟲　火呀咧／請你阿姨來喝茶／茶冷冷　配龍眼／龍眼我不要／炒菜／菜熱熱　配香蕉」[31]，這三首在語意上看起來並沒有特別的意思，筆者認為這樣的句型主要是為閩南語壓韻而產生。而另一首也是文句簡短，卻可自前後文看出其中講述了一些事情：

　　螢火蟲　十五夜

　　請你姨媽來喝茶

　　茶葉香　茶葉罐

28　《大甲鎮閩南語歌謠（一）》四首（二首火金姑，二首火金星）、《石岡鄉閩南語歌謠》五首（二首火金姑，三首火金星）、《潭子鄉閩南語謠諺集》四首（皆火金星）、《大安鄉閩南語歌謠》三首（二首火金姑，一首火金星）、《外埔鄉閩南語歌謠》三首（一首火金姑，二首火金星）、《沙鹿鎮閩南語歌謠（二）》五首（皆火金姑）、《沙鹿鎮閩南語歌謠（三）》四首（皆火金姑），共計二十八首。

29　胡萬川總編輯，〈螢火蟲來來〉，《石岡鄉閩南語歌謠》，臺中：臺中縣立文化中心，1992年6月，頁15。

30　胡萬川總編輯，〈螢火蟲〉，《石岡鄉閩南語歌謠》，頁13。

31　胡萬川總編輯，〈螢火蟲〉，《大甲鎮閩南語歌謠（一）》，臺中：臺中縣立文化中心，1994年12月，頁41。

請大舅媽　當媒人
大房人殺豬
二房人宰羊
敲鑼打鼓娶新娘[32]

　　這首可以看出傳統婚嫁習俗，諸如「請大舅媽當媒人」指作媒說媒、「大房人殺豬／二房人宰羊」是指準備聘禮、「敲鑼打鼓娶新娘」則指前往迎娶的過程。短短幾句，便將傳統婚俗的幾項重點都提到了。

　　至於未提及的二十四首兒歌，內容上，開頭幾乎皆與上首相似，其後各自有不同延伸，雖用詞不同，但可看出是在描述婚後日常生活（又以飲食相關為主）的情況（習慣不同、意見不合等），就此簡述而不詳談和列舉。

　　而在東勢及石岡兩大客家人主居地，采錄到以「月光光，好種薑」和「月光光，秀才郎」為名者共二十一首兒歌，內容有高度雷同，又有互相殊異之處。〈月光光，好種薑〉計有八首[33]，《東勢鎮客語歌謠》所收錄的是篇幅最長的一首：

月光光　好種薑
薑芽發　好種竹
竹開花　好種瓜
瓜未大　摘來賣
賣得三個錢　學打棉
棉線斷　學做磚
磚斷掉　學打鐵
鐵生銹　學殺豬
豬會走　學殺狗
狗會咬　學殺鳥

32　胡萬川、陳嘉瑞總編輯，〈螢火蟲〉，《潭子鄉閩南語謠諺集》，臺中：臺中縣立文化中心，2002年9月，頁33。
33　計有《東勢鎮客語歌謠》一首，《東勢鎮客語歌謠（二）》一首，《石岡鄉客語歌謠》一首，《石岡鄉客語歌謠（二）》五首。

鳥會飛　學殺龜

龜會爬　學殺蛇

蛇會爬　學殺鵝

鵝會叫　學殺貓

貓跑到竹林去

撿到兩條爛冬瓜

煮三大碗

害人吃了卻爛鼻子[34]

　　八首同名兒歌之中，六首有著些許差異，如因列舉的動物多寡造成長度的不同，撿拾地點不同（有竹林、駁崁下、小橋下、梅樹下、榕樹下），拾得物及數量不同（主要是冬瓜，只有一首寫木瓜），以及食用拾得物後的結果（主要寫吃完鼻子爛掉，有的寫拉肚子或爛膝蓋）。另兩首於石岡鄉采集的兒歌，除了首句相同，其下竟展演出完全不同的風景：

月光光　好種薑

薑發芽　好種竹

竹開花　結親家

親家門口兩粒糖

一粒給你嚐

一粒留來娶媳婦[35]

月光光　好種薑

騎白馬　過南塘

南塘後　種菜

34　本首〈月光光，好種薑〉引自胡萬川總編輯，《東勢鎮客語歌謠》，臺中：臺中縣立文化中心，1994年3月，頁23、24。

35　胡萬川總編輯，《石岡鄉客語歌謠（二）》，臺中：臺中縣立文化中心，1993年12月，頁25。

菜開花結親家
親家門口兩粒糖
一粒給你嚐
一粒留來娶媳婦[36]

　　從這八首同名兒歌來看，口傳的特殊性顯而易見，同樣是客語歌謠，即便同為東勢或石岡客家人，不同講述者記憶中的歌詞，在字詞上、意思上就有著八種不同的變化，使兒歌的內容或精簡有力，或精采生動。

　　至於〈月光光，秀才郎〉共有十四首[37]，其內容與「月光光，好種薑」有極高的相似性，除了部分詞句的增減之外，不脫上述兩種類型。有趣的是，在外埔鄉及潭子鄉也有采錄到名為「月光光」的閩南語兒歌，而且首句都是「月光光　秀才郎」，或許可以視為閩客兩族生活及用語產生互涉的有力證據之一。

2、山歌寄寓傳情

　　山歌，是客家聞名於外的一種特色，客家人常在勞動或休閒時哼唱歌謠，不論是傳唱「老」山歌，或以老調填新詞，大抵上皆還可以視作傳統山歌。此客家特色，在東勢和石岡歌謠集的一般歌謠項下都有收錄，但《東勢鎮客語歌謠集（三）》更以「山歌」為一大主題，下分「相思歌」與「相罵・相褒歌」兩類，共采集了四十首，更加凸顯「山歌」的特殊地位。

　　綜觀四十首山歌，都與男女情感有關，有些借物表訴情意：如「月亮無火怎會亮／井裡無風怎會涼／老妹不是桂花樹／身上無花怎會香」[38]、「太陽出來四海開／山高萬丈照樓台／紅豆拿來當枕睡／思想老妹托夢來」[39]、「石榴花開紅通通／兩人相識人說有／三餐吃飯不下肚／戀妹不著命會休」[40]；有的則以動植物的特性

36　胡萬川總編輯，《石岡鄉客語歌謠（二）》，頁27。
37　《石岡鄉客語歌謠》五首，《石岡鄉客語歌謠（二）》六首，《東勢鎮客語歌謠》二首，《東勢鎮客語歌謠集（二）》一首，共計十四首。
38　胡萬川、陳嘉瑞總編輯，〈月光無火怎會亮〉，《東勢鎮客語歌謠集（三）》，臺中：臺中縣立文化中心，2003年3月，頁21。
39　胡萬川、陳嘉瑞總編輯，〈太陽出來四方開〉，《東勢鎮客語歌謠集（三）》，頁29。
40　胡萬川、陳嘉瑞總編輯，〈石榴開花紅啾啾〉，《東勢鎮客語歌謠集（三）》，頁33。

來嘲男諷女，像是「阿哥可比豬哥樣／摟摟抱抱煩死人／初一宰豬十五賣／臭豬爛肉招蒼蠅」[41]、「哥哥長相不成材／就像家中掃帚頭／正月三日送窮鬼／燒香紙錄送出門」[42]，以及「遠看像是一匹馬／走近方知破風車／遠看妹是小母雞／近看才知老母雞」[43]、「一塊豆腐三個錢／看妹紅極多少年／再過一年多一歲／花錢拉客人不前」[44]。

二、地方傳說

關於臺中地區傳說故事，本部分採取議題為導向，將文本分為五類，其中人物傳說、地名由來傳說、地方諺語故事、神祇傳說則彰顯臺中鄉土傳說的獨特性，最後一類則收錄特殊物產、風俗的由來，以及風水故事。

1、鄉土人物傳說

在《台中縣國民中小學台灣文學讀本：地方傳說卷》中，計有六篇鄉土人物傳說[45]，其中有三篇與臺灣三大民變主角之戴潮春、林爽文有關。〈太子少保林文察〉與〈貞節媽〉都將戴氏視為逆賊，林文察曾協助平定戴潮春之亂，後與太平軍交戰時戰死，受封太子少保頭銜；貞節媽林春娘則是兩度協助大甲人免於戴潮春黨羽的侵擾，其死後由後人塑像，供於大甲鎮瀾宮。〈王勳大哥傳〉則與林爽文事件有關，不同於戴潮春，林爽文被視為革命軍，沙鹿人王勳響應林氏，最後被清軍所殺，後人在沙鹿設「福興宮」奉祀之。

而清水的傳奇人物廖添丁，有人視其為虛構人物，評價不一，不過《台中縣

41　節錄自〈阿哥可比豬哥樣〉的第一段，全文共兩段，詳見胡萬川、陳嘉瑞總編輯，《東勢鎮客語歌謠集（三）》，頁57。

42　節錄自〈阿哥生來不成材〉的第一段，全文共兩段，詳見胡萬川、陳嘉瑞總編輯，《東勢鎮客語歌謠集（三）》，頁61。

43　節錄自〈遠看就像一頭馬〉的第一段，全文共兩段，詳見胡萬川、陳嘉瑞總編輯，《東勢鎮客語歌謠集（三）》，頁93。

44　節錄自〈新做瓦屋兩條溝〉的第二段，全文共兩段，詳見胡萬川、陳嘉瑞總編輯，《東勢鎮客語歌謠集（三）》，頁95。

45　〈太子少保林文察〉、〈貞節媽〉、〈王勳大哥傳〉、〈吳部爺〉、〈「少年廖添丁」二則〉、〈「廖添丁的故事」三則〉。

國民中小學台灣文學讀本：地方傳說卷》收錄的五則故事，都指出確有其人。關於廖添丁敏捷的身手有四種說法：其一，在牢房中與大陸人學的[46]；其二，與江湖術士學的，將符咒夾於全新的內衣褲再放在神桌下，別人就會看不見他[47]；其三是與唐山來的術士學的[48]；第四，廖添丁的師父為蘇神水，教他「拳頭三獻」、「易容術」與飛簷走壁的方法[49]。

2、地名由來與傳說

過去地名的形成，一般會與地形地物、住民移民、產業和傳說等有關，臺中各鄉鎮名或小地方大抵不脫這些原因，底下就以此四種類型，舉例介紹臺中地名的由來。

與地形地物相關的有梧棲、龍目井、溪心壩三處。梧棲傳說中與地形最相關的是〈「梧棲」與「五汊」〉：梧棲昔日因五條水路交匯，得名「五汊」，「梧栖」、「鰲西」、「梧棲」都是雅音[50]。龍目井的由來，則根據官方《彰化縣志》的記載：「龍目井，在邑治北十七里。其泉湧起數尺，如噴玉花。……旁有兩石，狀若龍目，故名。」[51]龍目井命名與周遭的自然地物有極高相關性，而「龍井」之命也因龍目井而來。位於烏日的溪心壩，現名溪壩，因當地河流多，古人在溪中建擋水壩，始有「溪心霸」之名[52]，雖是後天加工施作，但溪心壩也是因地物而得名。

再者，地名偶爾會與當地住民或移民有關，以潭子鄉「頭家厝」為例，頭家厝現名頭家村，清康熙年間，張達京來臺，曾在臺中岸裡大社施藥救人，後與岸裡

46　參見胡萬川、黃晴文總編輯，《清水鎮閩南語故事集（一）》，臺中：臺中縣立文化中心，1996年，頁7。

47　參見胡萬川、黃晴文總編輯，《清水鎮閩南語故事集（二）》，臺中：臺中縣立文化中心，1997年，頁27-29。

48　參見胡萬川、黃晴文總編輯，《清水鎮閩南語故事集（二）》，頁35-37。

49　參見胡萬川、黃晴文總編輯，《清水鎮閩南語故事集（二）》，頁41-59。

50　參見〈「梧棲」與「五汊」〉，洪敏麟，《台中縣地名沿革專輯》第一輯，臺中：臺中縣立文化中心，1993年，頁174。

51　參見〈龍目井〉，陳炎正主編《龍井鄉志》，臺中：龍井鄉公所，1996年6月，頁61。

52　參見〈溪心壩的開發〉，呂順安主編，《臺中縣鄉土史料》，南投：臺灣文獻館，1994年12月，頁102。

大社頭目結成姻親；至雍正年間，張達京成為岸裡大社、阿里史、舊社、烏牛欄總通事，並獲准開墾荒地，佃農們稱張達京家屋為「頭家厝」，久而久之成為該地地名[53]。

在產業部分，新社「打鐵坑」和太平「車籠埔」地名都與當地行業相關。相傳日治時期，為了在新社地區鋪設小火車鐵軌，但因當地地質堅硬，工具易磨損，為了能夠快速修理器械，便在當地開設打鐵店，後來就被稱為「打鐵坑」[54]。「車籠埔」則與日治時期製糖產業有關，車籠埔昔有糖，壓榨甘蔗的器械就稱為「車」，有人認為「車籠埔」是「車埔」之筆誤[55]。另有一說是糖工人遭番人殺害，地主僱人將屍體運走，因而有「車人埔」之名，之後才又改為「車籠埔」[56]。

至於大安「龜殼村」的由來，則像童話或寓言故事：以前有一隻烏龜想看世界，白鷺鷥要烏龜用嘴巴咬著竹子，不能鬆口，才帶著牠飛上天，但烏龜飛上天後，驚喜之餘在半空中想張口說話，於是掉落下來，龜殼上蓋掉在現在的龜殼村，又稱「上龜殼」[57]。

3、特定區域流傳的諺語故事

諺語常反映特定地區的人群生活、地理環境與風土民情，在此介紹「頭枓山做戲」、「八欉樹腳等」、「大甲溪放草魚」、「三堡三」四句諺語的產生及語意。

過去地方若遇有重大慶典，常會請戲班來做戲，但新社的頭枓山無人居住，因此不會有野臺戲演出，因此用「頭枓山做戲」來比喻不可能的事[58]。同樣在新社，大湳頂有個大魚池，池邊有八欉大樹，因樹腳下涼爽，在此乘涼容易昏昏欲睡，

53　參見〈頭家厝〉，白菊鳳主編，《我的家鄉潭仔墘》，臺中：臺中縣政府，1993年10月，頁130-133。

54　參見胡萬川、黃晴文總編輯，《新社鄉閩南語故事集（一）》，臺中：臺中縣立文化中心，1996年6月，頁37-47。

55　參見〈「車籠埔」地名來源〉，收錄於白棟樑，《鳥榕頭與它的根──太平市誌》，臺中：太平市公所，1998年1月，頁95-97。

56　同上，頁89-90。

57　參見〈龜殼村的由來〉，胡萬川、王正雄總編輯，《大安鄉閩南語故事集（二）》，臺中：臺中縣立文化中心，1998年6月，頁105-107。

58　參見〈頭枓山傳奇〉，胡萬川、黃晴文總編輯，《新社鄉閩南語故事集（二）》，臺中：臺中縣立文化中心，1997年6月，頁45-53。

若叫人到「八欉樹腳等」，便有「去做白日夢」、「等不到」之意[59]。民間也常有「竹仔腳等」、「樹仔腳等」的用法。

在神岡采錄到的「大甲溪放草魚」諺語，相傳是過去神岡地區有富家子，嘗試要在大甲溪放養草魚，認為可以獲利，不料遇上大洪水，將魚全沖走，後人即以「大甲溪放草魚」來比喻做事不腳踏實地的人，最終只會血本無歸[60]。

過去大甲是石城，有四堡，分別是現在的朝陽里、大甲里、順天里、孔門里，有一次建醮時，三堡順天里搭的醮壇最差，請來的戲班所演的戲也沒人看，因此「三堡三」代指很差的、三等的[61]。而老一輩的人所說的「三寶身體」，表示身體很差、不健壯之意，「三寶」應是「三堡」音譯而來。

4、神祇傳說

在口傳文學中，與信仰相關的傳說也是重要且顯見的一環，不論是地方神明土地公，客家人主要祭祀的三山國王，或是漢人信仰的媽祖、觀音等神明，在臺灣各地都可聽聞相關故事，底下將簡介幾個臺中地區的神祇傳說。

土地公是地方神，專司所轄土地上的大小事物，據傳大雅曾有一位農家子弟張顯臣與一青年同要前往福建會試，因土地公得知青年之父曾為海盜，因此幫助張顯臣順利考上武舉人。土地公助張氏上榜之事被當地保正夢知並宣揚出去，張顯臣與地方人士獲知後，共同出資修繕廟宇[62]。

海神媽祖的傳說也相當多，相傳乾隆時期皇宮遭火祿，鎮瀾宮媽祖發揮神力救火，因此太子嘉慶君奉命來臺，並封之為「與天同功，天上聖母」[63]。同樣是媽祖

59　參見〈「八欉樹腳等」〉，胡萬川、黃晴文總編輯，《新社鄉閩南語故事集（一）》，頁3-5。
60　參見〈「大甲溪放草魚」〉，陳炎正，《台中傳奇》，台灣省各姓淵源研究學會，1998年，頁90。
61　參見〈三堡三〉，胡萬川、黃晴文總編輯，《大甲鎮閩南語故事集（一）》，臺中：臺中縣立文化中心，1995年6月，頁3-5。
62　參見〈武舉人張顯臣〉，原載於《中華日報》，後收錄於賴健祥《臺中外史》，1968年1月，收錄於陳益源主編，《台中縣國民中小學台灣文學讀本：地方傳說卷》，臺中：臺中縣文化局，2001年6月，頁81-82。
63　參見〈鎮瀾宮的傳說〉，胡萬川、王正雄總編輯，《大安鄉閩南語故事集（三）》，臺中：臺中縣立文化中心，1999年11月，47-59。

神蹟故事，大肚頂街萬興宮的媽祖金身曾突然消失，廟祝老和尚在宜蘭街上找到祂時，媽祖金身與廟祝竟一同消失在眾人面前，並安然回到萬興宮。該異事經由老和尚口述，信眾皆認為萬興宮媽祖會「飛」，因此而有「大肚飛媽」的名號[64]。

　　沙鹿地區有間保安宮，奉祀三山國王，香火鼎盛，而此三山國王的典故可追至宋朝：有三位異姓結拜兄弟，因救過樂華王及皇帝，又不願為官，受封三山國王，三兄弟死後，潮州府的鄉人為其立「霖田廟」。後來雍正時期，清軍攻入汀洲，霖田廟起火，鄉人遂帶著三山國王等神像逃至臺灣，落腳沙鹿，供於「福利宮」，但因保安宮前河流常鬧水災，蓋土地公廟也壓不住，三山國王下旨要與土地公換位置，才遷到現在的保安宮，遷移後水災也不再發生。另外，原本保安宮前住的是客家人，福佬人要來拜拜時客家人都不高興，福佬人只好自建天公廟，結果又開始鬧水災，兩方大打出手，客家人不敵福佬人，決定遷往東勢，三山國王原要跟去，經福佬人苦求後才留在保安宮[65]。

　　客家人主要信奉三山國王，在七本東勢鎮客語故事集中，「王爺公」[66]神跡的傳說就有三則。其中兩則與原住民[67]有關，筆者認為，東勢地區亦是泰雅族與巴宰海族的活動範圍，三方族群必然時有接觸，因此在客家的口傳文學中出現原住民族身影並不足為奇，但特別的是，根據所載，都是與原住民出草有關。在東勢鎮大茅埔，采錄到兩則王爺公顯靈，或預告原住民將出草，示警信徒不要上山；或現身於原住民出草路徑上，不僅成功嚇阻原住民，甚至讓原住民因病而下山求和[68]。

　　另一則是王爺公為信徒賜藥治病的故事。由於過去醫學不發達，人若生病常尋

64　參見〈頂街「飛媽」〉，洪敏麟總編輯，《大肚鄉志》，臺中：大肚鄉公所，1993年，頁684-686。

65　參見〈三山國王〉，胡萬川總編輯，《沙鹿鎮閩南語故事集》，臺中：臺中縣立文化中心，1994年3月，頁3-11。

66　在東勢鎮客語故事集中采錄到的「王爺公」傳說，都是發生於大茅埔／大林埔（現慶東里），而〈王爺公顯治病〉的註腳明指「王爺公」是大茅埔社區的三山國王。參見胡萬川、洪慶峰總編輯，〈三山國王顯聖治病〉，《東勢鎮客語故事集（六）》，臺中：臺中縣立文化中心，1991年4月，頁26。

67　故事講述者口語稱「番」，漢文紀錄為原住民，由於沒有明確是高山族或平埔族，因此本處援用漢文紀錄。

68　王爺公的傳說參見胡萬川、黃晴文總編輯，〈王爺公顯靈〉，《東勢鎮客語故事集（三）》，臺中：臺中縣立文化中心，2003年，頁2-3；胡萬川、洪慶峰總編輯，〈王爺的傳說〉，《東勢鎮客語故事集（六）》，頁14、17、19。

求偏方或求助信仰，若遇上不治之症，也常有請神開藥單的案例。在〈三山國王顯聖治病〉中，講述者說明「採青草」的治病方式：「將王爺請上練轎抬到野外去，如果遇到可用的藥草，神明就會發出聲響指示，隨後而來的人就利用筊杯請示，如果是聖杯，就將那味草藥拔起來，……如果不是，就再找別種東西。」[69]並指出堂妹的病正是藉由「採青草」的方法治癒的，加深王爺公顯靈的可信度。

除了上述神祇傳說，還有清水文興宮王爺如何落腳臺灣[70]，清水觀音從文興宮移到觀音廟的原由[71]，以及大安的九天玄女保護村民躲過戴潮春之禍[72]等神祇故事，由於篇幅有限，此處就不一一介紹。

5、其他（特殊物產故事、地方風俗的由來、風水故事）

除了上述四類，特殊物產、地方風俗成因與風水故事等故事，亦是地方口傳文學不可忽視的部分，底下舉例介紹之。

關於特殊物產，太平竹仔坑地區過去盛產「石竹」，也稱「山竹」，所生竹筍有「斬頭筍」、「刣頭筍」、「朝代筍」、「皇帝筍」等名，原因之一是此筍產於山區，平地人若入山採筍，容易遇上番人而被殺頭，因而有「斬頭筍」之稱。其二，此竹在1945年臺灣光復以及1975年蔣介石逝世的這兩年，都開花死去，因此又稱為「朝代筍」。第三，由於「斬頭筍」只在農曆五、六月生產，筍身拇指粗，高度半人高，但只有每節距上下約兩公分可食用，而且不論是作月子、身體虛弱、腸胃不好的人都可以吃，再加上此筍煮沸後需再慢火熬上二小時，在產期短、產量少、性質殊異、做工費時等原因之下，又名為「皇帝筍」或「刣頭筍」（指需去頭去尾，只留下可食用部分）[73]。

69　胡萬川、洪慶峰總編輯，〈三山國王顯聖治病〉，《東勢鎮客語故事集（六）》，頁25。

70　參見〈文興宮的由來〉，胡萬川、黃晴文總編輯，《清水鎮閩南語故事集（二）》，頁1221-139。

71　參見胡萬川、黃晴文總編輯，〈高美觀音遶境的由來〉，《清水鎮閩南語故事集（二）》，頁35、37。

72　參見〈九天玄女的傳說〉，胡萬川、王正雄總編輯，《大安鄉閩南語故事集（二）》，臺中：臺中縣立文化中心，1998年6月，頁2-11。

73　參見〈「斬頭筍」的傳說〉，收錄於白棟樑，《鳥榕頭與它的根——太平市誌》，頁276-279。

另外，潭子地區有片礫石山崖，其崖之石可作為磨刀石，依石頭的細緻度來分，頭等的石頭可磨剃頭刀，次等可磨菜刀和屠刀，最粗糙的則用來磨柴刀與斧頭。據說這邊出產的磨刀石，在數十年前還曾銷售至中南部，風行一時[74]。

地方風俗的部分，烏日寶興宮有拜拜不用雞的傳統。過去農業時期，水利設施不足，引水灌溉容易引發糾紛，昔時因烏溪南岸的彰化人想築水壩，但北岸的烏日人怕洪水來時會被淹沒，因此雙方約好一天要對決。到了對決當天，烏日的雞一早就啼叫，烏日居民聽見後便集合到溪邊準備與彰化人對戰，後來官府知情，趕來調停才免去一場爭鬥。烏日村民為感謝雞群，決定在寶興宮祭拜廣惠尊王時不以雞祭之[75]。

大甲地區則有稻子收割後，稻草束只能橫倒，不得立起的不成文規範[76]，原因是過去在稻子收割期，平埔族會趁機躲在豎起的稻草束後偷獵人頭，為了不讓平埔族有機會偷襲村民，每當稻子收割後，稻草束就放倒在地上，在視野不受阻礙的情況下，被獵人頭的情況大幅改善，這個習慣便流用至今。

清水地區有「周王不聯婚」的習俗。過去塭仔寮（現海濱里）姓周的與村子北邊姓王的發生糾紛，王姓多於周姓所以贏了，周姓打輸要搭船去彰化討救兵，把房契與值錢物品暫放在鄰庄親戚家，結果去程沉船造成人員損失，倖存者到彰化討不到兵，回來鄰人又不把東西歸還，多重打擊之下，周姓一族便發誓兩姓不得聯姻[77]。如此因為世仇而不通婚的情況，臺灣各地也有之。

至於風水傳說，后里仁甲村有死亡的孕婦在棺木中產子，但最後因族人的不慎造成雙亡的故事[78]。這類棺木中產子的說法，也見於非臺中地區，只是情節與結局稍有差異。另一種是「敗地理」的說法，傳說臺灣曾有機會出皇帝，當時引來天朝的注意，甚至傳出有皇帝親自來臺探察，民間故事中的「嘉慶君遊臺灣」便與此有關。不過臺灣最終沒有出現天子，據說就是因為風水地理被破壞所致，在臺中的清

74　參見〈「來葉塌崁」〉，白菊鳳主編，《我的家鄉潭仔墘》，頁136-137。

75　參見〈王公廟祭拜不用雞〉，原載於康原主編，《烏日鄉志・文化篇》，未刊稿，收錄於陳益源主編，《台中縣國民中小學台灣文學讀本：地方傳說卷》，頁120-121。

76　參見〈草不能豎起來的緣故〉，胡萬川、黃晴文總編輯，《大甲鎮閩南語故事集（一）》，頁69-71。

77　參見〈周王械鬥〉，胡萬川、黃晴文總編輯，《清水鎮閩南語故事集（二）》，頁19-21。

78　參見〈鬼母穴〉，陳炎正主編，《后里鄉志》，臺中：后里鄉公所，1989年9月，頁445。

水、大甲和外埔，都有出現「楊本縣敗地理」的傳說[79]。

　　此外，民間也會流傳有關墓穴地理的故事，諸如外埔有嗜賭兄弟因輸光錢，打算用草席包住亡母草率下葬，結果意外得到好風水[80]。也有許多擁有好風水的家族，因得罪了村人、地理師或佣人，而導致風水被敗壞，落得淒慘下場的傳說[81]。

　　綜觀如上引述的口傳文學，多半與臺灣殖民史／移民史相關，顯見地方傳說不僅只是隨著時間的演進保留下來，更可從中得知大時代的歷史進程，以及小時代的在地風光。

79　參見胡萬川、黃晴文總編輯，〈楊本縣敗風水〉，《梧棲鎮閩南語故事集》，臺中：臺中縣立文化中心，1996年7月，頁73、75；胡萬川、黃晴文總編輯，〈大安溪和大甲溪的故事〉，《大甲鎮閩南語故事集（一）》，頁8、9、11。

80　參見〈「草堆墓的故事」二則〉（二），胡萬川、王正雄總編輯，《外埔鄉閩南語故事集》，臺中：臺中縣立文化中心，1998年6月，頁31-35。

81　參見〈「草堆墓的故事」二則〉（一），胡萬川、王正雄總編輯，《外埔鄉閩南語故事集》，頁23-27；胡萬川、黃晴文總編輯，〈李厝墓〉，《清水鎮閩南語故事集（二）》，頁9-13；陳炎正主編，〈狗溫蹲〉，《潭子鄉志》，臺中：潭子鄉公所，1993年6月，頁451-452。

第三章
清領時期臺中文學發展概述

　　本章旨在闡述清領時期臺中地區的文學發展概況，並介紹具有代表性的作家作品，將分「清領時期臺中地區古典詩文的發展背景」、「清領時期古典詩文代表作家與作品」兩小節進行分析。

　　在「清領時期臺中地區古典詩文的發展背景」方面，將先探討「臺中地區的開發概況」，鑑於文學的傳播與發展和社會結構及生活型態具有密切的關聯，因此透過地區開發歷程與社會結構轉變的分析，將有助於理解當時文學發展的社會背景。隨後討論「文人結社與教育機構」，分析清領時期臺中地區文人士紳為何慣於倡議結社，積極投入文教事業之中。同時也將彙整介紹當時臺中地區的教育機構，說明儒學與古典文學如何傳播與扎根。至於第二節「清領時期古典詩文代表作家與作品」，則將討論重要作家及其作品，依序包括長期在神岡呂家任教，影響深遠的吳子光，以及神岡呂家三兄弟的呂汝玉、呂汝修、呂汝成，還有與他們互動頻繁的傅于天、謝道隆、丘逢甲三人。上述諸人或為師生，或屬親友、同門，彼此往來密切，基本上可視為以神岡呂家為核心的文人集團，這是清領時期臺中地區文學極為特殊的現象。

　　必須另作說明的是，由於本書內容採「時間發展」與「議題導向」雙軌架構進行論述，因此第六章族群互動、第九章地景書寫的探討，將引述不少清領時期非臺中作家的作品，諸如陳肇興、梁子嘉、洪棄生等人。廣東人梁子嘉，曾擔任霧峰林家林朝棟的幕僚，他在臺活動時間約在1885—1897年間，多半在苗栗大湖、卓蘭地區從事墾拓。至於陳肇興與洪棄生，都是出身彰化極具代表性的古典詩人，由於地緣關係，他們也常涉足臺中，因此寫了不少與臺中有關的作品。但他們並非臺中文人，也不曾在臺中長期定居，故不列入本章討論。

第一節　清領時期臺中地區古典詩文的發展背景

一、臺中地區的開發概況

現今的臺中市區域，在漢人尚未大舉侵墾之前，本為中部各平埔族群的居地與獵場。1624年，荷蘭東印度公司為了建立能與中國、日本貿易的據點，遂佔領臺灣南部。在荷蘭人的官方紀錄中，可發現當時臺灣中部地區曾經存在一個跨族群的準王國，亦即今日慣稱的「大肚王國」。

大肚王國由巴布拉族（Papora）、巴布薩族（Babuza）、巴宰海族（Pazeh）、洪雅族（Hoanya）、道卡斯族（Taokas）等平埔族群所組成，領域範圍包含今日的臺中市、彰化縣北部及部分南投縣[1]。出身巴布拉族的國王，被領民尊稱為「白晝之王」，以大肚、清水等地區為政治核心，實質統治著當時的臺中地區，也是目前所見文獻中，臺中地區最早的開發者。

1645年，荷蘭東印度公司出兵攻擊大肚王國，摧毀了十三座村落[2]，迫使國王臣服簽約，接受荷蘭人不在此定居，但可自由過境王國領地的條件，成為半獨立狀態，直到荷蘭時代結束[3]。

1661年，鄭成功擊敗荷印公司軍隊，取得臺灣統治權，臺灣進入明鄭時代，而此時大肚王國則藉機獨立，再次強化了對其所屬領地的統治權威。1664年，鄭經為了考量軍糧需求，採取軍農合一的屯田方式，派劉國軒領兵入墾中部地區，也因此屢屢與大肚王國發生激烈的武裝衝突。

1670年，大肚王國所轄大肚社、水裡社、沙轆社與斗尾龍岸社，大舉興兵抗擊鄭軍入侵，為此鄭經領兵馳援劉國軒，鄭軍擊敗平埔族人，迫使大肚社、水裡社與斗尾龍岸社，遷居至埔里一帶山區避禍[4]，而沙轆社最為慘烈，遭劉國軒縱兵屠殺，

1　翁佳音，〈被遺忘的臺灣原住民〉，《臺灣風物》42：4，1992年，頁178。
2　中村孝志，《荷蘭時代台灣史研究下卷　社會‧文化》，臺北：稻鄉出版社，2002年，頁78。
3　中村孝志，《荷蘭時代台灣史研究下卷　社會‧文化》，頁82。
4　連橫，《臺灣通史‧撫墾志》，臺灣文獻叢第128種，刊臺北：臺灣銀行經濟研究室，1962年，頁416。

據說數百人口僅餘六人殘存[5]，幾乎可以說是遭到滅社厄運。這場戰役反映出兩個現象，首先是漢人開始侵入臺中地區的時間，大抵發生在1664年以降；而入墾的區域，大抵以臺中海線的清水平原[6]為主。其次是大肚王國領導核心的巴布拉族，在戰役中損失慘重，導致大肚王國的統治權逐漸解體。

縱使如此，由於鄭軍採用人數有限的軍屯方式入墾，使漢人墾區僅集中在幾個點狀的屯區中，再加上1683年，施琅攻臺覆滅東寧王國後，清廷採取消極統治的方針，將鄭氏家族與部隊遷居回中國本土，此舉致使軍屯區遭到捨棄，而漢人在臺中地區拓墾的腳步也為之頓挫。

此後，隨著清朝統治漸趨穩固，移民拓墾的嘗試，隨之再度出現。代表性的案例，是康熙49年（1710），曾任臺灣北路參將的張國，以每年代替大肚社與貓霧捒社繳納「番餉」為條件，向兩社承租土地，招攬佃戶拓墾收租，而開墾的範圍，大抵為大肚溪北岸、大肚臺地南側與東側的地區，即今日烏日、南屯一帶。張國將墾區命名為「張鎮庄」，向清廷登記繳稅。然而，隨著墾區的擴大，致使平埔族獵場受到破壞，族群衝突不可避免地發生。康熙58年（1719），平埔族一舉襲殺張鎮庄佃農九人，此事引起閩浙總督覺羅滿保的重視，為避免衝突擴大，遂下令逐散佃民、毀棄張鎮庄墾田[7]。張鎮庄的設立與捨棄，凸顯官方對移民拓墾土地的保守態度，另一方面則反映出原屬於大肚王國的該地平埔社群，雖經明鄭時期的武裝壓制，以及清領後的臣服納餉，但仍對該區保有一定程度的威勢與影響力。

雍正元年（1723），在考量中部地區番社歸順、漢移民增加，與拓墾區日漸擴大等因素下，清廷決定新設彰化縣[8]，使得中部開墾就近受到官方的管理與保障，接續隔年清廷批准臺灣各番社與民人，可以自由拓墾閒置的可耕種土地[9]，遂誘發臺灣中部的移墾熱潮。

雍正2年（1724），時任臺灣鎮總兵的藍廷珍與張國合股，設立墾號「藍張

5　黃叔璥，《臺海使槎錄》，臺北：臺灣銀行經濟研究室，1957年，頁128。
6　指大甲溪與大肚溪之間的隆起海岸平原地帶。
7　孟祥翰，〈藍張興庄與清代臺中盆地的拓墾〉，《興大歷史學報》第17期，臺中：國立中興大學歷史學系，頁398。
8　丁紹儀，《東瀛識略》，臺北：臺灣銀行經濟研究室，1957年，頁3。
9　吳幅員，《清會典台灣事例》，臺北：臺灣銀行經濟研究室，1966年，頁43。

興」，其報墾範圍東至臺中市東區東信里、西至犁頭店溪、南至大肚溪、北至今北屯區平田里、平和里，其後更延伸至今太平、大里一帶[10]，其拓墾的區域，則依墾號命名為「藍張興庄」。但由於藍張興庄的開墾，有越界私墾原住民土地的問題，自開墾之初，就引發一連串的報復攻擊事件。劇烈的民番衝突，引起福建官員的注意，檢討之餘認為是漢人侵犯原住民生存空間所導致，遂對藍廷珍的侵墾多所抨擊，最終迫使藍廷珍在雍正5年（1727）將已墾土地報請充公。然而，歸公的侵墾土地，並未移交番社或廢棄，仍由漢人佃農繼續耕種，此舉可謂變相侵害了原民的土地利益。

　　自雍正初年以來的侵墾風潮，嚴重壓迫了臺中地區平埔族人的生存空間，逐漸激起各番社對漢人與官府的不滿，終至在雍正9年（1731）激起清領時期最大規模的平埔族群抗官事件。該年年末，居於今大甲鎮一帶的大甲西社，因官吏指派勞役過重，而發動武裝行動，攻擊衙門、殺傷兵丁。清廷起兵鎮壓，一時未能奏效，戰事延宕至隔年八月，負責征討大甲西社的福建分巡臺灣道倪象愷，有一劉姓表親殺良冒功，將五名協助運糧的大肚社原住民斬首，謊稱為戰功上報。

　　此事，激發歸順番社的不滿，群起至彰化縣城抗議，但知縣敷衍了事，不願得罪上官倪象愷。無處申冤的大肚社原民，轉而支持大甲西社抗官行動，並串聯沙轆社、牛罵頭社、樸子籬社、吞霄社、阿里史社等十餘社，不僅圍攻彰化縣城，更焚燒附近數十里的漢人民房。

　　事態急遽蔓延，清廷除了從中國本土調兵征討外，更採取「以番治番」的策略，調動位於今神岡地區的岸裡社番丁，投入戰爭之中。最終，各抗清平埔番社陸續投降，傳承自大肚王國的各社人口大幅衰退，其社地則由官方賞賜給岸裡社，作為協助參戰的表彰與獎賞，由此岸裡社取代大肚社，成為臺中地區最具影響力的番社與土地擁有者。

　　岸裡社之所以向清廷靠攏，一個很重要的關鍵人物是岸裡社通事張達京。張達京，字振萬，號東齋，廣東潮洲人。康熙50年（1711）渡臺，旅居岸裡社境內，適因該社遭逢疫病，張達京以家傳草藥醫術救人，土官讚許其才能，招為女婿，遂有

10　孟祥翰，〈藍張興庄與清代臺中盆地的拓墾〉，頁430。

「番駙馬」之別稱。張達京因嫻熟平埔族語言與民情，在雍正元年（1723）受官府委任為岸裡五社總通事，負責傳達官命、分配差役與收繳番餉，在岸裡社中逐漸掌握了話語權，並在大甲西社抗清事件中，促使岸裡社投向清廷陣營。

雍正10年（1732），大甲西社抗清事件結束，岸裡社因功獲賞大量土地，張達京找來兄弟達朝、達標，開設「張振萬」墾號，並向土官潘敦仔訂立租墾契約，在葫蘆墩（今豐原）一帶進行開墾。但因該地灌溉水源不足，為謀開設水圳，便邀秦登鑑、姚德心、廖朝孔、江又金、陳周文等，以張振萬為首，合組為六館業戶，鑿通葫蘆墩圳，引水灌溉。再以「割地換水」的方式（亦即由漢人出錢出力開圳，而將其中部分的水源，供給平埔族人耕作使用；而平埔族人則割讓土地供漢人開墾作為補償的方式），大舉攫取原民土地，範圍遍及整個大臺中地區。

隨著墾區的快速擴張，受招攬而來的漢人墾戶也大量湧入，至乾隆年間，漢人已逐漸取代平埔族人，成為中部地區的優勢族群，並全面主導臺中地區的土地開發。連帶的，漢人侵墾、拐騙平埔族土地的行徑也越演越烈，最終在嘉慶、道光年間，導致平埔族人流亡苗栗三義、南投埔里與宜蘭羅東等地的人間慘劇。

二、文人結社與教育機構

土地開發的成熟，代表漢人社群在中部地區的生活漸趨穩定。在此狀況下，依賴拓墾發家致富的土豪巨富，經過世代累積財富聲望，逐漸形成在地的世家大族。然而在官重民輕的封建社會中，縱使富甲一方、威聲鄉鄰，但若缺乏權勢護持，仍舊難以擺脫朝不保夕、任人魚肉的風險；反之，若家族中有人功名在身，就等於是為整個家族取得了一份基本的安全保障。因此，在開墾致富後，尋求功名以鞏固或提升社會地位，成為這種社會結構下必然的發展趨勢。

清領時期獲取功名權勢的方式，最為人重視的正途就是科舉，至於軍功、捐納都被視為等而下之的偏門，在此種社會價值觀下，縱使是以草莽蠻力開闢土地的臺灣豪族，也不得不在累積足夠資本後，將目光轉向科舉考試，期待家族子弟能夠金榜題名，光耀門楣。

謀求透過科舉立身，無可避免的前提是知識與教育的扎根。因此，乾隆年間

才在臺中地區站穩腳步的漢族移民，經由時間累積資本後，在嘉慶之後開始以私人出資的方式，陸續興建私塾、社學、書院，培養家族子弟走向科舉之途，謀求由地方豪強，逐漸過渡為官紳世家。而這些參與科舉的讀書人，相互交流串連，便形成所謂的文人社群乃至文人結社，在享有社會特權與名望的同時，也躍升為地方教育的推手。而為應對科舉考試所奠立的文學素養，也成為地方菁英交際應酬的知識基礎，並逐漸孕育出在地的文人階層與文學傳統。

　　進一步來說，清代的教育系統，大抵分成儒學、書院、社學、義學與書房等層級。儒學，指的是各府、州、縣、廳所辦的官學，設有縣試、府試、院試等三階段的入學考試，總稱為童試，考取後稱為「生員」，即俗稱的「秀才」。考取秀才，等同於官方認證的讀書人，開始享有一定程度的社會禮遇，同時也得按時到儒學中接受修業講習與定期考課。然而儒學雖為官辦的正規教育，但在臺灣，清廷對儒學的設置並不積極，嘉慶以後更淪為單純的考試場所，對臺灣社會而言，能發揮的教育功能相當有限。

　　社學，則是官方在偏遠地區所設的啟蒙學校，分為漢、番兩類，漢庄社學多建於人口密集的地區，以生員為教師，有心向學者無須考試即可入學[11]。而「土番」社學，則設於平埔大社之中，由漢人教師教導平埔社童，以漢化平埔族人為教學目標。而中部的社學，最早建於雍正年間，嘉慶年間陸續衰頹廢弛，最終被私人出資興建的義學取代。

　　由於官設的儒學與社學，其數量不足以容納求學人口，在現實需求下，民間私辦的書房與義學應運而生。書房，又稱私塾、學堂、書館等，名稱雖異，但性質則同，其目的在教導學生掌握基本的識字能力，多數是由教師設帳於自宅，亦有受聘於富豪之家，可以說是清代最普遍的基礎教育機構。若說私塾是以個人或家族成員作為授課對象，那義學則是以貧寒子弟為對象的教育普及機構，大多是由官方與地方豪族鄉紳，共同斥資興修維持，具有輔助社學不足的作用。

　　然而隨著數量的增多，義學逐漸取代單純官建的社學，成為地方基礎教育的核心，最終導致「社學」與「義學」混同一義，不再有所區隔。道光年間出版的《彰

11　李汝如，《臺灣文教史略》，南投：臺灣省文獻會，1972年5月，頁24。

化縣志》，針對境內社學的狀況，有著以下的記載：

> 者黨庠州序而外，又有家塾，建於里門，即今之社學是也。社學又與閭
> 巷之小學不同。小學所以訓童蒙，如古者八歲而入小學是也。社學則諸
> 士子會文結社，以為敬業樂群之所。大都有文昌祠，即有社學。如犁頭
> 店之文昌祠內，士子以時會文，而名其學曰「騰起社」是也。餘可類
> 推。[12]

　　這段紀錄，傳達出幾個關鍵的訊息，首先文中指出社學的成立，是由地方上的
士子，先組成社團互通聲氣，再合資創建文昌祠廟，作為社學的授課場所。若按嚴
格標準，這類民間設置的學堂，應當屬於「義學」範疇，但在道光年間，基本上已
經改稱為「社學」。其次，士子會文結社，以社學為交流場所，這反映出當時社會
已經培養出一定數量的讀書人，並且擁有相當程度的社經地位，才能有餘裕在地方
上結社辦學。最後一個重點是課業程度的提高，早先不論是社學或義學，都是最基
礎的啟蒙教育，但發展至道光年間，由於社學由士子籌建，同時也作為文社交流之
所，故授課程度也隨之深化，更貼合士子攻考科舉的需求。
　　以目前臺中市行政區域為範圍，根據目前可見資料，當時士子先後籌組的地方
文社有九個，這些文社或獨資或合組社學，共計六所，而這六所社學都依託在當地
的文昌祠廟中開辦，依設置時間先後列表如下：

表一：清領時期臺中地區的文社與社學列表

序號	名　稱	開辦時間	地　點	設置概況
1	文蔚社	嘉慶3年（1798）	北屯區四張犁	貢生曾玉音為鼓勵地方文運，遂募集社員、籌備基金，創立文蔚社作為社學。道光5年（1825）與文炳社合資興建北屯文昌廟，作為義學場所[13]。

12　周璽，《彰化縣志》，臺北：臺灣銀行經濟研究室，1957年，頁149。
13　不著撰人，《台中州大屯郡役所寺廟台帳》，1925出版。原件由中央研究院臺灣史研究所典藏。收錄於《數位典藏與數位學習聯合目錄》資料庫，網址：http://catalog.digitalarchives.tw/item/00/6c/09/e4.html，登站日期：2014年9月12日。

序號	名　稱	開辦時間	地　點	設置概況
2	西雝社	嘉慶4年（1799）	臺中大肚區	舉人楊占鰲與富紳趙順芳倡議振興地方文風，獲得四百餘人支持，組成文社「西雝社」，後由趙順芳捐貲獻地興建文昌祠作為講學之所[14]。
3	文炳社	嘉慶5年（1800）	北屯區四張犁	貢生黃正中、儒者林宗衡等創設文炳社，作為教授漢學之社學。道光5年（1825），與文蔚社合資興建北屯文昌廟作為社學場所[15]。
4	新蘭社	嘉慶19年（1814）	南屯區犁頭店	由陳日新等南屯地區文士二十五人協議創立，為犁頭店文昌祠所屬之文社，與騰起季、崇文社、大觀社合資維持社學[16]。
5	騰起季（又名文林社）	嘉慶24年（1819）	南屯區犁頭店	由張天德發起，邀集社員一〇八名，為犁頭店文昌祠所屬之文社，與新蘭社、崇文社、大觀社合資維持社學[17]。
6	超然社	道光年間	中區大墩街	道光4年（1824），超然社士子在大墩街建立文昌祠。《彰化縣志》記錄該文昌祠設有社學，唯設立年分不詳[18]。
7	文英社	咸豐5年（1855）	臺中神岡區	道光16年（1836）神岡呂家的呂世芳等人籌組的「文昌祭祀會」，祭祀梓潼帝君，並作為文士交流之所。咸豐5年（1855），該會建造文昌祠，並附設「文英社」作為社學[19]。

14　王上丘，《清代臺灣中部書院之研究》，國立嘉義大學史地學系碩士論文，2012年，頁78。
15　不著撰人，《台中州大屯郡役所寺廟台帳》，1925出版。原件由中央研究院臺灣史研究所典藏。收錄於《數位典藏與數位學習聯合目錄》資料庫，網址：http://catalog.digitalarchives.tw/item/00/6c/09/e4.html，登站日期：2014年9月12日。
16　〈新蘭社〉，1917年調查。原件典藏於中央研究院臺灣史研究所。參見「中央研究院民族學研究所數位典藏」資料庫，網址：http://c.ianthro.tw/162065?qs=%E6%96%B0%E8%98%AD%E7%A4%BE，登站日期：2014年9月12日。
17　〈騰起季〉，1917年調查。原件典藏於中央研究院臺灣史研究所。收錄於《數位典藏與數位學習聯合目錄》資料庫，網址：http://catalog.digitalarchives.tw/item/00/6c/22/54.html，登站日期：2014年9月12日。
18　周璽，《彰化縣志》，頁149。
19　施懿琳、許俊雅、楊翠，《臺中縣文學發展史》，臺中：臺中縣文化中心，1995年6月，頁40。

序號	名　稱	開辦時間	地　點	設置概況
8	崇文社	同治6年（1867）	南屯區犁頭店	發起人姓名佚失，成立時社員五十餘人，為犁頭店文昌祠所屬之文社，與新蘭社、騰起季、大觀社合資維持社學[20]。
9	大觀社	光緒2年（1876）	南屯犁頭店	由烏日鄉學田庄陳吉輝發起成立，會員十六人，為犁頭店文昌祠所屬之文社，與新蘭社、騰起季、崇文社合資維持社學[21]。

　　若對比前述的儒學、社學、義學、書房等教育機構，以教學程度高低，可以區分出兩個層次，首先是以攻考科舉為目標的儒學，其次是屬於識字啟蒙的社學、義學與書房。然而，一如前述，儒學設置數量不足，再加上嘉慶以後逐漸轉型為考場，不再擔負講學功能，導致原作為儒學輔助機構的「書院」其重要性日漸增加，最終取代儒學的教育機能，成為臺灣清領時期科舉教育的核心機構。

　　書院制度起於唐代，原本是私人讀書、藏書之所，後來發展成招生講學的教育機構，並有山長、學田等制度配合。在科舉制度的影響下，書院被視為官學的輔助機構，官府亦常以興修書院、聘請大儒講學作為提振文運之道，遂使書院逐漸有官學化的現像。清初之時，清廷擔心書院私人講學，有議論朝政之弊，曾刻意抑制書院發展。至雍正年間，政局穩定，再加上地方官員與仕紳對於書院的推崇與需求，遂頒旨肯定書院「興賢育才」的功能，明令各省省會興建書院，改採積極鼓勵的態度[22]。

　　臺灣最早具規制的書院，是清康熙41年（1702）由臺灣知府衛臺揆在臺南設置的崇文書院。爾後，各地陸續設置書院，早期多由官方捐資設置，後逐漸轉為地方仕紳聚資倡建，但不論是公私立，都必須接受地方行政官員考核，成為培養科舉人才的重

20　〈崇文社〉，1917年調查。原件典藏於中央研究院臺灣史研究所。參見「中央研究院民族學研究所數位典藏」資料庫，網址：http://c.ianthro.tw/162064?in=159021&row=1&overview=1，登站日期：2014年9月12日。

21　〈大觀社〉，1917年調查。原件典藏於中央研究院臺灣史研究所。參見「中央研究院民族學研究所數位典藏」資料庫，網址：http://c.ianthro.tw/162073?in=159021&row=3&overview=1，登站日期：2014年9月12日。

22　王上丘，《清代臺灣中部書院之研究》，頁44。

要場域。臺中地區的書院，見於史籍者有五所，按設置時間先後，列表如下：

表二：清領時期臺中地區的書院

序號	名　稱	開辦時間	地　點	設置概況
1	鰲文書院（又稱鰲山書院、鰲峰書院、寓鰲義學）	道光25年（1845）	臺中清水區	地方士紳蔡鴻元、蔡媽居、楊漢英等人倡建文昌祠，並以祠廟廂房設置鰲文書院[23]。
2	文英書院	同治8年（1869）	臺中神岡區	前身為咸豐5年（1855），由呂世芳設置的社學「文英社」。同治8年（1869）呂世芳子呂耀初，於文昌祠旁建造學舍，將文英社改為「文英書院」[24]。
3	超然書院	光緒年間	中區大墩街	前身為道光年間設置的社學「超然社」。依《超然書院課藝》，該社遲至光緒年間已改為「超然書院」[25]。
4	磺溪書院	光緒13年（1887）	臺中大肚區	前身為嘉慶4年（1799），富紳趙順芳等人設置的「西雝社」。光緒13年（1887），趙順芳子趙璧，與蔡燦雲、蔡瀚雲、張錦上等鄉紳，集資鳩工，於文昌祠內興建「磺溪書院」[26]。
5	宏文書院	光緒15年（1889）	中區大墩街	光緒15年（1889），臺灣省城（今臺中）開始建城。書院作為省城必備設施，由負責建城的知縣黃承乙、道員林朝棟、仕紳吳鸞旂、吳海玉等掛名倡設。原預定興建院舍，後改以民房充當[27]。

23　彭瑞金等，《重修清水鎮志》，臺中：臺中市清水區公所，2013年8月，頁503。
24　王上丘，《清代臺灣中部書院之研究》，頁70。
25　王上丘，《清代臺灣中部書院之研究》，頁70。
26　施懿琳、許俊雅、楊翠，《臺中縣文學發展史》，頁40。
27　伊能嘉矩，《臺灣文化志（中卷）》，南投：國史館臺灣文獻館，2011年4月，頁23。

　　透過上表可以了解到，臺中地區的社學大多起於嘉慶、道光年間（18世紀末至19世紀上半葉），發展至同治、光緒年間（19世紀下半葉），轉型擴大為書院機構。其中除了宏文書院屬於官建性質外，其餘四所都由民間仕紳所創設，這反映出地方豪族世家對於科舉的熱中與需求。此外，文英、超然、礦溪等三家書院，分別是由「文英社」、「超然社」、「西疇社」等社學為基礎，進一步擴大發展而成，這說明經由世代累積，僅教授啟蒙基礎的社學，已經無法滿足社會對於知識、或者說是對於科舉的需求，才會陸續由社學發展成書院。

　　大抵而言，透過作為教育機構的社學與書院，逐漸培養出嫻熟傳統儒學與古典文學的文人。而這些地方知識菁英，也透過參與維持社學或書院運作的文社而相互結交。其中，文學作為互動交流的一環，促成了文學活動的蓬勃發展，以及知名文士的出現，最終積累出具有地方特色的代表性作家和作品。

第二節　清領時期古典詩文代表作家與作品

1、吳子光

　　吳子光（1819—1883），原名儒，字士興，後業師宋其光賜名子光[28]，遂以此為名，號芸閣，別署雲壑，晚年自號鐵梅老人、鐵梅道人。吳子光原籍廣東嘉應州，但家族與臺灣淵源頗深，其祖父吳維信困於貧窮，於乾隆44年（1780）渡臺，打拼十餘年後衣錦榮歸，返鄉娶妻築室、購置田產並捐納功名[29]，讓吳家子弟得以脫貧就學。然而，吳子光父親吳遠生，並非守成之才，家道日漸艱難，卻仍極其重視子嗣教育，修築家塾「啟英書室」，藏書數萬卷，且延聘名師教育子弟，以致屢屢有賣田買書之舉[30]。吳子光自六歲起先後師從宋其光等五位老師，未滿十三歲便讀畢各經書，開始習作科舉文字，鄉鄰皆寄予厚望，認為其科舉之途必然順遂無

28　吳子光，〈心珠先生傳〉，《一肚皮集》卷四，收錄於「臺灣先賢詩文集彙刊」，臺北：龍文出版社，2001年6月，頁216。

29　吳子光，〈先大父禹甫公家傳〉，《一肚皮集》卷四，頁217。

30　吳子光，〈先考守堂公家傳〉，《一肚皮集》卷四，頁230。

礙，將為鄉里之光[31]。

　　無奈因家道衰頹負債累累，吳子光遂循先祖之例，於道光17年（1837）來臺謀求發展，此行結識神岡呂家家主呂世芳，兩人一見如故[32]，開啟了爾後擔任呂家西席的翰墨因緣。道光19年（1839）再度來臺，此行寓居彰化縣岸裡社（今臺中縣神岡鄉），與岸裡社平埔族人有所接觸，對其語言感到好奇[33]。道光22年（1842），迫於家貧無所謀生與科舉屢試不進等因素，舉家東渡來臺依附親族，旅居於銅鑼灣漳樹林莊（今苗栗縣銅鑼鄉），後輾轉於臺中、新竹、苗栗地區，接受邀請擔任西席維生。

　　道光28年（1848），臺灣道兼提督學政徐宗幹主持歲考，取吳子光為一等，補為臺灣府學廩生[34]，徐宗幹視吳子光為雋才，聘為幕客多年。同治元年（1862）戴潮春事起，時在岸裡社執教的吳子光，避亂返回銅鑼灣漳樹林莊，並築居室「雙峰草堂」[35]。同治4年（1865），吳子光前往福州鄉試中舉，在臺文名日盛。同治8年（1869），淡水廳同知陳培桂邀聘主修《淡水廳志》，隔年因臺灣鎮總兵楊再元力薦楊浚，陳培桂改以楊浚主導其事，吳子光拂袖退出撰述，但又自覺技癢，遂私修史志，撰述《淡水志稿》，暗與楊浚一較高下[36]。光緒2年（1876），計畫由滬尾前往北京參加會試，卻因颱風無法通航而錯過考期，從此絕意仕進[37]，將人生重心放在整理著述與授課講學上。

　　光緒3年（1877），吳子光應聘主講於文英書院，隔年神岡呂家筱雲山莊書庫「筱雲軒」落成，敦請吳子光寓居山莊，擔任西席教授子弟。這段講學的時光，造就出許多優秀的地方知識菁英，如丘逢甲、謝道隆、傅于天，以及出身神岡呂家，合稱海東三鳳的呂汝玉、呂汝修和呂汝成等，對於臺中地區文風的提振，有著難以

31　吳子光，〈一肚皮集序〉，《一肚皮集》卷一，頁3。
32　吳子光，〈義門呂氏厚贈記〉，《一肚皮集》卷六，頁377。
33　葉靜謙，《吳子光與〈一肚皮集〉中的臺灣風土探析》，逢甲大學中文所碩士論文，2009年6月，頁56。
34　吳子光，〈寄徐次岳仲山孝廉書〉，《一肚皮集》卷三，頁164。
35　莫渝、王幼華，《苗栗縣文學史》，苗栗：苗栗縣立文化中心，1990年1月，頁109。
36　吳子光，〈淡水廳修志試筆序〉，《芸閣山人集》，收錄於「臺灣先賢詩文集彙刊」，臺北：龍文出版社，2001年6，頁149。
37　顧敏耀選注，《吳子光集》，收錄於「臺灣古典作家精選集」，臺南：國立臺灣文學館，2013年11月，頁46。

磨滅的貢獻。此外，吳子光藉由擔任呂家西席之便，得以飽覽呂家筱雲山莊二萬餘卷的藏書，對於其思想與著述的深化，影響自然深遠。而呂家藏書，透過吳子光專文介紹[38]，名傳於後世，兩者可謂相得益彰。

　　吳子光於光緒9年（1883）逝世，享壽六十五，私諡「文確」，神岡呂家以師禮葬之。一生創作甚多，目前留存著作計有《一肚皮集》、《小草拾遺》、《三長贅筆》、《經餘雜錄》與《芸閣山人集》等。《一肚皮集》取蘇東坡「一肚皮不合時宜」典故為書名，是一部包含書、傳、記、說、雜說、考、雜考、紀事與序的綜合性學術論著。全書編成於光緒元年（1875），但因刊刻費用難以籌集，在吳子光身故後，才由呂氏昆仲出版傳世。《小草拾遺》為詩集，附錄於《一肚皮集》後出版。其餘三部書籍皆為手稿，《三長贅筆》是史學方面的論著；《經餘雜錄》收錄讀經雜記、題跋、辭語與詞林典實；而《芸閣山人集》則是著作底稿的輯錄彙編。

　　對於吳子光的文學風格與特色，清光緒年間的《苗栗縣志》，評論吳子光「長於詩，尤長駢體，有天風海濤之觀」[39]。王松在《臺陽詩話》則評論《小草拾遺》，認為其詩「專學晚唐」、「傑句名篇，美不勝錄」[40]。而施懿琳在《臺中縣文學發展史》中則有以下評論：「就詩歌作品而言，子光之詩因學晚唐故，不免纖細流麗有餘，而雄豪不足；賦體之作，胖麗華采，美不勝收，卻不免誇飾太過之嫌。」[41]可謂確評。大抵而言，好用典故與詞采富麗，是吳子光詩歌作品的明顯特色，下列〈紀變絕句四首〉即為明例：

昆池劫火到東瀛，班馬中宵似有聲。十萬黃巾低首拜，前車恐是鄭康成。

書生俯首入鵝籠，蒿目潢池路不通。留得湘東金管在，好書忠孝紹家風。

吳髮休論短與長，墨磨盾鼻願誰償。九千歲事君知否，太白遊老夜郎。

38　關於筱雲山莊藏書，吳子光留有〈筱雲軒記〉、〈筱雲軒藏書記〉等作品傳世。
39　沈茂蔭著，《苗栗縣志》，臺北：臺灣銀行經濟研究室，1962年，頁202。
40　王松，《臺陽詩話》，臺北：臺灣銀行經濟研究室，1959年，頁1。
41　施懿琳、許俊雅、楊翠，《臺中縣文學發展史》，頁49。

南風吹律死聲聞，甚惡居然近楚氛。一笑請纓羈闕下，更無人學漢終軍。[42]

這組詩作是感懷戴潮春事件所作，題下註明「錄壬戌舊作」，也就是同治元年（1862）之作，而詩前序寫到「壬戌之亂，余居逼近賊氛，盼官軍不至，感賦數絕，殆所謂長歌當哭者歟？」[43]由此可知本組詩為戴潮春事件當下所寫。

四首詩作幾乎句句用典，故實堆壘、信手拈來，展現出深厚的學養內涵。第一首以黃巾賊道遇鄭玄參拜而退之事，比喻自身喝退戴潮春部眾的經歷[44]。第二首轉用「陽羨鵝籠」之典，以鵝籠形容避難所乘之轎，暗喻避難路途之艱辛狼狽，並強調自身忠孝家風，不與反賊同流合污。第三首以魏忠賢被阿諛者稱九千歲，終舊難逃一死之事，譏諷戴潮春自稱千歲的取死行徑。更以李白隨永王起事，最終流放夜郎的史事，指出參與叛亂終究沒好下場，規勸世人不要以身犯禁。最後一首以《左傳》所載晉國師曠耳聞楚國樂聲有衰微之音，斷定楚國必定戰敗之遺事，指出戴潮春勢力已走向衰頹，再以漢朝終軍請纓出戰的典故，諷刺當下官軍一味龜縮，無人敢一舉奮發平叛。

除了詩歌之外，吳子光的古文也名盛一時，邀請吳子光修志的陳培桂，便讚許其文「此煌煌者，直接有唐三百年古文真氣脈」[45]，而吳子光本人對自身古文也相當自豪，其曾抨擊世人貴古賤今之陋習，直言「苑、楊、虞、揭，以古文雄長一世，其才誠高，然亦幸生前古，彌覺難能可貴。使與山人同時驅馳中原，尚未識鹿死誰之手」[46]之語，展現出想與古人一較文采的豪情與自信。

大抵而言，吳子光的古文作品，也具有愛用典故的特色，此外因受乾嘉考據學盛行之影響，行文之間特別喜好夾敘考證，有時甚至反客為主，用以考證的文字，反比主事的描寫為多，因此連橫在《臺灣通史》中評論吳子光「然其文駁雜，反不

42　原註：「戴逆自稱千歲。」
43　吳子光，〈紀變詩有序〉，《芸閣山人集》，頁87。
44　吳子光，〈芸閣山人別傳〉：「咸豐壬戌，彰邑奸胥戴萬生作亂；山人居逼虎口，賊黨以利刃脅之降，悍弗顧，且唾曰：『子胡然！吾戴吾頭來矣，又奚避』？賊亦奇之，以為椒山有膽云。後得脫，走淡水，依弟姪以居，作舌耕鄙事。」收錄於吳子光，《一肚皮集》卷五，頁322。
45　吳子光，〈書茅選八大家文集〉，《芸閣山人集》，頁177。
46　吳子光，〈金廣福大隘記〉，《一肚皮集》卷七，頁418。

若考據之佳」[47]。其描寫文英社社學的〈岸社文祠學舍記〉，就是一篇包含上述兩個特色的典型之作。

> 岸裡社於薯屯為酋長，故別稱大社。社昔富庶，有巡海御史行臺，今廢。所居多番族，操蠻語，聽之半作都魯與嘓聲，非重譯不能通；即遼、金諸史國語解中故實也。
>
> 距社數百武有隙地，產竹木，左右溪水環之，風景絕似消夏灣。曩者，文英社呂耀初諸君就此地搆祠宇以妥文昌神，禮也。謹按文昌屬天神。史記、漢書皆言斗魁戴筐六星，曰文昌宮有司中、司命等目。今所傳〈陰騭文〉，綺章繪句，頗似俗筆所為，然借因果之說為薄俗痛下鍼砭，雖殊神聖口授，而其意固無惡於天下，非王欽若天書可比也，故士林亟稱之。
>
> 祠左右个為學舍，極幽雅，遠近趨焉。室中高敞處，畫棟飛甍，勢繚而曲，鳥雀憑之以為棲。每亭午，輒出噪聒，與謳吟者聲相亂，予頗以為苦。乃孔稚圭、戴仲若輩以此族擬諸鼓吹何耶？又張巡之守睢陽也，會糧匱，軍士羅雀掘鼠以為食，何其憊也。今群雀聚族居此，館童亦發菩提心，視作中牟之雉，不捕之、且不驚之，洵所謂鳥獸咸若其性者，蓋海宇之承平可知矣。
>
> 祠左側有菜畦，植梅、菊、素馨、茉莉、夜來香數十株。花開時，則摘取花瓣置哥窯中以供神。此皆吳氏吉人手植者。吉人行義甚高，且事神謹甚，以主祠之役屬之，可稱得人。
>
> 是歲，予援宋代提舉宮觀之例，安榻此間，疑與帝君有香火緣。且室之中，風蟬露螢，皆詩料也；門以外，水光山色，皆天倪也；在人六鑿不擾，能自得師耳。遊余門者則呂、謝諸君，占卻程門四先生之半。余老矣，將為劉安招隱計，因挾之以自壯焉。[48]

47　連橫，《臺灣通史》，臺灣文獻叢刊第128種，臺北：臺灣銀行經濟研究室，1962年，頁983。

48　吳子光，《臺灣紀事》，臺灣文獻叢刊第36種，臺北：臺灣銀行，1959年，頁39-40。

首先就考據方面來看，文章開篇破題，便先考證岸裡社之歷史源由，指出發音習慣、語言不通等狀況後，才指出社學就在該社附近。接著，因文英社修建文昌祠作為義學講學之所，便又岔出去考證史記、漢書對文昌神的記載，以及〈陰騭文〉[49]的來歷與評價等等。在文章中夾敘考證，雖然充分展示吳子光學養之淵博，但終究很難迴避連橫「駁雜」二字的批評。

接續，就用典來看，中段寫社學內鳥鳴噪人之景，便鋪排孔稚圭以蛙鳴為家樂、戴仲若遊春聽黃鸝、張巡守睢陽，軍士羅雀掘鼠為食、中牟縣令魯恭教化百姓愛護生靈，不捕育雛雉鳥等四事襯托。末尾記錄自身寓居文昌祠中，便舉宋代「提舉宮觀」[50]遺事自喻；寫與學生呂炳修、謝道隆親近，趣引北宋程門四大弟子比擬；最後更反用劉安〈招隱士〉一文勸王孫不要隱居之事，強調自己年歲已大，將在此隱居終老。短文一篇，各方典故洋洋灑灑，卻皆能情懇意切，文字功力自在其間。

2、呂家三兄弟

呂汝玉（1851—1925），名文衡、賡虞，字汝玉，號縵卿、璞山、舜鄰，平素以字行世，神岡呂家族長呂炳南長子，後接任為五代族長。因呂炳南與吳子光交好，吳子光常客居筱雲山莊，呂汝玉敬慕其學識淵遠，遂於光緒3年（1877），邀聘吳子光主講於文英書院，隔年筱雲山莊書庫「筱雲軒」落成，更敦請吳子光駐居山莊，擔任西席教授呂氏子弟。呂汝玉、呂汝修、呂汝成等兄弟三人，一同拜入吳子光門下，執禮恭謹、問學勤奮，吳子光讚許三人才學出眾，便援引唐代河東三鳳事例，稱其昆仲為「海東三鳳」[51]。

光緒7年（1881），提督學政張夢元，推舉呂汝玉為博士弟子員，入庠邑為生員。取得秀才之銜的呂汝玉，得以參與仕紳之列，開始投身地方公共事務。光緒15年（1889），與吳鸞旂、林朝棟等，共同具名倡設宏文書院。乙未時，力保家族產

49　〈文昌帝君陰騭文〉，一篇以文昌帝君口吻講述因果報應的駢文，常簡稱為〈陰騭文〉。
50　宋代設有「提舉宮觀」之職，用來安置老病閒散之臣，領有俸祿而無實職之權。
51　吳子光，〈筱雲軒記〉，《一肚皮集》卷六，頁393。

業與地方秩序，明治30年（1897）獲授紳章，明治38年（1905）就任臺中廳參事，大正元年（1912）離職淡出公領域，閒居山莊以詩書自娛[52]。

呂汝修（1855—1889），名賡年，字汝修，號宜壽、餐霞子，以字行。呂炳南次子。光緒元年（1875）考中秀才，後拜入吳子光門下，研習科舉制藝，光緒14年（1888）考上舉人，恩授正七品文林郎，成為呂家科舉仕途的頂點。呂汝修被譽為「海東三鳳」之魁楚，可惜壯年早逝，未能一展才學。

呂汝成（1860—1929），名松年，字汝成[53]，又字鶴巢、賡馥，號錫圭，多以鶴巢二字行世。呂炳南三子，業師吳子光讚許其「性誠愨，力學逾閔馬父」[54]，光緒8年（1882）考中秀才。明治28年（1895），出任葫蘆墩保甲局成員，與兄長呂汝玉共同維繫地方平靖。明治30年（1897）公推為三角仔區庄長，同年4月獲頒紳章，明治38年（1905）轉任社口區庄長，公職服務期間，治績傳有佳聲[55]。

呂氏昆仲以「海東三鳳」稱號聞名於世，但實際留存後世的文學作品並不多。光緒15年（1889），兄弟三人曾經在北京刊刻《海東三鳳集》四卷，由許南英、丘逢甲撰寫序文，另由呂汝成之子呂伯先擔任校刻，可惜已佚失未能得見。1981年，經由田調，在筱雲山莊發現呂氏昆仲殘稿一批，雖經判讀認為非光緒年間《海東三鳳集》底稿，但多數為清領時期作品，仍總以《海東三鳳集》為書名出版[56]。

今日所謂的《海東三鳳集》，內容包含四個部分，分別是以呂氏兄弟試帖詩為主的《海東三鳳集》；彙編呂汝修詩作的《餐霞子遺稿》；收錄光緒7年（1881），呂氏兄弟與丘逢甲、傅于天等人，前往臺南旅遊之唱和詩作的《竹溪唱和集》，以及屬於附錄性質的吳師廉《草廬居文稿》[57]。除了《海東三鳳集》之外，呂汝玉、呂汝成在日治時期後，也偶有作品刊載於報章之上，內容大多是送往

52　鷹取田一郎編，《臺灣列紳傳》，臺北：臺灣總督府出版，1916年，頁200。

53　「汝成」，亦常作為「汝誠」，今依照其墓碑刻石用字，採用「汝成」，《臺灣日日新報》相關報導，多以「呂鶴巢」之名稱之。

54　吳子光，〈筱雲軒記〉，《一肚皮集》卷六，頁393。閔馬父，又名閔馬或閔子馬，春秋魯國人。《左傳・昭公十八年》記錄其強調學習對家國存亡的重要，後成為勤學的象徵人物。原刊誤作「閔馬殳」。

55　鷹取田一郎編，《臺灣列紳傳》，頁201。

56　參見施懿琳、許俊雅、楊翠，《臺中縣文學發展史》第二篇第三章，頁54。

57　吳師廉為吳子光姪子，與呂氏昆仲、丘逢甲、傅于天等人為同儕。其所著《草廬居文稿》亦存於筱雲山莊，與呂氏兄弟手稿同時被發現，故附錄於書後。

迎來的應酬之作，世用性質高於文學意義。

綜觀海東三鳳留存之作品，以試帖詩數量最多，為呂氏兄弟學習制藝所作，部分作品有吳子光、陳肇興的修改與眉批，作為史料而言，相當難得可貴。但在文學價值方面，試帖詩是因應科舉考試而作，大多為文造情，脫離個人生命經驗，而難掩刻意矯情之弊。但另一方面，出於試場考校需求，詩作得嚴格限定體韻格律，並重視典故運用與切題與否等等，相當能體現個人文字能力與知識的淵博深淺。分別列舉三人試帖詩佳作如下：

> 十二金書字，忠臣信可旌。兩行光被服，一勝簪纓。制合雲機巧，裁宜玉尺衡。心同紅日赤，人比潔霜明。為慶風雲會，還將月旦評。新裁官樣好，軒冕到公卿。[58]

> 暖日烘晴候，名區此地逢。川涵山上影，亭醮嶺頭峰。洞口霞飛滿，泉間翠滴濃。掬將金燦爛，洗出玉芙蓉。世界神仙境，風光學士蹤。氣清原有藹，雲淨不教封。聚鏡深千尺，層螺透幾重。會當凌絕頂，星宿看羅胸。[59]

> 水國憑欄眺，紅花自卷舒。那堪秋寂寞，倏見蓼蕭疏。霞綺明雙槳，煙痕淡一渠。半江扶瘦蟹，數葉礙游魚。冷艷經霜久，孤根得月徐。客情憐沅澧，天意老芙蕖。岸闊酣鷗夢，叢荒露釣居。蘆中吹火處，快讀滿船書。[60]

第一首〈金字十二〉作於光緒7年（1881），是呂汝玉考秀才時的應試作品。考題「金字十二」，源於武則天贈送狄仁傑袍服，上繡「敷政術，守清勤，升顯位，勵

58　呂汝玉，〈金字十二得旌字辛巳科正場題〉，全臺詩編輯小組，《全臺詩》第拾壹冊，臺南：國立臺灣文學館，2008年4月，頁24-25。

59　呂汝修，〈幘亭峰影醮晴川得峰字五言八韻鄉試取中〉，全臺詩編輯小組，《全臺詩》第拾壹冊，頁407。

60　呂汝成，〈紅蓼花疏水國秋得疏字〉，全臺詩編輯小組，《全臺詩》第拾貳冊，頁551-552。

相臣」等十二金字，用以表彰狄仁傑功績之事。故詩中先點出題目緣由，讚賞袍服精緻華美，並推許狄仁傑赤誠忠心，最後認為狄仁傑受武則天推重，可謂是風雲際會，得以發揮所長。

第二首〈幔亭峰影醮晴川〉是呂汝修於光緒14年（1888）中舉時的試帖作品。「幔亭峰影醮晴川」語出朱熹〈九曲棹歌〉，本是描寫福建武夷山九曲溪盛景的詩作。呂汝修扣合題意，亦著意描繪山光水景，並以「風光學士蹤」一句，點出朱熹遊賞留詩之事，詩作文字極盡雕琢工巧，鄉試取中實有所本。

第三首〈紅蓼花疏水國秋〉則是呂汝成的試帖練習之作。詩題源於唐詩〈題新雁〉，是一首眼見秋天沙洲寂寥，思念故鄉人事的作品。而呂汝成則緊扣題目中的沙洲意象，描寫秋季水濱的景致，並變化〈題新雁〉思鄉的意旨，以釣魚、讀書等意象，轉而呈現一種融入環境的安適感。

除了試帖詩之外，呂汝修尚有《餐霞子遺稿》，收錄其閒居雜詠，以及親友間應答唱和之作。這部分的詩作，比較能看出呂汝修的生活狀態與詩人心境，也因這些詩作直抒心胸，文學價值遂相對較高，故施懿琳在評論海東三鳳詩作時，認為「汝修之作最具可讀性」[61]。當然，這樣的評語，其根本原因在於呂汝玉、呂汝成並無性質相似的詩作留存，以致呂汝修在海東三鳳中顯得特別突出。

《餐霞子遺稿》所錄詩作，展現出呂汝修閒適於田園的富足生活，下列二首作品便相當具有代表性：

> 輿上掀簾一望平，夕陽西下雲霞撐。青山斷處長林補，黃犢歸時短笛橫。墟里炊煙村舍暝，人家籬落犬雞鳴。歸途晚飯欣一飽，新試香甜芋糝羹。[62]

> 臨水三間結草廬，安仁於此賦閒居。雲環檻外千峰秀，日麗天中萬木疏。時有清風吹戶牖，從無惡客到階除。男兒未遂鯤鵬志，且向窗前理舊書。[63]

61　施懿琳、許俊雅、楊翠，《臺中縣文學發展史》，頁54。
62　呂汝修，〈道中傍晚作〉，全臺詩編輯小組，《全臺詩》第拾壹冊，頁416。
63　呂汝修，〈草廬〉，全臺詩編輯小組，《全臺詩》第拾壹冊，頁409。

第一首〈道中傍晚作〉，描繪的是傍晚返家歸途之所見，夕陽西下、牛犢笛聲、雞犬炊煙，閒適安居的鄉間即景躍然紙面。最末化用陸游〈晨起偶題〉詩：「且試新寒芋糝羹」之句，點出飽食歸家的愉悅情緒。第二首〈草廬〉，描寫閒居讀書，生活中只有清風習習而無來客相擾，但在平靜之中卻又有著一股奮發科舉的自勵之心，整首詩作靜中有動，轉折有致，相當漂亮。

　　總結來看，海東三鳳的作品風格，受吳子光影響痕跡頗深，用字精緻華麗是一大特色。已知的留存詩作以試帖為多，反映出以書香世家聞名的呂氏子弟，對於科舉考試的熱中。此外，呂汝修因留存詩作較多，額外呈現出慕愛田園的一面，相對於制藝作品，這些詩作較為清新自然，擁有比較高的文學評價。

3、傅于天

　　傅于天，生卒年不詳，字子亦，號覽青，清彰化東勢角（今臺中東勢區）人，另說出身於朴仔口庄（今豐原區朴子里）或翁仔社（今豐原區翁社里），因年少早逝，生平事跡多不詳，僅能從遺存詩作或文友相關記述中獲得些許資訊。

　　傅于天與神岡呂氏昆仲、邱龍章、丘逢甲父子交情甚篤，因年紀稍長，丘逢甲慣稱其為「覽青叔」[64]。傅于天因往來於筱雲山莊，而與吳子光結識，並深慕其文章風采。光緒3年（1877），吳子光應聘主講於文英書院，次年座館筱雲山莊，傅于天遂與呂氏昆仲、丘逢甲等人一同拜入吳子光門下，學習科舉制藝之道。

　　傅于天在東勢山腳，鄰近大甲溪畔處構建居室，取名為「肖巖草堂」，業師吳子光寫有〈肖巖草堂記〉，記錄傅于天率領家族子弟在此耕讀，並引為「文章知己」[65]，期許頗深。後傅于天果應試及第，為邑生員，但天不假年，未及大用而謝世，卒時年僅二十六歲。

64　諸如〈至郡城數日，即遊竹溪寺與諸名士吟詠終日，歸見覽青叔及汝玉、汝修兄，步七十二峰羈客韻詩，依韻奉和〉、〈郡地熱甚，汝玉、汝修昆仲與覽青叔皆袒裼、露胸、跣足，因取陳司馬香根〈三五羅漢腳〉句，聯成一首〉等詩，皆稱傅于天為「覽青叔」。詩見全臺詩編輯小組，《全臺詩》第拾伍冊，臺南：國立臺灣文學館，2011年10月，頁55。
65　吳子光，〈肖巖草堂記〉，《肖巖草堂詩鈔》，臺北：龍文出版社，2001年6月，頁4-5。

　　傅于天因為早逝，留存詩作甚少。大正8年（1919），呂汝玉輯錄其遺作三十四首，題為《肖巖草堂詩鈔》，刊行存世。詩集後附呂汝玉〈追懷傅子亦〉一詩，描述了傅于天其人風采：

> 傅子覽青亦自奇，甲溪築室水之湄。性情果毅難容世，風度孤高弗入時。眼似金剛常怒目，心如菩薩不低眉。珊珊傲骨誰能近，悅服延陵芸閣師。[66]

透過詩作，可知傅于天是個性情剛毅、不苟言笑之人，且一身傲骨，唯獨敬慕吳子光一人。而傅于天的〈肖巖草堂自詠〉，則以「青山孤隱士」自稱，描繪出田園耕讀、與世無爭的生活：

> 青山孤隱士，耕讀甲溪邊。左右雙腰水，東西兩面田。松梅于眷屬，詩酒是因緣。屋小堪容膝，牆低只及肩。桑麻為樂事，車馬謝喧填。寫字妻磨墨，烹茶弟汲泉。牛歸紅樹外，瓜摘綠棚前。父子家人趣，無懷亦葛天。[67]

本詩屬於五言排律，中間是六組對仗，用詞淺白，詩中描述草堂的位置與內外景致，並呈顯和樂耕讀的家居生活，整體風格相當質樸自然，可以說是傅于天作品的典型特色，連橫曾品評傅于天「詩亦平淡」[68]，應是出於對於此類作品的印象。

　　除了描寫田園生活外，與詩友之間的唱和，也是傅于天詩作的一大常見主題，其中尤以與呂氏昆仲互動者為多，可以〈上筱雲山莊呂大汝玉〉為代表：

> 雙扉啟處一橋通，細聽書聲送晚風。始信青山稱謝宅，何疑綠野說裴公。門前貯水當窗白，雨後拈花插架紅。安得餘閒來唱和，相隨鸞鳳集

66　呂汝玉，〈追懷傅子亦〉，《肖巖草堂詩鈔》，頁27。

67　傅于天，〈肖巖草堂自詠〉，《肖巖草堂詩鈔》，頁9。

68　連橫，《臺灣詩乘》，臺灣文獻叢刊第64種，臺北：臺灣銀行，1950年，頁194。

高桐。

從來三鳳說河東，恰與君家伯仲同。奉母閒居潘岳賦，留賓雅愛鄭莊風。酒傾東浦翻添興，詩託西崑妙轉工。最樂諸昆書共讀，阿兄開卷弟聲通。[69]

這是一組贈題給呂汝玉的作品，主旨在於描述筱雲山莊的生活。前一首寫山莊的宏偉外觀與門外秀麗景致，強調主人呂汝玉的家世背景，以及宅邸內文風匯聚的特色。後一首則著眼於呂家書香門第，強調兄友弟恭且熱情好客之門風，並點出呂氏兄弟併稱海東三鳳之雅事。許天奎在《鐵峰詩話》中，評論傅于天詩作「力求工穩，不為誇大之辭」[70]，用來品題這組作品，可謂相當適切。

　　除了上述兩類之外，另有一組描寫葫蘆墩（今豐原）廟會街景的〈葫蘆墩竹枝詞〉，也相當特殊有趣。

頭纏紅錦耳垂璫，一髻新梳墮馬粧。傳說歌聲雜閩粵，男爭倒篋女傾囊[71]。

登場媚眼轉秋波，錯雜箏絃徹夜歌。莫笑優人專射利，好官不過得錢多。

三三兩兩候疏籬，相近相親話片時。渠愛勾留儂愛去，儂愁阿母責歸遲[72]。

第一首作品描寫廟會即將搬演採茶戲，地方男女時妝競妍，不惜耗費金錢。第二首描繪採茶戲演員之風采迷人，以及樂聲喧天的熱鬧夜景，並不無嘲諷的指出，不要抨擊戲子好利無情，人人都愛當官，不就是因為當官的錢容易賺。詩中言詞可謂辛

69　傅于天，〈上筱雲山莊呂大汝玉〉，《肖巖草堂詩鈔》，頁17-18。原詩為組詩四首，今選錄其一、其三兩首。

70　許天奎，《鐵峰詩話》，收錄於《臺灣詩薈雜文鈔》，臺灣文獻叢刊第224種，臺北：臺灣銀行，1966年，頁43。

71　原註：「以下採茶戲。」

72　傅于天，〈葫蘆墩竹枝詞〉，《肖巖草堂詩鈔》，頁20-22。原詩為組詩五首，今選錄其一、二、四等三首。

辣直白。最末一首，寫的是廟會後年輕男女間的纏綿意態，男子希望女伴多逗留一會，而少女則猶疑不定，既不想走，卻又擔心母親的斥罵。荳蔻情懷如歷眼前，實在是一首體現人情的佳作。

總結來說，傅于天的事跡不清，詩作不多，能夠留名後世，實仰賴呂汝玉收羅遺作、刊行存世。現存詩作貼合生命情調，以田園耕讀、詩友互動為多，其中與筱雲山莊有關之作品，從側面記錄了清代神岡呂家的生活形態，超越了文學意涵，額外具備了史料研究的價值。

4、謝道隆

謝道隆（1852—1915），幼名長聰，字頌臣，亦作頌丞，因排行第四，親友常以「謝四」代稱，田心仔莊（今豐原）人。謝道隆早年受學於苗栗謝錫朋，後入吳子光門下，與筱雲山莊呂家昆仲往來密切，又為丘逢甲表兄，兩人交情深厚，在當時中部文壇同享盛名。

光緒元年（1875），謝道隆以第五名入臺灣府學。光緒16年（1890），於田心仔莊自宅開設書房「養閒軒」，日治中部著名詩人傅錫祺、張麗俊，此時入其門下受業。光緒20年（1894），上楓樹腳（今大雅上楓村）張泉源聘為西席，講學於「學海軒」，張氏子弟入門受業，著名者有張書炳、張德林、張曉峰等人。

隔年，乙未之役爆發，丘逢甲受命組建團練，募得誠信十營義軍，出任義軍統領，並以謝道隆素饒兵略為由，委任為「誠」字正中營之首，駐守頭前莊（今桃園縣蘆竹鄉）。無奈義軍敗退，遂諫丘逢甲曰：「臺雖亡，能強祖國則可復土雪恥，不如內渡也。」[73]後隨丘逢甲舉家內渡，但因謀生不易，於明治29年（1896）由廣東返臺，於葫蘆墩（今豐原）開設泰和藥舖行醫濟世，並出任葫蘆墩支廳棟東上堡鳥牛欄庄第一保保正一職[74]。

日治後，謝道隆與弟子傅錫祺、張麗俊等往來密切，又與林癡仙為忘年之交，因三人皆為櫟社成員，故與其他櫟社成員，如林幼春、連雅堂、林獻堂等也多有文

73　丘逢甲，《嶺雲海日樓詩鈔》，臺灣文獻叢刊第70種，臺北：臺灣銀行，1960年，頁397。
74　《南部臺灣紳士錄》，頁456。收錄於「臺灣人物誌」資料庫，網址：http://tbmc.ncl.edu.tw:8080/whos2app/servlet/whois?textfield.1=%E8%AC%9D%E9%81%93%E9%9A%86&go.x=40&go.y=16，登站日期：2014年9月26日。

學互動。明治39年（1906），謝道隆選定大坑清濁水口構建別墅，並取謝安東山高臥之意，命名為「小東山別墅」，常與文友在此聚會吟詠。明治41年（1908），又於大甲溪畔鍋鼎窩山自營生壙，並柬邀親友，歡飲壙前。文友傅錫祺、林癡仙、林幼春、陳槐庭、連雅堂等五人聯名徵詩[75]，島內文壇傳為盛事，名流大家紛紛寫詩題贈，詩作於隔年結集，題名為《科山生壙詩集》。

大正元年（1912），謝道隆四子謝秋濤，自臺灣總督府醫學校畢業，將赴東北發展。謝道隆手錄詩作一百一十首，題名為《小東山詩存》，交付謝秋濤保存[76]，頗有睹詩思親之意。大正4年（1915），謝道隆辭世，因總督府公布「臺灣林野調查規則」，嚴格限定葬墓地區域，遂放棄科山生壙，改葬於葫蘆墩下南坑的新塚埔。

1945年，謝秋濤在瀋陽刊印謝道隆交付的《小東山詩存》。1974年，謝道隆之孫謝文昌再次重印，成為目前廣為流傳的底本。《小東山詩存》一書包含三個部分，首先是收錄謝道隆詩作的《小東山詩存》；其次是收錄謝道隆、丘逢甲、林癡仙等三人唱和作品的《唱和詩集》；最後則是《科山生壙詩集》，為明治41年（1908）徵詩所得作品。《小東山詩存》收錄詩作大多為日治時期作品，清領時期者相對較少，依內容大抵可以劃分為「生命情懷」、「交誼唱和」與「乙未戰亂」等三個範疇。

首先是生命情懷方面，主要描寫家居生活與生命感觸，可以〈自詠二首〉為代表之作：

> 人到中年萬念空，嬾琴劍走西東。讀書自悔功多歉，處世人嫌術未功。同學辭歸殊寂寞，論交失意在貧窮。晨昏顧弄惟妻子，詩思聞愁似放翁。
> 居住平原亦有墩，看山不厭日開門。自從離落栽花木，閒向燈前課子孫。
> 月下有懷常得句，座中無客少開樽。田家樂事君知否，簫迎神過別村。[77]

75　〈徵詩文啟〉，《臺灣日日新報》，1908年8月5日，5版。收錄於大鐸版「臺灣日日新報資料庫」，網址：http://140.120.81.240/ddn/ttswork/_T9.pdf，登站日期：2014年9月30日。
76　謝秋濤，〈小東山詩存跋〉，收錄於《臺灣詩鈔》，臺灣文獻叢刊第280種，臺北：臺灣銀行，1970年，頁456。
77　全臺詩編輯小組，《全臺詩》第拾壹冊，頁50。

第一首陳述人生境遇，指出人至中年，科舉難有寸進，自悔讀書不夠通達、處世不夠圓滑，最終落得貧窮失意、萬念俱空，幸得家人相伴撫慰，而寄情於吟詠之中。第二首語境一轉，描寫家居生活，開門見山花草籬落、閉門課子吟詩自得，一派安適閒情。兩首作品，一抑一揚，轉折有致，且不刻意用典，情感自然流露，實為佳作。

其次，在「交誼唱和」方面，主要是與丘逢甲之間的贈答詩作四首，即〈讀仙根春寒詩依韻寫懷〉、〈仙根以詩見贈依韻奉答〉、〈讀邱仙根工部鳴桂館夜話詩依韻奉贈〉與〈讀邱仙根工部小坐詩依韻寫懷〉等，這些詩作反映謝丘兩人關係密切。其中〈讀邱仙根工部小坐詩依韻寫懷〉一詩，丘逢甲原詩已不復得見，但謝道隆在詩中自陳科舉失利，世態炎涼之感，頗為可讀：

> 一領青衫既白頭，窮儒門巷冷於秋。君恩浩蕩何由報，素願區區尚未酬。幸有先疇存幾畝，愧無佳詠破閒愁。炎涼一任人情幻，總把寒盟付水鷗。[78]

詩中描述青衫白頭屢試不第，獻才報國的志願難以實現，幸虧家有薄產，方能支應考舉之途，並對功名未成、世態炎涼感到寒心。而與炎涼之嘆相對的，自然便是考上進士，已有官銜，卻仍相知相惜的摯友丘逢甲。

最後是「乙未戰亂」方面，謝道隆出任丘逢甲幕僚，實際參與乙未抗日義軍的籌建，最終難挽傾頹之勢，舉家內渡避難。其留有〈割臺書感〉一首，記錄下臺灣割讓、被迫離鄉的悲憤心緒：

> 和約書成走達官，中原王氣已凋殘。牛皮地割毛難屬，虎尾溪流血未乾。傍釜游魚愁火熱，驚弓歸鳥怯巢寒。倉皇故國施新政，挾策何人上治安。[79]

詩作首聯記錄馬關條約簽訂割臺，清廷下令在臺官員內渡返國之事，讓謝道隆不禁

78　全臺詩編輯小組，《全臺詩》第拾壹冊，頁51。

79　全臺詩編輯小組，《全臺詩》第拾壹冊，頁54。

哀嘆國運之凋落衰敗。頷聯先後引用兩則軼聞典故，首先是荷蘭人牛皮借地，詐騙原住民的傳說，其次是荷軍數度討伐虎尾溪流域「華武社」的血腥歷史。此處是以荷蘭人的狡詐與嗜血，喻指同為入侵者日本人，也將如此蹂躪可憐的臺灣百姓。頸聯則自剖離臺心情，「傍釜游魚」為即將下鍋之活魚，指的是率領義軍駐守桃園的自己。而「愁火熱」三字，則傳達出當時日軍佔領臺北即將南下，義軍崩解形勢危急，若不走避則「傍釜游魚」勢成「釜內之魚」的無奈。又以「驚弓歸鳥」形容避敵南下的自己，刻劃出驚惶不安的神態，再加上「怯巢寒」三字，讓戰慄之情溢於紙面，忠實反映了離臺避禍的心緒。末聯則感嘆清國在戰敗簽約後，才急忙施行新政，嘗試振興國勢，同時又不禁疑惑誰有能力匡扶社稷。

〈割臺書感〉可以說是謝道隆最著名的代表性詩作，反映了臺灣人在時代動盪下的無可奈何。據謝秋濤所述，謝道隆生前曾經囑咐：「吾沒後，倘河山還我，必家祭以告」[80]，詩人在殖民體制下的抑鬱可見一斑。

5、丘逢甲

丘逢甲（1864—1912），譜名秉淵，因出生於甲子年，又名逢甲，字仙根，號蟄仙、蟄庵、仲閼，離臺後則常自署倉海君、南武山人、海東遺民等。丘逢甲一族於乾隆年間來臺，初居於東勢角，至丘逢甲祖父時，遷居葫蘆墩經營布莊為業，不料遭逢戴潮春事件，舉家避難遷居淡水廳銅鑼灣（今苗栗銅鑼）。

丘逢甲父親邱龍章，謀求科舉出身，於咸豐6年（1856）補臺灣府學生員，兩年後再補廩貢生。此後，以設帳講學為生，常受聘擔任世家大族之西席教師，形跡輾轉於現今臺中、苗栗、新竹一帶。丘逢甲自四歲起便由父親教讀，六歲能吟詩作對，七歲能夠撰寫文章，聰穎異常而有神童之譽。同治11年（1872），邱龍章受聘至三角莊（今神岡）魏家設教，丘逢甲亦伴隨讀書。因地緣關係，邱龍章結識時在神岡呂家勾留的吳子光，兩人交誼甚篤，丘逢甲也因此機緣拜入吳子光門下求學，進而與呂氏昆仲三人往來密切。

光緒3年（1877）參加童子試，主考官福建巡撫丁日昌大讚其才，除舉為案首

80　謝秋濤，〈小東山詩存跋〉，頁456。

入泮外，另贈「東寧才子」印章一方以為嘉許。光緒11年（1885），前往福州參加鄉試未第。同年，唐景崧調任臺灣兵備道，雅好文學，時邀名士吟詠，招聘丘逢甲為幕僚。丘逢甲遂拜唐景崧為師，琢磨科舉制藝文章，並入海東書院讀書。光緒14年（1888），再赴福州鄉試中舉。次年，前往北京參加會試，欽點工部虞衡司主事，旋以親老之故，援例告歸返臺。

光緒16年（1890），唐景崧延聘丘逢甲擔任臺南崇文書院講席，後輾轉於嘉義羅山書院與臺中宏文書院任教講學，課堂上除傳授科舉制藝心得外，格外重視中外史實與時勢政局，常勸勉學生要多閱報章，吸收時代新知。光緒18年（1892），在唐景崧的主持下，臺灣通志總局開設，著手編纂《台灣通志》，而丘逢甲兼任採訪師一職，以遊歷講學之便，收集史料文書，提供修志撰述參考之用。

光緒20年（1894）6月，甲午戰爭事起。8月，丘逢甲奉旨督辦全臺團練，招募義勇編為誠信十營義軍，分別駐守於桃園至臺中之間，銳意防備日軍侵臺。隔年3月，日清馬關條約議定割讓臺灣，臺灣輿情譁然，丘逢甲上書唐景崧，力陳死戰保臺之策，後與仕紳倡議自組臺灣民主國，爭取西方列強奧援以圖保臺。5月2日，臺灣民主國成立，唐景崧就任總統，丘逢甲則擔任義軍統領一職，專司臺灣中路之防戰，率軍駐守於桃園南崁一帶。不料，該月6日日軍登陸澳底，基隆一帶防線甫戰即潰，臺北陷入動亂，15日唐景崧棄職遁逃離臺，日軍無傷佔領臺北，部隊隨即南侵，壓迫中路防線。以丘逢甲為首的義軍部隊，眼見北路輕易潰敗，且中部世家大族紛紛籌謀自保，甚至與日軍暗通款曲，軍心惶惶動搖，各部自行其是。丘逢甲本決意死戰明志，但表兄謝道隆判斷情勢無可挽回，遂以「臺雖亡，能強祖國則可復土雪恥，不如內渡也」之語，規諫丘逢甲內渡[81]。20日，丘逢甲撤軍退守臺中豐原。30日，日軍佔領新竹。6月4日，丘逢甲內渡清國，僅留下至今仍爭論不休的功與過。

內渡後的丘逢甲，返回祖籍地廣東鎮平定居，與黃遵憲、康有為、梁啟超等維新派人士多所往來，投身詩界革命運動，並致力於教育事業，先後於潮州府韓山書院、潮陽縣東山書院及澄海縣景韓書院講學，並在汕頭創設嶺東同文學堂，以新學教育子弟，鼓勵其學習西方思想，後更被推舉為廣東教育總會會長[82]，對於廣東教

81　丘逢甲，《嶺雲海日樓詩鈔》，頁397。
82　王惠玲選注，《丘逢甲集》，收錄於「臺灣古典作家精選集」，臺南：國立臺灣文學館，2012年12月，頁15-16。

育事業的推展貢獻良多。1912年病逝，得年四十九歲，遺言交代向南而葬，表示不忘臺灣之意。

　　在文學作品方面，丘逢甲的作品以古典詩創作為主，另有古文、詩鐘、對聯等。內渡前的詩作曾輯為《柏莊詩草》，而內渡後的作品則多出自《嶺雲海日樓詩鈔》。柏莊位於大埔厝（今潭子區大豐里），是光緒16年（1890）丘逢甲由北京返臺後居留的宅邸，因宅中栽有老柏樹而命名。光緒18年（1892）丘逢甲輯錄該年元月至閏六月間的作品，計有二百四十九首古近體詩作，總題為《柏莊詩草》。而《嶺雲海日樓詩鈔》則由丘逢甲初編於宣統3年（1911），隔年丘逢甲謝世，其弟丘瑞甲、丘兆甲依年編次，分為十三卷，收錄千餘首詩作，於1913年在廣州出版。

　　大抵而言，丘逢甲清領時期的詩作，依內容可分為「臺灣風土」、「親友交誼」與「時事感懷」三大類。首先，就「臺灣風土」方面，指的是描寫臺灣歷史人文風俗，乃至於特殊地文與天候的作品。其中最具代表性的作品當屬〈臺灣竹枝詞〉。這組詩作相傳是丘逢甲二十歲時（1883年）所創作[83]，完整原有一百首，今《柏莊詩草》收錄其中四十首，是丘逢甲對臺灣歷史、地景與人文的概觀記錄：

　　　　唐山流寓話巢痕，潮惠漳泉齒最繁。二百年來蕃衍後，寄生小草已深
　　　　根。（其一）

　　　　水仙宮外水通潮，潮去潮來暮又朝。幾陣好風吹得到，碧桃花下聽吹
　　　　簫。（其十三）

　　　　罌粟花開別樣鮮，阿芙蓉毒滿臺天。可憐駔儈皆詩格，聳起一雙山字
　　　　肩。（其二十）[84]

第一首作品追憶臺人祖先渡海移民的歷史，指出漢移民多由閩粵兩地遷居來臺開墾，並強調自明鄭以降兩百餘年來，當年寄居的移民已經在此落地生根。第二首作

83　亦有寫於14歲或22歲之說法。參見王惠玲選注，《丘逢甲集》，頁28。
84　全臺詩編輯小組，《全臺詩》第拾伍冊，頁61、63-64。

品描寫臺南水仙宮一帶的風貌，清領時水仙宮前的碼頭，是進出臺南重要的渠道，詩作中先點出宮前水路通洋碼頭特色，再描述宮內傳出的南管樂聲，呈顯出一派優閒安適的氣氛。最末一首則記錄當時臺灣社會好食鴉片的陋習，詩中抨擊市儈商人吸食買賣鴉片，毒人毒己呈現出消瘦體弱的病態。

　　其次，在親友交誼方面，最主要的唱酬對象，是神岡呂家兄弟與表兄謝道隆，透過詩作，可以看出彼此之間的密切情誼，如〈與呂大謝四夜話近事〉便是其中典型之作：

> 吹盡春風未展眉，百般愁入快談時。天高放信能開眼，地瘠何堪再刮皮。劫撥秦灰心爇火，言翻晉石口銜碑。關情更有雙樺燭，同向人前各淚垂。[85]

詩題中的「呂大謝四」，分別是神岡呂家的長兄呂汝玉，與家族排行第四的謝道隆，丘逢甲慣以暱稱稱呼兩人，顯見彼此友誼之親密。而詩作內容，主要記錄朋友三人秉燭夜談、憂心國事的情境，雖然詩中並未言明所慮何事，但明顯與時局動亂、百姓疾苦有關，詩末則以樺燭淚垂為喻，突顯出憂時感國卻力無可挽，只能暗自垂淚的無奈心情。

　　當然，朋友之間的往來，並非總是如此淒苦，朋友間邀宴過訪的愉悅情境，也常見於詩作之中，如〈人日過筱雲山莊用樊榭立春後一日集瓶花齋韻〉，便描寫農曆正月初七到呂家筱雲山莊拜訪的情境：

> 新符轉遍屆春初，三逕來尋處士盧。午院茶香留客話，夜窗燈火課兒書。居因同里過從密，人漸中年意氣除。談笑又逢煎餅會，辛盤次第薦園蔬。[86]

詩中破題直指過年期間到筱雲山莊拜訪之事，接著描述主人家以茶待客，好友品茗

85　全臺詩編輯小組，《全臺詩》第拾伍冊，頁36。
86　全臺詩編輯小組，《全臺詩》第拾伍冊，頁3。

閒話之景態，並強調彼此因同里之誼，自幼往來密切，最後扣緊人日煎餅會的傳統，亦即邀集好友，共食蔥、韭、蒜等辛辣食物，即所謂的「辛盤」，以為迎新歡聚的活動，一方面說明聚會的緣由，另一方面呈顯良時美景共享佳餚的愉悅。整首詩作筆調輕鬆快適，沒有刻意雕琢文字，自然地呈顯出朋友之間的相知與契合。

　　最後是「時事感懷」一類，丘逢甲具有強烈的政治性格，對於臺灣乃至於清國的政局發展皆極為關心，再加上奉唐景崧為師的背景，讓其得以與實際主導臺灣政務的官員相互交遊，故其對臺灣時局的變化極富政治敏感度，也反映在詩歌創作之中。例如〈臺北秋感〉，便記錄了丘逢甲對臺北城發展的印象，以及其對西方列強影響力逐漸滲透臺灣的看法：

> 西風江上水微波，十載征人七度過。出海生涯茶市減，入城租稅稻田多。雷車電索蠻夷氣，越調閩腔婦女歌。郭外尋秋划蟐甲，劍潭老樹正婆娑。（其二）

> 壓城海氣晝成陰，洋舶時量港淺深。蛇足談功諸將略，牛皮借地狨夷心。開荒有客誇投策，感舊無番議采金。我正悲秋同宋玉，登臨聊學楚人吟。（其三）[87]

第一首作品陳述自己十年內七度到訪臺北，接著指出對臺北的觀察印象，首先是茶葉出口貿易的衰退，而劉銘傳新政清查田賦，則增加了稅賦的收入。城內引入了充滿西洋氣息的火車與電線，而不論是粵籍或閩籍，大量的移入人口，讓城內的發展越趨蓬勃。最後則將視野投放到城外勝景，由快速變遷的時勢大局，轉移到長年不變的自然美景，為詩作增添了幾分感性的氣氛。

　　第二首作品則著眼於西方列強對臺灣的覬覦，詩中指出，以淡水為外港的臺北已發展成外商雲集之地，並一語雙關地指出，洋船為了泊港不停測量港口的深淺，而船上的洋人也不斷地揣測著官府的深淺，嘗試攫取更大的利益。接著引用

87　全臺詩編輯小組，《全臺詩》第拾伍冊，頁47。

史事故實，先以荷蘭人牛皮詐地之事，強調洋人陰謀不軌早已有之，再以咸豐5年（1855）美國人避開官府，直接與原住民族接觸，洽談基隆一帶金礦、煤礦開發權一事，突顯古往今來列強不停覬覦臺灣的野心。最終兩句則自比宋玉，感傷國勢不振、官府顢頇，對於狡詐的西洋人缺乏足夠的警覺性。

　　而丘逢甲最著名的〈離臺詩〉六首，亦屬於「時事感懷」的範疇，這組詩作創作於內渡離臺之時，寫在一本藥書的扉頁上，交給妹婿張曉峰保管[88]，詩前序言寫道：「將行矣，草此數章聊寫積憤。妹倩張君請珍藏之十年之後，有心人重若拱璧矣。海東遺民草[89]」。丘逢甲內渡回清國，卻自稱為「遺民」，與慣例不合，卻格外顯見其對臺灣家鄉的深愛，而一如「有心人重若拱璧矣」的斷言，這組作品也成為丘逢甲一生最為人稱道討論的代表作：

> 宰相有權能割地，孤臣無力可回天。扁舟去作鴟夷子，回首河山意黯然。（其一）
> 從此中原恐陸沈，東周積弱又於今。入山冷眼觀時局，荊棘銅駝感慨深。（其四）[90]

第一首作品控訴李鴻章簽訂馬關條約割棄臺灣，並感慨自身無法挽救臺灣被日本殖民的命運。接著以「鴟夷子」之典，也就是范蠡助勾踐復國後，功成身退化名「鴟夷子皮」浮舟泛海之事，指出自身努力嘗試過，卻仍無可奈何，被迫流亡出海之事，最末一句「回首河山意黯然」，更將心中的不捨與不甘，發揮得淋漓盡致，讓沉鬱悲痛之感躍然紙上。第二首作品，則是縱觀清國政局，指出清國積弱不振，只怕將要敗亡了，強調自己無力匡正世道，只能隱居旁觀世局發展，再想到即將眼見世亂荒涼之態，則不禁感慨萬千。這首作品呈現出丘逢甲高度的政治敏感度與先見之明，最終清國一如其言，終究邁不過腐敗沉之弊，走入了歷史之中。

88　王惠玲選注，《丘逢甲集》，頁125。
89　全臺詩編輯小組，《全臺詩》第拾伍冊，頁85。
90　全臺詩編輯小組，《全臺詩》第拾伍冊，頁85-86。

第四章　日治時期臺中文學的發展

第一節　臺灣文壇中心的形成

　　清領時期臺中地區的文教與文學雖有初步發展，但若從當時全臺灣角度觀察，臺中畢竟不如古都臺南與新興省城臺北的發達。然而乙未戰役之後，臺灣進入日本殖民統治，由於交通建設與都市更新等條件的配合，臺中市區無論是舊文學或是新文學，都呈現豐富的內容與旺盛的生命力，具有領導全臺的地位，形成新興的臺灣文壇中心，因而被後人美稱為「文化城」。

　　具體而言，包括古典文學的「櫟社」、「臺灣文社」等社團，以及新文學的全島性組織「臺灣文藝聯盟」等，都以臺中為主要活動據點，向外擴延，甚至幾個重要的政治社會文化運動團體，如「臺灣文化協會」、「臺灣農民組合」、「臺灣總工會」等，也都以臺中為運動的核心場域。其中，1924年，由文協主力策劃的「無力者」對抗「有力者」的大會，即同時在北中南舉辦，而以臺中所留存的史料最完整；1928年以後，「臺灣文化協會」、「臺灣農民組合」的本部，均設於臺中，新文協的機關刊物《大眾時報》亦設於臺中。

　　至於中部文壇新／舊文人之間的關係，亦有著微妙的親近性，如霧峰林家的林獻堂與林幼春，在文壇光譜中，自然是歸屬舊文學系統，然而，他們對新文學的支持卻是有目共睹，特別體現在對新文學社團、個人、刊物的經濟資助上面。基於前述的歷史觀察，本章特別修正學界長期以來將新／舊文學視為「對立與斷裂」的史觀，強調兩者之間的傳承、演化、合作關係，並藉由「臺灣文壇中心的形成」，勾勒臺中在日治時期臺灣文學發展中的特殊地位。

　　首先，在古典文學方面，以霧峰林家為核心的文學社團「櫟社」，形成一個堅

強的舊文學網絡，維持高度的文學創作與文化運動能量：

> 日治初期，以霧峰林家作為領導中心的「櫟社」成為當時台中縣，甚至
> 全台文化抗日的重鎮。社員中有林痴仙、林幼春、林獻堂、蔡惠如，莊
> 太岳……等舊學涵養深厚的文人，在全台詩壇居於舉足輕重的地位。他
> 們在精神層面上，始終抱持著堅決反抗殖民政權的態度，而成為當時知
> 識界的楷模。在全台三大詩社（台北瀛社、台中櫟社、台南南社）中，
> 最足以表現台灣文人堅毅剛強的志氣與風骨。[1]

亦即，大臺中以「櫟社」為核心的文學社群，具有領導全臺傳統文學的地位，無論
是人脈的集結、詩人的活動力、作品的質與量，以及這些詩文所具有的文學史意
義，都足以證明日治時期大臺中地區作為臺灣文壇中心，可謂實至名歸。而由「臺
灣文社」發行的《臺灣文藝叢誌》，該組織與刊物在1919—1924年間，處於新舊文
學、文化的轉變與過渡階段，亦極具歷史傳承的意義。

　　在新文學方面，日治時期臺灣新文學運動的發展，即以大臺中州地區（包含
今日的臺中市、彰化縣市、南投）為核心場域，創立許多重要的文學社團與文學媒
體，其意義體現在兩個層面，其一，其中多數都具有臺灣文學史的開創性歷史意
義，或者具有跨越地域性的全島性意義；其二，這些新文學社團與舊文人之間，大
都維持合作關係。

　　首先，創立於1925年的「中央俱樂部」，以及設立於1926年的「中央書局」，
即是出自鹿港文人莊遂性的發想，由中部士紳林獻堂、陳炘等人參與策劃所組成，
其理念從原本的人脈集結、思想激盪的場所，而成為文化新思潮的傳播站。日治時
期，「中央書局」與蔣渭水的「文化書局」、謝雪紅的「國際書局」，並列為臺灣
重要的本土書局，具有全島性的意義。

　　1932年，鹿港作家葉榮鐘（其後遷居臺中）糾集新／舊文學同好，如賴和、
周定山、莊遂性、洪炎秋等十二人，發起組成「南音社」，發刊《南音》，也是新

1　施懿琳、許俊雅、楊翠，《臺中縣文學發展史‧前言》，臺中：臺中縣立文化中心，1995年
　　6月，頁1-2。

/舊文人的合作典範。《南音》存活一年，在日治時期的文學雜誌中，已屬能量強大者。《南音》創刊之初，即開闢了「臺灣話文討論欄」，因而引發兩造筆戰，掀起著名的「臺灣話文論爭」。不久，臺灣文壇又掀起「文藝大眾化」的相關爭論，「南音社」的主幹葉榮鐘，在《南音》提出「第三文學」說。無論是「臺灣話文論爭」或「文藝大眾化」的討論，都是跨地域性的，《南音》由於創刊時間之故，參與了一九三〇年代臺灣文壇幾個重要的論爭，具有高度歷史意義。

　　其後兩個重要的文學社團與刊物，大臺中作家參與者眾，而且都是居於領導性地位。首先是1933年成立的「臺灣藝術研究會」與《福爾摩沙》，大臺中作家如巫永福、吳坤煌、翁鬧、張文環、吳天賞等，都是組織的核心，也成為中部地區知識分子海外集結的重要據點。

　　1934年，全島性的「臺灣文藝聯盟」結成，「臺灣文藝聯盟」是臺灣新文學發展以來，第一個「全島性」的作家結盟團體，並發行機關刊物《台灣文藝》。這個團體，是以中部地區文人（日治時期的大臺中州）為主體向外擴展的，核心場域即在臺中。

　　1935年，「文聯東京支部」成立後，「臺灣藝術研究會」與《福爾摩沙》的成員，大都與之結盟，或者積極參與其間，如大臺中作家吳坤煌，即是「文聯東京支部」的負責人。其次，「臺灣文藝聯盟」以臺中為據點，是日治時期唯一有效擴充其影響力到全臺灣、乃至海外的文學團體，「東京支部」的成立與運作，甚至連結了中國旅日作家、日本左翼人士，而不僅是跨地域性、全島性，甚至是具有跨國性的歷史意義。

　　1935年，文聯分裂，楊逵出走，另行創刊《臺灣新文學》，從當時短暫的歷史視角來看，內部矛盾似乎是負面的，但從今日的長時間歷史視角觀之，《台灣文藝》與《臺灣新文學》的分庭抗禮、分進合擊，分別實踐了日治時期文學的兩條路徑——文學藝術性的追求、文藝大眾化／大眾文藝化的路徑，反而讓臺灣文學的內涵更形豐富多元。另一方面，《臺灣新文學》固然以臺中為基地，但結盟作家包括了臺中在地文壇、彰化文壇（賴和等）、鹽份地帶文壇（吳新榮等）、臺北文壇（王詩琅等），確實具有全島性的網絡與地位。

　　最後，到了戰爭期，幾乎多數的本土文學團體都難以維續，或者被迫與「皇

民化」同聲唱和，或者沉寂消隱，然而，中部的文學青年如張彥勳等人，卻選擇在決戰時期的1942年集結，先發行油印刊物《緣草》（《ふちぐち》或譯《邊緣草》），後結成「銀鈴會」。這個團體，一直到戰後仍持續運作，改刊名為《潮流》，由楊逵指導，現實性與批判性增強，成為戰前戰後臺灣本土青年文學團體中少見的例子。張彥勳認為，四〇年代「銀鈴會」的存在，是為六〇年代出現的臺灣第一個本土詩人團體「笠詩社」的結成鋪路，如果不了解「銀鈴會」，就無法準確掌握臺灣詩史的發展脈絡[2]，由此可見，「銀鈴會」在臺灣詩史上，具有關鍵性的地位。

　　統整來看，日治時期臺中地區的文壇，有幾個重要的觀察指標，其一：新／舊文人的關係，以結盟、合作為主要模式；其二，新／舊文學社團、刊物、作家、作品的數量豐富；其三，具有全島性知名度的作家數量極多；其四，具有全島性結盟網絡的文學社團與刊物不少，都是日治時期的代表性社團與刊物。由此可見，日治時期的大臺中地區，確實具有「臺灣文壇中心」的地位。

第二節　文學社團與文學刊物

一、古典文學社團

　　依目前可見資料，日治時期臺中地區約有十多個古典文學社團，其中最具代表性的是櫟社[3]，以及由櫟社主導，串連全臺傳統漢學界共同組成的「臺灣文社」。這兩大古典文學社團，在日治時期臺灣文學發展史中具有特殊意義，其影響力遍及全臺，向來備受重視。

　　至於其他詩社組織，目前留有資料者，多屬小區域的詩社。包括萊園詩會、清流吟社、鰲西吟社、梨江吟社、衡社、樗社、怡社、墩山吟社、大雅吟社、豐原吟社、萊園讀詩會、東墩吟社、富春吟社、漢詩習作會等。這些詩社的活動區域，

2　張彥勳，〈從「銀鈴會」到《笠》〉，《笠》第100期，1980年12月，頁31。
3　參見莊永明，〈第一影響力的詩社・櫟社〉，《台灣第一》，臺北：文經出版社，1983年，頁39-47。

包括臺中市區、豐原、大雅、清水、大甲、霧峰、南屯等地。不過各詩社的規模大小、組織是否健全、成員文學涵養高下，乃至維持時間長短都差異甚大，不宜等同看待。但若與新文學社團相比，從詩社分布區域之廣與數量之多，可明顯看出其普遍性與通俗性的發展趨勢，學者將這種特殊的文學現象稱為「文學社會化」。

下文將針對臺中地區古典文學社團與活動，分成「櫟社與臺灣文社」、「地區型詩社」兩大部分加以介紹。

（一）櫟社與臺灣文社

1、櫟社[4]

論日治時期臺灣傳統詩社，櫟社堪稱最負盛名，該社組織嚴密，社規嚴格，社員文學素養高，且核心成員積極投入日治時期政治運動，因而享有「臺灣第一影響力詩社」美譽[5]。該社大約是在1901年由林家下厝的林朝崧（1875—1915）、林幼春（1880—1939）叔姪，與彰化人賴紹堯（1872—1917）共同發起。1906年3月該社為擴大規模，在臺中「瑞軒」（在臺中公園附近，產權屬於林家林季商、林瑞騰兄弟）集會，以九人為共同發起人，正式組織化，因而直接帶動全臺詩社的興起，隨後臺南「南社」（1906）、臺北「瀛社」（1909）也都分別成立，與櫟社鼎足而三，被合稱「臺灣三大詩社」，其創立時間在「臺灣三大詩社」中最早。

1910年該社曾在臺中瑞軒舉行「櫟社庚戌春會」，廣邀南北各地詩人參加，這是日治時期臺灣傳統詩社首次舉辦的大規模聯吟活動。1911年由林獻堂、林幼春居間聯繫，以該社名義邀請梁啟超來臺訪問，該年4月2日在臺中與櫟社詩人及中部仕紳集會，梁啟超並在霧峰萊園五桂樓下榻十餘日，以「萊園十二絕句」題贈。櫟社邀請梁氏來臺訪問，是日治時期臺灣政治界與文化界之一大盛事，對提升櫟社與霧峰林家之聲望幫助不小。

臺中瑞軒後來因日本當局闢建臺中公園而被徵收，此後櫟社重大活動大都以

4　本節關於櫟社之介紹，是根據各項史料及筆者多年研究成果作簡要敘述，相關研究甚多，可參考鍾美芳《日據時代櫟社之研究》、廖振富《櫟社三家詩研究——林癡仙、林幼春、林獻堂》及廖振富《櫟社研究新論》等專著。

5　參見莊永明，〈第一影響力的詩社・櫟社〉，《台灣第一》，頁39-47。

霧峰萊園為主要活動據點。其中，1912年的「櫟社十週年大會」，與1922年的「櫟社二十週年題名碑落成典禮」，可說是鼎盛時期的兩次大規模活動，社員與各地來賓出席者極多，前者因適逢大雨南北交通阻斷，但仍有三十多人參加，後者則多達五十餘人，可謂盛況空前。

　　一九二〇年代櫟社核心人物林獻堂、林幼春、蔡惠如等人，領導本島與留日的臺灣知識青年，積極投入臺灣民族運動，包括組織臺灣文化協會、創辦《臺灣青年》、《台灣民報》系列宣傳刊物，並連續十多年從事「臺灣議會設置請願運動」等。1923—1925年間，林幼春、蔡惠如更因被捲入「治警事件」而慷慨入獄，發表不少慷慨激昂的入獄詩詞，傳誦一時。林獻堂、林幼春、蔡惠如等人，以傳統文人身分一躍而成為民族運動的領導者，堪稱日治時期臺灣文學史與政治運動史上的特殊典範。

　　一九三〇年代中晚期，隨著第一代社員逐漸凋零，以及日本當局皇民化運動的展開，櫟社活動漸趨式微，一九四〇年代，該社兩大元老林獻堂、傅錫祺為謀該社之復興，乃於1941、1942年前後兩次，邀集第一代社員之子弟與門生，包括莊垂勝、林培英、林陳琅、葉榮鐘等人加入該社，成為第二代社員。

　　戰後的1945—1946年，櫟社一度短暫恢復活動，但傅錫祺社長於1946年8月去世，該社失去一大臺柱。1947年1月，林獻堂邀集周定山、林攀龍、洪炎秋、蔡旨禪等更多生力軍加入，可惜隨即二二八事件爆發，林獻堂大受打擊，1949年更自我放逐於日本。他遠避日本之後，雖仍對櫟社發展念茲在茲，並將重任殷切寄望於葉榮鐘，但在1965年林獻堂去世後，該社雖仍有零星集會，但終究已完成其歷史性任務，而結束數十年的璀璨風華，逐漸走入歷史。

　　櫟社集會活動的地點，常態性以臺中市區及霧峰林家為主（大型活動早期在市區的瑞軒，1912年以後多在霧峰萊園），另曾在清水、潭子、彰化鹿港、大村等地舉行。從社員的分布區域觀察，涵蓋臺中市區、霧峰、潭子、大甲、清水、神岡、豐原、苗栗苑裡、彰化、大村、鹿港，基本上都屬日治時期臺中州的範圍。唯一的例外，是出身臺南的連橫。較為活躍的社員，第一代包括霧峰林家的林朝崧、林幼春、林獻堂、林仲衡，潭子傅錫祺，神岡呂敦禮，臺中的林子瑾、吳子瑜，清水蔡惠如、鹿港陳懷澄、莊嵩，苑裡的蔡振豐與陳瑚、陳貫兄弟。第二代最重要的社

員，應屬出身鹿港的莊垂勝、葉榮鐘。

這段輝煌的過往，雖曾被層層掩埋於歷史灰塵中，近年隨著本土文化尋根熱潮的興起，櫟社的重要性以及對臺灣文化、文學的貢獻，逐漸被學界相關研究肯定。從鍾美芳的《日據時代櫟社之研究》（1986），到廖振富的兩本專著：《櫟社三家詩研究——林癡仙、林幼春、林獻堂》（1996）、《櫟社研究新論》（2006），可說是近二十年來最具代表性的研究成果。[6]

櫟社過去備受研究者高度推崇，主因是肯定以林獻堂、林幼春、蔡惠如等人為首的核心成員，同時也是日治時期臺灣抗日民族運動以及文化啟蒙運動的重要領導者，因而該社被研究者認定是最具有抗日精神的詩社。近年隨著新資料的出現，以及研究的更趨精密化，這種論點已逐漸被質疑、修正，而對該社有更深刻清晰的認知[7]。

持平而論，櫟社的本質是屬於傳統文學社團，參與或介入政治並非其成立目的，單以政治取向為例，社員之政治立場其實頗為紛雜，如林獻堂等人積極從事抗日運動者固有之，但終生不參與政治運動者也不在少數（如社長傅錫祺），甚至有部分成員與日本官方向來保持良好互動。另外，由近年新發現的史料更可知：該社內部曾爆發過激烈的爭議，1930年連橫被櫟社開除社員資格的事件，便是其中一個顯著的例子，此一事件甚至衍生社員以黑函匿名攻擊的巨大風波 [8]。至於論櫟社成員之思想取向，或趨新，或保守，也難以一概而論。但從該社主導者林獻堂、林幼春等人的思想與文學立場觀察，其人胸襟之開放，對文學理想的堅持，對社會運動的積極介入，以及與新世代知識青年在政治與文學場域建立結盟合作關係，長期並肩奮鬥，放眼當時臺灣文壇，具有高度指標性的象徵意義。

整體而言，不論社員的文學成就或社會角色，他們確實都是當時臺灣社會的佼佼者。而該社的主導人物：林癡仙、林幼春、林獻堂，都出身霧峰林家，這三人中

6　鍾美芳《日據時代櫟社之研究》原為東海大學歷史所碩士論文（1986年），後刊登於《台北文獻》直字第78、79期。廖振富《櫟社三家詩研究——林癡仙、林幼春、林獻堂》，國立臺灣師大國文所博士論文，1996年。廖振富《櫟社研究新論》，臺北：國立編譯館，2006年3月。

7　廖振富，《櫟社研究新論》第一章〈緒論〉。

8　詳情參見廖振富，《櫟社研究新論》第六章〈論連橫與櫟社之互動與決裂——兼論櫟社抗日屬性之再評估〉，頁307-376。

的林癡仙、林幼春，論文學成就，已被公認是日治時期全臺數一數二的傑出詩人，而林獻堂則在民族運動領袖的光環之外，其詩作也具有深刻的時代價值。其他如第一代的傅錫祺、莊嵩、陳瑚、莊雲從，第二代的莊垂勝、葉榮鐘等人的作品，或藝術性強，或時代性突出，或個人風貌鮮明，都具有高度的研究價值。綜合言之，櫟社之整體文學表現，從日治到戰後，充分見證臺灣近代文學與歷史的發展，成果斐然，該社的畢生心血創作，已合力為臺灣文學史寫下極為耀眼的一頁璀璨光華。

2、臺灣文社

1918年10月，櫟社與鰲西吟社，在清水蔡惠如家族的「伯仲樓」舉行兩社聯吟會，蔡惠如憂心臺灣在日本殖民統治下，傳統漢文化將絕於本島，乃在會中提議籌設組織加以保存，獲得與會者的支持。1919年，「臺灣文社」正式成立，該社雖由櫟社成員發起，但其性質屬於全島性的開放組織，以廣邀全臺漢學家加入為目的，隨後全臺知名傳統文人幾乎都陸續加入此一團體。

該社發行的機關刊物為《臺灣文藝叢誌》，主要編輯群都是由櫟社核心成員擔任。其後又更名為《臺灣文藝旬刊》、《臺灣文藝月刊》，大約在1924年結束發行，前後共六年，被認為是在一九二〇年代臺灣新文學運動興起之前，既能保存傳統漢文學，又能引介西方文化、傳播新思想的重要刊物，該社在臺灣文學史上的重要性，由此可見一斑。

根據《臺灣文藝叢誌》版權頁所載，臺灣文社的發行所設在「臺中市花園町五丁目五六番地」，並註明「電話借用林子瑾氏（四五一番）」，社址即是林子瑾的住宅（今臺中市東區大智路72巷）[9]。成立之初，由設立者十二位櫟社社員擔任理事。1919年10月22日，該社在臺中舉行成立週年大會時，社員已達四百多名，會中並重新推選理事二十八名，涵蓋南北各地知名傳統文人，會中基隆顏雲年特別提及：「文社之置於臺中，南北往來俱便，可謂得地勢。」臺北謝汝銓認為理事多達二十八人，「南北遙遙，聚會不易，須置專務理事，以在中部者當之，會務始得

9　見《臺灣日日新報》，1920年5月3日，4版，〈鶯啼燕語〉：「臺灣文社雜誌每冊之價，可函詢臺中新庄仔庄林子瑾君家，文社事務所設於其處。」

進行」，此一提議獲得眾人贊成[10]。由此可見，該社社務之運作與發刊物之編輯發行，實際上仍以櫟社成員為主力。另外，這次大會也選出分居全臺各地的評議員八十人，主要任務是擔任該社徵文、徵詩的評選者[11]。

　　根據新發現史料可知，臺灣文社創社時邀請全臺各地漢學家加入，多半由櫟社社長傅錫祺寫信聯絡，《臺灣文藝叢誌》第一年的實際編務也是由他負責[12]，傅錫祺家屬目前仍保存不少臺灣文社徵詩、徵文的稿件。第二年起，他個人因健康因素，將編輯工作交由蔡子昭擔任，但他仍負責基金保管。不過，1922年以後，該社財務逐漸吃緊，不得不向金融機構借款支應。為因應困境，先是改為隔月發行，1922年1月，改為每10日發行的《臺灣文藝旬報》，但頁數大為縮減，1924年又改名為《臺灣文藝月刊》，由於各種內外因素，該刊在1924年11月出版第六年第10號後正式結束。

　　臺灣文社發行《臺灣文藝叢誌》的時間，是1919年至1924年，這也是日治時期新舊文學、文化交替的轉折時代，若將該刊的歷史定位與價值放在此一時代脈絡下加以觀察，更能看出該刊在臺灣文學史上的特殊意義與價值。雖然該刊之編輯群、投稿者與讀者都屬傳統文人社群，但刊物屬性並不墨守傳統，而是企圖觀照現代。該刊雖以「文藝叢誌」為名，但內容卻包羅萬象，並不侷限於文學，除了大量的徵文、關注漢文的傳承與革新之外，同時也留意現代思潮的引進，包括科學新知、西方史地知識、政治經濟、翻譯小說等等，試圖兼融傳統與現代。在一九二〇年代臺灣文化協會致力於文化啟蒙運動之前，《臺灣文藝叢誌》已站在先行者的前導位置，播下文化改造與再生的種子，等待萌芽、生根、茁壯，意義重大。透過近年學界的相關研究，該刊的重要性也逐漸被肯定。

　　綜合上述，由於地理位置適中，交通條件的充分配合，臺中在日治時期逐漸成為文化啟蒙運動的重鎮，甚至被美稱為「文化城」，其源頭實可上溯自櫟社與臺灣

10　見〈臺灣文社大會〉，《臺灣日日新報》，1919年10月22日，5版。

11　參見吳宗曄，《《臺灣文藝叢誌》（1919-1924）傳統與現代的過渡》，國立臺灣師大臺灣文化及語言文學研究所碩士論文，2009年，頁28-29。

12　廖振富，〈《傅錫祺日記》的發現及其研究價值──以文學與文化議題為討論範圍〉，《台灣史研究》18卷4期，關於傅錫祺參與臺灣文社的討論，見該文頁224-229，中央研究院臺灣史研究所，2011年12月。

文社扮演開路先鋒的角色。

（二）地區型詩社

1、萊園詩會

　　萊園詩會成立於1907年，是由林獻堂召集霧峰本地的愛詩人士，以共同切磋詩藝、練習作詩為目的所發起，當時林獻堂尚未加入櫟社。此一組織，有時又被稱為「霧峰吟社」、「霧峰小社」、「萊園吟社」[13]。基本成員有林克弘、謝世觀、林衍圖、林竹山、陳登慶、林波臣等人，這些人的詩名都與櫟社成員尚有差距，可說是以霧峰在地傳統文人為核心的區域性小型詩會活動。目前留有《萊園第三週年詩會稿》原件兩冊，保存於臺大圖書館特藏室[14]。

　　另外，一九二〇年代林獻堂曾邀集霧峰庄中的青年，籌組「萊園讀詩會」[15]，委請櫟社詩人林幼春、莊嵩等人加以指導，曾擔任林獻堂秘書的葉榮鐘，其漢詩集《少奇吟草》留下數首參加「萊園讀詩會」的作品。一九四〇年代二戰期間，由於日本當局推動皇民化的政策，林獻堂擔心漢文被消滅，乃倡組「漢詩習作會」、「霧峰金曜會」，敦請櫟社社長傅錫祺定期為青年講解《史記》，並以《史記》記載之人物為題，練習寫一系列的詠史詩，成員多屬霧峰在地青年[16]。

2、清流吟社

　　日治時期較早成立的詩社，是由在臺北地區工作的日本人於1896—1904年間陸

13　《臺灣日日新報》提及此一組織，或稱「霧峰小社」或稱「霧峰吟社」，從所述內容可確定即是萊園詩會，而連雅堂在《臺灣詩薈》第2號（1924年3月）所發表的〈台灣詩社記〉一文，也錄有「霧峰吟社」。鍾美芳《日據時代櫟社之研究》全文之末的附表（一）「日據時代台灣詩社成立年表」，以及許俊雅《台灣寫實詩之抗日精神研究》全文之末附錄三「日據時期台灣詩社繫年」，都將「霧峰吟社」列為「成立年代不詳」。現在不但可確定該社成立年代，亦可知其始末。又，1911年梁啟超應林獻堂之邀訪臺，寫有〈台灣雜詩〉，自註曾提及「萊園吟社」，所指應該就是萊園詩會。（參見《臺灣詩薈》第18號，1925年6月15日。收錄於《連雅堂先生全集》，臺灣省文獻委員會，1992年3月。）
14　參見廖振富，《櫟社研究新論》，第二章〈台大圖書館藏櫟社詩稿的外緣問題考察〉，頁89-97。
15　參見連橫，《臺灣詩薈》第8號，〈騷壇紀事〉，1924年9月。
16　參見鍾美芳，《日據時代櫟社之研究（上）》，《台北文獻》直字第78期，1986年12月，頁278-279。

續成立的玉山吟社[17]、穆如吟社[18]、淡社[19]等，活動範圍主要集中在臺北地區。1910年，臺中地區的日本官員也創設「清流吟社」，主要成員有永鳥蘇南、柳田陵村、田口香石等人[20]，這些人都是任職於臺中州廳庶務課的雇員[21]。根據《臺灣日日新報》的報導，1911年11月該社曾在臺中公園召開成立一週年詩會，出席者有永鳥蘇南、柳田陵村、田口香石、西山樵夫，在地的櫟社詩人林癡仙、連橫等也應邀參加。可能由於成員稀少，且職務調動的因素，推測該社集會活動不多，除上述報導之外，僅知柳田陵村曾參加1912年櫟社十週年大會，永鳥蘇南在《櫟社十週年大會詩稿》有〈笨港進香詞〉七絕一首留存，此外並無其他資料可考。

3、鰲西吟社

大約在1913年，由清水地區文人組成，創社者包括櫟社社員蔡惠如、陳基六，與在地的鄭邦吉、蔡詒祥、蔡念新、李玉斯等人。根據《櫟社沿革志略》記載，1918年10月，蔡惠如曾邀請櫟社社友到清水，與當地的鰲西詩社舉行聯吟會。參加者櫟社有：陳基六、王學潛、陳瑚、鄭汝南、陳貫、林載釗、林幼春、莊嵩、陳懷澄、傅錫祺及主人蔡惠如等十一人；鰲西詩社有：鄭邦吉、蔡詒祥、蔡念新、李玉斯、楊肇嘉、周步墀、楊煥章、楊丕若等八人；另有賓客如新竹鄭養齋、鄭虛一、林榮初、張息六、曾寬裕及臺中陳若時、黃爾竹等人。席上蔡惠如深慨漢文將絕於本島，提議設法維持，臺灣文社即醞釀於此會[22]。

17　玉山吟社，1896年由加藤重任、水野遵、土居通豫創於臺北，是日本人在臺灣最早成立的詩社。參見「智慧型全臺詩知識庫」，「臺灣詩社資料庫」，http://cls.hs.yzu.edu.tw/TWP/c/c01.htm，登站日期：2014年5月20日。

18　穆如吟社，由籾山衣洲在1899年9月於臺北創立，社名延續自他在日本東京參與的原有詩社名稱。參見《臺灣日日新報》1899年9月21日，1版，「雜報／穆如吟社の創立」，1900年曾出版《穆如吟社集》一冊。

19　淡社，1904年由在臺北的日本人創立，成員有小泉盜泉、高木如石、尾崎白水、小松孤松、山口東軒、中村櫻溪、館森袖海、白井如海、片寄南峰、中瀨溫岳、安江五溪等人，參見《漢文臺灣日日新報》1905年8月18日，1版，安江五溪〈古巢園雅集二十韻並引〉。

20　見《漢文臺灣日日新報》，1911年11月16日，第3版。

21　經查《臺灣總督府職員錄》，永鳥蘇南，本名永鳥益雄，1906-1920年歷任臺中廳總務課、庶務課雇員。柳田陵村，本名柳田方吉，1909-1920任職於臺中州廳。田口香石，本名田口政太郎，1910年臺中廳庶務課雇員。

22　傅錫祺，《櫟社沿革志略‧大正七年（戊午）》，臺灣文獻叢刊170種，臺北市：臺灣銀行經濟研究室，1963年2月，頁12。

　　由於蔡惠如一九二〇年代致力於民族運動，長期奔走於日本、中國等地，大都不在臺灣，推測該社後續活動不多。昭和7年（1932）冬季，曾開擊吟會。昭和8年（1933）春夏之間，續出課題，又開擊會，當時社員有陳基六、黃凌霄、鄭聽春、蔡詒祥、蔡衍三、關定山等數十名。1933年6月4日、6月10日，兩度開擊吟會[23]。昭和18年（1943）社長為李玉斯，社員有鄭邦吉、蔡詒祥、鍾傳宗、程璽等人[24]。

4、梨江吟社

　　1914年，由臺中南屯文人簡楊華[25]所創，根據連橫《臺灣詩薈》記載：「梨江吟社（臺中）為南屯庄簡楊華氏所組織，已閱十年。詩風日啟，近又邀集庄中人士創設漢學研究會，則於每月第一第二星期，開會一次擊吟詩，藉添興趣。聞入會者現有四十餘人。」[26]上述報導的時間是1924年，往上追溯，推測該社約創立於1914年。根據簡楊華《樓鶴齋詩文集》卷二收錄「詩社聯吟課題」，有「梨江吟社課題」、「梨江吟社擊吟題」，後者註明「乙卯年」，即1915年。該書卷五又收錄〈甲子仲夏梨江吟社重興賦呈諸詩友〉，甲子為1924年。可見在1914年創社後，活動曾一度中衰。《臺灣日日新報》有兩則該社相關報導，其一是1918年12月29日刊出該社「徵詩啟事」，詩題「梅妻」；其二是簡秀椿（簡楊華）在1925年10月19日發表詩作〈乙丑舊曆七月十一日偕梨江吟社諸友遊關子嶺出發口占〉。1924年，傅錫祺手抄「櫟社第一集贈書名單」，梨江吟社代表人是賴萬福，地址為「大屯郡北屯庄麻園頭一三二」。賴萬福是南屯名人，麻園頭也在南屯，此處「北屯庄」應是誤寫[27]。

23　見《詩報》62期，1頁，「鰲西吟社擊鉢吟會」報導，1933年7月1日。

24　參見臺灣文學館「智慧型全臺詩知識庫」，http://xdcm.nmtl.gov.tw/twp/c/c01.htm，登站日期：2014年9月1日。

25　根據蘇美汝考證：簡楊華之名，戶口謄本、官方文書皆作「楊華」，但書法或發表詩文常作「揚華」。筆者查《臺灣日日新報》、《臺灣教育會雜誌》，簡楊華、簡揚華，兩名都曾出現。

26　連橫，《臺灣詩薈》第8號，〈騷壇紀事〉，1924年9月。

27　賴萬福，住南屯麻園頭132番地，參見《樓鶴齋詩文集》，頁131，註釋23，臺中：臺中鄉土文化學會，2012年12月。

5、墩山吟社

墩山吟社，創社時間、主要成員與活動狀況，都欠缺詳細資料，但推測是一九一
〇至一九二〇年代在臺中市區活動的詩社。簡楊華《樓鶴齋詩文集》卷二收錄「詩社
聯吟課題」，其中有不少註明是「墩山吟社課題」詩作，所載詞宗（詩作評審）包括
櫟社詩人：林癡仙、林幼春、陳槐庭、莊太岳、賴紹堯、林子瑾、傅錫祺、林獻堂，
及全臺各地著名詩人：魏清德、王瑤京、施梅樵、吳德功、劉克明等人。

《臺灣日日新報》1917年1月2日，有一則「楊通譯之就聘」的報導，提到楊松
竹是墩山吟社幹事，辭臺中廳通譯一職，將應聘到辜顯榮的公司服務[28]。1924年，
櫟社社長傅錫祺手抄的「櫟社第一集贈書名單」，有贈書給墩山吟社的記載，代表
人陳得學，地址「台中市綠川町五四三」。1924年1月20日《台南新報》報導：臺
中詩人柳田陵村邀墩山吟社詩友數十人，在臺中神社舉行觀梅雅會及擊吟[29]。1924
年8月發行的《臺灣詩薈》則記載：「墩山吟社以社友柳田陵村調任臺北，遂於7
月4日邀集吟侶，為開餞筵。陵村即席賦詩二首，以志別意。眾依韻和之。賓主唱
酬，狀至歡樂。」[30]櫟社成員林耀亭詩集《松月書室吟草》，收錄有1927年（丁卯
年）詩作〈賀墩山吟社重張旗鼓〉，從詩題判斷，該社活動在1927年以前可能一度
中衰。

綜合上述，可知該社在1915年以前已經存在（詞宗林癡仙病逝於1915年），
1924年保存較多活動資料，1927年有重振旗鼓之舉。社員中的柳田陵村，也是1910
年創立的清流吟社成員，長期任職於臺中州廳。1917年擔任該社幹事的楊松竹，當
時是臺中州廳通譯。推測該社社員的工作及活動據點，應是以臺中市區為主，且人
脈寬廣。但究竟清流吟社、墩山吟社之關係如何，目前無資料可考，難知其詳。

6、大雅吟社

大雅名醫張紹年創設，1921年6月《台南新報》曾刊登該社第三期「賣花

---

28 〈楊通譯之就聘〉，見《臺灣日日新報》，1917年1月2日，3版。
29 見「臺灣漢詩資料庫」，http://140.125.168.74/literaturetaiwan/poetry/04/04_01/04_01_01.
htm，中正大學臺灣文學研究所建置，登站日期：2014年9月2日。
30 連橫，《臺灣詩薈》第7號，〈騷壇紀事〉，1924年8月。

聲」、第四期「雨後」徵詩啟事，第三期詞宗，是清水詩人也是櫟社成員陳基六[31]。1924年6月，《臺灣詩薈》有該社徵詩啟事，題為「屈原」，收稿處是大雅紹年醫院[32]。同年傅錫祺手抄「櫟社第一集贈書名單」，大雅吟社的代表者即是張紹年。基於地緣因素，張紹年與豐原地區詩社也常有往來。

7、樗社

樗社是1923年由林子瑾在臺中創設，1924年1月3日，樗社在臺中永樂樓開宴，至者十數人[33]。1924年2月「中嘉南聯合吟會」在臺中舉行，2月11日，樗社在吳子瑜住宅舉行樗社創立週年大會。不過在3月2日的集會中，該社隨即由社長林子瑾宣布解散，根據其說法：樗社乃為籌辦「中嘉南聯合吟會」而成立，社員各有隸屬，今吟會已開，建議可以解散，眾人都贊成[34]。這種活動短暫且屬臨時任務型的詩社，相當少見，解散的原因是否因發起人林少英另有考量，不得而知。

8、衡社

衡社為大甲地區的詩社，據連橫之說：大約在1924年初由王子鶴等人發起[35]。另一說，該社在1924年由杜香國、莊龍、許天奎、汪清水、陳庸、郭彩鳳、陳藻芬、陳嘉瑜等人創立[36]。1924年傅錫祺手抄「櫟社第一集贈書名單」，大甲衡社吟社的代表者是王子鶴，地址為「大甲街大甲六三體生醫院內」。

創社發起人中，莊龍出身國語學校，1906年加盟櫟社，詩藝備受肯定，其後不幸罹患精神病而退社[37]。杜香國則出身大甲名門，曾任教職，後致力經商，昭和5年

31　見「臺灣漢詩資料庫」，http://140.125.168.74/literaturetaiwan/poetry/04/04_01/04_01_01.htm，中正大學臺灣文學研究所建置，登站日期：2014年9月2日。
32　連橫，《臺灣詩薈》第5號，〈騷壇紀事〉，1924年6月。
33　連橫，《臺灣詩薈》第1號，〈騷壇紀事〉，1924年2月。
34　關於樗社之活動及解散，參見連橫《臺灣詩薈》第1、2、3號〈騷壇紀事〉的報導，1924年2-4月。
35　連橫，《臺灣詩薈》第11號〈騷壇紀事〉，1924年12月。該報導提及創社即將一年，故判斷約成立於1923年。
36　見「中央研究院臺灣史研究所‧檔案檔」網站：http://archives.ith.sinica.edu.tw/collections_con.php?no=5，登站日期：2014年9月3日。
37　參見廖振富，《櫟社研究新論》，第八章〈貧賤謀生賦七哀──莊雲從師析論〉。

（1930）與宜蘭盧續祥共創《詩報》。許天奎著有《鐵峰詩話》，內容頗多中部詩人之記事。衡社後來歸於沉寂，1931年由李浚川、李成等人加以重整，聘請鄭星五主執教鞭，性質蛻變為以教導後進學詩為主[38]。

9、豐原吟社

豐原吟社是由王叔潛所創，主要成員有王叔潛、張麗俊、楊漢欽、張慶雲等人。張麗俊《水竹居主人日記》在1923—1936年間，有不少豐原吟社的記載。根據施懿琳研究，豐原吟社成員「基本上多為年輕一輩的創作者，而王叔潛與張麗俊則無異為諸青年之詩學導師」[39]。1924年，傅錫祺手抄「櫟社第一集贈書名單」，豐原吟社的代表者是張慶雲，地址為「豐原街存安堂醫院」。

另外，《水竹居主人日記》也曾記載，1932年6月豐原有人籌組「沙鷗聯吟會」[40]，根據張麗俊觀察，當日出席者以年輕一輩居多，本地詩壇耆老多未現身，讓他大失所望。值得玩味的是：在張麗俊日記中，除了這條資料，完全找不到後續記載，可能最後是不了了之。

10、怡社

怡社是由臺中吳子瑜在1926年所創立，《臺灣日日新報》分別在1926年5月24日、7月12日，刊出怡社第一、二期的課題徵詩啟事，第一期「漢光武」，詞宗是林幼春、魏清德，第二期課題「屈原」，詞宗是謝雪漁、陳懷澄。後來該報並陸續刊登入選作品，但此後即未見怡社之相關報導。傅錫祺《櫟社沿革志略》1928年曾記載：該年1月3日櫟社在吳子瑜的怡園集會，次日因怡社成立三週年舉行祝賀會，

38　1931年4月1日《臺灣日日新報》4版提及：衡社自從王子鶴、鄭子番去世後歸於沉寂，當地詩人有意重振旗鼓，乃由李浚川、李成等人聘請鄭星五主執教鞭，並在3月27日開歡迎會。

39　施懿琳，〈從張麗俊日記看日治時期中部傳統文人的文學活動與角色扮演〉，許俊雅主編《臺灣古典文學評論合集》，臺北：萬卷樓圖書公司，2004年11月，頁464-465。又見黃琇紋，《張麗俊《水竹居主人日記》記載之臺灣文學史料分析》，第四章〈《水竹居主人日記》豐原地區型詩社史料分析〉，國立中興大學臺灣文學研究所碩士論文，2009年7月。

40　見其《水竹居主人日記》1932年6月26日：「往豐原招廖鏡堂、王叔潛，又會合張疇五、張紹年、張金蓮同上豐國樓，因彬彬書局三角仔呂大椿將發起募集豐原郡下豐原、潭子、大雅、神岡、內埔五街庄之文學家來此，為沙鷗聯吟會也。」

出席的櫟社社員都接受主人宴待，可見怡社完全是吳子瑜一手成立，個人色彩極濃。但是吳子瑜支持的詩會活動極多，卻未必以怡社之名舉行，再者吳子瑜也常往來於中國、臺灣兩地，行蹤不定，由此判斷：該社並沒有嚴謹的組織或固定活動。

　　吳子瑜的父親吳鸞旂是清末臺中地區首富，與霧峰林家有姻親關係。吳子瑜本人相當熱中支持各類詩社活動，他在1926年加入櫟社，但在此之前他就常以個人身分贊助詩會，包括住家「怡園」（在臺中市東區「新時代購物中心」現址），及位在太平車籠埔的「東山別墅」都是他常舉行詩會的地點。如1924年2月10日，「中嘉南聯合吟會」便在吳子瑜宅第舉行。次日，「櫟社」也在吳宅開創立週年大會[41]。1924年6月8日，「中部吟會」在吳子瑜「怡園」小集[42]。1924年11月16日，「中部聯吟會」假吳子瑜東山別墅開擊吟會[43]。不僅如此，他加入櫟社之後數年間，吳子瑜常邀請櫟社詩友及中部詩人，到怡園或東山別墅舉行詩會，諸如觀月會、登高會、踏青會等名目甚多，似乎有意取得櫟社的主導權。甚至1926、1930、1935年，臺中州各詩社輪值主辦三次「全島詩社聯吟大會」，也幾乎都出自吳子瑜的巨額資金支持，始得以順利舉行[44]。

11、東墩吟社

　　根據《臺灣日日新報》報導，東墩吟社1929年1月於臺中市柳町林建寅住宅創立，由蔡子昭擔任常任幹事，黃登高、林建寅、施宗立、吳維岳四人擔任幹事。當日來賓有陳槐庭、林耀亭[45]。該社常任幹事蔡子昭出身鹿港，不但是櫟社社員，也曾在1920年以後接替傅錫祺，長期擔任臺灣文社發行《臺灣文藝叢誌》主編，活躍於臺中文化界。吳維岳則出身南投，與南投詩友共組「南陔吟社」，1930年受聘為吳子瑜「吳鸞旂拓殖株式會社」書記，曾以來賓身分多次出席櫟社集會[46]。

41　連橫，《臺灣詩薈》第2號，〈騷壇紀事〉，1924年3月。
42　連橫，《臺灣詩薈》第6號，〈騷壇紀事〉，1924年7月。
43　連橫，《臺灣詩薈》第11號，〈騷壇紀事〉，1924年12月。
44　參見黃琇紋，〈張麗俊《水竹居主人日記》記載之臺灣文學史料分析〉，第三章〈《水竹居主人日記》吳子瑜與全臺詩社聯吟大會相關史料分析〉第二節〈中部地區主辦的全臺詩社聯吟大會〉。
45　見《臺灣日日新報》，1929年1月9日，4版〈東墩吟社創立總會〉。
46　參見廖振富，〈當前臺灣古典詩研究相關問題的思考——以吳維岳研究為例〉，收錄於台灣

該社成立後常在臺中市區舉行詩會，以1939年慶祝成立十週年集會的集體創作「東墩吟社拾週年記念席上聯吟柏梁體」為例，作者包括：王竹修、張玉書、林仲衡、張賴玉廉、廖居仁、張德豐、張子民、張達修、蔡遜庭、尤人鳳、陳雪滄等十餘人[47]。名列顧問的張玉書、林仲衡、王石鵬等人，都是櫟社社員[48]。直到一九四○年代，該社仍常在《詩報》雜誌發表集體創作，可說是一九三○至四○年代，除櫟社之外，臺中地區最為活躍的傳統詩社。

12、富春吟社

成立時間不詳，1936年10月18日，該社曾主辦「中州秋季詩人大會」，由廖柏峰代表致詞。出席者七十多人，包括臺中地區詩人莊太岳、吳子瑜、王石鵬、陳得學等人。會後，《臺灣日日新報》連續數日刊出標示「中州聯吟大會」〈豐原秋日雅集〉相關作品多首[49]。

二、新文學社團與刊物

1、「中央俱樂部」與「中央書局」（1926年）

「中央俱樂部」與「中央書局」，是在鹿港文人莊遂性（1897—1962）的發想與積極策動之下組成的。莊遂性自日本返臺後，積極奔走於文化運動，他本人口才便給，是一名演說大師，但是，他認為單以口頭演說，雖能引發一時激情，卻未必能讓文化運動落實到生活中。因此，他發想參考英國俱樂部與法國沙龍的模式，在中部創設一個文化據點，以營造整體社區文化氛圍。1925年，「臺灣文化協會全島大會」在臺中召開，會中決議創設一個文化服務據點，與莊遂性構想一致，後來

古典文學研究集刊編輯委員會，《台灣古典文學研究集刊》第3號，臺北：里仁書局，2010年6月。

47 見《風月報》82期，1939年3月31日。臺北：南天書局複印本，2001年6月，頁36-37。

48 根據陳雪滄〈贈東墩吟社四顧問〉，四位顧問包括王竹修、林仲衡、張玉書、王石鵬，見《詩報》207號，1939年8月16日。

49 相關報導見《臺灣日日新報》，1936年10月21日，詩作〈豐原秋日雅集〉多首，則陸續刊登於10月23、24、26、28日。

得到臺中大雅張濬哲、張煥珪兄弟的支持，「中央俱樂部」創立，成為一個人脈集結、藝文人士社交集會、思想激盪的場所。

1926年，再由莊遂性發想，林獻堂、陳炘等臺中地方士紳共同發起，開辦「中央書局」，由張濬哲擔任社長，莊遂性擔任專務，並於次年（1927）初正式開辦。莊遂性親自遠赴中國上海，選購書籍雜誌，書局內，中國與日本著名出版社的出版品一應俱全，對中部地區文風的興盛與思想的推廣，貢獻極大。

以「在地性」意義而言，「中央書局」是中部文化運動人士的集會地點，戰前戰後許多文化活動（包括集會與演講），都在這裡舉行，同時，「中央書局」也是重要的出版機構，包括葉榮鐘、洪炎秋、張深切等人的作品，都由中央書局出版。戰後，二二八事變爆發，「中央書局」設置「輿情調查所」，中部藝文界與運動界人士，都以此為集會空間，傳播信息，討論對策。雖然歷經二二八事件的衝擊，許多與「中央書局」關係密切的中部知識分子都受到牽連，但五〇年代以後，「中央書局」重整旗鼓，持續營運，直到1998年才因財務困境而停止營業，超過一甲子的文化據點，就此寫下熄燈號，但它的歷史價值，卻不容抹滅。

2、「南音社」與《南音》（1932年）

1931年歲末，鹿港作家葉榮鐘，糾集文學同好陳逢源、賴和、周定山、莊遂性、洪炎秋、許文葵、黃春成、張聘三、張煥珪、張星建……等，共計十二人，組成「南音社」，其後並發行中文半月刊《南音》，自1932年元月創刊，至1932年9月遭當局查禁，被迫停刊為止，計發刊十二期。

「南音社」同仁約二十人，雖然彰化地區的藝文人士佔多數，但《南音》編輯部因為最初在臺北，其後在臺中，而形成臺灣作家的跨地域性結盟。第七期之後，《南音》改由張星建主編，編輯部從臺北移到臺中，而成員中亦多臺中人，如張煥珪，是臺中大雅人，霧峰林家林烈堂的女婿；張聘三，畢業於臺中一中，也是中部地區重要文化人士，曾參與「臺灣文化協會」。

「南音社」的集結與《南音》的發刊，據前期主編黃春成所言，是受到郭秋生奮力提倡「鄉土文學」的感召，認為臺灣當時的文藝刊物過少，決定創辦雜誌，以

拓展文藝園地[50]。從葉榮鐘所撰寫的發刊詞中，可以觀見《南音》的文學理念；葉榮鐘指出，《南音》的宗旨，是要以文學消解時代的苦悶，提高臺灣文化，使人民生活向上提昇，作為思想交換站與文藝啟蒙機關，給予苦悶者藝文的潤澤，使思想文藝普及化，並養成新的作家與思想家[51]。

「大眾文藝」的理念，是「南音社」成員的共識。創刊不久，《南音》開闢了「臺灣話文討論欄」，引發兩造筆戰，其中郭秋生、黃石輝、莊遂性等主張臺灣話文，而賴明弘、朱點人等則主張中國白話文，兩造你來我往，引發重要的「臺灣話文論戰」，《南音》本身並未標舉以「提倡臺灣話文」為目標，而是意在掀起討論，透過論辯以激揚創作能量。

《南音》雖僅生存一年，在日治時期諸文藝雜誌之中，卻已是發刊期數較多者。1931年，日本發動「九一八事件」，掀起第一次中日戰爭，臺灣政治社會運動遭受嚴重打壓，抒發時代感懷的舞臺也相對匱乏，當此之際，《南音》提供文化運動人士一個新的戰場，帶動其後諸多文藝雜誌的相繼創立，許多一九二〇年代以實際行動從事政治對抗運動者，也都陸續轉戰文學與藝術場域，將民族意識植根在文藝之中，其歷史開創性之意義不容忽視。

3、「臺灣藝術研究會」與《福爾摩沙》（1933年）

1932年，王白淵與一群藝文同好，發起組織「東京臺灣人文化サークル」（同好會），1933年3月，王白淵、巫永福、吳坤煌、翁鬧、張文環、吳天賞、吳希聖等臺灣留學生，擴大組成「臺灣藝術研究會」，7月發刊《福爾摩沙》，至1934年6月發行第3號後停刊為止，計發刊三期。「臺灣藝術研究會」與《福爾摩沙》，雖在日本東京結成並發刊，但同仁之中，出身大臺中州者佔多數，也成為中部地區知識分子海外集結的重要據點與實踐場域。

「臺灣藝術研究會」的結成，與《福爾摩沙》的創刊宗旨，在創刊號的〈同志諸君〉中有清楚的陳述：

吾人於是要創造嶄新的「臺灣人的文藝」。吾人不拘於偏狹的政治、經

50　黃春城，〈談談「南音」〉，原載《臺灣文物》第3卷第2期，1954年8月20日。
51　葉榮鐘（奇），〈發刊詞〉，《南音》創刊號，1931年12月12日。

濟思想，從高遠的見地觀察廣泛的問題從事創作，提倡臺灣人的文化的
生活。[52]

《福爾摩沙》的文學成就，由於同仁們的文藝偏好，以新詩、小說為主，同仁後來
都成為臺灣文學的重量級作家。柳書琴的研究認為，《福爾摩沙》雖僅發刊三期，
但「臺灣藝術研究會」上承一九二〇年代臺灣知識分子的文化運動，下與「臺灣文
藝聯盟」東京支部的文學運動結盟，聚集了最優秀的臺灣日文作家（柳書琴稱之為
「福爾摩沙系統作家」），開展出豐沛的「域外臺灣文學運動」，深具意義：

> 從1932年臺灣人文化同好會開始，到1937年內地文化活動空間受抑成員
> 先後返國為止，這五年左右「域外臺灣文學運動」在臺灣文學史中是相
> 當珍貴的一段經驗。[53]

4、「臺灣文藝聯盟」與《台灣文藝》（1934年）

1934年5月6日，「臺灣文藝聯盟」（以下簡稱「文聯」）在臺中市舉行成立大
會，參與者計八十二人，決議發行機關刊物《台灣文藝》，由張深切擔任委員長兼
常務委員，其餘四位常務委員為何集璧、賴和、賴明弘、賴慶。「臺灣文藝聯盟」
的宗旨，在於結合臺灣文藝同好，相互親睦，振興臺灣文藝，並發行刊物、書籍，
舉辦文藝演講會、文藝座談會等等[54]。

文聯成立之初，以大臺中州地區人脈為主體，其後，包括「大東信託」的陳
炘、「中央書局」的張星建、林幼春、林獻堂等中部地區文人，亦陸續加入，文聯
快速發展，短短兩年，陸續成立「嘉義支部」（1934年8月26日）、「東京支部」
（1935年2月5日）、「佳里支部」（1935年6月1日）、「臺北支部」（1936年5月

---

52 〈同志諸君〉，《福爾摩沙》創刊號，1933年7月，頁1。

53 柳書琴，《荊棘的道路：旅日青年的文學活動與文化抗爭──以《福爾摩沙》系統作家為中
    心》，國立清華大學中文系博士論文，2001年，頁4。

54 賴明弘，〈臺灣文藝聯盟創立的片斷回憶〉，《臺北文物》第3卷3期，1953年12月10日，頁
    60。

23日）等，並舉辦多場文藝座談會[55]。文聯幾乎囊括當時臺灣文學界最重要的作家群，其中更以中部作家為主，如呂赫若、吳天賞、楊逵、巫永福、張文環、林越峰、張深切、張星建等，一時蔚為文壇盛況。

《台灣文藝》自1934年11月5日創刊，至1936年8月28日停刊，計發行十八號、十五冊。它的歷史性意義，可以從幾個角度來分析。首先，《台灣文藝》最初所標榜的文學理念，是支持「文藝大眾化」，在第2卷第一號中，即以卷頭語標明：我們的雜誌並不是「為藝術而藝術」的藝術至上派，「我們正是為人生而藝術」的藝術創造派[56]，同號並刊載了林克夫〈清算過去的謬誤——確立大眾化的根本問題〉、郭秋生〈文藝大眾化〉、張深切〈評文藝大眾化〉等文章。但是，《台灣文藝》初期所標舉的「文藝大眾化」路線，到了後期，因遭遇發展瓶頸，而有所修正：「由民族性轉向政治性，再由政治性轉向純文藝性，初創的主旨逐漸無法維持下去了。」[57]

其次，文聯以臺中為據點，是日治時期唯一有效擴充其影響力到全臺灣、乃至海外的文學團體。除了各地區的文聯支部之外，特別值得一提的，是「東京支部」的成立與運作，連結了中國旅日作家、日本左翼人士。中部作家賴明弘對於「臺灣文藝聯盟」與《台灣文藝》的歷史性意義，也有如下的評述：

> 由於臺灣文藝聯盟的成立，才確立了文學運動的第一步，才起了領導臺灣文學運動的作用，文聯團結了作家，團結了智識份子，更溶化所有反封建反統治的，富有民族意識的臺灣文化人于一爐，展開了提高文學和文化水準的工作，並確保了臺灣精神文化的基礎而對異民族表示了堅毅不移的抵抗。所以我敢說這是臺灣智識份子的重大表現，其所留下的足跡是具有歷史性的。[58]

55　梁明雄，《張深切與《台灣文藝》研究》，臺北市：文經出版社有限公司，2002年，頁114-117。

56　〈恭賀新禧〉，《台灣文藝》第2卷第1號，1934年12月18日，頁1。

57　陳芳明等編，《張深切全集》卷二，臺北：文經出版社有限公司，1998年，頁622。

58　賴明弘，〈臺灣文藝聯盟創立的片斷回憶〉，頁63。

5、「臺灣新文學社」與《臺灣新文學》（1935年）

楊逵原本擔任《台灣文藝》的日文主編，1935年11月，楊逵出走，另創《臺灣新文學》。關於楊逵離開文聯的原因與功過，史上眾說紛紜，葉石濤以後世史家的持平之眼指出，楊逵出走，遠因是文聯內部的路線之爭，而近因則是由於《台灣文藝》編輯部的宗派化與「領導權專擅」問題[59]，特別是選稿問題，與張星建屢屢意見不合，難以合作，楊逵決定另闢戰場。葉石濤指出，路線爭議才是主因：

> 其實，這並不是要不要刊登一篇小說的問題，在那背後有更深刻的意識形態的糾紛存在；那便是關係到臺灣新文學運動理想的狀態和文藝大眾化路線的個人見解不同。[60]

從歷史的視角來檢視，無論楊逵另創《臺灣新文學》的原因為何，《臺灣新文學》確實累積了豐富的文學成果，在《台灣文藝》遭遇瓶頸，逐漸走入「純文藝性」，與先前所標舉的理念不合的情況下，楊逵等標榜文藝大眾化、民族與階級路線的作家們，拓展另一條發展路線，對於整體臺灣文學的發展而言，分進合擊，維續到1937年戰爭期前夕，是利大於弊的。

《臺灣新文學》的主要宗旨有二：「建立統一戰線的舞臺」、「文藝大眾化的實踐」[61]。關於「臺灣新文學社」的推動，「創立宣言」中提出四點方針：

> 一、不要拘泥於一黨一派的主義、主張，不要情緒地中傷某作家，不要渲染事實。
>
> 二、經濟上不要依賴少數人的援助，要貫徹全體作家及文學愛好者共同經營的方針。
>
> 三、不要讓兩、三人獨攬編輯作業，要委託全島作家以其專精發揮各自

59　趙勳達，《《臺灣新文學》（1935-1937）的定位及其抵殖民精神研究》，臺南：臺南市立圖書館，2006年12月，頁35-39。

60　葉石濤，〈《臺灣新文學》與楊逵〉，《走向臺灣文學》，臺北：自立晚報，1990年，頁87-88。

61　趙勳達，《《臺灣新文學》（1935-1937）的定位及其抵殖民精神研究》，頁50。

　　的活動力；同樣也要積極採納所有讀者的意見。

　　四、給予文學研究者或愛好者充分的讀書研究機會。[62]

《臺灣新文學》創刊後，獲得文壇普遍支持，主要成員包括賴和、楊守愚、黃病夫、吳新榮、郭水潭、賴明弘、賴慶、葉榮鐘……等，自1935年12月28日出刊，至1937年4月，日本當局加強對臺灣文化界的控制，廢除雜誌的漢文欄，6月15日《臺灣新文學》刊行最後一期為止，總計發行十五期，另有《臺灣新文學月報》兩期。在編輯路線方面，趙勳達指出，《臺灣新文學》堅持「抵殖民的編輯方針」，並且朝向四個方向：漢文創作的提倡、民間文學的重視、鄉土色彩的發揚、藝術大眾化的實踐等，具有強烈抵殖民意義：

　　　　《臺灣新文學》本著原有的階級立場，能徹底實踐藝術大眾化，使大眾
　　　　也納入構成民族主義的不可或缺的一環，相較於《台灣文藝》所表現出
　　　　來的純藝術傾向，《臺灣新文學》在編輯取向上對於大眾化的堅持可謂
　　　　更豐富了抵殖民的內涵。[63]

6、「銀鈴會」與《緣草》（1942年）

　　1942年，后里青年張彥勳，糾集朱實等文學同好，將手寫的詩稿合訂傳閱，以文會友，其後人數漸多，於是擴大發行油印刊物《緣草》（《ふちぐち》或譯《邊緣草》），作者多用筆名，以日文寫作。先有機關刊物《緣草》之後，張彥勳再發起創設「銀鈴會」，成為戰爭期中部文壇唯一的臺籍青年文學團體[64]。

　　「銀鈴會」的活動可分兩期，橫跨戰爭期與戰後，前期自1942年某月（不詳）至1945年8月，後期自1948年5月至1949年4月，成為銜接戰前戰後臺灣文學的重要

62　楊逵，〈「臺灣新文學社」創立宣言〉，原載《臺灣新聞》，1935年11月13日，收錄於《楊逵全集・第九卷・詩文卷（上）》，臺南：國立文化資產保存研究中心籌備處，2001年，頁421。
63　趙勳達，《《臺灣新文學》（1935-1937）的定位及其抵殖民精神研究》，頁218。
64　張彥勳，〈從「銀鈴會」到「笠」〉，《笠》第100期，頁31。

本土文學團體[65]。

　　戰前「銀鈴會」屬於相對封閉型的文學社團，純屬青年文藝同好之間「詩文傳閱」、「互相觀摩」性質。《緣草》為季刊，出刊十餘號，刊載文類不拘，遍及新詩、評論、短歌，初期作者群大約十餘人。1945年8月，日本投降，政權更迭，「銀鈴會」雖未解散，但因1946年國府禁用日文，《緣草》作者面臨語文轉換問題因而停刊。1948年5月，「銀鈴會」重啟活動，《緣草》復刊，脫胎為《潮流》，據張彥勳回憶，《緣草》停刊與《潮流》復刊的曲折如下：

> 當時《邊緣草》之所以停刊，最直接的原因是語言文字的劇變，政權的替換使得我們在語言上必須從頭學起，所以首當其衝感受創作出現了瓶頸。而《潮流》之所以從前身《邊緣草》脫胎而出，是表示我們不甘於就這樣沉靜下來。[66]

戰後，《緣草》復刊為《潮流》，進入後期「銀鈴會」活動時期，活動內容，留待後章介紹。

第三節　古典文學代表作家及作品

　　日治時期臺灣古典詩社活動盛行，根據上一節所論，臺中地區古典詩社前後曾出現十多個詩社，但這些為數眾多的詩社及其作品價值何在，在文學史上如何定位？在臺灣文學史的論述中，一直是充滿爭議的問題。若從新文學角度觀察，往往輕視古典詩社與詩人，認為是文學腐敗墮落的表現；而若是從古典文學角度立論，則偏好強調在殖民統治下維繫漢文的貢獻與苦心。實則當時古典詩社創立動機各不相同，成員素質與背景往往差異甚大，因此不能以單一觀點加以片面概括或評價。本節將先就臺中地區古典作品的主題趨向進行論述，之後介紹具有代表性的作家與作品概況。

65　林亨泰，〈銀鈴會文學觀點的探討〉，收錄於氏編，《台灣詩史「銀鈴會」論文集》，彰化：彰化縣立文化中心，1995年6月，頁33。

66　施懿琳、鍾美芳、楊翠，《臺中縣文學發展史‧田野調查報告書》（丙篇，楊翠執筆），臺中：臺中縣立文化中心，1993年6月，頁263。

一、作品主題趨向

（一）從傳統遺民意識到政治運動的見證

1、傳統遺民意識的反映

1895年簽訂馬關條約後，臺灣島成為清國棄地，而當時的文人也蒙上了強烈的遺民色彩，並反映在行為處事與文學作品之中。在臺中地區，最典型也最著名的事例，便是霧峰林家林癡仙創設櫟社之事。林幼春在〈櫟社二十年間題名碑碑記〉一文中記錄：

> 櫟社者，吾叔癡仙之所倡也。叔之言曰：「吾學非世用，是為棄材；心若死灰，是為朽木。今夫櫟，不材之木也，吾以為幟焉。其有樂從吾遊者，志吾幟。」[67]

林癡仙這段以棄才自居的宣言，傳達出傳統文人在時勢變異、政局革替之下的深刻無奈。這種自我否定的消極心態，自然也會反映在作品上，例如〈次韻答紹堯〉中「無心用世唯耽酒」、「醉不願醒歌當哭」之詩句[68]，便強烈地傳達出身處殖民體制下的苦悶與消沉。

以清國遺民自居，是日治初期文人常見的自我定位。出身筱雲山莊，與林癡仙交情深厚的呂敦禮，在〈感懷次邱仙根工部粵台秋唱原韻〉組詩中，感嘆臺灣割讓日本已逾十年，並言「遺老尚存思舊澤，崦嵫日暮奈西斜」[69]，強調身為棄地遺民的自己，仍在思慕著清國往日的恩澤，但國勢已頹人漸老，就像日落一般，又如何能夠挽回臺灣被殖民的悲劇。

抱持著強烈遺民意識的，尚有長年擔任櫟社社長的傅錫祺，他在六十大壽之

67　林幼春，〈櫟社二十年間題名碑碑記〉，《櫟社沿革志略》，臺灣文獻叢刊第170種，1963年2月，頁43。
68　林朝崧，〈次韻答紹堯〉，《無悶草堂詩存》，收錄於「臺灣先賢詩文集彙刊」，臺北：龍文出版社，1992年6月，頁169。
69　呂敦禮，〈感懷次邱仙根工部粵台秋唱原韻〉，《櫟社第一集・厚庵詩草》，臺中：博文社活版印刷部，1924年2月，頁2。

時，寫下〈六十初度感賦〉組詩四首，回顧省思自己的人生，稱自己為「有恨難消忍垢人」[70]，憾恨終生無望擺脫被殖民者的恥辱烙印，並預先擬妥自己墓碑用字為「遺民鶴亭傅錫祺先生之墓」[71]，這反映出傅錫祺雖然大半人生都活在日本統治之下，在公私領域都與日人互動良多，但對自己人生的最終定位，仍是「遺民」二字。

2、呼應時代新思潮的文化與政治運動

日治初期由時代鼎革震盪所產生的消極避世心態，隨著時間的流逝，逐漸淡化。代之而起的，是一股在殖民體制下，爭取臺人權益的思想與政治浪潮。例如自比棄材的林癡仙，在〈春日雜感，次粵台秋唱韻〉中寫道：「挽回滄海關天運，叱風雲仗霸才。不信可人當代有，吾將物色遍蒿萊。」[72]認為若要改變臺灣被殖民的局勢，需要天運與霸才之人，自己雖然不甚相信真有人能力挽頹勢，但仍要努力找尋。若將此處所言，對比〈次韻答紹堯〉中「無心用世唯耽酒」之句，可以清楚看到，林癡仙由消極不作為，轉趨積極入世的態度轉變。

這股爭取臺人權益的新浪潮，催生了一九二〇年代此起彼落的文化運動與政治抗爭，而臺中地區的諸多傳統文人，不僅沒有自外於社會脈動，甚至是許多文化、政治運動的重要領導者，例如林幼春、林獻堂、蔡惠如等等。而諸多的社會運動的參與歷程、影響與評價，也保留在眾多詩人的作品之中。

例如，傅錫祺的〈演說〉，書寫公眾演講活動，除了生動描寫演講活動樣貌、狀態外，更肯定演講對於社會大眾的教育作用，便是一組相當具有時代特色的作品。而蔡惠如的詞作〈意難忘〉，則是描寫治警事件後，自己將入臺中監獄服刑，由清水乘火車往臺中途中，支持運動的群眾沿途夾道相送壯行的景況。而同樣因治警事件入獄的林幼春，則留下多首相關詩作傳世，如入獄前所寫的〈吾將行〉，及入獄後所寫的〈獄中聞畫眉〉、〈再聞畫眉〉、〈獄中寄內〉、〈詠史〉、〈四月

70　傅錫祺，《鶴亭詩集（下）》，收錄於「臺灣先賢詩文集彙刊」，臺北：龍文出版社，1992年6月，頁183。
71　傅錫祺，《鶴亭詩集（下）》，頁183。
72　林朝崧，《無悶草堂詩存》，頁159。

十五夜鐵窗下作〉、〈獄中寄蔡伯毅君〉、〈獄中十律〉、〈獄中感春賦落花詩以自遣〉等等。當然，除了記錄活動概況及心路歷程的作品外，亦有諸多作品直接就是政治活動的講稿或文宣，如蔡惠如〈我之所望於青年：平等與自覺心〉、〈臺灣青年之大責任〉等文章，便是鼓勵青年關心臺灣前途、積極參與社會運動，一起投身社會改革的宣講作品。

總結來看，日治時期的臺中傳統詩人，由自認遺民消極避世，逐漸趨於入世改革，而作品也由無關現實的風花雪月，轉向批判殖民的社會關懷。

（二）重大時事的見證

文人以詩文作品記錄生命歷程，必然會對影響生活的重大事件有所感觸，而這些作品便成為歷史事件的重要記錄與見證。除了前述已討論的文化與政治運動外，諸如乙未割臺的動盪、日俄戰爭的勝敗、滿清國運之衰微、一戰局勢之變化、中部墩仔腳大地震，乃至於二戰期間的苦難與無奈，都有詩文見聞記錄。

首先，就臺灣內部來看，林癡仙的〈避地泉州作〉，描寫乙未時與族人倉皇內渡泉州，臺地消息斷絕，在驚魂未定之餘，渴望獲知臺灣局勢變化的心情[73]。而林幼春的〈諸將〉六首，則是針對參與1895年保臺之役的唐景崧、劉永福、丘逢甲、吳湯興、黎景嵩、林朝棟等六人，評述其功過得失，給予褒貶不一的歷史定位[74]。林子瑾的〈詠臺灣獨立軍旗〉，則強調臺灣民主國雖然有如春夢去無痕，但諸前賢的功過，都將載於青史，供後人評論[75]。這些都屬乙未割臺的相關詩作。

而簡楊華〈弔台中新竹兩州震災〉，則是針對1935年中部墩仔腳大地震的記錄，詞中感嘆數千人命不分貴賤之別，在倉皇之間一概被壓斃，並描述斷垣殘壁中，殘存下來的幼兒，嗷嗷待哺、哭聲不絕，不禁想問蒼天，人民何罪得承受如此大難。詩人哀嘆悲憫之情，著實讓人動容[76]。

此外，亦有大量的作品描寫二戰期間的動員、苦難與無奈。例如林仲衡的〈吟

73　林朝崧，《無悶草堂詩存》，頁2。
74　林幼春，《南強詩集》，收錄於「臺灣先賢詩文集彙刊」，臺北：龍文出版社，1992年6月，頁3。
75　林子瑾，《櫟社第一集・瑾園詩鈔》，頁1。
76　簡楊華，《棲鶴齋詩文集》，頁19。

詩報國〉以「嘔盡心肝徹夜吟，要從愛國見精忱」[77]之句，強調詩人也應發揮赤誠之心，展現愛國情懷，以吟詠詩作的方式來協力戰局。而這類詩作便是二戰期間，動員文人響應戰爭宣傳的典型作品。葉榮鐘的〈辛巳歲暮感懷敬步灌公瑤韻〉一詩，則是抨擊1938年頒布的「國家總動員法」，認為軍事動員虛耗大量物資，而官方大量收購徵用金屬，也造成物價的劇烈波動，影響了社會的正常運作[78]。

又傅錫祺所作的〈一枕〉，是1942年空襲演習中，燈火管制的描述之作。詩中不僅記錄以帷布包裹燈火，防止燈光透出的反空襲方式，更記錄下戰局中物資拮据，日用供給不足的窘境[79]。然而，燈火管制並不能杜絕美軍的空襲，傅錫祺〈美機來襲大雅即事〉，為戰爭末期臺灣人飽受空襲而留下了親身見證，詩句描寫早餐吃到一半，聽到空襲警報，便一邊擔心炸彈投下，一邊趕往防空壕躲避。躲避間聽聞防空砲火以及西邊機場被轟炸的聲音，最終驚心動魄，幸無大礙的心境等等[80]，可以說是極為生動，也極為無奈的戰爭體驗闡述。

除了來自臺灣內部的時事記錄外，周遭地區的國勢變化，也是文人們關注的焦點，如林仲衡的〈聞日本佔領遼陽感作〉，便記錄下日俄戰爭期間，其對日軍遼陽會戰勝利一事的喜悅，詩中「我為亞東黃種賀，免叫犬馬役非洲」[81]二句，清楚傳達出林仲衡對於黃種人戰勝白種殖民者一事的喜悅之情。

呂敦禮的〈書警〉，是針對義和團事件的悲嘆，詩中將義和團比擬為黃巾賊，認為義和團引來八國聯軍攻擊，讓清帝蒙塵遠遁，使清國遭受大難[82]。而林仲衡的〈題支那輿圖〉，則悲嘆清國頻頻簽訂不平等條約與割讓租地，國土日減，讓人不忍攤開地圖確定國家疆界[83]。這些都屬於關心評論清國國勢的作品。

此外，林幼春一系列的〈美國總統威爾遜〉、〈德皇威廉二世〉、〈俄皇尼哥拉士二世〉、〈聽人談歐戰故事〉等等，都是關注第一次世界大戰局勢變化之作，

77　林仲衡，《仲衡詩集》，收錄於「臺灣先賢詩文集彙刊」，臺北：龍文出版社，1992年3月，頁201。

78　葉榮鐘，《少奇吟草》，臺中：晨星出版社，2000年12月，頁160-161。

79　傅錫祺，《鶴亭詩集（下）》，頁263。

80　傅錫祺，《鶴亭詩集（下）》，頁263。

81　林仲衡，《仲衡詩集》，頁16。

82　呂敦禮，《櫟社第一集・厚庵詩草》，頁1。

83　林仲衡，《仲衡詩集》，頁61。

尤其是〈聽人談歐戰故事〉，在嘆息一戰使歐洲傷亡慘重之餘，更以「寧無虎皆傷痛，剩與漁人得利謠」[84]，抨擊日人在戰爭末期、勝負將分時，對德宣戰攫取利益。

透過上述可以發現，中部地區的傳統文人，並非是閉塞不通事務、僅知弄墨自娛之人，他們緊隨著臺灣發展的腳步，記錄下親身見聞，為後人留下珍貴的時代見證，同時也擁有一定程度的國際視野，緊盯著世界時局的變化，並思考著臺灣的出路。

除了上述兩大主題趨向外，第三個常見的作品主題是臺中地景與在地風土書寫。如林仲衡〈中州覽勝〉一類，以詩作描寫概括臺灣中部之景觀特色[85]，但由於本書第九章第二節，專論日治時期之特殊文學地景，如大甲鐵砧山、霧峰林家萊園、臺中公園等，因之於此從略。

二、代表性作家與作品

日治時期臺中地區詩社甚多，但這些詩社或活躍時間不長，或整體素質不高，或欠缺個人作品集流傳，若論文學成就之高，日治時期臺中地區古典文學作家，仍當以櫟社詩人為代表。不過由於櫟社詩人眾多，本節將選擇以有作品集傳世，且與大臺中地區淵源較深者為論述對象，包括傅錫祺、林朝崧、林仲衡、林幼春、莊太岳、林獻堂、蔡惠如、莊龍，以及第二代的莊垂勝、葉榮鐘、張賴玉廉等人。其中傅錫祺是潭子人，蔡惠如是清水人，莊龍是大甲人，而林朝崧、林仲衡、林幼春、林獻堂都出身霧峰林家；至於第二代的莊垂勝、葉榮鐘都出身鹿港，但後來都定居臺中，與霧峰林家關係密切；而張賴玉廉則世居臺中大坑，與莊垂勝、葉榮鐘互動頻繁。王達德戰後加入櫟社，與林獻堂互動頻繁，也一併介紹。

至於其他不屬於櫟社詩人群體，而特別值得一提的，可推梨江詩社的簡楊華為代表。他雖不是全島知名的文人，而是活躍於南屯地區的地方仕紳，但一生以漢文創作不輟，家屬珍藏其作品集《樓鶴齋詩文集》數十年後，交由臺中鄉土文化學會

84　林幼春，《南強詩集》，頁32。
85　林仲衡，《仲衡詩集》，頁179。

整理，於2012年12月出版，值得高度重視。許天奎、杜香國都是大甲著名仕紳，也活躍於當時全臺詩壇。另有女性詩人，包括蔡旨禪、吳燕生、吳帖、洪浣翠等人，雖然數量極少，但具有特殊意義，因此特別加以介紹。

1、林耀亭

林耀亭（1866—1936），名炳煌，又名聯輝，字耀亭，號守拙、樹德居士，臺中市人。出身望族，自幼入家族私塾「松月書室」隨江登階、賴石村等研習漢文。光緒19年（1893）經科考成為臺灣縣學生員，並任藍興堡聯甲分局董事。日治後，先後歷任臺中辨務署參事、臺中廳樹子腳區庄長、臺中區長、臺中興業信用組合理事、林氏宗廟建築副委員長與臺中市協議員等職務，是臺中地區活躍的地方領導人物，備受鄉鄰敬重。

大正9年（1920），林耀亭加入櫟社，除出席各地區之詩會外，也常邀請詩友至家中庭園「務滋園」開設雅集。在作品集方面，林耀亭棄世後，哲嗣林湯盤彙整遺稿，委託鹿港詩人呂嶽編校，於昭和15年（1940）出版《松月書室吟草》一書。此外，《全臺詩》以《松月書室吟草》為底本，並補錄日治報章雜誌所載詩作，是目前最為完整的版本。大抵而言，林耀亭的詩作以應答唱和為多，觸景寫懷、弔古詠史等作品相對較少，文字淺白、不尚雕琢，極為清新可讀[86]。

2、張麗俊

張麗俊（1868—1941），字升三，號南村，晚號水竹居主人，臺中豐原人。張麗俊為張達朝後裔，家庭殷富，自幼年起先後受學於廖華浸、張經賡、鄭國琛、魏文華等人，二十三歲時拜謝頌臣為師，與傅錫祺結為同窗。日治後陸續擔任庄長、保正、保甲聯合會會長、土地整理及林野調查委員、豐原街協議會員、水利會評議員、農會理事及葫蘆墩興產信用組合理事、豐原慈濟宮修繕會總理等職務，極負地方名望。

86　施懿琳等，《全臺詩》第拾捌冊，臺南：國立臺灣文學館，2011年10月，頁217。林耀亭，《松月書室吟草》，收錄於「臺灣先賢詩文集彙刊」，臺北：龍文出版社，1992年。

文學活動方面，張麗俊一生嗜詩，相當熱中於詩會活動，明治40年（1907）由傅錫祺推介加盟櫟社，大正12年（1923），另與豐原地區詩人共組豐原吟社。此外，無論是中部或全島性質的聯吟大會，亦屢屢見其活躍身影。張麗俊的詩作，其生前曾自編《升三詩草》一書，但並未出版，部分收錄於《櫟社第一集》。又，張麗俊日記始於1906年，止於1937年，內抄錄有大量個人詩作，該日記已由中央研究院近史所出版為《水竹居主人日記》。此外，《全臺詩》全面彙整《水竹居主人日記》與諸多日治報刊雜誌所載張麗俊詩作，可說是目前最完整的作品集版本[87]。

3、呂敦禮

呂敦禮（1871—1908），字鯉庭，號厚菴，清臺灣縣三角仔莊（今臺中神岡）人。筱雲山莊主人呂汝玉長子。1893年科舉中秀才，1895年因避戰禍，內渡福建，事平後返鄉定居。因與林癡仙為總角之交，平素往來密切，吟詩贈答時而有之，遂於1906年加入櫟社，成為櫟社正式組織化的九名創社元老之一。1908年病逝。

呂敦禮詩作，因隨手散佚，所存無多，去世後由其父呂汝玉，與櫟社詩友林癡仙、陳槐庭、傅錫祺等人，蒐集遺作七十三首，並附輓詩七十首，編為《厚菴遺草》，於1910年出版傳世。2001年，龍文出版社景印《厚菴遺草》，編入「臺灣先賢詩文集彙刊」，為目前通行之版本[88]。

4、傅錫祺

傅錫祺（1872—1946），字復澄，號鶴亭。臺中潭子人，自小接受傳統私塾教育，1893年考中秀才，1894年原擬赴福州應舉，因中日甲午戰役，官船不行，途至臺北而返。1895年日本領臺，傅氏時年二十四歲，以擔任家庭教師為業，1899年起改在家授徒並兼任《臺灣日日新報》通信記者。1901年應聘為《臺中每日新聞》（後改名《臺灣新聞》）記者，1906年曾一度辭去該職，1907年重新續任至1918年

87　施懿琳等，《全臺詩》第拾捌冊，頁299。許雪姬等，《臺中縣志・人物志》，臺中：臺中縣政府，2010年10月，頁499-502。
88　參見《臺灣歷史人物小傳——明清暨日據時期》，臺北：國家圖書館，2003年12月，頁151-152。

2月止。

在詩社活動方面，他於1906年加入櫟社，是九名創社發起人之一。1917年櫟社原任社長賴紹堯病故，傅氏被推選接任，從此即擔任社長職至1946年去世為止，近三十年。傅氏一生對櫟社參與完整，感情投入甚深，並先後撰成《櫟社沿革志略》、《增補櫟社沿革志略》等，對保存櫟社史料居功厥偉。

在社會活動方面，他曾與潭子地方士紳於1919年創設潭仔墘信用組合，並被選為理事兼組合長。1920年6月，受日本官方任命為潭仔墘區長，10月1日地方制度改正，被任為潭子庄長，此一職務任期至1925年依願完職。後來在1929年10月，由於日本官方的再三要求，傅氏重任庄長職，直到1935年11月才正式退職。傅氏兩次擔任庄長，合計長達十一年又四個月。

傅氏出身工匠小康之家，由於個人勤學且受過紮實的傳統詩書教育而考中秀才，雖因時代變局而中斷科舉之路，但仍無礙他晉身社會的士紳階級。因此，他自然成為日本官方所籠絡的對象。他的個性勤儉務實而保守，非常重視兒女教育，長子、次子、四子都考入臺北總督府醫學校就讀，除四子春鏡在學期間病故，長子、次子則在畢業後曾赴印尼爪哇泗水、中國青島等地開設診所，因而逐漸累積財富。

一九四〇年代，日本統治末期，櫟社第一代成員已凋零殆盡，傅錫祺與林獻堂兩人試圖重振櫟社聲威，召募原社員之子弟門生加盟。傅氏並定期到霧峰為年輕學子講解《史記》，教導漢詩寫作，目的在希望延續漢族文化傳統。1945年8月15日，二次大戰結束，日本投降而退出臺灣。重歸祖國懷抱，曾帶給傅氏短暫的狂喜，但陳儀來臺後的施政，又使他迅速對政局極度失望，1946年8月27日，傅氏以七十五之齡病逝潭子家中。

傅錫祺《鶴亭詩集》中，收錄1907—1946完整編年的畢生詩作，內容涵蓋詩社活動、人際往來、家庭生活、時代變遷、臺灣風土、戰亂與天災等，無所不包，為日本殖民統治下的臺灣社會與個人生活切片，留下完整的見證。他的日記保存數十年，也由家屬交給學者廖振富整理研究，並與中研院臺灣史研究所許雪姬教授合作，將納入中研院臺灣史研究所「臺灣日記知識庫」中，以發揮更大的研究效用。

傅錫祺六十歲生日曾有一組回顧平生的作品，題為〈六十初度感賦四首〉，其中第二首如下：

天教滄海忽揚塵（乙未年二十四，台灣易主），不壞猶存歷劫身。紈扇三秋遭棄置，硯田廿載付因循（主台灣新聞漢文筆政，前後凡十七年）。無才勉就催科吏（作區庄長），有恨難消忍垢人。他日豫謀題墓字，可能姓氏冠遺民（擬題曰：「遺民鶴亭傅錫祺先生之墓」等十一字）。[89]

全詩寫乙未割臺後，日本殖民統治下的個人遭遇與心境。第三句「紈扇三秋遭棄置」是感嘆過去科舉之路已斷，所學已成廢物。特別值得注意的是後半首，「無才勉就催科吏」指他長期擔任潭子區長、庄長，「有恨難消忍垢人」則是遺民心境的表白：不管表面上如何與外來的殖民政權妥協，內心深處依然有一股強烈的「亡國之恨」，「忍垢」意味忍做亡國遺民之恥辱。最後兩句甚至交代子孫，去世後墓碑需標識「遺民」二字於姓名之上。傅氏去世於1946年，日本退出臺灣的第二年，他的子孫自然不必冠「遺民」於碑石之上，但從中則不難體會當時他並不敢期待能親眼目睹故土重光，個中心境何其悲涼！

　　寫於1924年的〈演說〉五律三首，則是以時事為題，以古典詩書寫政治啟蒙運動，跳脫常見的詠物、詠史題，取材極具時代意義：

萬言如瀉水，瀝膽更披肝。信有廣長舌，安知惶恐灘。用心良自苦，拍掌見真歡。喚醒多年夢，勤勞永不刊。

擁擠人入席，慷慨客登壇。事痛論家國，法防觸治安。焦唇泥先覺，捫舌笑旁觀。聲淚時俱下，滔滔欲止難。

劇競生存日，應求起死丹。眼中含淚血，口角湧波瀾。覺路憑先指，懸河幸未乾。張儀還有舌，不管令嚴寬。[90]

89　傅錫祺，《鶴亭詩集（下）》，頁183。
90　傅錫祺，《鶴亭詩集（上）》，頁114。

這組作品，描寫題材是當時「臺灣文化協會」最常見的宣傳活動：藉演說以喚醒民智，希望結合人民力量，爭取臺灣人應有的權益和地位。三首詩分別將演說者的激昂慷慨、聽眾的熱烈反應，以及日本官方的監視提防刻劃得栩栩如生，不但具有「紀實」效果，更深具文學情韻。詩中對文協成員的用心良苦、不畏艱危，給予相當的理解和同情，並高度肯定演說活動對喚醒民智的貢獻。

　　戰爭期間，傅氏對臺灣捲入戰爭後的種種苦況，也深有所感，如寫於1942年的〈一枕〉詩題下自註：「七月四日正式燈火管制第二夜」，詩云：

> 四鄰雞犬靜，一枕蚓蛙喧。夜久難成夢，愁凝不得言。拮據時有手，供給日多門。倦眼微開處，帷燈照地昏。[91]

三、四句寫出滿腔愁苦，欲訴無門，其實這是處在戰爭期間臺灣人的共同心情，現實生活處處受管制，經濟日趨拮据，而臺灣的未來卻遙不可知。另一方面，殖民者卻全面動員臺灣社會納入戰時體制，傅氏曾有詩以「但願前鋒殲彼虜，屢言後援屬吾曹」（〈次韻洪元煌君六十感懷〉）隱微表達不滿，語氣充滿無奈。

　　寫於1944年10月的一首七言古體〈美機來襲大雅即事〉，則為戰爭末期臺灣人躲空襲而「疏開」的經驗，留下生動的紀錄：

> 汽笛連聲報敵至，警鐘繼打催待避。晨餐粗粥未及半，投箸急趨豫闢地。飛機頭上久迴翔，其中自挾殺人器。文人膽故如鼯鼠，巨彈況恐從空墜。砲聲斷續到耳邊，西山閧似舉烽燧。濫爆或殃及池魚，有人將以無類。生死前定雖屢聞，違犖亦當盡人事。壕中蟄伏一小時，出壕此心猶動悸。此生重吃一大驚，甲申十月之十四。[92]

日本在1941年12月7日偷襲珍珠港，美日宣戰。1943至1945年間，美國軍機代表盟軍密集轟炸全臺各地。這首詩描寫美國軍機來襲前後的情景，氣氛緊張，將一般民

91　傅錫祺，《鶴亭詩集（下）》，頁263。
92　傅錫祺，《鶴亭詩集（下）》，頁263。

眾的驚惶、狼狽,以及砲彈從空而降的震撼威力刻劃得栩栩如生。

綜合言之,傅氏對日本發動戰爭,迫使臺灣陷入一片黑暗,內心深以為苦,雖然表面不得不順應時代環境虛與委蛇,甚至言不由衷地歌功頌德一番,但仍常在字裡行間隱微地表達譏刺不滿,或作消極的抵制,仍然不失臺灣人的立場,並未完全附和日本統治者。

5、林朝崧

林朝崧(1875—1915),字俊堂(一作峻堂),號癡仙、今吾,又號無悶道人。臺灣臺中人,晚清秀才出身,櫟社創始人,霧峰林家下厝林文明之養子。

朝崧年少時即熱中詩歌創作,1895年日本領臺,時年二十一,與家人內渡福建泉州,1897年一度回臺,停留數月後再赴泉州,1898年移居上海,1899年自上海返臺定居。返臺後,他與洪棄生、賴紹堯、林幼春、陳瑚、呂敦禮、陳懷澄等詩友時相唱和作詩。1901年其詩題已出現「櫟社」之名,1902年他與姪子幼春、彰化賴紹堯出面倡組櫟社,1906年櫟社正式組織化,以癡仙等九人為創始者。隨著1906年底臺南南社、1909年臺北瀛社的成立,臺灣三大詩社鼎足分立之勢乃告確定。1910年櫟社在癡仙主持下,於臺中舉行庚戌春會,共有社員二十人、南北詩友三十一人參加,這是日治時臺灣詩社第一次大規模的共同集會活動。1911年櫟社邀請梁啟超訪臺,梁氏對癡仙、幼春叔姪之文學才華,深表肯定。

朝崧晚年對兩件社會活動十分投入,其一是臺中中學的創設,其二是板垣退助所倡組的「同化會」。為臺中中學的籌設,他僕僕風塵向中部各地士紳募款,而為「同化會」之籌設,更與蔡惠如、甘得中等人親赴日本打聽消息。同化會由於臺灣總督府的打壓,旋歸失敗,經此打擊,癡仙於返臺後不久,即以四十一歲之齡病故。

林朝崧詩,目前通行之版本為《無悶草堂詩存》,在他去世十餘年後,由櫟社詩友合力編輯出版,全書五卷,收錄各體詩共八百餘首,附錄詩餘一卷,共四十五題六十一首。其詩另有一原始版本,名為《無悶草堂詩鈔》,於1919—1923年連載於《臺灣文藝叢誌》(未以單行本出版)。兩種版本所收作品頗有出入,但《詩鈔》所收總數較《詩存》多出不少。癡仙詩的內容,多描述日本領臺後傳統文人苦

悶無奈的心境，以及對祖國孺慕怨責的情緒，後期作品則可看出逐漸強化對臺灣本土的認同與關注。詩風以感傷頹靡為主調，文字清麗多姿，可說是日治前期臺灣頗具代表性的傳統詩人。

以下介紹林朝崧不同階段之詩作數首，首先是〈寄懷八叔父允卿〉：

> 鮒生劇是可憐蟲，二載閩南逐轉蓬。流落怕談桑海事，追隨空記竹林中。惱人春色花無賴，消我鄉愁酒有功。最憶舊時文醼處，夢魂夜夜霧峰東。[93]

本詩是癡仙於1896年寄居於福建泉州時期所作。癡仙於1895年日本正式領臺之前，在臺灣民主國潰散動亂之際，與族人倉皇內渡大陸。當時驚魂未定，而臺灣內部則在日本軍隊的強力鎮壓掃蕩之下，充滿肅殺恐怖的氣氛。但是，寄居的閩南，又是人生地不熟的異地，因此，他的心情充滿強烈的思鄉情懷，卻又有家歸不得。既感慨故土淪亡，偏又無計可施。

詩中起筆以「可憐蟲」自稱，並形容漂泊生涯如蓬草之飄零亂飛，語氣悲涼。三、四句先寫眼前的倉皇心境，再寫回憶過去美好生活的悵惘，形成今昔對比，令人產生情何以堪的感慨。「竹林七賢」典故的運用，則貼近「寄懷叔父」的題旨。接著五、六句，對仗極為精切，語意又飽含強烈的矛盾痛苦，是一組出色的對句。意味：眼前春色如此燦爛美好，花開處處徒然令人懊惱，無心欣賞，只能怪罪花兒不解我內心之苦，偏要如此多事，煩人的綻放著。而我的鄉愁如何能解？除了借酒澆愁又能如何呢？「花無賴」對「酒有功」，以「無」對「有」是極靈巧貼切的對句，並不呆板。而七、八句呼應第四句的回憶往昔，再度扣緊寄懷叔父的題旨，並以「夢魂夜夜霧峰東」具體落實「鄉愁」的意涵。從中，也可看出霧峰林家從原先的以武功揚名，到林文欽、林癡仙等人時，正逐漸轉為以文學為重的家風。

接續是回臺初期所作的〈次韻答紹堯〉兩首：

93　林朝崧，《無悶草堂詩存》，頁26。

　　無心用世唯耽酒，有口逢人便說詩。醉不願醒歌當哭，百年當賣幾多癡。

　　悠悠身世且隨緣，飲酒看花自得仙。苦向紅塵求解脫，幾生修到火坑蓮。[94]

這兩首詩，很能看出癡仙的生命情調，也充分反映出他身處亂世，內心強烈的徬徨矛盾，和自暴自棄的苦悶。結合本組作品的「百年當賣幾多癡」和「飲酒看花自得仙」兩句，便是他以「癡仙」自號的由來。其實這兩個字在本質意義上是相反、不能協調的——癡指的是執著、迷戀、無明，仙則是暗指逍遙任真自得。癡仙或許正有意以此自況，反映他的心境與生活的矛盾吧！

　　第一首，前兩句以「無」、「有」相對，對仗工整而自然，且在內容上形成極豐富的意涵，這正是林獻堂為《無悶草堂詩存》寫序時所說的：「癡仙滄桑之後，詩酒兩嗜，無日不飲，無飲不醉，而亦不醉無詩。」換句話說：縱情飲酒，和逢人說詩（包括讀詩、寫詩），便是他日常生活中最感興趣的兩件事。而「無心用世」與「醉不願醒」所流露出的消沉心態，又增添幾許悲涼的況味，再加上「歌當哭」的強自排遣，和末句「人生苦短，何必癡迷不悟」的喟歎，使這首詩在短短四句中，形成情感內涵的波瀾跌宕，給人留下深刻的印象，而這也是癡仙生平自道的最佳寫照。

　　第二首，全詩看似曠達豪放，其實骨子裡仍不免有自我放縱兼自我解嘲、為自己開脫的意味。語氣反映出強烈主觀的表白，意味人生貴在隨緣自適，只要縱情於「飲酒」與「看花」兩件事，便可從中修得神仙境界，逍遙自在。如果要靠所謂的修練以求解脫紅塵之苦，那未免太辛苦自己了，究竟要幾輩子才能修成不受污染的火坑蓮？實在令人懷疑哪！這樣消沉的心靈表白，就道德層面而言，或許是值得批判的，其中的軟弱、逃避心態，也是不可諱言的。但若以「文學是苦悶的象徵」的觀點來品味本詩，則作者的蒼涼無奈心境，不免也令人感慨「生不逢時」的悲哀。

　　由〈春日雜感，次粵台秋唱韻〉，則可以看出思想轉變的歷程：

　　炎荒十七紀前開，破浪騎鯨說渡臺。山水無情頻換主，英雄埋骨易成

94　林朝崧，《無悶草堂詩存》，頁169。

灰。挽回滄海關天運，叱風雲仗霸才。不信可人當代有，吾將物色遍蒿
萊。（八首錄一）[95]

林癡仙在日本領臺之前，曾是清朝科舉制度下的秀才，而他的伯父林文察、堂兄林
朝棟則先後都是受清廷冊封的武將。因此，他的思想具有強烈的遺民意識與故國情
結，認同以滿清皇室所代表的中國為祖國，是再自然也不過了。但是，在返臺定居
後，他具體感受到身為「棄地遺民」的悲哀，因而對祖國的孺慕情愫，逐漸轉變成
站在臺灣立場來思考自身命運的臺灣意識，此一思想轉變的軌跡，可從本詩中看出
端倪。

　　本詩氣象閎偉，而情調悲涼，可說是「臺灣悲情」具體而微的映現。第一、
二句將先民移入臺灣的開拓史，上溯自十七世紀的鄭成功入臺，這和前述〈台灣雜
詠〉一詩提及：「居人粵語兼閩語」相同，都是因為站在「漢人中心」觀點發言所
造成的侷限，我們必須加以揚棄。不過，就詩藝論，破題雄渾壯闊，為歷史舞臺之
風起雲湧揭開精彩的序幕，筆力雷霆萬鈞。接著三、四句語氣為之一頓，「山水無
情頻換主」正是臺灣人數百年來「被壓抑的歷史」下無法跳脫的困境和悲哀；「英
雄埋骨易成灰」則對不同時代在臺灣島上前仆後繼、為挺身保臺而埋骨於斯土的無
數英靈深致浩歎與崇敬。五、六句既感慨臺灣淪於異族的局勢已難以挽回，又期待
能有傑出的「霸才」出現，以帶領臺灣衝破黑暗、迎向光明，兩句之中充滿矛盾逆
析的張力。最後兩句，則以低沉的筆調，表達作者努力尋訪人才的意願，流露出悲
涼無奈的況味。

　　除上述之外，〈遊萊園小池〉則呈現詩人閒適生活的一面：

　　小池清且淺，容得一吳舫。岸染苔痕綠，波涵樹影青。蘆中翔翡翠，蘋
　　末立蜻蜓。釣竹閒來把，秋風滿水亭。[96]

萊園是臺灣有名的私人庭園，日本領臺後，櫟社所舉辦的小集、大會，多半在此舉

95　林朝崧，《無悶草堂詩存》，頁159。
96　林朝崧，《無悶草堂詩存》，頁82。

行。一九二〇年代，臺灣文化協會也在這裡舉辦過「夏季學校」，因此它可說是當時臺灣文學、文化的重要據點。

本詩寫於1901年，是癡仙返臺定居後的第三年，當時櫟社仍屬草創階段，尚未正式組織化，但癡仙與幼春及其他櫟社早期社員，已常在此聚會。這首詩情調悠閒愉悅，寫景優美，充分展現癡仙身為傑出的臺灣傳統詩人極佳的寫作功力。

起筆兩句較為平淡，接著中間兩聯對仗，精切工整，第三、四句分別寫岸邊和水面的碧綠與青翠，「苔痕」對「樹影」是植物相對、「綠」對「青」是顏色相對，渾然天成，尤其顏色字置於句末，經過動詞「染」、「涵」的穿針引線，有突顯畫面的效果，而這組對仗呈現的是靜態的美景。第五、六句「蘆中」對「蘋末」、「翔」對「立」（一動一靜），「翡翠」對「蜻蜓」（鳥與昆蟲，動物相對），在寧靜中增添動態的美感。藉由這四句，將萊園小池的自然風光，刻劃得淋漓盡致。最後兩句則出現人的蹤跡，使景物不致流於死寂。手持釣竿的可能是作者，也可能是他人（古典詩詞「主詞省略」的寫法，更容易使讀者產生移情作用），但呈現出一派悠閒，「秋風滿水亭」則使讀者宛如置身其中，似乎感受到那股涼意正迎面拂來。

6、林仲衡

林資銓（1877—1940），字仲衡，號壺隱，出身霧峰下厝，其祖父林文察、父親林朝棟，都是晚清著名的臺籍名將。資銓與其叔父林朝崧（字俊堂、號癡仙）、堂弟資修（字幼春、號南強），則皆以能詩揚名於日治初期臺灣詩壇，被美稱為「霧峰三傑」，而三人也同時列名櫟社「創社九老」之中。

資銓於日本領臺初期（約1895—1905年間），曾輾轉滯留於中國大陸泉州、福州、上海、北京等地多年，其間一度赴日。1905年曾返臺，次年參與櫟社創社集會。其後再度東渡日本，於東京中央大學肄業，約於1909年返臺定居，此後則常出席櫟社活動。論立身處世，資銓喜流連風月，與叔父林癡仙近似，未若堂弟林幼春之積極獻身抗日文化運動；論思想意識，則夾雜於新舊時代之間，雖有心求新求變，可惜受限於個性，保守有餘，創新不足。而其詩名在「霧峰三傑」中雖屬殿後，但若放在日治時期臺灣傳統詩壇加以定位，仍不失為一大名家。

　　林資銓雖出身豪門世家，早年漂泊中國大陸，面臨晚清動盪與臺灣割讓之巨大衝擊，其後轉赴日本求學，雖不無雄心，但終究無功而返，回臺定居後，亦無法尋求安身立命之道，難脫傳統文人之格局，而其晚年境遇淒苦，使其詩作充滿酸澀之悲，頗富感染力。代表作《仲衡詩集》，為其女婿臺灣醫學界前輩杜聰明於1969年整理出版，作品內容以記遊、寫景、詠史、詠物、酬唱為大宗。其中詠物尤具特色，除零星詠物之作，並有〈詠昆蟲二十首〉、〈吟香集〉等組詩，後者遍詠群花，多達百餘首。

　　霧峰林家在日本領臺之初，曾大舉內渡福建泉州避亂，林癡仙、林幼春、林獻堂、林仲衡等人皆然。但林幼春、林獻堂兩人停留時間短暫，隨即返臺，而林癡仙停留時間稍長，約1899年返臺，至於林仲衡則是四人中留居中國最久的一位，直到1905年始返回臺灣。下列這組〈送四弟回臺灣感作〉，便是寫送家人返臺的徬徨心情。

　　　　鯤島驚心尚礨，鴒原屈指又歌驪。此行愧我無他贈，一紙新詩和淚題。
　　　　家鄉舊事漫重論，且飲團圓酒一尊。須識刺桐城裏住，避秦不減武陵源。[97]

從作品中可看出，時代動亂所造成的巨大痛苦，作者身為臺灣豪族世家子弟，思鄉之切，至親臨別之痛，迴盪於字裡行間。第一首「鯤島驚心尚礨」是形容日本統治臺灣，以武力掌控局勢，社會尚未穩定的狀態。「鴒原歌驪」是形容兄弟分離之情。第二首「刺桐城」是指泉州，「避秦不減武陵源」是形容當時家人共同在泉州避亂，正如陶淵明〈桃花源記〉描寫的在桃花源裡避「秦時亂」。

　　林仲衡對政治的態度，曾經歷複雜的轉折，日本剛統治臺灣時，他曾寫下這首慷慨激昂的作品〈書憤〉：

　　　　人間何處荊軻，怒髮衝冠易水歌。忍見虛鐘遷石虎，會看荊棘沒銅駝。家書迢遞羈愁遠，鄉月團圓離恨多。何日請纓來闕下，樓船直斬海東倭。[98]

97　林仲衡，《仲衡詩集》，頁14。
98　林仲衡，《仲衡詩集》，頁46。

詩中語氣相當激憤，期待有人效法荊軻刺秦，改變臺灣被割讓給日本的事實。最後兩句甚至幻想要從軍殺敵，所謂「海東倭」便指日本人。而面對中國遭遇列強割據、國土殘破的無奈，他有〈題支那輿圖〉：

> 憂時誰挽魯陽戈，城下頻聞割地和。不敢披圖重指點，殘山賸水已無多。[99]

臺灣被迫割讓給日本，也是晚清國勢衰敗導致的結果，因此遭遇列強瓜分土地是當時所有中國人共同的悲痛，「不敢披圖重指點，殘山賸水已無多」語氣何其悲痛無奈。

　　然而，隨著日本統治臺灣日久，他逐漸淡化強烈的中國認同，甚至傾向與日本當局一致的立場，如這組〈吟詩報國〉便是一例：

> 嘔盡心肝徹夜吟，要從愛國見精忱。激昂唱到鐃歌日，知是兒徒一戰擒。
> 熱血淋漓見赤心，吟來愛國少知音。篇篇盡作風雲氣，不似尋常兒女吟。[100]

本詩寫於二戰期間，當時部分漢詩人以「吟詩報國」為口號，主張以創作響應日本國策，鼓舞戰爭士氣，林仲衡這組作品亦是如此，強調詩人也應發揮熱血赤誠之心，展現愛國情懷，以吟詠詩作的方式來協力戰局。

　　不過我們必須認清的是，當時臺灣人持相同立場的文學作品其實是不勝枚舉的，這類作品背後有其複雜的時代背景，學界已有諸多深入研究，我們不必獨獨苛責於林仲衡。只是這種政治態度與林獻堂、林幼春兩人確實大相逕庭，可見霧峰林家當時所持的政治立場並非完全一致。

　　下面這首〈放言〉充滿豪情壯志，展現相當開闊的胸襟視野：

> 百年身世一浮漚，足跡須環五大洲。莫學拘墟村學究，傷春過了又悲秋。[101]

99　林仲衡，《仲衡詩集》，頁61。
100　林仲衡，《仲衡詩集》，頁201。
101　林仲衡，《仲衡詩集》，頁71。

第一句是形容人生短暫，如同漂浮的水泡，瞬間歸於虛無，其語意猶如佛家所說：
「如夢幻泡影」。第二句語氣一變，迅速翻轉消極為積極昂揚，「須環五大洲」的
肯定語氣，是全詩主旨所在。後兩句則是以對比手法，補充此一主題概念，意指傳
統讀書人終其一生只能以寫作詩文「悲春傷秋」，當個老學究，視野與生活圈何其
狹隘。就思想意涵而言，本詩不但強調「讀萬卷書，不如行萬里路」，更吻合當代
「地球村」的概念，可說相當重視「國際觀」，格局闊闊。

　　相較於日治時代的其他傳統文人，林仲衡具有豐富的旅遊經驗，不僅出入中國
大陸多次，遍遊泉州、福州、上海、北京、蘇州、河南、安徽……等地；甚且前往
日本東京的大學留學，而詩集中〈朝鮮〉、〈暹羅〉、〈呂宋〉、〈蘇門答刺〉、
〈琉球〉、〈印度〉、〈波斯〉……等作，也可見作者對世界各國的關注。因此，
仲衡此詩，雖然自稱是「放言」之作，其實並非大放厥詞，實際上，詩人本身的確
具有出國求學或旅遊的經驗。

　　可惜的是，若實際考察林仲衡一生之事蹟，他個人雖然足跡遍及中國、日本各
地，其思想與行事，仍失之消沉萎靡，詩集中流連風月之作亦觸目可見，並未跳脫
傳統文人悲春傷秋之格局，也未能如林幼春、林獻堂等人之積極參與社會運動。霧
峰林家成員之中，真正能將「足跡須環五大洲」的理想付諸實踐的，大概只有林獻
堂父子吧。

　　這首〈霧峰夜雨同十叔作〉是與林癡仙共同唱和的作品：

> 小閣紗窗燭影深，霧峰夜雨話離襟。同心何止如蘭臭，把臂真堪入竹林。
> 運去伍員羞一劍，時來漂母贈千金。古今無限恩事，青史堆中恨不禁。[102]

詩題「十叔」是指林癡仙，因為癡仙在霧峰林家下厝的同輩兄弟之中排行第十。第
四句「把臂真堪入竹林」是暗用晉代「竹林七賢」的典故，其中的阮籍、阮咸兩人
是叔姪關係，隱喻他個人與林癡仙，其背後之深意則是指日本領臺之後，他們不願
屈從日本當局，寧可選擇隱居。五、六句，分別用春秋時代伍子胥與漢代大將軍韓
信的歷史典故，述說讀史的感懷，隱然有「恩仇必報」的古代英雄風範。

---

102 林仲衡，《仲衡詩集》，頁42。

下列這首〈中州覽勝〉，頗能概括臺灣中部之景觀特色：

> 豪華無意慕輕肥，聊向中州振客衣。火燄山頭煙縹緲，葫蘆墩畔樹依
> 微。望窮卦嶺如登嶽，春到梧棲似浴沂。我亦頻年厭琴劍，抽身準擬霧
> 峰歸。[103]

這是昭和10年（1935）舊曆1月7日，「全島聯吟大會」在臺中舉行的擊詩題。詩題「中州」是指日治時期的「臺中州」而言，大致包括現在的臺中縣市、彰化、南投、苗栗等地。豐原，1920年以前稱作「葫蘆墩」，因為它是葫蘆墩米的盛產地，故後來改為「豐原」。「火燄山」，可能是苗栗縣與臺中縣分界的火炎山，也可能是霧峰、南投縣國姓鄉、草屯鎮之間的九九群峰的別名。「卦嶺」則指彰化八卦山。一首七言律詩，要同時兼顧臺中州各個區域特色，作者因此選擇幾個特色景點作介紹，最後點出回歸鄉土的依戀，顯示林仲衡的土地認同。

7、林子瑾

林子瑾（1878—1956），字少英，號大智、林鷹，臺中人。福建法政專科學校、日本早稻田大學法政科畢業。畢業後旅居北京，曾任吳佩孚、閻錫山等中國要員之法政顧問。返臺後曾擔任《臺灣新聞》記者，後辭職經商，經常往返中國、臺灣兩地[104]。

在文學活動方面，林子瑾於1911年加入櫟社，曾任櫟社理事。1919年，推動臺灣文社創立，於自宅瑾園召開第一屆理事會。1923年，為籌辦「中嘉南聯合吟會」，而招募各地詩社幹事，於臺中成立「樗社」，並在隔年活動圓滿後解散，這種任務型的詩社，可謂全臺僅見[105]。1930年，滯留中國期間，受櫟社開除連橫社籍一事影響，被以「拐誘同姓女子」為由，一併開除社籍[106]。戰後，林子瑾滯留北

---

103 林仲衡，《仲衡詩集》，頁179。
104 施懿琳、許俊雅、楊翠，《臺中縣文學發展史》，頁122-123。
105 關於樗社之活動及解散，參見連橫《臺灣詩薈》第1、2、3號〈騷壇紀事〉的報導，1924年2-4月。
106 林子瑾娶同姓女子為妾，因同姓結婚在日治時期被視為亂倫行為，遂有此抨擊。林子瑾被開除社籍一事，詳見廖振富，〈論連橫與櫟社之互動與決裂──兼論櫟社「抗日屬性」之再評

京未返臺，1946年曾在「臺灣省旅平同鄉會」機關刊物《新臺灣》上發表〈臺灣光復有感〉，期待臺灣回歸中華民國後，外省族群與臺灣在地人能以兄弟之姿攜手合作，顯見其支持國府的立場[107]。無奈隔年二二八事件發生，諸多詩友或慘死或入獄，政治理想的破滅，可能是促使林子瑾在1949年後，持續滯留紅色中國的重要因素。1956年病逝於北京。目前，林子瑾生前詩作，尚無結集出版，僅有《櫟社第一集》收錄其二十一首作品，稱為〈瑾園詩鈔〉，其餘諸作則散見各日治報章雜誌。

8、莊太岳

莊太岳（1880—1938），譜名垂訓，又名嵩，字伊若，號太岳、松陵等，彰化鹿港人。莊家書香門第，叔父莊士勳為清領時期舉人，父親莊士哲為秀才，任教於彰化礦溪書院及白沙書院，日治曾任鹿港區長，弟弟莊垂勝亦有文名，同為中部重要之文化人。

莊太岳秉承家學，九歲撰詩文，鄉人譽為神童，後就讀臺中師範學校，畢業後曾任公學校教師，後應聘擔任霧峰林家西席多年，並另於霧峰革新青年會與一新義塾擔任漢學教師。

在文學活動方面，莊太岳以嗜詩工書聞名，因與林癡仙、林幼春往來密切，遂於1906年加盟林癡仙、林幼春所創辦之櫟社[108]，成為該社重要社員。1917年，另與施家本、丁寶濂等人在鹿港共創「大冶吟社」，後接替施家本繼任為第二任社長。

1938年病逝，遺有詩文手稿傳於子嗣。1968年由三子莊幼岳錄其詩稿，出版為《太岳詩草》。1987年，又輯得莊太岳早年之作六百餘首，出版為《太岳詩草補遺》。1992年，龍文出版社景印上述二書，總題為《太岳詩草》，編入「臺灣先賢詩文集彙刊」第二輯，是目前最為流通的版本。至於文稿方面，則由莊幼岳輯抄藏家尚未刊行[109]。

估〉，《櫟社研究新論》，頁345-349、353。

107　林子瑾，〈臺灣光復有感〉，《新臺灣》第1卷3號，北京：臺灣省旅平同鄉會，1946年4月1日，頁16。

108　傅錫祺，《櫟社沿革志略》，頁2。

109　莊嵩，《太岳詩草》，收錄於「臺灣先賢詩文集彙刊」，臺北：龍文出版社，1992年6月，卷首無頁碼。

9、林幼春

　　林幼春（1880—1939），原名資修，號南強，晚年又自號老秋，霧峰林家下厝林文明之孫，與其叔父癡仙同樣熱中古典詩之創作。年少時曾跟隨於廣東人梁子嘉學詩三年，奠定深厚之詩學基礎，1899年左右即以詠乙未抗日相關人物之〈諸將〉六首揚名詩壇，時年僅十九歲。1901年與叔父癡仙共同發起櫟社，1911年梁啟超應櫟社之邀訪臺，對幼春詩才讚賞有加，譽之為「海南才子」。1918年他與櫟社詩友共同創立「臺灣文社」，發行《臺灣文藝叢誌》，以保存漢學為己任。

　　1921年起，幼春與堂叔林獻堂併肩協力，投入抗日民族運動。他分別擔任「臺灣文化協會」協理、「臺灣民報社」社長、「臺灣議會期成同盟會」專務理事等重要職務。由於對請願運動介入甚深，導致他在「治警事件」中被捕，並與蔡惠如、蔣渭水等人被判刑入獄。1927年以後由於抗日陣營的分化，幼春逐漸淡出政治運動，晚年多蟄居家中養病，以詩棋自娛。由於幼春抗日立場堅定，人格操守崇高，文學造詣精湛，及對文化啟蒙和政治運動的積極參與，使他在新、舊文學界都受到相當程度的敬重。他思想開通，曾大力支持新文學，抨擊當時傳統詩壇盛行藉擊吟逢迎當道、博取名利之歪風，因此在臺灣新舊文學反殖民抗議精神的傳承上，他可說是扮演著承先啟後的角色。

　　幼春生前常發表詩作於《臺灣文藝叢誌》、《台灣民報》、《臺灣新民報》、《臺灣詩薈》等報章雜誌，但作品直到去世多年後，始由長子林培英編輯成《南強詩集》於1964年出版，全書收錄詩作共四百餘首。林幼春詩才甚高，被譽為「日治時期臺灣三大詩人」之一，張深切推崇他是「漢學界的臺灣第一才子」，楊雲萍則說他是「臺灣四百年來最卓絕的詩人之一」，陳虛谷更推崇其詩文成就是「臺灣的最高峰」，楊逵則將他與賴和並稱為「臺灣新文學的兩位開拓者」。戰後大陸來臺的學者，如徐復觀、戴君仁、李漁叔等人，也分別從人格風範、作品精神、寫作技巧等層面，給予高度肯定。幼春詩性靈與氣魄兼具，風格以激昂慷慨為最鮮明之特徵，至於其文采之美與遣詞鍊句之精鍊，均可謂日治時期臺灣傳統詩壇之佼佼者。以下舉出不同階段數首，可從中品味林幼春詩作之內涵與風格。

　　先看少年時期作品〈諸將〉六首中的一首：

三戶英雄竟若何，吳公近事感人多。草間持梃長酣戰，夜裡量沙獨浩歌。望月有年皆帶甲，回瀾無力且憑河。纍纍叢葬礦溪路，策蹇荒山未忍過。（吳湯興茂才）[110]

林幼春〈諸將〉六首，分別歌詠乙未抗日之相關人物，包括唐景崧、劉永福、丘逢甲、吳湯興、黎景嵩、林朝棟等六人。各詩或褒或貶，相當程度反映出當時臺灣人對乙未抗日史實的看法。這組詩是林幼春十九歲的成名作，連橫稱讚本組作品有如杜甫「詩史」般的成就。

　　值得注意的是，林幼春這組作品的其他各首，對所詠的對象或多或少都有微辭，惟獨本首，作者以厚重的筆力、濃烈的情感，對以吳湯興為首的民間義勇軍致予崇高的敬意和深刻的弔念。首、尾兩聯，是作者的讚頌與緬懷，字裡行間蘊藏著揮之不去的沉鬱和傷感。中間兩聯，寫義勇軍之艱苦奮戰與鬥志昂揚，其中「夜裡量沙」的典故，對一般人而言較不易了解，但如果了解典故的意涵後，再細細品味詩旨，不禁令人讚嘆作者寫作的功力。「回瀾無力且憑河」更生動刻劃了義軍抗日之舉，雖有如以卵擊石，卻寧死不屈、奮戰到底，堅毅精神令人肅然起敬。從這兩組對仗，可看出幼春紮實的詩學訓練，文字驅遣自如，完全沒有僵硬生澀的痕跡。寫本詩時，幼春年紀才十九歲左右，從中我們不但發現一位優秀的青年詩人已然嶄露頭角，且詩中強烈的情感投射與堅定的抗日立場，似乎也正預告：一九二〇年代在新一代非武裝抗日運動的戰場上，幼春必定不會缺席，而且將是其中一名勇猛的鬥士。

　　中年時期投入政治運動之相關詩作，包括參與議會設置請願運動及治警事件被捕入獄之詩作，更是膾炙人口。以下舉出兩首以見。其一是1923年所寫的〈送蔡培火、蔣渭水、陳逢源三君之京〉：

一往情深是此行，中流擊楫意難平。風吹易水衝冠髮，人唱陽關勸酒聲。意外鯤鵬多變化，眼中人獸漫縱橫。臨歧一掬男兒淚，願為同胞倒海傾。[111]

110　林幼春，《南強詩集》，頁3。
111　林幼春，《南強詩集》，頁41。

一九二〇年代，臺灣的文化啟蒙抗日運動風起雲湧，其中尤以「臺灣議會設置請願運動」聲勢最為浩大，發揮凝聚民心的效果也最為顯著。1922年，臺灣總督府展開反制行動，在臺中進行六條「取締方針」，並壓迫林獻堂退出請願活動，但其他成員不但毫不退縮，反而更積極展開活動。1923年2月7日，由蔣渭水、蔡培火、陳逢源三人為請願代表，由基隆搭船赴日本進行第三次請願，臺灣各界熱烈歡送，幼春本詩即為此而寫。

第一、二句強調各界對此行寄予厚望，且眾人決心堅定；三、四句用典故強化臨行時之悲壯氣氛；五、六句則刻劃當時所面臨的險惡局勢，並指斥當局的打壓；七、八句以誇張筆法，生動地鋪寫「壯懷激烈」的送別場景。全詩用典雖多，但並不難理解，尤其字裡行間所洋溢的澎湃熱情與豪宕氣息，極富感染力。本詩曾在1923年3月刊登於當時在日本發行的《臺灣》雜誌上，發揮相當的宣傳作用與激勵人心的效果。其中「願為同胞倒海傾」一句，甚至在後來「治警事件」開庭期間，特別為日籍辯護律師所引用，以說明當時臺灣人共同的心聲。三名請願代表赴日後，與東京同志重新成立「臺灣議會期成同盟」，幼春雖不在日本，卻膺選為五名專務理事之一，可見他參與頗深，也因而造成幼春與其他領導人物在後來的「治警事件」中被捕、判刑。

其二是1925年入獄期間作品〈獄中感春賦落花詩以自遣〉：

> 繫久懸知景物非，強揩病眼弔斜暉。九旬化碧將為厲，舉國招魂未忍飛。歷劫尚當甘墜落，幾生修得到芳菲？因風寄謝枝頭鳥，極口催歸何處歸。[112]

1925年3月林幼春因「治警事件」而入獄服刑，先後有相關詩作甚多首，包括入獄前所寫的〈吾將行〉，以及入獄後所寫的〈獄中聞畫眉〉、〈再聞畫眉〉、〈獄中寄內〉、〈詠史〉、〈四月十五夜鐵窗下作〉、〈獄中寄蔡伯毅君〉、〈獄中十律〉和本詩等。

本詩借詠落花而言志，以細緻纏綿的筆法，寫對國族之大愛，讀來悽惻而壯

---

112 林幼春，《南強詩集》，頁42。

美，藝術性極高。落花，在文學中常是青春凋謝的象徵，但在本詩，幼春則以落花隱喻他瘦弱的病體陷身牢中的噩運，運用貼切。起筆兩句慨歎入獄已久，景物全非，韶光易逝，斜暉的場景鋪寫，令人想起李商隱〈落花〉詩：「高閣客竟去，小園花亂飛。參差連曲陌，迢遞送斜暉……」的淒美情境。三、四句一聯甚佳，寫出至死猶烈的壯志，以及不忍捨去的惓惓赤忱。而落花飄零，飛飛欲墜，狀似不忍離去，碧血黃花，雖死猶生，又能以花喻人，兩相映照，描寫極高妙。五、六句同樣扣緊「落花」以抒懷，前句是描述堅定不悔的志向，後句則暗指節操之純潔不染雜塵，並宣誓終生努力修為，不改夙志的決心。七、八句在連續高亢的情緒之後，為之一挫，回到眼前景，感慨有家歸不得，喪失自由的無奈。

文天祥作於獄中的〈正氣歌〉，以浩蕩雄渾的悲壯風格為人所熟知，相較之下，幼春此詩能將「陽剛」與「陰柔」兩種截然不同的風格，融而為一，於纖柔中見豪情，純就藝術效果而言，其成就未必比〈正氣歌〉遜色！

10、蔡惠如

蔡惠如（1881—1929），名江柳，字鐵生，臺中清水人。蔡家為清水望族，其父敏南曾任日治初期牛罵頭區區長，他本人則曾經營米穀、製糖、輕鐵會社等實業。日本當局有見於他實力雄厚，委派他擔任臺中區長。但他因不滿日本警察之蠻橫，而與官方時有衝突。1914年，「同化會」事件失敗後，他憤而結束在臺灣的事業，轉往中國發展。

蔡惠如早在1906年即加盟櫟社，後亦曾與家鄉詩友陳基六等人創辦「鰲西吟社」。由於他常往來於臺灣、日本、中國之間，參與詩會的次數並不多，詩作數量也極為有限。換句話說，他的社會身分並未以「詩人」角色著稱。從他的性格與社會參與來看，毋寧說他是一位行動力極強的社會運動家，葉榮鐘因而以「臺灣民族運動的鋪路人」稱之。

惠如性格浪漫豪爽，頗富俠義個性，他與臺灣民族運動的關聯，始自1919年在東京與臺灣留日學生林呈祿、蔡培火等人成立「聲應會」、「啟發會」。其後，因為這兩個團體實際上並沒有嚴密的組織，惠如乃在次年召集數十名留日學生重組「新民會」。新民會根據立會宗旨，開始推展兩項活動，其一是臺灣議會設置請願

運動，其二是「臺灣青年雜誌」的創刊。他最受人推崇而津津樂道的事例，是以一千五百金提供給林呈祿等人，作為「臺灣青年」的創辦費用，因此才有《臺灣青年》、《臺灣》、《台灣民報》、《臺灣新民報》一脈相承，在文化啟蒙陣營中發揮巨大的影響作用。

惠如在「治警事件」中，由於居於領導地位，最後也被判刑下獄。從1923年12月16日被羈押五十多天，到1925年2月入獄服刑期間，他曾有不少詩詞發表。1924年7月，他為策劃文協在臺中所舉辦的「無力者大會」，在赴林獻堂處共商大計，以對抗辜顯榮等媚日士紳的「有力者大會」時，不慎自車上失足而跌斷大腿骨，臥病數月。而其事業經營狀況，本來就因為他將大半心力投入民族運動而每下愈況，晚年財務甚為窘困。1929年3、4月間，他在福州因事業過勞發生腦溢血，治療不見起色，5月12日轉回臺北中村醫院，5月20日即不幸病逝，享年僅四十九歲。

1920年起，他的社會活動場域轉向日本東京，與留日學生密切接觸，進而被留日青年奉為精神領袖，開展波瀾壯闊的政治運動。1922年在東京期間，他曾與林獻堂、莊太岳、李漢如等人在林獻堂的東京寓所「雨聲庵」舉行擊吟詩會，並以「雨聲庵吟草」為題，將詩作刊登在《臺灣青年》雜誌。值得注意的是，其中還包括陳虛谷、王敏川（錫舟）等新世代的知識分子，見證新舊兩代知識分子在日本東京的緊密互動。

蔡惠如在1920—1925年間，陸續在《臺灣青年》、《台灣民報》發表五篇文章，包括〈我之所望於青年：平等與自覺心〉、〈臺灣青年之大責任〉、〈論中國將來之興亡〉、〈祝臺灣民報創刊〉、〈就臺灣雜誌社五週年紀念的感想〉，前三篇屬文言文，後兩篇則是白話文，不論是文體演變及作品思想內涵的時代性，都充分反映臺灣新文學運動萌芽階段的特殊現象，值得進一步探索。第一、二篇勉勵臺灣青年應關心臺灣前途，擔起重責大任，具有改革社會的理想。第三篇關心中國局勢，並寄予深切期待，是其祖國情結的表露。第四、五篇則是針對創辦《臺灣青年》、《台灣民報》的理想而發，特別以白話體練習寫作，其目的正是透過具體實踐，響應文化啟蒙運動，以白話文達到普及推廣與啟發民智的效果。

而貫串以上五篇文章的核心理念，是強烈的漢族認同，以及喚醒臺灣人奮發向上、追求平等自由的自覺。另一具備高度意義的現象是，他在這些文章中頗能掌握

近代西方文化中的啟蒙思想概念，乃至民主政治發展的概況，並引為具體有力的論說依據。以發表於1920年的〈我之所望於青年：平等與自覺心〉一文為例，他以旁敲側擊的文字，呼籲臺灣人要從日本殖民統治的不合理待遇中覺醒：

> 人每自慰於社會國家，胥蒙不平等之待遇，夫社會國家，胡為以不平等待遇吾人，非以其必倚賴，或受其保護，始能生存耶。倚賴斯為勢所乘，受保護斯為力所制矣。非以之其智能之不逮耶。[113]

換句話說：不受控制，擺脫對殖民政府者的倚賴，臺灣人的「自覺」才是關鍵。因此，他殷殷叮嚀：「人類欲期真正之平等幸福必先有自覺心，自覺心之餘，則勤苦奮勵，日躋競競，以自進於高等人格、高等智能。」文中更引18世紀法國啟蒙時代的哲學家盧梭（Rousseau，1712—1778）「欲救人類之墮落，由不善而返於善，惟有破棄此可厭之文明而復自然」之言，這是聲東擊西的障眼法，而更鏗鏘有力的控訴，則是以下這段文字：

> 人惟文明愈備，向嗜欲愈勝；嗜欲勝則權利之想急切。因權利而爭競，爭競之勝負決，而階級判然矣。法律不平等、經濟不平等、衣食住不平等，迄於今日，變本加厲已臻極點。然吾儕苟一反躬自省，溯厥繇束，果操於已，抑操於人，其理詎不灼然可觀哉。[114]

所謂「權利爭競，爭競之勝負決，而階級判然矣」，指涉的當然是日本對臺灣殖民統治所造成殖民者與被殖民者的階級矛盾，接著，作者筆鋒毫不遮掩地對日本殖民當局強烈的控訴：「法律不平等、經濟不平等、衣食住不平等，迄於今日，變本加厲已臻極點」，可謂順理成章，極具說服力。

　　1924年，為對抗辜顯榮等人發起「有力者大會」，7月3日林獻堂等人發起「無

113　廖振富編著，《蔡惠如資料彙編與研究》，臺北：臺灣大學人文社會高等研究院，2013年12月，頁72。
114　廖振富編著，《蔡惠如資料彙編與研究》，頁73。

力者大會」加以對抗。不巧在大會前兩天，蔡惠如坐人力車意外跌倒，受傷骨折。無力者大會在臺中舉行當天，林獻堂特別提到蔡惠如跌傷的意外，藉機諷刺日本當局，大會於是通過決議，指派林幼春、黃周兩人專程前往醫院慰問蔡惠如，已見前述。事後，櫟社社友陳槐庭、傅錫祺先後都寫〈醉落魄〉詞加以慰問。蔡惠如後來也特別回信道謝，並依韻回贈詞作一首，內容如下：

> 錫祺社長大鑒：日前辱承惠贈好詞慰問，感銘不朽，初因骨傷微痛，心雜不清，未能及時奉和。茲經服藥調治，日漸見愈，苦痛已除，精神亦爽，乃於夜深人靜強索枯腸，仍依同調元韻，填成一闋，工拙不計，聊慰病中之苦悶，錄呈於後，望乞斧政，是所深幸。
> 革故應思設置，天心自古從民意。覆車折足全雙臂，造化推排，大作兒童戲。一生最愛多才智，恨無鴻鵠高飛翅。腳力翻雲，蹉跌尋常事。
>
> 澈心未是稿[115]

這首詞內容展現蔡惠如一貫的豪氣，對意外受傷絲毫不以為意。相對於陳槐庭、傅錫祺的多用典故，蔡惠如之作平白如話。但起筆「革故應思設置，天心自古從民意」之句，更充分反映其不屈服的勇氣，與爭取被殖民者權益的嶄新思維，與前文引述之白話體文章理路一貫。

　　蔡惠如是一位熱情而充滿浪漫俠氣的領導人物，他對朋友同志的熱情，每令同志印象深刻，「治警事件」相關詞作中，專為同志而寫的有〈東方齊著力：送獻堂總理東上〉、〈渡江雲：乙丑春日下獄懷南北同志〉、〈金縷曲：幼春入院養病，故遲我十日下獄，聞被當道催促，不容寬緩，賦此解慰〉等首。而〈意難忘〉一首，特別能反映當時民心對他們的支持：

> 芳草連空，又千絲萬縷。一路垂楊，牽愁離故里。壯氣入樊籠，清水驛，滿人叢，握別到臺中。老輩青年齊見送，感慰無窮。　　山高水遠情

---

115 廖振富編著，《蔡惠如資料彙編與研究》，頁66、84。

長，喜民心漸醒，痛苦何妨。松筠堅節操，鐵石鑄心腸。居虎口，自雍容，眠食亦如常，記得當年文信國，千古名揚。[116]

這首作品描寫1925年2月21日惠如自清水火車站搭火車到臺中監獄報到的經過，惠如原作在詞牌下注明：「下獄之日，清水、臺中人士見送，途將為塞，賦此鳴謝」，可見由於民眾對他們的強烈支持，使惠如深覺感動欣慰，才以激昂的語調寫下本篇作品。據《台灣民報》的相關報導，有如下記載：

> 蔡惠如、林幼春二氏，應屬在台中刑務所受監，然幼春氏因病得延期受刑，而蔡惠如氏獨挺然於廿一日下午搭列車至台中驛，（在清水出發之際，沿途皆有佇立奉送，至驛送者約二百名，送至沙鹿者二十餘名，送至台中者三十餘名）迨下車時台中無數同志，迎住握手，各敘其別忱，復有盛鳴爆竹以迎其至。警官隨命其解散，然群眾不勝為之惜別，而不肯分散，亦不忍分離，堅隨其身邊，自停車場前，直透新盛街以至錦町，人眾絡繹於道，有連呼聲者，警部遂將魏朝昌氏檢束，其後放出。蔡氏先至台中病院訪林幼春氏，乃向台中地方法院檢察局。在法院前，民眾多數似築人垣，遂見警官無數奔到，更由警部命解散，蔡氏即赴檢察局，其後方入刑務所。時見蔡氏絕無狼狽相，氣色十分沈著，對人云：「予自已覺悟，故無所恐怖。」[117]

從這段詳細的報導，不難想見：七十多年前治警事件諸志士所代表的追求臺灣人權益的行動，是受到當時民眾多麼熱烈的擁護。而惠如作品中的「清水驛，滿人叢，握別到臺中。老輩青年齊見送，感慰無窮」等句，也正如葉榮鐘所說的「蓋寫實也」，並無誇大成分。在《台灣民報》所載的同一則報導中提及：蔣渭水是二十日下午即出門，北部各地民眾沒料到蔣氏如此快速入監，因而不及相送，只好臨時群集到刑務所附近等候，警官見狀，命群眾解散，等蔣氏坐車快速至刑務所，諸友已

---

116 廖振富編著，《蔡惠如資料彙編與研究》，頁70。
117 〈諸氏之入監〉，《台灣民報》3卷8號，1925年3月11日，頁5-6。

不及見他一面。可見蔣渭水所受到的民心支持並無二致，但由於入監過於倉促，使送行者緣慳一面。至於蔡惠如則因為是次日從清水到臺中報到，民眾爭相走告，才有機會自發性地聚集送行，共同塑造了臺灣人權運動史上，戲劇張力十足、高潮迭起的這一幕「歷史場景」，而惠如的〈意難忘〉則以當事人身分，為這幕歷史場景留下情韻深長的文學紀錄，值得再三咀嚼。

11、林獻堂

林獻堂（1881—1956），本名大椿，字獻堂，號灌園，1881年10月生於霧峰，1956年9月病逝日本東京，享年76歲。獻堂在日治時期以領導民族運動著稱，是臺灣近代史上的重要人物。1895年乙未割臺時，他年僅十五歲，即奉祖母之命率全家四十餘人內渡福建泉州避難，局勢稍穩後始回臺。1900年，其父林文欽病逝香港，從此他負責掌理家計、經營事業，環境的歷練與早熟的性格，使他趨向老成持重，並逐漸成為霧峰林家的領導人物。

獻堂一生參與民族運動，受梁啟超影響很深，堅持採溫和、穩健的路線向日本政府爭取臺灣人的權益。最先始於1914年的「同化會」籌備與「臺中中學」的設校，一九二〇年代，則應蔣渭水之邀擔任「臺灣文化協會」總理，與留日及本島的知識青年並肩奮鬥。至於他投入最多心力的當屬「臺灣議會設置請願運動」，此一運動持續十多年，對喚醒臺灣人的民族自覺貢獻甚大。

在文學及文化活動方面，1908年他曾倡組「萊園詩會」，1910年正式加入櫟社後，即積極參與櫟社活動，舉凡櫟社邀請梁啟超訪臺，櫟社二十週年題名碑的落成，櫟社第一、二集的編輯出版，他都是重要的推動者。而櫟社創始人林癡仙的遺作《無悶草堂詩存》，也是在他遊英返臺後，感慨英國對詩人之重視而大聲疾呼下，始於1933年由櫟社社友編印出版。一九四〇年代，櫟社第一代成員已凋零殆盡，而臺灣總督府卻加緊推動「皇民化運動」，獻堂深恐本族文化滅絕，於是邀集第一代成員子弟、門生故舊加入，以重整旗鼓，延續文化命脈。

戰後，因二二八事件的爆發及國共內戰的動亂，使他對國民政府失望已極，乃於1949年9月搭機赴日，一直到1956年去世為止，有生之年並未再返臺灣。其一生之遭遇，與臺灣近代史之發展息息相關，實無異於臺灣近代史的縮影。

　　獻堂本不以詩名家，早年詩作無多，據他在《海上唱和集》自序中說：他專心作詩始於1939年9月在東京不慎傷足養病期間，當時他已年近六十歲。其生前有兩部作品結集出版，都是在日本所寫，一是日治時期1940年的《海上唱和集》，一是戰後1950年留居東京的《東遊吟草》。葉榮鐘在獻堂去世後，為他編紀念集，將《海上唱和集》、《東遊吟草》，連同其他軼詩，合編於紀念集卷二「遺著」中，共得詩449首。其詩集目前易見之版本，是龍文出版社的「臺灣先賢詩文集彙刊」第一輯第九種（與《無悶草堂詩存》下冊合為一冊裝訂），改名《灌園詩集》。此外，他揉合白話與文言於一爐的散文專著《環球遊記》，具有相當開闊的國際視野與深刻的歐美文化觀察，也逐漸受到研究者的重視。

　　獻堂詩的寫作風格，偏向質樸內斂，用字較為通俗，典故使用較少，即使用典也多半是一般人常見易懂的。由於他專心創作的起步甚晚，故詩藝不及林癡仙、林幼春兩人。他的絕大多數作品其實都集中在1940年、退出公共領域的政治文化運動之後，由於公共領域的失意反促使他寄情詩作以自遣。而因為他一生跨越清領、日治、戰後三大階段，從內容來看，反而更完整記錄了從日治到戰後初期時代動盪的變貌。以下摘取獻堂不同階段詩作數首，加以評介。

　　這首〈辛巳中秋景薰樓觀月〉，反映戰爭時期作者憂心臺灣前途的苦悶與抑鬱心境：

> 秋宵月比春宵好，涼生玉宇開懷抱。舉杯共飲待中庭，漸見清光遍鯤島。人生行樂須及時，莫因抑鬱徒傷悲。夜深猶作愍愍望，遂使衷心有所思。歐陸風雲雖暫息，亞洲酣戰方急迫。豈真長此照干戈，南飛烏鵲悲無食。倚樓長嘯念皆灰，曾看團圓六十回。浮世光陰如一瞬，且將爛醉掌中杯。[118]

獻堂本詩寫於1941年中秋，地點在家鄉霧峰的住宅景薰樓。當時正是二次大戰最激烈的階段，臺灣無可避免地被迫捲入這個大漩渦中，成為日本帝國強權的一顆棋

---

118 葉榮鐘等編，《林獻堂先生紀念集・遺著》，臺北：海峽學術出版社，2005年12月，頁91。

子，從社會民生到政治環境，都墮入最險惡的境地，這首詩所反映的正是獻堂置身於如此艱困的時代環境中極度苦悶的心情。全詩一至六句看似散發出愉悅開朗的氣氛，獻堂以「月好」、「開懷抱」、「行樂及時」等詞語透露刻意營造歡樂的企圖，然而「莫因抑鬱徒傷悲」，似乎已說明「抑鬱而傷悲」才是此刻真正的心情。故第七句「夜深猶作慇懃望」以下，情境逆轉直下，獻堂直接述說了他對「亞洲酣戰方急迫」的憂思千萬重，以及對臺灣前途茫茫，萬念俱灰的無奈和苦悶。最後，乃以藉酒澆愁收尾。

　　本詩屬七言古體，詩中用字句句淺白易解，少用典故，但音律流暢和諧。在寫作技巧上，從待月、賞月、望月而聯想世局與臺灣處境，轉折自然，無拼湊之感。全詩環繞「月」字而刻劃，或明寫（如秋宵月比春宵好、漸見清光遍鯤島），或暗寫（如南飛烏鵲悲無食，曾看團圓六十回），也都能曲盡其妙，章法井然有序。

　　同時期的作品〈櫟社四十周年紀念大會〉，則是他致力於以詩社活動傳遞漢族文化傳統的心情寫照：

> 卅年瞥眼去如梭，每向樽前發浩歌。人世滄桑增感慨，文章今古不消磨。敢誇佳什如康樂，豈遜流觴會永和。雅集莫嫌冬日短，徹宵秉燭繼吟哦。[119]

1942年12月27日，櫟社於霧峰萊園舉行成立四十週年紀念大會，出席者有第一、二代社員十五人，來賓二十四人，本詩即是此次大會之「宿題詩」（集會之前預先作好的詩）。詩中有感慨，更有深刻的期許。前四句先感慨歲月飄忽易逝，人世滄桑變化，再肯定結社吟詩之永恆價值。後四句語氣樂觀，信心充沛，描述集會與作詩的盛況。獻堂自1910年加入櫟社，逐漸成為櫟社最主要的支持、推動者，歷經二〇、三〇年代與政治運動，到了四〇年代，在日本強大軍國主義的壓制下，藉由詩社活動，以傳遞文化香火對抗日本的「皇民化」運動，是獻堂最深刻掛懷而苦心孤詣、全力以赴的，而這首詩也充分反映了當時獻堂濃厚的使命感與強烈的相互期許

---

119 葉榮鐘等編，《林獻堂先生紀念集・遺著》，頁93。

之情。

　　林獻堂除執著於傳統詩創作之外，另有一本重要著作《環球遊記》，該書以淺近的文言夾雜白話體寫成，可納入現代文學範疇觀察。這是近代臺灣人第一本環遊世界的專著，近年受到學界高度重視，相關研究甚多。本書內容，自1927年5月15日從基隆搭船出發寫起，至1928年4月15日回程抵達日本橫濱為止，為時近一年，其去程路線經廈門、香港、新加坡、檳榔嶼（在馬來西亞）、錫蘭及埃及的開羅，到達法國的馬賽上岸，其後詳細記錄在歐洲十國：英、法、義、德、丹麥、荷蘭、比利時、西班牙、瑞士、摩納哥，以及美國共十一國的旅遊見聞。作者從地理、風物、民俗、政經、軍事等各個角度加以考究得失。此外，書中常借觀察他國來省思臺灣當時處境，由此可見他推動臺灣政治、社會現代化的用心。

　　此部遊記，從1927年8月28日起刊載於《台灣民報》，至1931年10月30日止，達四年之久，極受讀者歡迎。林氏原有意出版單行本，後來卻因《南方》雜誌重刊該作，引起日本當局不滿而中斷。一直到林獻堂去世後，始由葉榮鐘重新整理，與其詩集共同收在《林獻堂先生紀念集》卷二「遺著」之中。

12、簡楊華

　　簡楊華（1882—1945），是日治時期臺中南屯地區的重要仕紳，他出生於清朝末年的壬午（1882）年，七歲到十二歲曾接受私塾教育，奠定漢學基礎。十四歲那年，臺灣進入日本殖民統治，十九歲入公學校就讀，因成績優異受校長鼓勵，考入臺中師範學校（今彰化，非現在的臺中教育大學）。畢業後曾擔任過教師、臺中廳通譯、烏日區助役等公職，一度轉行營商，並創設南屯信用組合，其後則長期在地方開辦「改良式書房」，致力基層教育工作，培育不少地方人才。簡楊華除了活躍於地方行政、教育與商業活動，更擅長傳統詩文寫作，他的畢生心血都收集在以工整的毛筆字謄寫而成的手稿本《樓鶴齋詩文集》中，2012年12月，經由臺中市鄉土文化學會整理註釋出版。

　　本書內容包括詞作、詩社聯吟課題、小集分韻、紀遊錄、應酬詩、雜詠詩、古體詩、文集共八卷，具有幾點特殊意義值得重視：其一，以詞作記錄個人生活與社會實況，包括個人懷抱、訓勉兒女、創設改良書房、1935年的臺中大地震，並哀

弔死難者，無一不可入詞，總數五十首之多，在臺灣古典文學以詩為主流的背景之下，簡先生能以詞作描寫如此豐富的內容，更顯珍貴。其二，總數最多的詩作，涵蓋類型非常多樣化，其中聯吟課題、小集分韻、應酬詩等類型，提供不少詩社活動的紀錄，不但見證日治時期詩社活動的蓬勃發展，也是南屯「梨江吟社」的珍貴史料。其三，他特別將旅行相關詩作別立為「紀遊錄」一卷，反映日治時期旅行風氣的盛行，而當代讀者也可透過他的詩作實地「全臺走透透」，以增加對各地風土民情的理解。

值得一提的是，本書正式出版之前，臺中鄉土文化學會的工作團隊即以「紀遊錄」詩作配合實地考察，藉以印證、體會作品描寫的內容，進行了兼具知性與感性的文學旅遊。從這些紀遊詩看來，簡楊華先生旅遊的地點，包括家鄉臺中大肚山、臺中公園，更遍及南部、北地，及東部花蓮，如1918（戊午）年1月乘坐火車的南部旅遊（南遊雜詠組詩），1924年（甲子）的北部旅遊，1936年甚至由蘇澳搭船遠赴花蓮港。另外，尤其特別的是1924年（甲子）的〈埋伏坪吟草〉系列詩作，埋伏坪是泰雅族的傳統居住地，即臺中市和平區雙崎部落，也是當代著名原住民作家瓦歷斯‧諾幹的家鄉。

當地在日治時期是被日本官方刻意宣揚的「模範部落」，簡楊華的寫作背景，應該是日本官方刻意展示所謂「理番」的績效而安排漢人參訪。而同年的北部旅遊，其實是公務出差，他參觀了專賣局煙草工廠、總督府、中央研究所、博物館，也到基隆港參觀巡洋艦，記錄了日本在臺灣建設的成果。另外，1925年他曾與梨江吟社詩友一起到關仔嶺泡溫泉，也有相關詩作留存。簡楊華的紀遊詩，充分見證當時殖民者帶給臺灣的種種衝擊與變遷，包括現代建設、原住民統治、溫泉文化的興盛，乃至各種自然與人文風貌的變遷，而他在作品中所呈現的心境與觀感如何，透露出何種訊息與意涵，更是值得深究的學術議題。

本書的豐富內涵不僅於此，其他雜詠詩、文集、古體詩等，內容也都極具研究價值，可考察簡先生的個性為人、胸襟懷抱、家庭生活、處世之道、殖民統治下的臺灣社會，乃至世界局勢。不論是臺灣文學研究、在地文史導覽，乃至休閒觀光旅遊，這本書都提供了很多生動的材料，值得各界人士閱讀欣賞。

以下舉描寫1935年大地震的詞作〈弔台中新竹兩州震災〉為例，觀察其作品

記錄時代、反映社會風貌的價值。作品前有序言說明寫作背景：「昭和十年四月廿一日，舊三月十九，午前六時二分，大安、大甲間忽起空前強震。清水、神岡、內埔、大甲等處被禍最劇，即死者千八百餘人，重輕傷者指不勝屈，家屋殆歸於盡；而新竹管內之苗栗、大湖、銅鑼等處，即死者千八百餘人，負傷及住家全滅者不計其數。兩州死傷載道，哀鴻遍野，誠本島未曾有大慘事也。予家鄰接震源地，受強震餘威，一時驚魂動魄。然厚承天眷，人身家屋俱無恙，真幸中之幸也。惟看新聞，痛知處處被害慘狀，日為我同胞災民垂淚者再。因填哀詞一闋以悼之。」具體記錄民眾死傷之鉅，及面對地震慘禍劫後餘生的強烈哀戚感，詞作內容如下：

> 忽然地變鬼神號，震害甚兵刀。數千貴賤倉皇裡，痛同時被壓難逃。骨肉幽明轉瞬，血屍塞道腥臊。　　瘡痍到處哭聲高，待哺已嗷嗷。傷心慘目民何罪？問蒼天、首為頻搔。觸我哀生悼死，望風淚、染吟毫。[120]

地震是臺灣常見的天災，自古而然，清代以降，先人留下很多書寫地震的文學作品，為不同時代臺灣人所經歷的天災留下鮮明見證。這次1935年地震，簡楊華曾寫一系列作品，包括〈過台灣新聞社見震災慰問品堆積如山感作〉、〈慰問震災同胞兩闋〉、〈驚餘震〉、〈避震所〉、〈立秋夜宿避震所口占〉，前後共計七首詞作，完整記錄地震所引起的重大災情，社會極度恐慌，造成謠言四起，以及同胞在患難中救助送暖的溫情。當代臺灣人共同經歷1999年「九二一大地震」，讀此作品，很容易被喚起「感同身受」的共鳴。

13、許天奎

　　許天奎（1883—1936），字鐵峰，臺中大甲外埔莊人。許天奎出身富商之家，明治42年（1909）畢業於臺灣總督府國語學校師範部，後至后里公學校與大甲公學校執教。大正2年（1913）去職經商，先後擔任大甲信用組合評定委員、大甲帽蓆同業組合長、外埔信用組合長、中南拓殖株式會社社長等。此外，亦投入地方政

120　簡楊華，《棲鶴齋詩文集》，頁19。

界，大正9年（1920）出任外埔庄協議會員，並自大正12年（1923）起，長年擔任外埔庄長一職[121]。昭和6年（1931）辭去一切公職，歸隱自築之「鐵峰山房」，日以詩文自娛，至昭和11年（1936）去世為止[122]。

在文學活動方面，許天奎活躍於中部詩人社群之中，留下諸多文友唱酬之詩作，大正13年（1924），更與杜香國、王子鶴等人，共組衡社（後易名為蘅社），為大甲地區最早之詩社。昭和9年（1934），許天奎彙整平生著作，出版《鐵峰山房唱和集》，內容包含三個部分，首先是《唱和集》，收錄昭和8年（1933）五十歲壽誕時諸文友的祝壽詩作，以及當日祝壽擊吟會的唱和詩作。其次為《鐵峰詩話》，為許天奎針對清領末期以降，臺灣重要詩人之事功與詩作的品評文章。最末則是《鐵峰詩集》（又稱《鐵峰山房吟草》），乃收錄其平生詩作的個人作品集。這部《鐵峰山房唱和集》，無疑是許天奎一生文學成果的匯集之書[123]。

14、莊龍

莊龍（1884—1925），字雲從，號南村，臺中大甲人。莊龍出身貧困農家，明治36年（1903）畢業於總督府國語學校國語部，後返鄉在大甲擔任公學校教師，明治39年（1906）辭職轉任臺中「臺灣新聞社」記者，同年加入櫟社，與林癡仙、林幼春、蔡惠如、吳子瑜、陳滄玉、陳聯玉等互有唱和，此外另與同窗舊友杜香國往來密切。大正3年（1914）後，莊龍因患精神病離職[124]，且被禁錮在家休養，因而退出詩壇未再吟詠，大正8年（1919）櫟社以無望履行社責為由，將其除名退社[125]。

莊龍詩作的彙編，最早見於大正13年（1924）出版的《櫟社第一集》，當時莊龍雖已被除名，但因「其原因在患精神病，大堪同情，且其詩頗多可取，故為錄

---

121 原幹洲，《自治制度改正十週年紀念人物史》，勤勞と富源社出版，1931年7月，頁137。
122 張子文、郭啟傳、林偉洲等，《臺灣歷史人物小傳——明清暨日據時期》，臺北：國家圖書館，2003年12月，頁457-458。
123 許天奎，《鐵峰山房唱和集》，收錄於「臺灣先賢詩文集彙刊」，臺北：龍文出版社，2009年3月。
124 許天奎，〈鐵峰詩話〉記錄莊龍病情，言：「三十以後，感於世故，旋得心疾」。許天奎，《鐵峰山房唱和集》，頁67。
125 傅錫祺，《櫟社沿革志略》，頁13。

入」[126]。莊龍過世後，櫟社社友連雅堂，在自己主編的《臺灣詩薈》上刊登啟事，公開徵求莊龍遺稿，並將所得稿件編訂成《南村詩稿》傳世[127]。

大抵而言，莊龍詩作全屬七言絕句或七言律詩，流傳作品雖不多，卻個性鮮明，情感豐富，技巧純熟。許天奎認為其詩學陸游，而林幼春也盛讚他已入放翁之室[128]，可惜命運多舛，猶如慧星一閃而逝，未能留下更多作品傳世。

15、吳子瑜

吳子瑜（1885—1951），譜名東碧，字少侯，號小魯，臺中市新街庄人（今臺中市東區範圍內）[129]。家族豪富，祖父吳景春為林文察十八大老之一，父親吳鸞旂則有東大墩街首富之名。吳子瑜個性豪爽闊綽，以「東碧舍」之雅稱聞名鄉里。大正元年（1912），吳子瑜前往中國上海、北京等地經商，另在石家莊開設礦業公司，此後頻繁往返兩岸，並大舉捐款贊助孫文從事政治活動。

大正10年（1921），吳鸞旂過世，吳子瑜返臺奔喪，在太平冬瓜山闢建家族墓園與東山別墅，亭臺樓閣成為中部著名的私人園林宅邸。大正11年（1922）再度返臺，獲選為臺中市協議會員，並開辦天外天劇院，成為中部名流聚會場所。大正15年（1926），與林獻堂、陳炘等人出資合組大東信託株式會社，成為會社的重要股東。昭和12年（1937），受中日戰爭影響，事業受挫，返回臺灣長住於東山別墅。戰後，吳子瑜與國府維持友善關係，不僅曾大額捐獻國民黨黨費，更將天外天劇院出售得款約兩百萬元，全數捐建國父史蹟紀念館，遂由蔣介石以總統身分頒發「義風可欽」之匾額。

在文學活動方面，大正14年（1925），吳子瑜創立怡社，每逢春秋佳日，邀請詩友至怡園宅邸[130]或東山別墅賦詩雅集。大正15年（1926）加入櫟社，常提供私人宅邸園林作為詩社聚會場所，返臺長住後，更成為櫟社活動重要的贊助者，對於櫟

126　傅錫祺，《櫟社沿革志略》，頁23。
127　莊龍著、連雅堂編，《南村詩稿》，收錄於《雅堂叢刊詩稿》，南投：臺灣省文獻會，1987年。
128　許天奎，《鐵峰山房唱和集》，頁67。
129　往年資料常誤作臺中縣東勢人。
130　怡園，吳子瑜家宅，戰後幾度易手，目前改建為德安新天地百貨。

社的運作具有高度的影響力。此外，吳子瑜同時還參加「櫟社」、「東墩吟社」等詩社，在臺中地區的詩社活動中，可謂是相當活躍的風雲人物。可惜諸多詩作並未結集出版，散見於《詩報》、《風月報》、《臺灣日日新報》等報章雜誌[131]。

16、杜香國

杜香國（1893—1947），又名杜磁，字甲溪，號香谷、蘅谷，別署幽蘭生，臺中大甲人。其父杜清為大甲著名仕紳與實業家，曾任文化協會大甲地區理事，而杜香國自幼研習漢文，入讀大甲公學校，最終於明治45年（1912）畢業於臺灣總督府國語學校。

畢業後，杜香國擔任大甲公學校訓導職務，隔年去職經商，就任臺灣證券株式會社專務。昭和3年（1928）就任大甲工商會會長，並先後擔任蓬萊紙業株式會社社長、大甲信用購買販賣組合理事、臺灣民眾黨大甲支部委員、鎮瀾宮管理人等職務，可說是日治時期大甲地區極負盛名的紳商。

在文學活動方面，杜香國在就讀臺灣總督府國語學校時期，便曾在《臺灣教育會雜誌》上發表漢詩作品，返鄉後亦積極參與詩會活動，並於大正13年（1924），與文友王子鶴、許天奎等，創立大甲地區最早的詩社團體：衡社（後易名為蘅社）。昭和5年（1930）杜香國與宜蘭盧纘祥共同創辦《詩報》，成為全島諸詩社發表作品與交流訊息動態的指標性刊物。

杜香國的漢詩作品，目前並無結集出版，大部分刊載於《臺灣日日新報》與《詩報》，其餘則散見於《台南新報》、《臺灣新民報》、《臺灣教育會雜誌》、《臺灣文藝叢誌》、《臺灣詩薈》等報章雜誌。此外，中研院臺史所典藏杜香國遺留之文書手稿，並彙編有《杜香國文書資料彙編目錄》一書[132]。

17、莊垂勝

莊垂勝（1897—1962），字遂性，號負人，又號徒然居士，彰化鹿港人。其

---

131 黃秀政等編，《臺中市志・人物志》，臺中：臺中市政府，2008年12月，頁267-268。
132 許雪姬等，《臺中縣志・人物志》，頁486-487。

父莊士哲為前清秀才，曾任鹿港區長，垂勝為其第四子，畢業於糖業講習所，1921年得霧峰林家之助前往日本留學，就讀於明治大學政治經濟科，1924年畢業後曾前往韓國遊歷，並至北京、上海考察。返臺後積極投入二〇年代臺灣政治社會運動，先後加入臺灣文化協會、臺灣民眾黨、臺灣自治聯盟等組織。在一九二〇年代文協舉辦的巡迴演講活動中，他以擅長演講為朋輩所樂道，號稱「莊鐵嘴」。1925年受到大雅張濬哲的支持，與友人在臺中共同創設「中央俱樂部」，1926年開辦中央書局，為實踐啟蒙文化理想而努力，使中央書局成為當時全臺灣中文書刊最豐富的書店，影響深遠。1928年與林燕結婚，1932年與葉榮鐘、賴和、黃春成、郭秋生等人共同創辦新文學雜誌《南音》，刊名題字即出自莊垂勝之手筆，並自創刊號起，署名「負人」，在該刊發表〈台灣話文雜駁〉系列文章，參與「臺灣話文」論戰。1937年中日戰爭爆發後，因反日言論入獄四十九天。1941年3月加入著名傳統詩社櫟社，跟隨林獻堂、傅錫祺學作漢詩。1943年遷居霧峰萬斗六自築之農場。

戰後，1946年擔任臺中圖書館館長，致力於民眾之文化啟蒙工作。1947年二二八事件爆發時，因曾參與臺中市二二八處理委員會而受牽連，遭憲兵扣留一週，其後對政局失望，遂隱居臺中霧峰萬斗六（萬豐村），經營山園以終其生，晚年不幸罹患癌症，於1962年10月13日去世。其漢詩作品，在去世多年後由子女整理為《徒然吟草》一冊，於1991年出版，收錄作品七十多首。垂勝不以詩名，詩作數量亦少，然其作品可考察近代臺灣知識分子之時代關懷與思想演變軌跡，內容仍頗有可觀。

1940年10月底，林獻堂從日本回到臺灣，有感櫟社第一代社員之凋零，臺灣籠罩在高漲的軍國主義氣氛下，他一方面積極著手重振櫟社聲勢，一方面更致力培植後輩寫作漢詩。1941年3月，莊垂勝就在這種背景下與其他九名新秀集體加入櫟社，有〈花朝雅集〉一詩記其事，這首作品是他一生中少見的長篇古體詩作，相當具有代表性。作者原注：「卅（1941）年春，灌公歸自東京，召集櫟社春會於霧峰一新會館，邀舊社友子弟十人入社，會後一同赴萊園，於櫟社題名碑前撮影紀念。」內容是：

　　霏霏春雨細，草長百花眠。農事日匆促，詞章豈有緣。偷閒隨杖履，倚

寵赴吟筵。歡會一新館，團團十四員。長者年七十，二六猶子瑄。開始
述沿革，曾經幾變遷。條規雖更改，風雅道義先。人事恆代謝，九老八
昇仙。斯文有子弟，千斤一線懸。扶持四十載，冀可繼綿綿。語切情又
懇，卒聽欲焉。撫今還追昔，榮枯莫百千。老櫟獨不朽，猶當中脊橡。
聲名著全島，群雄少比肩。不才亦不學，敢將姓氏聯。恭辭辭不得，汗
流如湧泉。且喜多故舊，隨鐙願執鞭。社長傅夫子，繼絕意拳拳。灌公
善誘掖，綱網手中牽。盡情又盡理，獎勸意彌堅。汰公口懸河，飛沫又
流涎。了翁只點頭，拈鬚自怡然。推誠各傾吐，誓向使命專。攝影留紀
念，直抵萊園前。苔濕石徑滑，山色自鮮妍。片石高臺上，屹然肅四
邊。碑文磨不滅，英風是處傳。題名二十三，健存者四賢。莫道易凋
謝，距今又廿年。環翠軒前立，沉思悵暮煙。濛濛何日霽，黑雲布九
天。[133]

這首長詩是描述1941年3月9日莊垂勝與其他九名新秀加入櫟社的經過與感想，內容
大致包括以下幾個部分：一，從開始到「二六猶子瑄」共十句，交代集會時間、
地點、目的與人數。二，「開始述沿革」到「冀可繼綿綿」共十句，記錄傅錫祺、
林獻堂為新社員介紹櫟社的宗旨與沿革，交代吸收新社員的目的，及語重心長的期
勉。三，從「語切情又懇」到「隨鐙願執鞭」共十四句，莊垂勝敘述加入櫟社誠
惶誠恐的心情與深刻的自我期許。四，「社長傅夫子」到「誓向使命專」共十二
句，刻劃四位仍在世的櫟社元老：傅錫祺（社長）、林獻堂（灌公）、張棟梁（汰
公）、王石鵬（了翁）的不同風貌，其中靈魂人物是林獻堂與傅錫祺。五，「攝影
留紀念」到最後「黑雲布九天」十六句，除交代詩序提及的：「會後一同赴萊園，
於櫟社題名碑前攝影紀念」之外，重點是肯定櫟社在日本殖民統治下的歷史傳承意
義，並以象徵性的寫景，暗示在戰爭時期看不到光明前景的憂心，以及櫟社所承擔
歷史任務之艱鉅。

　　這篇長詩最令人動容的應該是深刻的歷史傳承意識，身為日本殖民政權的被

133　莊垂勝著、林莊生編，《徒然吟草》，臺北：同文印書館，1991年7月，頁18-20。

殖民者，尤其是處在戰爭時期之險惡局勢之下，作者除了對櫟社的歷史貢獻與文化意義有深刻體認之外，對自己加入該社成為第二代社員，在此一關鍵時刻所扮演的「存亡絕續」的意義，尤不敢懈怠輕忽。就此一文化意涵觀察，詩社活動與詩歌創作所代表的意義，便不僅僅停留於文學層面而已，更深層的意義其實是以具體創作及詩社活動作為文化抵抗的一種姿態與堅持。

相較於上述這篇長詩，1943年所寫的〈櫟社第二集編成感作〉，則以精鍊之筆傳達險惡時局中堅持櫟社兩代精神傳承的永恆意義：

> 萬里腥風草木驚，丈夫浪作砌蛩鳴。等閒莫道非時用，古幹凌空一核生。[134]

原詩之後，有作者小注：「該集裝印完竣，將事分送，遽謂『無補於時事』，被日警押去焚毀，遂不克行世。」起筆先以「萬里腥風草木驚」鋪陳時代背景之險惡，次句將櫟社的詩作比喻為微弱的蟲鳴（蛩即蟋蟀），暗示無奈中的堅持。作者真正的意旨在後兩句，扣緊莊子「櫟社樹」的典故，但反用其意，強調亂世中作詩並非無用之舉，只要保存一息命脈，漢族文化就能生生不息。所謂「古幹凌空」的意象塑造，氣魄雄偉，而出現在前三句低迷情境的描寫之後，尤有異軍突起之勢，令人印象深刻。這樣的書寫內容，也間接說明本書剛印妥即被日本官方查禁的真正原因，因為該書不但未能積極配合戰時日本官方國策，反而隱藏著漢族文化意識與反戰思想，官方以所謂「無補於時事」查禁之真意也在此。

18、王達德

王達德（1897—1956），又稱王達，字守三，號瘦鶴、潤堂，臺中梧棲人。明治42年（1909）畢業於梧棲公學校，後入林熾昌與傅錫祺之書房就讀三年，學習傳統漢文。大正元年（1912），為擔負家計，入泉允發吳服店擔任會計。大正7年（1918），入臺灣新聞社擔任實習編輯，大正9年（1920）升任《臺灣新聞》漢文記者，服務長達二十年，至昭和12年（1937）退職，改入裕昆堂擔任會計主任一

134　莊垂勝著、林莊生編，《徒然吟草》，頁38。

職。戰後,王達德入《和平日報》擔任編輯,1947年二二八事件發生,《和平日報》遭官方檢肅而停刊。該年5月,林獻堂以王達德文筆頗強為由,延聘其為私人秘書,任職於彰化銀行,負責撰文擬稿之工作,至1956年6月逝世為止。

在文學活動方面,任職報社期間,舉凡遊記、散文、小說、報導、專欄皆有作品發表,大正9年(1920)與昭和4年(1929),分別前往中國華中、華北,以及日本東京進行考察,並以〈漫遊大陸日記〉和〈東遊鴻爪〉為題,連載於《臺灣新聞》。此外,王達德亦好賦詩,1947年受林獻堂邀約加入櫟社,常與李次貢、張達修等詩友唱酬雅集,留下數量不少的詩作。除了詩文創作外,王達德還兼善書畫,書法方面曾擔任臺灣書道連盟鑑查員,而畫作則以花鳥文人畫為主。

王達德的作品在生前並未結集。1996年,其子王炯如配合百年冥誕,收集遺作編印《瘦鶴詩書集》一書,內容包含詩文作品、墨跡與印集等等。2011年,龍文出版社抽錄《瘦鶴詩書集》詩文作品,另增補數篇文稿,印行《瘦鶴詩文集》一書,成為目前通行的作品集版本[135]。

19、葉榮鐘

葉榮鐘(1900—1978),字少奇,鹿港人。入公學校前曾接受漢文教育,九歲喪父,家道因而中落。1918年由恩師施家本引介,受霧峰林獻堂之資助,前往日本留學。1920年秋季,參加林獻堂推動的議會設置請願運動,從此介入政治活動。1921年返臺,參與議會設置請願運動,擔任林獻堂通譯兼秘書。1927年1月文化協會分裂,5月林獻堂赴歐美旅遊,葉榮鐘乃再度赴東京留學,入中央大學修讀政治經濟學。1930年3月學成歸臺,擔任「臺灣地方自治聯盟」書記長。1931年4月與施纖纖女士結婚,是年12月與黃春成、賴和、莊遂性等人合辦《南音》雜誌(1932年1月創刊)。1933年,與楊肇嘉等人赴朝鮮考察地方自治制度。1935年擔任《臺灣新民報》通信部部長兼論說委員。1936年3月參與臺灣新民報社主辦的「華南考察團」,訪問廈門、福州、汕頭、廣東、上海、香港等地。1940年2月,被派赴日擔任《臺灣新民報》東京支局長;1941年11月返臺,轉任《興南新聞》(原《臺灣

---

135 許雪姬等,《臺中縣志・人物志》,頁391-392。王達德著、黃哲永編,《瘦鶴詩文集》,收錄於「臺灣先賢詩文集彙刊」,臺北:龍文出版社,2011年5月,頁9-13。

新民報》改名）臺中支局長。1943年2月受日本徵召前往菲律賓擔任《大阪每日新聞》特派員及馬尼拉新聞社《華僑日報》編輯次長。1944年4月返臺，擔任六報合併後的《臺灣新報》文化部長兼經濟部長。1945年4月因盟軍對臺灣的轟炸加劇，帶領家人至臺中市郊軍功寮避難，直到戰爭結束。

　　戰後被推選擔任「歡迎國民政府籌備會」總幹事，1946年8月與林獻堂、陳逸松、陳炘等十多人參加丘念臺率領的「臺灣光復致敬團」赴大陸訪問。並應摯友莊垂勝（時任臺中圖書館長）之邀，任職於臺中圖書館，共同致力民眾的文化提升。1947年二二八事變後，多位臺灣菁英分子罹難，葉榮鐘、莊垂勝均被撤職，莊垂勝遂隱居霧峰萬斗六以終其生，葉氏則轉入彰化銀行任職，從1948年一直到1966年退休。1974年曾赴美國旅遊，1978年病逝。葉榮鐘晚年潛心寫作，著述極豐。生前著作，由其女葉芸芸結合學界力量，整理為「葉榮鐘全集」，2000年12月由晨星出版社出版。

　　日治時期，葉榮鐘雖參與新文學運動，並參與《南音》雜誌之編輯撰稿，但其漢詩創作數量可觀，成就不在新文學之下。1978年他去世後，貫串其一生的漢詩作品由子女結集《少奇吟草》出版，具有相當高的價值，如以下所摘錄的戰爭時期詩作，便可充分領略其時代意義。

　　一九四〇年代，日本發動大東亞戰爭，臺灣作為日本的殖民地，也展開全面的軍事動員，物資短缺，米糧因嚴重不足而實施配給制度。林獻堂於1940年10月底從日本回臺，年底有一組〈歲暮感懷〉詩描寫當時臺灣過年的窘迫情形。包括市面上魚、酒等過年必備的食物缺乏，臺灣人作年糕的原料糯米也不易取得。針對這組作品，仍在東京的葉榮鐘有步韻之作，題為〈辛巳歲暮感懷敬步灌公瑤韻〉，其中第一、二首內容如下：

　　鶴唳風聲又一年，新翻體制自森然。爛銅腐鐵高聲價，依舊文章不值錢。

　　飛鳴兩怯任推遷，玉碎聲中望瓦全。火熱水深看日甚，明年應不似今年。[136]

136　葉榮鐘，《少奇吟草》，頁160-161。

第一首，前兩句直接描述戰爭期間時局緊繃、風聲鶴唳的氣氛，並對日本治臺當局為配合戰爭動員，而實施「國家總動員法」（1938年宣布）的森然體制表達不滿。後兩句兼有批判與自嘲的意味，為製造槍砲所需，官方大肆蒐集民間銅鐵，以致金屬價值連城，而自己作為一介文人，也只能依舊寫寫「不值錢」的文章罷了。

　　第二首，更深刻寫出臺灣知識分子處身在日本發動侵略戰爭的局勢中，進退兩難的矛盾與痛苦，進而道出卑微的期待：在水深火熱中，只能寄望明年不要比今年更艱苦。所謂「飛鳴兩怯任推遷」是說：既無法雄飛遠遁，也不敢大鳴大放，公然與當局唱反調，只好任時間推移，在無奈消磨中度日。更深刻的是「玉碎聲中望瓦全」一句，閱讀時不可輕易滑過。所謂「玉碎」，本是來自中文「寧為玉碎，不為瓦全」的古語，但日本卻借用為二次大戰期間的「戰爭語言」，被用來指稱「奮戰不屈的全軍覆亡」。當時報紙常以「玉碎」一詞，報導所謂「皇軍英勇犧牲」的戰況。然而在有主體意識的臺灣人心目中，何嘗不知道：這是日本當局對發動侵略戰爭行為的刻意美化修辭，罪有應得，有什麼值得歌頌的呢？然而，這種反抗與不滿，只能在私下向摯交好友傾吐。作者所說「玉碎聲中望瓦全」一語，正是故意在詩中巧妙而隱微地與當局唱反調，在當時一片高呼「玉碎！玉碎！再玉碎！」的時局中，臺灣人真正期待的是：無論如何，希望能熬過這段艱苦黑暗的戰爭，不要再增加臺灣人無謂的犧牲了。

　　1943年2月，葉榮鐘被日本軍方徵調，以《大阪每日新聞》特派員身分隻身赴菲律賓，直到1944年4月始得以依約解職返臺。在菲律賓期間，太平洋戰爭戰況激烈，其思鄉之情日切，精神鬱悶，可想而知。〈夜得負人讓友空便感作〉與〈寄懷負人〉二首，便是這段時期的作品。在〈夜得負人讓友空便感作〉一詩中，葉氏再度提出與莊垂勝「偕隱」的心願：

　　　秋風蕭瑟動征襟，萬里書來夜已深。儘有真情招感泣，慚無絕業報知音。餘生祇合三緘口，去死猶懷一寸心。何日竟從偕隱願，崧頂上放高吟。[137]

---

137 葉榮鐘，《少奇吟草》，頁176。

詩題中的「空便」是日語詞彙，意指航空信函。本詩三、四句，情緒一起一落，起伏極大，「真情招感泣」，是寫接獲好友遠從故鄉來鴻，被字句中的真情所感動而落淚；「慚無絕業報知音」則是指：任職日本軍方控制下的報社，只能聽任殖民者擺佈、無可作為的悲哀。五、六句，生動刻劃出作為一個殖民地的知識分子，處於戰爭時期內心遭受的強烈煎熬，與身不由己的苦悶。就是在這樣痛苦矛盾的心情下，他才會舊話重提，再度興起兩人及早「偕隱」的熱切期盼。「燄」是指霧峰、草屯、國姓間的火燄山（又稱九九峰）。從葉榮鐘寄給莊垂勝的信函，可知當時葉榮鐘確實曾寄回相當的款項，託莊垂勝設法購買霧峰萬斗六（萬豐村）的田地。此事雖未成，後來葉氏果然購得臺中軍功寮的土地，並於1945年4—8月間，帶領家人在該地躲避空襲。

1945年4月至8月，因盟軍密集空襲臺灣，葉榮鐘帶領家人「疏開」回臺中大坑軍功寮，其地與傅錫祺所居的潭子甚近，傅錫祺有兩首寄贈之作，其一是〈五月二十六號寄少奇讓友同社軍功寮〉：

> 報道少奇子，軍功寮裏來。人情求類聚，機會得開。勝境溪山在，良朋笠硯陪。吾衰兼懼禍，無分共尊罍。[138]

其二是〈前韻再寄二同社〉：

> 野灑玄黃血，今增劇烈來。爆音無日息，笑口幾時開。縮地誰能效，論文我願陪。太平如未死，賀捷共傾罍。[139]

第一首的第四句「疏開」一詞，意指躲避空襲，是臺灣戰時的慣用語。原詩第七句下作者自注：「空襲日至」，反映出當時民眾每天躲避空襲的緊張氣氛。第八句表明，即使兩人住處近在咫尺，也無緣相聚共飲，只因年衰又懼空襲之禍也。第二首，更具體描寫當時盟軍軍機密集轟炸臺灣，對臺灣民眾日常生活與內心所產生的巨大衝

---

138 傅錫祺，《鶴亭詩集（下）》，頁310。
139 傅錫祺，《鶴亭詩集（下）》，頁310。

擊。在「爆音無日息」的恐怖氣氛下，每天提心吊膽，朝不保夕，只能寄望於戰爭早日結束，以求得虎口餘生。葉榮鐘回寄二首，其一是〈敬步傅夫子見寄瑤韻〉：

> 歸農曾有願，何意此時來。福地容萍寄，愁顏逐日開。高山欣咫尺，輕杖缺追陪。佇望蒲輪過，蝸廬奉玉罍。[140]

其二是〈疊前韻再酬傅夫子〉：

> 有口真成累，異鄉就食來。莫抽瓜蔓長，羨草花開。愁悶猶堪抑，唱酬喜暫陪。艱難同歷險，無恙共樽罍。[141]

兩首的主調，同樣是在戰爭中避難鄉下的強烈苦悶，「高山欣咫尺，輕杖缺追陪」二句，是說很高興目前所居與老師住處近在咫尺，無奈卻因躲避空襲，無緣隨侍追陪。「愁悶猶堪抑，唱酬喜暫陪」，則是苦中作樂，強作排遣之語，言以詩相互酬唱，尚堪足以抑止愁悶。這是他們師徒在最緊張的戰爭空襲期間，絕不放棄的堅持，因為對他們而言，漢詩寫作既是文化抵抗的象徵，也是黑暗時代中的一絲微光。

20、蔡旨禪

蔡旨禪（1900—1958），本名蔡罔甘，字旨禪，道號明慧，澎湖馬公人。因父母向觀音祈禱而得孕生，遂自幼發願茹素禮佛，十六歲時皈依佛門，後受業於澎湖名宿陳梅峰、陳錫如門下，研習傳統漢文。1924年在馬公設帳教學，是澎湖第一位女姓私塾教師。1925年於彰化「平權軒」設帳授徒，1927年至1932年間，受林烈堂聘為霧峰林家女眷教師，期間常受邀參加櫟社等中部詩社活動。1932年，應新竹福林堂之邀，前往設帳教學。同年受邀往臺北參加全島詩人大會。1934年，接受林獻堂資助，前往廈門美術學校研習東洋畫，隔年畫作「優曇花」入選臺展東洋畫部。

140　葉榮鐘，《少奇吟草》，頁177。
141　葉榮鐘，《少奇吟草》，頁177。

1947年，受林獻堂之邀，加入櫟社。1953年，禪修於新竹青草湖靈隱寺，並開班教授漢學。1956年，返回澎湖馬公，整修齋堂「澄源堂」，隔年就任澄源堂住持。1958年圓寂。

　　蔡旨禪以執教所得奉養雙親，才孝之名揚於鄉里，又以詩書琴棋畫兼擅著稱，尤以詩、畫二道最為人所稱善。詩作多發表於《台南新報》、《臺灣日日新報》、《南瀛佛教》、《詩報》等，1957年由弟子抄錄詩稿成冊，另收入畫作六十二幅，後於1977年出版為《旨禪詩畫集》[142]。

21、吳帖

　　吳帖（1900—1972），字素貞，彰化人。吳帖出身彰化名門，是名宿吳德功的姪女。少女時代曾與友人組織「彰化婦女共勵會」，並先就讀於彰化高女手工藝科，再至中國福州廈門大學進修。歸臺後，雖嫁與霧峰林家林資彬，仍積極參與公共事務，1930年擔任臺中婦女親睦會幹部。1932年，林獻堂、林攀龍等成立一新會，吳帖亦為該會幹部，負責社會部手工藝教學與演講庶務等工作，多次發表演說，鼓吹女性自覺。戰後，當選第一屆國大代表，另任臺中市婦女會理事長、婦女裁縫生產合作社理事主席、臺中市素真興慈會及慎齋堂董事長，是臺中地區知名的婦女領袖。

　　文學活動方面，吳帖與蔡旨禪、林獻堂等聯繫密切，互有贈答之作，但鮮少公開發表，目前作品多收錄於吳帖自傳《我的記述》一書[143]。詳細狀況，可參見本書第七章第一節專文討論。

22、張賴玉廉

　　張賴玉廉（1901—1961），號讓友，世居臺中大坑，曾師事櫟社社長傅錫祺，1943年受邀加入櫟社，為第二代社員，與葉榮鐘、莊垂勝等人往來密切。他

142　魏秀玲，〈蔡旨禪女史年表〉，《蔡旨禪及其《旨禪詩畫集》研究》，國立政治大學中國文學研究所碩士論文，2004年6月，頁137-143。

143　林吳帖，《我的記述》，臺中：素貞興慈會，1970年8月。另見國立臺灣歷史博物館，「臺灣女人」資料庫，網址：http://goo.gl/GVvLgj，登站日期：2015年1月24日。

的手稿與生平資料由子孫保存多年後，捐贈給中臺科技大學圖書館保存，並委託該校王文瑞教授整理，於2008年7月出版《挹青吟草：張賴玉廉詩集》。該書收錄1935—1956年間的作品，依年為序編為21卷，並附上編者註解，就臺中文學而言，本書具有保存地方史料與見證時代變遷的雙重價值。

　　王文瑞稱張賴玉廉是臺中大坑軍功寮的「田園詩人」，肯定他熱愛鄉土，重視地方公益，推廣漢學教育的貢獻，也勾勒他參加櫟社後，與傅錫祺、葉榮鐘等師友唱和往來的情形[144]。他與葉榮鐘過從甚密，曾參與臺灣文化協會的活動，1941年因抗拒日本官方種植甘蔗的要求而被拘禁四十天，透過這些事例，可推測櫟社的民族精神應該對他產生一定的薰陶作用。

23、洪浣翠

　　洪浣翠（1901—？），臺北大稻埕人，年少學詩書於書法大家杜逢時，並擅篆刻等文藝雅事，頗有詩名。後隨養父遷居廈門，與中華民國海軍將領陳季良相戀，未婚產子。又因霧峰林家林瑞騰愛慕追求，在養父主導下，遂嫁為林瑞騰姜室。約於1924年定居霧峰，並拜陳懷澄為師，以郵遞往來的方式學習漢詩。隔年，將詩稿寄給連橫賞評，連橫讚許「無語不香，有詞皆秀」，並選錄詩作刊載於《臺灣詩薈》[145]。1930年，參加「全島詩人聯吟大會」，以律詩作品〈遠寺疏鐘〉獲得狀元，並經《台南新報》報導，聲名更是遠播[146]。1932年，林獻堂、林攀龍等成立一新會，本欲邀其擔任委員，後因姜室身分引發爭議而作罷[147]。後洪浣翠雖為會員身分，仍積極參與一新會活動，曾數度公開演說，頗為活躍。1937年遷居上海，卒年不詳。出版有詩集《綠榕村人詩存》[148]。詳細狀況，可參見本書第七章第一節專文討論。

144　參見王文瑞，〈台中大坑軍功寮「田園詩人」——張賴玉廉先生〉，《挹青吟草：張賴玉廉詩集》，臺中：晨星出版公司，2008年7月，頁13-22。

145　連橫主編《臺灣詩薈》第19號，「啜茗錄」，1925年7月15日，臺灣省文獻委員會複印本，1992年3月，頁482。

146　參見「全島聯吟大會第一日開於臺中公會堂」，《台南新報》，1930年2月11日，6版。

147　林獻堂，《灌園先生日記（五）》，1932年3月16日，頁119。

148　參見《臺灣歷史人物小傳——明清暨日據時期》，國家圖書館，2003年12月，頁339。

24、吳燕生

　　吳燕生（1915—1976），櫟社成員吳子瑜獨生女，因在北京出生，故名燕生。吳燕生幼承庭訓，研讀詩書、學習詩文，經常跟隨吳子瑜出入大小詩會場合，諸如櫟社集會或全島詩人大會，皆留有擊唱酬之作，才學備受肯定，而聲名鵲起。

　　戰後，吳燕生秉承吳子瑜弘揚漢詩之志，陸續加入瀛洲詩社、中社等詩社，除中部省籍作家外，也與各省來臺詩人往來密切，經常將自家東山別墅作為詩會場所，是戰後中部詩壇重要的溝通橋樑與贊助推手，1973年更出借東山別墅，舉辦臺中縣全縣詩人聯吟大會，與會者百餘人，盛況一時。

　　1976年，吳燕生代表中華民國參加第三屆世界詩人大會，會上獲頒特別獎，可謂榮耀。同年，吳燕生病逝於臺北，自日治到戰後，由吳子瑜傳承給吳燕生的東山別墅詩會，也成絕響。吳燕生詩作，目前並無作品集出版。戰前作品多見於《詩報》、《風月報》，戰後則收錄於《中社詩存》、《詩文之友》等等[149]。

第四節　新文學代表作家及作品

1、莊遂性（1897—1962）

　　鹿港文人莊垂勝，字遂性，公學校畢業後，曾入糖業講習所學習技能，結業後，獲霧峰林家資助，赴日留學，就讀明治大學政治經濟科。返臺後，積極投入民族運動，為傳播新思潮而努力。他口才便給，是文化運動的演說大師，葉榮鐘即對其演說技巧大為讚揚：「他是一架『深耕犁』，這是說他的辯舌像『犁尖』，輕輕著地，而能翻起一大堆的土壤。」[150]

　　莊遂性認為，固定的文化據點，對於文化運動而言，非常重要，因此於1925年糾集中部文人成立「中央俱樂部」，1926年創設「中央書局」。由於熱心於文化事

149　許雪姬等，《臺中縣志‧人物志》，頁355-356。

150　葉榮鐘，〈臺灣的文化戰士──莊遂性〉，收錄於氏著《台灣人物群像》，臺北：時報出版社，1995年4月，頁281。

業，求工作之便利，1935年前後，莊遂性即舉家搬遷臺中。

戰後初期，莊遂性出任臺中圖書館館長，他雖自謙：「『圖書館館長』不過是地方小廟裡的『廟公』。」[151]但是，館長任內，他推出文化講座、婦女讀書會和談話會等三項活動，使圖書館發揮民眾參與的功能；其中，文化講座設於夜間，承繼日治時期文協文化運動的傳統。他同時邀集日治時期的新聞界、文化界精英，進入圖書館攜手合作。然而，當莊垂勝正欲藉圖書館實踐文化理想之際，二二八事件發生，他被牽連其間，遭遇短期牢獄之災[152]，以致圖書館的推廣理念，被迫無疾而終。

文學上的莊遂性，以寫作傳統詩為主，在新文學方面，除曾積極參與《南音》雜誌的創辦，但少見創作。不過，在臺灣話文論戰中，他曾以「負人」之名，提出他對臺灣話文的看法，藉由這些論述，一方面可以看見他的文學理念，二方面也是臺灣新文學運動重要的理論史料。

當黃石輝在《伍人報》上，以〈怎樣不提倡鄉土文學〉一文，敲響論戰的號角之後，莊遂性即在《南音》創刊號上，發表〈台灣話文雜駁〉長文，連載五次，表明他對臺灣話文的支持[153]。為了促成剛起步的臺灣話文創作朝正面發展，莊遂性呼籲組成聯絡機關，以「規定建設大綱。從事實際工作。才能夠收到完善的美果」[154]。

當時支持臺灣話文與中國白話文的兩造，其實有著共同的文學理念——即「文學是要讓民眾能夠理解並且感動」，然而，在「如何才能讓民眾能夠理解並且感動」上，雙方有歧異性，一方強調以勞苦大眾為對象，以民間的語言為工具，以激發民眾的感動與共鳴；一方則強調以民眾的語言與素材，達到上對下的文化改造與啟蒙目標；更有的完全鄙夷民眾的語言與文化，主張使用中國白話文，達到群眾啟蒙的終極目標。

以此觀察莊遂性的「臺灣話文」論述，可知他的論述一方面標舉「提高臺灣文化」、「解救大眾的文盲」，仍然不脫知識階層的視角，但另一方面，莊遂性強

---

151 林莊生，《懷樹又懷人》，臺北：自立晚報社，1992年8月，頁57。
152 有關莊遂性與二二八事件，參見林莊生的回憶，林莊生，《懷樹又懷人》，頁62-67。
153 負人，〈台灣話文雜駁（一）〉，《南音》創刊號，1931年12月，頁13。
154 負人，〈台灣話文雜駁（一）〉，頁13。

調「屈文就話」，遷就臺灣民眾的語言模式，並且認知到臺灣民眾無法放棄臺灣話語，又無暇再去學習新的語言與文字，如此「同情的理解」，亦可觀見知識分子對無產大眾的努力貼近與認同。

2、葉榮鐘（1900—1978）

葉榮鐘，字少奇，號凡夫，彰化鹿港人。葉榮鐘曾受霧峰林家資助留日，1930年自日本東京中央大學畢業，主修政治經濟。回臺後跟隨林獻堂從事民族運動，曾任林獻堂私人秘書、《臺灣新民報》記者、「臺灣地方自治聯盟」書記長，1940年接吳三連之缺，任《臺灣新民報》東京支局長、《興南新聞》東京支局長。 戰後，與莊遂性在臺中圖書館共事，擔任採編部長，二二八事件後，任職於彰化銀行，長期定居臺中。文學方面，葉榮鐘是1931年發起「南音社」的靈魂人物，《南音》的發刊詞與各期卷頭語，均出自葉榮鐘之手。

日治時期投入臺灣政治社會文化運動頗深的葉榮鐘，晚年接受青年學子訪問時，回顧自己的青年時期，不免有「兵馬倥傯、紛攘無成」之嘆：

> 現在「下一代」的年輕人，確比「上一輩」的我們行。我們當年留學的時候，無論在經濟上或心情上都很不安定。所學也無能專，譬如說，今天臺灣發生有關六三法案問題，大家都去找法律書，當速成法律專家。明天如有新舊文學之爭，大家就去找書充當文學評論家，如此席不暇暖地從這個問題跳到另一個問題。因為發生之問題多，但能真正去研究的人，不出幾個留學生，結果樣樣皮毛。[155]

然而，也正因為他與同志們不斷努力，不為一己之私，才能在詭譎的時代中，堅持實踐的道路，開創出新文化／新文學的花季。

葉榮鐘一手寫漢詩，一手致力於新文學的提倡與推動。他幼時曾入書房習漢文，入鹿港公學校後，漢文老師施家本對其漢文素養與思想啟蒙影響頗深，其後又

155　林莊生，《懷樹又懷人》，頁251。

受教於莊遂性叔父莊士勳，因此漢文根底相當深厚。在新文學的創作方面，葉榮鐘戰後的中文隨筆，評價極高，留待後章詳論，此處先論他對新文學理念與推廣之貢獻。

　　葉榮鐘對文學問題的關切甚早，首先，他對傳統文學本身並無批判，但對於某些「舊文人」的格調與文學，則嚴辭批判，1929年〈墮落的詩人〉一文，批判舊文人結社宴飲，吟風詠月，時而與總督和韻，或詩贈名妓，詩作毫無生命，斥之為詩人的「詩之手淫」[156]。

　　1929年5月以後，葉榮鐘在《台灣民報》上，針對江肖梅的獨幕劇〈病魔〉，參與了一場關於「新劇」的筆戰，筆戰對象包括傳統詩人江肖梅、南京大學的臺灣留學生紫鵑女士等人。從這場論辯中，可見葉榮鐘的戲曲觀，首先須具備美學的基礎、必須有人間性、必須能在舞臺上喚起觀眾的共鳴，整體而言，體現出他的「大眾文藝觀」：

> 戲曲是不能離開觀眾而獨立的，所以我想今後戲曲的最理想的形態應該是要包含娛樂的分子和藝術的價值（教化的份子在內）的，一面使觀眾會達到娛樂的目的，另一面又能提高他們的趣味，洗煉他們的情操。無產階級的演劇運動很可以做我們的榜樣，……[157]

此種「大眾文藝觀」，延續到1932年《南音》創刊，葉榮鐘一方面持續對傳統詩人提出嚴厲批判與誠摯建言，一方面強調「文藝大眾化」之刻不容緩。他對「文藝大眾化」的重視，從未停止，如《南音》第一卷第二期的卷頭語，〈「大眾文藝」的待望〉一文，葉氏指出，文學並非特殊階級所專有，文藝必須能接近大眾，觀照大眾的思想與情感，他並疾呼：「待望以我們臺灣的風土、人情、歷史、時代做背景的有趣而且有益的大眾文藝的產生。」[158]

　　此外，〈第三文學提倡〉一文中，葉榮鐘並不完全贊同普羅文學的論點，認為

156　葉天籟，〈墮落的詩人〉，《台灣民報》第242號，1929年1月8日，頁8。
157　葉榮鐘，〈戲曲的觀眾──答紫鵑女士〉，《台灣民報》第287號，1929年11月17日，頁9。
158　葉榮鐘（奇），〈「大眾文藝」的待望〉，《南音》第1卷第2號卷頭語，1932年1月。

臺灣並未產生過真正的普羅文學，他並指出「排些馬克思主義的空架子，抄些經濟恐慌資本主義第三期的新名詞」[159]的文學並非普羅文學，因此，他提出在「貴族文學」與「普羅文學」之外的「第三文學」，其意涵是：

> 立腳在這全集團的特性去描寫現在的臺灣人全體共通的生活，感情，要求和解放的，所以第三文學須是腳立臺灣的大地，頭頂臺灣的蒼空，不事模倣，不赴流行，非由臺灣人的血和肉創作出來不可。[160]

據此可知，「第三文學」即是立身臺灣民眾的集體觀點，以臺灣土地生活空間為經，以人民生活經驗為緯所構成，它同時也是前述「文藝大眾化」與「大眾文藝化」的完善合體。因此，葉榮鐘「第三文學」的提出，具有非常重要的歷史性意義。

1932年〈智識分配〉一文，葉榮鐘仍是站在大眾的立場，指出海島臺灣雖也有許多文學、美術與音樂天才，然而由於藝術被視作智識階層的專利，於是他們橫溢的才華，只是點綴裝飾著臺灣而已，與一般民眾的日常生活全然無涉，於是他疾聲呼籲「智識分配」、「到民間去」[161]。

綜觀葉榮鐘的文藝理念，包含「生命力」與「民間性」兩項特質。首先，他站在人民與土地的立場，認為文學是靈魂的產物，是生命的謳歌，文學的藝術性固然重要，然而文學的思想內涵絕不可少。其次，他認為文藝不是某些智識階層所獨有，藝術應該屬於全民，藝術的功能不在於作者之自娛，而是要發揮其娛樂大眾並啟迪大眾之功效。基於此種文藝觀，葉榮鐘倡言第三文學、草根運動、文化下鄉、智識分配，他雖指出自己並不贊成「普羅文學」，觀諸其文藝理念，左翼文學思潮的思想底蘊卻清晰可見，「前到民去，到鄉里去」即可為證。

159　葉榮鐘（奇），〈第三文學提倡〉，《南音》第1卷第8號卷頭語，1932年6月。
160　葉榮鐘（奇），〈第三文學提倡〉。
161　葉榮鐘（奇），〈智識分配〉，《南音》第1卷第7號卷頭語，1932年5月。

3、張深切（1904—1965）

張深切，1904年出生於南投草屯，幼時曾受漢書房教育，十歲入公學校就讀，1917年赴日就讀小學。日治時期，張深切頻繁來往於臺灣與中國，曾在中國多地居留與活動，1924年，與謝雪紅等人在上海創設「臺灣自治協會」；1927年，參與廣州「廣東臺灣革命青年團」的組織。在臺灣，主要活動場域為臺中，積極投身新劇運動，以及文學社團的組織性活動；1924年，創設「草屯炎峰青年會」；1925年，主導「草屯炎峰青年會演劇團」之成立；1930年參與組成「臺灣演劇研究會」；1934年，參與發起「臺灣文藝聯盟」，並參與機關刊物《台灣文藝》的編輯工作。戰後，曾任臺中師範學院教務主任，1957年成立電影公司，投資拍攝臺語電影。

戰前戰後，張深切曾有多次牢獄經驗。1927年5月，臺中中學（今「臺中一中」前身）爆發學潮與罷課行動，6月，「廣東臺灣學生聯合會」針對「臺中中學事件」，發表〈反對日本壓迫臺灣學生罷課宣言〉[162]一文，臺中中學並邀請張深切指導他們抗爭，張深切為其訂定八條戰略[163]。但罷課事件並未成功，張深切則以主導「臺中一中罷課事件」，被拘押三、四個月後，無罪開釋。8月初，「廣東臺灣革命青年團」成員遭逮捕，張深切以參與廣東青年的臺灣獨立運動（「廣東事件」），被判兩年徒刑[164]。戰後，因二二八事件受牽連，攜眷逃匿於南投中寮鄉近一年之久，失去臺中師範學院教職。

張深切在文學上最重要的貢獻，即是在1934年，參與發起文聯，並參與《台灣文藝》的編輯工作，在作家社群的集結、文學舞臺的搭設、文學作品的催生等方面，貢獻卓著。張深切的創作面向包含小說、隨筆、評論、劇本，目前所見的三篇短篇小說，都寫於日治時期，包括〈總滅〉（1925）、〈兩個殺人犯〉（1926）、〈鴨母〉（1934）等。〈總滅〉所寫的，是一對資產豐裕的夫妻，生活富足，卻不滿足，夢想離塵獨居，不想被人間俗務羈絆；張深切藉此批判資產階級的不切實際，飽足之餘，只會幻想，卻不關切社會現實。〈兩個殺人犯〉以監獄中的兩個殺

---

162 陳芳明等編，《張深切全集・卷四・在廣東發動的革命運動史略・獄中記》，頁107-108。
163 陳芳明等編，《張深切全集・卷一・里程碑》，頁371-372。
164 吳三連、蔡培火，《台灣民族運動史》，臺北：自立晚報社文化出版部，1990年第1版第6刷，頁105。

人犯為主角，透過他們面對恩怨、化解恩怨的過程，彰顯出監獄中的溫暖人性，同時，也透過犯人與獄卒的互動，觸及監獄管理體制的不公不義。〈鴨母〉則透過一隻鴨母，以諷喻性的手法，充滿戲劇性的文學畫面，刻劃殖民地人民所受到的不公平待遇。整體來看，張深切的小說，經由各種不同的面向，觸及了社會正義、現實關懷、人性光影等課題。

　　劇本，特別是電影劇本，才是張深切的主要創作面向。日治時期，1925年「草屯炎峰青年會演劇團」成立，張深切擔任導演與編劇；1930年，「臺灣演劇研究會」成立，張深切亦擔任導演與編劇。1930年11月1日至2日，在臺中市「樂舞臺」首度公演，演出《中秋夜半》、《方便》、《為誰犧牲》、《暗地》、《論理博士》、《接木花》等劇目；同年11月11日，在臺中市「豐中倉庫」（後改為「豐中戲院」）第二次公演，演出劇目為具有民族主義意涵的《接木花》，以及描寫社會黑暗現實的《暗地》，結果遭到禁演[165]。

　　1935年的劇本《落陰》，以民間的觀落陰習俗為題，角色有觀落陰者葉青薇、其亡母、其後母、扛落陰師等，敘述扛落陰師如何利用人性弱點，詐騙錢財，甚至鬧出人命，藉以批判民間的迷信風氣。至於張深切其他重要的電影劇本，如《人間與地獄》、《荔鏡記》、《邱罔舍》、《遍地紅》、《婚變》、《再生姻緣》等，都是戰後所創作，留待後章詳論。

4、楊啟東（1906—2003）

　　楊啟東，1906年生，豐原人，臺北師範學校畢業，跟隨石川欽一郎學習水彩畫，畢業後曾任教於母校豐原公學校，戰後轉任臺中商職美術科。楊啟東在畫壇佔有一席之地，長於印象派與野獸派畫風，晚年致力於油畫，曾多次入選臺展、府展及國際美展。

　　文學方面，楊啟東自少年時期即寫作日本俳句與短歌，其後更陸續發表隨筆、現代詩，以現代詩的文學成就為高。1991年，陳千武編選《臺中縣日據時期作家文集》出版，收錄了幾首楊啟東的詩作，如〈早上的菜市場〉、〈戀愛的形象〉等。

165　林純芬，《張深切及其劇本研究》，靜宜大學中國文學研究所碩士論文，2003年，頁52。

楊啟東身為畫家，其詩作的最大特色，是鮮麗的「繪畫性」，感官知覺空間的描繪鮮活，擅用顏色、氣味、聲音等，營造視覺、嗅覺、聽覺的現場感；如〈早上的菜市場〉中的一小段詩句：

> 浴著污血　慘叫的豬肉
> 具強烈刺激和蓬勃色彩
> 沙丁魚　烏賊　鯊魚　鰻魚
> 散發著精力充沛的體臭[166]

一小段詩句，視覺、嗅覺、聽覺俱備，文字的畫面感與感染力甚強。其次，楊啟東擅用各種物件，營造出市場的鮮活實感，如薔薇、李子、柿子、香蕉、竹筍、茭白筍、豬肉、沙丁魚、烏賊、鯊魚、鰻魚、韭菜花、芹菜、洋蔥、大蒜、南瓜，物件堆疊，如畫作一般，繪寫出市場實景。〈戀愛的形象〉一詩，與〈早上的菜市場〉相同，色彩運用、畫面營造、物件的使用，都很到位，差異之處則在於，〈早上的菜市場〉以景觀素描為尚，而〈戀愛的形象〉則將物象與心象揉合，彰顯角色內心微妙的情感流動狀態。

5、楊逵（1906—1985）

　　楊逵，1906年生於臺南新化（舊名大目降）。1924年赴日本東京，進入日本大學專門部文學藝能科夜間部，半工半讀。1927年，受臺灣島內社會運動團體的召喚，輟學返臺，積極投入農民運動、文化運動。1934年，小說〈送報伕〉入選東京《文學評論》第二獎，為臺灣作家首度進軍日本文壇。1937年，創刊《臺灣新文學》，總計發行十五期，另有《臺灣新文學月報》兩期。

　　楊逵一生歷經日治與戰後兩個時代，作品深富抵抗精神與人道主義關懷，其文學理念強調社會性、生活性、庶民性、批判性，並以身體力行文學理念、生活方式與社會實踐的「三合一」。日治時期，曾因抗日入獄十次，戰後，二二八事件，

---

166 陳千武編，《臺中縣日據時期作家文集》，臺中：臺中縣立文化中心，1991年12月。

初判死刑，其後倖免於難，1949年，又因撰寫六百餘字的〈和平宣言〉，繫獄十二年。寫作文類遍及小說、散文、新詩、評論、報導文學、戲劇，中研院文哲所已出版《楊逵全集》全十四冊。

楊逵的創作生涯可以分成四個階段：日治時期、戰後初期（1945—1949）、綠島時期（1949—1962）、東海花園時期（1962—1985）。1935年，楊逵從彰化遷居臺中，在梅枝町七番地落腳，此後多年，都在梅枝町一帶（原子街、中正路、五權路、太平路附近）輾轉遷徙，並以臺中為核心空間，積極進行社會參與與文學活動。

楊逵日治時期的小說作品，議題主要是環繞著殖民統治的不公不義、農業問題與農民處境、階級壓迫、封建體制，並藉此表達追求公義與平等的理念，小說的結局，總是彰顯出希望的光芒。如〈送報伕〉以臺灣留日青年的視角，分兩條軸線進行，一方面描寫故鄉臺灣的農業政策與蔗農處境，一方面書寫日本勞動者的悲運，雙線交錯，表達出不以特定國族為框架的無產階級關懷視角，最後經過日、臺勞動者的共同努力，終於爭取到應有的勞動權利。階級問題、農村處境、知識分子的處境，是楊逵一貫的關注焦點，〈水牛〉以少年的視角，書寫貧農為了租田佃耕，將女兒賣給地主的悲劇；〈佃農之死〉與〈難產〉中，佃農的處境相同，都面臨了辛勤勞動卻又無以為生的悲運。

楊逵揭露階級與族群問題，彰顯出人道主義與普世價值，而他的文學技巧，則擅以各種對比與嘲諷的手法，揭開殖民者／權威者的假面。〈模範村〉中的「模範村」是反諷，它其實是一個被殖民者、資本家、地主共同壓迫剝削的村莊，然而，小說最後仍然揭示希望；地主阮固的兒子阮新民，與父親不同，他不僅放棄自己的家族利益，同時關懷弱勢農民，在他與農民、在地知識分子的共同努力下，農村呈現出新希望。〈無醫村〉中的「無醫村」，其實是滿街名醫，然而，由於醫療制度不良，名醫缺乏醫療道德，患病的窮苦人家因此無藥可醫，所幸還有一個「憤世嫉俗」、具有反省意識的年輕醫師。〈鵝媽媽出嫁〉也是一則反諷寓言，小說的歷史情境是在二戰期間，日本高唱「大東亞共榮圈」、「共存共榮」的口號，小說通過花農的視角，揭發這個口號的虛妄性，又透過花農友人林文欽的角色，彰顯出真正的「共存共榮」的意旨與希望。而〈泥娃娃〉則以兒童視角，表達出反戰的理念，

側面批判了「大東亞聖戰」的虛假性。

　　日治時期，楊逵最重要的文學成就，除了小說之外，其次則是報導文學。1935年，臺灣中部發生歷史上規模最大的地震，震央在新竹州關刀山附近，受害地區為新竹州與臺中州，約315平方公里，災情慘重，總計造成3,422人死亡，11,833人受傷，毀損房屋6萬多棟[167]。其中，臺中州的內埔、神岡、屯子腳（后里）等，災變嚴重。

　　楊逵與妻子葉陶沿路從北屯、豐原、屯子腳、神岡、新庄子、清水，探訪朋友、了解災情，其後並與《臺中新報》同仁及文聯盟員，集體參與救濟活動。其後，他寫成〈臺灣地震災區勘察慰問記〉，1935年6月發表在東京《社會評論》，此文乃是臺灣「報告文學」（報導文學）的先聲。須文蔚指出，楊逵「開啟現代臺灣文學史上作家進行報導文學的新頁」、「臺灣報導文學的誕生……一直到一九三五年以後由楊逵吹響號角，才開始萌發生機」[168]。1935年6月4日，楊逵再度前往災區慰問踏查，並在1935年7月的《進步》發表〈逐漸被遺忘的災區：臺灣地震災區劫後情況〉一文，向陽指出：

> 這不只是因為這兩篇文章開啟了臺灣報導文學之門，更因為其中具體地實踐了楊逵「悲憫不幸、痛責不法、追求更好的生活」的論述，彰顯了他「追求真實」的信仰、落實了他「文學大眾化」的主張。[169]

楊逵作為臺灣最早撰寫報導文學的作家之一，在1937年，亦以論述性文章，亟欲推動報導文學的發展，如1937年2月5日發表於《大阪朝日新聞》臺灣版的〈談報導文學〉（報告文學就）、1937年4月25日發表於《臺灣新民報》的〈何謂報導文學〉（報告文學何）、1937年6月發表於《臺灣新文學》第二卷第五號的〈報導文學問

167　森宣雄、吳瑞雲，《臺灣大地震：1935年中部大震災紀實》，臺北：遠流出版事業股份有限公司，1996年，頁18。

168　須文蔚，〈再現臺灣田野的共同記憶〉，收錄於向陽、須文蔚主編，《臺灣現代文學教程：報導文學讀本》，臺北：二魚文化公司，2002年8月，頁6、8、11。

169　林淇瀁，〈擊向左外野：論日治時期楊逵的報導文學理論與實踐〉，收錄於《楊逵文學國際學術研討會論文集》，國家臺灣文學館主辦，靜宜大學臺灣文學系承辦，2004年6月19日、20日，頁3。

答〉（報告文學問答），以及1937年7月10日以筆名「楊」發表於《日本學藝新聞》第三十五號的〈輸血〉。楊逵在日治時期的臺灣首開報導文學的倡導風氣，具有歷史性意義，誠如向陽的觀察：

> 楊逵在積極接受馬克斯主義的同時，以「更認真投入的態度」實踐他的文藝美學，不排斥精神的「浪漫」，更把現實主義落實到「報告文學」的技巧運用上……他的「報告文學」論述無一字及於階級鬥爭、只強調「從眼前、從週遭」寫起，以真相為念、以歷史為鑑；同時強調媒體的傳播與運用──在這個部分，「報告文學」因此也被他當成提升臺灣文學水準、深化臺灣文學大眾化的工具或技藝。[170]

6、張文環（1909—1978）

張文環，1909年出生於嘉義縣梅山鄉大坪村，曾受私塾教育，具深厚漢文根底，1927年赴日，入岡山中學，1933年自日本東洋大學文學部畢業，1938年返臺。張文環留日期間，積極成立「臺灣藝術研究會」，擔任《福爾摩沙》主編，並大量發表作品。1938年返臺，曾加入「台灣文藝協會」，因與西川滿理念不合，1941年另組織「啟文社」，發行《臺灣文學》，並參與「厚生演劇研究會」的組成。戰前曾任霧峰區公所主事、臺中州大里庄庄長，1946年當選臺中縣參議員，1947年代理能高區署區長，但因二二八事件，受到牽連，躲入山中，其後從事各種職業，1965年自彰化銀行退休，任日月潭觀光飯店經理，1978年因心臟病辭世。

張文環活躍於戰前臺灣文壇，特別是「臺灣藝術研究會」與《福爾摩沙》，集結了臺灣文學的主要作家，成為域外臺灣文學發展的重要據點；其次則是戰爭期《臺灣文學》的創立，與日本作家西川滿所主持的《文藝臺灣》抗衡，在戰爭期為臺灣作家保留了一塊發表園地，十分重要。

戰爭期的1942年10月，張文環與龍瑛宗等，赴東京參加第一回「大東亞文學者大會」。該年11月，臺北公會堂舉行「臺灣決戰文學會議」，日治殖民當局欲藉此

170　林淇瀁，〈擊向左外野：論日治時期楊逵的報導文學理論與實踐〉，頁15。

確立戰時文學體制，並展開思想戰爭，臺灣作家楊逵、黃得時，與日本作家西川滿發生激辯，張文環挺身收拾局面：「臺灣沒有非皇民文學。假如有任何人寫出非皇民文學，一律槍殺。」研究者指出：「這段發言，氣勢懾人，總算穩住了場面。張文環臨危陳言，使作家同胞不致於被視為『非皇民』。」[171]張文環一向堅持臺灣主體立場，這當然是危難時期的權宜之計，但卻也隱微地表達出戰爭期臺灣作家的艱難與抵抗。

　　日本的臺灣文學研究者野間信幸，將張文環的文學生涯分成三期：習作期或初期（1933—1937）、全盛期或中期（1937—1945）、總結期或後期（1946—1970）等三期[172]，可知其創作高峰期是在戰爭期，目前所見，他亦是日治時期創作量最豐富的重量級日文作家，質量俱優。戰後因二二八事件，停筆近三十年，直至1972年才重新執筆，書寫長篇日文小說《地這》（中譯《滾地郎》或《爬在地上的人》），據其長子表示，戰後張文環之所以停筆數十年，除了經濟因素之外，「最根本的原因恐怕是政治因素」[173]、「家父對光復以後種種政治怪現象相當反感」[174]。

　　總觀張文環作品，具有強烈的現實主義傾向，並以臺灣土地、人文、庶民生活為書寫主題，具有「風俗繪」的文學特質。舉其要者，如〈山茶花〉（1940）、〈論語與雞〉（1941）、〈藝妲之家〉（1941）、〈夜猿〉（1942）、〈閹雞〉（1942）等。整體觀之，張文環的作品大都以嘉義梅山為故事舞臺，展現出原鄉的生活風情，以及女性的生活處境，並觸及了生命主體的掙扎與救贖等課題。

　　〈藝妲之家〉書寫養女制度底下的女性生活苦境，面對養母的壓迫，養女采雲一度想要起身反抗，追求自己的幸福，然而，自身幸福與孝道倫理之間，卻形成了一道永恆難解的生命課題。〈閹雞〉與〈夜猿〉都與家族體制有關，〈閹雞〉書寫兩個地方大家族之間的恩怨情仇，探觸了家族制度對生命主體、特別是女性主體的壓迫。小說中的月里，成為家族利益的犧牲品，她的婚姻，被視為利益交換的工

---

171 野間信幸著，涂翠花譯，〈張文環的文學活動及其特色〉，收錄於黃英哲編，涂翠花譯，《臺灣文學研究在日本》，臺北：前衛出版社，1994年，頁024。
172 野間信幸著，涂翠花譯，〈張文環的文學活動及其特色〉，頁010-019。
173 施懿琳、鍾美芳、楊翠，《臺中縣文學發展史‧田野調查報告書》，頁216。
174 施懿琳、鍾美芳、楊翠，《臺中縣文學發展史‧田野調查報告書》，頁217。

具，當夫家家道中落，又揹負著夫家對她的怨怒，最後，身心殘破的月里，遭遇了同樣身心殘破的阿凜，終於選擇殉情而死。月里的故事，彰顯出封建體制與家族制度，以及女性主體的受壓迫、掙扎與抵抗。

而〈夜猿〉則書寫家族成員如何在山村之中胼手胝足，與大自然和諧共處，自愉自足，卻又遭到商賈剝削的處境，有如一部農村風俗紀錄片。相較於〈閹雞〉中，月里必須掙扎抵抗命運，〈夜猿〉中的母親阿娥，則猶如家族的守護者，供給家族成員生命能量。無論是月里或阿娥，都是具有豐沛生命能量的典型，陳建忠指出：

> 女性堅毅的形象從另一方面凸顯了張文環對幸福人生的渴望，對被殖民菁英的張文環而言，這種鄉土塑造無疑是具有相當程度的「自我救贖」的意味，對照整體的殖民情境來說，自然也成為一則關乎反殖民、反同化的烏托邦寓言。[175]

1944年，張文環移居霧峰，此時已是戰爭末期，書寫園地全面緊縮，創作量較少，主要作品有小說〈土地的香味〉（1944）、〈雲之中〉（1944）及雜文數篇，並改編小說〈藝妲之家〉為劇本〈嘆姻花〉。其中，〈雲之中〉描寫伐木工人的生活，〈土地的香味〉寫留學歸臺的知識分子在現實（維持表面光鮮的工作）與理想（在農務中獲得滿足）的矛盾。〈論語與雞〉則以書塾教師為書寫對象，反映時代變化下的小人物的處境與心境。

戰後，張文環長期停筆，1972年的《滾地郎》是唯一一部日文小說，因此，在此先稍加說明。小說以殖民時代為故事舞臺，男主角啟敏被久婚不孕的士紳家庭收為養子，而女主角秀英，則被土豪家族收為養女，養家對他們都很苛刻，秀英遭到養兄強暴，生下女兒阿蘭，男女主角因緣際會而相識，終於衝破困難，建立新家庭，最後，這個新家庭在戰爭期的風雨飄搖中，面對新的困境。小說不僅以「爬在地上的人」隱喻了被殖民者的生存姿態，同時，也一貫地賦予女性強韌的生命能

175　陳建忠，〈一個殖民地作家的「自畫像」：論張文環小說中的「成長」主題〉，收錄於氏著《日據時期臺灣作家論：現代性、本土性、殖民性》，臺北：五南圖書出版股份有限公司，2004年，頁156。

量。陳建忠透過張文環給日本友人池田敏雄的書信，為張文環這一系列鄉土小說的
意義定調：

> 他在給池田敏雄的信中透露了他不輕易示人的悲痛心情，而這些鄉土小
> 說似乎就是他自我救贖的烏托邦，他寫道：「臺灣人背負著陰影生存下
> 來，而且活得像個笑話，然後默默死去，有人被槍殺，而活下來的人，
> 有的亡命他鄉。」而在時代陰影的另一旁，文本中山鄉裡的臺灣人卻篤
> 定安怡地活著，《滾地郎》中主角一家的成長與啟悟，於此巍然成為張
> 文環安身立命的生命哲學表徵，陳啟敏的成長終於找到安頓的處所，那
> 可能也是張文環試圖昭示給背負陰影的臺灣人一個生命安頓的處所。[176]

7、賴明弘（1909—1971）

本名賴銘煌，豐原人，公學校畢業後負笈日本岡山中學，其後入日本大學創
作科，但因經濟負擔，未能完成學業，輟學回臺。1934年，賴明弘為「臺灣文藝聯
盟」發起人之一，並擔任常務委員，其後也經常投稿楊逵主編的《臺灣新文學》，
活躍於一九三〇年代臺灣文壇。戰後，參與「文化運動委員會」及「三民主義青年
團」臺中分團，後來又先後在「臺灣省通志館」擔任編史、臺中縣政府擔任秘書。

賴明弘的文學創作以小說為主，如〈夏〉、〈魔力〉、〈結婚男人的悲哀〉
等。其中，〈結婚男人的悲哀〉以男性的視角，從幾個面向彰顯出作者的愛情觀、
婚姻觀、女性觀，並透過男主角之眼，傳達出傳統社會男性眼中理想女性形象的破
滅。賴明弘筆下，男主角理想的婚姻圖像，是以家庭的物質生活為主體：婚姻讓他
有安定的工作、妻子陪嫁、父母有人照顧；然而，小說中的女性形象，則被描寫為
浮華、拜金、不貞，無法符合男性理想圖像：

> 回想自己當初是為了想過美滿的家庭生活，才和素英結婚。婚後，自己
> 也都盡可能的順著她的心意去做。可是，做夢也沒想到素英竟是這種不

---

176 陳建忠，〈一個殖民地作家的「自畫像」：論張文環小說中的「成長」主題〉，收錄於氏著
《日據時期臺灣作家論：現代性、本土性、殖民性》，頁167。

守婦道的女人。[177]

男主角最終因受不了「將來自己所撫養的竟不是自己的親骨肉」，感到沒有出路，而選擇結束生命。這部小說在性別文化新舊交替、戀愛自由、婚姻自由、女性自主的主張已然出現的一九三〇年代，出自男性作者之手，彰顯出新舊文化交替之際，新時代男女對於文化價值的徬徨與思辨。

8、吳天賞（1909—1947）

　　吳天賞，筆名吳鬱三，畢業於日本青山學院英文系。留日時曾參與「臺灣演劇研究會」、「臺灣文藝聯盟」東京分部等文學團體，並在《福爾摩沙》、《台灣文藝》發表作品，戰後任職《臺灣新民報》臺中分社主任，1947年因病去世。寫作文類遍及現代詩、隨筆、小說，文風傾向抒情風格，刻劃個人內在情感。小說〈蕾〉、〈野雲雀〉、〈龍〉等，都以愛情為主題，前兩篇皆是描寫女性面對愛情時幽微複雜的心理狀態，而〈龍〉則觸及了婚姻制度，書寫一對被父母決定婚姻的男女，沒有愛情，無法和諧相處，生活極其痛苦，最終以「死亡」尋求解脫。

　　至於吳天賞的現代詩，亦流露出鮮明的抒情基調，風格簡潔輕巧、節奏明快、清新唯美，擅於運用感官元素，如視覺、聽覺，具有鮮明的畫面感，如〈夕陽〉的片段：

西方　在林裡
夕陽要沉墮
一直奏著蒼空的弦
夕陽沉入黃金色的弱韻
微風奏著手風琴

---

177 賴明弘，〈結婚男人的悲哀〉，收錄於鍾肇政、葉石濤主編，《光復前臺灣文學全集7‧植有木瓜樹的小鎮》，臺北：遠景出版社，1979年，頁348。原載《臺灣新文學》第2卷第2號，1937年1月。

此詩的寫作技巧，充滿視覺性，觀之如一幅色彩清美的寫真，然而，細讀之下，卻
又隱然響起樂聲；以音樂比喻夕陽，聲色互涉，有如一章清麗舞曲。整體觀之，吳
天賞的作品在日治時期以外向性的社會關懷、政治批判為主的臺灣文壇中，路徑有
異，展現抒情唯美風格，有其特色。

9、吳坤煌（1909—1990）

吳坤煌，筆名梧葉生、北村敏夫、譽烔煌生等，1909年出生於南投，曾就讀
臺中師範學校，因發起學運，遭到退學，1929年赴日留學，先後在日本齒科專門
學校、日本神學校、日本藝術大學專門科、明治大學文科……等學校設籍[178]。1933
年，與王白淵、巫永福、張文環、吳天賞等人，共同組成「臺灣藝術研究會」，是
該團體的重要成員，其後更負責「臺灣文藝聯盟」東京支部，是文聯在東京的重要
成員。柳書琴指出，吳坤煌在日本時，與左翼運動組織來往密切，並成為「三〇年
代前期旅京左翼文化及文學運動中重要的新旗手」[179]。1936年返臺前，戰爭期曾赴
中國多地，戰後棄文從商。白色恐怖期間，1951年，被指「思想左傾」，未經審判
即關押綠島十年，日治時期極其活躍的作家，因此遠離文學與藝術。

吳坤煌在《福爾摩沙》發表的〈論臺灣的鄉土文學〉（〈臺灣鄉土文學
論〉）[180]一文，彰顯出他的文學觀，包括文學是生活的表現、文學應具當代社會意
識、資產階級鄉土文學的缺陷……等等，皆呈現出左翼立場。吳坤煌並積極參與戲
劇活動，曾在日本築地小劇場打工，與日本左翼戲劇界往來密切，此外，他與日本
左翼詩壇、中國旅日詩壇亦有所交流；柳書琴研究指出：「1934年是吳坤煌詩創作
的萌動期，其詩心的萌動似乎多少受惠於王白淵和中國旅日詩人的影響激盪。當時
他同時致力於中、日詩壇的交流。」[181]

吳坤煌的詩作與評論，也發表於日本左翼詩壇如《詩歌》、《詩精神》，包括
〈烏秋〉、〈現代的臺灣詩壇〉等。他的詩作既有寫實精神，亦關注意象的經營，
如〈南蠻茶室〉中的異國風情、〈飄流曠野的人們〉的「漂流」意象，指向深沉的

178　柳書琴，《荊棘之道——臺灣旅日青年的文學活動與文化抗爭》，頁180。
179　柳書琴，《荊棘之道——臺灣旅日青年的文學活動與文化抗爭》，頁183。
180　吳坤煌，〈臺灣の鄉土文學を論ず〉，《福爾摩沙》第2號，頁10-19。
181　柳書琴，《荊棘之道——臺灣旅日青年的文學活動與文化抗爭》，頁312。

哲學思索。詩中片段：

> 我在飢餓的人群裡的心靈
> 也一直線地橫斷曠野而疾走
> 成為神的奇蹟附體的妄想者
> 向無數星星的空海疾走
> 因而　一切都會被留下
> 被時間或空間吞沒的我的過去
> 我靜思……[182]

漂流者、疾走者、時空旅者，他的一己之存在，終究會被浩瀚無窮的時空所吞沒，此詩以「飢餓的人群」、「橫斷曠野」、「神的奇蹟附體的妄想者」等意象，闡釋了生命的用力存在，以及存在的虛無本質。

10、林越峰（1909—？）

　　本名林海成，豐原人，學習歷程多元，曾入公學校、私人夜校、「德育軒」書房習漢文。當時，臺灣文化協會豐原支部在豐原經營「大眾書局」，林越峰經常在書局內閱讀書籍，參與「讀書會」，並加入文協豐原支部。1934年「臺灣文藝聯盟」成立，林越峰擔任發起人之一，積極投身全島性文藝團體的結盟行動。此外，林越峰還是日治時期知名的電影辯士，於無聲電影放映時負責解說，頗得觀眾好評，直到戰爭末期才停止這項工作。戰後，棄文從商，亦曾任職豐原鎮民代表會秘書八年，並於豐原漁市場工作長達十三年之久[183]。

　　林越峰的創作理念為，通過創作進行文化啟蒙、傳遞民族精神[184]，作品以小說為主，包括短篇小說〈到城市去〉、〈好年光〉、〈紅蘿蔔〉，中篇小說〈最後的

---

182 吳坤煌〈飄流曠野的人們〉，收錄於陳明台主編，《陳千武譯詩選集》，臺中：臺中市政府文化局，2003年8月，頁94-95。
183 黃武忠，〈為保存漢文而努力的林越峰〉，收錄於《臺灣作家全集・陳虛谷、張慶堂、林越峰合集》，臺北：前衛出版社，1991年，頁243。
184 黃武忠，〈為保存漢文而努力的林越峰〉，頁242。

喊聲〉、〈油瓶的媽媽〉等。林越峰的小說勾勒出一幅破敗的臺灣農村圖像，那是
一九三〇年代經歷過世界性經濟大恐慌，再加上殖民者與資本家的雙重剝削之後的
農村景象，農民貧苦，無以為生，甚至愈勞動、愈貧窮。〈好年光〉寫的正是這樣
的農民處境，小說主角許阿大辛苦耕種，然而，年收豐足，卻換來穀賤傷農，穀價
低落，相對的，地主反而升漲田租，許阿大最後三餐不繼，只能吃蕃薯籤。在農村
無法求生的農民，只好到城裡去謀生，〈到城市去〉中，一對夫妻從農村游離到城
市謀生，卻處處受挫，沒有出路，被迫淪為小偷，被人追趕，落水而亡。小說中，
農民是被城市、被現代化拋棄的游離者；而城市，雖是一個容器，表面上容納了各
方來者，卻無法提供一介小民生存的空間與溫飽。

　　至於〈紅蘿蔔〉，也是一部很有歷史感的小說。日治時期，由於殖民者的農業
政策不良，資本家與地主又剝削農民，1926年，「臺灣農民組合」成立，為農民爭
取權益，成為日本殖民者的眼中釘，〈紅蘿蔔〉中的主角，正是農民組合的成員，
然而，小說是以「出賣同志」為題，彰顯出農民運動的內在矛盾。林越峰寫出日治
時期臺灣農民無論在農村、在城市都沒有出路的困境，以及即使從事社會運動，也
是暗潮伏動的無奈。他曾自陳，寫作是為了存漢文：

> 我根本不知道什麼是小說！只是人家寫我也跟著寫而已，當時只是認
> 為，日本人禁止漢文，我假如多寫一篇小說，就多增加一篇白話文，就
> 能多保存一天。[185]

11、巫永福（1913—2008）

　　巫永福，原籍南投埔里，留日時就讀於明治大學文藝科，與張文環、王白淵
等共同組織「臺灣藝術研究會」，並參與創刊《福爾摩沙》，展開創作之路。1935
年，任職《臺灣新聞》記者，亦積極參與全島性文學團體「臺灣文藝聯盟」，持續
發表作品。1943年，與楊逵、張星建等共同發起「臺灣藝能奉公會」，推動新劇運
動。戰後，1950年曾擔任臺中市長楊基先的機要秘書，其後因政治因素，停筆十餘

---

185 黃武忠，〈沉醉在濃郁書香的林越峰〉，收錄於氏著《臺灣作家印象記》，臺北：眾文圖書
　　股份有限公司，1984年，頁57。

年，1967年加入「笠詩社」，重返文壇，並擔任《台灣文藝》發行人，持續耕耘臺灣文學。

　　除了創作、編輯、發行之外，巫永福對臺灣文學的重要貢獻，是其陸續設置巫永福評論獎、巫永福文學獎，以實際行動提攜青年。1979年，巫永福創設臺灣第一個文學評論獎「巫永福評論獎」，歷年來鼓勵了無數新生代台灣文學評論者，1993年成立「巫永福文化基金會」，並增設「巫永福文學獎」。1996年，由沈萌華主編出版《巫永福全集》十五冊，1997年，獲真理大學頒贈第一屆臺灣文學家牛津獎。

　　巫永福的創作領域寬闊，遍及現代詩、小說、隨筆、評論、劇本、短歌與俳句等，而以小說與現代詩為主。戰前，巫永福的小說以探討人性為主，擅於刻劃人的欲望、理想、困挫與希望，彭瑞金曾指出，巫永福的小說是在兩個交叉點中發展出來的：其一是臺灣語文運動和受日本教育的日文作家之間；其二是以文學作為文化運動的一環和純文藝派之間，而巫永福則是以純熟日文書寫的藝術派，比較重視文學的美學表現。

　　戰前他的作品大都發表於《福爾摩沙》與《台灣文藝》，小說有〈首與體〉、〈黑龍〉、〈山茶花〉、〈阿煌和父親〉、〈河邊的太太們〉、〈慾〉等。〈黑龍〉以第三人稱視角，書寫少年的生命經歷，少年的形象刻劃是具有強烈自我意識，經常陷入自己的想像之域，與父親經常衝突，父母雙亡後，寄人籬下，與世界格格不入，這才念記起母親的溫柔，恍惚間來到母親墳前入睡：「彷彿不曾觸及沿途的水田泥沼、小川、樹林，就到了那裡，我並不清楚墳場的去向啊，是母親指引我的吧！」[186]〈山茶花〉寫的是愛情的追索與糾結，留學東京的龍雄，周旋於月霞和秀英兩名女子之間，通過意識流的書寫，彰顯主角內心情緒的複雜流動，結局採取開放式，留下想像空間。

　　〈首與體〉一樣是以離鄉青年為題，書寫青年在異鄉的生命情境，彰顯出青年熾烈燃燒卻又孤寂荒蕪的自我意識。而〈慾〉則是描寫生意場上的相互設計、利用、陷害，以爭取自己的最大利益，同時也藉著這些角色的對話，反思「欲望」是什麼。總觀巫永福日治時期的小說，擅長心理描寫，彰顯主角人物的思惟流動與思

186　巫永福，〈黑龍〉，收錄於《光復前臺灣文學全集3・豚》，臺北：遠景出版社，1979年，頁233。原載《福爾摩沙》第3期，1934年6月。

想矛盾，他的小說人物，通常是自我意識強烈，與社會格格不入者，張恆豪指出：
「巫永福的小說，帶有懷疑、內省、耽思的現代色彩，善於捕捉微妙的心理變化，
透過外在複雜的人際關係，追索人類陰暗的原始層面。」[187]

　　戰前巫永福的詩作，與小說有異曲同工之處，皆傾向於人的內在面，無論是
自省的、孤寂的、堅定的，其中，也包含對主體身分認同的思考，情感收放適切，
理性思辨亦得宜。其中，〈故鄉〉以短短四行詩句，書寫故鄉如何走過苦難，步步
前行；而〈祖國〉則一方面呼喚未曾謀面的「祖國」（中國），提煉出另一層面的
反思：「戰敗了就送我們去寄養／要我們負擔這一罪惡／有祖國不能喚祖國的罪
惡」。至於〈愛〉、〈遺忘語言的鳥〉等等，也都是探索自我身分之作。陳明台對
巫永福詩作評價甚高：

> 在表現上，極其節制，對語言（日文）的把握精準，單純而圓熟，運用
> 自如。十分注意到意象的捕捉和變化，刻意追求表現的痕跡清晰可見。
> 顯示他確實用心於詩的技巧的磨鍊。[188]

12、呂赫若（1914—1951）

　　呂赫若，本名呂石堆，臺中縣潭子栗林村人，出身地主階級，九歲入潭子公學
校，畢業後，1929年入臺中師範學校時，正值政治社會運動蓬勃之際，呂赫若思想
受到啟發。1934年畢業後，分發至新竹峨眉國小任教，開始以呂赫若之名從事文學
創作。1935年，他的小說〈牛車〉發表於日本《文學評論》，進軍日本中央文壇。
1936年，〈牛車〉與楊逵的〈送報伕〉、楊華的〈薄命〉，入選中國作家胡風所翻
譯的《朝鮮臺灣短篇小說集：山靈》，成為第一批被介紹到中國的臺灣作家。

　　1939年，呂赫若留學日本，研究聲樂，1942年返臺後，正值戰爭期，積極投
身文化運動，擔任《興南新聞》（前身為《臺灣新民報》）記者，參與臺中作家張
文環等人籌組的「厚生演劇研究會」，熱中於新劇運動。戰後，呂赫若亦積極投身

187 張恆豪，〈赤裸原慾〉，收錄於《臺灣作家全集·短篇小說卷·別冊》，臺北：前衛出版
　　社，1994年，頁40。
188 陳明台，《台中市文學史初編》，臺中：臺中市立文化中心，1999年，頁73。

政治改造運動，加入「三民主義青年團」，擔任臺中分團籌備處股長，眼見時局混亂，政治黑暗，1946年加入勇於直言批判的《人民導報》，擔任記者，並陸續以中文發表小說。1947年，二二八事件發生，國府在全島進行血腥鎮壓，呂赫若對國民政府徹底失望，苦思如何挽救臺灣於黑暗時局之中，轉向左翼思想，主編左翼媒體《光明報》，甚至變賣家產，籌資創設「大安出版社」，期能透過媒體與傳播的力量，實踐思想改造與政治改革。1949年，擔任北一女音樂老師，此時國府已在國共鬥爭中戰敗，全面撤退來臺，臺灣進入戒嚴體制，呂赫若等人的反抗力量只能轉入地下。1951年，因參與「鹿窟武裝基地事件」而行蹤不明，據推測是死於鹿窟山中。

　　呂赫若才華洋溢，在文學、音樂、戲劇各方面，均天賦才情，然而，更可貴的是他具有高度實踐精神，雖然因而英年早逝，卻體現了臺灣知識分子面對橫暴威權時的不屈精神，與他的文學作品形成完美的組合體，相互詮釋。呂赫若的作品以小說和隨筆為主，主題環繞著農村變遷、農民處境、家族制度、女性命運、社會病態等，1944年出版小說集《清秋》，收錄了〈鄰居〉、〈石榴〉、〈財子壽〉、〈合家平安〉、〈廟庭〉、〈月夜〉、〈清秋〉等七部短篇小說。

　　〈牛車〉是他的代表作，以一九三○年代的臺灣農村為時空舞臺，一方面是現代性取代傳統性，汽車取代牛車，二方面是世界性經濟不景氣的環境底下，更形破敗的臺灣殖民地農村，以牛車為業的楊添丁，無論如何努力，都無法脫離貧窮，找不到生存的出路，妻子甚至被迫出賣肉體營生，楊添丁最後鋌而走險，事發後被警察追捕。小說探討幾個課題：其一，關於「現代化」，如果現代化就是對仰賴傳統營生者的冷酷拋棄，那麼，這是誰的現代化？其二，關於「傳統性」，傳統當然有很多問題，但是傳統社會中某種良善的依賴關係，如人／人、人／土、人／牛，如果完全毀棄，人又如何安身立命？其三，這部小說所拋擲的問題，並非「要不要淘汰牛車」的是非題，而是「如何淘汰、如何替置」的申論題，以及在轉換過程中，是否關注人間正義。

　　〈清秋〉與〈玉蘭花〉也是呂赫若的重要代表作品，兩者並置，呈現出被殖民者面對暗黑時局的兩種側面。〈清秋〉描寫決戰時期臺灣民眾的不安心理，從家族的視角，一對依照父母期待，將來以成為醫師、藥劑師為目標的兄弟，在理想終將實現前夕，卻陷入長考，開業究竟是為盡孝道？抑或為鄉民服務？其中，又有一些

村里青年，選擇到南方戰場去，最後，主角選擇留在鄉里，為鄉民服務。至於〈玉蘭花〉，朱家慧認為「堪稱呂赫若最優美的小說」[189]，小說描寫敘事者「我」對日本人鈴木的心理變化，當鈴木身染重症時，則由敘事者「我」的祖母使用傳統招魂術而拯救。張恆豪指出，〈玉蘭花〉一方面回歸人性層面：「以孩童沒有殖民者與被殖民的階級意識及文化意識，透過人性對話與情感互動，來處理臺灣人與日本人的民間情感。」[190]另一方面，透過玉蘭花香與傳統宗教治療，依然堅定地強調了臺灣主體的立場。

　　呂赫若的作品，大多數是以傳統的大家族為故事舞臺，描寫家族制度的腐朽與崩壞，以及對人性尊嚴的踐踏、對人的存在的吞噬。其中〈財子壽〉與〈合家平安〉，都是書寫封建大家族的破敗與解體，前者是通過諸多敗德事件，而後者則是因為吸食鴉片、不事生產。〈廟庭〉、〈月夜〉則是一個故事的兩部曲，以農村生活空間為舞臺，書寫傳統社會中的女性處境，以一個婚姻難題切入，書寫婚姻不自主、婚姻暴力，以及男性知識分子的無力。敘事者「我」的表妹翠竹，被夫家虐待，歸返娘家，想要離婚，她的父親感到為難，請求「我」幫忙，然而「我」經過一些交涉，卻因震懾於翠竹夫家的強勢，終於沒能幫上忙，以致翠竹投河尋死，雖然獲救，但生活的磨難卻無法逃避。

　　與前述諸篇的主題相同，〈石榴〉也是以農村之家為故事舞臺，但不同的是，小說主角兄弟三人是孤苦的農家，長兄金生入贅，與弟弟們分開，三弟木火罹病瘋狂，未婚即死，大哥一直有著強烈的歉疚感。小說最後，大哥為二弟籌備親事，迎回三弟木火的靈位，並將次子過房給他，一家團圓。柳書琴指出，〈石榴〉：「透過家庭成員從夭逝到新生、從離散到復合的經過，同時也透過對『孝悌』的描寫，〈石榴〉生動地展現了一個鄉村農夫真切而深刻的生活感覺與生命秩序。」[191]整體觀之，呂赫若的小說，無論是思想或技巧，都是日治時期作家中的佼佼者，林瑞明指出：

189　朱家慧，《兩個太陽下的臺灣作家——龍瑛宗與呂赫若研究》，臺南：臺南市立藝術中心，2000年，頁200。

190　張恆豪，〈日據末期的三對童眼——以〈感情〉、〈論語與雞〉、〈玉蘭花〉為論析重點〉，收錄於許俊雅主編，《臺灣現當代作家研究資料彙編10呂赫若》，臺南：國立臺灣文學館，2011年，頁83。

191　柳書琴，〈再剝〈石榴〉——決戰時期呂赫若小說的創作母題（1942~1945年）〉，收錄於許俊雅主編，《臺灣現當代作家研究資料彙編10呂赫若》，頁107。

呂赫若的小說以「家」為單位，藉著成員間的應對進退、舊慣習俗、道
德人性、社會變遷及殖民統治的影響，千絲萬縷的被牽引出來，構成一
個綿密完整的小說世界。

……

在他的作品中，雖沒有旗幟鮮明的思想，但是他冷靜平實的「說話體」
寫作，一步一步的激起讀者良知的義憤。……把讀者的心眼，引到了廣
闊的空中。[192]

13、陳遜仁（1915—1940）

陳遜仁，臺中市人，臺中一中畢業後，赴日本就讀東京醫專，1939年學成返
臺，1940年辭世，得年僅二十六歲。陳遜仁逝世後，夫人整理其遺作，從日記中摘
出詩作二十六首，張文環在其主編的《臺灣文學》雜誌，為其製作追悼特刊，並將
詩作一次刊完。

陳遜仁英年早逝，他的詩作多為留日時期所作，詩風偏向浪漫抒情，詩語清新
明快，但隱然含蘊著憂鬱情思。如〈離別〉一詩，表面是寫與戀人的離別愁緒，然
而卻又交雜著對故鄉的思念：

我將離愁投入妳心窩
黝黑的精神世界展開雙翼
對我呼喚，內心的鄉愁
……
在簡陋的房間
靠近身邊睡覺的妳的神情
當作故里而凝視
映在心窩的妳的形象
讓我發呆，喃喃而語──將挨近

192　林瑞明，〈呂赫若的「臺灣家族史」與寫實風格〉，收錄於陳映真等著，《呂赫若作品研
　　　究》，臺北：聯合文學出版社，1997年，頁69。

疾呼自由的

奴隸的滿腔熱情[193]

詩中的「妳」與「故里」疊合，故鄉之子思鄉戀鄉的愁緒，並非單純的傷春悲秋，
而是與故鄉的被殖民情境有關，懷鄉之愁與追求自由的意志，形成相互交雜的遊
子情緒。〈在喫茶店〉中，也同樣將故里與女子扣連；〈望鄉〉中的故鄉意象，包
含了榕樹、綠蝴蝶、麥色臉容，而詩中的女子，則是一個對話的他者，通過向她言
說，故鄉景致歷歷在目。

14、陳垂映（1916—2001）

本名陳瑞榮，筆名陳雪峰、陳狼石，戰後改名陳榮，豐原人，公學校畢業後，
入臺中一中，1933年留學日本，入早稻田大學英文科，後轉政治經濟科。留日期
間，參與「臺灣文藝聯盟」東京支部活動，並開始創作小說。1939年返臺，任職辜
顯榮家族的「大和拓殖公司」，戰後入彰化銀行就職，其後又任職中國信託投資公
司。陳垂映在日治時期積極創作，戰後因語言問題，並受二二八事件影響，棄文從
商，少見創作。

陳垂映的創作，文類遍及小說、散文、現代詩，以小說為主。1936年，「臺灣
文藝聯盟」出版陳垂映長篇小說《暖流寒流》，關於此書的文學史價值，趙天儀、
邱若山指出：「《暖流寒流》更是日治時代第二本出版單行本的長篇小說，是臺灣
的日本語文學的代表作之一，在臺灣文學史上，這部作品的存在，本身就有不容或
忘的地位。」[194]

《暖流寒流》介於嚴肅文學與通俗文學之間，小說主角地主之子（俊曉）與佃
農之子（明秀）為同窗好友，在前者的資助下，兩人一起赴東京留學，其後，發生
了幾對新時代戀人之間的愛情糾葛，而故鄉的兩者父親——地主與佃農，則因為佃
農繳不出租穀，而發生了悲劇。《暖流寒流》以此開展故事，包含以下幾個主題：

---

193 陳遜仁著，月中泉譯，〈離別〉，收錄於羊子喬、陳千武主編，《光復前臺灣文學全集12‧
　　望鄉》，臺北：遠景出版社，1982年，頁217-218。原載《臺灣文學》創刊號，1941年5月。
194 趙天儀、邱若山，〈編者序〉，收錄於趙天儀、邱若山主編，《陳垂映集‧第二卷》，臺
　　中：臺中縣立文化中心，1999年。

臺灣新式知識分子的理想與實踐、新時代女性的多重形象、自由戀愛與婚姻自主、東京作為追求新世界的窗口、臺灣傳統社會的不良習俗、地主／佃農的階級矛盾、統治／被統治的矛盾等等，小說最後，在俊曉的努力之下，所有人都獲得了救贖，皆大歡喜，幸福收場。

　　林燕釵指出，即使這部小說具有通俗性格，但亦有其深刻意涵：「作者用『寒流』代表了造成臺灣人悲慘生活兩大因素——外部的殖民經濟剝削和內部的封建性格；而用『暖流』象徵了臺灣的希望——新世代知識階層的理性思維以及相互扶助。陳垂映筆下的『暖流vs.寒流』是一種反思自身社會性格、反思留學生墮落生活的內在辯證，也是一種對不合理的殖民結構和資本主義物質主義進行的向外批判。」[195]

　　中篇小說〈鳳凰花〉，以臺南為故事舞臺，透過臺南火車站前夾道的「鳳凰花」意象，彰顯出南方家園的景致。〈鳳凰花〉中的男主角吳明芳，與《暖流寒流》相同，都是留日的現代知識分子，具有自主意識與明朗性格，而女主角李利惠則以醫師為業，則是現代女性知識分子的典型，小說仍然循走兩條軸線，其一是男女戀情，從猶疑到結合，其二是小說中一位少女的身世之謎，牽動著故事發展，也觸及舊社會的養女制度。

　　愛情故事是陳垂映小說最主要的主題，情感描寫細膩是他的文學特色，短篇小說〈哀春譜〉，寫少年對愛情的渴盼，卻因婚姻的制約，有情人無法結合，因而陷入失戀的深切哀傷。〈失蹤〉也是一則不圓滿的愛情故事，敘述被女子遺棄的失戀男子，意志消沉，甚至企圖自殺，小說藉此彰顯出愛情觀與婚姻觀，在「戀愛自由」剛成為一種新文化價值的一九三〇年代，作為時代青年，思索「愛情」的真諦，是一個重要的課題。

15、張冬芳（1917—1968）

　　張冬芳，豐原人，臺中一中畢業後，考入臺北高校，其後留學日本東京帝大中國哲學科，1939年畢業。返臺後，戰後曾任教於臺大先修班，其後參與籌辦延平大

195　林燕釵，《陳垂映生平及其小說作品研究——從《暖流寒流》到〈鳳凰花〉》，國立清華大學臺灣研究教師在職進修碩士學位班碩士論文，2013年1月，頁38。

學，因而獲罪，白色恐怖時期一度入獄，歸家後，棄文從商，1968年因病辭世。

　　張冬芳為戰前重要詩人，作品以日文詩為主，詩作風格清新，語言以簡潔、精練為特色，並擅以詩語寓寄哲思，這與他喜歡研讀哲學有關。〈姜太公的夢〉一詩，即深富哲學韻味，此詩透過一個釣者的垂釣動作，演繹出獨特的存在意識：

> 常有現出白腹的魚兒跳躍著
> 而釣竿毫無反應
> 不知經過了多少時間
> 夕陽西下
> 血腥的涼風撲鼻而來
> 擺弄額上的頭髮
> 垂在眼前的頭髮很多變白了
> 洩出白色的嘆息
> 然而又一條
> 現出白腹的魚兒跳躍著
> 但釣竿更無反應
> 已矣乎已矣乎
> 夕陽留下彩雲沉沒了[196]

詩中以「垂釣時間」的流動與不動，隱喻生命時間的流動與不動，也可視為在時間中的所有追求，一無所獲。時間看似有所變化，夕陽沉沒，髮絲變白；卻又似乎毫無改變，釣竿總是一無反應。標題召示出，「姜太公釣魚」其實是一場夢，是一種徒勞。〈腳印〉一詩，詩語簡潔、節奏明快、哲思深邃，皆是對生命存在意義的思辨，意在表達存在與消亡之間，沒有時間邊界、沒有狀態差異，以此詮釋一種生存狀態：

---

196 張冬芳，〈姜太公的夢〉，收錄於陳千武編，《臺中縣日據時期作家文集》，頁142。

不是早晨
也不是白畫
物象沒有陰影
音韻沒有振動
一切像死著
一切都活著
沒有土
沒有水
也沒有新綠
蒙著微暗的光
站在砂上
留在砂上的腳步
崩潰
而消逝
也沒有聲音
……[197]

此詩與前詩，視角相異，但意旨卻相似。前詩以一個定點空間、固定動作，來彰顯
「時間」的意義，而此詩則是一個遠眺的時空視角，鏡頭拉到遙遠的未來與外太
空，從這個視角來看，時間恍若停格，一時一季一年的變化，根本細微到無法辨
識，一個生命的生存與死亡，也都寂然無聲，看似宿命，卻又隱含著一種寬闊與豁
達。此種時間停格凝滯之感，與前詩的語境相似。張冬芳另一首著名詩作〈美麗的
世界〉，以日治時期少見的散文詩形式書寫，「美麗的世界」隱喻著理想家園的圖
像，這個理想家園，並非固著不變的烏托邦，也會被暴風雨襲擊，然而，如果奮力
與黑暗鬥爭，美麗家園終將恢復：

---

197 張冬芳，〈腳印〉，收錄於陳千武編，《臺中縣日據時期作家文集》，頁140-141。

　　不

　　時有暴風雨襲來

　　還有雷鳴的驚威

　　也有殘酷無道的行為

　　但媽媽都會緊緊抱著你抵抗所有不講道理的那些

　　吾兒啊

　　不要害怕常會襲擊這美麗世界的暴風雨

　　黑夜的猛獸

　　白晝暗鬼的猖獗

　　在這美麗的世界你就必須跟那些鬥爭。[198]

這首詩是一則鮮明的時代寓言，暴風雨、雷鳴、黑夜猛獸、白晝暗鬼，都是殖民者
的隱喻，而被殖民者，則在世代相傳的土地上，以世代相傳的精神，奮戰不歇，重
建美麗家園。

16、陳千武（1922—2012）

　　陳千武，本名陳武雄，筆名桓夫，1922年出生於南投名間，考入臺中一中，
其後舉家搬遷豐原。就讀臺中一中時，日本政府推行皇民化運動，屬行改姓名政
策，陳千武發起不合作運動，因而被處以留校察看，監禁於校內圖書館，不許上
課，畢業時操行亦因此而被評量為丙等，無法升學。戰爭期被徵調為「臺灣特別志
願兵」，輾轉在帝汶島、爪哇等地參加太平洋戰爭，曾以戰俘身分被留置戰地集中
營，亦曾留下戰火焚燒的身體印記[199]。

　　戰後，1946年返臺，以在集中營閒暇之際所學會默寫的「孫文遺囑」，通過
考試，進入林務局八仙山林場工作。1964年，陳千武與林亨泰、吳瀛濤、詹冰等詩
友，共同創設「笠詩社」，發行《笠詩刊》，為本土現代詩壇開創新園地，是重要
的跨世代臺灣詩人。1976年，陳千武以私人之力，創辦臺中市文化中心，其後公部

---

198 張冬芳，〈美麗的世界〉，收錄於陳明台主編，《陳千武譯詩選集》，頁41。

199 楊翠，〈陳千武以詩筆留下歷史見證〉，收錄於陳銘城等編著，《台灣兵影像故事》，臺
　　北：前衛出版社，1997年，頁30-36。

門仿傚，成為全臺各文化中心的先聲，臺中市文化中心則改稱「文英館」，陳千武擔任首任館長，推動許多藝文活動，成就卓著，1987年退任，專事寫作，2012年因病辭世。

　　陳千武就讀臺中一中時期，有三個文學啟蒙的空間場域，其一是臺中圖書館，其二是中央書局，其三是楊逵的首陽農園；尤其是後二者，更透過張文環、張星建、楊逵等文學前輩的提攜與鼓勵，堅定了他從事文學創作的決心[200]。1939至1941年前後，陳千武積極創作日文現代詩，曾集結成《徬徨的草笛》、《花的詩集》等自編詩集，都是臺中一中時期青年詩人的少作。呂興昌指出，陳千武日治時期的詩作，展現出以下幾個議題面向與書寫特質：抵抗與希望、勞工生活的關懷、聖戰的批判[201]。〈油畫〉一詩，彰顯出陳千武主導臺中一中「反改姓名運動」，被監禁在圖書館內的心境：

　　　　監禁室的牆上；
　　　　我凝視著一張油畫
　　　　浮出鮮明的赤黃的風景
　　　　畢竟在訴說什麼？
　　　　……
　　　　遙遠的昔日的夢
　　　　奔向我的腦中閃過
　　　　……
　　　　人生二十的煩惱是什麼？
　　　　童心喚起我
　　　　……[202]

---

200 施懿琳、鐘美芳、楊翠，《臺中縣文學發展史・田野調查報告書》，頁25-26。

201 呂興昌，〈桓夫生平及其日據時代新詩研究〉，收錄於《臺灣詩人研究論文集》，臺南：臺南市立文化中心，1995年，頁225-272。

202 陳千武，〈油畫〉，原刊於《笠》104期，1981年8月，收錄於莫渝編，《台灣詩人選集8：陳千武集》，臺南：國立臺灣文學館，2008年12月，頁9-10。

監禁室的空間是禁錮的，但油畫的風景則是飛躍的，帶領被監禁者的思想意識，飛越禁錮的時空框架，詩末的「童心」，則是監禁者所無法操控的飛揚靈魂，猶如躍動的風景，這是「抵抗與希望」的精神體現。而〈苦力〉則是寫於一中畢業進入製麻工廠工作之時，他觀察到勞工的生活情境，詩中以「囚犯」比喻苦力，並使用了「臂腕的筋肉」、「鈍重的眼神」、「懶倦的腳步」等極具身體感的語言，鮮活刻劃出苦力的生活姿態。

17、張彥勳（1925—1995）

張彥勳，筆名紅夢，后里人，1939年進入臺中一中，畢業後擔任國小教職長達四十二年，是跨越語言世代臺灣重要作家。日治末期，張彥勳熱中於創作現代詩，1942年與文學同好創設「銀鈴會」，發刊同人雜誌《緣草》（《ふちぐち》或譯《邊緣草》），由張彥勳擔任主編。戰後經歷二二八事件，一度停刊，其後復刊為《潮流》，至1949年「四六事件」，同仁多人被捕、逃亡，「銀鈴會」潰散。

日治時期，張彥勳曾出版日文詩集兩冊，分別是《幻》（1943）、《桐葉落》（1945）。然而，「四六事件」後，張彥勳歷經三次牢獄之災，因恐懼而焚毀文稿：

> 第一次被捕審訊七天，三十九年六月張彥勳躲到東勢山中，半年之後再度被捕，次年三月判決無罪，第三次則是父親因案入獄，因父案牽連被捕，因為三次牢獄之災，在恐懼心情之下早期詩集《幻》與《桐葉落》皆焚毀不存。[203]

戰後，因語言問題與政治氛圍，張彥勳停筆約十年，1958年復出，以中文創作，改寫小說，1971年罹患眼疾，轉寫兒童文學、少年小說等，寫作至勤，作品跨越各文類，1995年因病辭世。

張彥勳日治時期的詩集已焚毀，因此無法掌握其詩集內容與寫作風格，殊為遺

---

203 施懿琳、鐘美芳、楊翠，《臺中縣文學發展史・田野調查報告書》，頁250。

憾，目前僅能從若干選集，以及「銀鈴會」早期刊物《緣草》中觀見部分篇章。如
〈葬列〉書寫送葬隊伍浩浩蕩蕩、敲鑼打鼓走過街頭的情景，詩中利用進行式的動
態影像描繪，將送葬隊伍的隊形、人員、聲音、表情、旁觀者，刻劃得很鮮活，詩
語的節奏感與送葬隊伍移動的節奏感，有著內在一致的韻律。而詩中顯然對於如此
大張旗鼓的喪儀，採取反思的態度，除了描寫孝男臉上「滿是矯揉的做作」、觀望
者「白齒的笑臉　搖搖」之外，更透過亡故者的視角，嘲諷儀式的繁複：

> 穿出街尾
> 殯儀的禮品分給了執紼者
> 孝男嚎啕地慟哭　下跪
> 靈柩總算找到了歸宿
> 這才擺脫了拘束似地
> 鬆了口氣　執紼者各自離去[204]

〈葬列〉是一首鄉土寫實詩作，而〈蟋蟀〉則以鄉土元素，繪寫思念故鄉之情的散
文詩；詩中的「蟋蟀」具有雙重意涵，其一，它代表故鄉家園；其二，它是一個中
介性的角色，蟋蟀的聲音是一個介質，跨空間傳遞故鄉形影，召喚記憶與思念，也
跨時間連結了今／昔，喚起童年美好的回憶：

> 可露可露可露，那動人的聲響，柔媚的靜謐的流往我底軀體，灌注在我
> 底生命裡。[205]

204　張彥勳，〈葬列〉，收錄於羊子喬、陳千武主編，《光復前臺灣作家全集12·望鄉》，頁
　　　301，原作日文，作者自譯。原載《緣草》，1944年。
205　張彥勳，〈蟋蟀〉，收錄於羊子喬、陳千武主編，《光復前臺灣作家全集12·望鄉》，頁
　　　303，原作日文，作者自譯。原載《緣草》，1945年。

第五章　戰後迄今的臺中文學發展
──從沉寂到復甦

第一節　戰後迄今臺中古典文學之發展概況

　　日治末期，受到太平洋戰爭影響，詩社正式的大型常規活動，在動盪下無以為繼，紛紛轉化成詩友間小規模的聚會，或停止活動。戰後初期，部分詩社重新聚集社員，延續吟會活動。另有部分詩人重起爐灶，成立新的詩社。另一方面，除了本省籍的在地詩人外，戰後隨國府來臺的軍公教人士，亦不乏好詩人士，其中甚至有不少詩學名家，這些外省籍詩人在落腳臺中後，也陸續成立以外省族群為主的詩社，因而改變臺中地區古典詩社群的創作生態。再者，臺中最具代表性的古典詩社櫟社，由於時代衝擊與政治因素，在一九五〇年代末期以後，實質已趨停頓，這可說是臺中地區古典詩社群歷經時局變遷，迅速重組的重要指標。

　　另一方面，戰後臺灣文壇以新文學為主流，古典詩在文學界的邊緣化日趨嚴重。而本地的民間詩社承繼日治時期以來的創作模式，以擊吟為創作主流，欠缺真實生命，使詩文創作逐漸與一般社會大眾的生活脫離。在此情形下，諸多詩社與詩歌創作，面臨各種嚴苛挑戰。然而民間喜好古典文學的人口並未曾消失，民間的漢詩習作班乃應運而生，這類習作班多聘請詩社名家擔任指導老師，練習以古典詩為表達生命情志的媒介，培養學生進行創作，並出版作品集，互相觀摩學習，延續當代古典詩的生活化與普及化功能。

　　進入九〇年代以後，網路媒體興起，新世代加入古典詩壇者不乏其人，透過網路串連，籌組網路詩社進行交流，打破傳統詩會模式，而地方文學獎也有古典詩競賽（臺中「大墩文學獎」曾出現一次古典詩組的比賽），凡此種種，都顯示古典詩

在當代社會中仍保持一定的活力，但也遭受更多的挑戰，不得不透過諸多變革加以因應。以下針對戰後臺中地區的古典詩發展情形，分別從「創作社群」、「作品主題」、「困境與革新」等三個角度進行觀察分析。

一、創作社群的組成與現象

進一步來看，戰後臺中地區的詩社，依組織結構與核心成員，可以概分本省籍詩人為主，以及外省籍詩人為主兩大類。

戰後以本省籍詩人為主的詩社，可再分為兩類，首先是日治時期續存下來的詩社，即櫟社（霧峰）、鰲西吟社（清水）、東墩吟社（舊臺中市）等，這些詩社都在戰後數年間重新招募新血，陸續恢復活動。其次則是戰後新組的臺人詩社，依序有中州吟社（舊臺中市）、芸香吟社（舊臺中市）、陶社（大甲）、蘆墩吟社（豐原）與砧山吟社（大甲）等。中州、芸香、陶社在1948至49年間成立，而蘆墩與砧山則晚至1961及1966年才成立運作。

另一方面，以外省籍詩人為運作核心的詩社，則有1956年由潮州同鄉會成員組織的潮風詩社；1960年，全島外省詩人大串連的瀛洲詩社臺中分社；以及1962年由臺中地區軍公教人員為核心所組成的中社。

臺中地區重要詩社的成立，大抵以一九六〇年代為分界，在此之後要到一九九〇年代，才又以漢詩習作班的型態，陸續出現新的創作社群，其中較為重要的有1991年的空中大學臺中詩社、1994年成立的綠川漢詩研究會，以及1998年組織的臺中市文昌公廟古典詩學研究社等等。上述這些詩社或習作班的成員與活動概況，可參見本節第二點。此處先針對幾點現象進行討論。

第一，早期詩社依本省籍詩人與大陸來臺詩人各成社群，彼此互動不多，僅有少數個別詩人，同時參與數個詩社的活動，成為嫁接彼此交流的重要媒介。例如臺籍的吳燕生，經常邀臺中各社詩人到名下的東山別墅吟宴唱和，又或者是張達修，依憑過人的詩藝涵養與省政府秘書的公職身分，得以加入以軍公教人員為主的中社，並成為核心成員。此外，出身南投、師事櫟社王了庵的王少滄，也曾分別擔任芸香吟社以及中社的副社長，都是顯著的案例。

　　第二，外省籍詩人所組成的詩社，其早期成員以軍公教人員為主。這個現象肇因於臺灣省政府最早設置在臺中，後來雖遷往南投中興新村，但臺中仍有不少省政府單位，且中興新村距離臺中不遠，再者，臺中交通較為方便，故詩會活動多在臺中舉辦，這促使臺中地區外省籍詩人的活躍。

　　第三，隨著老成凋零，原以外省人為主體的詩社，在吸收新社員的過程中，陸續加入本省籍詩人，沖淡了省籍區隔的色彩。最明顯的例子，莫過於1983年，中社社長陳衡夫逝世，創設以來一直擔任總幹事的翁中光，屬意張達修接任社長一職，張堅辭後，幾經推薦遴選，最終由郭茂松接任社長[1]。張、郭二人皆為臺籍，能在原以外省詩人為主的中社中，被推舉擔任社長職務，足見省籍藩籬在時間的淘洗下逐漸鬆動。

　　第四，諸多詩社皆由某一特定核心人物召集並維持運作，待核心人物退出或亡故，常導致詩社結束運作。此現象在臺人詩社格外明顯，例如林獻堂之於櫟社、李櫻航之於東墩吟社、邱敦甫之於蘆墩吟社等，都有「人亡社息」的明顯影響。此外，近年的漢詩習作班，也多由一至二位指導老師長年經營，當指導老師因故退出或暫歇時，也常導致活動終止的狀況，例如綠川漢詩研究會，便在2014年因指導老師劉清和身體不適而暫停運作。

二、創作主題取向與變革

（一）櫟社的批判精神與退隱意識

　　若從創作主題的角度切入討論，戰後臺中詩壇有幾個重要的轉折變化。首先是以櫟社詩人為核心，在戰後初期由於時局的幾度巨變，出現不少極具批判力的作品，這些詩作反映詩人在「祖國」美好想像幻滅後，對戰後社會亂象與國府高壓腐敗統治的不滿，或者轉為消極逃避隱世的退隱意識。例如櫟社社長傅錫祺在1946年先後寫下〈民主〉、〈命運〉諸作，抨擊國府在日本結束對臺統治之初，指派陳儀接收臺灣後，迅速失去民心支持：

1　張鐵民，《中社詩集卷二》，臺中：中社詩社，2002年10月，頁7-8。

久困齊欣一旦亨，閭閻竟感不聊生。政煩賦重人優越，民主徒然假美名。

每談命運涕滂沱，自入番來痛苦多。火熱水深期拯己，其如益熱益深何。[2]

第一首〈民主〉，批評國府假民主政府之名，行高壓剝削之實，讓臺灣社會民不聊生。此外，「人優越」三字，更是點出當時某些外省人士，以戰勝國民自居，蔑視臺人為皇民餘孽，並以身為正統中國人而莫名優越的行徑。第二首〈命運〉，則是自傷臺人命運多舛，原在日人殖民統治下已是水深火熱，好不容易盼到國府治臺，望能解脫被壓迫的身分，不料日子卻反而更加難過。經由傅錫祺的詩作，不難體會到當時緊繃的社會怨氣，而這似乎也預告了二二八事件的必然發生。

除了傅錫祺之外，戰爭期間方加入櫟社的葉榮鐘，對於二二八事件的發生，以〈敬步灌園先生二二八事件感懷瑤韻〉，對國府提出最強烈的控訴：

莫漫逢人說弟兄，鬩牆貽笑最傷情。予求予取擅威福，如火如荼方震驚。浩浩輿情歸寂寞，重重疑案未分明。巨奸禍首傳無恙，法外優遊得意鳴。[3]

詩句破題，諷刺外省人平素對本省人「稱兄道弟」，以同胞相稱，如今卻以殘酷手段殺害臺灣平民。接著指責執政當局對臺灣社會予取予求，迫使臺人紛起反抗，才感到震驚惶恐。五、六句是感慨輿論在武力鎮壓下噤口無聲，而諸多慘遭屠殺或監禁的冤案，不僅未能洗刷罪名，也無法得知遇害情形。最末兩句，更痛斥那些指使殺人的罪魁禍首，至今仍然逍遙法外、洋洋得意，完全無須為屠殺無辜的罪行負責。其後，他又有一系列哀悼二二八受難菁英的詩作，感慨深沉。這種對二二八的感慨，在葉榮鐘好友莊垂勝的詩作中也顯露無遺[4]。

2　傅錫祺，《鶴亭詩集（下）》，收錄於「臺灣先賢詩文集彙刊」，臺北：龍文出版社，1992年6月，頁315-316。

3　葉榮鐘，《少奇吟草》，臺中：晨星出版社，2000年12月，頁183。

4　廖振富，《臺灣古典文學的時代刻痕──從晚清到二二八》，臺北：國立編譯館，2007年7月，頁294-295。

　　在消極避世方面，則可以林獻堂與莊垂勝的詩作為明顯指標。戰後林獻堂由於對時局的極度失望，在1949年9月以治病為由，遁居日本，形同自我放逐，一直到1956年病逝為止，終生未返回臺灣。他的晚年詩作，主要收錄在《東遊吟草》一冊中，充滿關懷臺灣命運的悲嘆。如下列這首1949年冬天所寫的〈步文芳君冬日雅集原韻〉：

> 軍政紛紜似亂絲，黎民饑餓苦安之。風濤萬里重洋隔，欲吐哀音只賦詩。[5]

政局和軍事的紛擾不安，最苦的是無辜民眾的受累，詩中出乎至誠的人道關懷，擔心百姓受苦，和對時局的憂心，讀來令人動容。而更令人動容的是他晚年遁居日本的詩作，每每流露出有家難歸的苦悶與無奈，可以〈次鏡氏鎌倉晤談有感原韻〉為例：

> 歸台何日苦難禁，高論方知用意深。底事弟兄相殺戮，可憐家國付浮沈。解愁尚有金雞酒，欲和難追白雪吟。民族自強曾努力，廿年風雨負初心。[6]

首句是說鄉愁之苦，幾難以承受，但何以遲遲未歸呢？第三、四句提供答案，有強烈的悲憤意味，弟兄相殺戮，可能是指二二八事件中，政府軍隊對臺灣民眾之殘暴虐殺，也可能是指國共內戰之禍害，使家國浮沈、臺灣因而處在激烈動盪之中。至於最後兩句，是指獻堂在日治時期曾為要求設立臺灣議會，奔走將近二十年，沒想到如今政權回歸祖國，反而換來一場幻夢，實大大有負當初之理想與期望。今昔對照，歷史的演變竟成了最大的反諷，怎不令人感慨萬千呢？對時局的灰心失望，大概就是他遲遲未歸的癥結所在吧！

　　櫟社第二代社員莊垂勝，則反映出另一種理想幻滅之後，對時局徹底失望的退

5　林獻堂，《東吟遊草》，收錄於《林獻堂先生紀念集‧遺著》，臺中：林獻堂先生紀念集編纂委員會，1960年12月，頁41。

6　林獻堂，《東吟遊草》，頁49。

隱意識。他原本是日治時期民族運動的健將，戰後1946年擔任臺中圖書館館長，致力於民眾之文化啟蒙工作。1947年二二八事件爆發時，因曾參與臺中市二二八處理委員會而受牽連，遭憲兵扣留一週，其後對政局失望，遂隱居臺中霧峰萬斗六（萬豐村），經營山園以終其生，晚年不幸罹患癌症，於1962年10月13日去世。其詩作在他去世多年後，由子女編成《徒然吟草》出版。

　　觀察莊垂勝戰後詩作，其思想意識一言以蔽之，乃是反映臺灣知識分子在戰後滿懷奉獻社會的理想，遭受無情打擊之後嚴重的幻滅感，並試圖在退隱的農耕生涯中，寄託他在理想失落後自我如何安身立命的追尋。《徒然吟草》所收最後一首作品〈山居漫興〉，可視為莊垂勝描寫晚年心境與生活的代表作：

> 老來增感慨，時事怕多聞。世道憂無補，山園闢以勤。身雖依草木，意豈謝功勳。釋耒懷今昔，欣看出岫雲。[7]

這首詩的情感表現，有複雜迂迴的多層次轉折，首聯反映對時事的關切與感慨，「怕多聞」意味深長，將苦悶與無奈心境表達得相當傳神，可見作者畢竟未能遺世而獨立。放在戰後一九五〇年代戒嚴與白色恐怖的政治氛圍下，這其實是臺灣本土知識分子共同的鬱悶。頷聯轉而尋求心靈的化解之道，徒然憂心時局既然無濟於事，作者乃試圖從勤於耕闢山園的勞動實踐中安頓自我。不過這畢竟只是一種無奈的選擇，因此頸聯又出現語意的巨大翻轉，是說我雖然終日與草木為伍，難道我是故意謝絕造福社會人群，建立一番大功業的機會嗎？暗示「老驥伏櫪，壯心未已」惘惘不甘之情，從「雖」「豈」兩字，可看出情緒的起伏波動甚大，分明是所謂「邦有道則仕，邦無道則隱」的沉重告白。末聯將心靈視野拉向時空的遙遠距離，「出岫雲」語出陶淵明〈歸去來辭〉：「雲無心以出岫」，作者最終企望從寄情自然中化解心靈之重重鬱結，從「尚有古人」中找到在黑暗時代裡安身立命的依據。

　　總結櫟社詩人戰後作品的精神內涵，不外批判與堅持兩端，一方面以隱微的方式批判時代之黑暗沉淪，另一方面，即使身處亂世仍堅持保全操守，不屑逢迎。

7　莊垂勝，《徒然吟草》，臺北：龍文出版社，2001年，頁50。

這種創作精神，很大一部分根源於日治時期，抵抗日本官方殖民統治時，長期形塑的本土立場與知識分子的理想。從這個現象來看，可以說延續至日治時期的強烈社會性與批判性，由檯面上的文字抗爭，轉變為漫長不斷的伏流，等待突破禁梏的機會。

（二）戒嚴下古典詩創作主題的取向

相對的，受到高壓政治的影響，呼應國策的書寫，開始成為檯面上的主流，到處充斥著對政府歌功頌德的作品，其中最直接的展現，莫過於讚頌領導人的詩作，例如「蔣總統八秩華誕祝詞」[8]、「國父孫中山先生九六誕辰感賦」[9]、「遙祭中山陵」[10]一類的作品，這類作品幾乎近似於忠誠表態，以充斥著讚頌國家領導人的字句，來證明自身的政治正確，這可以算是白色恐怖時代下，政治綁架文學的衍生產物。

此外，以創作迎合政治運動，也是常見的現象。例如每年光復節、雙十節，常會成為詩社聚會創作的題目，而內容則不脫讚揚政府德政一類的話語。尤其是1966年，因中華人民共和國展開文化大革命，中華民國政府為建構自身為中華文化正統之代表，遂發起「中華文藝復興運動」，宣言保護並宣揚中華文化。此一由政府主導的文化運動，更是促成了一波響應活動的創作熱潮。然而，以今日眼光來看，這些詩作大多宛如政令宣導一般。例如時任中社社長的席鑑庭，其所寫下的〈響應蔣總統號召文化復興運動〉一詩，便可視為此類詩歌的典型之作：

中華文化源流遠，一意摧殘恨赤眉。馬列教條淆黑白，史毛邪說等狂癡。九州思漢人心在，百聖傳薪道統垂。今日復興元首倡，拯民沈溺是先知。[11]

8　翁中光編，《中社詩存》，收錄於「臺灣先賢詩文集彙刊」，臺北：龍文出版社，2009年3月，頁106。

9　邱敦甫，《靜廬吟草》，收錄於「臺灣先賢詩文集彙刊」，臺北：龍文出版社，2001年6月，頁131。

10　邱敦甫，《靜廬吟草》，頁112。

11　翁中光編，《中社詩存》，頁112。

當時中社以此一題目，作為社內月課之題。詩作以中共破壞中華文化破題，接著抨擊共產主義混淆是非，更斥罵史達林、毛澤東的思想為癲狂。五、六句轉折語氣，強調中華大陸雖淪落赤共之手，但人心還未渙散，依舊等待著傳承文化道統的中華民國反攻大陸。最末兩句，以頌揚蔣介石作結，認為其倡導復興中華文化，可謂是拯救同胞沉溺的救世先知。

　　當然，並非所有詩作都蘊含著政治意味，在無法暢所欲言的環境下，許多詩人將創作的主軸，轉向不干犯政治的議題，諸如送往迎來、祝賀弔亡、遊賞覽勝、時節變化等等。

　　在這些傷春悲秋的詩作之中，經常看到外省籍詩人藉由季節交替，表達思鄉情懷的詩作，例如出身安徽的詩人江光亞，便在〈春望〉[12]一詩中，感嘆華夏淪落，遊子來臺與家鄉音訊斷絕，不知何時才能反攻回鄉。來自福建的翁中光，則有〈上元旅思〉[13]，寫自己今年又在臺中過節，全城熱鬧光彩、笙歌不斷，但自己卻反而覺得孤寂黯然，不知何時才能返鄉骨肉團圓。此外，尚有〈七夕懷鄉〉[14]、〈重九歸思〉[15]一類的詩題，也都屬於這個範疇。

　　除了思鄉情懷之外，遊賞臺中名勝，也是另外一個常見的創作題材。例如中社便曾以〈寶覺寺新塑彌勒大佛〉、〈初冬毗廬寺雅集〉、〈秋山攬勝〉、〈臺中公園即景〉、〈綠川流水〉、〈冬瓜山吳家花園秋日遣懷〉等題目，作為社內月課題目，這些描寫臺中在地景物的作品，反映出外省籍詩人們與臺灣社會環境的接觸與體會，而遊賞名勝之餘，為了創作，多少也得了解該地的源流與殊勝之處，這也間接促成其了解臺灣過往的契機，因此從這些詩作之中，或許可以視為外省作家逐漸安於臺灣社會的一道軌跡。例如翁中光的〈秋山攬勝〉，便是一個例證：

　　　曳杖郊外，山光一望收。楓壇塵遠隔，櫟社句長留。荔挺層巒茂，禾登大野秋。不堪遙睇目，海上戰雲浮。[16]

12　翁中光編，《中社詩存》，頁77。
13　翁中光編，《中社詩存》，頁79。
14　翁中光編，《中社詩存》，頁84-85。
15　翁中光編，《中社詩存》，頁121-122。
16　翁中光編，《中社詩存》，頁123。

詩題中的「秋山」，指的是位於冬瓜山上的東山別墅，是臺籍社員吳燕生的私人產業。當時吳燕生邀集社內同好遊覽宴飲，中社遂以此為題賦詩唱和。翁中光詩作一、二句說明到郊區踏青，飽覽丘陵景致。三、四句將視線焦點扣緊東山別墅，描述園區內有「楓壇」此一雅致景色，更有往昔櫟社詩人們留下錦繡詩句，為別墅增色不已。五、六句，視野逐漸外放，描述園內大量栽種的荔枝樹，以及山腳下大片將近收成的稻田之景。末尾兩句，則將視野無限推展，以關懷海外越戰之慘烈來收尾。

東山別墅由吳燕生父親吳子瑜修築，自日治時期起，便常作為吳家邀宴文友的場所，而吳子瑜身為櫟社成員，諸多櫟社活動都在別墅內舉辦，自然也留下不少描寫東山別墅的詩篇。而戰後來臺的翁中光，在參訪東山別墅時，聽聞到往昔櫟社的風雅韻事，甚至是讀到櫟社詩人之作品，也屬自然之事。文化交流與省籍融合的契機，就蘊含在此之中。

三、當代臺中地區古典詩的困境與革新

戰後臺中地區古典詩詩壇，長期以諸多詩社作為創作核心，而詩作大多以擊吟題為主，亦即詩人聚首舉詩會，在會上以限題、限體、限韻、限時的方式進行創作，交卷後互相品評優劣，交流創作心得。部分詩社則採取月課的方式，預先公告創作題目與限用的體韻，詩人在家發揮創作，到了固定集會時，再交流詩作內容。

這類擊吟題的創作，自日治以降，行之有年，早已成為詩社運作的慣例模式。但這種嚴格限制體韻的創作模式，最初僅是一種詩人間文字遊戲的方式，目的在於透過嚴格的限制規範，在短時間內考校彼此才學，可說是一種帶有比賽性質的風雅遊戲。

但在長期發展之後，擊吟卻逐漸成為臺灣古典詩壇一大創作主流，諸多詩人僅在詩會依題寫作，平素鮮少以漢詩記錄生活、抒發情志，導致為文造情的譏諷不斷。此外，因擊吟題具有比賽性質，因此出題範圍必須符合大眾共同經驗或一般常識，以避免難以解題，無法創作的問題。久而久之，詩題便逐漸僵化在詠物詠史、時節感懷這些較易理解發揮的題目上。最終，僵化的題目、限定的格律，束縛了詩

人創作的空間，讓同題的詩作，充滿了近似的發想與套語，看起來宛若千篇一律，毫無新意可言。

擊吟的弊病與改革，早在日治時期就是一個臺灣詩壇熱烈討論的議題，但延續至今仍然是一個爭議話題。縱使如此，隨著創作者的減少與作品水準的下降，導致古典詩越來越少受到社會關注時，改革擊吟，無疑已是一種共識，但如何改，卻是眾說紛紜，各唱各的調。

在臺中地區，擊吟的革新，是朝著閒詠詩的方向發展，亦即重視創作應心有所感，才隨興而發的觀念。依〈中社詩集卷一・例言〉所載，該詩社在1987年便改變詩風，摒棄擊詩，改採閒詠詩風[17]。然而，若進一步對照《中社詩集》所載的月課題詩作，可以發現擊題依舊續存，但比例確實有減少的趨勢，進入一九九〇年代後，體韻的限制也偶有鬆動不論的情況，但最重要的改變是，緊密貼合時事的課題開始出現，例如〈防火〉、〈反賄選〉、〈民選元首〉、〈地震〉、〈掃黑金〉、〈回顧九二一地震〉等等，皆是扣合著時事，由詩人在家自由發揮創作[18]。

經由中社的案例，可以看到詩社擺脫擊吟僵化弊病的嘗試，但自日治以來的擊吟傳統，幾乎已經成為一種文化慣性，改革遠非立竿見影之事。1994年發刊的《台灣古典詩擊雙月刊》，是一份承繼《中國詩文之友》，以登載詩社聯吟詩作為主的詩刊，而一如刊名所示，雜誌中登錄的作品，仍就是以擊吟為主流。

而擊吟改革的困境，在《台灣古典詩擊雙月刊》第28期的「讀者園地」專欄中，有著詳實的紀錄。該專欄中記錄一則讀者來電，抱怨「詩刊的詩，看起來不會感動，和唐詩之詩境不同，讀來索然無味」，並要求編務改善內容，否則就要退訂。對於此一批評，總編輯邱閩南回應道：

> 蓋突破現狀，開闢詩學領域，為當今鷗盟共識，然詩友多係光說不練，滿口改革之道，一遇新人新政，卻是多有觀望責難，遑論躬親力行，帶動風潮。老實說，要讓大多數國人來接受，詩題最該痛徹翻新，莫要老炒冷

17　張鐵民，〈中社詩集卷一・例言〉，收錄於《中社詩集卷二》，頁8。
18　〈防火〉一題源於衛爾康餐廳大火；〈地震〉則因九二一地震而出題，其餘則多是政治時事相關題目。參見張鐵民，《中社詩集卷二》，頁48-55。

　　飯，詩題既新，詞意自然因以日新，有新意，是吸引讀者之第一步。[19]

　　讀者尖銳的批評與邱閱南語重心長的回覆，清楚反映出擊吟詩所引發的詩壇困境，但另一方面，改革雖然已經是一種共識，但尚且未能全面反映在詩社的實際作為與營運上，畢竟行之有年的慣性，並非輕易能夠打破的。

　　2000年3月，邱閱南將雜誌自第33期起，更名為《台灣古典詩詩學雙月刊》，嘗試以提高閒詠作品比例，減少登載擊詩的方式，來提高詩刊的創作新意與水準。並在次期雜誌中，以「調查局風雲」及「迎接電腦網路時代」等兩個題目發起徵詩活動[20]，這兩個題目前者扣合臺灣政局變化，後者貼近社會發展樣貌，可以說是相當具有新意的詩題，反映出邱閱南對翻新詩題一事的努力。

　　此外，在34期中，邱閱南還撰寫一篇名為〈請發揮詩壇向上提升的力量〉的告示，文中抨擊古典詩壇屢屢宣言改革，但說多做少，跟不上社會腳步，甚至有「不求創意，陳腔濫調，只爭形式排列組合，不務情意寫照，甚至剪刀裁縫成習，自欺欺人」等情形，故其煞費苦心，嘗試改善積弊，嘗試營造有利詩壇形象，提升詩壇地位，卻還是遭到頑固勢力詆毀，甚感痛心[21]。34期的這篇文章所反映的問題，基本上與28期讀者回覆所述之事沒兩樣，在此可以清楚看到堅守傳統與改革詩壇兩種堅持之間的拉鋸。

　　邱閱南的改革，一新雜誌內容，讓《台灣古典詩詩學雙月刊》第35期，獲得行政院文建會89年度優良詩刊獎的肯定。但另一方面，邱閱南的積極革新的舉動，以及尖銳批判的言詞，也招來大量的言語攻擊，甚至是當面羞辱，致使邱閱南憤慨心灰，主動結束《台灣古典詩詩學雙月刊》的刊行。

　　雖然邱閱南以閒詠改革擊之弊的嘗試，最終以挫折作結，但抱持相似觀點的作家，其實不在少數，更各自嘗試以不同的管道與方式，振作臺灣的詩風。其中，曾經擔任《台灣古典詩詩學雙月刊》編輯委員，並長期主持綠川漢詩研究會的劉清河，可以視為此類代表。

19　邱閱南編，《台灣古典詩擊鉢雙月刊》第28期，臺中：台灣古典詩擊鉢雙月刊雜誌社，1999年5月，頁158。
20　邱閱南編，《台灣古典詩詩學雙月刊》第34期，2000年5月，頁38。
21　邱閱南編，《台灣古典詩詩學雙月刊》第34期，2000年5月，頁159。

　　師承中社社長郭茂松的劉清河，在鄭順娘文教公益基金會的邀約下，自1994年起，開始擔任綠川漢詩研究會指導老師一職，陸續培養出不少欣賞詩、也愛寫詩的學生。該研究會的創作成果，在鄭順娘女士的支持下，陸續出版為《綠川漢詩創作集》、《綠川漢詩班十周年師生選集》，此外也收錄在《綠川文藝》一至六集中，透過這些作品集所收錄的作品，可以注意到該會創作詩題極其側重閒詠之作，以時事評論、生活感懷、旅遊見聞之類的作品為多，諸如〈七月廿九夜全國大停電作〉[22]、〈聽家慈吟詩錄音有憶〉[23]與〈鳳凰谷記遊〉[24]等等詩題。

　　綠川漢詩研究會的創作取向，無疑是受到劉清河刻意的引導，劉清河在《綠川漢詩創作集》卷首，題有兩首詩作，可以作為其自身創作，乃至指導詩作的銘語：

　　　　刻意求工未必工，自然流露即圓通。諸君若問詩消息，詩在日常生活中。

　　　　只怕灰心不怕遲，起居觀察費些時。街頭野外公車上，何處人間沒有詩。[25]

第一首主張寫詩應該重視情感的自然流露，不必為刻意雕琢字詞、為文造情。並強調創作的靈感，來自於日常生活的感觸之中。第二首，進一步說明重視生活體悟的創作觀，指出寫詩重點在於留意生活百態，經由仔細觀察與感悟，就能找到寫詩創作的靈感。透過劉清河這種強調生活體悟與自然流露的寫作觀點，可知其個人作品與指導方向自然傾向於表達個人情志的閒詠詩風。

　　2014年，劉清河因身體不適，辭退綠川漢詩研究會職務專心休養，但仍透過個人臉書，以每日一詩的方式，記錄呈現個人生命經驗與感懷。每日一詩的內容，除舊作收錄外，亦常有新作發表，極為可讀，可舉下列〈詠大肚山礮臺〉共賞：

22　余建業，〈七月廿九夜全國大停電作〉，《綠川漢詩創作集》，臺中：鄭順娘文教公益基金會，1999年12月，頁28。
23　鄭順娘，〈聽家慈吟詩錄音有憶〉，《綠川漢詩創作集》，頁37。
24　林梅岩，〈鳳凰谷記遊〉，《綠川漢詩創作集》，頁57。
25　劉清河編，《綠川漢詩創作集》，卷首頁。

風雲變幻幾滄桑，遺跡來尋舊戰場。大肚山頭餘劫壘，臺獨立怨斜陽。[26]

這一首〈詠大肚山碉臺〉，早先也曾在「網路古典詩詞雅集」上發表交流，詩作主旨在於描寫大肚山上日軍所遺留的二戰碉堡。詩作先以「風雲變幻」指出時代革易，指出二戰當年的火砲堡壘，如今已經成為遺跡，接著以山頭上孤立的碉臺與斜陽，營造出廢壘孤寂之感，此處的「怨斜陽」字，用的可謂極具巧思，「斜陽」不僅實指落日山景，更是日本帝國覆滅之象徵。而「怨」字，更是透過擬人之法，將鼎革廢棄之嘆，表現得淋漓盡致。又如下列這首〈半夜難眠因成一絕〉：

半夜難眠感道微，清香一炷叩心扉。如來座下無塵擾，靜坐蒲團絕是非。[27]

本詩描述個人半夜難眠的心靈體悟，以在蒲團上靜坐的方式返歸內心，阻隔外在干擾，所謂「如來座下無塵擾」，呈現尋求宗教力量的安頓。

　　劉清河這類作品除了可讀性高外，還具備了一項當代古典詩壇革新的重要特色，亦即網路的交流與發表。早年詩社運作，除了以擊詩會當場創作外，便得仰賴郵遞交流課題詩卷，如今隨著網路系統的全面普及，上網交流詩作，成為一股全新的浪潮。臉書的即時性，使作者與詩友或讀者，隨時保持立即性的互動交流，無形中也強化了古典詩愛好者「社群意識」的凝聚。

　　經由網路的快速便捷，諸多傳統詩社或詩人，以架設網站或經營部落格的方式，作為創作發表、討論交流的園地，甚至舉辦線上徵詩或虛擬詩會等活動，這種免去距離區隔、得以迅捷互動的交流管道，確實吸引不少新血投入古典詩的創作行列。此外，網路在某種程度上，也突破了過往地方詩社自成天地的封閉性質，讓詩友間乃至詩社間的交流變得更簡單頻繁。

　　出身霧峰的吳東晟，即是此一網路世代的代表性人物。吳東晟高中時受吳錦

26　劉清河facebook，網址：https://www.facebook.com/profile.php?id=100005809871374&fref=nf，
　　登站日期：2014年11月30日。
27　劉清河facebook，同註26。

順先生啟蒙，學習古典詩詞的格律，後參加彰化縣詩學研究協會附屬青年詩社，開始嘗試創作。在就讀成功大學臺灣文學研究所期間，以臺灣古典文學為研究範圍，並積極創作古典詩，陸續獲得教育部文藝創作獎、南瀛文學獎、臺北市文學獎、玉山文學獎、登瀛詩獎等諸多肯定，並在1996年與2013年，先後出版古典詩集《愛悔集》與古典詩、現代詩六人合集《並蒂詩情》。

　　吳東晟主要透過網路發表作品、交流創作心得，作品多張貼於個人臉書、部落格，偶亦張貼於網路古典詩詞雅集論壇、臺灣瀛社詩學會論壇等，曾言對於如何用古典詩表達今人生活內容，特別感到興趣，其所發表的〈詠臉書〉組詩，便是這一方面的具體嘗試：

　　　　手揮哀鳳覽新文，解識雲端盡樂群。點讚渾疑春雨滴，築樓回應客紛紛。
　　　　（其一）

　　　　敲盤催鼠語如珠，欲檢無端便似無。舊帖俱沉滄海下，且憑記憶抉珊瑚。
　　　　（其三）[28]

這一組作品以刻劃臉書使用情態為主旨，第一首敘述使用手機瀏覽臉書網頁，描繪看到發表訊息不停被人按讚的喜悅心態。第二首寫搜尋舊帖的煩難，指出回覆訊息時，系統沒有檢索舊帖的功能，只能憑著記憶，以人工的方式翻檢舊訊息。兩首作品，相當生動地傳達臉書的樂趣與不足，對於臉書使用者，相信很能勾起感同身受的共感情緒。

　　除了網路之外，其實吳東晟也積極參與詩社活動，先後共參加彰化縣詩學研究協會、臺灣瀛社詩學會、中華民國傳統詩學會、中華民國古典詩研究社、中華楚騷研究會、草屯玉風樂府、草屯登瀛吟社等七個詩社，常出席各地詩會聯吟唱和，並且還參與《乾坤詩刊》的編務，並於第六十期之後，接任主編迄今，可以說是相當

28　臺灣瀛社詩學會論壇官站，網址：
　　http://www.tpps.org.tw/forum/forum.php?mod=viewthread&tid=943，登站日期：2014年11月28日。

活躍，並值得期待的年輕詩人。

第二節　戰後臺中地區的古典詩社與詩刊

一、詩社

1、櫟社

　　1945年8月終戰，受戰爭破壞以及社員疏開避難等影響，遲至1946年4月14日，櫟社才舉行戰後第一次的詩會，該會以「吟壇光復」為吟題。4月至6月之間，櫟社課題分別有「受降城」、「省參議會首屆召開感作」、「送倭人返國」、「慰被驅從軍生還者」等題，皆與時局有關。

　　1946年8月，擔任社長達三十年的傅錫祺去世。1947年1月26日，櫟社在彰化銀行總行召開大會，會中除追弔已故社長傅錫祺外，並由林獻堂接任社長，正式邀請新社員加盟，此次計有洪炎秋、周定山、洪元煌、林攀龍、許文葵、連德賢、張煥珪、楊國喜、蔡旨禪等九人入社，11月又再加入王達德、黃爾璇、吳維岳等三人，目的在希望能為櫟社這個著名的菁英化詩社注入新血。

　　然而，當新血加盟正欲重樹詩幟，隔月隨即發生二二八事件，社員莊垂勝更受牽連，被捕下獄七日才得獲釋，在政府高壓箝制、人人生命自危的狀態下，櫟社正式活動陷入全面停擺，僅有部分詩友以私下交流的方式，撰寫漢詩痛訴對二二八事件的不滿。

　　1949年9月23日，林獻堂藉病出亡日本，直到1956年去世，未再返臺。1957年冬日，櫟社在世社員集會於霧峰萊園，以〈萊園雅集〉、〈過櫟社碑〉為題作詩祭奠林獻堂。林獻堂逝世後，由其子林攀龍繼任社長，一九六〇年代後活動漸稀，已從歷史舞臺淡出[29]。

29　廖振富，〈百年風騷，誰主浮沈——二十世紀臺灣兩大傳統詩社：櫟社、瀛社之對照觀察〉，《臺灣文學研究學報》第九期，臺南：國立臺灣文學館，2009年10月，頁239-240。

2、鰲西吟社

鰲西吟社，由蔡惠如、陳基六倡議，約在1913年於清水成立。核心成員另有鄭邦吉、蔡詒祥、蔡念新、李玉斯、楊肇嘉、周步墀、楊煥章、楊丕若等數十人[30]，此後因蔡惠如、陳基六加入櫟社，會務改由鄭邦吉、李玉斯等主導，活動主要以擊詩會為主，亦曾透過《臺灣日日新報》發起全島徵詩活動[31]。

戰後，吟社以鄭邦吉、鄭應秋、黃海泉、林亦佑等人較為活躍，1959年出版社友作品合集《鰲西吟社詩選錄》，此外，諸社員亦有個人詩集陸續出版，如蔡年驂《北郭園吟草》、林亦佑《梧棲集粹》與黃海泉《凝香草堂詩集》等，可以說是清水地區，日治以降最重要的傳統詩社。

3、東墩吟社

東墩吟社，創立於1929年，是櫟社之外，日治時期臺中地區最活躍的詩社。戰爭末期，受戰火影響，停止活動。1949年，以李櫻航為社長重整旗鼓，定期舉辦社內聯吟活動[32]。1956年，更與櫟社、中州、芸香、潮風等吟社，合辦中北部七縣市擊聯吟大會，一時之間頗為興盛。1962年，社長李櫻航逝世，社務無人承接，活動陷入停滯[33]。

4、中州吟社

1948年，陳若時、楊嘯天、張子民、張福錦、蔡伯樑合組中州吟社，並推陳若時為社長。該會取名中州，有效法日治時期林幼春、傅錫祺等前輩詩人籌組「中州敦風吟會」之意[34]，以聯繫中部詩人交流，並透過詩教敦勵風化為主旨。該會初時頗為活躍，但在社長陳若時逝世後，活動力大幅衰減[35]。幸由曾任南屯區長的林

30　施懿琳、許俊雅、楊翠，《臺中縣文學發展史》，臺中：臺中縣立文化中心，1995年6月，頁317。
31　〈徵詩延期〉，《臺灣日日新報》，1982年6月7日，4版。
32　賴子清，〈古今台灣詩文社（二）〉，《臺灣文獻》十卷三期，1959年9月，頁83。
33　王建竹編，《臺中詩乘》，臺中：臺中市政府，1976年12月，頁366。
34　陳器文等編撰，《臺中市志・藝文志》，臺中：臺中市政府，2008年12月，頁112
35　王建竹編，《臺中詩乘》，頁368-369。

友仁接掌社務，在林氏宗祠再度組社成立，此後活躍成員有劉學鑫、劉清河、吳醉蓮、許文奎等人。1956年，曾與櫟社、東墩、芸香、潮風等吟社，合辦中北部七縣市擊聯吟大會。

1975年該社擴大組織結構，並改名「臺中市中州詩學研究會」，由陳慶輝、劉學鑫擔任社長、副社長等職，大舉招募社員加盟，最盛時社員將近百人，極具聲勢。另一方面，在1984─1994年之間，四度辦理全國詩人聯吟大會，負責徵詩評選庶務，對於戰後詩會活動推展，具有相當的影響力[36]。

5、芸香吟社

芸香吟社，初名「芸香會」，1948年1月15日由臺中書畫詩人吳醉如之門生十餘人合組，並公推老師吳醉如為會長[37]。同年3月29日，因得地方人士游丁旺出資贊助，遂改名「芸香文藝研究社」，以游丁旺為社長，並在清水、霧峰、西屯、仁化、大成各處設置支社，年內諸多中部著名詩人，如莊幼岳、鄭邦吉、張棟梁等，相繼加盟入社，該社迅速發展成為臺中地區的重要詩社[38]。

1949年，賴耕雲繼任社長，敦聘林獻堂、盧乃沃為詩社顧問。1955年，改選陳富為社長，並向臺中市政府申請立案，改稱「芸香吟社」，並明訂社則，規定每月月課二則、每週擊吟一次、每年大會一次。1956年，曾與櫟社、中州、東墩、潮風等吟社，合辦中北部七縣市擊聯吟大會。1958年，舉辦「臺中芸香吟社十週年聯吟大會」。1959選舉吳松柏為社長、王少滄為副社長，後由吳松柏長年連任社長，並由吳醉如協理社務。該會至今仍有活動，可謂極富生命力與重要性[39]。

6、陶社

陶社，1949年1月，由蔡輝煌、陳柏樵、李萬春等八人共創[40]，後有諸多大甲在

36　林惠敏，〈中州吟社成就第一街詩人〉，《閃亮臺中》第32期，2006年12月，頁30-31。
37　陳器文等編撰，《臺中市志‧藝文志》，頁111-112。
38　王建竹編，《臺中詩乘》，頁368。
39　姚蔓嬪，《戰後臺灣古典詩發展考述》，國立師範大學國文學系博士論文，2011年，頁291。
40　施懿琳、許俊雅、楊翠，《臺中縣文學發展史》，頁318-319。

地詩人入社，成為中部海線極具代表性的詩社。該社活動以「例會」為主，每月一次，在各社員家輪流舉行吟會。後因常與清水「鰲西吟社」、苑里「蓬山吟社」舉辦「三社例會」吟詩唱和、切磋聯誼，遂被合稱為「海隅三社」[41]。

1963年，主辦「癸卯年詩人節全國詩人聯吟大會」，與會者有全國詩人二百六十餘人，堪稱盛況空前。1971年編輯社內作品集《偶古詩畸》、《分韻詩稿》與《唱和百韻》等三冊，可惜未正式出版，流通不廣[42]。

7、潮風詩社

潮風詩社，成立於1956年。該社由臺中市潮州同鄉會成員所組建，初期社員計有陳稽中、黃仲瑜、趙鈺、李櫻航、朱日千、黃殿中、陳亦可、玉建竹等八人，並推舉黃仲瑜擔任社長一職，負責社務運作[43]。該會標舉鼓吹國學，敦厚風俗為宗旨，多利用佳節舉辦聯吟活動。1956年初創辦不久，便參與合辦中北部七縣市擊聯吟大會的活動[44]，運作頗為興盛。爾後在李櫻航、陳稽中等重要社員陸續凋零謝世後，活動則逐漸停擺[45]。

8、瀛洲詩社・臺中分社

瀛洲詩社及臺中分社，1960年1月2日成立，因當時已預定在嘉義、臺南、高屏、臺北等縣市開設分社，故詩社雖在臺中創設，仍僅稱為臺中分社。瀛洲詩社的創設，出於何揚烈的推動與聯絡，參與臺中分會創設者，計有席鑑庭、吳燕生、陳定山、彭醇士等二十四人，後經推舉由何揚烈擔任社長，陳衡夫、鄭慶榆、曾今可為副社長，席鑑庭為臺中分社社長。會員大多為戰後來臺的外省傳統詩人。

該會活動依社章規定，主要有三。其一，每年舉辦年會一次；其次，每兩月舉辦社課一次，著重詩藝研磨；其三，發行《瀛洲詩集》，登載社員創作詩篇。除上

41　廖瑞銘編，《大甲鎮志下・文化篇》，臺中：大甲鎮公所，2009年1月，頁1115。
42　廖瑞銘編，《大甲鎮志下・文化篇》，頁1115。
43　王建竹編，《臺中詩乘》，頁369。
44　姚蔓嬪，《戰後臺灣古典詩發展考述》，頁291。
45　陳器文等編撰，《臺中市志・藝文志》，頁113。

列之外，各地分社也會自組擊吟會，聯繫詩友情誼，屬於不定期的活動。瀛洲詩社所刊行的《瀛洲詩集》，由何揚烈負責主編，內容刊登社友詩詞，如社課、師鐘、詩話等，作者群多外省詩人，是記錄戰後外省傳統文人詩作與互動的重要刊物[46]。

9、蘆墩吟社

蘆墩吟社，1961年由邱敦甫創立。邱敦甫學詩於東勢邱東瀛、邱和珍父女，晚年退出商場歸隱豐原，並召集文友創立詩社[47]。該社以邱敦甫為社長，林斐卿任副社長，活躍成員則有魏叔持、游昭堂、謝錦榮、羅世英等人。該社除社內集會外，尚舉辦1966年的中部四縣市聯吟大會、1973年之癸丑春季詩人聯吟大會，與1974年的甲寅秋季中部縣市詩人聯吟大會[48]。由於該詩社以邱敦甫為核心，自1981年邱敦甫逝世後，活動漸少，已呈停擺狀態。

10、中社

中社，亦作中社詩社，創立於1962年春。是時，外省詩人聚集的瀛洲詩社，由於組織過於分散，出現年會召集不易等問題，而在中部的外省籍詩友，則經常自行聚會擊，數次之後，乾脆另成立一新的詩社，名曰「中社」，並公推陳定山為社長[49]。

中社規定每月聚會，社友需各作詩一首、詩鐘四聯，以便互相品評交流，後於1969年彙整社內積稿，出版為《中社詩存》。依《中社詩存》所載，社員以外省籍詩人為主，大部分都曾參與瀛洲詩社，其中較為活躍者有何揚烈、陳定山、席鑑庭、陳衡夫、吳燕生等，此後社員擴及全臺，長年活動不斷，至今尤存[50]。1993年曾出版《中社詩集》，2002年出版《中社詩集卷二》，2003年則有《中社詩存續集》，可謂保有旺盛的生命力。

46　何揚烈，《瀛洲詩集》第三、四卷合刊，收錄於「臺灣先賢詩文集彙刊」，臺北：龍文出版社，2011年5月，頁55-56。
47　邱敦甫，《靜廬吟草》，頁25。
48　施懿琳、許俊雅、楊翠，《臺中縣文學發展史》，頁323。
49　翁中光編，〈緣起〉，《中社詩存》，封面後首頁（原書無頁碼）。
50　陳器文等編撰，《臺中市志・藝文志》，頁113-114。

11、砧山吟社

砧山吟社，1966年成立於大甲。大甲王清斌原為陶社成員，後因理念不盡相同，退社自組「砧山吟社」[51]。砧山吟社以大甲周邊鄉鎮詩人為主體，計有王清斌、詹錦波、陳素娥、李萬春、莊文慶、葉有成、紀晉旺、李天德等人。砧山吟社於1973、1974、1977年舉辦中部四縣市詩人大會，與會詩人頗多，深受佳評而名動一時，後因經費拮据與社員老成凋零而逐漸式微[52]。

12、空中大學臺中詩社

空中大學臺中詩社成立於1991年，該詩會起源於空大傳統詩學教學課程，後由學生胡順隆邀集同學成立。詩社活動主要由指導老師傳授寫詩心得與吟唱技巧，並參加各地擊詩會為主。此外，1998年還承辦紀念國父誕辰全國詩人紀念大會[53]。該詩社運作頗為興盛，社員常在各大詩會奪標得獎，較著名者有胡順隆、劉金城、曾美惠等人，至今仍然相當活躍[54]。

13、綠川漢詩研究會

綠川漢詩研究會，又稱綠川漢詩習作班，創立於1994年。1992年鄭順娘成立基金會，為延續臺灣往日興盛之詩學風氣，故先開設漢詩賞析的課程，接續開辦漢詩吟唱課程，最終開設漢詩創作班，邀請詩學名家劉清河擔任指導老師，教導漢詩創作，鼓勵同學創作發表作品[55]。此後，綠川漢詩研究會，在鄭順娘文教公益基金會的支持下，已成為目前臺中著名的習作平臺。可惜，2014年，因指導老師劉清河身體不適，辭退研究會職務專心修養，致使研究會活動暫時陷入停頓。

綠川漢詩研究會的歷年作品，分別在1999年結集為《綠川漢詩創作集》，以及

51　施懿琳、許俊雅、楊翠，《臺中縣文學發展史》，頁320。
52　廖瑞銘編，《大甲鎮志下・文化篇》，頁1115-1116。
53　姚蔓嬪，《戰後臺灣古典詩發展考述》，頁292。
54　空大臺中詩社網站，http://studwww.nou.edu.tw/~kdtzsss/index_970318.html，登站日期：2014年11月15日。
55　劉清和師生連著，《綠川漢詩創作集》，臺中：鄭順娘文教公益基金會，1999年12月，頁5-6。

2005年出版的《綠川漢詩班十周年師生選集》。除此之外，也固定刊載於《綠川文藝》第一至六集中，由這些作品集中，可以注意到創作題目大多扣合社會時事，或者是生命體悟與旅遊見聞，整體而言相當新穎，有令人耳目一新之感。

14、臺中市文昌公廟古典詩學研究社

臺中市文昌公廟古典詩學研究社，成立於1998年，由張茂樹、林豐宗擔任指導老師，教授學生創作、吟誦傳統詩詞，除帶領學生參加各種聯吟詩會外，也常表演傳統詩學吟唱，成為南屯文昌宮廟一道著名的風景。

二、詩刊

1、《瀛洲詩集》

1960年1月，透過何揚烈的推動與聯絡，北中南各地的詩人合組瀛洲詩社，創立大會時，便決議每兩個月發行《瀛洲詩集》一卷，除登載詩社課題詩稿外，也作為社友詩詞創作的發表園地[56]。

然而，因何揚烈本為「六六詩社」社長，而該社刊行的機關誌，由何揚烈主編，即稱為《瀛洲詩集》。後何揚烈組建瀛洲詩社，六六詩社合併加入瀛洲詩社，原屬於六六詩社的《瀛洲詩集》，也一併轉為瀛洲詩社的機關誌，仍由何揚烈獨力編輯印行。因為上述緣故，《瀛洲詩集》第一、二卷，為六六詩社刊物，自第三、四卷合刊本起，改為瀛洲詩社刊物，全數共二十卷，發行時間由1959年至1961年為止。

《瀛洲詩集》的停刊，主要因素有二，首先是經費不足，其次是何揚烈獨力編印，歷時一久，體力、眼力難以維持。經費的困難，在詩集的印刷方式上，反映最為直接。在《瀛洲詩集》第十二卷，登有〈何武公[57]啟事〉一文，文中言：

56　何揚烈，〈瀛洲詩社社章〉，《瀛洲詩集》第三、四卷合刊，頁54。
57　何武公，即何揚烈別號。

詩集資料雖富，限於經費無法擴充篇幅，不足以饗讀者之望，十四卷出
版後，是否繼續發刊，當視經費有無著落再作決定。[58]

啟事中，坦言經費不足危及詩刊發行，一番告急，自是希望社友多多支持刊物發
行。然而拮据的狀況，明顯沒有改善，《瀛洲詩集》自第十五卷起，由鉛字排版，
改為手寫影印，這無疑是降低成本、努力維持發刊的結果。此後詩刊中滿是密密麻
麻的蠅頭小字，這些全由何揚烈一人謄寫，耗時費力直接造成了停刊的第二項原
因，即主編體力無法負荷編輯勞務。

在《瀛洲詩集》第十八、十九卷合刊本的〈卷頭語〉中，何揚烈寫道：

《瀛洲詩集》，亦發行至二十卷止，蓋經費極成困難，雖由排印改為影
印，仍無力支持，且下走目力不佳，謄寫尤形吃力，社友訂閱本集者，
至二十卷止，故勉力編印至二十卷也。[59]

經費與編務勞頓，讓主編何揚烈萌生退意，但因已預收刊物費用至二十卷，故勉力
編輯完二十卷，便停刊不出，讓這本詩刊走入歷史之中。

就《瀛洲詩集》內容來看，有三個基本的固定欄位，首先是瀛洲詩社的課題
詩作與詩鐘，這收錄了社員的歷次創作發表。其次是「雙紅豆簃詩話」，是何揚烈
針對社內課題或詩鐘作品，其特色優劣所在的評述文字。最後則是「六六詩存」，
這個欄位主要是以何揚烈為首的前六六詩社成員間的唱和詩作。除此之外，十五、
十六、十七等三卷，接連刊載「瀛洲詩社臺中分會」的吟會詩作，對於當時臺中地
區外省籍詩人間的情誼與創作，可說是最直接的歷史資料。

2、《中社詩存》、《中社詩集卷一》、《中社詩集卷二》、《中社詩存續集》

1961年，隨著瀛洲詩社的式微，已辭退社長之職的何揚烈，與臺中地區的詩友
保持密切聯繫，常舉辦聯吟詩會，後於1962年春，另立詩社，名曰中社，並推陳定

58　何揚烈，〈何武公啟事〉，《瀛洲詩集》第十二卷，頁166。
59　何揚烈，〈卷頭語〉，《瀛洲詩集》第十八、十九卷合刊，頁235。

山為社長。1963年，何揚烈受聘為逢甲大學教授，遷居臺中，更加興盛中社的詩會活動。

中社的詩會，原規定每月聚會一次，後因社員聚集不易，改為單月繳交課題詩作與詩鐘，雙月則聚會發表互相品題[60]，一年共有六次的課題詩卷，收齊後抄錄成冊，寄送至社友家中。這樣的運作模式，至今仍然持續不墜，因此長期下來，便累積了龐大的社內創作詩稿。

1969年3月，自創社以來一直擔任總幹事的翁中光，校訂編排1962至1968年間的詩稿，出版為《中社詩存》一書。此書內容可分為兩個範疇，其一是詩鐘，其次是絕句、律詩形式的課題詩。若依作者名錄，可知該社以外省籍詩人為主體，大多出身軍公教體系，少部分加盟的臺籍詩人，則以張達修、吳燕生較為著名，而吳燕生名下的冬瓜山東山別墅，則常成為中社聚會、吟詠的場所。

《中社詩存》出版數年後，翁中光本擬繼續出版社內創作詩稿，但遭到當時社長陳衡夫的反對，此事遂延宕擱置[61]。1983年，郭茂松繼任陳衡夫，成為第四任社長，翁中光與之不合憤而退社[62]，更讓結集出版之事遙遙無期。

1992年，原任副社長的張鐵民，繼任為第五任社長，開始整理存稿，彙編1978年8月至1993年8月間十五年來的課題詩稿。然而，因為積年已久，稿量甚多，導致印費龐大，最終僅能印行捐資助印者之詩作[63]，在1993年出版為《中社詩集卷一》。2002年，張鐵民循前例，再次出版《中社詩集卷二》，此書彙編1993年9月至2002年10月間的詩作。張鐵民獨力作業出版這兩部書，完整保存了中社發展的歷程與創作軌跡。

隨著《中社詩存》、《中社詩集卷一》與《中社詩集卷二》的陸續出版，中社的課題卷，僅餘1969年至1977年這九年間的作品尚未出版。2003年6月，曾編輯《中社詩存》的翁中光，聯繫張鐵民，希望其出版陳衡夫社長任內（1968─1983）之社員詩作，一圓當年出版《中社詩存續集》的念想[64]。此事若能成書，則可補齊

60　張鐵民，〈中社詩集卷一・例言〉，收錄於《中社詩集卷二》，頁5。
61　張鐵民，《中社詩存續集》，臺中：中社詩社，2003年10月，頁29。
62　張鐵民，〈中社詩集卷一・例言〉，收錄於《中社詩集卷二》，頁8。
63　張鐵民，〈中社詩集卷一・例言〉，收錄於《中社詩集卷二》，頁8。
64　張鐵民，《中社詩存續集》，頁27。

中社缺印的九年空白，故兩人聯繫社友，嘗試找回當年詩稿。無奈事與願違，僅尋回1981年1月至1983年1月間的稿件，遂以此全數編印[65]，仍稱為《中社詩存續集》。

由《中社詩存》、《中社詩集卷一》、《中社詩集卷二》到《中社詩存續集》，這四部書可說是研究中社，乃至於戰後中部傳統文學發展的重要參考史料。它記錄反映了由外省軍公教為主體的詩社，在老成凋零的過程中，逐漸轉型為省籍融合的社群。此外，在戰後白話新文學當道的社會環境下，這些詩人堅持創作傳統詩與詩鐘，「維繫漢文於不墜」一詞，或許就是這些詩人們的最佳寫照。

3、《台灣古典詩擊鉢雙月刊》、《台灣古典詩詩學雙月刊》

1994年9月，專門收錄傳統詩社作品，可說是戰後最重要的傳統詩刊《中國詩文之友》停刊。而發行人王友芬，也在同月25日去世，這讓傳統詩界失去了重要的發表管道。有鑑於此，吳錦順於1994年11月5日創辦《台灣古典詩擊雙月刊》，接續亡友王友芬的《中國詩文之友》，作為擊聯吟詩作的發表刊物。

《台灣古典詩擊雙月刊》延續《中國詩文之友》的編排內容，以收錄臺灣各地詩社擊吟詩為主，並有「詩壇消息」專欄，刊登詩社各項活動資訊，甚至是詩友個人婚喪喬遷等資訊。此外，每期〈編後記〉中，也常專文介紹傑出詩友，或詩社之沿革，這讓《台灣古典詩擊雙月刊》成功接替了《中國詩文之友》，成為當時臺灣詩社之間重要的資訊交流管道，與詩學發表觀摩之園地。

1997年11月，第19期開始，邱閬南加入編務，擔任刊物主筆。1998年9月，吳錦順在第24期的〈該是交棒的時候了〉一文中，說明自身日漸老邁，怕雜誌像《中國詩文之友》一樣，因編輯老病而不得不停刊，遂將提前交棒，將詩刊託付給年輕人[66]。1998年11月，第25期出刊，編務正式交接，吳錦順改列創辦人，由邱閬南擔任總編輯，負責詩刊營運。

邱閬南承繼吳錦順總編輯的職務，也將這本詩刊的發行地，由彰化轉移至臺中龍井。在編務上，因邱閬南出身教職，除與各詩社保持密切聯繫外，格外重視與校

65　張鐵民，《中社詩存續集》，頁2。

66　《台灣古典詩擊鉢雙月刊》第24期，台灣古典詩擊鉢雙月刊雜誌社，1998年9月，頁4。

園之聯繫，努力讓詩刊進入校園，培養新一代讀者與作家。另一方面，也開始嘗試網路化與海外販售，積極利用各種管道，提高傳統詩的社會能見度。

2000年3月，雜誌更名為《台灣古典詩詩學雙月刊》，嘗試減少擊詩比例，並提高閒詠作品比例，邱閱南希望透過這種模式，提高詩刊的創作新意與水準。該年9月，雜誌獲頒行政院文建會89年度優良詩刊獎，可以說是詩刊最興盛的高點。但同一時期，詩刊也因為減少登載擊詩，有違歷來慣例，致使邱閱南倍受攻擊，開始萌生退意。2001年4月，邱閱南停止刊物發行，讓《台灣古典詩詩學雙月刊》走入歷史之中[67]。

4、《綠川漢詩創作集》、《綠川文藝》、《綠川漢詩班十周年師生選集》

1994年，鄭順娘文教公益基金會成立「綠川漢詩研究會」，又稱為「綠川漢詩習作班」或簡稱為「漢詩班」，邀請詩學名家劉清河長期擔任指導老師，除教導漢詩創作，並鼓勵同學積極創作發表作品[68]。

1999年，綠川漢詩研究會選編多年累積的習作稿件，依人繫詩，收錄劉清河、鄭順娘等三十五位師生作品，結集為《綠川漢詩創作集》出版。從詩題來看，綠川漢詩研究會的創作，側重閒詠之作，以記錄生命情志或見聞為主，部分涉及政治時事，有別於傳統描物寫景的擊詩取向。

2001年，鄭順娘文教公益基金會出版《綠川文藝》第一集，內容收錄漢詩、新詩、散文、遊記四大類，其中漢詩部分即為綠川漢詩研究會同仁之作品選錄。此後隨著《綠川文藝》一年一集的出版，到2006年《綠川文藝》第六集為止，都可以看到該會師生的漢詩創作成果。

除了上述《綠川漢詩創作集》與《綠川文藝》外，2005年適逢綠川漢詩研究會成立十年，故出版《綠川漢詩班十周年師生選集》以為紀念慶祝。詩集中選錄十年間，劉清河等二十位師生之漢詩作品，以七絕、七律為多，偶有古體長篇，題目則仍以閒詠抒懷為主，透過此書可以概觀該會成員創作之內涵。

---

67 廖珮吟，《《臺灣古典詩雙月刊》之研究》，國立中正大學臺灣文學研究所碩士論文，2011年7月，頁229-230。
68 劉清和師生連著，《綠川漢詩創作集》，頁5-6。

第三節　戰後初期至八〇年代前臺中新文學的發展

一、戰後初期至五〇年代的臺灣社會變局與文學發展

　　首先必須說明，歷史分期屬於斷代史的範疇，傳統史學以政治史為主體，歷史分期相對簡單，而現當代史學重視的是歷史整體，在歷史分期上必會因為各自著重於強調不同的現象、突顯不同的議題、展現不同的歷史觀點，而選擇不同的歷史分期策略。質言之，從政治、經濟或社會文化的角度進行分期，結果可能不同，而文學亦然。

　　整體的臺灣文學史，是本文必須參照的大背景，然而，正由於分期關乎歷史觀點，臺灣文學史的分期，歷來爭議不少，此非本文所要處理的課題，因此，本文在敘述行文之間，選擇採取較非基於特定史觀，而是基於一般性的「十年期」時間刻度，以「年代」為分期，但這並不意味著歷史的變局，就斷在分期的那一年。本文表面上以「年代」為分期標的，但其間則穿插強調這十年間的流動變化與異質景觀，以期更便於了解歷史的發展脈絡。

（一）戰後臺灣政治社會異變

　　1945年，第二次世界大戰結束，日本帝國主義敗北，臺灣住民脫離了五十年的殖民統治，國民黨所執掌的中華民國政府接管臺灣，臺灣面臨全新的歷史變局。然而，臺灣主權的轉換，臺灣住民並沒有被賦予選擇權；如臺灣首位哲學博士林茂生之子林宗義，回憶因二二八事件而死亡的父親時即指出：

> 戰後各國的命運，像是戰敗國的處置，領土重劃問題或是主權轉換問題，世界輿論曾發揮驚人的力量，但是，我們沒有機會讓他們知道……。[69]

69　林宗義口述，〈我的父親林茂生〉，《島嶼愛戀》，臺北：玉山社，1995年10月，頁17。

1945年10月國府接收官員與大批軍警來臺之前，臺灣住民懷抱著對「祖國」的夢想，為表達熱烈歡迎，各地紛紛積極組織各種團體，以迎接國府到來，並積極參與公共事務，企圖攜手重振臺灣社會文化。1945年9月10日，「臺灣信託」董事長陳炘發起成立「歡迎國府籌備會」，由葉榮鐘擔任總幹事[70]，該會的主要工作是為民眾訂製標準國旗、指導練唱國歌、建造歡迎牌樓、維持地方治安、提倡新生活運動、呼籲各地青年發起組織等等[71]。

　　同樣的熱潮，也體現在臺灣青年對「三民主義青年團」[72]（以下簡稱「三青團」）的積極參與行動。「三青團」臺灣區團成立後，由李友邦出任幹事長，臺灣士紳與知識精英大量參與，希望藉由既有的組織，匯聚更多力量，在最短暫時間內重建家園。全臺籠罩在「歡迎祖國」的時代氛圍中，各種組織紛立，人民積極參與，以期從各個不同角度攜手重建家園。

　　臺中市當然也在這樣的氛圍中。「歡迎國府籌備會」第一次籌備委員會，即是在「臺灣信託公司」臺中支局召開，常任委員如陳炘、張煥珪、葉榮鐘、莊垂勝、張星建、洪元煌、張聘三等，都是臺中、彰化、草屯等中部地區士紳[73]，雖是全島性團體，但據葉氏指出，「搞得有聲有色的卻是台中」[74]。1945年9月15日，「三青團臺灣區團臺中分團籌備處」成立，由日治時期「臺灣農民組合」幹部張信義出任臺中分團主任，中部地區重要士紳與青年，大量投身其間，積極參與。

　　除了參與「歡迎國府籌備會」與「三民主義青年團」臺中分團之外，臺中在地的知識分子與社會人士，也針對不同需求，組成各種不同團體。如臺中市作家楊逵，基於市民生活與治安狀態，結合一些青年男女，比前述兩團體更早，於1945年9月3日，即在他的一陽農園成立「新生活促進隊」，隊長鍾逸人回憶說，「新生活

70　葉榮鐘，〈台灣省光復前後的回憶〉，收錄於氏著，《葉榮鐘全集1·台灣人物群像》，臺北：時報文化事業股份有限公司，1995年4月，頁410。「歡迎國府籌備會」第一次籌備委員會是在「臺灣信託公司」臺中支局召開的。
71　李筱峰，《島嶼新胎記》，臺北：自立晚報社文化出版部，1993年3月，頁8-10。
72　「三民主義青年團」成立於1938年，江西省南昌市，總團長為蔣介石，最初是在抗日戰爭的脈絡下，為動員青年力量而組成，但亦與蔣介石欲藉此整合國民黨內部各派系有關。參見朱高影，《三民主義青年團之研究》，國立臺灣師範大學歷史學研究所碩士論文，1992年6月。
73　葉榮鐘，〈台灣省光復前後的回憶〉，頁410。
74　葉榮鐘，〈台灣省光復前後的回憶〉，頁432。

促進隊」的成員不少：「剛成立時祇有一百多個隊員，後來開始清掃街道，陸續不斷有各種團體自動來加入，最後人數大概增加到超過成立時的三、四倍以上。」[75]「新生活促進隊」的宗旨，不僅在整理市容，也在改革文化。同時，民眾努力學習「祖國」的語言，各地國語補習所也如雨後春筍般成立。1945年10月25日，中國戰區臺灣的受降典禮，在臺北市公會堂（今中山堂）舉行，臺灣士紳與人民群集參與，下午舉行「臺灣光復慶祝大會」，大會主席林獻堂發言，表達齊心建設臺灣的宏願：

> 此後，同胞們須同心協力，來建設理想的新台灣。……對於此次之勝利，我等須感謝盟軍之仗義執干，以及我偉大領袖　蔣委員長之勳德，此後，我等應親愛互動，協助實現三民主義之新台灣。[76]

然而，臺灣民眾的熱情，很快地便在殘酷的現實中冷卻下來，誠如葉榮鐘所說，「我們對於祖國只有觀念沒有實感」[77]，當接收團隊進入臺灣，臺灣民眾很快便經驗了「祖國」的實體，開始疑惑著「觀念祖國」的真相；新的最高統治機構行政長官公署，統治方策仍是專制集權，被稱為「新總督府」，實行「統制經濟」，貪官污吏橫行，物資外流，物價飛漲，糧食短缺，失業率高漲，臺灣經濟面臨前所未有的崩盤[78]。然而，即使如此，在1946年1月，由美軍戰略情報處人員對臺灣士紳與意見領袖進行訪談所完成的〈福爾摩沙報告書〉中指出，受訪的臺灣人基本上還是樂觀地認為，可以獲取獨立自主：「島上的人民期望成為中國的一個獨立省分，但並不是來自中國大陸的官員所統治的『殖民的』，而是由台灣人自己所統治。台灣人希望與中國聯盟，……。」[79]

　　然而，戰後初期臺灣知識分子的熱切行動，不久就因「二二八事件」而受到

75　鍾逸人，《狂風暴雨一小舟──辛酸六十年（上）》，臺北：前衛出版社，2009年12月修訂三版一刷，頁284。
76　李筱峰，《島嶼新胎記》，頁15。
77　葉榮鐘，〈台灣省光復前後的回憶〉，頁419。
78　具體內容參見李筱峰，《島嶼新胎記》。另參見陳翠蓮，《派系鬥爭與權謀政治：二二八悲劇的另一個面相》，臺北：時報文化事業股份有限公司，1995年2月。
79　陳翠蓮，《百年追求：台灣民主運動的故事》，臺北：衛城出版，2013年10月，頁226。

嚴重打擊。1947年，「二二八事件」的血腥風暴迅速襲捲全臺，是臺灣歷史上最大的一場民變，從北到南，從西到東，從海岸線到深山，全臺灣各地都有人民挺身抗暴。臺中市最初在臺中師範成立「民主保衛隊」，其後改制為「二七部隊」，國府第21軍來臺鎮壓以後，「二七部隊」撤守埔里，免除了臺中市被國府軍屠殺的命運[80]。

不僅是訴求武裝抗暴的「二七部隊」，即使是加入國民黨旗下組織的「三青團」臺灣區團成員，也多數在事件中被逮捕，乃至直接被殺害。「三青團」成員之所以受害者甚眾，從黃秀政對於「三青團臺灣區團」參與者的身分及理念的觀察可知，臺灣地區的參與者，多是日治時期的抗日運動人士，他們對於國民黨接收後的各項問題，多所批判，也就極可能得罪當道：

> 當時各地「三青團」的領導人，由於多係地方上的菁英份子，其成員也多是過去參加社會運動和抗日運動的人，對政治頗為關心，因此「三青團」各區、各分隊經常將省政弊端及社會問題，諸如接收的各種糾紛、米荒的嚴重、官員貪污、軍隊紀律差、治安欠佳、走私盛行等反映上去。[81]

可見「三青團」臺灣區團的成員，是國府難以操控的一群，他們既是臺灣菁英的匯聚，又具有民眾號召力，同時勇於揭發統治集團的黑暗面，正是如此，觸犯當道，最後連臺灣區團的最高領導——幹事長李友邦——都遭到清算：

> 陳儀眼見三青團在台灣的組織這麼迅速膨大，幾乎網羅台灣各階層實力份子，目瞪口呆，不寒而慄，遂趁著二‧二八，藉口「各地暴動是由各地三青團發難」，李友邦既為台灣區團幹事長，則應不無牽連。隨即藉

80　關於「二七部隊」的成立與覆滅過程，參見鍾逸人，《狂風暴雨一小舟——辛酸六十年（上）》，頁465-480。

81　黃秀政，〈評鍾著《辛酸六十年》的史料價值——以光復初期歷史為中心〉，收錄於鍾逸人著，《煉獄風雲錄——辛酸六十年（下）》，臺北：前衛出版社，2009年12月，頁471。

口要開會騙他到警總，把他拘捕送南京投入天牢。[82]

李友邦最後被槍決。「二二八事件」過後，臺灣社會進入政治恐懼的氛圍，事實上，在全面戒嚴之前，國府便已一步步展開「非常時期」的威權統治，1947年7月，下令「厲行全國總動員」，1948年4月，國民大會制定「動員戡亂時期臨時條款」，1949年5月，臺灣全面戒嚴，進入非常時期，憲法凍結[83]。一九五〇年代，臺灣全面進入白色恐怖時期，在三大非常法制——總動員法、戡亂法、戒嚴法——底下，制定無數法條，壓制自由與人權，形成嚴密的「強人政治與戒嚴體制」[84]。

（二）戰後初期至五〇年代臺灣的文學景觀

在臺灣文化界方面，即使歷經戰後初期的政治混亂、經濟崩盤，在「二二八事件」發生以前，臺灣文化界仍然積極參與文化重建的工作，各式文化媒體與平臺如雨後春筍。1946年6月，臺灣文化界人士籌組成立「臺灣文化協進會」，而臺灣人籌辦報紙雜誌之風更是昌盛，如蘇新辦《政經報》，另有《台灣文化》、《新新》、《民報》、《人民導報》、《台灣月刊》等等，楊逵辦《一陽周報》、《文化交流》等，這些都是以協力文化交流、傳播民主思想為主要宗旨。據統計，截至1946年11月，申請登記者即有九十九件之多[85]。這蓬勃的情形，顯示臺灣文化界對時局充滿期待，充滿鬥志，這樣的情形，即使因「二二八事件」而一度受挫，但很快地又重振起來，從1948年至1949年初，臺灣文化界的熱絡，達致戰後初期的高峰。

在文學發展方面，陳建忠指出，相對於熱絡的文化運動，戰後初期的文學發展確然相對冷淡一些，這是由於三重因素：相對於文化平臺，文學園地較為不足；作家們選擇投身文化運動；以及必須重新學習新語言，畢竟文學語言不同於一般溝通需求的語言，需要更純熟的操演能力。但他指出：「台灣作家也在逐漸放棄日文寫作的同時，試圖學習以民族語言來創作，台灣作家仍然在不多的文學園地裡留下足

82　鍾逸人，《狂風暴雨一小舟——辛酸六十年（上）》，頁641。
83　薛化元等著，《戰後台灣人權史》，臺北：國家人權紀念館籌備處，2003年，頁6-7。
84　薛化元，〈威權體制的建立〉，收錄於張炎憲、陳美容編，《戒嚴時期白色恐怖與轉型正義論文集》，臺北：台灣歷史學會、吳三連台灣史料基金會，2009年12月，頁15-42。
85　臺灣行政長官公署，《台灣一年來之宣傳》，臺灣行政長官公署出版，1946年，頁25。

以反映時代感的作品。」[86]

　　除了日治時期以來的臺灣作家持續尋求發聲之外，戰後來臺的中國作家也引介了中國現代文學進入臺灣。研究者均指出，戰後臺灣文壇是以現實主義思潮為主流，徐秀慧更認為，由於臺灣與中國現實主義進步作家的合作，「二二八事件」後1948年的臺灣文學場域，比起中國大陸與香港，是相對自主的：「1948年，當大陸國統區受限於國民黨的白色恐怖、言論管制時，香港又成為中共文委組織整風運動的平台，台灣文化場域反而成為兩岸文化人攜手合作發展出了較為自主性的文藝論壇。」[87]

　　當然，此種相對自主性是變動的，而且很快地在1949年5月以後全面消殞。陳建忠則進一步指出，戰後初期的現實主義思潮，概約有兩股：臺灣作家延續日治時代以來的臺灣新文學傳統者、中國大陸左翼文人所傳入者[88]，這兩者有其理念上的共通性，即反國府、反封建，因而得以攜手合作，然而亦有其內在矛盾及本質上的差異，主要在於對「中國性」與「臺灣性」的認識與解讀差異，終而引發1947年11月至1949年間《新生報》「橋副刊」上的一場「臺灣文學論爭」。[89]論爭中，中國作家強調「中國的同一性」，否認「臺灣的特殊性」，甚至否認「臺灣文學的實存與價值」，臺灣作家則必須「證明自我存在」，而展開一連串論述，陳建忠指出：

> 戰後初期的新現實主義論爭，是大陸普羅文藝路線之爭的隔海延續；台灣帶有左翼精神的現實主義文論及創作，則是本土左翼文藝論的發揚與實踐。[90]

86　陳建忠，〈被詛咒的文學？戰後初期台灣小說的歷史考察〉，收錄於氏著，《被詛咒的文學——戰後初期（1945-1949）台灣文學論集》，臺北：五南圖書出版股份有限公司，2007年1月，頁15。

87　徐秀慧，《光復變奏——戰後初期台灣文學思潮的轉折期（1945-1949）》，臺南：國立臺灣文學館，2013年12月，頁285。

88　陳建忠，〈戰後初期現實主義思潮與台灣文學場域的再構築：文學史的一個側面〉，收錄於氏著《被詛咒的文學——戰後初期（1945-1949）台灣文學論集》，該文全文在處理此議題，頁171-212。

89　論爭中的相關文章，可參見陳映真、曾健民編，《1947-1949台灣文學問題論議集》，臺北：人間出版社，1999年。

90　陳建忠，〈戰後初期現實主義思潮與台灣文學場域的再構築：文學史的一個側面〉，頁205。

「臺灣文學論爭」其實是「各言己志」,然而卻也顯示出戰後初期臺灣文壇的活絡性,更彰顯出臺灣作家在臺灣文學版塊挪移中,如何面對臺灣主體的文學資產,試圖重振臺灣文學的發展。關於臺中市作家如何參與到「臺灣文學論爭」中,容待後文再述。質言之,戰後初期相對自主、活絡的文學場域,進入1949年,當國府全面撤退來臺之後,無論是哪一條現實主義的思潮衍繹,都受到嚴厲的阻礙,一九五〇年代,臺灣文學進入一片寒冬。

　　一九五〇年代,幾個大型的文學團體,以民間團體之名,行官方機構之實,預算、經費皆由黨提供,活動場地亦由官方安排[91],主導了臺灣文學的發展,此即「中國文藝協會」(1950年成立,以下簡稱文協)、「中國青年寫作協會」(1953年成立,以下簡稱作協)、「臺灣省婦女寫作協會」(1955年成立,以下簡稱婦協)。而蔣介石更分別在1952、1954、1955年的文藝節,發表「反共文藝」的政策性談話,呼籲全國文藝總動員。前述諸文藝團體,藉由文藝研習營、研討會、各種藝文活動,並發行多種文學刊物,由上而下執行國家文藝政策,「在民間發揮很大的影響力,可說是行政機構的延續體,扮演著國家機器掌控文學部門的角色」[92]。

　　國家對文學刊物的掌控,影響最大,一九五〇年代臺灣的文學刊物,75%文學雜誌的目標宗旨明白標舉「反共」,75.6%的雜誌主編是文協成員[93]。而成立於1950年的「中華文藝獎金委員會」(以下簡稱文獎會),則以高額獎金,培養書寫符合國策的作家,該會持續七年,委員與文協頗有重疊,主委仍是張道藩,七年之間舉辦過十八次徵獎,共七十三個獎項,得獎作家計一百二十人,得獎作品計一百八十二件,如果加上徵稿部分,則「獲得獎金及稿費的作家在一千人以上,差不多自由中國在臺灣的文藝作家,百分之九十五以上都向文獎會投過稿」[94]。

　　一九五〇年代臺灣的文藝空氣,比起日本統治的皇民化時期更形禁錮,透過文協、作協、婦協三大文藝社團的全面動員,加上文獎會高額獎金與稿費的吸引,以及文藝雜誌的全面掌控,中國大陸來臺作家,大多參與前述三大文藝社團,並投身

91　文建會編,《中華民國文藝社團概況》,臺北:文建會,1989年10月,頁31。
92　蔡其昌,《戰後(1945-1959)台灣文學發展與國家角色》,東海大學歷史研究所碩士論文,1995年12月,頁124。
93　蔡其昌,《戰後(1945-1959)台灣文學發展與國家角色》,頁132。
94　梅遜,〈七年來文獎會得獎作家與作品〉,《文壇》特大號,1957年2月,頁12。

反共文藝、戰鬥文藝的寫作。而臺籍作家則幾乎集體從文壇消聲，1957年4月，鍾肇政發起《文友通訊》，邀集鍾理和、廖清秀、陳火泉等臺籍作家計九人參與，歷時一年四個月，以作品輪閱、交互品評、動態報導為主，為臺籍作家流下一處文學平臺[95]，然而亦是聲音微弱。

　　整體觀之，一九五〇年代的臺灣政治社會與文壇，大致可以概括為兩種層面的影響最大，其一是前述反共文藝國家政策的雷厲風行，其二則是「美援體制」的形成。1950年韓戰爆發，在美蘇兩大世界的冷戰結構中，一九五〇年代，國民黨威權體制鞏固，臺灣被納入以美國為核心的世界體系中，在美國的經援與軍援體制底下，臺灣在政治、外交、經濟上，對美國高度依賴[96]，其中亦包含了以美國為中心的歐美現代主義文學的譯介、傳播與再生產，也因此，一九五〇年代中期以後，與反共文學相互交替的另一股文學思潮，即是現代主義，這股文學思潮到了一九六〇年代，逐漸發展成為文壇主流。

二、一九六〇至八〇年代的臺灣社會變局與文學發展

（一）一九六〇至八〇年代的臺灣社會情勢

　　一九六〇年代的臺灣，在國內政治方面，五〇年代以來的禁錮與壓制，持續進行，未能鬆綁；而國際局勢方面，則產生較大變化，1965年美援終止的影響最大，臺灣的國際地位發生微妙變化，可以視為一九七〇年代臺灣逐漸在國際「孤島化」的開端。

　　若以經濟面向觀之，亦呈現雙重景觀：一方面局勢稍見活潑，一九六〇年代的臺灣，經濟上以出口為導向，獎勵投資，設置出口加工區，造就「開放型經

95　文學界編輯部，〈關於《文友通訊》〉，《文學界》第五集，1990，1983年元月春季號，頁117。

96　顏子魁，〈美援對中華民國經濟發展之影響〉，《問題與研究》第29卷第11期8，1990年8月，頁85-89。文馨瑩亦指出，美援是在臺海中立化政策下實行，是對合作統治團體的酬庸，以及對不合作者的制裁，目的在建立親美政權，以符合美國之軍經利益，反之亦鞏固該親美政權之正當性基礎。見文馨瑩，《經濟奇蹟的背後》，臺北：自立晚報出版社，1989年。

濟」[97]，勞動參與率顯著提高，失業率下降，人民所得提升，生活素質改善。然而，逐漸蓬勃的經濟發展，從另一個角度觀察，在此經濟政策底下，工廠增設，人口集中，城鄉變遷，衍生出都市化、工業化、農村衰疲、勞資糾紛、環境污染等問題。

如此發展到了一九七〇年代。總體觀之，七〇年代臺灣最大的變化在三個層面：國際關係、經濟發展、政治鬆動。七〇年代的臺灣政治社會，始於兩個重要事件，首先是1964年曾因「臺灣人民自救宣言」一案入獄、後經1965年特赦軟禁的彭明敏，在1970年初逃離臺灣，在海外從事反對運動；其次是釣魚臺事件與保釣運動，爾後臺灣彷彿進入裂冰時期，禁錮的氛圍逐漸鬆動。整個七〇年代，陸續經歷退出聯合國、十大建設、中壢事件、臺美斷交、美麗島事件等重大歷史變局，致使七〇年代的臺灣，發生巨大變化；國際上，臺灣日益「國際孤島化」；政治上，強人政治的光環逐日消褪，海內外民主化運動勃興；經濟上，工業化、都會化與農業蕭條是一大問題。

1970年9月，日本與美國國務院同聲宣稱釣魚臺主權屬於日本，11月，時為臺大哲學所研究生的王曉波，率先在《中華雜誌》發表〈保衛釣魚台〉一文，促政府應為保衛釣魚台而向國際嚴正表態，彰顯反帝國主義的歷史精神之傳續[98]。1971年6月17日，「臺大保釣會」發動示威遊行，現場散發傳單——「告全國同胞書」，署名「國立臺灣大學全體學生」，訴諸反帝國主義與中國國族敘事，其中有如下的文字：

> 一百二十年來，帝國主義對中國的侵略，已使我們欲哭無淚。我們也知道這不是該哭的時候，我們必須忍著淚把所有的侵略者擊敗，光復大陸，重整山河，才是我們哭祭黃陵的時候！總統告訴我們：為炎黃子孫爭榮名！為世界萬國存正義！同胞們！起來！這是我們保衛祖國的時候了！[99]

97　林鐘雄，《台灣經濟發展四十年》，臺北：自立晚報社，1987年10月，頁61-66。
98　王曉波，〈保衛釣魚台〉，《中華雜誌》第88期，轉引自丘為君，《台灣學生運動1949-1979》，臺北：龍田出版社，1979年，頁405。關於臺灣青年在保釣運動中的行動與論述，參見郭紀舟，《七〇年代台灣左翼運動》，臺北：海峽學術出版社，1999年1月，頁51。
99　洪三雄，《烽火杜鵑城：七〇年代台大學生運動》，臺北：自立晚報出版，1993年，頁13。這份傳單是由當時的臺大哲研所研究生王曉波所起草。

釣魚臺事件引發臺灣知識分子的覺醒，最初是聚焦在反帝與國族敘事。事實上，一九七〇年代以來，臺灣在國際外交上不斷挫敗，1971年10月，臺灣退出聯合國、1972年臺日斷交、1978年臺美斷交[100]，至此，臺灣已然進入外交孤立的局面。外交受挫，要為國家「爭榮名」、「存正義」，必須反思統治當權的各種不善，引發青年的關懷目光，從國際返回國內。因此，研究者指出，1978年對臺灣而言，是極其關鍵的一年：

> 這不僅是台灣國際地位的一個明顯轉捩點，以台灣與美國在各方面密切的關係而言，1978年作為歷史年表的斷限，已經不止是從國際方面切入而已，事實上也與國內的脈動相呼應。[101]

國內局勢方面，在經濟發展層面，1973年開始，兩次世界性石油危機，使得對外依存度已經很高的臺灣經濟再度迎向轉型期。七〇年代，工業是臺灣經濟活動的主體，農業遭受打擊，1973年廢止「肥料換穀」政策之後，農業成為保護項目，1977至1978年，農業首次出現負成長。專事研究臺灣農業經濟發展的學者一致認為，六〇、七〇年代之交，乃是臺灣農業、工業部門產值消長的關鍵點，經濟學者林鐘雄指出，1960年到1973年，工業生產指數增加6.9倍，平均每年工業成長率達17％，農業成長率則僅有4.2％。1973年，農業產值佔國內生產淨額的比例，已降至14％，工業產值比例則高達43.8％，其中製造業產值比例更高達36.3％[102]。

　　這種發展所造成的情況是，表面上工業發展，但農工轉型過程中，各項問題浮現。其一，農業及農村衰疲問題。農業勞動人口大量離農轉入工商部門、農用品高價格而低糧價的政策、政府投入於農業的資本逐年持續下降、基層農會功能的淪

---

100 自1970年釣魚臺主權爭議之後，1971年10月臺灣退出聯合國，緊接著比利時、秘魯、黎巴嫩、墨西哥、厄瓜多爾、塞普路斯……──與臺灣斷交；1972年2月，尼克森走訪中國；7月，日本開始與中共「國交關係正常化」之相關動作，緊接著日本首相田中角榮走訪中國，經過幾個月的外交折衝，臺日終在1972年年底斷交；到了1978年，臺美斷交，臺灣外交跌至谷底。相關史事參見李永熾監修，薛化元主編，《台灣歷史年表‧終戰篇 II（1966-1978）》，臺北：國家政策研究中心，1990年12月。

101 薛化元，〈緣起〉，《台灣歷史年表‧終戰篇 II（1966-1978）》，頁 V。

102 林鐘雄，《台灣經濟發展四十年》，頁66-67。

喪、農產品的產銷供需系統失調、外國農畜產品的大量入侵，以及農業資源的倍受公害污染腐蝕，也都是阻礙農業健全發展的內在因素[103]。

　　其二，工業化也帶來勞動權益與勞資問題。依賴低廉勞工的勞力密集型出口加工業，隨著國民所得的提高，薪資水準上揚，逐漸失去國際競爭能力，勞動部門或延長工時或裁員，種種剝削、壓榨勞力的勞資糾紛事件頻傳。其三，急遽工業化更帶來環境問題。環境破壞，擴大了空氣、河川污染等問題。其四，急遽工業化也激化階級問題。臺灣財富片面聚集，農民與勞工等被堆積在都市社會最底層，而成為社會畸零人。

　　而在政治上，則是蔣經國開始「吹台青」，臺灣政治氛圍處於既開未開的曖昧語境。1972年，蔣經國接任行政院長，大幅任用臺籍人士出任閣員，「臺灣化」、「本土化」似乎正隱然胎動[104]，然而，1973年的臺大哲學系事件[105]，卻又揭示出從戰後初期以來閉鎖的政治空氣尚未完全解凍，展現出保守與改革交織的曖昧態勢。另一方面，一九七〇年代從民間出發的民主化運動，就在此種雙重歷史語境中逐漸發展，從保釣運動時期的「中國國族敘事」，到「臺灣在場」的具體現實關懷，直到1979年的美麗島事件，以及1980年的林宅血案、美麗島大審判，民主化運動獲致階段性的成果，臺灣社會最關鍵性的變化，即是威權體制的鬆動，以及各種弱勢聲音的展現，還有臺灣本土敘事與主體性論述的開展：

> 在如此的歷史變遷與發展之下，一九七〇年代以來，「台灣」在場，政治上逐漸本土化，中國／台灣歷史記憶與文化圖像的重構、再製與辯證，現代性所造成的時空分離、時／空虛空化，新感覺結構與新心象圖景的構成，父權文化的鬆動與性別文化課題的浮顯，也盡皆成為女性小

103　蕭國和，《台灣農業興衰四十年》，臺北：自立晚報社，1989年9月，頁51-52。

104　蔣經國的「臺灣化」，與蔣經國培植自己的權力集團與接班人有關，日本研究者若林正丈即認為從「吹台青」一語可以看出：「當時『青年才俊』政策與『省籍政治』之間的脈絡關係。」見氏著，賴香吟譯，《蔣經國與李登輝》，臺北：遠流出版公司，1998年12月，頁134。

105　1973年，起因於當時的研究生馮滬祥邏輯零分事件，馮氏動用其政治力量，臺大哲學系主任在政治壓力底下，從6月開始，一口氣解聘了十三名教授及講師，震撼學術界，對臺灣學術界的學術性格影響甚鉅。事件參見趙天儀，《台大哲學系事件真相──從陳鼓應與『職業學生』事件談起》，臺北：花孩兒出版社，1979年9月3版。

說的某種感覺元素。[106]

這雖然是討論一九七〇年代以來的臺灣女性小說，但亦如實彰顯出整體的時代語境，現實關懷與體制破冰，往下開啟了具有高度反思性、批判性、實踐性的一九八〇年代。整個八〇年代，就是一個解放、解構的年代，是一個爆破的年代、邊緣發聲的年代，爆破的面向包含以下幾點：官僚體制／庶民大眾（民主化）、中國大敘事／臺灣主體敘事（在地化）、父權思惟／女性主義（性別平等）、大漢沙文／原住民（族群平等）、集體／個體（個人主體）、人／自然（土地倫裡）等等。

一九八〇年代是一個社運蓬勃、邊緣發聲的時代，許多青年運動者回憶起當年，都仍然能夠感受到跳動的社會脈搏，以及自己的憤怒與憂傷；如吳介民即說：「台灣，1980年代，是抖落恐懼的年代。」[107]黃崇憲則說：「整體而言，我的1980年代是憤怒的、挫傷的、頹困的。……但1980年代也是理想主義風起雲湧的時代，是台灣掙脫舊枷索，翻開歷史新頁的時刻。」[108]

（二）一九六〇至八〇年代的臺灣文學發展

一九六〇至八〇年代的臺灣文學，與前述的時代語境相互對話，也激盪出不同於戰後初期至五〇年代的文學景觀。

六〇年代的時代變局對文學的發展也產生諸多影響，首先，經濟發展提升文學人口；其次，鬆動的時局開放了文學形式與思想多元化的可能性；其三，由於置身國際體系中，歐美文化的植入使臺灣文化霸權的單一性產生動搖；其四，經濟的發展、城鄉變遷所衍生的新興社會問題，以及現代社會中人對生存意義的思考，都使文學的議題與形式朝向多元發展。

在此時代情境下，六〇年代臺灣文壇以現代主義文學為主導，體現在詩與小說

106　楊翠，《鄉土與記憶：七〇年代以來台灣女性小說中的時間意識與空間語境》，國立臺灣大學歷史所博士論文，2003年7月。

107　吳介民，〈革命在他方？此刻記憶1980年代〉，《思想》22期：「走過八十年代」，臺北：聯經出版社，2012年11月，頁157。

108　黃崇憲，〈夢想共和國的反挫：1980年代的個人備忘錄〉，《思想》22期：「走過八十年代」，頁191-192。

兩方面。事實上,詩的現代派運動從五〇年代中期以來就已展開,六〇年代初期,夏濟安所主持的《文學雜誌》結束,白先勇等接續創辦「現代文學社」,發刊《現代文學》,前後計十三年,出刊五十一期,「貫穿整個六〇年代,成為整個現代主義文學的重鎮」[109]。小說的現代主義,以西潮譯介、模仿、再製為發展渠徑。

關於臺灣現代主義文學思潮的性格,歷來多所論辯,研究者論見不一,如呂正惠指出他的「外來性與西方性」:「五〇、六〇年代的現代主義是配合著五〇、六〇年代的現代化,湧進台灣社會的西方事物。」[110]而宋澤萊則走完全相反的論述路徑,扣緊「臺灣本身」,以臺灣現代主義運動中的存在主義文學作為討論焦點,將「族群」的因素放進去,指出外省人與本省人的存在主義在文學內涵與思想上有歧異性:

> 外省人致力於表現「死亡的無所不在」「厭戰反戰」「生活的荒蕪」「與生存環境疏離」「生命空無」「離散死亡」這幾個存在主義的主題。本省人則表現「荒謬感」「不安全感」「被害感」「反言論箝制」「反監牢、反監禁」「抵體制、爭自由」這幾方面的主題。[111]

宋澤萊與邱貴芬都強調「臺灣現代主義」有其獨特性。宋澤萊試圖從臺灣歷史經驗的省籍差異切入進行解釋,如果將此扣入彭瑞金的評論,就更精準;彭瑞金以《現代文學》為例,指出現代主義文學的雙重性格:「兼揉了『反叛』與『逃避』的雙重屬性」[112],簡明精要地點出現代主義文學在六〇年代臺灣的發展樣貌及歷史意義。至於邱貴芬則以女性文學的研究成果指出,現代主義思潮與臺灣鄉土是同時並進的,她舉小說中的鄉野傳奇元素為例,指出這些小說不是西方的抄襲,而是具有臺灣主體特色的作品[113]。

109　彭瑞金,《台灣新文學運動四十年》,臺北:自立晚報社,1991年3月,頁106。

110　呂正惠,〈現代主義在台灣〉,收錄於氏著,《戰後台灣文學經驗》,臺北:新地文學,1992年,頁25。

111　宋澤萊,《台灣存在主義文學的族群性研究:以外省人作家與本省人作家為例》,國立中興大學臺灣文學研究所碩士論文,2009年2月,頁176。

112　彭瑞金,《台灣新文學運動四十年》,頁108。

113　邱貴芬,〈落後的時間與台灣歷史敘述——試探現代主義時期女作家創作裡另類時間救贖的可能〉,收錄於氏著,《後殖民及其外》,臺北:麥田出版社,2003年9月,頁83-110。

　　現代主義文學講求個體解放，探尋人的存在本質，將人從嚴峻的外在情境，拉入幽微的內在世界，與自己進行深度對話，對於國家機器的強大宰制力，也就揭示了反叛的可能。然而，從國家主義結構性的制約中解放，在心靈時空裡流浪，也可能是一種逃避。六○年代是一個灰暗又熾烈的時代，它的「反叛」是象徵性的、內蘊式的，我們既不能無視於它頹廢、徬徨、蒼白與逃避的內質，也不能忽視它具有「抵抗」可能性的內在動能，這種內在動能，到了一九七○年代，便由內而外落實下來，與自我主體、土地主體、歷史文化主體結合思考。

　　此外，一九六○年代臺灣文壇還必須觀察的另一個面向，是兩個本土文學社團同時在1964年成立：吳濁流創設的「台灣文藝社」與《台灣文藝》（4月），以及臺中作家陳千武等人創設的「笠詩社」與《笠》詩刊。這兩個本土文學團體，在六○年代提供臺灣本土作家更寬廣、穩定的創作園地，其中《笠》詩刊至今仍在發行，可以說是少數最長命的文學媒體之一。

　　也因此，一九六○年代所埋下的反叛種子，到了七○年代，落實在對現實臺灣的關懷，「提出文學反映社會、反映現實、反映人生的主張，並建立以人道主義為基礎的反省文學」[114]。七○年代的臺灣文壇之所以能夠掙脫禁錮，與時代情境密切相關。在這樣的脈絡下，作家開始認真地書寫現實臺灣（在地生活空間）的故事，七○年代風起雲湧的鄉土寫實文學大量生發，如書寫農民生活處境與農工轉型中的農村社會，更多臺中市作家將觸角伸入土地與人民的生存世界──農村、工廠、鹽田、礦坑，書寫農民、工人的生活，樹立小人物取向的文學新指標，取代了頹廢、蒼白、虛無的現代主義流行，回歸土地與人民。

　　然而，七○年代也是臺灣知識分子的意識思維開始分化之際，從前述保釣運動與彭明敏事件，即可觀知七○年代臺灣作家的現實關懷，分殊為兩條路徑，其一是保釣運動中的中華民族主義敘事與文化造型運動，其二則是臺灣本土的現實關懷、文化實踐與臺灣國族認同；這兩條路線的發展，最初是相互結合，其後則逐漸分殊。據此，一九七○年代中後期到八○年代初期，發生了兩次的文化／文學上的

---

114 彭瑞金，《台灣新文學運動四十年》，頁153。

論爭：一是1977、1978年的「鄉土文學論戰」[115]，是民間文化實踐社群與黨國教化體制的對決；二是八〇年代初期的「臺灣意識論爭」[116]，民間文化實踐社群又產生中華民族敘事／臺灣主體認同的論辯。前者是從文學發展到政治，而後者則是文學／文化／政治的論述多元複合。通過「鄉土文學論戰」，「臺灣鄉土」成為具體存在，如王拓當年著名的觀點：

> 把「鄉土文學」理解為「鄉村文學」雖然不能說完全沒有道理……，但是，卻很容易引起一些觀念上的混淆以及感情上的誤解和誤導。
> ……所指應該就是台灣這個廣大的社會環境和這個環境下的人的生活現實，它包括了鄉村，同時又不排斥都市。……這樣的文學，我認為應該稱之為「現實主義」的文學，而不是「鄉土文學」。[117]

臺灣鄉土著落為本土、在地之後，進入爆破的一九八〇年代。文學也從黨國的壓制中逐漸走出來，走向自由發聲、追求弱者主體、反思社會課題、表達自我思想與情感的百花齊放的花園，關於一九八〇年代中期以後臺灣文學的蓬勃發展，留待下一節再行詳論。

三、戰後初期臺中文壇的盛景

（一）戰後初期臺中本地作家的奮起

　　如前所述，戰後初期臺灣整體的文化與文學氛圍是活絡的，而臺中市不僅未曾脫節，更是其中的佼佼者。

115　關於鄉土文學論戰，可參考尉天驄主編，《鄉土文學討論集》，臺北：遠景出版社，1978年。游勝冠之書亦涉及甚多，參見游勝冠，《台灣文學本土論的興起》，臺北：前衛出版社，1996年7月。其餘相關學位論文極多，不一一列舉。
116　相關內容請參考施敏輝編，《台灣意識論戰選集：台灣結與中國結的總決算》，臺北：前衛出版社，1988年9月。
117　王拓，〈是「現實主義」文學，不是「鄉土文學」〉，《仙人掌》雜誌第1卷第2號，1977年4月，頁71-73。

　　與臺灣整體的脈動若合符節，臺中市在地作家的政治、社會、文化活動較早，而文學活動則較晚，主要是由於語言問題及投身現實參與，然而，這些參與也使他們受到不少政治壓迫。臺中作家在「二二八事件」及白色恐怖中被牽連者不少，如莊遂性在「二二八事件」中以臺中文化精英的身分，被推為「臺中市時局處理委員會」的主席，被扣上「煽動群眾叛亂」的帽子[118]；楊逵則「二二八事件」初判死刑，後改判徒刑，白色恐怖又被判十二年徒刑；張彥勳1949年前後亦曾多度被捕；呂赫若更是慘死於鹿窟；張文環避逃各處；張冬芳逃亡後一度被捕，其後棄文從商。

　　其中，張文環諳於中文寫作，並無語文轉換問題，但戰後因親睹臺灣政治亂象及思想壓制，曾長期停止創作；張文環長子張孝宗指出：「光復以後，家父對政治多所失望，……家父對光復以後種種政治怪現象相當反感。」[119]直到1975年，張文環才重新出發，發表日文長篇小說，其後由廖清秀中譯為《滾地郎》出版[120]。

　　呂赫若則是戰後初期臺中作家文學產出最豐富者之一，戰後他擔任《人民導報》記者，從1946年到1947年失蹤為止，總計發表四篇中文小說作品：〈故鄉的戰事之一——改姓名〉、〈故鄉的戰後之二——一個獎〉、〈月光光——光復以前〉、〈冬夜〉；前三部是以日治末期、後一部則是以戰後初期為小說的時間舞臺，通過三部小說中的故事時間，連結成一段臺灣光復前後的歷史記憶與認同思索。

　　〈故鄉的戰事之一——改姓名〉述及日治末期，皇民化運動對臺灣人的思想洗腦與改造，通過孩童的視角，營造出日本小孩／臺灣小孩、真日本名／假日本名的反差，彰顯「改姓名」的荒謬性；此篇為呂赫若初試中文之作，語言與形式掌握尚仍生澀，但由此可見他嘗試轉換書寫語言的決心。〈故鄉的戰後之二——一個獎〉的故事時間是戰爭期美機轟炸期間，日本統治者陷入對於炸彈的恐懼，凡是農田中有殘餘炸彈碎片，都必須通報，否則要毒打，但小說中的唐炎繳交出去，警察卻因

118　林莊生，《懷樹又懷人》，臺北：自立晚報社，1992年8月，頁62-67。

119　鍾美芳、施懿琳、楊翠，《臺中縣文學發展史・田野調查報告書》，臺中：臺中縣立文化中心，1993年6月，頁217。

120　張文環資料摘擷自柳書琴編，〈張文環生平及寫作年表〉，收錄於《荊棘之道：臺灣旅日青年的文學活動與文化抗爭》，臺北：聯經出版社，2009年5月，頁590-619。

害怕而把他毒打一番；無論如何，臺灣人都被毒打，戰爭就是一個荒謬的「獎」。〈月光光——光復以前〉中的主角為躲避美軍轟炸，疏散到鄉村，然而租屋者卻要求，必須是全家都說日語的「國語家庭」，才願出租，於是主角的老母親與幼子，都被迫囚禁在房裡，小說結尾以父子走到戶外齊唱童謠「月光光」收場，彰顯出素樸的批判意識。

至於1947年2月的最後一篇小說〈冬夜〉，可視之為「二二八事件」的預言小說。小說以女主角彩鳳，隱喻著被日本及國府雙重殖民的臺灣人處境，結尾更安排了一場大動亂——臺灣地方角頭勢力與外省來臺的警察爆發衝突，極其精確地預言了一場血腥風暴即將降臨；小說最末段如此結尾：

> 她一直跑著黑暗的夜路走，倒了又起來，起來有倒下。不久槍聲稀少了。迎面吹來的冬夜的冷氣刺進她的骨裡，但她不覺得。[121]

果然，〈冬夜〉寫完不久，「二二八事件」就發生了，並且遍及全臺灣，「黑暗的夜路、迎面吹來的冬夜的冷氣刺進她的骨裡」，這樣的描寫，精準到位地掌握了1947年2月「二二八事件」前夕及其後的臺灣社會氛圍；陳芳明評論指出：「〈冬夜〉不僅是呂赫若思想狀態的一個反映，也是當時臺灣社會共同心理的浮現。」[122]〈冬夜〉是呂赫若四篇中文小說中最成熟者，可見他的中文操演能力進展快速，然而，文學的呂赫若至此結束，其後，呂赫若即投身「鹿窟武裝基地」行動，並於1951年死於鹿窟，據林至潔1993年的訪問：「汐止鹿窟人王文山先生，他說有天晚上在鹿窟基地，他目睹了呂赫若被毒蛇咬傷毒發斷氣，由他們的同志李石城等給他葬在鹿窟山頭。」[123]

一代才子竟如此隕歿，呂赫若之死，是臺灣文學、臺中文學的巨大損失。然

---

121 呂赫若，〈冬夜〉，收錄於呂赫若著，林志潔譯，《呂赫若小說全集》，臺北：聯合文學出版社，1995年7月，頁533-548。

122 陳芳明，〈紅色青年呂赫若：以戰後四篇中文小說為中心〉，收錄於許俊雅主編，《臺灣現當代作家研究資料彙編10：呂赫若》，臺南：國立臺灣文學館，2011年，頁148。

123 林至潔輯，〈呂赫若創作年表〉，收錄於呂赫若著，林志潔譯，《呂赫若小說全集》，頁606。

而，即使歷經「二二八事件」及其後的白色恐怖的壓制與屠殺，以及語言轉換的困境，戰後初期的臺中市作家，仍然維持高度的重振文學熱忱。積極學習新語言是他們新的共同功課；如戰後已屆四十歲的楊逵，即經由剛上小學的女兒的教導，學習中文[124]；陳千武則是在戰後被派到南太平洋去當志願兵時，學會「孫文遺囑」，返臺後以此戲劇性地考入八仙山林場，其後靠抄中文書與公文學習中文[125]；張彥勳一邊在小學教書，一邊自學國語，從造詞、造句到作文，費時十年[126]；幾乎所有臺中在地的跨世代作家，都努力尋求書寫語言的突破，以期重返文壇。

　　同時，臺中市作家在戰後初期的作品，即已開始表達出敏感的政治反思與批判，其中，楊逵的書寫與批判最頻繁，大致分成討論文學、討論時事者，以截至1947年「二二八事件」時為止的篇章觀之，討論文學者如〈文學重建的前提〉（1946，日文）、〈台灣新文學停頓的檢討〉（1946，日文）、〈紀念台灣新文學二開拓者〉（1947，中文）、〈幼春不死！賴和猶在！〉（1947，中文）；討論時事者有〈紀念　孫總理誕辰〉（1945，中文）、〈傾聽人民的聲音〉（1946，日文）、〈為此一年哭〉（1946，中文）、〈阿Q畫圓圈〉（1947，中文）、〈從速編成下鄉工作隊〉（1947，中文）、〈二‧二七慘案真相——台灣省民之哀訴〉（1947，中文）。觀諸這些篇章，楊逵重建臺灣文學的雄心強烈，批判黑暗政治的意志堅定。如〈為此一年哭〉，寫盡戰後臺灣人的希望落差與生活困境：

> 在此一年間，我們做些什麼呢？記得去年的今天，我聽著日軍投降的電訊，感動到汗流身顫。是覺著我們解放了，束縛我們的鐵鎖打斷了，我們都可以自由地生活。……
> 很多的青年在叫失業苦，很多的百姓在吃『豬母奶』（按：一種野草）草（按：應為炒）菜補（按：蘿蔔乾），貪官污吏拉不盡，奸商倚勢欺良民，惡毒在橫行，這成一個什麼世界呢？[127]

124　楊逵，〈我的小先生〉，收錄於彭小妍主編，《楊逵全集第十卷‧詩文卷（下）》，臺南：國立文化資產保存研究中心籌備處，2001年12月，頁301-305。
125　鍾美芳、施懿琳、楊翠，《臺中縣文學發展史‧田野調查報告書》，頁257。
126　鍾美芳、施懿琳、楊翠，《臺中縣文學發展史‧田野調查報告書》，頁266。
127　楊逵，〈為此一年哭〉，原載《新知識》創刊號，1946年8月。收錄於彭小妍主編，《楊逵

〈為此一年哭〉的文末，作家決心努力爭取民主自由，緊接著次年1947年3月，「二二八事件」發生之後，楊逵連續寫了〈從速編成下鄉工作隊〉、〈二・二七慘案真相──台灣省民之哀訴〉兩篇文章，後者指出，二二八是人民的抗暴，而非暴動：「這次的起義並非突發的暴動，而是遲來的公憤的表現。這多麼不幸，同時多麼光榮。不幸者是以血洗血，光榮者是以此肅清弊政。」[128]而〈從速編成下鄉工作隊〉則是呼籲下鄉組織，有長期武裝抗暴的準備。然而，這兩篇文章使楊逵成為懸賞通緝的「叛亂犯」，逃亡幾日後返家被捕，初判死刑，後因被某位同情他的法官掩護，而逃過一死：「法官從此消失。我猜他可能逃去大陸。之後，我被調到台北許多單位，都沒有人問及『自由日報』這件事。這份報紙可能給法官毀了，使我罪名減輕。」[129]

即使受到很多打壓，但本市作家仍舊奮起，如組織文學社團、創設媒體，或進入媒體工作，以進行文學與文化實踐。戰後初期，甚至「二二八事件」之後，臺中市文人作家都在努力尋找發聲平臺，例如楊逵即在臺中創辦了幾個刊物及出版社，如《一陽週報》（1945.9—1945.11）、《文化交流》（1947.1）及「民眾出版社」；「二二八事件」時，中央書局成立「輿論調查所」；《和平日報》原是軍方臺中駐軍第七十師的《掃蕩報》，1946年5月在臺中創刊時，中部地區知識分子皆積極參與，楊逵也曾擔任《和平日報》特約撰述，外省作家王思翔、周夢江（1949年均返回中國）等主編務，該報一度成為政治批判的發聲平臺[130]；《力行報》在臺中，楊逵曾主編「新文藝」。

《新知識》（1946.08.15）在臺中創刊，頗具意義。《新知識》是由《和平日報》編輯王思翔、周夢江等人創刊，楊逵與謝雪紅鼎力支持，然而才剛印好就被查抄，僅二百本流通[131]，雖然在「發行」上受到挫折，但這份左翼色彩濃厚的刊物，

全集第十卷・詩文卷（下）》，頁229。

128 楊逵，〈二・二七慘案真相──台灣省民之哀訴〉，《自由日報》、《和平日報》同時發表，1947年3月8、9日。

129 楊逵口述，何㘰錄音整理，〈二二八事件前後〉，原載《台灣與世界》第21期，1985年5月；收錄於彭小妍主編，《楊逵全集第十四卷・資料卷》，臺南：國立文化資產保存研究中心籌備處，2001年12月，頁91。

130 關於《和平日報》，參見徐秀慧，《光復變奏──戰後初期臺灣文學思潮的轉折期（1945-1949）》，頁55；鍾逸人，《狂風暴雨一小舟──辛酸六十年（上）》，頁355。

131 徐秀慧，《光復變奏──戰後初期臺灣文學思潮的轉折期（1945-1949）》，頁108。

獲得中部地區不同派系士紳與知識分子的支持，包括葉榮鐘、莊垂勝、張煥珪、楊守愚等人，都提供經濟援助或稿件支持，而臺灣左翼如楊逵、謝雪紅，中國大陸來臺左翼如王思翔、周夢江等，則是該誌的核心人士，彰顯出在時局危難之際，臺中地區知識精英攜手合作的意志。

　　文學社團方面，日治末期臺中的青年文學社團「銀鈴會」，戰後蟄伏一段時期後復起，1948年5月，原同仁刊物《邊緣草》改換為《潮流》，重新復刊。根據「銀鈴會」成員張彥勳的回憶，《邊緣草》的停刊與《潮流》的復刊，曲折如下：

> 當時《邊緣草》之所以停刊，最直接的原因是語言文字的劇變，政權的替換使得我們在語言上必須從頭學起，所以首當其衝感受創作出現了瓶頸。而《潮流》之所以從前身《邊緣草》脫胎而出，是表示我們不甘於就這樣沉靜下來。[132]

《潮流》復刊後，仍為季刊，總計出刊六期，外加二期〈聯誼會特刊〉，兩份〈會報〉，計發行十份油印出版品。「銀鈴會」的參與成員固然以原籍彰化者為多，原籍臺中市者如張彥勳（后里）、詹明星（大甲），但這些青年在日治末期共同組織團體時，主催者張彥勳與朱實都是臺中一中學生，據張彥勳指出，最初是以臺中一中學生為中心組成的，其後人數日增，多達百人，「成員除了一中學生之外，尚包括中部地區的文藝界人士」[133]。較重要的核心成員包括張彥勳（紅夢）、詹明星（微醺）、詹冰、錦連、林亨泰、朱實、蕭翔文、埔金、許育誠（子潛）、張有義、籟亮……，計三十八名[134]。

　　復刊後的《潮流》，因活動以中部為主，並聘請楊逵擔任顧問，舉辦兩次聯誼會，第一次是1948年8月29日，在內埔國校舉行，第二次聯誼會是在1949年1月25日於彰化舉行。在第一次聯誼會中，楊逵向青年發言：「空洞的文學並沒有貢

132　施懿琳、鍾美芳、楊翠，《臺中縣文學發展史・田野調查報告書》（丙篇，楊翠執筆），頁263。

133　鍾美芳、施懿琳、楊翠，《臺中縣文學發展史・田野調查報告書》，頁263。

134　根據林亨泰之統計，見林亨泰，〈銀鈴會文學觀點的探討〉，收錄於氏著，《見者之言》，彰化：彰化縣立文化中心，1993年6月，頁200。

獻」[135]，而從紀錄中蕭翔文（淡星）與楊逵的對話中可知，後期「銀鈴會」的特色
是現實關懷較鮮明[136]，朱實後來也回憶：

> 前輩作家楊逵先生的擔任顧問和關心指導，使銀鈴會得以繼承戰前「反
> 帝反封建」的台灣文學傳統。為此同仁們堅韌不拔，在當時十分惡劣的
> 政治、經濟、社會環境下，仍然保持面臨現實、反映現實，毫不屈服，
> 勇往直前的精神，十分難能可貴。[137]

成員張彥勳、林亨泰、錦連、蕭翔文後來都曾回憶，「銀鈴會」成員經常到楊逵的
一陽農園去聚會，一住好幾天，一邊勞動，一邊談論文學與時事。蕭翔文即指出，
楊逵主編《力行報》「新文藝」時，也指導「銀鈴會」成員為「新文藝」寫稿，銀
鈴會成員「在楊先生那裡頭的稻草都已露出來的塌塌米房間，住了整整一個星期。
當時楊先生以他用日文寫的作品『無醫村』作為教材，教導我們何謂寫作的技巧。
他要求我們要『用腳』去寫。」[138]

　　也正是由於楊逵的指導，後期「銀鈴會」的現實關懷傾向愈益鮮明，阮美慧指
出，後期「銀鈴會」正以現實關懷建立了它在臺灣詩史的位置：「透過楊逵的啟發
與引導，作品表現出濃厚的現實關注與寫實風格，成為戰後初期台灣難得的詩學表
現。」[139]然而，在當時國府的威權體制底下，關懷現實的文學並不能見容於當局。
其後，在1949年4月6日，一方面重要成員如朱實等，捲入臺大、師大學生的「四六
事件」之中，被迫潛逃；另一方面，楊逵也在當日被逮捕，重要成員林亨泰在臺中
火車站，親眼目睹逮捕經過[140]，「銀鈴會」被迫一夕之間解散，《潮流》停刊，成

135　《銀鈴會第一次聯誼會特刊》，臺中：銀鈴會，1948年8月29日，頁1。
136　《銀鈴會第一次聯誼會特刊》，臺中：銀鈴會，1948年8月29日，頁1-3。
137　朱實，〈潮流澎湃銀鈴聲——銀鈴會的誕生及其歷史意義〉，收錄於林亨泰主編，《台灣詩
　　　史「銀鈴會」論文集》，彰化：台灣礦溪文化學會，1995年6月，頁19。
138　蕭翔文，〈楊逵先生與力行報副刊〉，收錄於林亨泰主編，《台灣詩史「銀鈴會」論文
　　　集》，頁82。
139　阮美慧，〈「銀鈴會」的詩史位置之重估〉，收錄於鄭炯明編，《越浪前行的一代：葉石濤
　　　及同時代作家文學國際學術研討會論文集》，高雄：春暉出版社，2002年2月，頁90。
140　林亨泰，〈銀鈴會與四六學運〉，收錄於林亨泰主編，《台灣詩史「銀鈴會」論文集》，頁
　　　69。

員星散四方，不敢相問，直至1995年由「台灣礦溪文化學會」在彰化主辦的一場「臺灣詩史『銀鈴會』」的活動，逃亡多年的朱實才再度與大家見面。

（二）《力行報》、楊逵與「臺灣文學論爭」

戰後初期最重要的一場文學論爭「臺灣文學論爭」，本市作家楊逵不僅直接參與，更是論爭之中臺灣作家這一方的主要人物。關於楊逵在戰後初期臺灣文壇的活動力，徐秀慧指出他：「可說是戰後四年，貫串二二八事件前後，省籍作家中最活躍的一員。」[141]

1948年3月，《新生報》「橋」副刊刊出楊逵〈如何建立台灣新文學〉一文，同年5月，《力行報》「力行」副刊再刊出楊逵〈尋找臺灣文學之路〉一文，省內外作家熱烈參與關於「臺灣文學」的討論，引發戰後初期最大的一場文學論戰。《力行報》是當時臺中市重要媒體，許多年輕人參與其間，或者提供稿件；「銀鈴會」在當年5月復會，楊逵擔任顧問，也與《和平日報》關係密切，1948年的臺中市文壇，氣氛之活絡可見一斑。因此，筆者認為，在戰後初期的「臺灣文學論爭」中，臺灣本地作家的主要成員皆參與者中，本市作家雖以楊逵為主，但由於楊逵與全島性的《新生報》編輯來往頻繁，又與臺中市的《力行報》、《和平日報》、《新知識》、「銀鈴會」關係皆十分密切，並創刊《臺灣文學叢刊》雜誌，依前述「銀鈴會」成員的回憶，檢視楊逵從「首陽農園」以來與青年的互動關係，以及楊逵當時中文操演能力應該還不太純熟的情況下，本市文學青年在論戰中的關係與涉入，雖難一一釐清，但應與楊逵本人的參與視為一個整體來觀察。

引爆論戰的〈如何建立台灣新文學〉一文，有如下的論見：

> 在日本帝國主義統治之下，我們是有著新文學運動的歷史的，許多先輩
> 為走向監獄與地獄大聲吶喊，也有許多先輩因此而真的下獄，……文學
> 確曾擔任著民族解放鬥爭的任務的，它在喚醒台灣人民的民族意識上，
> 確實有過一番成就。……

---

141 徐秀慧，《光復變奏——戰後初期臺灣文學思潮的轉折期（1945-1949）》，頁91。

> 然而為甚麼曾經在台灣文學界熱演過的角色們，現在反而不能結合起
> 來，以至於像破磚碎瓦似的散亂著，使這個有著相當歷史的台灣新文學
> 運動在光復後會破落到如此地步。
> 因此，我由衷地向愛國憂民的文學工作同志呼喊，消滅省內外的隔閡，
> 共同來再建，為中國新文學運動之一環的台灣新文學。[142]

本文至少有三個重點，首先是回顧「臺灣新文學」曾經熱絡的歷史，反思戰後臺灣文學「停頓」、「延遲」；其次，雖然並非要區隔於「中國文學」，但臺灣確實「有著相當歷史的臺灣新文學運動」，不可抹煞；其三，對楊逵而言，當時省內外的隔閡是很重要的困境之一。然而，楊逵這篇充滿感性、希望召喚省內／外作家共同重振臺灣文學的文字，意外引爆論爭，始料未及。關鍵點在於他們對「臺灣新文學」一詞的正當性有疑義，甚至否認「臺灣曾有文學」，從而引發省內外針對「臺灣新文學」是否存在？「臺灣新文學」是否有價值？以及臺灣文學的「特殊性」VS. 中國文學的「同一性」的諸多論辯。

　　簡要而言，臺灣作家呼籲以臺灣文學的「特殊性」參與中國文學的「同一性」，中國作家卻指稱臺灣是文學沙漠，應放棄「特殊性」而向中國的「同一性」看齊。總之，當時外省作家對臺灣文學的偏見不少，如田兵說：「台灣的新文學可以說沒有什麼重要的發展和成績。」[143]杜從則嘲諷說：「台灣有沒有新文學？依我的看法，台灣的所謂新文學大概是一種『特產』，比如台灣有大甲蓆、虱目魚、波蘿蜜、香蕉的特產。」[144]何無感則直接將「臺灣特殊性」詮釋為「惡」，而「大陸一般性」則是「進步的」：

> 台灣的特殊性倒是在於五十年間被日本統治在文化上造成的惡果，我們

---

142 楊逵著，邱慎譯，〈如何建立台灣新文學〉，收錄於彭小妍主編，《楊逵全集第十卷・詩文卷（下）》，頁243-244。

143 田兵，〈台灣新文學的意義〉，收錄於陳映真、曾健民主編，《1947-1949台灣文學問題議論集》，臺北：人間出版社，1999年9月，頁103。

144 杜從，〈所謂「建設台灣新文學」台北街頭的甲乙對話〉，收錄於陳映真、曾健民主編，《1947-1949台灣文學問題議論集》，頁219。

可應注意的，倒是台灣的特殊性與大陸進步的一般性的轉化，與大陸的一般性在台灣的特殊化的問題，最後是台灣的特殊性與大陸進步的一般性的統一。[145]

此後一來一往，1948─1949年之間，在《新生報》「橋」副刊、《力行報》「力行」副刊、《中華日報》「海風」副刊等媒體，引發戰後初期這場重要的「臺灣文學論爭」。關於論戰本身，以及論戰雙方的細部辯證，論者甚眾，史料亦已大多重建[146]，不再贅述。要之，即使剛發生「二二八事件」，但臺灣作家與臺中市作家，都仍積極投身文學活動之中，其中臺中市作家楊逵的活動力與戰鬥力，堪稱戰後初期的佼佼者，陳建忠即指出：

> 無疑地，楊逵是一位由日據到戰後初期，遍歷各種文學論爭，參與各種文學運動、社群，而始終堅持左翼文學路線的台灣作家。他最特出之處，在於戰後初期台灣作家因語言，或因政治逐漸自文壇消失時，他是唯一對當時重要的文學議題都提出台灣觀點的論述，而且是以台灣左翼的觀點與官方論述與中國左翼論述對抗或對話，重建台灣文學彷彿成為他當時的使命所在。[147]

戰後初期，臺灣作家即使由於語言障礙、政治恐懼，甚至政治迫害，卻仍然活躍奮起，臺中作家更是走在越浪前鋒。然而，由於國民黨在國共鬥爭中失利，敗退來臺，實施戒嚴，政治上臺灣進入動員戡亂時期，文學上則進入一九五〇年代國家文藝政策主導的時代，反共文藝風行，臺灣本地作家既無共產黨經驗，又面臨語言轉換困境，大多沉默無法言語，且臺中作家或被捕入獄、或死亡、或組織潰散，人脈

---

145 何無感，〈致陳百感先生的一封信〉，收錄於陳映真、曾健民主編，《1947-1949台灣文學問題議論集》，頁192。

146 關於《新生報》「橋」副刊、《力行報》「力行」副刊、《中華日報》「海風」副刊等媒體，在1948-1949之間的論爭之相關文章，可參見陳映真、曾健民主編，《1947-1949台灣文學問題議論集》。

147 陳建忠，〈行動主義、左翼美學與台灣性：戰後初期楊逵的文學論述〉，收錄於氏著，《被詛咒的文學──戰後初期（1945-1949）台灣文學論集》，頁137。

鬆解，如蘇新所言：「才剛為時代新局歡歌喜舞過的台灣文學界，不得不進入所謂『睡眠狀態』。」[148]

四、戰後臺中文壇與中國來臺作家

（一）禁錮的文壇與進入「冬眠」的臺灣本地作家

　　一九五〇年代的臺中文壇，在白色恐怖與國家文藝政策的籠罩下，與整體臺灣文壇的氛圍一致，臺中本地重要作家如呂赫若死亡，楊逵被捕，銀鈴會潰散，作家張文環、陳千武、張彥勳、莊垂勝、張冬芳、陳垂映等，多因政治、語言因素而停筆，組織與媒體亦或遭統治當局收編，或逐漸消隱於無形，整體的文學氣氛低迷。當時的政治恐懼、乃至失望絕望的氛圍，可以張冬芳為例。張冬芳因與呂赫若關係密切，白色恐怖時亦被迫逃亡，逃亡期間撰寫日記，其後以自首方式，結束奔逃生涯，返家後棄文從商，1968年辭世時，留下遺言給孩子，在因為捨不得焚毀，牛欄裡埋了兩大麻袋的書籍手稿，請他們處理：

> 直到一九六八年父親逝世，張徵昱才在家中牛欄裡拖出父親二大麻布袋的藏書、手稿等，蹲在後院裡足足燒了整個下午。那種心情非常矛盾，不是不想保存父親的文稿、藏書，而是根本不敢，深怕……，唉！那是一個思想有罪的時代啊！[149]

事實上，當時四子張徵昱並未全部焚毀，而是偷偷保存了幾件手稿，不敢讓任何人知道，直到解嚴後才敢拿出來給親友觀看。張徵昱所保存的手稿中，即有張冬芳的逃亡日記，其中1950年11月29日的日記中，記錄了他聽聞友人張國雄被槍斃消息時的悲憤：

148　蘇新，〈談台灣文化前途座談會記錄〉，原載《新新》第6期（1946年8月12日）；轉引自蔡其昌，《戰後（1945-1959）台灣文學發展與國家角色》，頁21。
149　鍾美芳、施懿琳、楊翠，《臺中縣文學發展史・田野調查報告書》，頁228。

張國雄君已經被槍斃了，我已經認識了這個歷史性的悲劇，十二分的認識了用血洗的這個現實。想來覆去，終於流不出一滴眼淚，哭不出一聲的悲哀。歷史太無情了，終於他們敢下毒手，將他殺死，誰能料想到，日本時代反抗日本沒有被殺死，到今天因為抱著不同的思想，終於被×××殺死了。他死得太可憐了，我到今天才能夠體會魯迅先生的一首詩什麼〈新鬼哭城頭〉了。[150]

日記中還附有詩作〈悲哀〉一首，以告慰張國雄的在天之靈，並表達同是天涯淪落人的悲哀；詩的前半段是以向朋友送別的語境書寫，後半段則指向臺灣人的共痛悲運，其中有如下詩句：

我可憐的不是你一個人，
可憐的是台灣的人才
將被消滅了。

今天的報紙十四匪諜的地方，
我有些不敢近視了
每天都有熟人，
使我惻惻悲哀。

馬場町的青草，
吃了台灣高貴的人血，
一定是長得很好吧。[151]

一九五〇年代白色恐怖籠罩全臺，張冬芳逃亡中的日記與詩文，並非為了發表，而

---

150 鍾美芳、施懿琳、楊翠，《臺中縣文學發展史・田野調查報告書》，頁229。
151 張冬芳，〈悲哀〉，收錄於李敏勇編，《傷口的花：二二八詩集》，臺北：玉山社出版事業股份有限公司，1997年2月，頁028。

是純粹抒發苦悶情感，然而，回家之後，他卻遠離詩文，並將藏書與手稿深埋牛欄地底，可見恐懼之深，以及對當權者痛惡之深。

　　一九五〇年代，另一種文學類型經常被忽略，此即政治犯的「監獄文學」。政治犯在牢獄中，許多內在情思都只能透過自我書寫的方式，藏諸名山，等待日後出土，而非以「文學發表」為目標。臺中市方面，如楊逵一九五〇年代在綠島監獄，除了《新生月報》的文稿，以及戲劇演出所需的劇本之外，其實寫作了大量的「家書」，然而，絕大多數都未能寄出，僅躺在筆記本中，如同「不在場」父親的自我救贖書寫。1986年，楊逵辭世後一年，這批寫在四本筆記本中，時間從1957到1960年的家書戲劇性出土[152]，次子楊建指出：

> 這些家書絕大部分未曾寄發，我乍一接到，當晚挑燈夜讀，前景舊事紛紛湧來，可以想見父親在當時嚴格的通信字數限制下，不能如願地將這些關愛寄達家人手中的悲憤之情，二來也可以知道，父親是想利用書信體的形式，來記下他飄離海外的所思所感……[153]

家書內容包含了綠島生活報告、物資需求，但最多的篇幅，是父親關切子女的心事，亟欲參與子女的成長，藉以傳達無法直接表達的父愛。楊逵綠島家書彰顯出一九五〇年代臺灣文學的另一種面貌：在各個監獄中，有許許多多如同楊逵一般的政治受難者，以一種孤絕的姿態，喃喃自語的說話方式，書寫日記、家書、情書、遺書。王建國指出，監獄文學的意義，在於被禁錮個體如何在嚴酷的生活情境中，留下「在場證明」，並超脫其生存困境，而這公開出版之後，其意義更由個人的，提升成為集體的：「……並經公開刊登或出版，形成一種辯證後的社會集體記憶。」[154]

---

152 關於這四冊筆記本的出土，乃是在1986年初，楊翠就讀於東海大學歷史所時，透過一位游姓同學及其陳姓友人的牽線，從一位不知名的人士手中取回。據陳姓友人轉告，這批手稿是在1981年楊逵因病離開東海花園之後，前往花園拜訪未果的人士從楊逵鐵櫃中取走的，據他轉告，「不只他手中有楊逵手稿」。這批手稿計有四本筆記本，內容即是家書的草稿，手稿原稿目前藏於臺南之國立臺灣文學館，而家屬則存有光碟壓縮檔及光碟紙本影印版。

153 楊建，〈一個支離破碎的家〉，收錄於楊逵，《綠島家書》，臺中：晨星出版社，1987年3月，頁1。

154 王建國，《百年牢騷：台灣政治監獄文學研究》，國立成功大學中國文學系博士論文，2006年7月，頁348。

　　除了傷痕文學、監獄文學之外，可以代表一九五〇年代的文學景觀的最大宗文學類型，即是反共、愛國、懷鄉文學，本市亦有大量作品產出，書寫者大多是戰後隨國府來臺的外省籍作家，由於數量龐大，因此本文將以下面幾個小單元獨立介紹。

（二）中國來臺作家與教育工作者的高度重疊

　　落居臺中、或者暫居臺中的中國來臺作家，絕大多數從事教職，或者至少曾短期在臺中的各級學校任教，他們在臺中時期的創作活動與教學活動，幾乎是高度重疊的。本文所稱的「中國來臺作家」，指的是出生於中國各省的第一代與第二代作家；所謂第二代，是指在中國原籍出生，其後由父母長輩攜帶來臺者（如蔣勳）[155]。至於父祖輩為戰後來臺的外省籍人士，但出生於臺灣的外省第二代作家，則非本文所指涉的「中國來臺作家」，這乃是以「客觀的遷移時間」來分類，而非以作者本身的籍貫認同，純粹為了討論之方便。

　　這些一邊在臺中的各個教學場域工作，一邊進行文學書寫的中國來臺作家，列舉如下：李炳南曾在中興大學、東海大學、中國醫藥大學等擔任兼任教授；李升如曾任臺中一中、嶺東商專和樹德工專等校教師；蕭繼宗曾任東海大學教授兼中文系所主任與教務長；童世璋曾任勤益工專講師；琦君曾任中興大學中文系教授；趙雅博曾任衛道中學校長；孟瑤曾任教於臺中師範、中興大學；張秀亞曾任教於靜宜英專（靜宜大學前身）、中興大學；端木方曾任教於臺中一中；楊念慈曾任教於中興大學、臺中一中、曉明女中；楚卿任教於臺中一中、逢甲大學；古之紅任教於臺中女中；黃守誠曾任中學教師；齊邦媛曾任教於臺中一中、省立農學院（現中興大學）；詹悟曾任高農及商專教師；秦嶽曾任教於明道中學、臺中女中；郁化清曾任國中、小學教師；漢寶德曾任東海大學建築系主任；谷風曾任大明中學董事長；孟東籬曾任教於東海大學；蔣勳曾任東海大學美術系系主任七年。以上這些作家，都是文學創作者與教育工作者身分高度疊合者，其中尤以任教臺中一中、臺中女中、

155　其中，非馬的情況是比較特殊的，他日治時期的1936年出生於臺中，在廣東度過童年，戰後，非馬12歲時回到臺中，就讀光復國小及臺中一中。由於出生臺中，筆者將他置於「本地作家」之列。非馬相關資料參見陳器文等編撰，《臺中市志・藝文志》，頁144。

中興大學、東海大學者為多。

　　值得一提的是，在地的文學創作者與教育工作者，確實經常具有高度的重疊性。以臺中市的情況而言，無論是出身臺中本地、臺灣其他縣市，抑或是來自中國各地的作家之中，具有教育工作者身分的數量極多，任教於在地的更遠大於任教於外地。

　　統整來看，我們可以從幾個角度來觀察這群文學／教育雙重身分的作家：其一，出身臺中的作家群之中，大多前往臺灣其他各地任教（較多者是臺北，如廖玉蕙、李永熾、杜國清、陳明台等），亦有少數留在臺中執教者；其二，有不少作家雖然出身其他縣市，但卻因為教職，長期生活在臺中，如洪醒夫、陳憲仁、周芬伶、吳櫻、渡也、保真、許建崑、蕭秀芳……等；其三，中國來臺作家，他們是文學創作與教育工作重疊性最高的一群，幾乎有將近九成的重疊率，這個現象很值得進一步探論，關於戰後來臺的這一批中國作家的身分特質，以及他們在「地方」所扮演的角色、所發揮的影響等。

　　文學創作者與教育工作者身分的高度疊合，自然會對校園的文學氛圍產生影響。雖然我們目前難以具體重現他們當時在教育現場與學生之間的文學互動細節，然而，由於他們的存在，無論是透過教學、閱讀、生活，或者其他如學生社團的指導等等，在臺中校園內部形成某種潛移默化的文學氛圍，是可以想像的。而當中國來臺作家與教育工作者，有著高達近九成的重疊率，對校園文學生態的影響，自然不可小覷；再者，如此高的重疊性，也反映出國府來臺時期，省籍與社會階層的「佔位」情況，中國來臺者在軍公教確實佔有大量位置，值得深論。

（三）中國來臺作家的媒體工作與文學社團參與

　　除了教育工作者之外，中國來臺作家也大量投身媒體，參與、組織各種文學社團。曾經參與媒體工作（編輯與記者）的文學創作者，數量之多，僅略少於教育工作者，如姜貴曾任《中央黨務月刊》編輯；王臨泰曾任「亞洲文學出版社」社長，創辦並主編《亞洲文學》月刊；童世璋曾任報社主筆；楊念慈曾任《自由青年》編輯；楚卿曾任《民眾日報》副刊編輯與編譯；王映湘曾任《中市青年》執行編輯；古之紅曾在虎尾創辦《新新文藝》月刊，亦曾編輯《文藝列車》雜誌；黃守誠曾主

編《中華文藝》、《筆匯》、《正聲兒童》、《實踐周刊》等雜誌；詹悟曾主編《師友》月刊；楊御龍任《自強日報》編輯；畢珍曾任《民聲日報》記者；秦嶽曾擔任《海鷗》、《噴泉》、《大地》、《明道文藝》及《中市青年》等刊物編輯，以及「文學街出版社」總編輯；大荒曾與唐靜予等人創辦《現代文藝》；谷風曾任政府所屬的青年刊物《中堅》主編；蔣勳曾任《雄獅美術》月刊主編等等。

　　中國來臺作家參與文藝社團的風氣也很盛，有些甚至是團體中的重要骨幹。如李升如曾任「中國文藝協會」中部分會常務理事、「臺灣省文藝協會」理事長；秦嶽參與「大地詩社」、「海鷗詩社」等社團，創辦噴泉詩社並擔任首任社長；大荒加入「創世紀」詩社；童世璋更積極參與各種文藝社團，與軍中文藝關係深厚，曾任「中國文藝協會」榮譽理事、「青溪新文藝學會」理事、「青年寫作協會」理事等；谷風更是各團體的核心成員，曾任「中國青年寫作協會臺中縣分會」理事長、「中國文藝協會臺中市分會」及「臺灣省文藝作家協會」理事、「臺中縣文化基金會」與「臺中市文化基金會」文學組召集人等。

　　整體而言，中國來臺的寫作者，在作家、教育工作者、媒體工作者（編輯與記者）、文學社團參與者四種身分之間，都互有交疊，甚至有許多人是兼具四重身分者。由此可見，這個龐大的中國來臺、長期或暫時落居臺中的創作社群，在本市的文學生態中，確實佔居重要位置，至少在一九九〇年代以前，對本市的文學發展產生不小的影響。

（四）中國來臺作家的文學景觀

　　中國來臺作家，由於三層因素，作品與反共國家文藝政策的扣合度較高，其一，這些第一批來臺的中國作家，他們大多在1948、1949年前後來臺，有的在中國就已開始寫作，有的則來臺後開始創作，特別是出身於1930年以前的作家群，他們在臺灣開始投入創作的時間，正是一九五〇年代反共文藝政策如火如荼推行之際，因此，他們的作品自然而然符應了主流文壇的議題取向；其二，相對於臺灣本地作家，他們擁有更具體真實的「共產黨」接觸經驗；其三，這些作者本身的身分，大多具有軍、公、教職，在理念上與國家文藝體制的契合度高。

　　以書寫反共文學、戰鬥文學、懷鄉文學聞名的臺中市作家不少，尤其小說方面

居多，如姜貴、繁露、王臨泰、端木方、楚卿、王映湘、詹悟、楊御龍等；在新詩方面，如李升如、古之紅、秦嶽、大荒等；在散文方面，如李升如、童世璋、楊御龍等；在報導文學與傳記方面，如李升如、童世璋等。這些作品不僅是為了符合反共題材，更多的是記錄他們在原鄉的生活經驗、歷史記憶、愁思與懷想，更有不少反映出中國來臺作家自身在大時代情境底下的成長經驗，其時間感與空間感，均與臺灣本地作家不同。

以下試舉幾位作家作品為例說明之。必須先說明的是，這些中國來臺作家的創作史，有的以一九五〇年代為主，有的跨越到一九六〇、七〇年代，甚至少部分跨到八〇年代，但一來由於跨到八〇年代以後的確實較少，其次，本書希望能夠整體彰顯中國來臺作家的較完整面貌，因此，本章打破時序，以書寫文類及作家為單位，統整鳥瞰中國來臺作家的文學景觀。

反共小說方面，本市最具全國性知名度與重要性的作者是姜貴。姜貴與臺中淵源深厚，不僅病逝於臺中，更在臺中找到故鄉的疊影；他曾寄居於霧峰鄉下的「護國寺」內，他說，霧峰鄉下與故鄉的情境很像：「這兒很清靜，晨鐘暮鼓之外，下雨的時侯有雨聲，颱風的時候有風聲，而自晨至暮永不間斷的是鳥聲。燕子迎面而來，就要撞到你臉上了，你急忙要躲牠的時候，牠已調整方向，從你肩頭一掠而去。我一到這裡，就有回到我一別數十年的原籍故居的那種感覺，因為情調太相似了。」[156]

姜貴少時加入國民黨，國共兩黨的鬥爭，以及20世紀前半段慘痛的各種歷史變局，他都親歷親聞，也經常以這些歷史見證與見聞作為小說的題材，如小說〈重陽〉便以1927年的寧漢分裂、南昌事變為題[157]；《突圍》則以1932年日本人所發動的「上海事變」（又稱「一二八事變」）為題。1952年，他完成生平代表作《旋風》，被認為是反共名著的排行榜第一名[158]。事實上，《旋風》並非典型的「反共

---

156 彭碧玉，〈護國寺的「度小月」──夜訪姜貴先生〉，財團法人吳三連獎金會，http://www.wusanlien.org.tw/02awards/02winners01_b00.htm。姜貴獲第一屆吳三連獎時的訪談內容。登站日期：2014年11月17日。

157 王德威，〈小說・清黨・大革命──茅盾、姜貴、安德烈・馬婁與一九二七夏季風暴〉，收錄於氏著《小說中國──晚清到當代的中文小說》，臺北：麥田出版社，1993年，頁31-58。

158 應鳳凰依據被「文學史提到的次數」來計算，《旋風》是反共名著的第一名；參見應鳳凰，

八股」，小說站在受苦人民的視角，對軍閥、國共兩黨的「權力遊戲」都有所批判，1952年完成時，沒有出版社願意出版，1957年改書名為《今檮杌傳》，自費出版，1959年復以《旋風》之名，由明華書局出版，四十年後的1999年新版本問世，由九歌出版社出版[159]。

　　《旋風》的時空舞臺為民國年間山東方鎮，以方姓大家族為核心，共產黨、國民黨、軍閥、綠林、豪強，具體彰顯出民國初年幾股勢力的慘烈鬥爭，應鳳凰認為，正是由於《旋風》鮮明地彰顯出「權力之惡」，並不討好於當局，因此在反共文藝風行的時期，卻面臨出版困境：

> 《旋風》紀了共產黨之惡，也紀了國民黨之惡，……《旋風》雖然有著「反共」的正確主題，但小說呈現了民國時代貪官污吏等種種黑暗面，只怕這樣的書也容易造成「反國民黨」的宣傳效果。[160]

不過，正因為《旋風》不同於反共文學主流的八股形式，寫實地揭露了權力遊戲的黑暗面，因此，它才能在文學史上具有高度的評價，夏志清曾評《旋風》為：「近代中國小說中的傑出的一本，……是中國諷刺小說傳統中最近一次的開花結果。」[161]

　　本市幾個重要的中國來臺小說家，都曾任教於臺中一中，如端木方、楊念慈、楚卿等，都是前述典型的「教育者與創作者」雙重身分者。端木方也是一九五〇年代反共文學的代表性作家，曾獲文獎會獎金，1951年隨軍隊來臺後退伍，任教於臺中一中、曉明女中。端木方的《疤勳章》出版於1951年，是一部典型的反共小說，描寫「熱血愛國青年為國奮戰的故事……反映了變亂的時代，也暴露了共黨的罪行」[162]。而《殘笑》則是描寫返鄉的軍人，身體傷殘，戀情失落，匪幹成了情敵，

　　《五〇年代台灣文學論集》，高雄：春暉印刷廠有限公司，2007年3月修訂版，頁59。
159　應鳳凰，《五〇年代台灣文學論集》，頁60。
160　應鳳凰，《五〇年代台灣文學論集》，頁61。
161　夏志清著，劉紹銘譯，〈論姜貴的《旋風》〉，收錄於姜貴，《旋風》，臺北：九歌出版社，1999年，頁574。
162　張素貞，〈五十年代小說管窺〉，《文訊》第9期（1984年3月），頁99。

最後同歸於盡。朱西甯曾將端木方列為反共文學最好的三大家之一：「這三位大家確是興起了一代文風，而同時各自又有他們的個別的獨特風格。」[163]

　　而同樣任教於臺中一中的楊念慈，軍旅生活更是豐富，大學未畢業即棄文投軍，曾於前線與游擊區參與作戰，經歷了九年的軍中生活。創作早年以散文為主，五〇年代後則傾力創作小說。楊念慈的小說，與前述諸位不同，在反共文學之外，另尋蹊徑，多取材於生活經驗、教學所感，有著平凡的日常性、人間性與生活細節，如描寫兩隻貓與一對夫婦的生活故事、描寫教育工作者如何回望自己的人生、描寫教育工作場域中的權力爭鬥與和解……等等議題，筆觸清淺淡描，既非批判教育體制的不合理，亦非反映社會問題或生活困境，但流露出淡淡的愁思與倦怠感，自成一種文字風格。

　　楚卿定居臺中市十六年，也是本市非常重要的中國來臺作家，他歷任臺中一中、逢甲大學教師，又轉任媒體編輯，與楊念慈相同，對臺中市青年學子的文學啟蒙，發揮不小功能。楚卿最初寫詩，曾出版詩集，其後專事小說創作，主要創作期在一九六〇至九〇年代初，並從事翻譯工作。他的獨特之處在於，他可說是少數受西方現代文學影響較深的中國來臺作家，他的小說觀是「小說要成為藝術，應該講一些技巧和理論」[164]，從他的二百餘篇短篇小說中可以觀見，楚卿寫作講究情節安排，通過情節的起伏節奏，展現人性的內在掙扎與精神幽微圖像，尤其是在面對愛慾痛苦之時，具有高度戲劇性張力，敘事節奏有著獨特韻味，也非常重視結局的設計，或者拉起高潮、或者留下懸念、或者產生反差；如陳明台所言：「楚卿的小說，往往在結尾中，營造出突然，令讀者錯愕的場面，富戲劇性的表現，這也算是他表現上的一大特色吧！」[165]

　　以他在1964年曾獲日本奧運徵文比賽小說獎第一名的〈稻草球〉為例，小說主題是描寫愛情如何跨越國族、跨越戰爭的敵對與恩怨，愛情中的兩人，如何達致個人的、家族的、國族的大和解，他所要寫的不是戰爭，也不是國家，而是人性在面對仇恨與愛情的雙重擠壓時，如何抉擇。陳器文即指出：「楚卿受過西方文學方法的薰

163　朱西甯，〈論反共文學〉，《中華文化復興月刊》第10卷第9期，1977年9月。
164　楚卿，〈投資整個人生事業〉，《文訊》，1985年8月，頁148。
165　陳明台，《台中市文學史初編》，臺中：臺中市立文化中心，1999年6月，頁114。

陶，謀篇嚴謹，側重人性分析，強調文學不是舞臺表演，而是手術臺上的解剖。」[166]

在散文、詩、報導文學方面，作者群更是龐大，試舉幾例勾勒圖像。如也曾任教臺中一中的李升如，創作文類遍及詩、散文、報導文學，作品多半反映出中國動盪時代中的經驗與見證，以後二者為例，如報導文學《八年抗戰之山東》，即扣緊家鄉山東，以自身所投身的抗戰經驗中的所見所聞為題。而散文集《征塵》計收錄四十七篇散文，內容包含抗戰生活、中國山水遊記、臺灣山川風物、追悼友人、臺中生活記事等等。詩集《時代魂》內容則可分成三大類，首先是如同愛國歌曲一般的戰鬥口號，其次為思憶故土的懷鄉之作，最後則是對臺灣風物的見聞記錄。這些作品可以說是反共文藝與戰鬥文藝的典型之作，李升如無疑是戰後反共文藝時期中臺中市的代表性作家[167]。

童世璋則在黨政軍各界均曾任要職，且跨足教育、媒體，並且是官方文藝機構的重要成員。他的散文，主題遍及生活紀事、飲食書寫、遊記采風、在中國各地的見聞與回憶，特別是飲食文學，更是豐富精彩。雜文以精闢取勝，幽默中含有哲理，深入淺出，亦莊亦諧，文章雋永深刻[168]。

古之紅曾任教於臺中女中，並熱中創辦文學刊物，他的創作文類包括詩、散文、小說與劇本，其中尤以現代詩見長，1951年曾獲文獎會新詩獎。在出版作品方面，詩集有《低能兒》、《徬徨‧徬徨》、《羅馬魂》，散文則有《煙雨江南》，而《蒙恩記》與《杜鵑》則為小說作品[169]。陳明台研究指出，古之紅詩作風格，大致可分為兩個階段，早期受日本俳句影響，形式輕巧，節奏明快，其後則在反共文藝的氛圍中，寫作愛國敘事詩：

　　後來他的詩風，發展為以鼓舞，激發愛國心為目的，高亢慷慨的戰鬥組
　　曲，乃有長篇敘事詩的創作，如1952年有〈羅馬魂〉長篇史詩之作。可

166　陳器文等編撰，《臺中市志‧藝文志》，頁127。
167　陳明台，《台中市文學史初編》，頁116。
168　參見陳器文等編撰，《臺中市志‧藝文志》，頁136。
169　資料參見臺北市政府文化局，「閱讀華文臺北‧華文文學資訊平臺」資料庫，網址：http://202.153.189.60/readtaipei/content/writerTimeline.aspx?n=D0190，登站日期：2015年1月19日。

說是反共文學影響下的典型產物。[170]

大荒與古之紅同樣屬於中國來臺作家，寫作文類同樣跨足詩、散文、小說與劇本，但其文學風格較多元，詩創作強調「長詩追求氣勢，短詩追求氣韻」；在小說創作上，展現出「簡勁，強力，貼切，率直」的四大特點；散文創作則多變，題材寬闊，觀察細膩[171]。

另外，在女作家方面，本市中國來臺作家群之中，不僅有不少女作家，而且這些女作家幾乎都具有全國性的高知名度，同時也各自在臺灣文學史佔居重要地位，如琦君、張秀亞、孟瑤、齊邦媛等；琦君、張秀亞以散文見長，孟瑤以小說為主，齊邦媛則從事散文創作與文學論述。這些女作家的作品，在一九五〇年代反共文藝氛圍籠罩之際，與前述男性作家反共文學筆下的陽剛氣質不同，以日常生活細節、家庭生活場域、情感書寫、兩性關係等等為主題，彰顯出不同於反共文學的特殊語境。范銘如的研究指出，一九五〇年代諸多中國流亡女作家，多少曾受中國五四運動的洗禮，小說中頗多具性別批判意識，較能穿越政治的魔域，從而建構女性的言說主體：

> 在家國／男性意識邊緣，潛藏著兩股暗流：一股在女性身分地理中游移尋覓女性主體性的位置，一股由女性本位上蓄含一波性別戰鬥文藝。這些早期異議的女聲，由隱微的鬆動終至正面挑戰當權論述。[172]

本市女作家的書寫，在性別意識方面，或許還不到視為「性別戰鬥文藝」，但與反共文學作品中主流政治的單音宏聲，確實是有所區別的。

琦君創作以散文及小說為主，兼及評論、兒童文學。一九五〇年代，琦君以創作小說開啟她的文學生涯，1954年出版第一部散文、小說合集《琴心》，1956年出

170 陳明台，《台中市文學史初編》，頁117-118。
171 大荒資料摘擷自「2007台灣作家作品目錄」，網址：http://www3.nmtl.gov.tw/writer2/writer_detail.php?id=36，登站日期：2014年2月11日。
172 范銘如，〈「我」行我素──六〇年代台灣文學的「小」女聲〉，收錄於氏著，《眾裡尋她──台灣女性小說縱論》，臺北：麥田出版，2002年3月，頁50。

版小說集《菁姐》，直到1963年出版散文集《煙愁》之後，奠定了她的散文大家地位。琦君的代表性散文如《煙愁》、《三更有夢書當枕》、《桂花雨》、《留予他年說夢痕》等，都是寫於一九七〇至八〇年代，可以說是琦君散文成就的巔峰。

琦君的散文風格，「很早就確立了以人物為懷舊主軸的寫實基調」[173]，張瑞芬統整了一般對琦君散文的評價話語，包括「童心佛心」、「白描」、「不事雕琢」、「親切平實」、「溫柔蘊藉」、「悲憫情懷」、「流不盡的菩薩泉」、「溫柔婉約」、「具中國傳統風味」、「歌頌理想世界」等[174]。從第一部作品《琴心》開始，琦君特別專注於懷舊及母親的主題，而《母心似天空》、《母心‧佛心》、《母親的書》、《母親的金手錶》……，更是以母親書寫為主軸。在語言文字方面，琦君的文字風格素樸精確，自然流動而韻味天成，被文評家視為是顛峰期代表作的《留予他年說夢痕》，即被楊牧評為佳作，言其「寓嚴密深廣的思想情感於平淡明朗的文體之中」[175]。張瑞芬總結琦君在臺灣女性散文史中的位置：「就台灣戰後女性散文的發展而言，琦君堪稱代表主流價值，溫情傳統，與承繼五四新文學以下的寫實精神。」[176]

而張秀亞更被指認為臺灣女性散文的經典作家，寫作時間的跨幅甚長，包含了一九五〇、六〇、七〇年代，甚至到八〇年代都還有重要作品出版。張瑞芬指出，張秀亞散文技藝有三個高峰，即1962年的《北窗下》、1973年的《水仙辭》、1979年的《湖水‧秋燈》，而1952年出版的《三色菫》，則是她初期的成熟之作[177]。張秀亞個人對於散文創作，有一套見解，她認為詩是想像和感情的語言，而散文是思想的語言，必須脈絡分明：「作者在文中不懈追蹤著的，是他自己的思想。」[178]張秀亞的散文風格，評論者一般以「詩化」、「美文」來定位，她的散文一方面延續中國抒情美文的傳統，一方面也有西方現代主義的元素，跨界揉合，獨樹一格：

---

173 張瑞芬，《臺灣當代女性散文史論》第三章，臺北：麥田出版社，2007年4月，頁186。
174 張瑞芬，《臺灣當代女性散文史論》第三章，頁189。
175 琦君，《留予他年說夢痕》，臺北：洪範出版社，1980年。
176 張瑞芬，〈細雨燈花落——懷想琦君與琦君的散文〉，收錄於氏著，《狩獵月光——當代文學及散文論評》，臺北：聯合文學出版社有限公司，2007年4月，頁259。
177 張瑞芬，《臺灣當代女性散文史論》第四章，頁224。另見張瑞芬，〈張秀亞的散文美學及其文學史意義〉，收錄於氏著，《狩獵月光——當代文學及散文論評》，頁233。
178 張秀亞，《牧羊女‧前記》，收錄於《張秀亞全集2‧散文卷一》，臺南：國立臺灣文學館，2005年3月，頁189。

> 張秀亞的散文，揉合了詩的質感與小說的布局，承繼了外國文學、京派
> 風格與自由主義路線，較接近戰後來台林語堂、梁實秋一脈右翼主流。
> 精確一點來說，她並非單獨承繼某一家數而來，而是吸取諸家之長，並
> 逐漸發展出一種屬於自己的美文風格，建立了不可及的藝術影響力。[179]

統整來看，張秀亞的散文成就，被認為是五四、京派與美文傳統在臺灣的承繼，她
的作品、以及文壇和學界對其散文的評價，代表一九八〇年代以前臺灣散文的主流
美學觀與美學實踐[180]。

　　孟瑤則以小說創作為主，一九五〇年代登臨文壇，總計創作近八十部小說，論
者指出，孟瑤的小說呈現出五、六〇年代臺灣及海外華人社會眾生相，將亂世顛沛
流離、哀樂生死鋪述在讀者眼前，並能觸及人性深處的情操，成功映照出大時代的
滄桑、晦暗與昂揚[181]，孟瑤小說與女性議題密切相關，將於女作家的性別書寫中另
外深論。

五、一九六〇至八〇年代中期以前的臺中文壇

　　前文述及，從整體臺灣文學的大環境觀之，從一九五〇年代中期開始，詩的
「現代派」就開始發展，時序進入一九六〇年代，臺灣文學大致可視為三條軸線：
其一是國家文藝政策的持續操控之下的文學創作；其二是現代主義思潮主導文化之
下的文學創作；其三則是臺灣在地與鄉土書寫的初興；這三條軸線，因著不同的時
間、空間，而有不同的交織與消長。六〇年代的臺中市作家的文學創作，也在這三
條軸線中進行；關於第一條軸線，已於前文述及，下文則針對第二與第三條軸線的
發展梗概略論。首先從跨世代作家的文學活動，觀察臺中市作家如何投身在臺灣整
體的文學發展脈絡之中，包括「現代派運動」與「本土化運動」兩條看似分殊的路

179　張瑞芬，《臺灣當代女性散文史論》第四章，頁223。
180　張瑞芬，〈張秀亞的散文美學及其文學史意義〉，收錄於氏著，《狩獵月光——當代文學及
　　散文論評》，頁228-232。
181　參見吉廣輿，〈孟瑤生平寫作年表〉，《孟瑤評傳》，高雄：高雄市立文化中心，1998年5
　　月，頁372-396。

線，並且透過創作，雜糅現代／本土，開創新局；其次，在散文方面，特別彰顯被
譽為六○年代「中文隨筆第一人」的葉榮鐘，論述其散文的時代意義與美學風格；
再者，在小說創作與鄉土寫實方面，舉洪醒夫的作品為例，以彰顯本市在第三條軸
線的發展圖像。當然，除了前舉諸家之外，這時期臺中市作家作品的數量頗見豐
富，但礙於篇幅，無法一一列舉，請參考本書附錄中的作者名錄與簡介。

（一）跨越語言世代及戰爭前後出生世代作家的文學活動

　　雖然出身彰化，但曾在臺中商專、東海大學等校任教，長年往來於彰化臺中兩
地，也可歸為本市作家的詩人林亨泰，曾以自身的經驗，稱呼他們的世代為「跨越
語言的一代」[182]，因為切中該世代作家所面臨的最大問題（作家受到的最直接影響
就是「語言」），其後成為文學史的世代辨識依據。跨越語言世代是指涉在日治時
期已完成主要的語文訓練，通常未受或少受書房漢文教育，而受完整日文教育，習
慣以日語思考、日語寫作者，到了戰後，必須全面重新替換一種新語文——中文，
用以表達及溝通事小，但用以衍繹文學就很艱辛。如前文論及，跨越語言世代大約
要經歷少則五年，長則十年的再學習，才能重新回到文壇，因此，臺灣文壇的北鍾
南葉——鍾肇政與葉石濤——他們出生於1925年，終戰時恰好二十歲，要重新學習
新語言，並用以進行文學表述，常自嘲為退稿專家。

　　臺中市亦有大批跨越語言世代的作家，或者跨越語言的經驗，如詹冰出生於
1921年、陳千武出生於1922年、林亨泰出生於1924年、張彥勳出生於1925年，都屬
於跨世代作家，而出生於一九一○年代或更早的，則視其是否受過書房漢文教育而
定，如未受過漢文教育的楊逵，戰後已逾四十歲，仍然是跨越語言的作家。

　　臺灣跨越語言世代作家在文學之路上，必須適應兩種政權與語言體系，在文壇
最初均呈現邊緣性，也經常必須以自己的力量開闢文學空間。創立於1964年的《台
灣文藝》、《笠》詩刊，成為臺灣作家的重要發表園地，臺中作家參與其中者甚
多，如張彥勳、陳千武、白萩、詹冰、杜國清等人，其中，張彥勳、陳千武、詹冰
屬於跨越語言世代作家，白萩、杜國清則屬於戰爭前後出生的作家。

---

182 林亨泰，〈跨越語言一代的詩人們〉，收錄於氏著，《見者之言》，頁230-236。

　　這些跨世代作家復出文壇之路，大都十分坎坷曲折，如戰前寫現代詩的張彥勳，即使自己在國小教書，也歷經了漫長的學習再造過程，一九五〇年代末期重新出發，以小說為主，至1971年罹患眼疾之前，出版了《芒果樹下》、《川流》、《驕恣的孔雀》、《海燈》、《蠟炬》等小說集，計九十餘篇中短篇小說，其後跨向少年小說發展，但因眼疾，大概停了十年之久，一九八〇年代初期，張彥勳又重新回到純文學的創作之中，他曾自陳，吳濁流所創的本土文學媒體《台灣文藝》，對於他的重拾文學之筆，有很大的幫助：

> 《台灣文藝》對我一生的寫作生涯影響最大。……在這之前，台灣文壇我只認識鍾肇政和林鍾隆兩人；但是去參加《台灣文藝》創刊紀念大會之後，就認識了很多作家，彼此相互交流與激盪，刺激我對寫作的信心和興趣，對我的持續寫作很有助力，那以後我的作品大部份都在《台灣文藝》發表。[183]

可見《台灣文藝》的意義，不僅在於發表園地，更在於文壇網絡的建立，臺中市作家也因而與臺灣各地作家產生連結。除了張彥勳之外，本市其他作家如巫永福、楊逵等，也都與《台灣文藝》關係密切。重新出發的張彥勳，創作文類遍於現代詩與小說，在議題與藝術形式方面，都有所蛻變，到了八〇年代，更擴及到社會文化議題的深化與政治批判。小說方面，如1982年〈鑼鼓陣〉中所處理的新舊文化轉型，1982年〈命運〉中貧窮農村子弟與命運的搏鬥，1984年〈一個死〉中小人物的悲哀。現代詩方面，如1986年的〈拓荒者〉，寫出跨越語言世代在文字荊棘中跋涉的艱苦歷程；不同於〈拓荒者〉以自身世代為傳，1988年的〈阮的阿公〉，則是以在日治時期從事農民運動的父親張信義為張本，摹塑出一個具有抗議精神、追求公義自主，但卻寂寞而死的「歷史老人」，指涉了臺灣被遺忘的歷史記憶；1988年的〈小草伊不是弱者〉同樣書寫臺灣被殖民的經驗與抵抗強者的弱者尊嚴；〈激情過後〉甚至是以當年的五二〇農民運動為題，書寫農民被暴力鎮壓、還被稱為「暴

183　楊翠，〈張彥勳訪談〉，臺中，月眉國小校舍，1994年10月1日，未出版，有錄音檔。

民」的無奈。八〇年代的張彥勳，跨越了自身與時代的多重障礙，實踐了他在文學上的最高成就，如施懿琳所言：

> 轉型後張彥勳的形象果真壯大起來，不管是觀察的角度、寫作的主題或抗
> 議的姿態，都有著令人驚喜的突破。我們可以說張彥勳的創作生涯，即是
> 一個超越困境的歷程。他努力地克服語言的障礙、解除政治的恐懼、調整
> 性格的侷限、消除目盲的限制……努力地在創作的路上樹立豐碑。[184]

除了《台灣文藝》之外，本市作家參與最多的文學團體，應屬「笠詩社」；嚴格說來，「笠詩社」是以臺中市詩人為中心發展起來的，最早的十二位發起人中，有陳千武、詹冰、林亨泰、白萩、趙天儀、杜國清，是出身臺中市，或與臺中市關係密切的詩人，佔了一半[185]；而其後的參與者如岩上、非馬、莫渝、陳明台、江自得等，亦皆是臺中市詩人。因此，臺中市在一九六〇到八〇年代，產生了一大批活躍於「笠詩社」與《笠》詩刊的詩人。

其中最重要的關鍵人物是陳千武。陳千武不僅奔走創生了《笠》，同時重新投入寫作，以桓夫筆名進入戰後詩壇。1961年發表首篇中文詩〈雨中行〉，詩中以「蛛蛛絲」比喻雨絲，又以雨絲比喻人的某種被各種外在力量重層包圍、又亟欲擺脫的生存狀態，作為前日文作家的中文詩作首航，這首詩的詩美學十分精熟到位，詹冰評論說：「用重疊法描出下雨的視覺效果，再使它意味著包圍人的『檻鎖絲』，是成功的表現。」[186]

陳千武的首篇中文詩作，即成為詩史中的經典詩作，其後他陸續產出詩作，一九六〇年代出版《不眠的眼》、《野鹿》等詩集，日人秋吉久紀夫以〈〇年代〉一詩為例指出，陳千武一九六〇年代的詩作，展現出對於臺灣住民命運的思索，包

---

184 施懿琳，〈受困與脫出——張彥勳的創作歷程及其作品特色〉，收錄於路寒袖主編，《台中縣作家與作品論文集》，臺中：臺中縣立文化中心，2000年12月，頁110。
185 此據陳千武回憶所述，其餘幾位為吳瀛濤、錦連、王憲陽、黃荷生、古貝、薛柏谷。鍾美芳、施懿琳、楊翠，《臺中縣文學發展史·田野調查報告書》，頁257。
186 詹冰，〈評桓夫之〈雨中行〉〉，摘自陳千武，《陳千武作品選集》，臺中：臺中縣立文化中心，1990年6月，頁12。

含歷史意識、土地與人的關係、愛與死的辯證與救贖等課題[187]。陳明台亦指出，桓夫詩作主題與風格為：

> 陳千武詩的基本底流，是一種臺灣人的歷史意識。……他的詩中，表現出說理和抒情，抵抗與溫柔，批判和關懷，既有冷靜的社會關照，自我省察，也有時代、現實的凝視，民族文化的凝視，具備了多重的風貌。[188]

七〇年代的桓夫陸續發表詩作。桓夫以詩聞名，而小說的陳千武則回復原先的筆名，從1967年開始，寫到1982年，歷經漫長的十六年書寫歷程，以自身在二戰時期的臺灣特別志願兵經驗為題，創作系列短篇小說《獵女犯》（1999年改題《活著回來》重印，本書採用新版），更在臺灣文學史上佔居重要地位；全書包含十五部各自獨立的短篇小說，形成一個動態的組曲，彭瑞金指出：

> 陳千武以詩人跨刀寫下的「臺灣特別志願兵的回憶」，似乎適時地填補了臺灣文學太平洋戰爭經驗，因此這些風格獨具的作品，必將成為臺灣小說史上彌足珍貴的瑰寶。……已經具備擠入世界戰爭文學行列具體而微的規模了。[189]

《活著回來》是臺灣少見的以特別志願兵的親身經歷為題的小說，各篇情節架構獨立，但貫串起來，則是一部臺灣特別志願兵的戰火浮生錄。從高雄港集結出發、搭輸送船前往戰地、轉戰南太平洋諸島、擔任重機鎗手、經歷過槍林彈雨、轉入過熱帶密林、受傷成為戰俘、住進集中營、劫後歸鄉，所有這些，都是陳千武的親身經歷[190]，以此為故事元素，《活著回來》是具有高度美學技巧，蘊含著詩意風

187　秋吉久紀夫，〈陳千武的詩〈野鹿〉的主題〉，收錄於陳千武，《陳千武作品選集》，頁157。
188　陳明台，《台中市文學史初編》，頁122。
189　彭瑞金，〈戰爭中的人類愛——試評陳千武的〈默契〉〉，收錄於陳千武，《活著回來》，臺中：晨星出版社，1999年8月，頁348。
190　陳千武的特別志願兵經歷，參見陳千武，〈我的病歷表〉，收錄於氏著，《活著回來》，頁387-390。

格的小說：

> 陳千武的《獵女犯》揭穿「臺灣特別志願兵」的殖民神話，我們看到台
> 灣子民在國家巨大的身影底下，背負無從逃脫的、被擺弄的非自主命
> 運。……《獵女犯》中更透過這場莫名所以的戰爭，思考戰爭、死亡、
> 人性等生命哲學等問題；特別是一個殖民的生命哲學……[191]

陳千武之外，林亨泰是「笠詩社」的重要詩人。林亨泰在臺灣詩史上具有重要地位，首先，他在臺灣詩人社群的參與方面十分積極，並且橫跨不同時期與不同社群，具有高度的跨界性，從戰前的「銀鈴會」到五〇年代的「現代派」，再到六〇年代的「笠詩社」，可見林亨泰的多重視角與嘗試精神；其二，林亨泰自身的詩創作亦然，具有高度實踐精神，詩風格多元，包括知性詩、符號詩等等；其三，他勇於參與新詩論辯，通過論辯，進一步思索詩的真諦；其四，林亨泰認真進行詩論，對於詩的美學，有更多理性知性的思考。這四點奠定了他在臺灣現代詩史上的地位。

1955年，林亨泰出版中文詩集《長的咽喉》，以跨越語言世代作家而言，林亨泰重新出發的步伐甚早，《長的咽喉》中已有很多實驗性作品，其後他在1956年加盟「現代派」，在此前後試寫十餘首「符號詩」，雖然當時頗受爭議，但在其後的詩史討論中，這些詩作卻有高度的評價；如〈風景〉二首，試舉其例，可見其風格獨具：

農作物　的	防風林　的
旁邊　還有	旁邊　還有
農作物　的	防風林　的
旁邊　還有	旁邊　還有
農作物　的	防風林　的
旁邊　還有	旁邊　還有

191　楊翠，〈陳千武以詩筆留下歷史見證〉，收錄於陳銘城、張國權編著，《台灣兵影像故事》，臺北：前衛出版社，1997年10月，頁35。

陽光陽光晒長了耳朵　　　　　　　然而海　以及波的羅列

陽光陽光晒長了脖子[192]　　　　　然而海　以及波的羅列[193]

陳千武評論這兩首詩，指出它們以簡潔的手法排列詩語，具有視覺效果與韻律感：「在現代詩壇，是沒有人能夠模仿的，極為珍稀的優異的創作。」[194]1962年的〈非情之歌〉組詩，合計五十首，又或可視為一首長詩的五十節，以黑、白兩組意象叢，展現現實社會的兩種語境，洛夫指出其美學風格：「我發現這點很符合易經中八卦的太極原理。他表現的手法就是以一馭萬，以簡馭繁。」[195]

　　除了詩創作，林亨泰最重要的成就在於他的詩論，如〈談主知與抒情〉中，他既強調詩的「主知主義」，但也澄清主知並非拋棄抒情，而是在知性的主體中，尋找知性與感性的和諧性[196]；他對詩的現代派運動的理念，也多所著墨，如在〈關於現代派〉中，他指出象徵主義是想像與飛躍，而非「說明」，他認為這才是詩[197]。林亨泰是現代派的大將，但他並不完全跟從現代派對臺灣現代詩是從西方「橫的移植」過來的觀點，而是提出尚有臺灣與中國兩方的「縱的傳承」[198]，他甚至指出現代主義運動與臺灣土地是緊密貼合的[199]。《現代詩的基本精神——論真摯性》，則是一整本詩論，討論詩的「真摯性」，提出詩論應朝向討論詩的時代性、詩的超越性、詩的世界性，並應該催生詩評家與詩論家[200]。

　　整體觀之，林亨泰在臺灣現代詩史佔有重要地位，陳凌從詩史意義來指出林

192　林亨泰，〈風景NO.1〉，收錄於氏著《見者之言》，頁74。

193　林亨泰，〈風景NO.2〉，收錄於氏著《見者之言》，頁74。

194　呂興昌編，〈詩人林亨泰與風景〉，《林亨泰研究資料彙編（上）》，彰化：彰化縣立文化中心，1994年6月，頁182。

195　洛夫的發言見1983年5月，「林亨泰詩集研討會」之記錄，收錄於呂興昌編，《林亨泰研究資料彙編（下）》，彰化：彰化縣立文化中心，1994年6月，頁237。

196　林亨泰，〈談主知與抒情〉，收錄於氏著《找尋現代詩的原點》，彰化：彰化縣立文化中心，1994年6月，頁22-23。

197　林亨泰，〈關於現代派〉，原載《現代詩》季刊第17期（1957年3月），收錄於氏著，《見者之言》，頁6。

198　林亨泰，〈中國詩的傳統〉，收錄於氏著《見者之言》，頁20。

199　林亨泰，〈鹹味的詩〉，收錄於氏著《見者之言》，頁27。

200　林亨泰，《現代詩的基本精神——論真摯性》，笠詩社，1968年，頁116。

亨泰的重要性：「林亨泰從戰前的『銀鈴會』，到戰後『現代派』，到『笠詩社』的衍變軌跡，見證且縮影了台灣新詩的歷史發展。他身歷其境，親眼目睹，現場演出，六十年如一日，誠可謂台灣文學的『詩史之眸』。」[201]而蕭蕭則以「臺灣詩哲」，十分精彩地彰顯出林亨泰詩文學的風格與精神：

> 林亨泰，台灣詩壇的哲人，他的詩冷如匕首，但刺出去的力勁卻熱如鮮血。冷的是言語的削減、情緒的濾除，熱的是生命的活力、物理的沉思，唯其如此，他的詩不會引起喧囂，卻有一股深沉穩定的力量在催促，一把熾熱的火苗在內心深處燃燒。[202]

詹冰也是《笠》詩社跨語世代的重要詩人。詹冰抱持純粹的詩理念，對他而言，「寫作是一條快樂的路」，是最美的時刻，見證了「活著」的意義[203]。陳明台精確地指出詹冰的新詩風格：

> 存在詹冰詩基底的特質，一言以蔽之，即知性美。一般論者以為，他的詩，是屬於精密計算以後的精神結晶。他善於透過生理感官的感覺和色彩，呈示視覺性的畫面構成，塑造新鮮的意象，因而，他的詩，常常顯示出來一種獨特的造型美。[204]

戰爭前後出生的杜國清，出身豐原，既擅於寫詩、又擅於論詩，同時投身譯作，長期任教於加州大學聖塔巴巴拉分校，長期在海外推動臺灣文學研究，設立該校的「臺灣研究中心」，居功厥偉。杜國清的詩觀，取徑知性與感性的間際，循走新即物主義，尋找流動與永恆之美。其詩作以情詩最為詩壇讚譽，陳明台指出：

---

201 陳凌，〈獻辭：詩史之眸〉，收錄於《福爾摩莎詩哲：林亨泰文學會議論文集》，彰化：彰化縣立文化局，2002年1月，頁11。
202 蕭蕭，〈台灣現實主義詩作的美學特質：以林亨泰為驗證重點〉，收錄於《福爾摩莎詩哲：林亨泰文學會議論文集》，頁192。
203 詹冰，〈寫作是一條快樂的路〉，收錄於氏著，《變》，臺中：臺中市立文化中心，1993年6月，頁93-99。
204 陳明台，《台中市文學史初編》，頁119。

杜國清的詩，其實終局地，是他的詩論的實踐。他的情詩，帶有虛構性的華麗表現，可視為是他對詩語言，詩人感受力極限的實驗與挑戰。他的詩，以哀愁和諷喻兩個主要要素，表現出美和驚訝，也是他所力倡的詩學三（哀愁，驚訝，諷刺）的一種實行和發揮。[205]

杜國清的詩作中，情詩確實佔了很大分量，有《伊影集》、《殉美的憂魂》、《情劫集》等，情詩同時也是他詩文學的至高成就。杜國清曾自陳：「詩是情的體現，而情詩，歸根結柢，所寫的唯情而已。」[206]他亦提出「詩學三昧」，這既是他詩論的核心理論，也是他詩創作的實踐理念：

就詩的內在本質而言，我認為驚訝、譏諷、哀愁是詩的「三昧」。這分別指詩的獨創性、批判性與感動性而已。[207]

而其中，「哀愁」是他一再強調的[208]，也正是杜國清情詩的底蘊。此外，杜國清一系列的「生肖詩」（收於《望月》），則體現了他的「譏諷」詩論，劉振琪指出：「杜國清是第一位以『十二生肖』做為創作主題的現代詩人。」[209]莊金國更讚美這一系列詩作借用典故、形象逼真、語言鮮活、意象巧妙、詩味濃厚[210]。

　　與前述兩位同樣屬於「笠詩社」，出生於日治末期的白萩，屬於跨越語言世代的末代，既受過初期的日文教育，主要的文化養成又是在戰後，兼有兩個世代的思想交混特質。白萩的詩成就頗受論者重視，既是臺中重要作家，亦是具有國際地位的臺灣詩人，作品曾被翻譯為多國語言。整體觀之，白萩詩作的特質，在勇於實

205 陳明台，《台中市文學史初編》，頁135-136。
206 杜國清，〈殉美的憂魂〉，氏著《愛染五夢》，臺北：桂冠出版社，1999年3月，頁1。
207 杜國清，〈後記〉，氏著《望月》，臺北：爾雅出版社，1978年12月，頁236。
208 〈杜國清作品討論會〉，杜國清之發言，《文學界》第13集，1985年春季號，頁28。
209 劉振琪，〈笠詩社詩人「生肖詩」研究──以杜國清、非馬、陳鴻森作品為討論對象〉，收錄於《笠與七、八〇年代台灣詩壇關係學術研討會論文集》，高雄：春暉出版社，2008年8月，頁89。
210 莊金國，〈挖掘鄉土文藏〉，《笠》第47期，1972年2月，頁13。

驗創新，追求技巧的精進圓熟，其對意象與象徵的塑造，對語言的思考與敲打，都有高度成就[211]。在詩風格與詩理念的多元跨界方面，白萩與林亨泰相似，皆曾加入現代派，後又成為「笠詩社」的發起人，詩風豐富多變，融合表現主義、新即物主義、象徵主義，既寫實、又超現實，既現代、又古典，亦能扎根鄉土。如1965年的〈樹〉一詩，即強調了鄉土懷感與認同：

> 這是我們的土地，我們的墓穴
> 把我處刑為一隻火把
> 燒爛每一個呼喊的毛細孔
> 仍以頑強的爪，緊緊地攫住
> 這立身之點
> 這是我們的土地，我們的墓穴[212]

詩中含蘊著兩種理念，其一是土地的認同有如生死搏鬥一般，其二則是迫害與處刑中的歷史隱喻。關於前者，施懿琳指出此詩成為「笠詩社」的集體詩基調：「在六〇年代，這樣擁抱大地、扎根泥土的姿勢已經堅定地形成，而成為往後笠詩人詩作的基調。」[213]至於後者，白萩還有〈雁的世界及觀察〉中述及政治的迫害者和加害者、〈火雞〉一詩對獨裁者的嘲諷、〈廣場〉中的群眾力量與威權象徵傾倒等等，都充滿了反思與批判精神。

　　亦屬於「笠」發起人的臺中市詩人趙天儀，書寫朝向三大面向：現代詩、散文、兒童文學，由於他自身的學術背景，他的散文有諸多篇章觸及美學與哲學的核心課題，而他自身的詩創作，亦與他的美學、哲學論述相關扣合，詩風趨向於素樸真摯，陳明台曾推許其人其詩：「他的不虛榮，真摯的態度，使他的詩平實可感。從他的詩中，感受得到滿溢的人間溫情。」[214]

---

211 陳明台，《台中市文學史初編》，頁131。
212 白萩，〈樹〉，《風的薔》，臺中：笠詩社，1985年，頁52。
213 施懿琳，〈從笠詩社作品觀察時代背景與詩人創作取向的關係；以《混聲合唱》為分析對象〉，《笠》第226期，2001年12月，頁60。
214 陳明台，《台中市文學史初編》，頁133。

　　而同世代的詩人岩上，1976年曾與友人創辦「詩脈詩社」，曾主編《詩脈季刊》與《笠》詩刊，陳明台研究指出，岩上的詩作有四個主要的焦點：自我的折射（如〈荷花〉與〈香爐〉）、想像的世界（如〈冬日無雪〉）、外界的風物（如〈水牛〉）、愛情的感受（如〈燃燒〉）等，知性思索、浪漫感性、鄉土情愛兼而有之[215]。

　　其他相對年輕的世代，如江自得、陳明台、莫渝、渡也、蘇紹連，亦皆各具特色，各有風格，其中莫渝起步甚早，1966年不到二十歲，在就讀臺中師專時期，就開始向《笠》投稿，其餘各家亦多起步於一九七〇、八〇年代，積極創作於九〇年代，留待後節詳論。莫渝1979出版首部詩集《無語的春天》，其後陸續出版六本以上詩集，創作節奏穩定，主要作品發表於一九七〇、八〇年代，作品中的空間性既有鄉土景觀，亦有現代城市生活素描與反思。洪淑苓研究指出，莫渝詩作中繪寫了都市與公寓生活圖景、國際時事與異國風情、甚至為西方詩人塑像，除了這些城市與跨國的生活景觀，莫渝詩作中亦有大量重返鄉土之作，彰顯出他從現代社會得到啟悟，找到返鄉之路[216]。1981年，莫渝發表〈土地的戀歌〉一詩，頗能表現出莫渝的土地情鄉，土地既是充滿傷痛的，也是充滿撫慰能量的；土地經歷很多風暴，但亦充滿溫暖，土地是複合意象，而所有黝暗與光明，作為土地之子，自是全部容納，與之共存。

（二）葉榮鐘一九六〇年代的散文

　　日治時期是《南音》雜誌主將之一的葉榮鐘，戰後初期一度沉寂，一九六〇年代重新出發，以寫作中文隨筆及臺灣歷史建構為志；前者如《半路出家集》、《小屋大車集》，後者如《林獻堂先生紀念集》、《台灣民族運動史》等，此處專論他的散文隨筆。

　　葉榮鐘於六〇年代的一系列隨筆，筆調時而幽默嘲諷，時而犀利批判，漢文操作能力純熟，社會觀察敏銳，文化反思深刻，具有強烈批判精神，與前述一九六

215　陳明台，《台中市文學史初編》，頁151-154。
216　洪淑苓，〈莫渝詩中的現代世界〉，收錄於《笠與七、八〇年代台灣詩壇關係學術研討會論文集》，頁49-84。

○年代臺灣主流的現代主義蒼白囈語的風格大異其趣，張良澤評為：「台灣文學史上，他的中文隨筆當屬第一。」[217]

從《半路出家集》與《小屋大車集》的書名即可觀知，葉榮鐘表達出一種不合時宜的、庶民的觀察視角的批判精神。《半路出家集》多是對時事有感而發的批評，《小屋大車集》亦然，持續《半路出家》的風格，為當時臺灣的政治、經濟、教育文化聽診把脈，這樣的思想內涵，延續了日治時期《台灣民報》與文化協會的精神。廖振富將葉榮鐘六○年代的散文主題，歸納為四大類：一，幽暗年代的社會與文化批判；二，臺灣文化與鄉土記憶的重構；三進步而有侷限的兩性觀點；四，別具開創意義的「知性」與「感性」散文[218]，頗為完整地含括了葉榮鐘六○年代散文的主題內容與美學風格。礙於篇幅，以下選取若干面向簡論。

在現實反思與政治批判方面，如〈悵惘的回憶〉批判戰後的民主假象；〈紅包考古學〉批判中國文化中惡質虛矯的一面；〈抄書談貪污〉、〈也談民主精神〉也是對政治的批判。在〈也談民主精神〉一文中，葉榮鐘批評特權腐化，批評輿論界「失去言論機關的生命──公正──的立場了，那裡還談得上民主精神？」[219]

在文化反思方面，〈悲哀的現實〉為臺灣當時的現實處境而悲嘆，他指出，臺灣已成文化沙漠，思想貧困、理想喪失，經濟上則「殺雞取卵」，只為快速奪取，社會生活失卻理想[220]。葉氏對流行文化與媒體文化的批判，亦甚為銳利，在〈馬斯可迷的年代〉一文中，葉榮鐘對大眾文化的庸俗化進行批判，文中所謂的「馬斯可迷」，是由英文日譯、再中譯而來，意為「大眾宣傳」；葉榮鐘在當時即已意識到「流行文化商品化」的危機，指出僅重視表面的宣傳與包裝的問題：

> 企業家要它流行推理小說，作家為著稿費的收入，就得大推其理。企業
> 家要它流行肉體派，或是所謂新潮派的小說，於是乎作家就得大黃其作

217 張良澤，《四十五自述》，臺北：前衛出版社，1988年9月，頁292。
218 廖振富，〈論葉榮鐘六○年代的散文創作及其文學史意義〉，收錄於東海大學中文系編，《苦悶與蛻變：六○、七○年代台灣文學與社會》，臺北：文津出版社，2007年5月，頁611-662。
219 葉榮鐘，〈也談民主精神〉，收錄於氏著《半路出家集》，臺中：中央書局，1965年1月，頁65。
220 葉榮鐘，〈悲哀的現實〉，收錄於氏著《半路出家集》，頁36。

品，大脫其褲，甚至不辭去脫古人的褲，……。你的作品若不肉麻起來，你就賣不出去，辛辛苦苦寫成的原稿，只好去塞字紙簍。因為憑你作品如何優越，若非企業家出錢給你廣告宣傳，你的作品就沒人顧問。[221]

葉榮鐘這篇寫於六〇年代的隨筆，觸及流行文化潮流、文化商品化、廣告行銷宣傳的商業邏輯，今日看來，社會觀察之犀利，問題意識之敏銳，仍然令人讚佩。

再者，葉榮鐘對媒體文化批判甚為用力，如〈道德底特權階級〉即反思輿論界製造流行、亂捧明星的做法深惡痛絕，認為當時的媒體，只有「製造『道德底特權階級』的功能」[222]。〈新聞廣告的效用〉更指出民眾所發起的新聞自肅運動，是緣於報紙自甘墮落：「報紙如果缺乏教育的成分，那還配稱社會的木鐸？」[223]他更呼籲，報紙應該多為老百姓講話[224]。

葉榮鐘雜文中另一部分重要的篇章，是他以自身經歷，為臺灣歷史留下紀錄。〈一段暴風雨時期的生活記錄〉以日治時代中晚期為時間舞臺，回顧自身生命史，描寫一些重要的歷史事件，如林獻堂的「祖國事件」、在臺日人強化對臺壓迫、各報刊雜誌漢文版遭廢、改姓名運動、徵用軍伕、搜括物資、臺灣米糧管理案的反對運動等。文末自引1950年詩作：「客次逢除夕。悠悠萬感新。家貧妻德顯。人淡友情醇。忍淚還微笑。緘愁一欠伸。瓦全應有說。留眼看芳春。」[225]表達出在黑暗中對一線光明的企望。

〈台灣省光復前後的回憶〉更是重要的歷史見證，描寫臺灣在戰前戰後中時局之變化動盪，民心懸浮，也彰顯跨世代臺灣人民（「半路出家者」）的悲哀；文中有兩段關鍵話語：

221 葉榮鐘，〈「馬斯可迷」的時代〉，收錄於氏著《半路出家集》，頁152。
222 葉榮鐘，〈道德底特權階級〉，收錄於氏著《小屋大車集》，臺中：中央書局，1965年1月，頁30。
223 葉榮鐘，〈新聞廣告的效用〉，收錄於氏著《小屋大車集》，頁140。
224 葉榮鐘，〈新聞廣告的效用〉，收錄於氏著《小屋大車集》，頁142。
225 葉榮鐘，〈一段暴風雨時期的生活記錄〉，收錄於氏著《半路出家集》，頁221。

我們出生於割台以後，足未踏祖國的土地，眼未見祖國的山川，大陸上既無血族，亦無姻親。除了文字歷史和傳統文化以外，找不出一點連繫，祖國祇是觀念的產物而沒有經驗的實感。但是我們有一股熱烈強韌的向心力，這股力量大約就是所謂「民族精神」。[226]

我們對於祖國只有觀念沒有實感，這個漠然的觀念，將來在新的統治機構下，會變成怎樣的現實呢？因為我們對祖國的實情隔閡無知，一旦脫離敵人的鐐扣，反會惘然自失而有淒然的感覺。[227]

此文雖因時局禁錮之限，無法放言批判當權者，但悲哀與無奈汩汩流出，尤其文中一再出現「已故」友人如陳炘、林茂生、莊遂性等，也不無用意；前二者均在二二八事件中犧牲，而莊遂性亦曾被捕，倖免一死，通過受難友人的現身，形成另類的批判語境。葉榮鐘除大時代歷史，也書寫家鄉鹿港的昔時風華與今日蕭條，如〈談烏魚〉寫港口淤塞，魚群被沙灘阻攔，以致鹿港街運日衰；〈憶童年的農曆過年〉、〈記鹿港中元的民俗〉、〈鹿港查甫〉、〈鹽倉滄桑〉等，亦都與鹿港及童年有關。

整體觀察葉榮鐘一九六〇年代的隨筆，文字清雅平順，論述鏗鏘有力，對現實的批判深刻，特別是政治上的貪污腐敗，社會文化的流行化、庸俗化、商品化危機等，至於民間習俗、臺灣歷史塑型，都非常有價值，特別是對媒體文化與流行文化的批判，如今看來，仍具有高度前瞻性。廖振富為葉榮鐘的文學史意義定位為：

在飽受政治壓抑與文壇充斥現代主義思潮雙重夾擊下的六〇年代，葉榮鐘的散文創作反映文學的本土意識終於重新破土而出，企圖喚醒本土記憶，彌補文化斷裂，重構在地認同，以隱微而堅定的姿態對抗「大中國」政教體系全盤「去台灣化」的社會環境，與無根迷惘的文壇虛無之

226　葉榮鐘，〈新台灣省光復前後的回憶〉，收錄於氏著《小屋大車集》，頁212。
227　葉榮鐘，〈新台灣省光復前後的回憶〉，頁214。

風。[228]

（三）七、八〇年代寫實主義潮流的見證：以洪醒夫小說為例

　　洪醒夫誕生在一個貧窮農家，對於農村與農民生活處境，體會至深，因而，他的作品多以農村人事為題，作品被認為是「人間苦難的見證」，他將卑微的臺灣農村人物刻劃得栩栩如生，浮雕出他們純樸的心靈與他們所背負的社會苦難，堪稱是七〇年代臺灣最重要的農民文學作家之一，1982年不幸因車禍辭世，得年僅三十三歲。

　　洪醒夫十八歲開始創作小說，1967年發表首篇作品〈逆流〉，從此走上文學之路。洪醒夫短短一生的創作，兼及詩、小說、散文、評論，而以小說最受矚目；1969年，於「復興文藝營」以〈渴〉獲小說創作第一名；1972年以〈跛腳天助和他的牛〉獲臺灣文藝「第四屆吳濁流文學獎佳作獎」；1975年以〈扛〉獲「第七屆吳濁流文學獎佳作獎」；1977年以〈黑面慶仔〉獲「第二屆聯合報小說佳作獎」；1978年以〈散戲〉獲「第三屆聯合報小說佳作獎」、〈吾土〉獲「第一屆中國時報文學獎優等獎」。生前曾出版《黑面慶仔》、《市井傳奇》、《田莊人》等多本刻劃農村生活經驗的小說集，辭世後由文壇友人王世勛、利錦祥等人蒐羅其遺作，出版《懷念那聲鑼》。

　　洪醒夫的創作既有時代感、有歷史變遷的脈絡，同時也躍動著強韌的民間生命力；他生前的至交文友宋澤萊即說：「如果假以時日，必能在台灣文學裏留下輝煌的文學成果……不幸去世，我的感覺是台灣文壇似乎忽然黯淡了一陣子。」[229]洪醒夫出身典型農家，雙親皆是不識字的老農，影響其文學風格甚大，摯友王世勛說：

> 洪醒夫的文學風格在主題方面，他選擇了農村人、事、物，原因很簡單，因為他自己就是農家出身，而一個真誠的作者總是會寫自己最貼近的生活經驗；雖然主題是農村，不過洪醒夫並不只是一個記錄者而已，他要更深沉地寫出他們生活的窮苦與艱難，以及他們生命力的勇敢與強

228　廖振富，〈論葉榮鐘六〇年代的散文創作及其文學史意義〉，頁661。
229　宋澤萊，〈憶洪醒夫〉，《彰化人雜誌》第5期「洪醒夫紀念專輯」，1991年7月15日，頁15。

靭。[230]

身後獲得「農民作家」之譽，但是洪醒夫生前卻不愛刻意標榜自己是「鄉土作家」，呂興昌教授在一篇討論洪醒夫小說的人道關懷的論文中，即曾根據洪醒夫的寫作年表發現，儘管洪醒夫的代表作如《黑面慶仔》、《散戲》、《吾土》以及《田莊人》中的大部分小說，都發表於鄉土文學論戰當時或之後，然而這也只能解釋鄉土文學論戰，使洪醒夫更肯定自己的寫作方向無誤而已，因為在論戰之前，他早已寫下〈跛腳天助和他的牛〉（1972）、〈金樹坐在灶坑前〉（1973）、〈扛〉（1975）、〈瑞新伯〉（1976）等重要作品，這些以鄉土人物生活為中心的小說，清楚地預示，鄉土文學的具體表現，根本是發生於論戰這種觀念討論之前[231]。

　　〈跛腳天助和他的牛〉中，人與牛形成生命共同體，相互依賴，一起勞動，卻又一起老去；小說中，人與牛的生命黃昏，象徵著臺灣農村、農業，以及某種傳統社會依賴體系的毀棄與崩解；〈瑞新伯〉中的瑞新伯，在農村裡扮演有知識的成功者，在城裡卻以行乞維生，瑞新伯的角色分裂與矛盾，正彰顯出臺灣農村裂變之後，農民失去生活依憑、失落生命主體的荒謬處境。

　　整體而言，洪醒夫的作品彰顯出他基於特定生活空間與成長記憶（泥土、草香和鄉俗人物），而形構的時間意識與空間語境，他的土地認同因而是以鄉俗生活實體為基底，書寫出人與土地相互依存的生活語境，誠如呂興昌所言，洪醒夫的小說具有相當濃厚的人道主義精神，在呈現底層農民與市井小人物的痛苦掙扎方面，冷靜而不失悲憫的關懷，使人深刻地了解人世原有如此無奈的苦楚生命，值得吾人同情共感地思考他們的處境；另一方面，洪醒夫順著某些小說人物的個性發展，也能從晦暗困頓的逆境中覓得一線生機，讓人在走投無路之中，仍然有所盼望，不致墜入絕望的深淵。

230　施懿琳、鍾美芳、楊翠，《臺中縣文學發展史・田野調查報告書》（丙篇，楊翠執筆），頁262。

231　呂興昌，〈悲憫與超越──論洪醒夫小說的人道關懷〉，收錄於林武憲編，《洪醒夫研究專集》，彰化：彰化縣立文化中心，1994年，頁284。

第四節　解嚴前後至今的臺中文學發展

一、解嚴前後至今的臺灣社會與文學發展圖景

（一）解嚴前後至今的臺灣社會

　　前章已強調，為避免落入複雜的史觀論戰，本論文在戰後部分，大致採取十年一期的歷史分期法，並佐以重要史事為參照，如此作法，並非主張一種正確的歷史斷代與銜接關係，而是為了便宜行事，使本文在敘說之際，能有個時間座標，作為理解歷史事件與情境的參考依據。

　　前節貫串的時間軸極長，從戰後初期（1945）到一九八〇年代，時間跨幅超過四十年，其間各時間變化又極大，因此耗費較多篇幅，本節則以臺灣史上一件關鍵史事來標幟時間起始——解嚴（1987）前後，因此，本文在戰後的兩節之間，敘事時間並非明確切割，而是強調了其交疊性與互涉性。

　　一九八〇年代，被視為是臺灣社會爆破解構的關鍵時代，2012年《思想》雜誌22期，曾以「走過八十年代」為專題，從時代、運動、個人的多重視角，分別重返中國與臺灣的八〇年代。在臺灣部分，則以婦運、工運、政運、學運、文學藝術、公民影音紀錄行動（綠色小組）等面向切入，回顧八〇年代臺灣社會的躍動氛圍，編者指出：

> 在台灣，八十年代是黨外民主運動與各種社會力陸續覺醒的年代。受益於七十年代的思想醞釀與經濟發展，八十年代的台灣在頻繁的鎮壓與反抗後，終於成立反對黨，解除了戒嚴，掃除了黨禁、報禁等等威權的殘餘，為日後的民主化積累了充沛的社會能量，並且觸發了體制本土化的先聲。[232]

---

[232] 編者，〈致讀者〉，《思想》22期：「走過八十年代」，頁327。

確然，一九八〇年代「爆破性」的社會能量與躍動，不是憑空出現，而必須從一九七〇年代以來的「進行式」談起。前章述及，世界的一九六〇年代，是一個反叛的年代，世界史的六〇年代，以三大運動──學生運動、反戰運動、民權運動──寫下驚濤駭浪的故事：

> 六〇年代充滿了叛逆與變革的動力，對後世產生無遠弗屆的衝擊。[233]

> 六〇年代不是一個只有破壞、抗爭、暗殺與盲撞的階段，它也是一個求變、更新、突破與開創的過程。[234]

然而，由於國民黨威權體制的操控強固，臺灣的一九六〇年代，遠非如此狂飆創新，而是鑽進「現代主義」的黑洞中，向內追索自身存在價值與意義的「內向性」的時代，某種程度是逃避現實的一種路徑，某種程度也是蓄養行動能量的沉潛。臺灣社會的大幅鬆動，要等到一九七〇年代，如前述，整個一九七〇年代，始於保釣運動，終於美麗島事件。前者是由於臺灣在國際局勢方面的持續孤島化，人民對於毫無作為的政府發出怒吼，後者則是國內的「政治民主化」的訴求，一外一內，一前一後，臺灣政治社會文化都開始產生鬆動。

因此，前述《思想》雜誌第22期，受訪或撰稿回顧自身在一九八〇年代的參與行動的當事者，他們的記憶線索，都從一九七〇年代中期以後開始，如此積累到了一九八〇年代，就是一個全面爆破的年代。

以臺灣內部的政治局勢觀之，我們可以說，一九八〇年代始於美麗島大審判，終於鄭南榕自焚，既是事實，也如隱喻，整個八〇年代，就銘刻著臺灣民主化運動的理想與進程，其間所貫串的事件，試舉幾例，如1986年民進黨建黨，1987年解嚴，1988年開放探親、黨禁報禁解除、蔣經國逝世，1989年中國六四天安門事件、鄭南榕自焚，1990年3月野百合學運。一九九〇年代初始於野百合學運，正是由前

---

233 林博文，〈狂飆的年代‧沸騰的歲月──回顧六〇年代的社會動盪與時代特質〉，氏著《悸動的六〇年代》導言，臺北：時報文化出版事業股份有限公司，2010年7月，頁14。
234 林博文，〈狂飆的年代‧沸騰的歲月──回顧六〇年代的社會動盪與時代特質〉，頁10。

一個世代逐漸衝撞體制而來。

　　整個一九八〇年代，就是一個解放、解構的年代，是一個爆破的年代、邊緣發聲的年代。邊緣發聲，社運蓬勃，許多一九八〇年代的青年運動者，回憶起當年，都仍然能夠感受到跳動的社會脈搏，以及自己的憤怒、激情、理想；如長期關懷政治改革與人權議題的林世煜指出：「整個八〇年代是集體興奮的，一直往前衝。」[235]而八〇年代的學運要角吳介民則說：「台灣，1980年代，是抖落恐懼的年代。」[236]同樣是運動的涉入者黃崇憲則說：「整體而言，我的1980年代是憤怒的、挫傷的、頹困的。……但1980年代也是理想主義風起雲湧的時代，是台灣掙脫舊枷索，翻開歷史新頁的時刻。」[237]工運健將陳素香更清楚地指出，一九八〇年代的爆破是向四面八方的：

> 台灣的1980年代無疑是精彩的。美麗島事件之後，黨外政治力量更加茁壯，國會全面改選，解除戒嚴、承認言論自由、組黨、人權等訴求，不斷地衝撞國民黨威權體制，而民間各個領域的自力救濟／反抗運動也如野火蔓延，熱鬧翻騰，婦女的、環保的、農民的、原住民的……，幾乎每天都有群眾上街頭與鎮暴警察衝撞。[238]

一九八〇年代結束的那年，1989年，清華大學社會人類學研究所舉辦了一場「台灣新興社會運動研討會」，會中邀集十四位學者，以十三篇論文全面廣度地觀察了八〇年代的臺灣社會運動圖景，其後論文集結為專書出版，包含社會運動的三個面向：包括綜論面（社會運動的結構因素、社會運動的分析架構）、社運的實務面（環保、消費者、婦女、勞工、原住民、老兵、農民、校園、反核）、社會現象面

235　蕭阿勤，〈世代，理想，衝撞——1980年代：林世煜先生訪談錄〉，《思想》22期：「走過八十年代」，頁149。

236　吳介民，〈革命在他方？此刻記憶1980年代〉，《思想》22期：「走過八十年代」，頁157。

237　黃崇憲，〈夢想共和國的反挫：1980年代的個人備忘錄〉，《思想》22期：「走過八十年代」，頁191-192。

238　陳素香，〈八〇九〇二千及之前和之後〉，《思想》22期：「走過八十年代」，頁214。

（新興宗教、世俗化、大家樂、飆車）等等[239]，完全符合第一線參與者陳素香的回顧與觀察。

　　總體觀察，一九八〇年代爆破的面向，概約包含以下幾點：

　　（1）威權體制 VS. 人民民主：訴求民主化、人權、言論自由；

　　（2）中國大敘事 VS. 臺灣主體敘事：訴求本土化、在地認同；

　　（3）父權思惟 VS. 女性主義：訴求性別平等；

　　（4）大漢沙文 VS. 原住民族主體敘事：訴求族群平等；

　　（5）主導階級 VS. 庶民大眾：訴求階級平等與分配正義；

　　（6）集體 VS. 個體：訴求個人主體性；

　　（7）人／自然（土地倫理）等等。

　　這幾個面向當然只是概約統整，實際行動則分殊成許多不同的行動團體，分頭進行爆破。如此進入一九九〇年代之後，才獲得當局相對正面的回應，如1994年李登輝總統正式提出「臺灣本土」，自然是在歷史積累之後的產物。一九八〇年代的臺灣政治社會局勢如此，而臺灣文化，是由幾種差異的文化面貌共同組成：其一，文化的「民主化」、「解構」風潮；其二，文化「本土化」的概念建構與實踐，包括臺灣本土歷史的重構風潮，重新贖回島嶼自身的歷史記憶；其三，消費文化與文化「商品化」的發展。

　　因此，我們幾乎可以說，「民主化」、「本土化」、「商品化」，是一九八〇年代、特別是解嚴後的三個關鍵詞。前兩者已如前述，而資本主義、消費文化的發展，都市化與商品化的文化圖景，前節所舉葉榮鐘在一九六〇年代即已觀察到的文化課題，此時更是全面現形。許舜英憶及八〇年代快速成長起來的都市消費空間指出：

　　　關於都市生活、上班族生活型態、俱樂部文化、酒館文化、購物文化，

239　徐正光、宋文里合編，《台灣新興社會運動》，臺北：巨流圖書公司，1989年2月。

　　八〇年代的東區，以拼貼移植、任意繁衍的癌細胞蔓延方式，提供我們
　　一個略具形式的都會生活型態……[240]

這些文化路徑，發展到一九九〇年代至今，呈現四重發展軸線，其一，城市景觀與
「後現代」話語風行：重表層、感官、反本質、去中心、去歷史深度、強調身分流
動與多元認同、異質、文化雜燴、都會中心，強調商品化、消費化所建構的流行文
化；其二，傳播革命與「全球化」：九〇年代中後期以來，「全球化」成為一個關
鍵詞，「全球」成為一種新的文化想像符碼；其三，延續「本土化」的思索，「後
殖民」論述勃興，強調反殖民、本土化、歷史建構、重構國家和族群身分、殖民／
被殖民的含混、交涉、挪用、翻譯等課題；其四，所謂「本土化」敘事，進一步發
展成為「在地化」、「區域文化」的概念與實踐，開始強調地方感、地點性、場所
精神。

　　在這麼多個文化脈絡中，一九九〇年代至今的關鍵詞，應該是「後現代」、
「後殖民」、「全球化」、「在地性」、「區域」等。以臺灣的歷史情境而言，接
續八〇年代對全面性課題的爆破，社會運動大多以統治集團所在地的臺北街頭為抗
爭場域，九〇年代則掀起一波知識分子返鄉、草根實踐的風潮，各地的文史工作團
隊如雨後春筍，四處勃發，回歸在地、理解在地、營造在地文化，成為最重要的功
課：

　　九〇年代中期以後台灣地方文史工作的點狀開展，就某個面向而言，是
　　起於對國民黨黨國教化詮釋系統長期以來對「歷史知識體系」、「歷史
　　解釋權」的操控之反思，也是台灣解嚴後民主化運動的一環，它自始即
　　具有強烈的批判性格——在地的、庶民的、參與式的、回歸歷史主體
　　的。[241]

240　許舜英，〈從烏鴉族到新挪威森林世代——半小時讀完八〇年代〉，收錄於楊澤主編，《狂
　　飆八〇》，臺北：時報文化出版事業股份有限公司，1998年，頁99-100。
241　楊翠，〈說地方的故事——彰化村史的書寫意義〉，收錄於《方志學理論與戰後方志纂修實
　　務國際學術研討會論文集》，國史館臺灣文獻館編輯組編輯，南投：臺灣文獻館，2008年9
　　月，頁387。

　　因此，一九九〇年代至2000年總統大選之間，臺灣社會運動的街頭式展演，相對冷清，主要原因是運動者返鄉從事在地文史重建工作，以在地文化實踐取代了街頭抗爭，這波運動的內容，體現在幾個層面：地方（部落）歷史記憶的尋繹與建構、自然生態環境的維護、文化空間的營造、文化團隊的集結、在地文化的深耕與再造等等，因而形就了一九九〇年代中期以後，一連串地方／社區營造行動。整個九〇年代，地方文史工作室、社區大學紛紛成立，村史寫作運動、社區總體營造強力推動的時代，也是「地方感」最強烈的時代。

　　從1997年的「大家來寫村史」運動，可以觀察到一九九〇年代中期前後，在地草根運動的行動方式與具體成果。該活動也展演了九〇年代社區營造的行動模式，由臺灣省政府文化處（公部門，官，出資）、中華民國社區營造學會（民間團體，民，出人）、學術單位（學，出論述），即「官、學、民」的合作模式。計畫名稱為：「大家來寫村史──民眾參與式社區史種籽村建立計劃」。計畫主持人吳密察指出，該活動是要讓「在地生活者」來書寫「自己的歷史」：

> 透過這種歷史書寫，提煉過往的經驗並編組記憶，讓歷史成為「自己的」，而不是與自己無關的「知識」。[242]

「大家來寫村史」最初先從臺灣各地既有的文史工作團隊中，選擇十個「種籽村」，作為試辦地點。因此，從「種籽村」可以觀察得知，第一批返鄉的運動者在一九九〇年代中期，已然成功組織並運作出在地文化實踐團隊，這種運動模式，至今都還是臺灣在地住民對於在地議題的發聲與實踐模式。

　　2000年總統大選至2008年陳雲林來臺，發生「集遊法事件」，而激盪出戰後第二波大型學運：「野草莓學運」。由於先前的民主化運動已成功地推動完成首度的政黨輪替，在民進黨執政之下，政治民主化運動階段性地消寂，而地方則進入前述的草根型在地文化實踐，消散在各個議題與各場行動中。直到2008年的「野草莓學運」，臺灣才開始真正面對：臺灣的問題並未因政黨輪替而解決，2008年至今，新

242　臺灣省政府文化處、中華民國社區營造學會，《大家來寫村史──民眾參與式社區史操作手冊》，南投：臺灣省政府文化處，1998年12月，頁11。

的狂飆時代降臨了，農運、工運、原運、同志運動、環境運動、反都更運動、反核運動、反服貿運動、反課綱運動、校園學權運動、高教教師權益運動……，一九八〇年代彷彿重臨。然而，新時代的新運動，有其新形式與新意涵，取代了八〇年代的民主化與本土化、九〇年代的區域與在地，21世紀新時代的新關鍵詞：世代正義、分配正義、公民社會、國家主權，這些論述與價值，正是前面所有世代的能量積累，彰顯出一個新國家、新政府、新社會、新公民即將到來的可能。

（二）解嚴前後至今的臺灣文學景觀

解嚴前後至今未及三十年，然而臺灣在各個面向的變化極大，已如前述，而文學與所有這些社會變化，自然都是緊密交織，發展出幾個階段的圖景。

仍然從七〇年代觀察起，由於反帝及政治民主化，使臺灣住民在戰後首度認真地凝視腳下的土地，一九七〇年代，之前被國民黨教化詮釋系統所壓抑消隱的「臺灣」，逐漸浮現在場，臺灣在地書寫、臺灣歷史書寫、臺灣現實書寫，蔚然興起，然而，長期壓制臺灣思想的國民黨統治集團，無法接受這種文學上的自由逸出與爆破，亟欲再度採取壓制，發生於1977、1978年的「鄉土文學論戰」，正是在這樣的歷史脈絡下展開。戰後新世代小說家在論戰中成長，因為「鄉土文學論戰」，刺激他們回視自己不同於前世代的空間經驗、生活經驗、歷史記憶，也使他們的小說呈現新圖景[243]。

因此，解嚴前後至今的臺灣文學，也就與前述各個時代的臺灣文化景觀有著相互關聯、互涉、影響、對話、論辯的關係；簡言之，臺灣文化景觀影響了文學書寫，但另一方面，文學作家也以他們的書寫，參與了、批判了、創造了解嚴前後至今的臺灣文化景觀。以此觀察，筆者大致歸納出十個書寫面向：

（1）政治文學、批判文學的大量出現，參與並回應了「民主化」的課題；

（2）歷史書寫蓬勃發展，展現出作家對「本土歷史建構」的企圖；

（3）都市文學勃興，處理都市生活空間與都市人的生命處境；

243　參見楊翠，〈故事萬花筒——百年小說圖誌〉，《中華民國發展史——文學與藝術》，國立政治大學、聯經出版社，2011年10月，頁147-176。

（4）性別解構文學的風潮，包括同志書寫、跨性別書寫、身體情慾書寫等；

（5）階級議題文學的開展，如農民文學、工人文學等；

（6）土地議題的關注，如環境生態、自然寫作、保育文學等；

（7）族群議題的關懷，如原住民文學、眷村文學的發展；

（8）各種涉及主體認同、存在意義課題的書寫；

（9）文學地景與地方感的書寫，強調「生活在地方」的地點性與場所精神；

（10）各種移動敘事：強調「行走在他方」，書寫離散、移動、旅行，以及自
　　　我與他者的文化對話與主體認同。

　　其中，後兩者是一九九〇年代至今的重要書寫議題。確實，一九九〇年代至今，全球／在地，成為一組拆不開的命題，前者是在文化商品化的脈絡下思考，而後者則是強調「在地文化的營造」；沒有好的在地文化，在全球文化商品市場中，就失去「與他者交換」的自主權，因此，此時亦是「區域」、「地方」文學／文化的概念與實踐時期。

　　伴隨民主化運動、政黨輪替等政治上的變化，某些地方政府也開始重視「在地文化」，前述這些在地文化工作者，也有一些成為地方文化中心（文化局）在政策執行時的諮詢對象，他們或者參與了某些項目的文化工作，或者直接影響了某些文化政策的擬定[244]，「地方文學獎」、縣市「作家作品集」，也正是在這樣的時代氛圍中誕生。以「地方文學獎」而言，1993年，第一部地方文學史《臺中縣文學發展史・田野調查報告書》出版；1993年，第一個地方文學獎「南瀛文學獎」實施，為各縣市文化中心（文化局）舉辦地方文學獎之開端，其後，各地方陸續跟進；1997年，「大家來寫村史運動」全面展開；1998年，臺灣各縣市或鄉鎮開始成立社區大學。以上現象，都標幟著「地方」的形貌逐漸鮮明，「地方人」、「地方事」開始

---

244 九〇年代，各地方文化中心（九〇年代末期，有些地方升格為文化局）紛紛建置「諮詢委員制度」，以文學而言，即有「文學諮詢委員」，成員十餘人不等，委員的組成，除了全國性知名學者與作家之外，亦均包含一定比例的在地學者與作家。以筆者（楊翠）先後擔任臺中縣、臺中市、彰化縣「文學諮詢委員」的經驗為例，「文學諮詢委員」確實更影響文學政策。如九〇年代末期臺中縣廖永來縣長任內，即因「文學諮詢委員」開會決議，而舉辦一系列文學活動，如首創「中縣文學獎」、「中縣文學營」、「臺中縣作家作品研討會」、「中臺灣學術研討會」等。

成為話題。

　　一九九〇年代之後，文學產生一波變局，陳芳明指出三大變革，其一是新世代寫手出現，他們登臨於解嚴後的臺灣文壇；其二，新世代寫者不再揹負前世代的各種社會責任，並選擇一種疏離的美學原則；其三，一方面漢字的發展已達致成熟，另一方面文學空間與網路空間產生結合，形成新的語言，更見活潑生動[245]。這一批寫作者的作品，大多是文學獎出身的寫作世代，有大批書寫另類的烏托邦的小說，被稱為後鄉土或新鄉土小說，陳芳明指出：「在這一群作家共同營造之下，鄉土不再是殖民地受害者的象徵，也不再是帝國主義掠奪的對象，他們所見證的鄉土，是島上住民因為貪婪與自私，而迫害土地倫理，危害生態。……他們的故事很魔幻、很誇張、很扭曲，卻都在追尋一個共同的關懷。如果台灣人不能自我覺醒，卻只是歸咎於過去的悲慘命運，則鄉土必將沉淪下去。」[246]

　　進入21世紀之後，更新的文學世代又出現了，更幾乎清一色從文學獎中誕生，他們的書寫，在「野草莓運動」、「太陽花運動」之後，在新世代、新國家、新社會、新鄉土的概念又重新清洗重建，在「自己的國家自己救」、新的臺灣本土（獨立）意識誕生、青年們又開始尋繹臺灣的歷史[247]之後，新世代的文學創作又將走向何處？我們必須進一步觀察。

二、解嚴前後至今的臺中文學景觀

　　整體觀之，臺中的文學發展線圖，與整體臺灣文學的發展緊密扣合，本市一九八〇年代以來至今的爆破、尋根時期，臺中重要作家皆積極參與其間，寫出了具代表性的重要作品，成為具有全國性、乃至世界級的文學作家；如性別書寫與反思者廖輝英、周芬伶、陳雪、紀大偉、洪凌，都在臺灣文壇佔有重要位置；原住民

245　陳芳明，《台灣新文學史（下）》，臺北：聯經出版社，2011年10月，頁782。
246　陳芳明，《台灣新文學史（下）》，頁787。
247　如2014年第38屆金鼎獎非文學圖書獎得主《史明口述史》的小組團隊如藍士博等人，便是長期投身臺灣文史工作，他們穿上寫著「自己的出版自己救」的T恤上臺領獎，藍士博更嗆文化部長龍應台不重視臺灣文化、語言與文學。楊媛婷，〈金鼎獎得主　嗆龍應台眼中只有中國〉，《自由時報》，2014年8月14日，http://news.ltn.com.tw/news/focus/paper/804460，登站日期：2014年10月4日。

族書寫者如瓦歷斯‧諾幹、利格拉樂‧阿𡠄，一九九○年代臺灣的原住民文學五大家，臺中就佔了兩家；再如自然書寫的重要作家劉克襄、政治與城市書寫的好手黃凡、唯一長期跨足詩／歌的路寒袖，以及第一位詩人縣長廖莫白（廖永來）……等等。

戰後以來，本市作家社群還有一大特色，即詩人社群的人口數極多，而且是從跨越語言世代開始，橫跨了四代的書寫者，形構出龐大的詩人群落。除了前節所提及的「笠詩社」龐大作者群之外，如曾隸屬於「後浪詩社」、「龍族詩社」的蘇紹連；曾加入「創世紀」詩社，並與蘇紹連、蕭蕭等人共創「《臺灣詩學季刊》雜誌社」的渡也；曾合組「春風詩社」的楊渡與鍾喬；成為第一位詩人縣長的廖莫白；曾創辦《八掌溪》詩刊、主編《漢廣》詩刊的林沈默；以及亦曾創辦《漢廣》，跨越詩、歌、攝影多重美學疆界的路寒袖……等等，形構出龐大的詩人社群。

此外，一九八○年代前後以來，臺灣文學的發展，與「文學獎」關係密切，除了最初的中時、聯合兩大報文學獎之外，其後又有全國學生文學獎、自立晚報百萬小說大獎、自由時報林榮三文學獎，以及各式各樣的企業或公部門舉辦的文學獎，而「地方文學獎」更是影響一地的文學發展與作家生產甚鉅。前述五都之前的臺中市「大墩文學獎」，創設於1997年，舊臺中縣的「中縣文學獎」創設於1999年，縣市合併後結合成為「臺中文學獎」。地方文學獎因其「參賽資格」規定，以及「以地方為名」的特殊性，與地方書寫、城市記憶、城市景觀等課題關係密切，更普遍形成「地方書寫／書寫地方」的獨特風格。

臺中當代作家之中，以各種文學獎的通路躍入文壇者，不在少數，隨手舉例如鐘麗琴、紀小樣、方秋停、嚴忠政、李崇建、賴曉珍、鄭宗弦、張經宏、王宗仁、李長青、李儀婷、黃琬瑜、林婉瑜、賴鈺婷、然靈、林孟寰、楊富閔……，浩浩蕩蕩形成一支龐大的「得獎隊伍」，這個從文學獎現身文壇的社群，實際年齡其實跨越了好幾代，然而，若在特殊的論述語境中稱之為「文學獎世代」，倒也可以彰顯出一九九○年代以來，各種文學獎所開發的寫作空間。

整體而言，臺中市解嚴前後的創作人口極為龐大，寫作文類亦極豐富多元，寫作者所跨越的世代也很寬闊，老、中、青、新生世代，都還持續筆耕文壇，特別是有些作家持續寫作長達四、五十年，著實很難直接劃歸為哪一個時代，因此，首先

必須說明的是，關於「作家」的時代歸屬，本書並不採取單一性原則，亦即，由於戰後現代文學的發展時間長達一甲子，而不同作家的創作生涯與重要作品的產出時間亦各不相同，因此，本書並不認為一位作家僅能歸屬於一個時代，也不認為每位作家的時代歸屬與討論分量必須平均，反之，本書選擇採取多元的原則，以作家的文學活動與重要作品產出時間為依據，有些作家可能僅在某個時代斷限中討論，有些作家則在多個時代中論及。原則上，本文採取作家創作量較多、或者重要作品出現較多的時代作為歸屬，而關於重要作家作品的簡單論述，亦因人數與作品量皆過於龐大，無法詳盡，請參考本書附錄之作家名錄與簡介。

　　其次，一九八〇年代前後以來臺灣文學的發展，簡化來看，可以用多元化、在地化、商品化來觀察，各種議題、各種思想、各種美學手法，多元蓬勃，因此難以簡單歸類為某些議題，本書已抽離出幾個整體性的、跨時性的議題，如族群、性別、空間地景等等，或者特殊的書寫文類，如兒童文學、母語文學等，皆已另闢章節，請參考該章節。其三，前節論述戰後初期至一九八〇年代以前的作家作品，以「臺灣本地」、「中國來臺」區分，是由於當時的文學書寫明顯體現出族群身分的差異性；然而，解嚴前後以來活躍的作家，絕大多數是出生、成長於臺灣，反共、戰鬥、懷鄉文學已大量消失，除了原住民族的書寫之外，族群身分所造成的差異固然多少體現在文本的意識形態觀點中，但卻不如前一階段如此壁壘分明。因此，本章不採取作家出身來分類，而以作品文類分項介紹。

　　當然，所有的「分類」只是為了便於討論，以免論述過程混亂，事實上，臺中作家在文類上的跨界性很高，經常有作家的專長文類橫跨兩種、三種、四種、五種之多者，造成分類上的曖昧性。因此，必須說明的是，本文的歸類方式，僅是以「相對性」，而非「絕對性」。一般而言，是依據作者對於該文類的書寫數量較多、評價較高、意義較鮮明、具有文學史的特殊地位，又或者是他較早開始撰寫、以此成名的文類等等，標準相對較為靈活，此種分類目的，只是為了論述節構能較為脈絡清晰，便於了解而已。

三、重要作家及其作品

（一）現代詩

　　前節所述臺中市的前世代詩人，解嚴前後仍然活躍於文壇。而出生於1948年前後，屬於戰後嬰兒潮世代的作家，亦大多活躍性極強，時間跨幅極長。楊牧（1940—），花蓮人，本名王靖獻，畢業於東海大學外文系，在東海大學期間，曾參與編輯東海校內刊物《東風》。楊牧文學起航甚早，十五歲即開始創作，初以筆名葉珊，創作現代詩與散文，1972年，始以筆名楊牧創作現代詩、散文，兼及評論與翻譯，至今筆耕不輟。

　　楊牧的新詩，如《水之湄》、《花季》、《傳說》、《瓶中稿》、《北斗行》、《時光命題》等，產量十數本，文學史評價甚高。張芬齡、陳黎指出楊牧詩作的九種面向：抒情功能的執著、愛與死／時間與記憶、中國古典文學的融入、西方世界的探觸、常用的詩的形式、楊牧詩中的自然、本土元素的運用、家鄉的召喚、現實的觀照[248]等。石計生則指出楊牧詩作中獨特的「時間」特質與記錄、想像之間的撞擊火花；他認為楊牧詩作是虛實之間追憶的凝聚，詩的現實性與永恆性，交疊展開[249]，陳芳明則強調「花蓮」在楊牧作品中的重要性，是他的精神原鄉與文學泉源[250]。

　　謝旺霖以「浪漫精神」詮釋楊牧詩作的主體精神，他所歸納的「浪漫精神」，包括對真、美、永恆的追求；以質樸文明的擁抱替代古代世界的探索，以自然對抗文明；山海浪跡上下追索的抒情精神；向權威挑戰，反抗暴力的精神。他指出，這種主體精神，在楊牧於臺中東海大學時期的詩作，傾全力詮釋濟慈（John Keats, 1795—1821），捕捉永恆與美之中，即可觀見：

248　張芬齡、陳黎，〈楊牧詩藝備忘錄〉，收錄於林明德編，《臺灣現代詩經緯》，臺北：聯合文學，2001年，頁239-270。
249　石計生，〈印象空間的涉事──以班雅名的方法論楊牧〉，《中外文學》第31卷第8期，2003年1月，頁234-252。
250　陳芳明，〈永恆的鄉愁──楊牧文學的花蓮情節〉，收錄於氏著，《後殖民臺灣》，臺北：麥田出版社，2002年，頁219-240。

這樣的美，並不一定是具體的人事物，更多時候是抽象的，精神的，感情的。雖然這種「浪漫」的想法，只是年輕的楊牧當時投下的議題，但卻無疑地將開啟他往後對美與永恆無止盡的探索與追尋。[251]

　　至於楊牧的散文成就，不下於現代詩。1966年出版首部散文集《葉珊散文集》，其後至1997年，合計出版十三本散文集，包括著名的《柏克萊精神》、《搜索者》、《交流道》、《山風海雨》、《一首詩的完成》、《方向歸零》、《昔我往矣》等，2003年與2008年，選編過往散文作品，分別出版《奇萊前書》、《奇萊後書》。

　　楊牧的散文風格，以抒情為尚，具有詩的韻味，語言凝斂深邃，注重意象的經營，慣常使用長句與短句交替之間所形成的節奏感與韻律感，形成獨特的美學風格。何寄澎指出：

　　楊牧以本性浪漫、氣質詩人、長期創作美文之基礎轉作雜文，遣辭造句不免仍多講究，常見典雅之風，而批判中尤愛說理，故無一般雜文的潑辣、銳利，卻多一層含蓄的文人學士氣；所以楊牧說：「文體和風格還是我自己的。」[252]

在議題方面，既觸及自我內心感懷情思，亦觸及社會關懷與哲學思索，楊牧曾自陳，文學一方面有其獨立的自主性，另一方面卻也不能自外於社會之外：

　　我總認為文學固然重要，一般人文精神對於社會的進步，也非常重要。文學固然不能變成其他東西的附庸，但文學也不可以自絕於一般人文精神，和廣大的社會關懷。[253]

251　謝旺霖，《論楊牧的「浪漫」與「臺灣性」》，國立清華大學臺文所碩士論文，2009年，頁26。

252　何寄澎，〈永遠的搜索者——論楊牧散文的求變與求新〉，《臺大中文學報》第4期，1991年6月，頁170。

253　楊牧，《柏克萊精神》自序，臺北：洪範書店，1980年，頁7。

楊牧散文，除了書寫個人情懷之外，亦有不少篇幅觸及原住民的生活處境與生存姿態，也書及日治末期及戰後初期的庶民生活史，扣合少年自身的成長記憶，彰顯出戰後臺灣歷史情境的某種斷面。花蓮，是楊牧文學創作的重要母鄉，他曾自言：「花蓮對我愈來愈重要，相較於生命其他幾個時期愈來愈特別。」[254]他的重要散文集《山風海雨》、《方向歸零》、《昔我往矣》皆以自身的花蓮成長記憶為題，是自傳式色彩濃厚的散文作品，其間亦有大量的自然書寫，其後編成《奇萊前書》。張家豪將楊牧整體的散文特色概括為三大面向：繁複的修辭技巧（自然精緻的語言、變化多端的句式、豐盈鮮明的意象）、融會的語法運用（中西語法融合、文白融合、詩化語言）、獨特的描述手法等[255]。

　　關於楊牧整體的文學價值與文學史地位，謝旺霖提供了全面性的視野，指出他匯聚中西的抒情傳統，並具有「臺灣性」的主體文化意識：

> 楊牧實踐的「抒情」應該不僅止於技巧方面，而是有其相當內化的意義，所形塑的是一種深刻「有情」的文化意識，在精神層面上的影響恐怕更大於技巧吧。簡言之，楊牧顯然匯聚了兩大體系下的「抒情」，再加上臺灣主體的意識，去創作臺灣文學。[256]

蘇紹連出生於1949年，曾參與「後浪詩社」、「龍族詩社」，並與詩友籌組《臺灣詩學季刊》。十八歲即開始寫作現代詩，至今仍創作不輟，九〇年代以後致力於散文詩與敘事詩，佳作甚多。李癸雲特別指出，蘇紹連詩作經常出現孩童角色，偏愛以孩童視角來凝視現實人生，思索純真與虛偽的本質，彰顯出成長的痛楚與純真的想望，由此展現他的成長觀與生命觀：

> 蘇紹連喜用孩童形象來入詩，除了長期任教於國小的背景，也因為孩童的形象具有特定的生命階段意涵，他藉由此種意涵來對比他所欲批判

254　沈冬青，〈進入源頭，參與創造──內心風景的搜索者楊牧〉，《幼獅文藝》第82卷第4期，頁7。
255　張家豪，《楊牧散文研究》，國立政治大學中文所碩士論文，1998年，頁75-93。
256　謝旺霖，《論楊牧的「浪漫」與「臺灣性」》，頁154。

的社會現象，來戳破成人世界的偽裝，甚至表達自己對生命的深層挖掘。[257]

蘇紹連以「孩童」作為純淨的、原初烏托邦的時間性、空間性、原質性意象，在他的詩作中四處可見，如1990年的《童話遊行》中一首〈三代〉，以世代喻寫臺灣歷史發展的歷史性斷面：第一代身處威權禁錮，第二代則面對政治混亂，到了第三代，則召喚出永不前進、不變質的童年，以收納純淨的靈魂；不前進、不變質，即是一種烏托邦意象。1997年的散文詩〈鑽石〉更以如下詩句，彰顯出母體／童年的純粹意象：

> 我是一道光，自母體出發後，就不斷的往前走，在黑暗中開路，迅速前進，穿越了城市的樓房，穿越了鄉村的田野，來到我童年的夢土。[258]

如蘇紹連一般，臺中作家參與詩社的風氣熾盛，如苦苓即參與1979年「陽光小集」的創設。苦苓二十歲即以〈李白的夢魘〉一詩，驚豔詩壇，就讀臺大時期，與楊澤等創辦「臺大現代詩社」，詩觀歷經從晦澀到清朗的蛻變過程，到了「陽光小集」時期，他的詩風大致明確，犀利敏銳，具現實關懷與批判性，在解嚴前後詩壇，以寫作具政治批判色彩的「政治詩」聞名。

相較於蘇紹連與苦苓創作起步甚早，出生於1948年的江自得並非如此，他詩創作的起步雖並不算早，但後勁能量豐富。江自得出身臺中潭子，畢業於臺中一中、高雄醫學院，並長期任職於臺中榮總，1989年因白萩介紹而加入「笠詩社」，之後開始關注臺灣文學文化脈動。同一年，因意外摔傷造成短期行動不便，正好靜下心來思考自己的未來方向，1995年左右按照自己心意，重新提筆再寫詩。江自得在一九八〇、九〇年代，積極參與「阿米巴文化講座」、「台杏文教基金會」的創設，對臺灣文學與文化的發展有高度貢獻[259]，其中，1994年開始啟動的「阿米巴文

257　李癸雲，〈往回長大的小孩──從孩童角色的運用論蘇紹連詩中的成長觀〉，收錄於路寒袖主編，《台中縣作家與作品論文集》，頁406。
258　蘇紹連，〈鑽石〉，《隱形或者變形》，臺北：九歌出版社，1997年8月10日，頁54。
259　楊翠訪談、洪千媚記錄，〈訪江自得先生逐字稿〉，《臺中文學史委託研究計畫──文史資

化講座」，定期邀請各領域的文學、文化界人士來演講，向市民開放，持續運作，至今不輟，成為民間自主的臺中城市文化營造典範[260]。

江自得的創作以詩為主，首本詩集《那天我輕輕觸著了妳的傷口》於1990年出版，之後陸續有《故鄉的太陽》、《從聽診器的那端》、《那一支受傷的歌》、《三稜鏡》、《給NK的十行詩》、《遙遠的悲哀》、《Ilha Formosa：江自得詩集》、《台灣蝴蝶阿香與帕洛克》等詩集出版。陳明台指出，江自得詩作的風格是：「用語樸實，有獨特的表現方式，同時，往往顯示出極為理智、冷靜的思考，充滿自制與自省的精神。」[261]總體觀之，江自得詩作有兩大主題，其一是醫療經驗中的所見所感，其二是對臺灣文史與現實的關注；前者如《從聽診器的那端》，而後者的經典之作則是《Ilha Formosa：江自得詩集》、《台灣蝴蝶阿香與帕洛克》。

江自得關於臺灣文史的詩作，長年都有，分散發表，但《Ilha Formosa：江自得詩集》一書，則是一部最完整的「以詩敘史」之作，是江自得對臺灣史的一個禮敬。該書出版於2010年，但江自得自陳，他自1995年重返詩創作以來，即有以詩敘史的想法，並開始蒐集、閱讀資料，如此醞釀了十餘年：「希望以後一定要寫臺灣史詩，從那時起我就慢慢蒐集資料，……08、09年沒寫，就是在準備寫臺灣史詩，大量閱讀以前買的那些歷史書，那算是一個計劃性的寫作，寫的時間也很長，如果從準備資料開始算起，其實時間很長。」[262]

經過漫長的理解與思考醞釀而成的《Ilha Formosa：江自得詩集》，全書分為五章[263]，以地理空間作為原初，既是起點，也是終點，彰顯出臺灣土地空間的能動性、豐饒性與創傷記憶，並且透過以人物為主體帶出事件的書寫策略，虛實交織，以實際人物、實際事件、具體史料，虛擬實體人物的情感，以達致某種象徵化的真實。而詩集以組曲的形式，產生一種具有身體感（有機感）的結構體；細胞與細胞的組合，既獨立又連結，產生敘事的結構韻味和內容張力，是江自得詩創作中的成熟上乘之作。

料蒐集、撰寫及展示》（成果報告・附錄Ⅱ），2014年3月，頁239-254。訪談日期：2013年11月8日。
260 楊翠訪談、洪千媚記錄，〈訪江自得先生逐字稿〉，頁249-250。
261 陳明台，《台中市文學史初編》，頁162。
262 楊翠訪談、洪千媚記錄，〈訪江自得先生逐字稿〉，頁250。
263 江自得，《Ilha Formosa：江自得詩集》，臺北：玉山社，2010年4月。

　　臺灣第一位詩人縣長廖永來（廖莫白），青年時期就讀臺中師專時，曾加入「後浪詩社」、「春風詩社」，擔任臺中縣長任內，積極推動地方文學與文化事業，出版「臺灣文學中小學讀本」、舉辦「中縣文學營」，都是各縣市中的創舉。廖永來詩作深富現實關懷與社會觀照，論者謂其：「作品的面貌相當廣泛，在作品中呈現人間的壓迫、悲苦，有現實關注與社會意識力量，反映社會矛盾，表露同情心，且具社會責任感，是臺灣第一位詩人縣長。」[264]

　　廖莫白的詩作風格，早期傾向於抒情耽美，向中國的抒情傳統探索詩，以晦澀詩句吟詠自身，然而，如他所自陳，「美麗島事件發生，思想遽變」[265]。1979年的美麗島事件，使他詩作的關切主題，從耽美走向日常生活的觀察，以及對現實臺灣社會的關懷，並展現具批判性的歷史意識。《菊花過客》即是循走古典抒情與唯美晦澀的風格，而其後的《戶口名簿》、《臺灣組曲——廖莫白詩選》、《台灣的愛》，則轉向現實關懷與批判。1983年的《戶口名簿》以他的家鄉彰化二林為空間舞臺，書寫農村景觀、故鄉生活、家族紀事、工業污染、環境病痛等等；如〈佃農的塑像〉寫佃農出身的祖父、〈行過我們的嘉南〉寫土地形影與氣味等等。而《臺灣組曲——廖莫白詩選》則是廖莫白歷史意識的詩化展演，分成「臺灣組曲」、「風雨中的島嶼」、「她從黑暗中走來」、「毀滅的二月」等，把關懷的焦點投向現實，也投向歷史，正是一九八〇年代解嚴前後臺灣文學的共同課題。

　　除了詩人縣長之外，詩人路寒袖亦是不可多得的廣角度人才，他的文化實踐具有多重跨界性，其一是媒體工作，曾任《中國時報》人間副刊撰述委員、《台灣日報》副總編輯兼藝文中心主任、文建會《文化視窗》月刊總編輯；其二，教育工作，歷任復興商工、靜宜大學、彰化師範大學、臺中科技大學教職；其三，文化行政工作，歷任國家文化總會副秘書長兼中部辦公室主任、高雄市文化局長，目前擔任臺中市政府文化局長等職，具有優異的文化行政與城市文化治理能力與理念。

　　在文學創作方面，路寒袖的創作文類具有高度跨界性，以詩、散文為主，亦及於歌、兒童文學、攝影；路寒袖是臺灣當前詩人之中，詩作與歌曲長期緊密結合的

264　摘擷自「2007台灣作家作品目錄」，網址：http://www3.nmtl.gov.tw/writer2/writer_detail.php?id=2108。
265　〈廖永來生平簡記〉，收錄於廖永來，《台灣的愛》，臺北：前衛出版社，1995年2月，頁138。

最重要實踐者，風格獨具。他最大的特色，是經由跨界媒材，營造多元的、豐富流動的美學效果，而非僅埋藏於詩人自身的文字與詩行世界之中。

　　路寒袖就讀臺中一中時期，與同學共同創設了該校一九七〇年代重要的文學社團「繆思社」，該社團的重要成員如鍾喬、林安梧、楊渡、廖仁義，後來亦皆在文壇或思想界扮演重要角色，透過「繆思社」，路寒袖才「真正接觸到所謂臺灣的現代文學」[266]。路寒袖的詩創作，基本上經過四次轉折，其一是從現代主義轉向寫實風格；其二是從事臺語詩創作；其三是將詩與歌進行結合；其四則是縮結詩與攝影兩種媒材。

　　青年時期的路寒袖，首度經歷詩風格的轉變，早期傾向於現代主義的晦澀難解，後期則走向明朗流暢；據他自陳，轉變的關鍵點與他高三畢業後曾前往楊逵的東海花園，與他共同生活四個月有關，東海花園的生活經驗，不僅見證了一個日治時期臺灣作家的勞動生活與文學理念，更由於一九七〇年代前往探訪楊逵的臺灣作家極多，通過這些近距離接觸，路寒袖不僅明確奠定自己的文學理念，更因而練就了更好的文學功力：「我覺得重要的是身教，不是言教，因為我沒和他談什麼，頂多談他文壇的朋友，或是來東海花園拜訪的人。於是我體認到，偉大的文學家不在生活的特殊性，而是懂得把生活轉換成作品，像楊逵那樣。」[267]「在那裡生活，讓我快速成長，像一個年輕劍客被世外高人打通任督二脈，下山之後就成了武林高手。」[268]

　　路寒袖以這樣的文學理念，創作了一系列詩作與散文、繪本文學等等。他的散文集《憂鬱三千公尺》評價甚高，論者魏貽君指出，這本書：

> 箇中落筆觀照處彷彿是一位拍攝默聲而悲情紀錄片的掌鏡者，為臺灣這塊土地的「歷史記憶」、為他個人成長經驗的「日常生活」這兩組主題意象，做了極其細膩用心的文學性詮釋。[269]

266　楊翠訪談、洪千媚記錄，〈訪路寒袖先生逐字稿〉，收錄於臺中市政府文化局編印，《臺中文學史委託研究計劃——文史資料蒐集、撰寫及展示》（成果報告・附錄 II），2014年3月，頁161。訪談日期：2013年9月22日。
267　楊翠訪談、洪千媚記錄，〈訪路寒袖先生逐字稿〉，頁166。
268　楊翠訪談、洪千媚記錄，〈訪路寒袖先生逐字稿〉，頁167。
269　魏貽君，〈島嶼失憶症的憂鬱——有關路寒袖的「憂鬱三千公尺」〉，《自立晚報》本土副刊，1992年11月3日。

在詩作方面，《早，寒》、《我的父親是火車司機》、《那些塵埃落下的地方》等，即是他堅定文學理念之後的代表作；其後，他歷經二度轉變，詩與歌的結合，開啟他文學創作的顛峰，《春天花蕊》這部代表作，結合音樂，讓現代詩在坊間廣為流傳，並且開啟詩人創作「競選歌曲」的先聲。詩與歌結合之後，路寒袖的詩風也產生微變，更講求詩的音樂性與節奏美學，致力於一方面提升「歌」的美學層次、一方面鬆解「詩」的不可親性。也因為他的多元創作，讓他寫出了「新故鄉」、「有夢最美，希望相隨」、「臺灣之子」、「少年臺灣」等大家朗朗上口的流行話語；在流行音樂上，更是創下了金曲獎有史以來的空前成就，即單一獎項中個人入圍最多的記錄（1993年，第五屆金曲獎「最佳方言作詞人獎」，入圍者有五首，路寒袖一人佔了四首）。

　　路寒袖第四次開啟詩創作新路徑，是結合攝影。從2008年開始，他出版一系列攝影詩作品，至2014年已出版包含《忘了，曾經去流浪》、《何時，愛戀到天涯》、《陪我，走過波麗路》、《走在，台灣的路上》、《看見，靈魂的城市》等五部。整體觀察路寒袖攝影詩集的特色，由於是攝影詩，特定地點性的空間地景與文化語境鮮明，比諸他之前的作品，空間感更形強烈；其次，詩與圖可並讀、可分讀，產生多元紛呈的閱讀效果；其三，比諸於詩／歌所強調的音樂性，詩／圖則產生繁複的影像感；其四，影像美學與詩意美學的結合，形構出獨特的美學風格，如路寒袖自己所言：「在我的影像美感裡醞釀的某種詩意……，就產生了我自己的攝影影像風格。後來跟我同去的攝影師都很驚訝我拍的鏡頭。」[270]

　　與路寒袖同為臺中一中「繆思社」創始人的楊渡，除了曾從事日治時期臺灣戲劇研究之外，一九八〇年代解嚴前後亦從事現代詩創作，1984年參與創辦《春風叢刊》，為現實主義、階級關懷的現代詩發展貢獻力量。楊渡個人的詩作，有不少議題觸及歷史意識、土地情愛，如〈野生蕃薯〉強調緣自泥土的生活經驗與島嶼創痛的歷史記憶，羊子喬指出，此詩：「透澈地描寫任勞任怨的台灣農民，如何以卑微的態度，來頡抗異族的壓榨剝削情景。」[271]

270　涂美惠，〈影像與詩的媒合與開創——論路寒袖的攝影詩集〉，收錄於國立臺中科技大學主編，《楊逵、路寒袖國際學術研討會論文集》，臺中：國立臺中科技大學，2013年3月8日，頁289。

271　楊渡，〈野生蕃薯〉，收錄於李魁賢主編，《一九八二年台灣詩選》，臺北：前衛出版社，

　　與路寒袖、楊渡同世代的林沈默，本名林承謨，同樣也是跨足新聞媒體圈、教育領域，以及文史工作團隊，並成立蕃薯糖文化工作室，致力於推動母語教學，現任職於臺中市政府文化局。林沈默與路寒袖相同，都專注於創作臺語詩，且其對母語文學的熱情，持之以恆，所出版的作品，多數與臺語詩有關，如《林沈默臺語詩選》、《沈默之聲——林沈默臺語詩集》、《臺灣囡仔詩》、《禾壽靜的春天——臺詩十九首》。事實上，林沈默現代詩創作的起步甚早，就讀嘉義中學時，即與嘉義跨校文友創辦《八掌溪》，並曾擔任主編，積極於跨校際、跨區域、跨團體的文學交流[272]。1983年，他年方二十四歲，即以本名林承謨出版詩集《白烏鴉》，計七十三首詩作，主要為華語詩，其後亦陸續發表華語詩作。李長青指出，林沈默華語詩具有幾個特色：濃厚的敘事性、質樸的語言、現實的關懷等[273]，「綜觀林沈默詩中的寫實表現，透過詩行，描繪出許多不同形象、不同階層、不同角色的心理與行為，這是現實主義的文學觀，也是對現實充滿關懷的寫作觀。」[274]

　　然而，林沈默最高的文學成就，當屬他的臺語詩作，如出版於2002年的《林沈默臺語詩選》、2006年的《沈默之聲——林沈默臺語詩集》等，皆含攝著政治反思、土地情感、現實關懷、歷史關照等議題。從林沈默的自述可知，他從華語詩轉向臺語詩，是自身文學觀的具體實踐：「詩人也像植物一樣，既然附著於土地，汲取母親的營養，就必須與母親一個鼻孔出氣、與人民同喜同悲、同歌同哭。語言，並不只是溝通的工具，它更是文化的載體。台灣本土文化，化約於台語的傳播之中，當然，作為表達人民心聲的文學，詩歌，免不了須以母語的表現形式呈現。」[275]李長青統整論述林沈默的臺語詩風格與成就指出：

　　　　林沈默的台語詩，是以「地域意識的藝術導向」為主體，以「人道主義的藝術導向」為核心，而在「母土」與「政治」之間，奮力拍撲、震動

1983年2月，羊子喬詩評於頁171。

272　李長青，〈林沈默訪問稿〉，收錄於氏著，《林沈默現代詩研究》，國立中興大學臺灣文學研究所碩士論文，2009年7月，頁209。

273　李長青，《林沈默現代詩研究》，頁74-79。

274　李長青，《林沈默現代詩研究》，頁79。

275　李長青，〈林沈默訪問稿〉，頁208。

的，則是「現實與理想的藝術導向」，這可以說是林沈默欲極力協調的一雙沉重的羽翼。[276]

除了彰顯出林沈默從華語詩轉向臺語詩的時代語境與心路歷程之外，李長青更以另一種「跨越語言」的概念，來詮釋由華語轉向臺語的書寫，具有「自省、自發、自覺」的主體性意涵[277]。

　　關於青壯世代從華語轉向臺語的跨越語言嘗試之積極性與主體性，在林廣身上亦可得見。曾獲2004年臺中市大墩文學貢獻獎的林廣，早期以抒情詠懷為主，一九九〇年代以後，也開始寫「臺語詩」創作，詩風轉向社會關懷、社會寫實、懷鄉懷舊，與臺灣整體的文化氛圍扣合。路寒袖、林沈默、林廣的臺語詩創作，都是九〇年代以後臺灣文學發展的重要區塊，展現出母語書寫的基進性意義；關於母語文學的書寫，本書後文將以專章處理。

　　與路寒袖、林沈默等人屬於同世代的劉克襄，也是戰後臺灣現代詩的重量級作者，他的創作文類跨界甚廣，包括論述、詩、散文、報導文學，質量俱佳。劉克襄詩創作的高峰期，是一九七〇年代末期至整個一九八〇年代，如《河下游》、《松鼠班比曹》、《漂鳥的故鄉》、《在測天島》、《小鼯鼠的看法》等，其後又有《巡山》等。林燿德曾歸納劉克襄詩作主題為八項：自我塑像、人物特寫、歷史解釋、社會批判、政治批判、生態環境、傷逝懷舊、以詩論詩[278]；簡化觀之，劉克襄詩作的主題，主要在兩大面向，其一是政治批判、歷史關照與知識分子自省，其二是自然關懷與文化反思。就前者而言，劉克襄經常被評論者視為八〇年代臺灣「政治詩」的重要作者，陳芳明指出，他的作品表現出一整個時代的苦悶與思索：「他，帶著戰後才有的共同記號，……他們是充滿理想和期許的一代，也是難以看見希望和出路的一代。」[279]此種反思，經常也彰顯在詩人對於與自身相同的知識分子社群的反省；如寫於1984的〈知識份子〉中有如此詩句：「跟我們一樣的開發中

276　李長青，《林沈默現代詩研究》，頁143。

277　李長青，《林沈默現代詩研究》，頁84。

278　林燿德，〈貘的蹄筌──劉克襄詩作芻論〉，《文藝月刊》第204期（1986年），頁47-48。

279　宋冬陽（陳芳明），〈台灣詩的一個疑點──試論劉克襄的詩〉，《台灣文藝》第95期（1985年），頁38。

國家／不滿時政的知識份子／他們生活於貧民窟／引導自己的同胞／同樣的知識份子在我們國家／他們坐在咖啡屋裡／以激烈的學術爭辯／關心低階層的朋友」[280]，詩中的批判意識，既是外向性地及於政治不良，亦是內向性地觸及知識分子自身的虛矯身段。

　　至於第二個議題面向──自然書寫，則是幾乎貫通於劉克襄所有作品的核心母題，包括詩、散文、兒童文學、歷史書寫、報導文學等等。簡義明即認為，劉克襄以一個賞鳥人的姿態介入文學，成為一名自然寫作者，這個觀察與書寫位置，讓他的政治激情冷卻下來，而沉斂成為具有更高美學張力的文學作品[281]。他更舉劉克襄1988年的重要散文詩作品《小鼯鼠的看法》為例，指出劉克襄在「『想像他者』的敘事手法與自然觀察的長期體驗」這兩種能力之特殊性，使他的自然詩具有高度的美學與思想上的價值：

> 社會關懷的多重敘事角度提供了劉克襄「想像他者」時的絕佳法門，使得人類有可能跨越己身限制，進到描繪的他者的「物自身」。……讓詩與自然衝撞出深邃的意義與美感經驗來。[282]

九〇年代之後劉克襄自然書寫的多向度完成，主要是透過散文形式，容待後文再論。

　　與前述廖莫白相同，也曾經歷從古典唯美到真摯樸實詩風的渡也，寫作起航甚早，高中時與友人合辦《拜燈》詩刊，亦曾加入「創世紀」詩社，也是《臺灣詩學季刊》雜誌社的共同創辦人。創作文類包含詩與散文，而以詩為主，散文詩更是渡也現代詩成就的精粹。早期渡也詩語言的風格，經常運用中國古典文學的意象，而後期詩作風格，則傾向於真摯樸實，具思想張力。蕭蕭評論渡也早期詩作，即對其散文詩評價甚高：

---

280 劉克襄，〈知識份子〉，收錄於氏著，《漂鳥的故鄉》，臺北：前衛出版社，1984年，頁33。
281 簡義明，〈跨越詩與自然的疆界──劉克襄論〉，收錄於路寒袖主編，《台中縣作家與作品論文集》，頁442。
282 簡義明，〈跨越詩與自然的疆界──劉克襄論〉，頁445。

以單純的獨一意象，做火花式的閃耀，讀來讓人不免心中一驚，靈智一閃，以後發展出他的散文詩，深入物象內裡，挖掘一般視覺不能到達的地方，見人之所未見，擁有驚奇訝異的特殊效果。[283]

確然，渡也的散文詩，美學成就甚高，實踐了他自身所標舉的散文詩觀：「以散文的、合乎文法的分析性語句來表達非散文的、多跳躍的、多暗示性的詩的神思。」[284]總體觀之，他的散文詩在結構與形式上，具有戲劇性的高潮起伏與閱讀張力，而在精神上則有超現實主義的底蘊，話語簡潔，節奏凝鍊，思想犀利。事實上，筆者認為，渡也在散文詩上的秀異表現，與他的散文風格密切相關，他的第一本散文集《歷山手記》出版於1977年，文字古雅典麗，濃稠綿密，固然過於傾向唯美，但對意象的經營功力，已奠下日後散文詩的書寫功夫；而其後的《永遠的蝴蝶》，則朝向深斂素靜，至今仍是臺灣散文史上值得傳誦之作，而1995年出版的《台灣的傷口》，更以嘲諷的利筆，將觸角擴延到現實關懷與社會批判，特別是對於教育體制與教育現場之反思。

在現代詩創作方面，八〇年代以後，渡也展開旺盛的創作能量，出版《手套與愛》、《憤怒的葡萄》、《落地生根》、《空城計》、《面具》、《不准破裂》、《我策馬奔進歷史》、《我是一件行李》、《攻玉山》等十餘本詩集，他的詩作風格，除前述兼含古典與現代、理性與感性，具有超現實主義的穿透力，以及散文的敘事性、戲劇的張力之外，在議題上，則以文學木質、自我沉思、生活感懷、物象參悟、教育現場、現實關照為主體，尤其是在詩人與詩的關係上，渡也表達出極其純粹的親密關係：「詩，已成為我的生命。詩，已成為不准破裂的我。」[285]

戰後臺中市的現代詩發展，呈現各世代紛呈、齊力耕耘的態勢，除前述屬於戰後嬰兒潮世代的江自得、蘇紹連、莫渝之外，再稍晚出生的如翔翎、簡政珍、林廣、蔡秀菊、渡也、廖莫白、陳明克、游喚、路寒袖、鍾喬、楊渡、林沈默等，也都各有表現，領一時風騷。再稍晚的中間世代的詩人，如瓦歷斯‧諾幹，長期以詩

283　蕭蕭，《現代詩入門》，臺北：故鄉出版社，1982年2月，頁130。
284　渡也，《面具》自序，臺中：臺中縣立文化中心，1993年6月。
285　渡也，《不准破裂》自序，彰化：彰化縣立文化中心，1994年6月。

作與散文，書寫部落生活經驗、文化傳統與歷史記憶，同時反思殖民統治、漢人主流社會與資本主義商品邏輯對原住民社會的壓迫與傷害，關於他的作品及意義，容待族群文學一章再行詳論。

而同世代的徐望雲、陳斐雯、李順興等，也都各具特色；徐望雲出道甚早，在解嚴前後寫了許多詩作，其後並出版為詩集《望雲小集》、《革命前後》、《傾訴——徐望雲情詩集》等集子，作為一個眷村出生的外省第二代，以及經常懷想后里家鄉的詩人，徐望雲作品中的「鄉土意識」呈現複雜多元、游移不定的面貌。陳斐雯則是中間世代風格獨具的女詩人，作品數量不多，但在思想密度與詩語風格方面，有特殊的韻味，論者指其：「具有敏銳的感情，透過多變的寫法，編織一種現代的美，語言清澈，想像飛躍。」[286]

再晚幾年的嚴忠政、紀小樣，則是典型的文學獎出身的作者，兩人皆獲獎無數，大小獎項多達數十項。嚴忠政詩風傾向於古典文學的意境，長於用典；而紀小樣則是另一種風格，理性與感性兼具，擅從日常生活與現實經驗中擷取元素。比嚴忠政、紀小樣再年輕一些的詩人，也幾乎都是文學獎常勝軍，如王宗仁、李長青、林婉瑜、然靈等。王宗仁詩作的視覺意象鮮明，並且深蘊哲學微光，論者評為：「其詩有意自生命中的殘缺與逼仄處尋找哲學，運用驚奇而濃重的視覺意象，創造出靈慾之間不斷迴旋的瘡孔與時間，其中有無奈的冷視，亦有作意的哀愁，描繪出詩人自我挑戰與跌撞的靈魂圖像。」[287]

李長青則詩風多元，既富寫實主義風格，亦長於思辨寫意，語言風格簡潔澄明；論者指出：「早期詩作具寫實主義色彩，語言澄淨，簡筆，對社會現實多所批判省思，後期結合現代主義思維，格物而不滯於物，深入詩之意象，藉由對於意象之延展、顛覆、重置與翻轉，反覆試探，而復歸於原物。」[288]林婉瑜、然靈兩位年輕女詩人，也都各具特色，林婉瑜擅於觀見微物，詩風清美靈秀，對於細節的掌握

---

286 陳斐雯資料摘擷自「2007台灣作家作品目錄」，網址：http://www3.nmtl.gov.tw/writer2/writer_detail.php?id=1615，登站日期：2014年2月11日。
287 王宗仁資料摘擷自「2007台灣作家作品目錄」，網址：http://www3.nmtl.gov.tw/writer2/book_search_result.php，登站日期：2014年5月17日。
288 李長青資料摘擷自「2007台灣作家作品目錄」，網址：http://www3.nmtl.gov.tw/writer2/writer_detail.php?id=547。李長青個人部落格「人生是電動玩具」，網址：http://mypaper.pchome.com.tw/poetism，登站日期：2014年5月17日。

敏銳纖細；而然靈的散文詩《解散練習》，是臺灣第一本女性散文詩集，2011年再出版《鳥可以證明我很鳥》。

比林婉瑜、然靈更年長一個世代的女詩人蔡秀菊，長期從事教育工作，詩創作起步較晚，但十分積極，同樣獲獎無數。蔡秀菊創作文類以詩為主，及於散文與論述。蔡秀菊的詩作主題寬闊，最獨特的是社會關懷與生態關照，中市前輩詩人陳千武頗欣賞她的詩作，謂其「不僅關心自己，也關心這塊土地的歷史淵源，生態環境」、「展露自由飛躍的思想」[289]，同時，她也是少數能以詩文關懷弱勢族群，具有性別反思性與高度社會批判意識的女詩人。

（二）散文

解嚴前後迄今的臺中市散文發展圖像，大抵有幾個觀察角度，其一，出現為數不少的中世代及青年世代女性散文作家，如郭心雲、廖玉蕙、周芬伶、吳櫻、鐘麗琴、扶疏、楊翠、郁馥馨、方秋停、利格拉樂・阿𡠥、賴鈺婷等，且其中有幾位具有全國性高知名度與文學史上已經公認的文學成就；其二，有諸多在市境內從事教職、媒體工作的散文作家；其三，男性散文創作者，經常同時也是現代詩的重要作者，如路寒袖、劉克襄、瓦歷斯・諾幹等。

女性散文作家的作品，在議題上展現多元面貌，整體觀察，大致在性別議題、日常生活、社會關懷、文化反思、家族記憶、土地情愛等面向；其中，廖玉蕙的議題極為多元，而周芬伶的作品大多觸及性別反思，由於兩者的作品分量均十分豐厚，本書將其置於女性與性別一章，獨立深論；至於利格拉樂・阿𡠥則因其所有散文作品皆觸及原住民議題，將置於族群文學一章詳論。此處僅針對其他諸位作者的寫作特色，略做簡單論述，礙於篇幅，無法詳述，其餘請參照本書附錄之作者簡介。而在男性散文創作者方面，路寒袖已如前述，瓦歷斯・諾幹亦置於族群文學一章，此處則特別深入討論劉克襄散文作品中的自然關懷與環境意識。

臺中市籍女性散文以日常生活為題，展現鮮活的日常性、溫暖的人情味、清新的文字風格，然而，以文字作為社會的探照燈，書寫社會現象、反思文化課題，甚

289　蔡秀菊，《蛹變》跋，臺中：臺中市立文化中心，1997年4月，頁177-178。

至觸及國族敘事、歷史記憶、政治批判者，亦不在少數，如前述廖玉蕙、周芬伶、利格拉樂・阿𡧳皆如此。如吳櫻的寫作幅員跨越甚廣，觸及性別、歷史、環境、社會議題者不少，亦有接近於城市地景與人物故事的報導文學，深蘊鄉土情味；論者指出：「吳櫻的寫作題材多與當今社會中女性身心種種遭遇、鄉土的人事變遷和環境污染相關，語言接近當代口語，有樸素自然之風。」[290]本名黃素芬的扶疏，散文書寫以內／外雙向觀照為路徑，既擅探照自身，亦擴及家國等議題。1962年出生的郁馥馨，父親是兒童文學作家郁化清，其作品包括《找個人私奔》、《屋頂上的女人》、《結婚萬歲》、《決心要玩》、《我不是故意這麼壞》、《元配靠邊站》等，大多觸及性別課題，探析傳統與現代的文化變遷，以及女性在其間的自我辯證與追索，展現高度的女性主體意識，以清婉文筆，蘊藏犀利的性別反思，有如一則女性獨立宣言，正如評論者所言：「文筆清麗，字裡行間洋溢著理想性格與創作激情，作品擅長描寫現代女性在傳統約制和自我追求之間的矛盾掙扎，並不時流露出女性對獨立人格的抗爭和維護。」[291]

與郁馥馨同年出生的楊翠，亦有家族的文學因緣，她是日治時期知名臺灣作家楊逵的孫女，自幼成長於大肚山東海花園，曾於臺北任職媒體，返鄉後轉任教職，並參與體制外臺中縣社區公民大學的創設，長期投身臺灣史與臺灣文學研究，以及各種文學書籍的編纂，曾擔任台灣日報副刊「非臺北觀點」、台灣日報副刊「理性與感性」、勁報副刊「五肆運動」、聯合報副刊「幸福紀念日」等專欄作者。楊翠的創作以散文、文化評論、文學評論見長，文字風格感性與理性兼具，議題幅員十分廣泛，出版於1987年的散文集《最初的晚霞》，主要是成長記憶與少女心事，其後的專欄寫作，則遍及個人生活記憶、性別文化反思、家族歷史記憶、臺灣文史探析、社會文化觀察、人權議題與政治批判等等，並曾為二二八女性遺族阮美姝撰寫生命史《孤寂煎熬四十五年》。

2014年歲末，楊翠出版的散文集《壓不扁的玫瑰——一位母親的三一八運動事件簿》，以日記體的形式，銘刻了一位兒子參與運動的母親，在三一八運動的動地歌吟與國家暴力中的複雜心路，該書以祖父楊逵的小說〈壓不扁的玫瑰〉為題，她

---

290 摘擷自陳器文等編撰，《臺中市志・藝文志》，頁156。
291 摘擷自陳器文等編撰，《臺中市志・藝文志》，頁163。

自陳是一種告別:「告別一個時代的終了,或者,也是告別過往自身,告別某種母子關係。做為楊逵最疼愛的孫女,終須從他的光照與暗影中脫身,做為母親,也終要放手。」[292]平路指出,《壓不扁的玫瑰——一位母親的三一八運動事件簿》具有歷史的與文學的多重意涵:

> 透過楊翠這位母親的筆,讓我們投注目光於歷史大事件中的個人,他內心的拉鋸與抉擇,家人的疼惜以及惦念,那是大事件中的悄然哀矜,那也是文學藝術最深摯的淨化作用。[293]

而以日常生活為題,展現女性獨特的觀察視角與細膩思惟,更是本市女性散文作者主要的書寫面向,如郭心雲散文題材多為日常生活所見所聞,小說凝集生活的歷練和體驗,反映多元工商業的生活問題,以樸實婉約之筆,探討人性的善與惡,透過文字耕耘,流露作者對生活周遭的眷愛[294]。而鐘麗琴、方秋停、賴鈺婷皆可以視為前述一九九〇年代各種「文學獎」,包括「地方文學獎」所培育的寫作社群。鐘麗琴的創作歷程也十分特別,她雖然起步較晚,卻後勁豐沛,她早先從事音樂工作,長期在餐廳、Pub擔任駐唱歌手及鋼琴師,因參與1999年舊屬臺中縣政府所辦的「臺中縣公民大學」的文學相關課程,開始對創作產生興趣,其後又參加臺中縣立文化中心舉辦的文學營,更加激發寫作熱忱,曾多次參與「中縣文學獎」獲獎,從而積極走上創作之路,在散文集《一個鋼琴師的故事》、《灰姑娘的換衣間》中,鐘麗琴以自身的成長記憶、生活經驗、親情記憶等為題,鋪展出一篇篇動人的故事,她的文字風格清秀素麗,簡單地說故事,但卻悠揚動聽。

而同樣出身文學獎的方秋停,自2000年前後以來,獲獎無數,不僅是地方文學獎,她的作品頻頻出現在各種大小文學獎之中,創作能量旺盛,至今已出版散文集《山海歲月》、《原鄉步道》、《童年玫瑰》等多部。方秋停的文字美學,長年積

---

292 楊翠,〈自序:謝謝你曾經那樣守護我〉,收錄於氏著,《壓不扁的玫瑰——一位母親的三一八運動事件簿》,臺北:公共冊所,2014年12月,頁16。
293 平路,〈動情的敘述,珍異的視角〉,收錄於楊翠,《壓不扁的玫瑰——一位母親的三一八運動事件簿》,頁10。
294 郭心雲資料摘擷自陳器文等編撰,《臺中市志·藝文志》,頁147。

累，形成獨特的韻味，簡素乾淨，擅用短句，詩意靈動，擅寫親情與生活記憶，也擅於繪寫空間地景，不循走說理議論的路徑，透過故事情節與人物形象，彰顯出她的文化反思與價值守護，特別是土地情愛，經常湧動於她的書頁行句之間。對於創作與自身的關係，她曾自言，行走鄉里，體會人情，書寫故事，都與自身的心靈原鄉有關：

> 一個城鎮，一種生活方式；一篇文章，一份心血融入。近年來透過文字尋訪心靈原鄉，深切感受這自幼生長的海島，每個角落都有值得書寫的題材。悠悠山河，沿路鄉圍，期盼在刻意調轉的光圈中，捕捉不同的人情狀態，呈現島上動人的風光與內涵。[295]

如2008年的第一本散文集《原鄉步道》中，即以二十四篇散文，分成民俗、產業、山與林、漁港灣、離島、人情等六個主題，從自然地理、民俗文化、產業與生活、人情故事等面向，以親情為串珠，構織了一部富饒的鄉土圖繪。吳晟指出：

> 這些篇章，有各自獨立的地方特色，拼接連串起來，則是台灣島國（含周邊離島）的鮮明圖像，這一幅圖像，以細膩的筆觸、清晰的線條、渾然的構圖，繪出地理的景觀風貌、鄉土人情；繪出庶民生活的汗水與淚水、坎坷與希望。最可貴最動人的，應該是以濃郁的親情倫理、人情義理作為整幅圖像的底色。[296]

與方秋停同樣出身文學獎，獲得無數獎項認同，甚至曾獲金鼎獎「最佳專欄寫作獎」肯定的賴鈺婷，屬於更年輕的寫作世代，她的文字風格秀雅清麗，亦擅於書寫鄉土人情，與方秋停不同的是，方秋停以原鄉情懷走進各處鄉鎮，而賴鈺婷則透過旅行移動，以一個旅者的視角，觀察鄉鎮人情，在他鄉、故鄉之間巡迴往復，來回移動。2006她的第一本散文集《彼岸花》，以彼、岸、花三部單元，分述自我心情紀事

---

295 方秋停，〈原鄉尋訪、夢的實現〉，收錄於氏著，《原鄉步道》，臺南：臺南縣政府，2008年11月，頁13。

296 吳晟，〈島嶼的鮮明圖像〉，收錄於方秋停，《原鄉步道》，頁009。

（花）、城鄉風土（岸）、他者故事（彼）；第二本《小地方》則以「節氣」的時間標示符碼，搭配旅行者的空間地圖，以兩年二十四個節氣，書寫二十四個島嶼地景與人情，通過非常獨特的結構美學，銘記一個作家的旅行地圖。父母辭世之後，離鄉多年的賴鈺婷選擇返鄉，再從家鄉出發，行走各地，她的觀察視角，從自身內在，轉向外在他方，辯證自身與「故鄉」的關係，從而找到真正的返鄉路徑：

> 於是每一次的離開，都成了一次暫時的跳脫，也是一次新的回返。「我好像帶著一點自己個人情感，去走踏一些地方；在那個今昔對照裡，的確也企圖找到過去斷裂的親情的連結點。」……「旅行的過程像是一種自我對話，會讓你問起自己行進的意義。」她彷彿啟動了塵封已久的定格畫面，讓這一個又一個的「小地方」，不再只是到此一遊的記憶之地。[297]

2013年出版的《遠走的想像》，仍然是以一個旅行者、觀察者的移動性、邊界性視角，書寫鄉鎮田野山林，銘記自身心靈圖景；舒國治指出，此書是「漂泊的靈魂式之寫作」，並讚譽賴鈺婷的筆力：「賴鈺婷寫得真好，行文的韻律教人清淺讀入，卻又深濃地著附在心版上。」[298]

　　年輕的江凌青，出生於1983年，不幸辭世於2015年1月17日，她的文藝實踐，在新世代之中，具有獨特的跨界性與多元性，出道甚早，就讀臺中一中時期就已展現亮眼才華，擅長散文、小說、新詩創作，更是秀異的藝術創作與藝術評論者，曾獲得文學藝術等多種獎項肯定，2008年出版的《男孩公寓》是短篇圖文小說集。江凌青的散文得獎作品備受肯定，陳芳明亦在《台灣新文學史》中為她註寫一筆，可惜未及集結，即不幸病逝，年僅三十一歲。[299]

　　臺中市男性散文創作者，數量相較女性為少，多為教育工作者與媒體出版等相

297　陳彥鈴，〈賴鈺婷：在小地方流浪，尋找家的熟悉〉，博客來OKAPI，2012年4月5日，http://okapi.books.com.tw/index.php/p3/p3_detail/sn/1171，登站日期：2015年2月9日。
298　舒國治，〈推薦序：清寂人看透的清寂山海〉，收錄於賴鈺婷，《遠走的想像》，臺北：有鹿文化，2013年12月。
299　楊明怡，〈藝評家江凌青驟逝〉，《自由時報電子報》，2015年1月21日，http://news.ltn.com.tw/news/supplement/paper/849336，登站日期：2015年2月9日。

關工作者，如蔣勳、陳憲仁、許建崑、陳亞南、王溢嘉、陳信元、方杞、馬水金、陳玉峰、林俊義、劉克襄、路寒袖、渡也、孟璇、張啟文、李崇建等等。其中，陳亞南、李崇建皆跨足兒童文學創作，李崇建初寫小說與散文，曾獲「中縣文學獎」短篇小說之洪醒夫小說獎殊榮，其後專事兒童文學與文學教育書籍的創作；而劉克襄、路寒袖、渡也皆是重要的現代詩作者；孟璇出道甚早，在一九八〇年代後期及九〇年代頗為活躍，詩與散文兼擅；王溢嘉更是國內知名的將精神醫學注入文學批評的論述者，論者指出，王溢嘉的散文：「以探討生命的意義為主，融合知性與感性、冶人文與科學於一爐，對於人生多有啟發。」[300]這些散文中，精神分析、心理學與文學的知識經常被援用，形成獨特的風格。

　　蔣勳1947年出生於西安，成長於臺灣，他跨界於現代詩、散文、小說、詩畫、藝術評論，甚至文學有聲書等等，如此多元的文藝實踐，卻有著高度的思想一致性，無論是哪一種表現方式，都是蔣勳用以表達他自身最核心的美學理念的通路。以散文而言，從1984年第一本散文集《萍水相逢》開始，至今合計十餘冊的散文集，皆不斷在衍繹著自然美學、生活美學、藝術人生、愛情眷想、理想實踐、人與超自然等等，文筆清麗，時而柔美，時而俊朗，有著迷人的文字魅力。1987年的《大度・山》，是蔣勳任教於東海大學的作品集結，其中〈山盟〉三帖，以大肚山的自然空間意象詮釋生活禪意，清雅有味：

> 「大度・山」中，蔣勳曾經晨昏生活了四年的大度山，最初的結緣，是為了探視老作家楊逵而來，然後就成為一座有過生活實感的生命之山。大度山連「山形」都不堅持，寬坦大度，可以讓人留下深耕，也可以教人隨意遠走，來來去去，都在它的大肚之間。[301]

劉克襄、林俊義、陳玉峰等人的散文，都以自然生態與環境議題為核心，其

---

300 王溢嘉資料摘擷自「2007台灣作家作品目錄」，網址：http://www3.nmtl.gov.tw/writer2/writer_detail.php?id=176#。登站日期：2014年5月14日。

301 蔣勳，〈山盟——如是機緣、可以橫絕、大度山〉，收錄於聯合文學編輯製作，《閱讀文學地景・散文卷》楊翠之「作品賞析」，臺北：聯合文學出版社有限公司，2008年4月，頁250。

中陳玉峰與林俊義，都是長期在臺中市的大學任教的全國性重要生態論述者，更長期居住於臺中市，他們的生態書寫，自然也應納入臺中市自然生態書寫的重要資產。林俊義出生於1938年，1975到2000年之間任教於東海大學，曾任國大代表，並曾參選臺中市長未獲選。林俊義長期從事環境運動，並以生物學家的專業學養，自一九七〇年代以來即撰寫大量環境議題論述，其後出版成多冊專書，包含《反核是為了反獨裁》、《科學中立的神話》、《自然的紅燈》、《台灣公害何時了》、《政治的邪靈》等等，探討議題遍及環境公害的廣大課題。林俊義環境論述最重要的價值，即在於他自身的科學專業性，不僅以專業的知識、具體的現實觀察、清晰犀利的筆觸，揭露臺灣環境問題的秘辛；另一方面，他也藉由專業知識的說服力，反過來揭發「科學中立」的迷思，並且指陳出「發展至上」的問題；如〈第三世界經濟發展理論的再檢討〉一文即指出：

> 1950年以來，「發展」的意義均被狹義地定為科技與經濟的活動，而忽略政治、社會和科技、經濟的相連性。因此「發展」一詞實為「經濟發展」的同義詞，而「經濟發展」又與「經濟成長」無異。屬「自由世界」的國家追隨「經濟成長」的政策，「發展」的速度即以「國民生產毛額」或「平均個人所得」為指標。[302]

「發展」成為主流價值的思惟方式，其實也彰顯出西方經濟帝國主義對於如臺灣開發中國家的支配關係：

> 第一，過去殖民地遺留下的政治、社會與經濟結構，獨立後未加改變，剝削的關係仍舊存在；第二，第一世界與第三世界的貿易關係都對第一世界有利；價格的操縱、貿易條例的訂定都使第三世界處於劣勢；第三，利用科技的控制，大力剝削，使第三世界無法招架。[303]

---

302 林俊義，〈第三世界經濟發展理論的再檢討〉，收錄於氏著，《政治的邪靈》，臺北：自立晚報出版社，1989年，頁19。
303 林俊義，〈第三世界團結起來──第三世界行動大會紀實〉收錄於氏著，《政治的邪靈》，頁48。

此種支配關係不僅是具體的經濟、科技支配，更包含了觀念、價值的操控，更營造了第一／第三世界之間不對等的文化想像。簡義明歸納林俊義論述的兩大重點：「整體論的生態思惟」、「打破科學中立的神話」[304]，並認為他的論述是「臺灣自然書寫初期重要的生態學提供者」、「當代臺灣自然書寫的起步的重要指標」[305]。

　　陳玉峰與林俊義扮演極其相似的角色。陳玉峰於1953年出生，1987年以後即任教於中部各大學，包括逢甲、東海、靜宜等，他於1991年創設民間社團「臺灣生態研究中心」於臺中，成為當時最重要的民間生態研究與行動的團體之一，1994年之後，長期任教於靜宜大學，更規劃推動靜宜大學「生態學」相關科系的成立。他與林俊義相同，都以生態專業學養，介入自然環境的學術論述，以及國家的環境政策之論述。陳玉峰的著作皆與生態相關，除了重量級的《臺灣植被誌》系列四卷之外，還有自然生態運動紀錄的《全國搶救棲蘭檜木林運動誌》上下冊，以及近二十冊自然生態雜文，舉其要者如《台灣綠色傳奇》、《人與自然的對決》、《土地的苦戀》、《台灣生態悲歌》、《山‧海‧千風之歌》、《展讀大坑天書》、《台灣山林與文化反思》、《生態台灣》等等。簡義明認為他的書寫跨越四種調性，面貌多元，涵蓋多重特質：學術研究傾向較濃的專業論著、自然理念的闡釋與對科學知識和社群的反省、環境運動與社會關懷、文學藝術性較鮮明的書寫[306]。由此可見陳玉峰書寫幅員之廣闊，以最後一項而言，如〈一九九五花地圖〉一文有如下的文字：

　　　　當后土的體溫足以撼動積雪，冰清晶瑩的水珠便細縷串般滑落，就像千
　　　　把輕柔的髮刷，順著植物長髮般的根系，梳理出山系煥發的容顏，滋潤
　　　　山神每一方寸的心田。[307]

以后土的體溫、植物長髮根系、山神心田等意象，繪寫春意生機的景致，雅致而

304　簡義明，《寂靜之聲──當代臺灣自然書寫的形成與發展（1979-2013）》，臺南：國立臺灣文學館，2013年10月，頁48
305　簡義明，《寂靜之聲──當代臺灣自然書寫的形成與發展（1979-2013）》，頁46。
306　簡義明，《寂靜之聲──當代臺灣自然書寫的形成與發展（1979-2013）》，頁147-164。
307　陳玉峰，《生態台灣》，臺中：晨星出版社，1996年，頁4-5。

生動。陳玉峰類此的文章不少，如《自然印象與教育哲思》對高山雲霧的描繪：「濃淡不一的水霧翻滾流轉，充塞在灰白天空的任何角落，張撐密林外的巨幅布幕。」[308]凡此都是意象營造精確豐富的詩質語言。簡義明如此總結陳玉峰自然生態書寫的價值與意義：

> 陳玉峰可以說是台灣自然史上第一位試圖建構「本土」並接合「全界」視野的「台灣自然史」的研究者。
> ……
> 他還試圖整合人文與科學，建構台灣人地關係的新史觀。理性筆鋒中灌注豐沛情感的書寫風格，展現了陳玉峰在自然科學研究之外的另一項成績，意即雜揉智性之真、關懷之善與文采之美的自然書寫系列。[309]

除了前述幾位自然生態書寫者之外，劉克襄的自然書寫更是早已寫下某種典範，他甚至可以說是臺中市男性散文創作者中最活躍的一位。筆者認為，劉克襄的自然書寫，歷經了六個歷程，其一是觀察記錄，如1982年的《旅次札記》、1985年的《隨鳥走天涯》；其二是自然史的鑽研與寫作，如1986年的《消失的亞熱帶》、1989年的《臺灣鳥類研究開拓史》；其三，「區域生態圈的觀察實驗」[310]，如1995年的「小綠山」系列，展現建構區域自然誌的企圖；其四，自然教育相關書寫，如1997年的《望遠鏡裡的精靈》、2000年的《綠色童年》、2003年的《少年綠皮書：我們的島嶼旅行》；其五，生態旅遊書寫，如2000年的《北台灣自然旅遊指南》、2001年的《安靜的遊蕩》、2002年的《迷路一天，在小鎮》、2003年的《大山下，遠離台三線》、2009年的《11元的鐵道旅行》；其六，都市身分、庶民生活、生態視野的融合[311]，如2006年的《失落的蔬果》、2010年的《十五顆小行星：探險、飄泊與自然的相遇》、2012年的《男人的菜市場》、2013年的《裏台灣》等。這其

308　陳玉峰，《自然印象與教育哲思》，臺北：前衛出版社，2000年，頁21。
309　簡義明，《寂靜之聲——當代臺灣自然書寫的形成與發展（1979-2013）》，頁147。
310　此語援引自吳明益，見吳明益，《臺灣自然書寫的探索（1980-2002）》，新北市：夏日出版社，2012年1月，頁285。
311　此說援引自簡義明，參見簡義明，《寂靜之聲——當代臺灣自然書寫的形成與發展（1979-2013）》，頁204。

間，劉克襄還創作了為數頗多的少年小說、繪本書等等，產量確實十分可觀。

　　總體觀之，劉克襄的六個書寫歷程，也正是臺灣當代自然書寫的重要歷程，由此可見，劉克襄的自然書寫，正是臺灣當代自然書寫發展歷程的具體實踐，既具有歷時性的意義──他以一人之力，具體實踐了臺灣當代自然書寫的發展歷程；亦具有跨時的、多元的意義──他的書寫取向的總合，正是臺灣當代自然書寫的多重面向之具現。

　　在最初的觀察記錄階段，劉克襄以相對冷靜的筆觸，相對疏遠的觀察位置，同時也通過自我實踐，對自然書寫的語言進行了反省；自然書寫在科學語言與文學語言之間，究竟是否能找到最好的媒合策略，是他一開始書寫就關切的課題：「我嘗試在表面報導與硬性調查間，尋求折衷，以深入淺出的方式撰述。」[312]不過，此種嘗試的困境，似乎一直圍繞著劉克襄的書寫，如吳明益即指出，劉克襄第二階段的自然史的鑽研、第三階段的「區域生態圈的觀察實驗」等作品，「顯露了作者為科學語言與文學表述之間權衡時的焦慮」[313]。然而，「區域生態圈的觀察實驗」的「小綠山」系列作品，仍然具有高度的意義，一方面，透過人的主動性與反思性，人與自然的互動關係變得更加親密；另一方面，自然不在遠方，自然就在城市裡、在生活周遭的概念，使得「互動」的生態觀取代了早期的「圈地保育」生態觀；此即劉克襄所提倡的「現實性觀察」：

> 三年小綠山長期定點的博物誌記（1992—1995），以及後來三四本和孩童自然教育相關的散文集，都是這個時期梭巡於城市近郊，觀察自然生物相的主要作品。那時經常遊走北臺灣郊區，力倡都會區的「現實性觀察」。所謂「現實性觀察」，主要係質疑現代人回到荒野的神話，轉而面對多數人大部份時間無法生活於荒野的現實。城市的公園、巷弄，市郊的小山才是經常面對的自然。真正的自然應該從自家門口陽臺和庭院開始。[314]

312　劉克襄，《旅鳥的驛站》，臺北：大自然出版社，1984年，頁72。
313　吳明益，《臺灣自然書寫的探索（1980-2002）》，頁286。
314　劉克襄，〈一個自然作家在台灣〉，收錄於陳明柔主編，《台灣的自然書寫──二〇〇五年「自然書寫學術研討會」論文集》，臺中：晨星出版社，2006年11月，頁16。

確然，自然，絕非僅是遠方的山林海河，絕非僅是假日漫長旅途的休憩之所，自然就在城市中心，就在我們生活周遭，此種自然觀，方可能與「生活」扣連，也方可以真正培育出「相依相存」的生態觀與土地倫理，而這牽涉到了劉克襄對「自然」的定義。魏貽君即指出，劉克襄「小綠山」系列作品，是他對「自然」的再定義：「體現了劉克襄把『自然』定義範疇優先擺置於『城市裡面』的窗臺自然論、社區自然論，以及都市自然論。」[315]他更以「地方感」來詮釋劉克襄這一系列作品的內在意義：

> 劉克襄的都市自然書寫正是通過了「地方感」的呈現、「感覺結構」的形塑，經由日常生活內容的丈量、節奏的偵測，進而整體性地浮凸劉克襄對於自然的空間敘事的曲線構圖。在《小綠山》三部曲當中，不時可以看到劉克襄的敘述使用嗅覺、視覺或聽覺的修辭……。[316]

由此可見，吳明益與魏貽君兩位研究者對於劉克襄「小綠山」系列作品的美學評價有異，這應該是由於兩人的「美學丈尺」不同。無論如何，劉克襄一直嘗試尋找最貼近於生活的「自然」定義與自然書寫，繼定點式的「區域生態圈的觀察實驗」之後，他又開啟生態旅遊書寫系列，以緩「慢」的旅行節奏，「漫」無標的的旅行地圖（如「迷路」的概念），衍繹出「蔓」生的人文與自然思索；簡義明指出這一系列書寫的意義在於：「這些旅行經驗的文字是以『都市』的角度來質疑『都市』的成見。藉由體貼、觀察、思索異己的存在樣態來破除自己的膨脹、無知與虛妄，是這系列作品的最重要啟示。」[317]

　　整體觀之，劉克襄的自然書寫，既觸及深山幽秘的自然如玉山，亦觸及日常生活中的自然，同時他對臺灣的自然史、臺灣如何被殖民者觀看，都有高度興趣。另一方

---

315 魏貽君，〈自然何方？劉克襄的「自然」空間試探——以《小綠山》三部曲、《偷窺自然》、《快樂綠背包》為探索範圍〉，收錄於陳明柔主編，《台灣的自然書寫——二〇〇五年「自然書寫學術研討會」論文集》，頁21。
316 魏貽君，〈自然何方？劉克襄的「自然」空間試探——以《小綠山》三部曲、《偷窺自然》、《快樂綠背包》為探索範圍〉，頁31。
317 簡義明，《寂靜之聲——當代臺灣自然書寫的形成與發展（1979-2013）》，頁203。

面，劉克襄晚近幾年強調「漫遊」，行走的方向是向內的、而非向外的，帶領讀者走進島嶼深處，走進家園深處，重新認識腳下的土地。至於劉克襄目前正在進行中的書寫，結合都市身分、庶民生活、生態視野的多重面向，則一方面與他從一九九〇年代初期蹲點小綠山以來的理念一致，二方面與生態旅行的實踐扣合，所有這些「人與自然」的理念，都在每一個火車站、市場、客運車、蔬果的書寫中，輝耀著素樸但雋永的光色。劉克襄經過超過三十年的書寫，寫到現在，自然風土、歷史人文、個人生活與體驗，都已融為一體；正如他在《失落的蔬果》的序言中，以「苦食」為題發想，食材之苦、自然之痛、歷史之傷，都成為個人的味覺而被品嘗。

（三）小說

　　一九八〇年代解嚴前後至今，臺中市的小說創作出現許多重量級的、具全國性知名度的作家，如廖輝英、黃凡、王幼華、陳雪、紀大偉、洪凌、張經宏、李儀婷、楊富閔等，跨越幾個不同世代，關注議題各有差異，形構出一幅紛繁的小說創作地圖。廖輝英、陳雪、洪凌的小說內容，絕大多數觸及性別議題，本書將於女性形象與性別反思一章詳論，本節則鎖定黃凡、王幼華、王定國、紀大偉、張經宏、李儀婷、楊富閔等作者的作品特質，略做介紹與論述。

　　黃凡堪稱臺灣小說史上的某種異數，一九八〇年代，黃凡幾乎是明星一般地崛起於臺灣文壇，他的作品主題，早期偏向政治性議題的刻劃，被視為「政治小說」的重要寫手，後期則偏重都市文學的書寫，至今仍被視為臺灣都市文學的佼佼者，作品如《賴索》、《傷心城》、《反對者》、《自由鬥士》及《慈悲的滋味》等，不僅創作當時引發熱烈討論，至今仍是文學研究者所關注的重要代表性文本。一九九〇年代初，黃凡隱居中部，沉潛十餘年之後，以《躁鬱的國家》、《大學之賊》等小說重出文壇，改以虛實交織、嘲諷突梯的手法，刻劃當代臺灣的社會病態與文化迷亂，再度引發文壇關注。呂正惠便認為黃凡是「近二十多年臺灣小說家中最掌握臺灣社會整體『動態』的人」。[318]

　　整體觀之，黃凡的政治小說，如《賴索》、《傷心城》、《反對者》、《自由

318　黃凡資料摘擷自「2007台灣作家作品目錄」，網址：http://www3.nmtl.gov.tw/writer2/writer_detail.php?id=1839。登站日期：2015年2月10日。

鬥士》等，均有其對應的批判嘲諷對象，無論是執政者、反對者、反對黨、群眾，都是黃凡政治小說批判的對象，他並未選擇站在某一個特定的政治立場，而是立意彰顯人在政治遊戲場域中的生存狀態與精神圖像，〈賴索〉即是一部經典之作。小說寫於1979年美麗島事件之後，通過賴索這個人物，串織了共產黨、國民黨、臺獨人士三種政治立場，但黃凡固然觸及了統獨政治禁忌，卻並不欲進行任何意識形態站位，而是彰顯出政治遊戲的虛妄感。1980年小說集《賴索》出版，收錄五篇小說，他的序言即表現出此種漠然的、疏離的批判態度；包含對他這個作者自身：「我必須敬告諸位讀者：你們從我的書中將得不到任何警世金言，得不到任何道德鼓勵，你們只能從我這裡獲得一些嘆息、一些嘲諷，甚至某種程度的辱罵。」[319]作者的自嘲與主角的挫敗形象融為一體，正如白先勇以「邊際人」來形容賴索，並指：「『賴索』是一篇傑出的諷刺小說，作者以辛辣老練的筆調，對台灣現況作了尖銳的批評。」[320]

　　1983年，黃凡出版了重要的政治長篇小說《傷心城》，是《自立晚報》百萬小說該年度進入決審的作品，小說以懷抱臺獨運動理想的主角范錫華一生的遭遇，以他的挫敗與退縮，隱喻了一個大時代的圖景；葉石濤讚說：「這部小說的題名暗喻著台灣是傷心之地的歷史性記憶，頗具匠心獨運。」[321]黃凡則在接受訪問時，如此詮釋自己的作品：「傷心城具有強烈的隱喻和象徵，它是台灣卅年來的縮影。主角葉欣和范錫華象徵了台灣人的迷惘和掙扎。」[322]黃凡所指稱的迷惘，與國族認同、政治理想、現代都市生活與價值等皆有關，在黃凡看來，一九八〇年代的臺灣，這三者都失去依憑。陳芳明分析指出，黃凡《傷心城》確實寫出那個時代中某些人的生存姿態與精神構圖：

　　　　這部小說塗滿了黯淡悲觀的色調，活在城市中的人，除了對金錢以外的

319　黃凡，〈我的第一本小說〉，收錄於氏著，《賴索》，臺北：時報文化出版事業有限公司，1980年6月，頁4。
320　白先勇，〈邊際人——賴索〉，收錄於黃凡，《賴索》，頁181。
321　葉石濤，〈森林・傷心城・海煙——談「百萬元長篇小說徵文」三部佳構〉，收錄於黃凡，《傷心城》，臺北：自立晚報出版社，1983年4月，頁9。
322　葉樺，〈黃凡眼中的世界〉，收錄於黃凡，《傷心城》，頁249。

事物，似乎完全不關心。稍具理想的人，又被宣判死刑。確切的說，《傷心城》面對一個社會轉型期，威權式微、開放未定；縱然經濟繼續開放，而政治改革的曖昧心態猶在彌留狀態。[323]

一九八〇年代，黃凡的創作力旺盛，除前述兩部之外，還包括《反對者》、《自由鬥士》、《曼娜舞蹈教室》、《都市生活》等，在小說的美學技巧方面，都很具特色。黃凡擅於通過情節的斷裂破碎、拼貼錯置、虛實交織、黑色幽默等手法，彰顯出故事的荒謬性，從而產生銳利的批判性效果，無論是主題意識、形式手法，都具有後現代主義的思惟底蘊，因而一向被歸類為「後現代小說」；而依其主題，亦有稱之為「政治小說」與「都市小說」。

　　黃凡的都市書寫也是深具特色，一九八〇年代他的許多長短篇小說，都不僅是以都市為故事舞臺，其小說主題即是在探析都市的生活語境，指出人生存在都市中的荒蕪、蒼白，生命主體價值的失落。羅秀美指出，黃凡八〇年代的都市小說，風格大致可以觀察出前期與後期的差異，前期「較長於刻劃社會政治變動下的都市問題；……後期則一改前期的鬱結，以較幽默的風格，呈現他對後現代都市生活的觀察。」[324]整體觀之，黃凡無論是政治書寫、都市書寫，都十分深刻到位，以其獨特的後現代書寫手法，或突梯嘲諷，或拆解拼貼，展現出生存的荒謬性與生命主體的精神荒蕪感，繪製了一幅鮮活的都市生活圖繪，至於作家黃凡本人的觀察視角，則與他小說中的主角相同，都是疏離的。高天生刊於1984年的一篇評論，即使已然過去三十年，於今讀來，詮釋黃凡文學精神的核心，仍然十分到位：

　　他的小說偏向於內在的沉思，他的「肯定」和「愛」，也偏向觀念的、哲學的，他筆下所描寫台北這個大都會的生活雖然都為真實的，但這真實的生活沒有成為促成他筆下人物改變的巨大力量，他的人物沒有跳進這個現實生活的大熔爐，他只是站在爐邊，有些驚呆地凝望著熔爐中熊

323　陳芳明，《台灣新文學史（下）》，頁624。

324　羅秀美，《文明・廢墟・後現代──台灣都市文學簡史》，臺南：國立臺灣文學館，2013年8月，頁102。

熊的烈火而已。[325]

　　王幼華的許多作品，與黃凡同樣具有高度的都市性格，也同樣處理荒謬與扭曲的人類生存姿態。整體觀之，王幼華小說大致在處理幾個主題：資本主義社會中人的物化與精神腐蝕、鄉土想像與認同追索、文化思辨與人性思索等等，小說經常展現出詭異的虛實、城鄉、現實與昔往等複雜拼貼的構圖。1982年第一部短篇小說集《惡徒》出版，1984年長篇小說《兩鎮演談》出版，1985年第三部小說集《狂者的自白》出版，都引發文壇關注。葉石濤在評論他的小說時，不僅盛讚他的文學才情、小說成就，同時更嘉許他的寫作態度：

> 我以為他的小說不以個人為描寫的對象，而是以一個集團、一個地區或者一輛疾行中的列車為整個小說描寫對象。……王幼華持有很像十九世紀的巨匠巴爾扎克的寫作態度。由於要處理龐大的一群人或一個集團、群眾，因此採用此種寫作方式的作家必須具有有關這個地方民眾的生活、習俗、行為模式等的龐大的知識；而且這知識必須依靠他實際生活的體驗，這是負擔過重的先提條件。但是，王幼華未曾失敗，他綽綽有餘地把每一個小說世界的人物從他們的外觀和內心生活裡的描寫，具體地表現出來。[326]

世代是王幼華小說中經常觸及的，世代攸關不同的歷史記憶與認同想像，長篇小說《兩鎮演談》亦然。這部小說以臺灣的客家鄉鎮為故事舞臺，時間則跨越一九七〇到八〇年代，主角范希淹是中國來臺第二代，王幼華透過這部小說，鋪展出第二代人在臺灣的生活處境與生存奮鬥，小說文末，還附錄「本文十年內國內國外大事記」[327]，通過虛實交織，用以托出鮮明的歷史感，葉石濤如此評價這部小說：

325　高天生，〈曖昧的戰鬥——論黃凡的小說〉，收錄於氏著，《台灣小說與小說家》，臺北：前衛出版社，1985年5月，頁180-181。

326　葉石濤，〈談王幼華的小說〉，收錄於王幼華，《兩鎮演談》，臺北：時報文化出版事業有限公司，1984年9月，頁10-11。

327　王幼華，《兩鎮演談》，頁255-276。

這篇寫實主義的長篇小說是極富音樂性的。小說的構造可比擬精緻的交響樂曲的構造，每一個出現的人物有些是第一小提琴的化身，如范希淹，而其餘人物各自代表了一種樂器，各自吹奏了不同音色、不同和音的旋律，而最後眾音渾然一體，奏出了七十年代整個臺灣的命運、悲劇和奮過程。[328]

除了小鎮書寫之外，都市書寫也是王幼華小說的重要特色，早在《惡徒》中即有〈都市之鼠〉等作品，《狂者的自白》中更是充滿了各種都市生活圖景，如都市中的畸零人、後現代的都市生活意象等等。以〈健康公寓〉為例，健康公寓以英文字母排列，有如收納盒，住戶的社會階層各不相同，各有各的生活習性和故事，但人人都不「健康」。王幼華以生活細節敘事，營造出流水帳般的日常性，卻又處處彰顯出荒謬感，此文被林燿德譽為八〇年代都市文學的「第一篇」，被視為臺灣當代都市文學的開端[329]。王幼華接受訪問時指出：

> 都市生活，公寓生活，是我一系列有意識的創作。……我將個人和群眾的疏離、漠然、孤立但又互相牽連、又互相對峙；思想觀念歧異，又必須共同生活；人人平等，各自又有各自的複雜；競爭環境下暴露出原始的慾望等等錯綜狀況，將它呈現出來。[330]

在《兩鎮演談》及其後的《廣澤地》、《土地與靈魂》中，我們讀見王幼華的熱腸，而在都市觀察與書寫中，王幼華則與黃凡相同，經常立身一個相對疏離的觀察位置，冷眼穿透社會迷障與人性光影，這個位置讓他找到更好的內／外批判視角。吳怡慧指出，整體而言，王幼華的小說有三個重要面向：對都市生活的觀察、對鄉土的想像、對臺灣整體社會文化發展動向的掌握等[331]。

---

328 葉石濤，〈談王幼華的小說〉，頁14-15。
329 羅秀美，《文明・廢墟・後現代──台灣都市文學簡史》，頁94。
330 張深秀，〈有關石巨川訪問記──小說家王幼華訪問記〉，收錄於王幼華，《狂者的自白》，臺中：晨星出版社，1985年8月，頁277-278。
331 吳怡慧，《王幼華小說研究》，南華大學文學研究所碩士論文，2004年6月，頁133。

　　比王幼華稍早一年，1955年出生於鹿港的王定國，十三歲即定居臺中，創作起航甚早，十七歲就開始書寫小說，其後長期從事廣告業，橫跨於廣告界與文壇，1988年的散文集《隔水問相思》一書封底，即以「三面男人」——「廣而告之」——商人王定國、書記官王定國、作家王定國——包裝出版。王定國1988年的小說集《我是你的憂鬱》中，以婚姻、愛情及法庭工作觀察為主題，刻劃人內在的精神狀態與存在探索。整體來說，王定國前期的小說多取材於社會現實，觸及愛情與婚姻、法律公正性的疑慮、社會暗黑角落的生存處境等等；吳錦發指出，王定國小說的魅力即在於他對人物的心理刻劃：「王定國小說的魅力，在於他的小說文字底下，有一股綿密不斷的心理底流。愈在細微處，愈顯得糾纏動人。……用極其浪漫的文字，卻描摩出現代人心底的『荒原』，王定國的小說常美得令人『不寒而慄』。」[332]

　　1994年的《企業家，沒有家》，寫出王定國散文的代表作，這是一系列以商場經驗、商戰紀事為主題的散文，王定國以自身在1993年被綁架的具體經驗，經由文學的情節與細節經營，構織出精彩的商戰書寫典範。其後王定國大約停筆十年，進入2000年以後，王定國持續創作小說，分兩個階段，2004年前後積極創作並出版短篇小說集《沙戲》，集結了八篇小說，其中〈沙戲〉是一部商場小說，而〈苦花〉則描寫夫妻關係的病態。

　　其後，王定國又停筆近七年，2011年以來至今，王定國進入穩定創作的另一波高峰期，寫作議題仍與商場、婚姻、家族中的人性病態有關，2013年10月，集結出版中短篇小說集《那麼熱，那麼冷》，這本書獲得2014年臺北國際書展小說類大獎，他在接受訪問時自陳，特別喜歡透過文學探觸人心的深層內在：

　　　　王定國說，他特別喜歡寫人在冷熱交會的衝撞，像經歷挫敗與光榮後的
　　　　男人，像有形無心的關係。「這世界不需要故事了，人生已經太多戲，
　　　　一輩子也看不完。只有往人心深處去挖，才讓人有共鳴與體會，誰不在

332 〈文人相重・群雄會審〉，收錄於王定國，《我是你的憂鬱》，臺北，希代出版社，1988年6月，頁16。

那冷熱交會的狀態中？」[333]

　　紀大偉（1972—）創作文類皆以論述、小說及翻譯為主，作品大多彰顯異色描繪，營造喜趣和怪誕效果等等，皆被視為是一九九〇年代同志書寫的重要作家，重要作品有《感官世界》、《膜》、《戀物癖》等，近年則著力於同志文學的論述與研究。紀大偉的《感官世界》，以感官情色標幟出酷兒書寫的異世界，與洪凌相同，酷兒以虛寫實、以輕寫重，以「異」的主體，揭露「同」的霸權壓迫，反寫酷異世界的多重可能性：

> 在《感官世界》裡用諧趣或怪誕的手法呈現身體官能，挑逗同性愛慾。《感官世界》的另一特色是大量使用後設技巧，做為顛覆體制的寫作策略。紀大偉質疑直線進行、以語言為透明、為能夠紀實的寫實小說成規。但這並不表示真實毫不重要，而是真實也許是隱晦曖昧的，構築真實的語言、意識與記憶早已被體制的層層機制滲透，以致可能被扭曲、刻意遺漏。紀大偉耍玩虛與實的疆界，帶領我們剝開體制的重重掩蓋，進入他重建的真實。[334]

邊緣弱勢，唯有通過重寫、重述、重建，才可能抵禦或翻轉主流霸權所強制施加的記憶與真實，而嘲諷又是揭露虛構記憶體制的有效策略。在〈美人魚的喜劇〉中的強暴戲碼、男性沙豬、女性情慾；〈儀式〉中男同性戀對父親「遺照」的詭異愛戀移情，對記憶的虛實進行辯證；〈憂鬱的赤道無風帶〉亦然，「事實」的疑問比事實本身更有力量；〈色情錄影帶殺人事件〉中的荒謬嘲諷，同樣觸及事件「詮釋方式與詮釋權」的問題；〈蝕〉是一部科幻詭誕小說，玩弄了變形、變性，以及文字的歧異／義性，製造出強烈的疏離性與荒謬感，揭露出反思的多重線索。《膜》中

333　江宜儒〈王定國：房價泡沫破掉的那刻　我希望我在寫作〉，《中時電子報》，2014年01月08日，http://www.chinatimes.com/newspapers/20140108001530-260115，登站日期：2015年2月10日。

334　劉亮雅，〈酷異的慾望迷宮：評紀大偉的《感官世界》〉，收錄於氏著，《慾望更衣室：情色小說的政治與美學》，頁44。

的科幻嘲諷、後設揭發、詭異發聲，與《感官世界》有相同之處，以〈膜〉為例，以變性人、生化人、複製揭露出陽具中心論述的唯一性、不可變性，而「膜」作為一種區隔、疏離、屏蔽，恰恰彰顯出唯一真實、唯一價值之不存在。

　　再者，紀大偉這些作品中的身體書寫與身體觀，也非常值得深論，如果異性戀霸權、父權主義的核心論旨，都是從「身體的男女有別」出發，那麼，女同與男同書寫，或者女性主義書寫，首先必須破除的，當然就是「身體」的唯一性、二元論；當身體不再是文化論述中的性別化的男身女身，而是可以變換的、可以去除文化性屬的、可以自己決定性徵的，如果身體不再是亞當夏娃論述中的原初與原罪，如果身體成為主體的能動之源，那麼，酷兒書寫、陰性書寫的力量，就在這裡找到了強大的出口。紀大偉關於身體與戀物的書寫，在《戀物癖》中達到高度成就；馬嘉蘭指出：

　　　　這整本小說集本身就可以讀作某種「戀物的戀物癖（meta—fetish）」。
　　　　透過戀物癖的運作，凡庸事物也可以從「不當」的慾望獲得力量。[335]

《戀物癖》以當代城市空間作為故事舞臺，以日常生活作為故事場景，看似無奇的細節，卻由怪異的戀物行為，交織出各種奇詭故事；日常的秩序，是主流文化統轄的帝國，而日常的詭異，最足以顛覆這種主流帝國的秩序規範與價值規約，紀大偉即透過書寫日常，書寫生活，書寫細節，書寫身體（牙齒、肚臍、毛髮）與物件（如高跟鞋），以日常寫非日常，以物件寫欲望，藉以顛覆主流文化的價值體制與文化敘事。

　　至於張經宏、李儀婷、楊富閔，則都是在一九九〇年代以降的文學獎中脫穎而出的優秀小說家，三人的文學獎經歷都十分豐富，比較年長的張經宏，獲得過各種地方文學獎、中時聯合兩大報文學獎，以及教育部文藝創作獎，至於他的代表作《摩鐵路之城》，出版於2011年，獲得九歌兩百萬小說獎首獎，並被改編為電影。《摩鐵路之城》以臺中城市空間及著名的「汽車旅館」為舞臺，透過十七歲的主角

335　馬嘉蘭，〈慾望與俗世：閱讀紀大偉的《戀物癖》〉，收錄於紀大偉，《戀物癖》，臺北：聯經出版公司，2011年，頁227。

少年吳季倫的眼睛與鼻子，感知城市的實存與生活圖景，彰顯出人與都市空間、人與人之間複雜糾葛的違和感，反思成人世界的虛偽。身體在小說中，既是感知城市氣味的載體，同時也是反抗的主體。季季指出《摩鐵路之城》以臺中城市作為小說故事舞臺的張力：

> 《摩鐵路之城》的故事背景在二○一○的台中市。這個早年被稱為「文化城」的都會，原本以綠川垂柳、中央書局及楊逵的東海花園知名，近數年竟演變為以黑道拼鬥、夜店大火與汽車旅館名震全台。[336]

故事就在這樣的空間張力之中開展，寫出這座城市的黑暗與光明、醜陋與美麗，寫出一個人與一座城市糾結難分的厭棄與眷戀，此種城市意識，此後常出現在張經宏的作品中，如2012年的兩部短篇小說集《出不來的遊戲》、《好色男女》等，正如甘耀明所說：

> 他是土生土長的台中人，對此城農業時代的前身，到工業、商業、建築業、特種行業的變形金鋼階段，有最道地的體驗。他對此城市的陸續書寫，是對她的偉大敬意。猥瑣、不滿、讚許、幹譙、容忍與愛，都是與土地最好的對話。[337]

同屬文學獎出身的年輕女性小說家李儀婷，創作從小說、兒童文學到電影劇本，跨界頗廣，在耕莘青年寫作會擔任導師，被認為具有優秀動聽的故事敘說能力，2005年出版小說集《流動的郵局》，其後大多從事兒童文學寫作。《流動的郵局》中以原住民為主角者不少，挪用不少各族原住民的生活、語言、文化元素，然而她的祖籍卻是來自山東，因此小說中族群敘事經常呈顯出曖昧的虛實交織異質拼貼感。

336　季季，〈不爽症──看見台中，也看見台灣──「九歌二○○萬長篇小說獎」總評〉，收錄於張經宏，《摩鐵路之城》，臺北，九歌出版社，2011年，頁266。
337　甘耀明，〈驀然回首的人生碎光〉，收錄於張經宏，《出不來的遊戲》，臺北，九歌出版社，2012年，頁5。

　　而更年輕的楊富閔，出生於1987年，卻早已富有文名，獲得無數獎項，擅以鄉土元素為題，曾被譽為「宅版的王禎和與黃春明」[338]；至今為止的代表作小說集《花甲男孩》，書寫親人、故鄉、記憶，充滿鄉土韻味，卻又雜糅新世代的世代感，兩種語境並存，形構出獨特的美學風格。陳芳明的《台灣新文學史》的最終章，特別留給這群新世代寫手一個篇幅，指出他們的感覺敏銳、文字精確、詮釋到位，未來大有可為：

　　　他們接續後鄉土小說家開拓出來的領域，迂迴延伸，自成格局。這個世代有其共同特色，都是從文學獎的角逐中開啟文學的閘門。也許在生活的質感上，或生命的重量上，無法與上個世紀比並。不過他們還站在起跑點，還未散發熾熱的能量。十年後、二十年後，較為穩定的評價才會誕生。[339]

338　引自《花甲男孩》內容簡介，http://www.eslite.com/product.aspx?pgid=1001116561938859。
　　登站日期：2014年5月17日。
339　陳芳明，《台灣新文學史（下）》，頁792。

第六章　臺中族群文學的多元圖像

　　本章側重在呈現臺中多元族群之文學特色，首先探討清領至日治時期古典詩文反映的族群關係，包括漢族與平埔族、漢族與高山族互動的相關作品，足以作為當代相關議題之參照。第二、三節，則進而探討當代原住民作家文學，及漢族母語文學之發展。

　　論當代臺中地區的原住民作家文學，當以瓦歷斯‧諾幹及利格拉樂‧阿𡠄這對曾有長期婚姻關係的原住民作家為代表人物。從早年攜手致力於原住民文化調查、創辦刊物，到後來分別致力於報導文學、新詩、散文創作，乃至性別意識與族群意識的交鋒衝突及其辯證關係，蘊含複雜的文化意涵，值得深究。

　　近期，母語文學已成為普世觀點，而臺灣的母語文學發展，在1969年未被禁止白話字書寫前，民間仍有漢字書寫的歌仔冊流傳，至於文學作家創作的母語文學，則到一九七〇年代才開始有林宗源、向陽等人寫出如「方言詩」等體例。一九八〇年代中期後，本土意識覺醒，更多作家、學者積極投入臺語研究、整理和創作。2000年前後，雖然仍為主流漢文學所迫，但因本土化與主體性的落實，臺語文學逐漸為人接受，作品量增加，亦有相關期刊如《臺灣新文學》、《海翁臺語文學》等為臺語文學教育扎根。

第一節　古典詩文反映的族群互動

　　古典詩作所記錄的中部族群互動，基本上反映了清領及日治時期漢人與日人逐步侵墾、開發中部歷程中，與原住民發生的對立與衝突，以及對這些事件的不同觀點。若以時代為分期，清領時期的作品，描述漢人與平埔族之間的互動，側重在記

錄武裝衝突事件，並哀憐平埔族社群的日漸凋零。而日治時期的詩作，則反映日人在執行「五年理番計畫」過程中，大舉討伐山地原住民所產生的社會現象，支持與抨擊者皆有，代表寫作者不同的政治立場，以及對族群關係的差異性觀點。

以下分別從「漢族與平埔族的互動」、「漢族與高山族的互動」兩大部分，摘選相關作品進行分析。

一、漢族與平埔族的互動

漢人侵墾中部平原的腳步，始於明鄭時期。當時鄭經派遣部隊到中部來屯田，與以大肚社為首的大肚王國平埔族人發生劇烈的戰爭，雖然成功構築屯墾地，但隨著東寧王國的覆滅，鄭氏一族與轄下部隊被清廷強制遷回原籍，軍屯地也隨之放棄。

進入清領時期後，中部平埔社群也納入清廷的統治之中，在康熙年間陸續有漢移民無視官府禁入番地的封鎖令，湧入中部平原嘗試拓墾，其中最著名的是康熙49年（1710），曾任臺灣北路參將的張國，以代繳番餉的方式，向大肚社與貓霧捒社承租土地，招攬佃戶拓墾收租之事。

雍正元年（1723），在中部漢移民增加與拓墾區日漸擴大的因素下，清廷決定新設彰化縣[1]，隔年鬆弛禁墾番地的封令，批准臺灣各番社與民人，可以自由拓墾閒置的可耕種土地[2]，更進一步促使大量漢人移居中部平原拓墾土地。漢人佔地侵墾的行為，直接侵犯、壓迫了平埔族民的生活空間，讓漢原之間的武裝衝突與血腥報復越演越烈。

整個清領時期，規模最大、死傷最烈的原住民抗清事件，就在這樣的背景下爆發於中部平原。雍正9年（1731），居於今大甲鎮一帶的大甲西社，因官吏指派勞役過重，遂聯合周遭番社，發動武裝抗官行動。清廷起兵鎮壓，兩軍相持不下之際，負責征討大甲西社的福建分巡臺灣道倪象愷，有一劉姓表親殺良冒功，將五名協助運糧的大肚社原住民斬首，謊稱為戰功上報。大肚社族人舉發此事，卻遭到官

1　丁紹儀，《東瀛識略》，臺北：臺灣銀行經濟研究室，1957年，頁3。
2　吳幅員，《清會典台灣事例》，臺北：臺灣銀行經濟研究室，1966年，頁43。

府無視對待，群情激憤之下，轉而支持大甲西社抗官行動，並串聯沙轆社、牛罵頭社、樸子籬社、吞霄社、阿里史社等十餘社，不僅圍攻彰化縣城，更焚燒附近數十里的漢人民房。

當時海線地區的平埔族社群，全數加入武裝抗擊清軍的行列，面對此一不利局勢，清軍除增調兵力馳援之外，還依循「以夷制夷」的舊例，透過岸裡社通事張達京，策動居於山線豐原、神岡一帶的岸裡社族人，圍攻海線的平埔族社群，最終擊敗起事抗官的番社。在這場戰爭之中，海線地區的平埔番社受到毀滅性的打擊，除人口銳減外，各番社所屬的土地，也被視作戰利品，收沒分賞殆盡。

乾隆5年（1740），劉良璧就任福建分巡臺灣道，寫有〈沙轆行〉一首，記錄下大甲西社抗清事件十年後[3]，昔年平埔大社沙轆社蕭條凋零的慘況：

> 曉出彰山北，北風何凄涼。晚入沙轆社，社番何跟蹌。十年大甲西，作歹自驚惶。牛罵及大肚，挺而走高岡。蠢爾無知番，奮臂似螳螂。王師一雲集，取之如探囊。憶此沙轆社，先年未受創。王丞為司馬，撫綏得其方。孫公為副枲，恤賞不計量。為言北路番，無如沙轆強。馬牛遍原野，黍稷盈倉箱。麻踏如飛健，牽手逞艷粧。倘為千夫長，馭之衛疆場。張弓還挾矢，亦可壯金湯。奈何逢數奇，職守失其綱。勞役無休息，誅求不可當。窮番計無出，挖肉以醫瘡。支應力不給，勢促乃跳梁。一朝分箭起，焚殺自猖狂。蠻聲振半線，羽鏃若飛蝗。調兵更遣將，蕩平落大荒。危哉沙轆社，幾希就滅亡。皇恩許遷善，生者還其鄉。番婦半寡居，番童少鴈行。嗟乎沙轆番，盛衰物之常。秪今防廳廨，荒煙蔓道旁。造物寧惡滿，人事實不臧。履霜堅冰至，易戒惡可忘。夜深風颯颯，獨坐思茫茫。司牧人難得，惘然太息長。[4]

詩作破題說明自己由彰化出發往北巡視，晚上在沙轆社休息過夜，發現該社族人潦倒不堪。接者指出問題的根源，亦即沙轆社參與了大甲西社抗官的行列，最終被官

3　詩題後註有「乾隆五年」，由此可知詩中所載之事的具體時間。
4　全臺詩編輯小組，《全臺詩》第貳冊，臺南：國立臺灣文學館，2004年2月，頁139。

軍鎮壓掃蕩，如今才會這麼潦倒。緊接著劉良璧追憶事發前，沙轆社強盛之時牛馬盈野、倉廩滿溢、男壯女豔的榮景，並認為該社青年健步如飛、善使弓矢，若能為官府所用，必然是優秀的戰士。還引述了前臺灣鎮總兵王郡與前臺灣道孫國璽等官員對沙轆社的評語，即嘉義以北諸平埔番社，當以沙轆社最為強盛。

接著語氣一轉，劉良璧感嘆造化弄人，抨擊昔年理番的官員有虧職守。不僅過度派遣勞役，還沒完沒了的勒索詐取財物，陷入貧窮的平埔族人，被逼迫得無計可施，只得暴虎馮河鋌而走險，燒殺漢人聚落並圍攻半線（今彰化市）。此處作者並未一味歸罪於平埔族人，反倒是頗有幾分檢討之意，坦誠是官府壓逼過甚，造成了血腥的人間慘劇。

對於戰亂後的發展，詩作中記錄清廷將沙轆社改名為「遷善社」的處置。「遷善」二字，喻指記取教訓、改過遷善之意，以現代社會的角度來看，這十足十就是一個戰勝者加予戰敗者的蔑稱。此外，詩作還記錄沙轆社「番婦半寡居，番童少鴈行」的景況，婦人寡居反映男性族人在戰爭中死傷殆盡，代表該社喪失重要的勞動力與自保能力；又兒童數量很少，表示該社人口恢復速度緩慢，縱使已歷經十年，仍無法恢復社群的活力。劉良璧這兩個簡單的現場觀察，其背後不知蘊含著多少平埔族人的血淚與悲傷，對於此間悲劇，作者在感嘆之餘，也只能歸諸於榮枯盛衰的天命。

在詩作的末尾，劉良璧以臺灣道（當時臺灣最高級別的行政主官）的角度，省思沙轆社被逼抗官而殘破的案例，告誡自己在施政時絕對不能忘記此一事件的教訓，並感嘆有能力嫻熟處理族群衝突的地方官吏實在太少了。

整體來看，劉良璧在〈沙轆行〉中，是由反省往昔錯誤施政的角度出發，記錄、考察抗官事件的緣由與影響，意圖作為爾後施政的警惕，以防止類似慘案再度發生。雖然劉良璧分析指出衝突根源在於「勞役無休息，銖求不可當」，但相同的壓迫，其實一直未曾改善，縱使是緊密跟隨清廷政策，屢次出兵助剿亂事的岸裡社，依舊承受著相同的迫害，甚至隨著漢移民的持續增加而變本加厲。

大甲西社事件後，岸裡社獲賞大量土地，又三度向以張達京為首的六館業戶割地換水力圖耕作，但最終仍事與願違。原因在於戰亂之後，抗清各社人丁凋弊，僅餘岸裡社較為興旺，因此原本由各社分擔的官府勞役，轉變成由岸裡社獨立負擔。

而過度的勞役負擔，導致勞動力匱乏[5]，雖然屢屢向官府陳情，希望減輕勞役負荷，但總是被敷衍或漠視[6]。過度的官方勞役，讓岸裡社族人難以親臨耕作，只能轉佃給漢人承租，以收取佃租維生。然而，漢人佃農卻常惡性抗租，甚至是直接霸屋佔田[7]，引發諸多訟案，但判決結果總是有所偏頗而怨聲四起。

嘉慶5（1800）年，岸裡社總通事潘進文，便向官府提出陳情，列舉漢佃惡行，控訴漢人逼迫熟番有田無租，甚至無屋可居，乃至被迫離社出走，遷徙內山[8]。但官府顯然並未重視處理，最終導致平埔族人大規模的遷徙流亡，最著名的事例，當屬嘉慶9年（1804）的「流番」事件。當時岸裡社通事潘賢文，率領岸裡社、阿里史社、大甲社、吞霄社、馬賽社、北投社、阿束社與東螺社等中部平埔族諸社族人共千餘人，攜帶武裝出逃，一路向北行尋求安家之所，後在桃園中壢一代向東越過中央山脈，定居於宜蘭開墾土地[9]。

在平埔族人逐漸離散的嘉慶年間，於嘉慶初年擔任彰化都司，領軍駐守中部地區的黃清泰，留有〈觀岸裏社番踏歌〉一首，記錄下岸裡社族人舉辦慶典的狀況，並且對岸裡社人倍受侵擾的生活，抱持著不滿。

> 耳不垂肩不威儀，直竹橫木與撐支。齒不缺角不丰姿，輕錘細鑿為琢治。番人奇嗜諸類此，黔者為妍皙者媸。榛榛而游狉狉處，半耕半獵貪娛嬉。冬月獸肥新釀熟，合社飲酒社鬼祠。酒半角技呈百戲，琴用口彈簫鼻吹。雄者作健試身手，雌者流媚誇腰肢。距躍曲踊皆三百，雞冠斷落鴉鬢欹。舞罷連臂更踏歌，歌聲詭異雜歡悲。乍聞春林弄鶯燕，忽然秋塚鳴狐狸。酒缸不空歌不歇，落月已挂西南枝。我撫此景轉歎息，此輩蠢愚忠義知。昔曾隨我砍賊陣，慣打死仗心不移。朝廷設屯有至計，

5　施添福，〈清代岸裡社地域的族群轉換〉，收錄於潘英海、詹素娟主編，《平埔研究論文集》，臺北：中研院臺史所籌備處，1995年6月，頁320-321。

6　施添福，〈清代岸裡社地域的族群轉換〉，頁330。

7　廖英杰，〈流亡他鄉的「番頭目」：平埔族岸裡社人潘賢文之研究〉，收錄於許美智編，《族群與文化：「宜蘭研究」第六屆學術研討會論文集》，宜蘭：宜蘭縣史館，2006年，論文頁8。

8　省立臺中圖書館編，〈台灣中部地方文獻資料（一）〉，《臺灣文獻》，34：1，1983年3月，頁106-107。

9　廖英杰，〈流亡他鄉的「番頭目」：平埔族岸裡社人潘賢文之研究〉，論文頁11。

莫聽奸民魚肉之。[10]

詩作以描繪岸裡社人審美觀與外在樣貌開頭，如大耳垂肩、鑿齒尚黔等等，並指出番社處與半耕半獵的生活型態。接著說明社內正在公廨舉行慶典活動，並將視角投注在宴會情境上，記錄下其對番社慶典的印象，這包含較量技藝、演奏口簧琴與鼻笛、男女共同牽手踏歌的舞蹈，以及悲喜情境快速轉換的樂曲等等。詩作最末，作者看著慶典活動，不禁感嘆這些平埔族人雖然愚蠢，卻對官府非常忠義，林爽文事件時，還曾跟隨他奮勇沙場，如今朝廷正在執行組織岸裡社人充任番丁，負責守隘防堵山地原住民的計畫，怎麼能聽任詐偽之徒欺壓社民呢。

　　黃清泰的〈觀岸裏社番踏歌〉字數不多，卻是一篇精彩的觀察報告。詩中清楚記錄了岸裡社人的生活習慣，也點出清廷對岸裡社人的政策安排，同時不無為其抱屈的強調，對於歷來功績不斷的岸裡社，官府不應坐視漢移民對其侵逼壓榨。然而，黃清泰的悲憫終究不是漢人社會的主流意志，也無力攔阻平埔族人凋弊離散的命運。

　　嘉慶19年（1814），埔里地區發生郭百年事件。當時覬覦埔里土地的郭百年等墾首，擁眾入山，偽稱官軍，大肆開墾番社土地。此舉引起各社原住民不滿後，郭百年又謊稱將罷墾撤回，要求番社進山獵取鹿茸來獻，以補損失。眾番社不疑有詐，為求官軍盡早收物撤離，遂傾盡男丁入山捕鹿，僅餘婦孺老弱留守社中。郭百年藉機掃蕩番社、大肆焚掠，諸社殘存者四散避難，土地全數落入漢人手中。

　　郭百年在佔取原民土地後，大力招佃入墾埔里，而埔里番社族人哀哀泣告，卻無法引起官府的重視與干預。一直到嘉慶21年（1816）底，臺灣鎮總兵武隆阿巡閱地方，經過彰化聽聞此事，擔心失去土地家業、生活無依的埔里社番會鋌而走險引發戰亂，遂嚴令彰化縣令吳性誠入山驅逐佃戶。嘉慶22年（1817），吳性誠撤除耕佃，並在集集、烏溪二口，豎立示禁石碑，禁止漢人再入墾埔里[11]。

　　僥倖重獲土地的埔里諸社，在事件後人丁嚴重衰減，引來聚居埔里盆地北方的泰雅族人攻擊而無力抵禦。在困境之中，透過日月潭水社邵族人的協調，招請西部

10　全臺詩編輯小組，《全臺詩》第參冊，臺南：國立臺灣文學館，2004年2月，頁255。
11　姚瑩，《東槎紀略》，臺灣文獻叢刊第7種，臺北：臺灣銀行，1957年，頁34-35。

平原平埔族群進入埔里同居共守，此舉造成西部平原各平埔聚落的集體遷徙，使得埔里成為躲避漢人侵擾的喘息之地。

　　然而好景不長，同治13年（1874年），牡丹社事件爆發。沈葆楨受令以欽差大臣之銜，來臺總理防務。事件後，沈葆楨主張開發臺灣山地利源，提出「開山撫番」之策，並於清光緒元年（1875）設置埔里社廳，捨棄了漢人禁墾埔里番地的保護政策。禁令的開放，對於移居埔里的平埔族群而言，無疑是一道噩耗，當初遷居埔里避難，若再遭難，又能避居何處？這種惶惶不安的心情，在丘逢甲〈老番行〉之中，表露無遺。

　　〈老番行〉這首長篇詩歌，是丘逢甲聽聞埔里即將設廳，以作為開發中部山區據點後的感觸，其在序言中寫道：「中路岸裡等社歸化最早，於諸屯中亦最有勞績。後以侵削，地垂盡，多流移入埔裏社，安故居者僅矣。今聞設廳，來番業又日蹙，流移將無地，是可哀也。」[12]顯現其對罔顧平埔族民利益，一味開發臺灣山地的政策頗有微詞。

　　詩作可分成四個段落，前三段假託岸裡社老之口敘述歷史脈絡，第四段則提出自身對整個事件的總評。大抵而言，第一段是在追憶岸裡社全盛時期的榮光，以及該社對於清廷的付出，例如派軍助剿林爽文、頭目赴北京面乾隆帝等。第二段則陳述岸裡社衰敗遷徙埔里的緣由：

> 聖恩賜土歸來日，耕鑿相傳薄納租。百餘年來時事異，奸民嬲番佔番地。堂上理番雖有官，且食蛤蜊知許事。況乃屯糧亦虛額，中飽年年歸黠吏。故業蕭條貶眼中，社番十戶九貧窮。新居未免謀遷絳，名論真宜譯徙戎。故山蒼蒼慘將別，舉家移向生番穴。仍占鳥語作耕獵，更驗桐花定年節。銘刻天朝累代恩，未敢殺人持寸鐵。偶出山前過故居，巢痕畢掃增鳴咽。[13]

丘逢甲的這一段控訴，指出漢人強佔番地，而官府漠視不顧，再加上漢佃抗租不繳

12　全臺詩編輯小組，《全臺詩》第拾伍冊，臺南：國立臺灣文學館，2011年10月，頁9。
13　全臺詩編輯小組，《全臺詩》第拾伍冊，頁9。

屯糧，與奸猾惡吏仗勢索賄掠奪等情事，讓岸裡社陷入貧窮破敗的困境，只得捨棄故土遷往埔里，可說是對吏治不清與縱容侵墾等問題，提出了嚴厲的批評。此外，詩中特別強調，岸裡社人雖然遷入埔里與生番為鄰，但仍保存著族群的傳統文化，也同樣感念天朝皇恩，從未自墮野蠻、出草殺人。這意味丘逢甲認為岸裡社人並非野蠻不服王化的生番，理當給予更合理與人性的對待。

　　第三段則指出官府高舉開山撫番之策，將嚴重衝擊埔里地區的平埔族民的生活，重蹈往昔受漢人侵墾、壓迫而無以維生的窘境：

> 山風吹髮遽衰禿，若識生年定耄耋。方擬桃源世世居，誰請鑿空張騫說。玉斧應知畫界難，重關山險啟泥丸。所欣岩谷殘年日，猶得威儀拜漢官。官威難弭漢民奸，又佔山田啟訟端。日久深山無甲子，風生小海有波瀾。眼看番地年年窄，覆轍傷心話疇昔。方今全山畢開闢，更從何處謀安宅。番丁業盡為人役，空存老朽溝中瘠。況聞撫番待番厚，生番日醉官中酒。同沐天家浩蕩恩，老番更比諸番久。可憐為熟不如生，衰落餘年偏不偶。夜半悲呼山月暗，哀思難向青天剖。[14]

詩句中的「鑿空張騫說」，指的是開鑿北中南三路貫通中央山脈之事，而埔里被擇定為中路開山撫番事務的行政中心與軍事基地，因此新設埔里社廳總理其事。對此世局，丘逢甲認為漢人必將隨著開山政策的腳步，進入埔里侵墾番地，屆時番社土地將盡入漢人之手，而生活無依的岸裡社人，卻再也找不到地方可以流亡了。丘逢甲還進一步批判撫番政策，指出政策上優待歷來敵對的生番，卻漠視長年貢獻的熟番，任其衰落消亡，實在可哀可嘆。而第四段中，丘逢甲一方面為岸裡社人的處境感到不平，另一方面又只能寄望未來或許會有更體恤岸裡社族人的官員到任，呈現出丘逢甲對於此事的感慨與無奈。

14　全臺詩編輯小組，《全臺詩》第拾伍冊，頁9。

二、漢族與高山族的互動

　　清領時期因清廷長期採取消極治理的政策，對於高山族群一向以軍事圍堵的方式，將其阻絕於統治範圍之外，一方面禁止漢人入山開墾，另一方面也防範原民下山滋擾，這種隔離政策，讓官府與平民對高山族群的了解都極為有限。若與西部平原的平埔族社群相比較，漢人對散居山地各原住民族群的觀感，一直存在著「兇狠好殺」的刻板印象，進而產生強烈的恐懼感。

　　清領末期，受列強覬覦侵擾臺灣之影響，清廷開始重視臺灣島，改採開山撫番之政略，嘗試打通中央山脈要道，連結島嶼東西兩岸平原，意圖將全島納入實質統治中。

　　在開山撫番的政治大旗下，清軍分北中南三路入山開道，並以武力壓制沿路原住民社群，而隨著軍事推進，漢人也隨之入山墾地，攫取山地利源。當然，對於各高山族群而言，這無疑是一種軍事入侵行為，除了道路沿途阻擊不斷之外，對於入山的墾戶與男丁，也出於守土、報仇等心態，而出草連連、殺人無歇，族群衝突以最血腥的方式劇烈展開。對此世局，丘逢甲寫下〈臺山有虎謠〉一首，諷刺當局開山之策失之過當：

> 臺山乃無虎，無虎古所傳。臺山忽有虎，有虎來何年。上不從九天，下不從九泉。千百豺與狼，擁之踞山巔。山亦有民園，山亦有民田。田園已就蕪，柑蘇且難前。兇番據故巢，出入乃晏然。謂番命在天，生殺非虎權。翳彼山中民，何獨垂饞涎。上當告九天，守閽恐有連。下欲達九泉，九泉何冥冥。臺山瘴不開，哀哉有虎篇。[15]

詩作破題指出臺島歷來無虎，接著轉折語氣，指陳近來山區出現噬人猛虎，所謂猛虎，根據全詩意旨，可判斷即隱喻所謂的「兇番」。丘逢甲沉痛控訴山中亦有漢民居墾，如今卻因兇番殺人殆盡而拋荒，並強調兇番並未受到官府的懲戒，仍然安居

15　丘逢甲，〈臺山有虎謠〉，《全臺詩》第拾伍冊，頁50。

如昔。對此血腥攻擊，丘逢甲告誡兇番「謂番命在天，生殺非虎權。翳彼山中民，何獨垂饞涎」，亦即人命在天，其生死不該是由你們這些嗜殺之虎而決斷，你們怎能貪求人命，殺戮這些在山中開墾的良民。

詩作最後哀嘆，認為這些身死番人之手的冤魂，若能上天控訴冤情，那些鎮守天門觀察世情的神祇，大概也會因而獲罪。這樣的語句，明顯帶有雙關寓意，暗中諷刺理番官員的顢頇與縱容，若與前述的〈老番行〉相對照，可以看出丘逢甲對於大規模的開山撫番，一直是抱持著批判與保留的心態。而其書寫立場，自然是反映漢人觀點，尤其客家人在中部山區東勢、卓蘭、大湖一帶的開墾，與高山原住民生存環境的衝突首當其衝，確實是危機四伏，朝不保夕。

自沈葆楨倡議的開山撫番以降，清廷一直嘗試控制臺灣山地，並在劉銘傳任內發展到高峰。出身中部大族霧峰林家的林朝棟，被委任討伐卓蘭、三灣一帶的泰雅族人，戰局雖互有成敗，但漢移民拓墾山林的步伐也隨著部隊向前推進。曾任林朝棟幕僚的梁子嘉，經林朝棟推薦，出任卓蘭、東勢角等處的撫墾局委員[16]，因此常出入山地，與原住民多所接觸。

梁子嘉在〈重五日入山由苗栗至大湖〉中，亦有「對嶺見深林，林深防猛虎。殺人飲其血，手把骷髏舞」的詩句，與〈臺山有虎謠〉相類，皆以吃人猛虎的意象來形塑原住民族。更重要的是，梁子嘉寫有〈隘丁行〉一首，記錄下當時最重要的防番機制：

> 日色無光光亦薄，瘴煙入鼻微聞惡。行人畏近隘頭行，守隘隘丁晝擊柝。柝上響停，行人膽驚。伏莽之戎，草木皆兵。柝聲不絕，尋聲出穴。為彼發蹤，磨牙吮血。行人不敢經，飢吻饞涎腥。乘機伺利便，跳踉殺隘丁。民間屬禁挾弓弩，利器凶兵遺彼虜，飛而食肉山中虎。[17]

當時漢人進入山區拓墾，最重要的防衛機制即是隘寮，亦即設置一連串相互守望的

16　廖振富，《臺灣古典文學的時代刻痕──從晚清到二二八》，臺北：國立編譯館，2007年7月，頁19。

17　梁子嘉，〈隘丁行〉，《全臺詩》第拾貳冊，臺南：國立臺灣文學館，2008年4月，頁669。

防備據點，平素圍堵防備原住民，若遭遇原住民攻擊，則發揮遲滯防守的作用，用以維繫墾戶的生命安全。而據守隘寮的兵勇，通稱為隘丁，亦是本詩描寫的主題。詩中描繪隘丁守隘的情境，指出一般人不敢靠近生死相搏的隘寮，隘丁以擊柝聲響相互聯繫或示警，每當聲音響起，總是讓人感到膽寒，不知是否又有原住民掩殺襲來。詩句中仍以「虎」的意象，凸顯原住民嗜殺的印象，還連帶指出當時禁帶弓箭入山的風俗，擔心這些武器最後落入原住民之手，反而成為襲殺漢人的利器。透過梁子嘉的文字，可以清楚感受到，在劇烈的漢原衝突下，進入山區那份死生一線的緊張感。

進入日治初期，清軍全面退出山區，諸多依恃武力新拓之地，再度成為原住民族生聚之地，而日人為防止臺灣原住民族對日人統治產生負面觀感，影響後續的殖民政策推行，故施行綏撫方針，極力避免衝突發生，但另一方面，卻也非常積極地展開山地調查，作為爾後實質統治的參考資料。

明治39年（1906）4月，佐久間左馬太就任第五任臺灣總督，增列五十萬元至次年的理番預算中，並提出新理番方針，主張以武力討伐山區的各原住民族，迫其全面臣服於日本統治之中。而政策方針的落實，便是著名的「五年理番計畫」，日人透過一連串的圍堵與爭戰，在大正4年（1915）全面壓制臺灣山地，將各原住民族納入統治。

在戰略上，日人進一步改進臺灣傳統的隘寮制度，在山地間設置一連串密集的「隘寮」，稱之為隘勇線，除駐紮由漢人、平埔族或投降番人所組成的隘勇外，還分區設置隘勇分遣所，除隘勇外，另派遣巡察、巡察補階級之日警，作為周遭隘寮的指揮中心。又在各險要之處，設置隘勇監督所，駐紮警部、警部補、巡察、巡察補階級之日警，作為該地區作戰指揮中心，並負責監督隘勇線的正常運作[18]。此外，在戰情嚴峻之處，還會在隘勇監督所或分遣所設置炮臺，或在各隘寮之間設置通電鐵絲網、地雷等各式陷阱，盡一切可能圍堵、壓迫原住民族的生存空間，斷絕其生活物資交換的管道，迫其臣服於日本帝國的統治。

然而，長年大規模的軍事行動，徵用了大量的人力與物資，致使臺灣社會動

18　溫吉編譯，《臺灣番政志》，頁754。

盪，也逐漸引起批評厭戰的聲音，並反映在文學作品上，洪棄生的〈大討伐〉與〈勸番行〉，可以說是其中的代表性作品。

　　洪棄生的〈大討伐〉，記錄下其對自明治39年（1906）起，日人持續擴張隘勇線行為的負面評價：

> 丙午方隆冬，生蕃大討伐…（中略）…。鑿齒與雕題，相逢即馳突。其俗本狂獞，其人如鷹鵑。撫之曾幾時，屠之起倉猝。殆為墾荒來，闢土不容忽。遂使甌脫間，亦走東洋卒。平野多草萊，何用入窮窟。師勞久無功，萬山擲枯骨。[19]

詩作中，洪棄生認為日人發起征伐，是為了攫取並開發臺灣山地的資源，並且批評此一政策，認為臺灣平地尚有許多未開發的地區，實在沒有必要為此妄動干戈而空耗人命。

　　而隨著戰事的長期化與影響加劇，洪棄生則在〈勸番行〉詩中，對日人的討番作為，寫下更為激烈的批判，節錄如下：

> 重崖陰陰無日曜，滾滾溪流石陡。暑寒不時風叫窣，冰塊紛紛隨潦漂。
> 役夫開道身尪隤，兵士重氈鏡遠眺。酒保投師收厚利，臺人號咷倭人笑。
> 臺人久作釜中魚，生番熟番奚安居。耕地一蹂無秸粒，山廬一火無蓬簾。
> 番人逃竄成猿狙，山中來往隨豪豬。可憐千砲深箐溜，頓使三危眾骨菹。
> 視番巢萬蟻垤，一朝如蟻遭掃穴。白石苔封苦役骸，青山瀑瀉簁猺血。
> 花蓮港與合歡山，兩軍遙舉互包截。東西戰隊未雙連，南北輓輸勞九折。
> 寄言番婦莫冤啼，嗟我周黎亦靡孑。[20]

詩中控訴擔任役夫的漢人，在環境惡劣的臺灣山地中過勞致病，而從事軍務的日

19　洪棄生，〈大討伐〉，《全臺詩》第拾柒冊，臺南：國立臺灣文學館，2011年10月，頁283。
20　洪棄生，〈勸番行〉，《全臺詩》第拾柒冊，頁241-242。

人，卻獨享著良好的裝備，族群與階級所造成的不平等待遇，讓臺人陷入困境而哭嚎。接著話鋒一轉，感嘆漢人已成為「釜中魚」，原住民族又哪能置身事外，並描寫原住民族在戰火下的慘況，最末的「寄言番婦莫冤啼，嗟我周黎亦麋子」兩句，可以看出洪棄生對漢人與原民同樣受到殖民體制迫害的無奈。

縱使洪棄生在〈勸番行〉中，以同情原住民的角度，感嘆漢原共同遭受的厄運，但透過其選用的字詞，諸如〈大討伐〉中「其俗本狉獉」、〈勸番行〉中「視番巢萬蟻垤，一朝如蟻遭掃穴」等描寫，我們仍然可以清楚的意識到，洪棄生並未超越當時漢人社會的普遍共識，還是將原住民族視為風俗野蠻、缺乏文化的族群，其對原民的認知與評價，恐怕還比不上同一時期從事番俗調查的日人。

與洪棄生立場相近的，還有出身霧峰林家的林獻堂，雖然該家族在清領末期，經由開山撫番政策，大舉入山伐木製腦，與中北部諸多原住民族屢起衝突，但事過境遷，他在〈討番〉一詩中對原住民的命運寄予深刻的同情，以隱微語氣批判日人鎮壓原住民過於殘暴：

> 虎豕同居者，由來化外人。不知求事大，空自念和親。螻蟻生機迫，鯨鯢血壘新。蛛絲三面網，保種望深仁。[21]

第一、二句言原住民是歷來不接受官府統治的野蠻民族。三、四句表面上是加以批評，責問其不知降服日本總督府，而妄想和平相處，但語氣中則有強烈的感慨和惋惜。五、六句，言總督府以軍隊、武器對抗原住民，使其命如螻蟻，危在旦夕，而日本軍隊卻有如鯨鯢之兇暴，殺人如麻，積血成壘，血跡斑斑猶新，令人不忍卒睹；七、八句以十分哀的語氣為原住民請命：但願總督府當局網開一面，勿趕盡殺絕，使原住民慘遭滅種之禍。全詩批判日本軍隊以兇殘血腥手段，對付堅決保護家園的原住民族人，十分富有人道精神，讀來令人低迴不已。

當然，並非所有臺人都對理番戰役抱持負面觀感，在常年互相仇殺的慣性下，許多漢人對於日人討伐原住民族，是抱持著正面肯定的立場。再加上日本官方的興

21　林幼春編，《櫟社第一集・灌園詩草》，收錄於《櫟社沿革志略》，臺中：霧峰，1924年2月，頁2。

論宣傳，與壓制山地、開發資源將帶來龐大利益的預期心理，熱烈支持理番政策的詩作也不少見，如鹿港丁寶濂〈討番〉詩作：

> 撻伐命重申，三軍敢惜身。牡丹經駐節，太魯起征塵。負固山千仞，施威弩萬鈞。為民謀幸福，奮勇莫艱辛。[22]

這首作品雖以討番為題，但實際歌詠的是臺灣總督佐久間左馬太。佐久間在任內力主討番政策，甚至數度親臨戰場督戰，故有理番總督之譽，而這首作品反映作者對佐久間總督討番功績的肯定立場。一、二句指出總督數度強調討伐的重要，而部隊也為此奉獻犧牲。三、四句陳述佐久間總督討番的事跡，前句指他早在1874年「牡丹社事件」時即曾領軍攻打臺灣原住民，後句指其1914年太魯閣戰役親身督戰一事。五、六句描述討番戰況，先指出原住民固守高山，再強調軍威萬鈞所向無敵。七、八句則肯定這番軍事作為，上自總督下至部隊軍隊，都奮勇爭先不惜辛勞，必能為社會大眾謀得福祉。

　　日人的武裝討伐行動，在大正4年（1915）結束，此後轉入開發治理的階段，而隨著臺灣總督府全面控制山地，一般社會大眾得以安全的進入山地番社，實際接觸到原住民族的生活。例如臺中南屯地區名人簡楊華，便曾在大正13年（1924）前往埋伏坪的番社（今臺中市和平區自由里雙崎部落）旅遊，並留下十首詩作，記錄沿途見聞感想，詩作各有小題，並總名為〈甲子仲春六日遊埋伏坪吟草〉。這很可能是地方公務員接受日本官方安排的原住民部落考察，統治當局的目的自然是藉此展示官方「理番」的具體成效。透過這組詩作，可以清楚看到族群間的互動關係，已逐漸由緊繃趨於和緩，列舉二首〈近埋伏坪有感〉、〈參觀番童教育所〉如下：

> 翠屏丹嶂似叢叢，亦有康莊路可通。到處蠻花迎客笑，令人追頌戰時功。

---

22   林幼春編，《櫟社第一集・蓮溪詩草》，收錄於《櫟社沿革志略》，臺中：霧峰，1924年2月，頁2。

漫將無智笑番童，此日驚看學藝通。自是聖明恩澤闊，深山也得坐春風。[23]

第一首〈近埤伏坪有感〉，描寫瀏覽美景、輕鬆入山的情態，指出已有便利的道路直通番社，並認為這都要歸功於理番戰役的功績。若以這首詩作的輕鬆觀光的心情，對比梁子嘉、丘逢甲畏番如虎的膽寒，二者情境差距之大，真不可以道里計。第二首〈參觀番童教育所〉，破題直言不要輕視原住民兒童之智能，他們都在教育所學得一手好技藝。此處簡楊華經由實際接觸的見聞，破除了往昔如洪棄生一般，蔑視原住民族為野蠻愚蠢的錯誤印象。

當然，必須指出的是，畢業於臺中師範的簡楊華，將這些變化歸諸於教育，片面深信「文明開化論」，陷入文明野蠻的二元對立觀點，他並視此為官府的恩澤，這明顯是依循了當時日人統治原住民族的政治宣傳，欠缺針對原住民文化、主體命運的思考。

總結來看，上述詩作所反映的中部族群互動，有幾個明顯的現象。首先是接觸族群的變化，清領時期詩作主要以平埔族群為主，其中更以岸裡社相關為多，而描寫高山原住民族的作品，創作時代明顯較晚，集中於開山撫番政策時期，這基本反映了漢人入墾中部平原後，平埔大社岸裡社的勢力消長，以及清領末期漢人由平原向山地發展的歷史脈絡。相對的，日治時期的作品，大多是以旁觀者的角度，評論日人與各山地原住民族的征戰廝殺，一直要到日人全面控制臺灣山地後，才開始出現描述親身見聞的作品。

其次，若以詩作對原住民族的態度來看，清領時期與平埔族相關的作品，大多採用俯視的角度，要不是蔑視為野蠻無文，就是悲憫其生活無依，雖態度有別，卻同樣呈現出漢人強勢的政治立場及階級優越感。至於描述與山地原住民的互動，早期詩作中最明顯的態度是畏懼，且將高山族視為「非人類」的兇殘猛虎，大多強力譴責高山族嗜殺的傳統，顯然未能以對等的態度，思考原民殺敵禦土的立場。進入日治後，對於日人大舉討伐山地的軍事行動，支持、反對，甚至是哀憐原住民族的作品皆有，呈現較為分歧的態度，也見證書寫者不同的立場。但另一方面，日人透

23　簡楊華，《棲鶴齋詩文集》，臺中：臺中市鄉土文化學會，2012年12月，頁104-105。

過討伐，將原住民族納入政府體制之中，不僅確保了入山的安全，也拉近了漢、原兩族之間的距離，畢竟彼此都只是日本統治下的被殖民者而已，這類的心理轉折，可以由洪棄生的作品中看到。而簡楊華則是以觀光的心態入山，並肯定日人統治所帶入的「文明開化」成效，除了反映當時日本官方刻意建構的山地印象外，也標示了往昔族群之間死生相搏時代的終結。

第二節　當代原住民漢語文學

　　目前已有作品結集出版的臺中市原住民文學創作者，依據出生年排序，包括泰雅族的游霸士・撓給赫（田敏忠，1943—2003）、瓦歷斯・諾幹（吳俊傑，1961—）、啟明・拉瓦（趙啟明，1964—）、娃利斯・羅干（王捷茹，1967—）以及排灣族的利格拉樂・阿𡠄（高振蕙，1969—）等五位，以下分別介紹。

一、游霸士・撓給赫的歷史小說

　　游霸士・撓給赫1943年出生於苗栗縣泰安鄉的天狗部落（梅園村），漢名田敏忠，臺灣師範大學國文系畢業，臺灣師範大學國文研究所碩士班結業。曾經任教於臺中地區的明道中學、大明高中、臺中監獄培德補校、臺中高工國文教師，2003年病逝，享年六十歲。

　　游霸士・撓給赫在一九七〇年代即以筆名「田間」、「田訥溪」創作散文多篇，可惜多已散佚。一九八〇年代開始以漢名「田敏忠」發表短篇小說，一九九〇年代以族名出版短篇小說集《天狗部落之歌》（1995）、《赤裸山脈》（1999）、《泰雅的故事——北勢八社部落傳說與祖先生活智慧》（2003），漢譯《高砂王國——北勢八社軼事》（2002）[24]。

　　游霸士・撓給赫的作品多以小說為主，並且不乏以泰雅族北勢八社部落為敘事

24　《高砂王國》作者達利・卡利（柯正信，1932-）是游霸士・撓給赫的大舅，原著為日文。

史觀的歷史小說。生前，游霸士是被期待寫出原住民史觀大河小說的原住民作家，且有語言天分，不僅熟稔章回小說式的古雅漢文，並能操作族語拼音書寫[25]，亦有日文的漢譯能力，可惜因病驟逝，識者皆嘆遺憾。

二、瓦歷斯・諾幹的多元視角

1961年出生於臺中市和平區自由里的雙崎部落（隸屬於泰雅族北勢族八社的武榮社），漢名吳俊傑，畢業於自由國小、東勢國中、臺中師專（2005年8月改制為國立臺中教育大學）。1983年退伍後，先後任教於花蓮縣富里國小、臺中市梧南國小、富春國小、自由國小，另曾兼任靜宜大學臺文系、成功大學臺文系、中興大學中文系技術講師；2013年退休，專事寫作。

瓦歷斯・諾幹允為臺灣原住民族文學的重量級作者、指標性作家之一，擅長新詩、散文、報導文學及文化論述，截至2014的結集作品已達十六冊之多，包括散文集《永遠的部落——泰雅筆記》（1990）、文化論述集《番刀出鞘》（1992）、散文集《泰雅孩子台灣心：1986～1993》（1993）、詩文集《想念族人》（1994）、詩集《山是一座學校》（1994）、散文集《戴墨鏡的飛鼠》（1996）、詩集《番人之眼》（1999）、散文集《迷霧之旅》（2003）、詩集《伊能再踏查》（1999）、字詞分析集《字字珠璣》（2009）、詩集《當世界留下二行詩》（2011）、詩論集《瓦歷斯・諾幹2012：自由寫作的年代》（2012）、小說集《戰爭殘酷》（2013）、小說集《城市殘酷》（2013）、字詞分析集《字頭子》（2013）、小說集《瓦歷斯微小說》（2014）。

根據瓦歷斯・諾幹整理的寫作年表[26]顯示，他是在考上臺中師專的第二年，也就是1976年嘗試寫詩，之後長達十年的時間，瓦歷斯・諾幹或寫小說、或去服役、

25　為了以族語及漢語併陳的方式撰寫《泰雅的故事——北勢八社部落傳說與祖先生活智慧》，游霸士・撓給赫特地花了好幾個月的時間學習「IPA國際語言學會」（International Phonetic Association）制定的IPA國際音標符號；游霸士・撓給赫，《泰雅的故事——北勢八社部落傳說與祖先生活智慧》，臺中：晨星出版有限公司，2003年，頁268。

26　〈瓦歷斯・尤幹寫作年表〉，《山是一座學校》，臺中：臺中縣立文化中心，1994年，頁108-110。

或在花蓮縣富里國小任教，多以筆名「柳翱」寫些「與學童書」、「學童記載」的系列詩作，1985年開始發表「部落記事」、「部落記載」等一系列觀察臺灣原住民族議題的散文及論述；1988年調往臺中市豐原區的富春國小任教，同時陸續在1990年、1992年獨力創辦「獵人文化」、「臺灣原住民人文研究中心」，並且積極參與原住民的報刊雜誌《原報》、《南島時報》及《山海文化雙月刊》的編輯撰述工作；期間除了頻繁前往各族的各部落社會進行調查報導，也鼓勵新生世代的原住民投入於各該部落的文史踏查工作。早在一九八〇年代初期的原住民文化復振運動（原運）興起發展之時，瓦歷斯‧諾幹就是一位活力旺盛、行動積極，且具有相當知名度、影響力的原住民文學工作者及文學論述者。

1994年7月，瓦歷斯‧諾幹以行動落實返歸部落的抉擇，舉家遷回雙崎部落定居，任教原鄉的母校自由國小，自此之後的文學書寫逐漸迸現部落發聲策略，例如他遵循泰雅族父子聯名的傳統，父親健在時長子名字的母音改為N音，故將沿用已久的瓦歷斯‧尤幹（Walis—Yugang）改為瓦歷斯‧諾幹（Walis—Nogang），他說重回泰雅是為了要回到原愛，「先學習做個泰雅人，進而成為愛鄉愛土的台灣人，也才有條件成為健全的社會人」[27]。因為遷居部落的就近觀察位置之便，瓦歷斯與族中男女老幼共同生活，真實進入部落的生活文法節奏之中，他的觀察敘事文字回復泰雅族天生的樂觀幽默，不再訴諸淒厲的控訴，雖然讀者仍是大多集中於都市社區，但他開始學習以族人的日常生活口吻說話，常在父親的居間協助翻譯下，訪問族老的記憶深層處，再在山林部落中以原住民觀點介入對公眾事務的發言。

除了細膩觀看族人的外在生活樣態，瓦歷斯‧諾幹也還試圖捕捉族人們在幽默的、健朗的外表之內的心靈構造，這項嘗試一經著手，瓦歷斯意外找到了原住民族在臺灣近代史上的聯結點，也讓戰後臺灣歷史的重新書寫工程，進入了「原漢對話」的境域。他以驚人的意志力，投入於尋訪各族原住民在一九五〇、六〇年代白色恐怖時期政治受難、驚悚經驗的田野調查工作，赫然發現一項普遍暗存其他原住民部落，卻被湮滅甚久的史實，「台灣原住民族受到『白色恐怖』牽連的至少有四十五名，其中已執行槍決的有六名。他們的第二代、第三代已超過二百人以上，

27　瓦歷斯‧諾幹，《戴墨鏡的飛鼠》，臺中：晨星出版有限公司，1996年，頁38。

他們都曾經有一個『匪諜』的童年，沒有人告訴這些孩子他們的父祖是無辜的，甚至是民族的鬥士」[28]。

　　瓦歷斯・諾幹以原住民族的歷史記憶為主軸的書寫工作，既是以雙崎部落作為說話主體的容器，也是在尋找原住民歷史記憶原初所起的子宮方位，進而尋求原住民族參與臺灣歷史主體建構的對話位置，例如他將羅幸・瓦旦[29]一生的故事，及其後代在白色恐怖的驚悚疑懼，寫成〈Losin—Wadang——殖民、族群與個人〉，獲得1994年的「第十七屆時報文學獎」報導文學類首獎。

　　近十數年來，瓦歷斯・諾幹的文學著作、文化論述及部落踏查工作，屢屢獲得各種獎項的肯定，諸如《中國時報》文學獎報導文學評論獎、教育部新詩首獎、《中國時報》文學獎新詩甄選獎、臺北文學獎散文首獎、文學年金獎，以及《中國時報》文學獎小說甄選獎等榮譽，顯示瓦歷斯把他返鄉定居後的文學發聲策略建築在部落的土地記憶、族人的歷史經驗之上，同時在某種策略意義上向所謂「大報」、「主流」的媒體論述領域爭取社會認識、文化對話的平臺，亦即舉凡有關於戰後臺灣在白色恐怖時期，人民歷史記憶重新書寫的公共論述領域上，不能只有漢人主體性的單向發聲，而讓原住民族的歷史再度沉默噤語。

　　1982年，瓦歷斯開始擔任小學的專任教職，並從2000年開始陸續在靜宜大學中文系、成功大學臺文系、中興大學中文系兼任講師，開授「臺灣原住民族文學賞析」相關課程；個人的作品結集出版冊數，也是所有原住民文學作家中最多的一位，在在顯示他對於臺灣原住民族社會、文化周邊相關議題的了解透徹，進而透過嫻熟的文學書寫技能、犀利的論述分析技巧，將之展現而出。

　　21世紀後，年歲逐漸逼近半百關頭的瓦歷斯・諾幹，文學腺體的分泌樣態，仍然活跳。宛似酷喜搗蛋、冒險的頑童，文學的瓦歷斯，猶仍不時忘我、雀喜地在文學類型的疆域之間，調皮展開跳島式的越界、碰觸之旅；進而，文學頑童瓦歷斯的

28　瓦歷斯・諾幹，《戴墨鏡的飛鼠》，頁173。
29　羅幸・瓦旦（漢名林瑞昌，1899-1954），桃園市復興區泰雅人，戰後臺灣原住民的第一位省參議員，1954年因為倡議「高山族自治」（原住民族自治）的理念，遭到保安司令部羅織「匪諜」、「叛亂」罪名，判以死刑槍決，同案蒙冤殉難的另五位原住民菁英，包括泰雅族的警官高澤照（1917-1954），鄒族的吳鳳鄉（阿里山鄉）鄉長吾雍・雅達烏猶卡那（高一生，1908-1954）、教師湯守仁（1924-1954）、警官汪清山（1915-1954）、達邦村長方義仲（1914-1954）。

能量漸豐，捏塑、創作出了《當世界留下二行詩》、《瓦歷斯微小說》這類文句精短、蘊意深遠的著作，且還以南島語系的臺灣原住民文化史觀深入漢字的詞義結構之內嬉戲、解構，陸續出版《字字珠璣》、《字頭子》這兩部字詞分析集。

2013年退休後專事寫作的瓦歷斯・諾幹，肯定還會繼續帶給臺灣／原住民文學更多的驚喜之作。

三、啟明・拉瓦以「中介」角色自期

漢名趙啟明的啟明・拉瓦，1964年生於臺中，父親是從中國隨軍來臺的外省人，母親是南投縣仁愛鄉紅香部落的泰雅族人。國立暨南大學人類學碩士，現任職於國立自然科學博物館，從事人類學考古研究。

啟明・拉瓦是臺灣原住民各族作家當中，唯一一位集中以報導文學的文類進行書寫的作家，結集出版的報導文學集包括《重返舊部落》（2002）、《我在部落的族人們》（2005）、《移動的旅程》（2008）等。另曾先後獲得第一屆中華汽車原住民文學獎散文組第三名（2000，〈Mama生病了〉）、第二屆中華汽車原住民文學獎報導文學組佳作（2001，〈暗夜！驟然而降〉）、2002原住民報導文學獎第二名（2002，〈說故事的人〉）、2003台灣文學獎報導文學類第一名（2003，〈白毛人的前世今生〉）、第二十四屆耕莘文學獎散文類優等獎（2003，〈鋼鐵望樓〉）、第三屆玉山文學獎散文類佳作（2004，〈移動的旅程〉）、第九屆礦溪文學獎報導文學類（2007，〈最大的是愛〉）等。

根據啟明・拉瓦的自述，他是在二十九歲母親過世之後，開始意識到自己身上的原住民血緣，因此開始了他的文學創作之路：「我的第一篇作品對我有很大的作用的是〈Mama生病了〉。那時我媽過世了。」[30]自此之後，透過不斷返回母親的出生部落尋訪，啟明・拉瓦漸漸建構他自己的身世跟母親的一生。

誠如學者陳芷凡的觀察，啟明・拉瓦因為受到考古工作與人類學訓練的影響，儘管他與母親都有著動人而精彩的故事，卻在報導文學書寫上，保持著理性冷靜的

30　〈啟明・拉瓦訪問稿〉。受訪者啟明・拉瓦，訪問者陳芷凡，訪問時間：2009年5月12日。
　　網址：http://dore.tacp.gov.tw/dorefile//00/00/5h.pdf，頁3。登站日期：2014年11月10日。

筆觸，「他坦言自己身上，同時存在著理性與感性的衝突，也因此格外適合書寫報導文學，二分之一泰雅血統，讓他的認同之路走來辛苦，在不斷『我是誰』的自我扣問中，他以十年的時間走訪各部落，重新認識臺灣原住民以及自己。這期間累積的觀察與體會，旁及社運人士藍博洲等人的鼓舞，使得啟明・拉瓦懷抱族群關懷，展開批判性、文學性、社會性的報導文學書寫，記錄了部落中傳統與現代之間的衝突與對話。其中思維，讓他關切幾個書寫議題：一、原住民改宗的案例訪察，從中探討傳統祭儀和基督宗教受容的張力。二、原住民環境保護與生態智慧之作為。啟明・拉瓦秉持著『人的故事更動人』的態度，積極投入部落調查，他期許自己的書寫能扮演一個中介角色，不僅提供漢人理解原住民文化的基礎，也希冀族人能藉此關心部落相關的事務，進而發揮原住民報導文學的積極關懷。」[31]

四、娃利斯・羅干的漢羅對照書寫

漢名王捷茹的娃利斯・羅干，1967年出生於臺中市和平區梨山里的「拉嘎部落」；小學、中學在臺中市區完成，2008年自花蓮玉山神學院的教會與社會工作學系畢業，繼續攻讀玉山神學院神學研究所道學碩士班；2005年至2008年期間返鄉推動「斯拉茂文史工作隊」，發行部落運動報《斯拉茂抱報》，並進行「斯拉茂部落圖書室」的建置，並於2008年7月完成文史工作隊組織擴編工作，組織名稱確認為「斯拉茂社群拉嘎Raqa部落文史工作隊」。

1990年3月，當時就讀花蓮玉山神學院教育系的娃利斯・羅干，在《民眾日報》副刊發表〈敬　泰雅爾——文學創作裡思考原住民文學的傳達〉，強調「探究臺灣文學源頭，必要推從原住民族的口傳文學開始」[32]；〈敬　泰雅爾——文學創作裡思考原住民文學的傳達〉是娃利斯第一篇公開發表的論述文章，之後積極嘗試書寫短篇小說作品，以部落實況記錄寫實的基調，輔以當代部落族老講述漢語的

31　「山海文字獵人：啟明・拉瓦」，陳芷凡撰。網址：http://fasdd97.moc.gov.tw/writer_query2.php?writer=24。

32　娃利斯・羅干，〈敬　泰雅爾——文學創作裡思考原住民文學的傳達〉，原刊《民眾日報》副刊，1990年3月14-15日；收錄於瓦歷斯・尤幹，《番刀出鞘》，臺北：稻鄉出版社，1992年，頁239。

語法、語式貫穿文中，先後發表〈大俠紅給落〉、〈藍波咖啡〉、〈哦，侯列馬烈〉、〈小雨來的正是時候〉、〈城市獵人〉、〈誰都不能欺侮她〉等六篇短篇小說，並在1991年增列〈美麗與哀愁〉一文，以泰雅族語羅馬拼音文對照漢文的書寫方式，結集出版《泰雅腳蹤》，這部短篇小說集也被喻為戰後臺灣原住民文學史首度採取漢羅併陳敘事的開拓之作，深具歷史意義。

《泰雅腳蹤》出版後，娃利斯·羅干暫時從玉山神學院休學，先到花蓮縣議員盧博基服務處協助文書處理工作，之後轉往高雄某家新聞通訊社擔任攝影記者，期間完成〈向太陽怒吼〉、〈謎樣疤賴〉兩篇以泰雅族神話傳說為改寫基底的短篇小說；1995年以〈獵人的家──玩刀的小孩〉獲得基督教論壇雅歌小說獎第三名；1997年以筆名「鷹目樺道」在網路、報端發表多篇文化論述、文學創作的作品；2004年再次考取玉山神學院；2008年在《台灣公論報》發表〈讓家譜自己來說話──書寫一篇未完成的文學作品〉。自我期勉「未來畢業後回到山林部落從事牧職」[33]。

五、利格拉樂·阿𡠄的母系家族史書寫

利格拉樂·阿𡠄漢名高振蕙，1969年出生，大甲高中畢業，2014年以同等學力資格錄取就讀東華大學華文系碩士班創作組。父親是祖籍安徽的外省人，母親是排灣族的原住民；二十歲之後轉向母系的文化身分認同，之後積極投入原住民族文化復振運動，是位深具代表性的原住民文學創作者，出版著作包括散文集《誰來穿我織的美麗衣裳》（1996）、《紅嘴巴的Vu Vu》（1997）、《穆莉淡──部落手札》（1998），繪本書《故事地圖》（2003）等。2005年獲得「賴和文學獎」，2007年起在原住民電視臺主持談話節目「部落面對面」、新聞專輯製作人，兼任靜宜大學臺文系駐校作家、中原大學通識中心技術講師。

1992年，利格拉樂·阿𡠄與丈夫瓦歷斯·諾幹（2000年協議離婚）共同創辦「獵人文化」、「臺灣原住民人文研究中心」，但在1996年7月出版個人的第一本散文集《誰來穿我織的美麗衣裳》之後，其人其文開始廣泛受到藝文界、學術界的

33　娃利斯·羅干自述，收錄於「台灣現代華語文學年文學地圖」：http://fasdd97.moc.gov.tw/writer_query2.php?writer=26，登站日期：2014年11月10日。

注意與重視。

　　早期作品如結集在1997年出版的《紅嘴巴的VuVu》，透顯出她對造成原住民族悲運的強勢文化之抗議與控訴，著力於族群文化的覺醒與再造，書寫取徑著重於個人生命經驗、認同線圖的追索與建構，這與她的父系為外省、母族為排灣之混血身分密切相關。

　　檢視她的書寫歷程，1997年出版的《紅嘴巴的VuVu》，其中大部分篇章的完成時間早於《誰來穿我織的美麗衣裳》，包括《一九九七原住民文化手曆》在內，她的書寫其實是由外而內，先透過田野訪察，進入一個個原住民部落文化的現場，貼近閱讀一個個原住民的生活處境和心路歷程，然後，轉身看見被自己遺忘在歷史角落的母親那哀愁臉容。

　　1998年出版的第二本散文集《穆莉淡》，則以母親（利格拉樂‧穆莉淡；Liglav Mulidan）為名，可以視為她經過漫長的探索歷程，終於得以重回母文化、重構母系記憶與認同的重要生命碑記。以母為名，這是阿女烏重返母族的真正起點。其後，2003年6月出版的繪本書《故事地圖》，更可以說是她已然歸返部落母鄉的宣告。

　　事實上，在她的筆下，並沒有一個最初的「靜美原鄉」記憶空間。因為母親的膚色、父親的政治受難背景，使得她在眷村的童年歲月充滿了黑暗、蒼白的矛盾對比。來自母親的屏東排灣原鄉，是她痛苦的源頭，她曾經長期厭棄；她必須先反省自己對母族的偏見，必須先歷經對母族的重新認識，在她的作品中，並無一個先驗存在的「原初母體」，她與母族「傳統」的關係，是一點一點建構、辯證出來的，因此，她的迴游返鄉之路，其實也正是拼貼母文化之路，一段關於遺忘、無知、偏見、反省、再造、回歸的歷程。

　　她的書寫，最初是從自我懺悔開始，從書寫開始而鋪陳自我生命的地圖、社會實踐的線圖，這兩張地圖是複雜錯織、相互辯證的；在以繪本書形式呈現的《故事地圖》，她以小女孩的視角，敞開一個豐富的記憶時空。小女孩的視角是一個重要的視點，因為那是記憶載體的初始，同時也可能是遺忘的開端。故事是在書寫部落女孩的離／返、遺忘／記憶，再現了關於「原鄉空間」的元素：土地生活空間、親族生活經驗、親族情感連帶關係、傳說故事的生發與傳述。「故事」是歷史記憶，

而「地圖」是土地空間。她將故事置於地圖之前，正彰顯出阿媧的思惟基底：「原鄉意識」不是先驗的、不是本質的，因為有故事生發、世代傳述、衍繹改寫，故鄉才令人眷戀。

利格拉樂·阿媧以十餘年的時間，聆聽、觀察、探問、書寫、思索、跋涉，終於找到一條回鄉之路，她以感傷哀愁的文學基調，堅定地迴游歸返。

第三節　當代漢族母語文學

一、臺灣漢族母語文學的發展背景

本節所謂「當代漢族母語文學」，是專指戰後臺灣本土文化運動興起，尤其是一九八〇年代以後，有心人士提倡以母語寫作，作為母語復興運動的一環，至於原本存在於庶民生活中的歌仔冊、民間歌謠，則可屬於民間文學系統，不在本文討論範圍。

論臺灣漢族母語文學書寫的起源，最早可上溯自19世紀由西方傳教士引進的以「羅馬字」為書寫工具的「白話字文學」。所謂「白話字」（peh-oe-ji），是指基督教長老教會在臺灣推行的臺語（福佬語）羅馬字，1885年7月由巴克禮牧師所創辦的《台灣府城教會報》，便以這種羅馬拼音的臺語文字為書寫媒介，從此白話字便在教友之間流傳。呂興昌認為該報的內容絕大部分是為了傳教而作，但仍可發現不少具有文學性的文章，他甚至認為：「遠在新文學運動之前三十多年，這些教會內流傳的刊物早已登載了許多優秀的作品……台灣新文學的萌芽時期似乎應該提早三十多年：它可能不是出現於20世紀的二〇年代，而是發生於19世紀的八〇年代。」[34]李勤岸近年則致力於「白話字文學」文獻的整理與數位化工程，並將成果建構於「臺灣白話字文獻館」網站，提供各界閱讀參考[35]。

34　呂興昌〈白話字中的台灣文學資料〉，「台灣文學研究工作室」：http://www.de-han.org/pehoeji/tbcl/index.htm，登站日期：2014年10月1日。

35　李勤岸主持，國科會補助專題研究計畫，《台灣教會公報白話字數位典藏計畫，1885~1996》，2007-2010年。http://statistics.most.gov.tw/was2/award/AsAwardMultiQuery.

以白話字書寫的作品，由於只通行於教會內部，在臺灣民間並不普及。《台灣府城教會報》是在臺南發行，至於臺中地區出現較早的白話字文學，可能是出身臺中柳原教會的賴仁聲牧師的作品。賴仁聲（1898—1970），臺中人，本名賴鐵羊，為臺中市柳原長老教會賴臨長老的長子，十八歲在臺南神學院就讀，受教於巴克禮牧師，1921年畢業後曾任楠梓教會、清水教會、二林教會、萬豐教會牧師，1968年退休，1970年去世，享年七十三歲。曾出版《阿娘 ê 目屎》、《十字架 ê 記號》、《刺仔內的百合花》、《可愛的仇人》……等小說，為出版最多白話字小說的作家，作品具有濃厚的宗教性與社會性，描寫的多為臺灣社會的庶民生活，或因信基督後得救的故事。根據他自述，其寫作目的是為了傳播基督教福音，鼓舞教徒的信心和品行。

來自教會系統的「白話字文學」雖然有長遠的歷史，但在社會上並未普及。一般文學史較為關注的，仍是透過報紙、雜誌傳播發表的文學作品。從此一角度觀察，臺灣新文學萌芽於一九二〇年代中葉，是以北京白話文為主要書寫工具，後來部分論者認為這種文字與臺灣社會大眾有所隔閡，且無法表現臺灣在地特色，主張以臺灣話文為書寫工具，而反對者則認為以臺灣話文書寫並不可行，一九三〇年代，因此引發所謂「臺灣話文論戰」。

一般認為：臺灣話文論戰始於黃石輝發表〈怎樣不提倡鄉土文學〉、〈再談鄉土文學〉，強調臺灣作家應該用臺灣話描寫臺灣事物，並主張用漢字表記臺灣話，以求「言文一致」。隨後其觀點引發正反兩面意見，雙方論戰不休，這是繼1924年以來「新舊文學論爭」之後的另一場「鄉土文學論爭」。在臺中發行的《南音》雜誌，從創刊號起，特別開闢「臺灣話文討論欄」，刊載不少相關文章，掀起論戰的高潮，包括郭秋生、莊垂勝（負人）、鄭坤五、賴和、李獻璋、黃純青等[36]。其中，莊垂勝更相當少見以「負人」的筆名，發表一系列總題為〈台灣話文雜駁〉的文章，基本上他贊成透過臺灣話文寫作，以達到普及大眾的目標，其中他曾提出幾個問題，包括：一，客語的寫作，如何使用漢字或標音問題，有無與福佬化融合的

aspx，計畫成果所建置之「台灣白話字文獻館」網站，http://pojbh.lib.ntnu.edu.tw/script/news-p0.htm，登站日期：2014年10月1日。
36 關於「臺灣話文論戰」正反雙方之相關文章，可參考中島利郎編，《1930年代台灣鄉土文學論戰資料彙編》，高雄：春暉出版社，2003年3月。

可能？二，臺灣話文究竟是單用漢字好？還是要藉助標音符號？符號是選定現有的還是另創新的符號？三，建設臺灣話文，需要組織全島統一機關來推動，才會有具體成效[37]。上述諸議題，相隔八十年後的當代，依舊是臺灣母語文學必須面對的問題。

　　戰後漢族母語文學的興起，則是本土化運動的一環，由於1949年國府來臺之後以「自由中國」自居的政治思維，全面推行統一的國語，並強力壓制臺灣社會通行已久的福佬話與客家話等母語，不論是日治時期一九三〇年代剛萌芽的臺灣話文寫作，或當時臺灣作家日漸熟悉的日文寫作，在戰後階段都被徹底阻斷。一九八〇年代解嚴之後，伴隨臺灣主體意識的高漲，形成新一波的母語復興運動，母語文學乃應運而生。

　　母語復興運動主要在1987—1996年間，曾引發與反對意見者的論戰，被通稱為「臺語文學論爭」。其起始是以「方言詩」之名的寫作展開序幕，代表人物是七〇年代中期的林宗源及向陽，他們嘗試使用母語創作現代詩。1985年後則逐漸形成了「臺語文學運動」[38]，主要訴求在建立臺灣文學的特色，貼近臺灣社會與大眾生活經驗，部分論者甚至認定：以母語書寫的文學才是真正的臺灣文學。從族群屬性觀察，漢族母語文學雖然包括屬於福佬話系統的「臺語文學」[39]與客家人所提倡的「客語文學」，但顯然仍以前者的起步較早，參與者較多，創作成果也較為豐碩，至於客語文學參與創作的人數與成果都比較稀少。

二、臺中地區母語文學刊物與大學相關系所

　　如上所言，當代漢族母語文學以福佬話為大宗，客語文學相對較少，臺中地區也不例外。論臺中地區母語文學的創作與推廣，主要來自民間團體的推動，其中

37　負人〈鄉土文學與台灣話文改造論〉，引文出自中島利郎編《1930年代臺灣鄉土文學論戰資料彙編》，頁197-198。

38　參考「臺灣文學議題導讀」網站，「臺灣文學・母語文學」，http://dcc.ndhu.edu.tw/literature/subject6.htmhttp://dcc.ndhu.edu.tw/literature/subject6.htm，登站日期：2014年11月25日。

39　「臺語」一詞的指涉對象與意涵，在臺灣社會向來充滿爭議，基於結構性因素，通常是指福佬話，但基於臺灣的多語族群現象，諸多論者反對福佬話獨佔「臺語」之名。

2001年在臺中成立的「台灣新本土社」是主要團體，其刊物為《台灣e文藝》，後來臺中地區臺語文創作者更組《蓮蕉花台文雜誌》，這兩本雜誌是最具指標性的刊物。緊接著，大學院校出現臺語文學系：臺中的中山醫學大學（2003）、臺中教育大學（2004）先後成立臺灣語文學系，連同中興大學臺灣文學研究所（2003）、靜宜大學臺灣文學系（2003）的加入，透過學院內的教學傳播，則加速新生代投入創作與研究。以下試分述之。

2001年《台灣e文藝》在臺中創刊，創辦人王世勛，社長楊照陽，總編輯胡長松，顧問宋澤萊等人，由前衛出版社發行。作者多為「台灣新本土社」成員，如有宋澤萊、林瑞明、林央敏、林文欽、林文義、李魁賢、林宗源、李勤岸、胡民祥、陳雷、施並錫、楊翠、高天生、王定國、黃勁連、路寒袖、莊柏林、曾貴海、葉笛、涂永清、林政華、鍾肇政等六十餘人。該刊除了提倡母語文學，也關注女性、原住民等議題，鼓勵作家要勇於批判、反抗不合理的文學教育制度，以建立更貼近土地及鄉土的臺灣新本土文化。《台灣e文藝》在2002年6月發行第5期後，因資金不足而停刊，台灣新本土社的運作也宣告停擺，核心人員後來改參與《台文戰線》[40]。

同樣是臺文雜誌，1999年1月20日創刊的《蓮蕉花台文雜誌》，則是由臺中地區關心臺語文學、文化的人士共同發起，發行人為賴妙華，並由楊照陽、曾正義、李順涼、曾敦香共同組成編輯小組，至2008年10月20日止，共發刊39期。該社社長在創刊號出版感言中提到：

> Ti輸入不輸陣的情況下，為著beh保存佮發揚咱家治的文化，阮著e服友無管一切的後果，發起這份雜誌，公開提供這個出版的園地，歡迎海內外的有志人士逐家攏來參與，卡緊建立起咱家治的文字歷史，ho咱的文化wi口中傳說的時代行入有正確文字的時代。[41]

40　以上相關訊息，係胡長松提供給本書編者，2014年11月28日。並參考網路資料：http://mypaper.pchome.com.tw/chengbo/post/1984477，登站日期：2014年11月28日。

41　陳延輝，〈蓮蕉花雜誌出版感言〉，《蓮蕉花台文雜誌》創刊號，1999年1月20日，頁1。

常於該雜誌上發表文章的作者有陳延輝、賴妙華、鄭順娘、楊照陽、方耀乾、江秀鳳、王淑芬、余益興、陳昭誠、丁鳳珍、楊焜顯、許立昌、李正男、張碧霞、曾霜煙等人，刊行內容相關多元豐富，諸如臺語文相關時事、臺灣傳奇、笑話、俗語、詩、地方地景書寫等。以臺中地景書寫為例，有江秀鳳〈旱溪素描〉[42]、〈霧峰林家史〉[43]，鄭順娘〈綠川〉[44]、〈綠川的早晨〉[45]，楊焜顯〈咱的故鄉滞梧棲〉[46]、〈清水清水是咱兜〉[47]，賴妙華〈烏牛欄e英雄〉[48]，曾霜煙〈大肚鄉土〉[49]、〈台中公園──望月亭〉[50]等作品，可見作家們對於臺中地方文學文化的關注。

　　臺中地區民間其他臺語推廣團體，另有台中市海洋台語文研究學會、台中市台語文化協會、鄭順娘文教公益基金會之河洛話演講比賽、台語師資培訓班等。

　　至於臺中地區在學院內外，推動臺語文學的創作與研究最力的學者，可舉廖瑞銘、何信翰、方耀乾、丁鳳珍等人為代表。

　　廖瑞銘，臺中人，中國文化大學史學系博士，曾任靜宜大學臺灣文學系教授，現為中山醫學大學臺灣語文學系教授，並任《台文通訊BONG報》發行人兼總編輯，專長領域為臺灣史、臺灣文化史、臺語文學、臺灣語文教學、臺灣現代劇場史。除了教學研究，多年來也著力於從事臺灣語文創作，著有專書《生活中的美感》、《愛‧疼‧惜：2008台語文學展專輯》、《舌尖與筆尖：台灣母語文學的發展》等。

　　何信翰，俄羅斯科學院文學研究所語文系博士，現為中山醫學大學臺灣文學系副教授、社團法人臺灣羅馬字協會理事長，學術專長為文學理論、語言學、臺灣現代詩，教授臺灣語言與文化政策、臺語文學欣賞、本土語言評量及實務等課程。著有《泛露西亞詩學理論kap台語現代詩研究》。

　　方耀乾，生於臺南，成功大學臺灣文學研究所博士，曾任臺南女子技術學院通

42　江秀鳳，〈旱溪素描〉，《蓮蕉花台文雜誌》第3期，1999年7月，頁13。
43　江秀鳳，〈霧峰林家史〉，《蓮蕉花台文雜誌》第4期，1999年10月，頁14。
44　鄭順娘，〈綠川〉，《蓮蕉花台文雜誌》第5期，2000年1月，頁7。
45　鄭順娘，〈綠川的早晨〉，《蓮蕉花台文雜誌》第13期，2002年1月，頁7。
46　楊焜顯，〈咱的故鄉滞梧棲〉，《蓮蕉花台文雜誌》第6期，2000年4月，頁17。
47　楊焜顯，〈清水清水是咱兜〉，《蓮蕉花台文雜誌》第7期，2000年7月，頁14。
48　賴妙華，〈烏牛欄e英雄〉，《蓮蕉花台文雜誌》第10期，2001年4月，頁22。
49　曾霜煙，〈大肚鄉土〉，《蓮蕉花台文雜誌》第28期，2005年10月，頁27。
50　曾霜煙，〈台中公園──望月亭〉，《蓮蕉花台文雜誌》第30期，2006年4月，頁13-14。

識教育中心講師、《菅芒花台語文學》主編、《菅芒花詩刊》總編輯、《台灣e文藝》主編等，現為臺中教育大學臺灣語文學系副教授。學術專長為臺灣文學、臺灣文學史、文學史書寫理論等。除了教學、研究，方耀乾也是臺語作家，創作以詩和戲劇為主。2012年出版《台語文學史暨書目彙編》，編寫明清時期至戰後，約四百年的臺語文學發展史。

丁鳳珍，彰化人，定居臺中。東海大學中國文學系博士班畢業，曾擔任朝陽科技大學、東海大學、靜宜大學等校之兼任教師，取得博士後轉任中山醫學大學臺灣語文學系專任助理教授，現為臺中教育大學臺灣語文教育學系助理教授，並曾為海洋之聲廣播電臺臺語kám仔店主持人。開設臺灣語言教材法、臺語囝仔歌、臺語文實作、閩南語文賞析與寫作等課程。丁鳳珍創作臺語散文〈灶〉獲得臺中市臺灣語文研究社第二屆散文獎、臺語散文〈荷lin豆田e日子〉入選「第一屆李江台文獎」、臺語小說〈阿蘭〉獲彰化縣「第一屆磺溪文學獎」小說組第二名[51]。

三、臺中漢族母語作家與作品

1、路寒袖

本名王志誠，1958年生，後隨祖母搬至臺中大甲，童年在純樸的大自然中度過，為其日後寫作提供養分。創作以詩、散文為主，曾任教師、《台灣日報》副總編輯兼藝文中心主任、高雄市政府文化局長等，目前則擔任臺中市政府文化局長。近年來以優雅的臺語詩歌活躍於各領域，評論家評為「重拾臺灣歌謠尊嚴的里程碑」、「臺語文學的深度指標」。

《春天个花蕊》是路寒袖第一本臺語詩集，他在自序中提到「企圖以重尋『詩歌一體』的傳統來突破現代詩的困境，進而改革台語流行音樂悲傷、模式化的俗濫製造惡習」，因此《春天个花蕊》中的臺語詩作品，在氣氛營造上意象優美，而且多以詩入歌，為臺語流行音樂注入一股清流。以下舉出兩首代表作，其一是〈春天

51　引自「臺中教育大學臺灣語文教育學系・師資介紹」：http://lle.ntcu.edu.tw/teacher_main.php?sno=66&type=2，登站日期：2014年11月30日。

个花蕊〉：

　　雖然春天定定會落雨
　　毋過有汝甲阮來照顧
　　無論天外烏雨會落外粗
　　總等有天星來照路

　　汝是春天上个花蕊
　　為汝我毋驚淋駕澹糊糊
　　汝是天頂上光彼粒星
　　為汝我毋驚遙遠佮艱苦

　　春天个，春天个花蕊歸山墘
　　有汝才有好芳味
　　暗暝个，暗暝个天星滿天邊
　　無汝毋知佗位去[52]

原先是為了1994年臺北市長選舉而寫，由於歌詞優美，大量使用自然的意象，賦予
臺語歌優美的風貌，其藝術性及美學成就超越政治意涵，直到今日依然廣為傳唱。
　　〈畫眉〉則是路寒袖與詹宏達在1994年為潘麗麗量身打造的歌曲，描述夫妻分
隔兩地，各自為生活打拚，依然鶼鰈情深的夫妻。

　　天星伐過小山溝
　　伊个影綴著泉水流
　　流到咱兜个門腳口
　　咱捧著星光落喉

52　路寒袖，《春天个花蕊》，臺北：皇冠出版公司，1995年4月。

　　啊，冰冰涼涼感情相透

　　雲為山咧畫目眉
　　有時淺淺有時厚厚
　　雲雖然定定真爻走
　　山永遠佇遐咧等候
　　啊，兩個注定作夥到老

　　我是雲，汝就是，汝就是彼座山
　　顧著汝驚汝受風寒
　　我畫目眉汝斟酌看
　　逐筆攏是海礁石爛
　　啊，一生汝是，汝是我个心肝[53]

詩中以山隱喻等待的丈夫，流雲比喻在外的妻子，終究會依靠著山，加上星光照
耀、泉水流動，輔以視覺、觸覺、聽覺等多重感官描寫，全詩構思既能貼近實景，
又賦予超越性的象徵意涵，意象優美，藝術水平極高。

2、　林沈默

　　林沈默，本名林承謨，1959年生，雲林斗六人，定居臺中大里多年，以推廣優
美文雅的臺語詩文學為目標。1996年起，花費十年的時間，以臺語三字經的形式，
完成《唸故鄉——臺灣地方唸謠》創作。

　　2005年，因有感於政治時局壓迫臺灣文學的發展空間，遂使用臺語詩批評時
政，在《自由時報》執筆專欄「沈默之聲」。新書《兵壽靜的春天——臺詩十九
首》，特別精選十九首，是為了向古詩十九首致敬，也期許廣大的讀者能輕鬆閱讀；
多元的書寫主題帶有草根性，搭配大量插圖與有聲書，期許能提高臺語詩在一般讀者

53　路寒袖，《春天个花蕊》，臺北：皇冠出版公司，1995年4月。

之間的流傳廣度。以下選錄〈五十照鏡〉一首欣賞：

> 崁頂落雪，
> 烏山頭、七分白。
>
> 崁腳開花，
> 三分目、一櫥冊。
>
> 鼻龍失勢，
> 英雄膽、氣絲短。
>
> 面戴粗皮，
> 人生戲、硬搬過。
>
> 耳骨薄細，
> 欠野草、綁瘦馬。
>
> 水壩鎖咧，
> 一支喉、毋講話。
>
> （酒！酒若沃落，
> 喉水卡濟過彼條活過來的雷公溪⋯⋯）[54]

本詩以兩行為一段，穿插四字、三字、三字為一節的短句安排，讀來短促有力，為詩注入強烈的節奏感；將照鏡的映像用自然景色隱喻，賦予美感，一連串的譬喻兼具趣味性與象徵意涵。最後一段描述人生體悟，讓詩人欲言又止，惜話如金，但飲酒後則話語滔滔不絕，放浪形骸之情狀如在眼前，透過情境對比，產生強烈的反諷

54　林沈默，《夭壽靜的春天：臺詩十九首》，臺北：前衛出版社，2011年6月，頁37。

意味，藝術表現相當出色。

3、　李長青

　　1975年出生於高雄，現居臺中大里，臺中教育大學畢業，國立中興大學臺灣文學研究所碩士。現任《笠》詩刊編輯委員、草湖國小教師、靜宜大學臺文系兼任講師。詩作被翻譯成多國文字，其詩作陸續獲得第32屆吳濁流文學獎（2001年）、文建會台灣文學獎（2004年）等成就，2014年獲得台灣文學獎「臺語新詩金典獎」的肯定。李長青的詩風朦朧，寫的卻不是艱澀難懂的內容，反而是人心幽微的感受，或是對時代的溫柔省思；擅於製造優美的氛圍，而使其臺語詩美學性強烈。近年出版兩本臺語詩集《江湖》、《風聲》，深受矚目，而出版者是以出版華語文學作品為主的聯合文學和九歌出版社，別具意義。

　　《江湖》一改臺語詩予人鄉土、粗曠之感，李長青將美學營造的氛圍編入作品，除了用詞典雅，還結合現代主義的寫作技巧，以及寫實主義的靈魂，呈現自一九九〇年代以來，臺灣社會的多重面貌。以第貳輯「對時間的理解」為例，李長青企圖從「時間」與「世界」兩個角度切入描寫，利用詩句的長短，模擬時間的長短、空間的遠近，除了形式表現，也為臺語詩可以處理的題材再次開疆闢土。

　　《風聲》全書分四輯，「你坐佇我的心內」主要是文學獎得獎作品；「風聲」描寫與文人朋友往來的情形，寫人與人相處的悲歡離合；「我的憂煩失栽培」描述詩人的心情；最後，輯四「戰爭不管時」則是觀看藝術展後，有感而發書寫的作品。

　　宋澤萊曾評論道：「台語詩……他也寫極其輕微的、氣氛十足的詩。」[55]〈希微的物件〉堪稱其中的代表作：

> 我的心內
> 有一寡希微的物件
> 有時陣，為著個（in）的存在

55　李長青，《江湖》，臺北：聯合文學出版，2008年10月，頁180。

我願意放棄
佮任何人講話⋯⋯

親像一個人的暗暝
家己安靜看天頂的星
安怎發出
微微的光線

一寡心事，開始透明
親像細漢時陣溫柔的風
慢慢吹送過來
彼個時陣
世界的模樣猶原平靜

親像世事講盡
輕聲的怨嘆
毋管是嚴肅的政治事件
抑是百百款的社會樣態
人間的氣味
親像吐一口長長的喟（kuî）了後
事事項項
就會化作雲煙
家己消失去

佇夢中，我走找茫渺的歌聲
樂音溫馴，層層疊疊
有春天的色水
嘛有秋天的希微

時間繼續走找家族的風景
我發現家己
竟然流落安靜的目屎

我的心內
常常有一寡希微的物件
為著成全
個莊嚴的樣勢
我願意放棄
聽任何人講話……[56]

李長青在詩中提到一種靜默獨處時，內心難以捕捉的感觸；那感覺是美好而神秘的，是對人生的體悟、對過往的懷念、抑是對時代的感傷，無法言喻的況味，只在安靜孤單時出現。

〈批〉（書信）收入新出版的詩集《風聲》，則是一首跨越時代、充滿悲憫的詩，獲得多項文學獎項。全詩由四首組成，分別描述四種主題：

- 〈一張藏起來的批〉
你若無意中搜（tshiau）到這張
已經反黃的批，請你替我
斟酌看，看這個破碎
但是猶原充滿希望的世界，現此時
是毋是更加美麗

你若欲拍開這張
比歷史閣較沉重的批，請你

56　李長青，《江湖》，頁174-177。

一定要代我祈禱
祈禱我心愛的島嶼，佇海湧
愈來愈無情的時代，會當成做
愈來愈勇敢的礁石

你若已經讀完
這張1947年悲傷的
批，請你毋通
心肝凝（gîng），請你堅定
意志的頷頸（ām-kún）

這張……字已經淡薄仔
看袂清楚的批，你若已經收好勢
批紙內底白色沉默的筆劃
紅色寂寞的血，就會漸漸清
漸漸明，漸漸匯入
心海，數念的波浪

・　〈一張寄袂出去的批〉
夢中的天地線，位台灣
1949年，開始連過去……

夢中的故事
猶原佇遙遠的另外一片
親像山的雺（bông）霧，沓（táuh）沓仔
染過青春的目珠，親像河的色水
現此時，已經茫茫濁濁

彼個舊陋的港口
記持的風景來來去去，世事嘛已經
予濤聲，船聲，鳥聲，霎（sap）霎仔的
雨聲，佮彼個懵懂少年的跤步聲
洗盡
老去的少年
一直坐佇5坪的客廳
用思念咧巡邏19吋的
天涯：彼台是連續劇，轉過有電影
這台報新聞，繼續轉落去
是這個無名的時代……

· 〈一張予囡仔的批〉
你的目睭
就是圓滾滾的
詩，題目是
靈靈靈的眼睛

咬舌學講話
家己分行，斷句
笑是文法，意象是日常
生活的面容，每一工
攏是新感覺派
閃爍（siám-sih）的標點

你的下頦（ē-hâi）
眯（bî）眯仔睏佇我中年
開始圓起來的肚臍

你的手，共我的手拎（gīm）（ân）

我的目睭，咧讀你
小小的鼻、目、喙……

你是一首芳芳甜甜的
囡仔詩

・〈一張抑未寫完的批〉
日子是紙，恬恬袂曉講話
等待時間的
筆，共生活寫好勢

有時陣，盤撋（puânn-nuá）的話句
嘛會尅叉，親像斷水的心事
有時陣，是深藍神秘的夜幕
有時陣，是空白曠闊的樂譜

日子的紙繼續恬恬仔
掀，生活的題目無底臆
有時陣，看起來是長篇
有時陣，讀起來變作短句
有時陣，寫落來了後
才發見原來無幾字

干焦（kan-na）聽到改過來
改過來

思想的聲音[57]

李長青這四首組詩，第一首寫感嘆臺灣命運乖戾，二二八事件是主要背景；第二首則是描述動盪時代下，在戰場上衝鋒陷陣的少年兵，如今只剩膠著在電視機前的餘生，以1949年來臺老兵為大時代流離者的見證；第三段寫身為人父，對新生兒的感動，隱喻超越悲劇後的新希望，以及對島嶼未來光明前景的期待；最後一封信寫人生的況味，有時澎湃，有時卻僅僅是三言兩語就能帶過的平淡，餘味無窮。

4、楊焜顯

1969年出生，彰化縣溪湖人，臺南師範語教系畢業後，在臺中市梧棲國小任教至今。作品陸續在《台灣日報》、《鹽分地帶文學》等雜誌發表，並編寫過《九降風吹的故鄉：五汉·梧棲·新高港》、《牛稠仔的故事》等鄉土教材。

《磺溪水流過的半線天》是以六個主題組成的系列成書。卷一為鄉情系列、卷二親情系列、卷三物情系列、卷四碑情系列、卷五詩情系列以及卷六圖像詩系列。楊焜顯的詩作充滿濃濃的懷鄉、懷舊氛圍，以及社會關懷。試看〈一个菲傭走佇雨中〉一詩：

> 一展目睭
> 顧老的　　育細个
> 度人生外海以外的甲子
> 心悶掛佇天南地北
> 樹跤樹影　　話東講西
> 故鄉舊曆過晝的炎日
> 國外頭家下晡的西北雨
>
> 撐開日頭花蕊的大雨傘

57　李長青，《風聲》，臺北：九歌出版社，2014年9月，頁18-24。

　　　　正手隔開罩頂烏雲
　　　　倒手穩老人四輾輪椅車
　　　　一步一步蹁啊走
　　　　一滴一滴滴啊落
　　　　遙望的烏目仁
　　　　神遊烏雲天外天
　　　　走蹁過南海
　　　　巴士海峽的鋒面氣流
　　　　落佇此時此地
　　　　思鄉　想翁　念囝
　　　　渡鳥的目箍內[58]

本詩寫臺灣新移民來臺工作的日常風景，用臺灣午後的西北雨、公園的樹影等有些
惆悵的景物描寫，對照思鄉的漂泊者。

5、 蔡文傑

　　臺中清水人，因患有腦性麻痺，除行動不便，並有語言障礙。後來因緣際會在
臺中縣海線社區大學選修路寒袖的「臺灣歌謠欣賞及創作班」課程，意外啟發其對
臺語詩創作的天分。路寒袖將其作品譽為「用生命擠壓出來的聲音」。日前獲得第
十八屆身心障礙楷模金鷹獎，對其堅毅不拔、積極向上的寫作，以及其人生態度的
肯定。

　　《風大，我愈欲行》有強烈的本土意識，卷一「風大我愈欲行」寫的是親情，
甚至是對生命的感激；卷二「阮若轉去故鄉的時陣」寫對故鄉的懷念；卷三「你就
是阿母的靠山」探索臺灣歷史，以及歌詠島嶼母親；卷四「生命中的花蕊」描述對
情愛的渴望與找尋。蔡文傑的詩風白描卻充滿力量，以〈風大　我愈欲行〉為例，
充分展現出不論外在的阻礙如何巨大，他依然會堅毅地向前，朝目的無畏地走去，

58　楊焜顯，《礦溪水流過的半線天》，彰化：彰化縣文化局，2008年8月，頁130-131。

是一位用生命創作的詩人。

雖然北風像海湧赫呢大
但是我毋驚
無論冬雪會落外粗
我攏袂畏寒
有日頭及露水給阮晟
崎嶇世路陪阮行

樹仔會大會淡
頭前的路遠擱崎
阮就家己行
石頭一粒一粒㞗佇遐
刺草仔規山坪
毋過這欲算啥
跋倒爬起來擱再行
有春天佇頭前咧等阮
坎坷山路我及伊拚

感謝日頭給阮炤
互阮毋驚烏及寒
露水來給阮沃
互我根基徛會在
毋驚風颱來

恁晟阮比別人卡艱苦
我知影
我會認真拍拼

袂輸佇命運的後壁

冬天過了春天到
我會位春天開始行
雙腳徛挺挺
雙手抵著天
大聲嘩出　風　大　我愈欲行[59]

6、 何信翰

　　臺語文學者何信翰，2013年出版臺語詩集《iP kap杯仔》，全書分成「大自然ê奧妙」、「生活ê啟示」、「愛kap幸福ê條件」、「宗教ê本質」、「語言ê內涵」、「性別ê體會」、「社會ê思考」、「資訊ê時代」等八大主題，語言平淺，但意涵深刻，其最大特色是貼近當代社會，頗能開展臺語詩的新境界與新風貌，以下舉〈Facebook（一）：空虛 ê 時代〉為例：

Tse是一个ǹg望hông聽--著ê時代
「逐家gâu早！」
「我beh睏--ah！」
「今仔日心情無好…」
生活中大大細細，各種ê代誌
Lóng tiòh 囥 lin 網路
Hō朋友tshin讚

『從穩定交往變為單身』
『加了⋯⋯為好友』
『說⋯⋯讚』

59　蔡文傑，《風大，我愈欲行》，臺北：遠景出版社，2007年10月，頁10-12。

　　Kap啥人交往
　　參啥人分開
　　連友誼、愛情
　　Mā tiòh hō逐家參與、關心
　　活動濟人講beh參加
　　動態濟人tshih讚
　　心內就得意
　　無人分享重要訊息
　　內心就稀微

　　Tshin讚ê人
　　Kám long真正有看過內容？
　　Facebook ê『摯友』
　　路--lin 遇--著 kám ê相借問
　　『本週最關心你的人』
　　Kám真正hō你感覺溫暖
　　Facebook ê世界親像『開心農場』
　　關機了後，啥mih long無存--落-來

　　Tse是一个用虛擬代替真實ê時代
　　一个空虛ê時代[60]

本詩以臉書為題，批判網路的虛妄性，與現代人心的疏離與矛盾。在現實生活中，現代人各自以孤島姿態存活，卻又渴望溝通與親密關係，然則偏偏吝於或恐懼付出或發展人際關係，只能透過臉書的世界尋求慰藉，而在快速流動的網路世界中，這一切顯得荒謬而虛無。

60　何信翰，《iP kap杯仔》，臺北：李江却臺語文教基金會，2013年7月，頁134-135。

7、 張芳慈

　　臺灣客語文學的興起較晚，目前仍在持續發展中，若與福佬系的臺語文學對照，作品與作者明顯偏少。論臺中地區的客語文學，也無法與高屏地區的六堆，或北部的桃、竹、苗地區相提並論。以下舉張芳慈、江秀鳳兩位女性客家作家為例，加以說明。

　　張芳慈，1964年生於臺中東勢，國立新竹教育大學國教所碩士。目前擔任國小藝文教師，也是「笠」詩社、「女鯨」詩社的成員。創作形式包含童詩、散文、短篇小說及現代詩等；1988年響應「還我母語運動」，要求尚在戒嚴時期的政府開放多元管道讓客語發聲，對日後客語教育與文學發展有重大的意義，同時也啟發張芳慈開始用客語寫詩。出版品有《越軌》、《天光日》、《紅色漩渦》等書，作品〈詩〉曾獲得象徵本土文學最高榮譽的吳濁流新詩獎與陳秀喜詩獎。

　　《張芳慈集》由國立臺灣文學館選編，輯一以華語詩為主，輯二為客語詩。寫作的主題從親情懷念〈絲瓜布〉，到對國家歷史、國際時事〈我如何告訴你關於這世界〉的悲憫之情，詩人慈愛的口吻如母親對孩子輕柔地傾訴，讀來淡雅中仍不失批判性。〈砧枋〉一詩則是對女性命運的思索：

　　　　人講細妹人係菜籽
　　　　請裁風仰循吹

　　　　細妹人到底係麼个
　　　　一生人个生活
　　　　麼介東西都放上去
　　　　分人切剁
　　　　像一塊孔孔缺缺个砧板

　　　　結婚了个人生
　　　　層層个負擔

家族个項項事務
在砧枋上疊緊
粗疤瘰害个剁痕
留下一刀刀深刻个往事

細妹人啊
請裁人使橫使直
毋係汝唯一个路[61]

這首客語詩〈砧枋〉，用砧板比喻女性的人生，在進入婚姻之後，任人在其上縱橫切割，婚姻帶來的責任與負擔，留下的刻痕如一道道往事於女性的身上。張芳慈最後感嘆地娓娓說出，或許婚姻不是女性唯一的歸宿；在客語詩中加入新女性的思想，為詩作增添現代性。本詩的成功一方面得力於貼切又形象化的譬喻，一方面也從讀音上展現客語的特性，如「孔孔缺缺」、「使橫使直」等等。

8、　江秀鳳

　　江秀鳳，生於苗栗，現居臺中市，曾任臺中縣大里市客家委員會委員，現為臺灣現代詩人協會理事、客語母語老師、大學講師等。筆名有江嵐、江昀，其寫作所使用的語言有華語、閩南語及客語，著有華語詩集《逗點》，閩話華語對照散文集《薰衣草姑娘》，客語詩集《曾文溪个歌聲》，客語散文集《阿婆介菜園》、《生命个樓梯》、客語詩畫集《詩畫家鄉》等書[62]。江秀鳳曾提到自己是客家庄長大的孩子，因為所受教育為華文，因此一開始以華文創作，後來有機會習得臺羅拼音，也以閩南語創作，近幾年則開始投入客語創作[63]。

61　張方慈，《張方慈集》，臺南：國立臺灣文學館，2010年4月，頁92-93。
62　江秀鳳資料參考自「客+100」：http://hakka100.hakkatv.org.tw/people_category_detail.aspx?people_id=7b845bf0-28d3-492f-ad6d-4fc2c9814e32，登站日期：2014年11月30日。
63　參見記者劉曉欣報導，〈客語寫作　江秀鳳：再苦也值得〉，《自由時報》電子報，2008年7月7日：http://news.ltn.com.tw/news/local/paper/225188。

第七章
臺中文學的女性形象與性別反思

　　本章旨在探討臺中文學的女性形象與性別議題，將分成三節進行論述，第一節「古典詩中的女性形象與女性詩人」，第二節「當代女作家的身體情慾書寫與性別反思」、第三節「當代女作家作品的歷史記憶、社會關懷與生活顯影」。

　　時代演變與文學思潮息息相關，以性別議題觀察，正可為上述論斷提供鮮明的例證。本章第一節，將以日治時期的古典詩為對象，探討傳統男性詩作中的女性形象，以及女性詩人的出現所代表的時代意涵。當目光焦點轉移到現當代，可發現當代臺中地區有為數不少的女性作家，且都在臺灣文壇佔有極重要的地位。第二節舉當代女作家廖輝英、周芬伶及陳雪為代表，透過文學作品，探究她們對性別文化的反思，以及如何刻劃兩性形象、書寫女性身體與情慾。第三節則關注當代女作家作品中的歷史記憶、鄉土敘事、政治反思，以彰顯出臺中女作家多向度的思考面向，以及多元紛呈的藝術美學風格。

第一節　古典詩中的女性形象與女性詩人

　　在日治前期，女性普遍缺少接受教育的機會，只能依附男性而存在。男性不但主導社會活動場域，也掌握了文字書寫權，究竟男性詩人如何描述女性、作品呈現的女性形象有何特質，是值得探討的議題，甚至可從中探討作品背後的性別意識，進而與當代女作家的性別意識對照觀察。

　　一般較常出現在男性筆下的女性，集中在傳統婚姻中的女性、貞節烈婦、風塵女子等數類，前者多賢妻良母類型，或歌頌節婦恪守貞節，或悲憫婦女被丈夫拋棄

的可憐遭遇；而描寫風月女子，若非出自同情，即是刻劃其外貌與身體感官之美，難免有物化女性之嫌。為避免過於繁瑣，下文將選定常見的「賢妻與棄婦」形象進行分析。更值得關注者，面臨20世紀新思潮的衝擊與演變，詩人筆下也逐漸出現全新的女性形象，諸如櫟社集體創作曾有〈天然足〉、〈女軍〉的詩題，前者提倡解放傳統對女性身體的壓制戕害，後者則反映晚清中國革命思潮下對「女性革命軍人」的浪漫想像，可見傳統男性領導階層，其男性中心的性別意識開始產生鬆動、蛻變的現象。

日治時期有能力以文字發聲的女性極少，更遑論從事文學寫作，即使在新文學領域，女作家亦屈指可數，而在古典文學領域，當時曾出現幾位女性詩人，其中較具知名度者如石中英、張李德和、蔡旨禪、吳燕生、黃金川、李如月等人。若專就臺中一地觀察，根據目前資料，與臺中淵源較深的女詩人有蔡旨禪、吳燕生、吳帖、洪浣翠等人。

以下先從「男性傳統觀念主導的妻子形象」、「新思潮衝擊下女性身體的解放」兩點，探討男性文人筆下的女性形象，最後再針對吳燕生、蔡旨禪、洪浣翠、吳帖等女性詩人的作品與活動進行分析。

一、男性傳統觀念主導的「妻子」形象

傳統男性成家之後，對妻子的要求，乃是一切以男性為尊，克勤克儉，遵守婦道，養育子女，為家庭無怨無悔的盡力付出，至於女性在家中的存在，只有年老之後期待被子女孝順奉養。以櫟社社長傅錫祺的作品為例，他結婚甚早，原配高網十五歲嫁給傅錫祺，四十二歲即因病去世，二十七年間為他生育五男二女，去世後他曾寫下〈哭亡妻高氏網〉四首，詩前序言特別提到：「髮妻高氏，年十五歸我，農家弱女，婦道素修，孝事翁姑，敬事夫子。且善遇夫弟姒娌，一家和睦，為人所譽。持家廿餘年，克勤克儉，能使予無內顧之憂，蓋貧賤夫妻之不易得者也。」其中第三首內容如下：

婦人有德豈須才，笑口時因內顧開。茹苦一生無怨語，持家廿載薄私財。

忘勞井臼常身任，力疾衣裳尚手裁。往事如今回首處，從頭歷歷總堪哀。[1]

「婦人有德豈須才」一句，套用「女子無才便是德」的俗語，典型的傳統男性中心思維。全詩描述妻子的形象：含辛茹苦，勤儉持家，全無怨言，具有相當的代表性。

櫟社創辦人林朝崧，其妻謝氏在1913年去世，他曾寫十三首七言古詩〈哭內子謝氏端〉表達深刻的悼念，並極力從不同角度刻劃賢妻的形象，包括奉養多病的婆婆，盡心養育妾所生的女兒，一再苦口婆心規勸他勿沉淪酒色等等。而最有趣的是第四首，描述原配因無法生育，主動為他納妾一事：

自汝入我門，週年即坐蓐。一珠墜蚌胎，從此竟不育。上體皇姑心，小星為余蓄。我適自外歸，少婦進茶酌。驚疑未及問，新房燦花燭。始知汝誠賢，不妒師樛木。常情因納妾，閨中多反目。此舉傳諸人，可以愧末俗。[2]

原配主動為丈夫納妾（小星為余蓄），其目的恐怕有更多現實處境的考量，但從男性觀點來看，真是感動莫名，當然會稱讚她不爭寵嫉妒；「不妒師樛木」是指其妻謝氏能效法《詩經·樛木》詩中所描寫不嫉妒的精神[3]。作者因此大受感動說：「此舉傳諸人，可以愧末俗」，稱讚其原配不嫉妒的美德，可以為女性的表率。這種男性至上的觀點，既忽略大家族中的女性為確保個人地位與權益，可能隱藏的複雜動機，也坐實自古以來女性是「第二性」，只能依附男性而存在的事實。

櫟社詩人陳瑚有一長篇詩作〈棄婦詞〉，以細膩的筆法刻劃傳統婦女被丈夫拋棄的悲哀，呈現的是傳統婦女在婚姻關係中永遠居於弱勢的悲哀，不論她如何盡心

1　傅錫祺，《鶴亭詩集》，收錄於「臺灣先賢詩文集彙刊」，臺北：龍文出版社，1992年，頁70。
2　林朝崧，《無悶草堂詩存》，臺灣文獻叢刊第72種，臺北：臺灣銀行經濟研究室，1958年，頁148。
3　《毛詩·序》解釋〈樛木〉一詩大意，強調是描述后妃不嫉妒的美德：「后妃逮下也，言能逮下，而無嫉妒之心焉。后妃能和諧眾妾，不嫉妒其容貌，恒以善言逮下而安之。」

盡力，丈夫只能共憂患，不能同安樂，終究選擇負心，而將原配掃地出門：

> 墜地為婦女，百般多苦辛。早知難白首，不如不嫁人。翻我嫁時篋，淚下
> 沾衣巾。此行異歸寧，何顏見雙親。堂上有翁姑，平時盡孝養。焉知後來
> 人，承歡如既往。膝下有兒女，鞠育已漸長。焉知繼母心，果能關痛癢。
> 牆茨不可掃，長舌易招尤。妾心每兢兢，幽閒婦職修。縫紉敢離手，釵鈿
> 不插頭。持家尚勤儉，內顧君無憂。不種後園葵，不貪鄰舍棗。望君折桂
> 枝，神前默祈禱。有時君出門，使妾心如擣。鯉信問平安，秋衣寄遠道。
> 夫婿非伯鸞，賤妾非孟光。自謂永無違，恩愛當不妨。古人亦有言，糟糠
> 不下堂。以此良自恃，富貴豈相忘。孰知共憂患，不可同安樂。人事月盈
> 虧，世情花開落。雨散并雲飛，孤身何所託。海誓與山盟，即今等諧謔。
> 故人忍輕棄，只為戀新歡。拔此眼中釘，再種並頭蘭。私為新歡祝，雙棲
> 永不單。滾滾愛河水，無復起波瀾。自嗟薄命人，日久棄膏澤。鏡奩遺新
> 歡，願汝拂塵積。自知貌醜人，荊布已足適。綺羅遺新歡，願汝裁寬窄。
> 挂帆從此逝，逢君更何年。妾心古井水，終不受人憐。情天何用補，恨海
> 不須填。截髮爇心香，皈依大士前。[4]

〈棄婦詞〉是櫟社1909年的課題詩作，林癡仙、傅錫祺也都有同題的作品留存，因
此，本題作品反映的性別意識可視為傳統文人的共同觀點。全詩採用「第一人稱內
心獨白」的戲劇手法，由棄婦的立場描述這位傳統婦女如何戰戰兢兢，恪守婦道，
善盡為人媳、為人妻、為人母的職責，不料丈夫另結新歡，乃將原配隨意拋棄，而
她雖然對公婆、兒女多所掛念，也只能自怨自嘆，甚至決定以遁入空門排遣餘生。
全詩雖採取極盡同情的觀點，為傳統女性抱不平，但所呈現的棄婦形象全然是被動
軟弱的，顯見傳統文人的性別意識相當保守，他們認定男性是婚姻關係中的唯一主
宰者，女性只能被動接受，並無任何決定權。這是舊時代「男性獨尊」意識的反
映。

4　見林資修編輯《櫟社第一集》，大正13年2月發行，頁24-25。

二、新思潮衝擊下女性身體的解放

　　日治初期，臺灣總督府認為臺灣民間有所謂「三大陋習」，分別是吸食鴉片、女性纏足與男性留辮髮。其中解放女性纏足的呼聲最先出現，早在1899年12月，出身臺中梧棲的著名漢醫師黃玉階（1850—1918）便在臺北發起「天然足會」，該會主張應該讓臺灣女子解開纏足，上學受教育，成為文明的現代女性。透過學校教育、報章雜誌的宣導，終於逐漸造成風潮，臺灣女性於是逐漸從纏足的惡習中解放出來。代表官方立場的媒體《臺灣日日新報》在這波風潮中，積極倡導響應，從1899年以迄1915年間，該報對女性解纏足相關活動的報導極多。根據其中一則關於臺中地區解纏足活動的報導，至1901年3月為止，臺中婦女已經解纏足者有147人，而保住天然足者也有267人，天然足會的正式會員與贊助會員，合計更多達2291人[5]。天然足會的活動其後在全臺各地持續推行多年，成效相當顯著。

　　目前收藏於臺大圖書館的一批櫟社集體詩稿，收錄有詩題〈天然足〉的集體創作，反映了對女性身體解放抱持讚揚肯定的時代新趨勢。這份詩稿中有七位作者所寫的十八首七絕。這些作品的主題，多半是批評裹小腳的不人道，讚揚「天然足」之美，批判傳統男性將女性物化的審美觀，進而歌頌女性的自由。如出身臺北醫學校的豐原人黃旭東（1883—1913）寫道：

　　　　趾屈膚傷敢效顰，女兒猶是自由身。新粧不倚弓鞋窄，清水芙蓉已絕塵。[6]
傅錫祺則批評纏足是對女性身體殘忍的傷害：

　　　　摧殘忍到女兒身，白皙雙趺亦可人。不羨纖纖不盈掬，鳳頭鞋樣任翻新。[7]

第一首說：「趾屈膚傷敢效顰」，「趾屈膚傷」是批判以人工方式傷害女性雙腳的

5　　參見〈天足近況〉，《臺灣日日新報》1901年3月10日，5版。
6　　《擊鉢吟稿：「佚題」、「眼鏡」、「種芭蕉」、「墨蓮」、「迎年菊」、「舊曆書」、「天然足」等七題》，臺北：臺灣大學圖書館，2000年手稿影印本，原書無頁碼。
7　　《擊鉢吟稿：「佚題」、「眼鏡」、「種芭蕉」、「墨蓮」、「迎年菊」、「舊曆書」、「天然足」等七題》，原手稿無頁碼。

不人道，至於「敢效顰」是採反問語氣，質疑延續這種傳統惡習的不當。第二首則言：「摧殘忍到女兒身」，這些詩能對女性之追求自由予以肯定，姑且不論他們是否已具備「兩性平權」的概念，至少反映出當時男性的性別階級意識已有鬆動的跡象。不過，詩中具體描寫女性「天然足」的字句：「清水芙蓉已絕塵」、「白晳雙趺亦可人」，細加玩味，不難體會字裡行間仍殘存將女性「物化」，以較高位階對女性「論足」品評一番的心態。

至於一九二○年代抗日文化啟蒙運動重要領導人之一的蔡惠如，在這份詩稿中，也有一首作品的思想取向與其他詩友有別：

> 無復生蓮步步春，千秋惡習已成塵。中朝從此誇天下，戎服蠻鞋屬女人。[8]

這首詩除了頌揚女權得以伸張，惡習已然成為歷史灰塵之外，更藉女人從軍之英勇表現，強調「女人絕非弱者」的事實。所謂「戎服蠻鞋屬女人」，意指女性也可能走上沙場，穿上戎裝蠻鞋，英勇殺敵。這種脫離臺灣社會環境的浪漫想像，可能是來自晚清中國革命運動曾出現女革命軍的背景。

另一份以〈女軍〉為題的詩作，為櫟社外圍組織「中央金曜會」的課題詩，寫作時間是1912年，共收錄十六首作品。如果從《鶴亭詩集》所收作品判斷[9]，就〈女軍〉一題所收作品觀察，出題者似乎是有感於晚清革命運動曾有女性參與而發。清水詩人王學潛的三首作品，描述重心側重在「女性參與晚清革命，建立民國有功」：

> 革命中原憶曩年，美人血戰劇堪憐。策動不讓奇男子，娘子軍曾早著鞭。

> 紅顏有隊擁花韀，遠望敵軍射馬前。獨為中華生特色，功成革命半嬋娟。

8　《擊鉢吟稿：「佚題」、「眼鏡」、「種芭蕉」、「墨蓮」、「迎年菊」、「舊曆書」、「天然足」等七題》，原手稿無頁碼。

9　傅錫祺《鶴亭詩集》收錄的〈女軍〉，列在〈袁世凱〉、〈孫文〉兩題之後，而此三題同樣是金曜會的課題詩，可見都是為反映革命成功、滿清覆亡、民國成立的中國時事而命題。

競拋脂粉冒烽煙，獨破天荒出敵前。民國功臣爭紀績，美人名合勒燕然。[10]

前兩首，首尾分別提到「革命」，第三首則出現「民國」一詞，可見是寫於辛亥革命成功、民國成立後的1912年。第一首推測是以秋瑾殉難為題，一、二句指的是秋瑾1907年曾在紹興創辦「明道女學」，組織「光復軍」以響應徐錫麟起義，不幸被捕殉難一事；後兩句對女性參與革命之英勇表現，給予高度讚揚，認定其功勞之大，不在男子之下。第二、三首都先將筆力集中在描寫革命「英雌」在武裝行動中的奮勇殺敵，接著再肯定她們對「中華」、「民國」的正式誕生貢獻顯著。詩中「紅顏有隊擁花轎」、「競拋脂粉冒烽煙」的描寫，或許是詩人浪漫、誇大的想像，但也確實反映中國近代女性走出家庭、參與政治活動的時代背景。反觀同時期日本殖民統治下的臺灣社會，女性仍難以跳脫傳統束縛，兩者似乎有不小的差距。再看蔡惠如的兩首作品，也值得注意：

破除積弱數千年，女子從戎迥眾賢。巾幗鬚眉非足論，最難決死隊爭先。

結束戎裝女少年，誓將覆滅滿清權。功勳不讓雄飛奪，北伐甘心出隊先。[11]

後一首「誓將覆滅滿清權」，點出是為詠女子參與晚清革命起事而發，詩旨與前述王學潛詩：「策動不讓奇男子」相近。前一首特別將女子從軍放在「大歷史」中考察，認為此舉足以一掃中國數千年之「積弱」形象，女子之表現比男子更出色（迥眾賢）。尤其最難能可貴的是：她們在決死隊中的勇往直前、置生死於度外的氣魄，早已超越「性別」的限制，不能再套用「巾幗不讓鬚眉」的思考框架而加以定位。

　　從追求女性身體解放的〈天然足〉反映的時代風潮，到〈女軍〉歌頌女性參與晚清革命，兩者分別是以20世紀初期的臺灣、中國為描寫背景，其中以解放女性纏足的「天然足」運動堪稱是風行草偃的普遍現象，影響深遠，對女性而言，更是

10　《擊鉢吟稿：「女軍」》，臺北：臺灣大學圖書館，2000年影印本，原手稿無頁碼。
11　《擊鉢吟稿：「女軍」》，原手稿無頁碼。

標誌著全新時代的來臨。至於女性參與晚清革命，則僅見於中國少數提倡女權的先驅人物，屬於特殊現象，在同時期的臺灣並未具備出現這種「女中豪傑」的社會條件，臺灣女性真正有機會走出家庭接受教育，進而參與社會運動，時間大概要延遲到一九二〇年代以後。

三、女性詩人的出現

女性追求獨立自主，展現自信與能力，其先決條件是受到教育啟蒙的機會。論臺中地區堪稱走在時代尖端的新女性，較具代表性的人物，包括臺灣第一位女醫師，1926年起在臺中開設「清信醫院」的蔡阿信（1899—1990）、日治時期婦女運動先驅葉陶（1905—1970），他們兩位分別出身臺北高雄，但都長期定居臺中，在臺中地區相當活躍。

至於擅長寫作古典詩，與臺中淵源較深的女詩人，有吳燕生、蔡旨禪、洪浣翠等人，吳燕生為臺中豪族吳子瑜之女，深受父親鍾愛，常跟隨吳子瑜參加各地詩會活動，從日治到戰後階段都相當活躍。蔡旨禪是澎湖人，1927至1932年間在霧峰林家擔任家庭教師，其文藝造詣深受林獻堂讚賞，林後來曾支助她赴廈門攻讀美術，1947年林獻堂更邀請她加入櫟社為社員[12]。至於洪浣翠，出身臺北淡水，頗具詩才，嫁給霧峰林家下厝的林瑞騰為妾，曾在全島詩人大會中奪魁。另外，吳帖出身彰化名門（吳德功之姪女），嫁給霧峰下厝林資彬為續絃妻，戰後曾任國大代表，在社會活動場域相當活躍，雖不以寫詩著稱，但在其自傳《我的記述》中，也留有多首自抒心境的詩作。上述幾位女性在文學活動場域的文學表現，在當時屬鳳毛麟角，堪稱臺中地區女作家的開路先鋒。以下簡要摘述其作品，藉以了解當時臺中地區女詩人作品之精神內涵。

蔡旨禪（1900—1958），本名罔甘，道號明慧。澎湖人。因父母祝禱於觀世音菩薩而孕生，與佛緣甚深，故九歲即長齋禮佛，二十八歲守清門，以報父母恩。曾

12　見林獻堂《灌園先生生日記（十九）1947年》，臺北：中央研究院臺灣史研究所，2011年7月出版，頁48。又參見李毓嵐，〈林獻堂生活中的女性〉，《興大歷史學報》24期，2012年6月，頁89-90。

先後受教於澎湖宿儒陳梅峰、陳錫如門下，致力於古詩文之研習。1924年在澎湖澄源堂教授漢文，是年年底，來臺設帳於彰化，因聲望頗佳，受霧峰林家之聘，擔任家庭教師。1926年，與陳梅峰、蔡月華等人於高雄組「蓮社」。1934年曾至廈門美術專科學校就讀。平生致力於弘揚佛法，晚年遷居新竹，先於福吉堂設帳授學，後轉至新竹青草湖剎靈隱寺靜修，1957年返澎主持馬公澄源堂，次年病逝於澎湖，著有《旨禪詩畫集》。

　　以下摘述其作品數首，〈誓志〉一首淺顯易懂，頗能反映新時代女性展現獨立自主的呼聲：

　　　　厭聽志弱是釵裙，發憤攻書期出群。不怕養親惟白手，終身計也舌耕耘。[13]

破題的「厭聽」兩字，以堅定的口氣質疑、批判男性霸權對女性的偏見：誰說女人是弱者？接著她十分明確地表達：透過知識的發憤苦讀、認真探求，目的是為了在男性主宰的社會中出人頭地。後兩句的主旨則是說明，她可以憑藉知識涵養，以擔任教師為職業，實現奉養雙親的願望。另一首七言律詩〈自勵〉，對這樣的抱負則有更清楚的描述：

　　　　為報今生父母恩，年華二八守清門。菩提有樹堪成果，明鏡無塵莫拭痕。
　　　　禪味尋來通道味，菜根咬盡見靈根。撫躬自信玉壺裏，一片冰心可久存。[14]

全詩主旨，環繞「守清門，報親恩」、「禪修見靈根」兩端，顯現藉助宗教修為，以追求心靈超拔的堅定信念，並能兼顧孝道。這種理念與眾多世俗男性之沉淪於權力欲望相比，真讓人肅然起敬。

　　下面這首〈自題小像〉詩，則是意味深長的自況之作：

13　蔡旨禪，《旨禪詩畫集》，收錄於「臺灣先賢詩文集彙刊」，臺北：龍文出版社，2001年，頁36。
14　蔡旨禪，《旨禪詩畫集》，頁83。

　　無將比擬玉芙蓉，阿娜柔枝塵不封。將貌比花儂未及，花無才思不如儂。[15]

本詩是以毛筆題在一張蔡旨禪的半身照片四周，前兩句說：不要將我比擬成美麗的
芙蓉花，第二句可理解為寫花也是寫人，意思是我與花都同樣清新脫俗，不染雜
塵。後兩句將人與花相互對照比較，說我外表雖不如花美麗，但花卻沒有我的才華
及思考能力。她不但以堅決語氣拒絕被物化，更隱喻女性不該以追求外貌妍麗為目
的，因為擁有內在的才思比外在的容顏更能持久。全詩在柔媚的詩句中，展現出對
個人「才思」的自信，剛柔並濟，充滿多義性。另一首〈有懷〉更是豪氣干雲：

　　出頭女界正芽萌，詎忍無才過此生。昂首高歌天際上，撫膺一嘯彩虹橫。[16]

前兩句流露出她一貫的自信與自勵，對生命意義與自我定位展露毫不困惑猶豫的自
覺意識，後兩句透過突出的聽覺與視覺意象，呈現氣沖斗牛的豪情壯志，「昂首高
歌」與「彩虹橫」的意象，兼具陽剛與陰柔象徵之美。從性別意識而言，蔡旨禪的
作品重大意義在於：展現新時代女性可以完全自我規劃人生，實踐生命價值，徹底
打破「走入婚姻，為家庭奉獻」是女人唯一選擇的窠臼。

　　吳燕生（1914—1976）為吳子瑜之愛女，從小深受父親寵愛，由於家庭環境
薰陶與個人的優秀才華，常跟隨父親參加各類詩會活動。1940年與蔡漢威結婚，
1941年生一子[17]，後與蔡漢威離婚，據說後來曾招贅夫婿，詳情不得而知。大約從
一九三〇年代到戰後的六〇年代，吳燕生在臺灣傳統詩壇可說相當活躍。單以日治
時期櫟社活動為例，根據史料顯示，她陪同父親吳子瑜參加櫟社活動多達十一次，
時間集中在1930年到1937年間[18]。吳燕生雖非櫟社社員，但這種參與狀況甚至比許

15　蔡旨禪，《旨禪詩畫集》，頁84。
16　蔡旨禪，《旨禪詩畫集》，頁86。
17　1940年春天，傅錫祺有詩〈蔡漢威國手吳燕生女士婚祝〉（《鶴亭詩集》頁225），1941年
　　有詩〈報孫為小魯同社作〉，「震一索得男」句下自注：「女公子燕生弄璋」（《鶴亭詩
　　集》頁241）。另，簡荷生也有祝賀吳燕生新婚之詩作，刊登於《風月報》109、110期合併
　　號，1940年6月1日，頁26。
18　吳燕生參加這11次活動的情形，參見傅錫祺《增補櫟社沿革志略》的記載，時間包括1930年
　　一次，1931-1934年間每年兩次，1935、1937年各一次。

多櫟社正式社員還活躍[19]，諸如1931年櫟社為慶祝成立三十週年特別鑄造紀念銅鐘，該年4月26日舉行撞鐘式，由來賓吳維岳擔任贊禮員，吳燕生則登壇揭去鐘上黃幕，隨後由社員依序各撞鐘三次。同年11月22日，櫟社三十週年紀念大會在霧峰林獻堂宅舉行，她也以來賓身分宣讀祝詞[20]，試看祝詞部分內容：

> 目下當局方獎勵伊呂波之演習，而吾人則盛行賦比興之推敲，雅俗雖不同，而其聲氣應求，遂成一絕好之對偶。吾人深願櫟社諸公，由此三十年紀念日，再以不屈不撓之精神，揚風挖雅，大展詩界權威，上以嗣三百篇之遺響，下以化四百萬之同胞，俾習俗澆漓，皆成為詩人敦厚之旨，更力除陳言，新其創作。[21]

所謂「伊呂波」是日本五十音假名的代稱，一九三〇年代已屬日本在臺灣全面推行日語的階段，漢詩創作與詩社活動，則是臺灣人保存漢字與漢文化的手段，吳燕生這段祝詞，不但點出這種深意，更寄望櫟社能以詩歌達到移風易俗的效果。吳燕生出席盛典，面對眾多男性年長詩人侃侃而談，展現出對臺灣詩壇與時代背景的理解，見識不凡，其才華引人注目可見一斑。1937年4月18日，吳子瑜將率女兒吳燕生至古燕都（北京），櫟社、大冶吟社、東墩吟社聯合設宴餞行，共計四十人出席，櫟社社員九人。詩題有「女詩人」七律、「折柳」七絕，「女詩人」應該是針對吳燕生而命題，可見她長期參加詩會的傑出表現，深受父執輩賞識[22]。

19　根據各種史料顯示，吳燕生並非櫟社社員，日治時期櫟社並無女性社員，戰後也僅有蔡旨禪在1947年1月被林獻堂邀請加入櫟社，成為櫟社唯一的女社員。但二二八事件隨即爆發，1949年9月林獻堂遠走日本，櫟社實質上已經衰微，且蔡旨禪並未留居臺中，戰後與櫟社的互動極少。至於吳燕生與櫟社互動密切，則僅集中於日治時期，戰後並未獲邀加入。許俊雅《黑暗中的追尋──櫟社研究》（上海：東方出版公司，2006年6月），將吳燕生記錄為櫟社社員（頁150、160），應屬誤記。顧敏耀也延續此一誤說：「1901年創立的櫟社，只出現過一位女社員，即前文多次提及的吳燕生。」見顧敏耀《臺灣古典文學系譜的多元考掘與脈絡重構》，第八章〈臺灣戰後古典詩與女性詩人群體〉，國立中央大學中文系博士論文，2010年1月，頁232-233。

20　根據傅錫祺《增補櫟社沿革志略》，櫟社30週年紀念大會，各地來賓多人曾發表祝詞，王竹修、吳燕生則朗讀祝詞。

21　吳燕生〈祝櫟社三十年紀念會〉（該刊誤登為「祝櫟社二十年紀念會」）祝詞全文，見《詩報》26號，1931年12月15日，頁22。

22　傅錫祺《增補櫟社沿革志略》記載：1937年4月18日，吳子瑜將率女兒吳燕生由古燕都（北

　　吳燕生在戰後階段仍活躍於詩壇，1951、1953年兩度參加全國詩人大會，都曾以作品奪魁[23]，也曾代表臺灣參加世界詩人大會。不過吳子瑜去世後，吳家家道中落，吳燕生晚年境遇不佳，其父女作品都未能結集出版，資料零散，因而影響當代學界對其父女研究之進展，十分可惜。

　　日治時期吳燕生的作品常發表在《詩報》，詩作內容除了詩會活動的課題詩、擊吟詩，也常見旅遊之作。若與其他女性詩人作品對照，吳燕生筆下並未出現特意以女性身分發聲的詩作，詩作主題與格調大抵與男性無甚差異，其原因可能是源自優渥的家庭環境以及父親刻意的栽培[24]，讓她並未感受到女性被壓抑束縛的困境，因此作品較欠缺女詩人常見的性別意識。再者，透過男性聲腔的模擬，也使得她能順利融入男性獨尊的詩壇，證諸她常參與各類詩會活動而優遊自得，上述推測應有一定的可能性。

　　以下摘錄吳燕生部分作品。先看參加詩會之作〈怡園雅集分韻，分得尤韻〉，是1931年她跟隨父親參加在自己家中舉行的詩會所寫：

> 花芳春色好，夜集名流。入座吟佳句，開樽話舊遊。燈紅杯未罷，地僻興偏幽。賓主饒詩癖，何妨共唱酬。[25]

參加這次詩會有詩發表於該報者，另有傅錫祺、蔡遜庭、張汰公、陳魯詹、吳子瑜、蔡汝修、林建寅等人，吳燕生是唯一的女性。這首律詩鍊句精巧，詩旨切題，表現平穩。另一首〈昭和丙子季秋富春吟社輪值中州聯吟會賦此以祝〉，是1936年參加在豐原舉行的「中州聯吟會」而寫：

> 雅會相邀到野鷗，驅車且作富春遊。虧詩客寓忘機樂，覽勝墩應韻事留。

京），櫟社大冶吟社、東墩吟社聯合設宴餞行，共計40人出席，櫟社社員9人。

23　施懿琳、許俊雅、楊翠，《臺中縣文學發展史》，臺中：臺中縣立文化中心，1995年6月，頁314。

24　吳子瑜對吳燕生十分寵愛，常帶她參加詩會活動，甚至認為：「掌珠女勝兒豚犬，不愧延陵舊世家」，生女兒勝過不成材的兒子。引詩見吳子瑜，〈長女燕生志在中國詩以勖之〉，王建竹編，《臺中詩乘》，臺中：臺中市政府，1976年12月，頁223。

25　詩見《臺灣日日新報》1931年4月8日，4版。

峻嶺風高催九日，澄潭月白冷三秋。群公抗手珠聯玉，真似珊瑚一網收。[26]

詩人集會常被雅稱為「鷗盟」，意指群鷗聚集，比喻詩人集會閒適而無心機。富春是豐原的別名，前兩句即是描述在豐原舉行詩會。與本詩同時發表在《詩報》者，另有其父親吳子瑜和臺南吳萱草同題之作，但若遮去作者姓名，根本無從分辨這是年輕女詩人的作品。

她的旅遊詩，目前可見者有〈車中望鐵砧山〉、〈謁臺北孔子廟〉、〈遊獅山雜詠〉、〈獨登獅山頂〉、〈宿海會庵〉、〈重過勸化堂〉、〈重遊毘盧禪寺〉、〈阿里山雜詠〉等，可見其家境優渥及行蹤之廣，而當時臺灣女性有此條件者寥寥可數。以下舉〈阿里山雜詠〉組詩數首以見：

循軌飛輪不覺難。橫穿暗洞漸知寒。四山雲氣蒸成海。眼看銀翻百尺瀾。

勝游仗履侍雙親。暫作逍遙物外身。卻喜櫻花開未盡。還留幾樹待詩人。

峰坳熠燿挂銀釭。綠樹人家遠吠尨。夜靜襲人山氣冷。滿天星斗近雲窗。[27]

這組詩作描寫搭乘森林小火車到阿里山旅遊的見聞，第一首寫行進中的火車穿越隧道，隨著海拔升高，溫度逐漸下降，而舉目望去，四周山巒盡是雲海奔騰，「銀翻百尺瀾」描寫雲海的動態十分生動精準。從第二首可知，作者大約是在晚春櫻花將盡時節，陪雙親同遊阿里山。第三首描寫夜宿阿里山的情景，前三句透過視覺（山腰的燈火閃爍）、聽覺（遠方人家的狗吠聲）、觸覺（冷冽的空氣）相互烘托，傳達山上夜晚的靜謐，再將視覺拉到仰望所見滿天星斗，藝術技巧相當突出。

另外，霧峰林家有兩位媳婦值得一談，分別是吳帖與洪浣翠。吳帖（1900—1972），名素貞，彰化吳德功之姪女，她雖沒有正式學歷，但個性堅強，好讀書，在其自傳《我的記述》中留下幾首具有女性意識的詩作，可說是珍貴的時

26　詩見《詩報》140期，1936年11月2日，頁3。
27　吳燕生，〈阿里山雜詠〉，見《詩報》82期，1934年6月1日，頁3。

代見證。吳帖在二十四歲嫁給霧峰林家下厝的林資彬為續絃妻，下聘後卻耳聞林資彬還同時追求一位女護士，因此一度考慮退婚，或遁入佛門，乃寫了四首詩作給媒人楊水萍（林朝棟夫人），訴說她的委屈，試引其中二首：

> 欲識姻緣前世修，人人何必苦強求。前途險惡應迴避，事到頭來不自由。

> 百般忍耐總難期，禍到身來竟問誰。憶遍世間徒冷暖，看他紈袴遊兒。[28]

詩句淺白如口語，意念表達相當直接。即使吳帖出身名門，在當時保守的社會觀念束縛下，也不敢直接選擇退婚，最後仍在矛盾掙扎的情緒中嫁入林家。正如所料，婚後丈夫本性難移，婚姻並不幸福，她曾多次萌生離婚的念頭，但林獻堂採傳統「勸和不勸離」的立場加以規勸[29]。曾在霧峰林家擔任教師的蔡旨禪，與吳帖有相當良好的互動，蔡旨禪有〈素貞、月珠二女士之別墅即景〉七律二首、〈寄素貞妹〉七絕一首，〈寄素貞妹〉內容如下：

> 一年容易忽將過，學業無成愁緒多。時憶霧峰憑檻望，不知芳度近如何。[30]

蔡旨禪對追求知識充滿渴望，擔心自己虛度光陰、一事無成，也因而思念起在霧峰的吳帖（素貞）近況如何？兩位女性在自我實現的人生路上互勉互勵，真情洋溢在淺白的詩句裡。從反向推測，吳帖應該也從詩中獲得激勵鼓舞吧。

　　1930年她曾參加臺中婦女親睦會，擔任重要的幹部。1932年加入林獻堂、林攀龍父子的「一新會」，擔任一新會社會部委員，並多次參與演講，講題包括婚姻、婦女教育、人生價值、打破迷信、旅遊見聞等，極力鼓吹女性勇於走出家庭，

28　林吳帖，《我的記述》，臺中：素貞興慈會，1970年8月，頁13-14。
29　林獻堂，《灌園先生日記（四）》1931年5月31日：「午後素貞來與內子雜談，又提起欲與資彬離緣，謂性情相差太遠，為夫妻頗不堪其苦。余勸其忍耐，切不可作如是想也。」關於吳帖的婚姻與詩作的討論，詳參見吳品賢，《日治時期臺灣女性古典詩作研究》，臺灣師大國文研究所碩士論文，2001年6月；又見李毓嵐，〈林獻堂生活中的女性〉，頁86-87。
30　蔡旨禪，《旨禪詩畫集》，頁67。

參與社會公共事務，思想相當進步新穎。戰後曾當選國大代表，並成立「素貞興慈會」，以鼓勵清寒學生與弱勢家庭，堪稱日治到戰後臺灣社會的傑出女性代表人物之一[31]。

　　另一位霧峰林家的媳婦洪浣翠（1901—？），臺北人，年少時就會作詩、篆刻，後來隨養父遷居廈門而認識民國海軍將領陳季良，兩人未正式結婚而生一子陳瑚。其後林瑞騰在廈門認識洪浣翠，被她的才華吸引，於是浣翠在養父的主張下許配給林瑞騰為妾，約在1924—1937年間定居霧峰。此外，洪浣翠擅長作詩，1925年曾主動將詩稿寄給連橫，連橫相當讚賞，特別寫一篇記事如下：

> 十數年前，聞洪女士浣翠之名，而讀其詩，語多淒怨。今則一洗俗調，無語不香，有詞皆秀，然後知詩之有關於境遇也。女士稻江人，曾學書於杜逢時先生，亦能篆刻。現居臺中，潛心詩學，又得陳沁園先生之指導，故其錦囊時貯佳句，乃以近作惠寄詩薈。頌椒詠絮，巾幗多才，諸女士之揚藻揚芬，當與藝苑文人爭光壇坫矣。[32]

文中說洪浣翠的作品「一洗俗調，無語不香，有詞皆秀」，推崇極高，從這句「現居臺中」，可知她當時已嫁給林瑞騰為妾，「又得陳沁園先生之指導」，是指櫟社社員陳槐庭（名懷澄，號沁園）常指導洪浣翠寫詩[33]。連橫並將洪浣翠的八首七言絕句作品〈繡餘雜詠〉、〈詠物四首〉刊登在《臺灣詩薈》上。

　　1930年2月8日，洪浣翠曾參加在臺中公會堂舉辦的「全島詩人聯吟大會」，曾

31　參見國立臺灣歷史博物館「臺灣女人」網站，「淑女之風的另一類型——林吳帖」http://
　　women.nmth.gov.tw/zh-tw/Content/Content.aspx?para=347&page=0&Class=87，登站日期：
　　2014年11月12日。又參見李毓嵐，〈林獻堂生活中的女性〉，頁86-87；周婉窈，《海洋與殖
　　民地臺灣論集》，第八章〈「進步由教育，幸福公家造」——林獻堂與霧峰一新會〉〉「女
　　性與一新會」，臺北：聯經出版公司，2012年3月，頁355。
32　連橫主編《臺灣詩薈》第19號，「啜茗錄」，1925年7月15日，臺灣省文獻委員會複印本，
　　1992年3月，頁482。
33　根據李毓嵐研究，陳懷澄從1924年起，常透過郵寄方式指導洪浣翠作詩，次數頗多，互動頻
　　繁。1927年陳懷澄之子陳培波娶林瑞騰之女林小菱，雙方結為親家。李毓嵐，〈美人、詩會
　　與音樂：從〈陳懷澄日記〉看櫟社詩人陳懷澄的文人生活〉，「日記與臺灣史研究學術研討
　　會」會議論文，中央研究院臺灣史研究所、高雄市立歷史博物館、高雄醫學大學共同主辦。

以律詩作品〈遠寺疏鐘〉獲得狀元，引起很大的矚目，《台南新報》當時的相關報導，還稱許「詩人大會出現女狀元」是可以大書特書的特色，也創了全臺詩會的新紀錄[34]。

> 百八來何處，雲深寺不知。應同花雨散，似與梵音隨。響遏旃檀閣，聲飄菡萏池。耳根聞已淨，斜日立多時。[35]

「百八」是寫寺廟鐘聲一〇八下，全詩意境超拔，對仗工整而自然，「應同花雨散，似與梵音隨」一聯，用詞與意象虛實相生，頗見功力。結尾兩句，將聽覺與畫面做了巧妙的轉化結合，餘韻無窮。根據記載，洪浣翠有《綠榕村人詩存》一卷，上海正興堂書店刊行[36]，出版時間不詳，現在是否仍有傳本，待考。

　　查閱林獻堂《灌園先生日記》，可發現洪浣翠與林獻堂互動極多，時間集中於1927—1935年間，包括1927年3月陪丈夫林瑞騰與林獻堂到關仔嶺洗溫泉，洪浣翠有詩，林獻堂與瑞騰也寫詩唱和回應[37]。1929年2月，林瑞騰曾帶她到鹿港參加親家陳懷澄母親的祝壽會。但後來兩人的婚姻並不幸福，與丈夫時起口角[38]。所幸她在知識成長上頗有進展，常出席林獻堂父子主辦的一新會，甚至發表數次演講，還曾向林獻堂借閱梁啟超之《飲冰室文集》及林琴南翻譯的小說，獻堂說她「頗有研究學問之意，可惜其身體弱又兼家事之累，不能專心致志」[39]，可見才華與能力都受到林獻堂的肯定。1932年，林獻堂原想邀請她加入一新會的學部委員，林資彬、林六龍卻大表反對說：「妾無作會員之資格，況為委員乎？」直接否定身為人「妾」

34　參見《台南新報》10078期，第6頁報導：「全島聯吟大會第一日開於臺中公會堂」，1930年2月11日。

35　參見《台南新報》10087期，第6頁，1930年2月20日。

36　見《臺灣歷史人物小傳——明清暨日據時期》，臺北：國家圖書館，2003年12月，頁339。根據林獻堂《灌園先生日記》可知：洪浣翠1937年以後留居中國，此書出版，判斷大約在1937年之後。

37　林獻堂，《灌園先生日記（一）》，1927年3月2-3日，頁101。

38　林獻堂，《灌園先生日記（五）》，1932年1月12日，頁21：「洪浣翠與瑞騰口角，特來泣訴，余與內子極力勸慰。」

39　林獻堂，《灌園先生日記（七）》，1934年8月2日，頁423。

者的獨立人格，林獻堂最後也無法抵擋反對意見，而婉轉取消此議[40]。

　　綜合上述，可知洪浣翠定居霧峰的十多年間[41]，雖然物質生活優渥，但婚姻並不幸福，且在公共領域也飽受男性的打壓與歧視，雖仍努力自求充實，只是妾的身分讓她難以掙脫束縛，後來才決意擺脫依賴，尋找自我的天空。而洪浣翠目前可見之詩作，雖數量極少，但極具個人特色，以下舉數首以見。以〈繡餘雜詠〉為題的組詩，分別是描寫「圍棋、擊劍、彈琴、打球」四種休閒娛樂，「繡餘」兩字，似乎暗示有意跳脫傳統女性僅能在閨房中刺繡的侷限，其中〈圍棋〉、〈彈琴〉兩首偏向靜態：

　　繡罷吟餘雨乍晴，相邀姊妹近棋枰。靈心妙手方鏖戰，隔座惟聞落子聲。

　　焦桐爨後貴如金，月白風清寫素心。雅韻奏成深自嘆，高山流水少知音。[42]

前者意境清雅，不但描寫一群好姊妹下棋的畫面突出，以棋子落盤的聲音收尾，聽覺效果更是妙絕。後者則巧用「高山流水」的典故，暗示知音難尋，「深自嘆」是詩眼所在，表達有才華的女性內心幽微無人能解的孤寂之感，詩旨在若有若無之間，所以為妙。另兩首〈擊劍〉、〈打球〉偏向動態，則充滿陽剛之美：

　　生逢濁世數該奇，鍛鍊精神欲待時。鐵甲防身渾不怯，光芒閃爍雄雌。

40　林獻堂，《灌園先生日記（五）》，1932年3月16日，頁119。「洪浣翠亦被選為一新會委員，昨日資彬、六龍大反對，妾無作會員之資格，況為委員乎。余與攀龍極力說明，自來蓄妾之制度不好，並非妾之罪也，她雖為妾，亦當尊重其人格；她雖被選為委員，她亦未必敢受。若然，當以他人補其缺。今早素貞來，內子與之商量，用素貞以換浣翠。」

41　根據前述李毓嵐論文，可知洪浣翠1924年就開始接受陳懷澄指導寫詩。她大約1937年定居上海，推測後來1937年7月中日戰爭爆發，洪浣翠未能返臺。參見許雪姬主編，林獻堂著，《灌園先生日記》，1937年2月19日：「瑞騰三時歸自上海，浣翠不與之同歸」、2月20日：「四時餘瑞騰來，述往上海會浣翠、陳漢材之情形，浣翠約待暑假歸台云云。」

42　連橫編，《臺灣詩薈》，收錄於《連雅堂先生全集》，南投：臺灣省文獻會，1992年，頁422-423。

生來意氣本飛揚，勢力高低性更強。運動機關推第一，何須沉醉學三郎。[43]

〈擊劍〉首句：「生逢濁世數該奇」，所謂「數奇」是感慨命運乖舛，可能暗指她身為豪門巨富之妾的滿腔無奈，「光芒閃爍雄雌」則是透過想像的擊劍武鬥之場景，傳達亟欲掙脫女性牢籠的渴望，全詩個性鮮明。至於〈打球〉妙在最後一句：「何須沉醉學三郎」，三郎是唐玄宗的小名，其實是反用宋代詩人晁補之〈打毬圖〉的詩句：「三郎沉醉打毬回」[44]，原詩是感慨唐玄宗晚年無心國事，縱情享樂，才導致國家衰敗。而洪浣翠此詩則是強調：打球可以健身且提振精神，使人意氣飛揚，是非常好的運動，只要不過度陷溺其中，何必怪罪打球呢？這種觀念符合新時代「強國必先強身」的觀念，不但展現洪浣翠的思想進步，也反映出她對古典文學頗為精熟，非常不容易。

第二節　當代女作家的身體情慾書寫與性別反思

臺灣女性文學發展到了一九八〇年代，由於社會變遷、文化變革，女性作家作品中的性別意識也產生了比較大的變化，許多女作家逐漸跨越傳統的性別思維，開始展現對父權文化體制的反思與批判，以及對女性主體的思索與建構，伍寶珠以其對一九八〇、九〇年代的女性小說的研究指出：

> 八零年代開始，女作家亦如雨後春筍，廖輝英、施叔青、李昂、袁瓊瓊、蘇偉貞等女性作家一一崛起。這些女性作家，無論在作品的風格以至題材內容的選擇上，均與八零年代以前的女作家大相逕庭，最明顯在於此時期的女作家，已「有意識」地去書寫女性的處境，即對女性的地位、心理、自我意識等範疇也有所探索。女性作家一方面積累了八零年

43　連橫編，《臺灣詩薈》，頁423。
44　晁補之〈打毬圖〉詩：「閶闔千門萬戶開，三郎沉醉打毬回。九齡已老韓休死，無復明朝諫疏來。」

代以前的作家創作成果，一方面利用她們自己的現代視野表現女性發展
自我的面貌，以及當中面對的困難與挑戰。[45]

臺中的女作家，也從一九八〇年代開始，以小說或散文等文學形式，展現對父權
文化體制的反思與反叛，描繪女性的生活經驗與生命處境，刻劃她們的哀傷、悲
痛、無奈、覺醒與反抗。其中，廖輝英從1982年的小說初航〈油麻菜仔〉開始，即
將臺灣女性的生活史，置於臺灣歷史發展的脈絡中，觀察女性在傳統與現代之間的
禁錮、掙扎與脫出，整體觀察她的小說，主要是透過兩條故事線，彰顯臺灣女性生
活史的某個斷面：其一是突顯「時間軸線」的文本，如〈油麻菜仔〉及其後的「老
臺灣四部曲」；其二是突顯「空間舞臺」，書寫女性從鄉鎮到都會追求夢想生活與
理想愛情，終而糾結在金錢、欲望之中。至於廖輝英的身體書寫，則主要在彰顯父
權家庭對女性子宮的操控權，以及男性如何以其「陽剛氣質」，對女性身體進行征
服、對女性情慾進行開發，以此揭露父權體制女性身體的客體化與物化。

相較於廖輝英以歷史、都會的女性為書寫對象，另外兩位女作家周芬伶、陳
雪，則彰顯女性的情慾主體、身體主權、性別反思。周芬伶後期的散文及小說中，
為了追求自由而必須進行「反叛」的女性主體，固然充滿痛苦、傷痕、暗鬱，但仍
堅定地與主流社會、與自己進行對話，面對自我與母系家族病體，透過自我敘事，
獲致自我療癒。陳雪的小說，同樣在處理家族所造成的傷痛記憶與書寫療癒，她的
小說透過幾個角色原型與主要情節的重複，一再敘說，尋求言說／聆聽的見證，以
獲得療癒。三位女作家各有風格，以下分別介紹。

一、廖輝英筆下的都會紅塵與女性身體

廖輝英的小說與散文，幾乎都圍繞著性別課題，代表作〈油麻菜仔〉（1982）
成功地刻劃出父權文化體制下母女兩代生命處境的異與同，文學史家葉石濤將〈油
麻菜仔〉放在臺灣文學史、臺灣女性生活史中，並給予高度評價：「這篇描寫臺灣

45　伍寶珠，《從反思到反叛——八、九〇年代台灣女性主義小說探究》，臺北：大安出版社，
　　2001年2月，頁11。

女性戮力掙脫宿命論的小說，以三十年間兩代女性思想的比較，引出三十年來臺灣
社會結構的變遷。」[46]指其為「臺灣女性珍貴的成長記錄」[47]。

　　不同於〈油麻菜仔〉刻劃傳統農村社會的生活變遷，中篇小說〈不歸路〉
（1983）則以都會空間作為故事舞臺，描寫都會女性對於愛情自主、經濟獨立的追
求，以及女性主體所面臨的各種新／舊課題，鍾玲指出，〈不歸路〉以寫實主義筆
法，傳神地描繪出都會職場女性與已婚男主管之間的愛戀糾葛，是成功之作[48]。

　　大抵而言，〈油麻菜仔〉以後，廖輝英的小說仍以女性作為關懷焦點，小說的
舞臺，大多數設定在都會，有些則直接標明台北都會作為故事空間舞臺，小說中的
主題思想，則圍繞著婚姻、愛情、外遇、婆媳等問題，相互糾結。以下從小說的都
會空間舞臺、小說中的身體情慾書寫、小說中的性別權力政治等幾個面向來探討。

　　首先，關於廖輝英小說中的都會空間場景，如《落塵》、《窗口的女人》、
《歲月的眼睛》、《在秋天道別》等，都是以都會職場為舞臺，其中《落塵》、
《窗口的女人》更直接設定在臺北，而《歲月的眼睛》、《在秋天道別》這兩部具
有連貫性的小說，女主角也是從臺中來到臺北，追求經濟的獨立與愛情理想。小說
中的都會（臺北），一方面是故事發生的場所，也是「夢想」生發與殞滅之地；此
處所說的「夢想」，包含了對愛情的想像，以及對「現代的」、「進步的」、「優
雅的」、「自由的」生活的想像。故事中的女主角，大多從素樸單純的農村或小鎮
來到臺北，想像自己將會在繁華都會獲得優渥的經濟生活與浪漫的愛情，然而，最
終大都心力交瘁，傷痕累累。廖輝英透過這些小說，彰顯出「都會」的多重性，既
可以容納夢想起飛，也可以摧折夢想羽翼。

　　在性別的面向上，我們可以從兩方面來觀察廖輝英這些小說作品。其一是小說
中的身體情慾書寫，其二是小說中的性別權力政治。在這些小說中，「女性身體」
具有雙重性：其一是「神聖的」，小說中角色都強調了女性生育男性子嗣的重要性
與價值性；其二則是「肉慾的」，小說中的女性身體，幾乎都是男性主角「征服」
或「開發」的對象。無論是「神聖的」或是「肉慾的」，都是站在男性與父權社會

46　葉石濤主編，《一九八二年臺灣文學選》，臺北：前輩出版社，1982年2月，頁287。
47　葉石濤主編，《一九八二年臺灣文學選》，頁289。
48　鍾玲，〈女性主義與臺灣女性作家小說〉，收錄於張寶琴、邵玉銘等主編，《四十年來中國
　　文學》，臺北：聯合文學出版社，1994年。

的觀看視角，而非女性主體的觀看視角。

　　首先是夫系家族傳宗接代的工具，在父權社會中，女性的懷孕生子，並無自主性，必須放在夫系家族中來看待。沒有生育、或沒有生育男性子嗣的女性，在夫家沒有地位；如《歲月的眼睛》中，林秀滿的母親認為女兒無出，女婿外遇也無可奈何，秀滿對於母親的說法，表面雖然不以為然，但心裡卻因認同而焦慮：「她難道願意規避這女性的天職，她只是不巧，也是上天旨意下的受害者而已！」[49]而《窗口的女人》中的葉芳容，因為丈夫外遇而想再孕，但一直未能懷孕，因此產生變態心理：「芳容發現自己強烈嫉妒那些能夠生育的女人」[50]。然而，女性懷孕生子固然被賦予神聖性意義，卻必須是在婚姻關係、夫系家族中，若是未婚生子，則被認為是「不潔」的，如《歲月的眼睛》中的沈碧莊。

　　另一方面，廖輝英小說中的女性身體與情慾，是「等待被男性開發」的客體，小說中充滿「女性獻身」與「處女情結」。若是「早已被開發」，男性則認為女性身體失去「原味」，如《在秋天道別》中，沈碧莊十年前曾經未婚生子，因而在與李喬彬的愛情關係中，她自己一直感到不安，而當李喬彬得知她的往事後，反應極為強烈：「失了身也罷，竟然還有孩子」[51]。除了「處女情結」之外，廖輝英著力於描寫女性身體被男性進入的情境，如《窗口的女人》中的朱庭月與何翰平，「朱庭月渾身像爆裂開來般，一陣滾熱的刺痛」[52]；《歲月的眼睛》中，賴有清對待十七歲少女沈碧莊的身體，則是以一種「征服者」的姿態：「他像戰勝的大軍兵臨城下，開始進入她的身體。」[53]

　　在這些小說中，女性通常被描寫為情慾的客體，透過一名男性的身體，進入、開發、引領、教導她的情慾，似乎如此她才能成為真正的女人：「通過男人，才成為女人」。至於男性身體，則是身體與情慾的主體，男性的「性能力」與「陽剛氣質」與「男性氣質」，被直接等同；小說中一個「理想男人」的形象，就是具有「陽剛氣質」，「性能力」高強，而且也通常是事業上的「成功男人」。

49　廖輝英，《歲月的眼睛》，臺北：九歌出版社，1990年，頁118。
50　廖輝英，《窗口的女人》，臺北：九歌出版社，1989年，頁228。
51　廖輝英，《在秋天道別》，臺北：九歌出版社，1990年，頁56。
52　廖輝英，《窗口的女人》，頁92。
53　廖輝英，《歲月的眼睛》，頁71。

《愛殺十九歲》就是一部表現男性陽剛氣質／性能力的經典之作，小說中的男主角吳中侃說：「沒有女人能逃得了我吳中侃……我可是船堅砲利，而不是銀樣蠟鎗頭……」[54]，而女主角王連璧的身體，則屈服於吳中侃的「男性性能力」之下，「全部棄械投降」[55]。

小說中的女性，在以男性「陽剛氣質」為尚，以及女性身體與情慾的客體化處境中，無論是正妻或是外遇第三者，都處於「被動等待」的情境，如《歲月的眼睛》中的沈碧莊，先是等待著賴有清的經濟支助、等他「臨幸」自己、等待他來帶走自己；而在《在秋天道別》中，沈碧莊換成等待李喬彬，等待他的愛情，等待他諒解自己年少時期的「失足」與「不潔」。

即使是「主動獻身」的女性，在情慾表現與愛情追求上，確實具有主體性，然而，在兩者的愛情關係中，她們仍然被迫處於「等待」的被動情境。如《窗口的女人》中的朱庭月，主動製造與何翰平相遇的機會，主動表達愛意，然而，作為第三者，她仍然必須默默等待何翰平的到來，等待自己能「生下一個他的孩子」。而小說中的正妻，雖然在形象上經常被描寫為「強勢者」，在家庭其他事務上，可能具有表達意見的權力與能力，但是，在夫妻的情愛關係上，卻也都是被動的「等待者」，如《歲月的眼睛》中的林秀滿性情蠻橫，《窗口的女人》中的葉芳容很能幹，《愛情良民》中的單少琪愛發脾氣，他們在家世、能力、經濟力、氣勢上都不比丈夫差，然而，這些並未能改變她們處於「等待者」的生命情境，日日為了等待丈夫從另一個女人處歸來而痛苦，卻仍無法離開這個夫系家族與婚姻。

廖輝英這些小說，刻劃出一九八〇、九〇年代城鄉變遷中的歷史面貌與性別文化，女性形象具多元性、複雜性；陳秀如在〈從迷失到覺醒──論廖輝英小說中的女性成長迴路〉一文即指出：

> 她以筆描繪出許多不同的女性形象、性格，無論是傳統女性的悲情、在新舊夾縫中的女性掙扎，抑或現代新女性的灑脫，我們可以看到眾多栩

54　廖輝英，《愛殺十九歲》，臺北：九歌出版社，1995年，頁198。
55　廖輝英，《愛殺十九歲》，頁202。

　　栩如生的女性面貌。[56]

而劉莉瑛在《廖輝英小說中女性形象之研究》中亦指出，廖輝英小說中的女性角色，其思想與性格皆兼具傳統性與現代性，面貌多重：

> 廖輝英從各種不同角度諦觀女性角色的思想和性格，描繪出傳統與現代並存的臺灣社會中婦女在愛情、婚姻、家庭中身分角色的扮演，並由女性人物性格真實的刻劃、分析及探討從傳統到現代，臺灣女性各具容貌、各展姿態，這些迥異於往昔的女性，象徵性地預示了千面女郎的現身舞臺。[57]

阿盛亦指出，廖輝英作品中的女性形象，彰顯出不同世代女性的多樣生活面貌，具有高度的「女性史」研究價值：

> 廖輝英的筆廣泛描繪了幾十年來臺灣女性的種種面貌，有傳統有現代的，典型眾多。如果有人要專題研究臺灣的女性問題，廖輝英的作品會是很好的資料，甚至她的作品亦足以成為研究者的研究主題。[58]

確實，廖輝英小說的兩大主題，其一是父權體制下的女性形象，其二是臺灣歷史發展中的女性生活面貌。自1993年開始，廖輝英出版一系列「老臺灣四部曲」──《輾轉紅蓮》、《負君千行淚》、《相逢一笑宮前町》、《月影》，這是廖輝英傾多年努力之作，小說主題固然亦涉及性別反思，但因其中的女性生命處境描寫，是扣緊臺灣的歷史發展脈絡，因此，將在下節「女性書寫與歷史記憶」中一併討論。

56　陳秀如，〈從迷失到覺醒──論廖輝英小說中的女性成長迴路〉，《台灣文學評論》第5卷第4期，2005年10月，頁108。
57　劉莉瑛，《廖輝英小說中女性形象之研究》，中國文化大學中國文學研究所碩士在職專班碩士論文，2002年。
58　阿盛，〈再現台灣女性面貌──廖輝英〉，《自由時報》，1999年1月22日，第41版。

二、周芬伶的「母系病體」書寫與女性主體

周芬伶的作品，依照主題與文字風格，一般分為前、後期，即閨秀文學時期、女性主體時期；前期代表作如《絕美》、《花房之歌》、《閣樓上的女子》等，後期代表作如《熱夜》、《汝色》、《母系銀河》等。

觀諸周芬伶前期作品《絕美》、《花房之歌》、《閣樓上的女子》，都包含了故鄉屏東與夫家澎湖的鄉土與記憶書寫、家族人事刻劃、教學心情記事、生活雜感等等，充滿對愛與美的歌吟、生活上的清新趣味、天真的童趣與純淨感等等，筆法溫潤甜美，時而柔婉，時而嬌嗔，時而清朗。趙滋蕃指其最大的特質是一派天真，充滿純美的孩童氣質：

> 天才與天真交融，她就真正具備了睜開一隻眼睛作夢的能耐⋯⋯她沒有天真冠冕諸德目的自負，卻能順著天真的指標，過一種質樸、獨立、曠達而富有信心的生活。[59]

然而，周芬伶後期作品風格，迥異於前期的天真、明朗、純美，而轉向暗鬱、深斂、犀利，對於父權體制、性別文化、自身的生命處境，充滿反思。後期作品關鍵的轉折點，是1996年自美國歸返後所出版的《熱夜》[60]。在《熱夜》的後記中，她開始懷疑自己以前的文學信念，甚至反思「正在書寫中」的自己：「寫作對我最大的障礙，是被無涯無際的懷疑感和虛無感湮沒。我懷疑以前捏造過虛妄的熱情，我懷疑塑造了一個連我也不認識的自我；更懷疑我正在冒充一個寫作者⋯⋯」[61]

這樣的懷疑，讓寫作具有新的意涵；文學並非僅僅為了繪製這個世界的美善，更是為了面對自己的困頓與黝暗：「無窮盡的懷疑令我不斷質問自己，探索自己，從而釋放自己。寫文章對現時的我，最大的愉悅在於能夠一步步邁向自由，自由行

59　趙滋蕃，〈以天真、清新與美挑戰〉，收錄於周芬伶，《絕美》，臺北：前衛出版社，1985年，頁7。

60　張瑞芬，〈絕美汝色──讀周芬伶《母系銀河》〉，收錄於氏著，《狩獵月光：當代文學及散文論評》，臺北：聯合文學出版社有限公司，2007年，頁80。

61　周芬伶，《熱夜》後記，臺北：遠流出版社，1996年，頁165。

走於真實和虛幻之間；如果現實拘限我們，那就潛進心靈；如果道德束綁我們，那就向它挑戰；如果情感軟化我們，那就向自己挑戰。」[62]

　　張瑞芬亦指出，周芬伶散文轉變與自由的追求密切相關，以「惡女書寫」來反思既定的性別文化思惟：「周芬伶散文的近期轉變，的確在焦困中尋覓自由，尤其挑釁著溫柔婉約的女性傳統……在當代女性散文中絕對是殊異的。……以肉身投入烈焰的『惡女書寫』。」[63]

　　《汝色》即是這個階段的成功之作，全書包含三個部分：一，「EVE」：以第二人稱對話體（實則是獨白體）的形式，透過對EVE告白，敘說關於家族、婚姻、愛情、疾病、傷痛的課題；二，「彩繪」：以不同的顏色表徵著不同的生命記憶；三，「白描」：短篇生活素描與記憶敘事。事實上，以主題面向觀之，《汝色》中的故鄉、家族、婚姻、愛情、友情、疾病敘事，與前述諸書並無太大不同，但文字風格、敘事內容、思想內涵都有很大差異。早期書寫中的婚姻愛情是甜美的，而《汝色》中的婚姻愛情與家族，都充滿了各種衝突的色調，文本揭露出父權文化對女性的壓抑、壓制與不友善，作者覺知到這一層，父權社會的絕情，使她不再相信愛情，不再相信異性；如陳芳明的評論：

> 在思想上，她已不再遵循賢妻良母的典範，縱然她還是熱愛自己的兒子，只因她終於回歸自己固有的女人身分。模仿男性，學習男性，畢竟只能成為男性的附庸。與男性競爭比賽，最後還是受到男性的權力支配。疲憊地追逐著傳統所預設的女性形象，周芬伶覺悟到那是喪失自我的過程。她決定塑造自己，而塑造的途徑便是悖離男性的道路。[64]

　　《汝色》中，愛情的幻滅，反而是女性主體自覺的契機，主體自覺，其愉悅必然混雜著幻滅與痛苦：

62　周芬伶，《熱夜》後記，頁166。
63　張瑞芬，《五十年來台灣女性散文：評論篇》，臺北：麥田出版社，2006年，頁324。
64　陳芳明，〈她的絕美與絕情——周芬伶的《汝色》及其風格轉變〉，收錄於周芬伶，《汝色》，臺北：九歌出版社，2012年，頁234-235。

曾經我也過過那樣的日子，現在想起來遙遠而不真切，那時真的好努力
扮好許多角色：母親、妻子、媳婦、大嫂、老師⋯⋯，而忘記扮演自
己。你點選的戲碼是〈傀儡家庭〉，沒想到卻演成〈安娜卡列尼娜〉，
她臥軌自殺，洒落在鐵軌旁的紅色提包，象徵慾望，愛情，犧牲，也包
括反叛吧！女人只想扮演自己很難，你不符規格，必有天譴降臨。[65]

在父權文化的價值標準中，女性扮演好各種「他者」角色，會受到讚揚，然而，她
如果想要「扮演好自己」，就必須歷經「反叛」與衝撞，可能傷痕累累，但這是女
性主體建立的必經過程。2005年，周芬伶出版《母系銀河》，將《汝色》中的家族
史書寫，發展得更深入、更多面。文本中觸及敘事者我、女性友人、姐妹、母女、
父女等人物故事與關係，思索婚姻與愛情，最後的「FOR YEAR」單元，則是七篇
給兒子的書信。賴香吟指出：

> 《母系銀河》另一面向是關於家族史的拼寫，使我回想起我們的書寫之
> 約。家族記憶始終是芬伶創作的土壤，熟悉她的讀者，可以在不同的書
> 裡看到某些人物重複出現，大致勾勒出她的家族圖，但是，自《汝色》
> 以來，芬伶明顯尋得一種比散文更自由的形式與語言。⋯⋯在這些由諸
> 多瑣細材料所構成的家族書寫裡，芬伶致力的似乎不是一個輝煌的家族
> 結構，也不是頹敗荒廢的始末，而是其中有關女性自我的追尋與凝視。[66]

文本另一個核心母題，是傷痛、疾病與療癒，將母系家族隱喻為黑色血液（病
體），賴郁融以「母系病體」稱之，認為周芬伶以母系的病體書寫作為一種手段，
「是想藉由此母系血緣的疾病，隱喻與父系社會相互衝突的價值觀」[67]，周芬伶藉
由被主流「疾病化」，與主流價值相悖的母系病體，來彰顯「反叛」的深沉意涵。

65　周芬伶，〈燕子啊〉，收錄於氏著，《汝色》，頁226-227。
66　賴香吟，〈童女之戰〉，收錄於周芬伶，《母系銀河》，臺北：印刻出版社，2005年，頁
　　11。
67　賴郁融，《聖道與魔道──周芬伶作品研究》，國立東華大學中國語文學系碩士論文，2010
　　年7月，頁51-52。

文本圍繞著各種疾病敘事；愛欲被視為一種疾病，悖德的愛欲更被視為一種疾病，連美貌、戀物，在主流敘事中都被與疾病相連。文本通過疾病、罪責的書寫，指向告解、療癒。

　　2006年的《紫蓮之歌》，周芬伶的後期風格又產生轉變，該書集結周芬伶在《中國時報》人間副刊「三少四壯集」中的專欄書寫，以及2009年《青春一條街》集結了部落格文章，風格轉向幽默詼諧。除了前述幾部散文之外，周芬伶的幾部小說，也觸及對父權文化與女性主體的反思，如《浪子駭女》中的〈妹妹向左轉〉、〈浪子駭女〉兩部小說，分別以「浪子」、「駭女」表徵原初的、原欲的、野生的男孩與女孩，叛逆的男孩與左派的女孩，他們都是這個社會的「異常」，也被視為某種「病體」。陳惠珊指出，周芬伶作品中：「疾病從不被單純化為生理傷害本身，而成為某種隱喻：它是反叛社會常規的懲罰，與過往生命經驗作了連結。他訴說著自身的欠缺和因某種執著或偏執的不被理解。」[68]

　　然而，也正因為不被理解，所以浪子駭女自成一個國度，改寫了「家庭」的概念，如紀大偉所說：「在兩篇小說中，不符合既有規範的親屬關係——用逐漸通行的詞彙來說，是『另類家庭』——不再屈居於看不見的社會角落。另類家庭和主流價值觀所肯定的家庭模式（一夫一妻外加模範子女）較勁卡位。形形色色的社會邊緣人（失婚婦女、同性戀者、變性人、精神病人等）組成挑戰佛洛伊德公式的另類家庭，而符合佛洛伊德公式的家庭龜裂破功。」[69]

三、陳雪的女同志情慾與創傷療癒

　　陳雪自1995年出版第一本小說集《惡女書》以來，所有的作品都扣緊性別課題，她以書寫女同志的身體情慾與母女、父女亂倫，挑戰主流文壇的尺度，引發文壇議論。《惡女書》最後由出版社與作者協商，該書經過特殊包裝才得以出版：書

68　陳惠珊，〈狂暴與纖細——周芬伶散文中的疾病書寫〉，《東華中國文學研究》第五期，2007年6月，頁113。
69　紀大偉，〈伊底帕斯王之後〉，收錄於周芬伶，《浪子駭女》，臺北：二魚文化出版社，2003年，頁11。

的封面必須以膠膜包裝，封面必須註明「十八歲以下不宜」[70]。這本書出版時雖然歷經波折，但其後卻被選為「台灣同志經典最低閱讀書目36本」之一[71]。陳雪的第二本小說集《夢遊1994》則更觸及雙性戀、兄妹亂倫、戀物癖等課題，並刻劃了同志戀人在主流社會中的衝突與困境。

除了同志情慾之外，創傷、疾病、療癒，幾乎是陳雪作品的核心母題。1999年的長篇小說《惡魔的女兒》，書寫父女亂倫、性侵傷害、精神創傷、記憶見證、傷痛療癒，是一部經典之作：

> 娓娓鋪陳女病人與女心理師的談話治療過程，細細拼與還原女主角自幼遭受父親性侵害的殘酷真相，而就在一次次撕裂與殘缺的痛苦中，女主角重新建立自我認同感與價值感，相當具有重構女性主體的象徵與隱喻。[72]

2003年的短篇小說《鬼手》，也是以各種心靈的、身體的、記憶的傷痛為題。2004年的《橋上的孩子》與2005年的《陳春天》兩部長篇小說，皆以自傳體的書寫策略，與其說是女性成長史，毋寧說是女性受創史，通過傷痛的自我敘說，通過傷痛的被聆聽，傷痛的根源與過程得到他者的見證，得到自我見證，而獲得療癒。

2009年的《附魔者》可以說是前述諸書的集大成、翻版、衍繹，無論是內容主題、書寫手法、故事細節，皆與前述諸小說有高度的互文性。2012年的《迷宮中的戀人》則是陳雪創作主題的延續與轉換之作，這部小說的內容，其中一部分仍然延續前述諸書，處理同志情愛、身心創傷、憂鬱與疾病等議題，但另一部分，則開始刻劃「女同志的日常生活」，此一主題成為其後出版的《人妻日記》的核心主題。胡瑋菱指出，整體而言，陳雪的小說主要是圍繞著「亂倫」主題發展：

---

70 邱貴芬，〈陳雪──訪談內容〉，收錄於氏著，《（不）同國女人聒噪》，臺北：元尊文化出版社，1998年，頁60-62。

71 Fran T. Y. Wu，〈台灣同志經典最低閱讀書目〉，《聯合文學》第27卷第10期，2012年8月，頁52-57。

72 張瑛姿，《驛動的後現代女性書寫──陳雪小說論》，國立成功大學臺灣文學所碩士論文，2006年7月，頁2。

　　在這麼多年的書寫裡，陳雪不斷的著力書寫小說裡面的女主角與某些特定人物的關係與行為，且這兩個面向連結起來的正是亂倫書寫這一主要範疇，因此可知道亂倫書寫是陳雪創作裡一最重要的主題，貫穿了她大多數的作品。[73]

通過亂倫主題，陳雪的小說處理父女、母女、母子、兄妹的關係，以及愛與性的糾葛等，還有因為這些糾葛所造成的創傷。這些故事被不斷地敘說，胡瑋菱指出，陳雪各部小說中有幾個固定的角色，他以「人物馬戲團」稱之，如永遠的第一女主角，具有作家身分，一直在訴說著故事；以及不斷變身換名出現的配角——阿鷹、阿豹、阿雁，他們都與女主角童年有關；在《附魔者》中即有這樣的一段：

　　我只愛過三個人，你（阿雁）、阿鷹跟阿豹，你們都是從我童年走出來的人，我可以選擇其他更陌生的人，或男或女，這些人或許也能為我帶來我渴望的生活，一個兩個三個更多機會，但是我沒辦法愛他們我不能愛上對我過去一無所知的人。[74]

這三個角色，以各種不同的名字，不斷出現在各部小說中，參與了主角的故事，包括愛情、欲望與傷痛。不僅人物角色相似，各部小說的故事情節，也有幾個關鍵的相似處，如「十歲那一年」不斷出現，那是女主角傷痛記憶的核心，夢魘的開端；「十五至二十」歲，女主角曉事之後，前述的傷痛記憶成為現實可感的夢魘，不斷出現。通過角色和情節的重複與變造，類似的故事不斷地被述說，通過不斷地述說，傷痛獲得見證，也獲得療癒。

　　2012年的《迷宮中的戀人》與《人妻日記》，則開啟了同志書寫的另一種典型。文本主要是彰顯同志戀人的伴侶關係，包括愛情中的相互理解、信任，以及性

73　胡瑋菱，《陳雪亂倫主題小說之研究》，國立東華大學華文文學所碩士論文，2012年7月，頁14。

74　陳雪，《附魔者》，臺北：印刻文學生活雜誌出版有限公司，2009年，頁316。

關係中的流動與開放；另一方面則是同志伴侶「成家」之後，日常生活的互動模式與生活細節，以及對於「家」與「成家」的想像。在目前同志文學中，類此的書寫，在臺灣尚仍少見，陳芳明對於《人妻日記》出版的歷史性意義，即給予高度評價。

四、洪凌小說中的怪異與顛覆

洪凌（1971－），本名洪泠泠。洪凌寫作起步甚早，十八歲即開始發表小說及動漫畫評論，曾獲全國學生文學獎、幼獅文藝科幻小說獎。洪凌的筆鋒犀利，書寫面向獨特，具有高度的反思性與批判性，經常對主流文化予以痛擊。對洪凌而言，寫作的文類本身，與寫作主題、藝術策略的選擇，具有同等重要的意義，都可以達致揭露與痛擊主流霸權的效果。她長期選擇以科技恐怖手法，書寫情色、欲望、罪惡、痛苦，以獨特手法製造驚悚效果，營造獨特的文學風格，她的小說如《肢解異獸》、《異端吸血鬼列傳》、《復返於世界的盡頭》、《皮繩愉虐邦》，亦多以此種風格與特色，引發討論。

洪凌的情慾書寫，亦大量觸及同志情慾與反異性戀霸權的課題，但與陳雪不同之處在於，後者有一種強烈的現身姿態，她的同志書寫，展現出自傳性、告別體的特質，在虛實的邊界中遊走，而洪凌則自始就採取虛寫，以詭奇的、驚悚的氛圍，營造出一個性別與情慾的異世界，藉此返照現實世界的種種問題，有如一面照妖鏡。劉亮雅指出，洪凌作品具有雙重反傳統的強烈批判性與顛覆性能量：

> 洪凌的異端性在於其情慾和美學的雙重反傳統。即使《肢解異獸》中女同性戀關係並非焦點（在《異端吸血鬼列傳》中洪凌方盡情鋪陳女同性戀的體液與歡愛），洪凌無疑是從女同性戀的雙重邊陲位置來挑戰男異性戀主導的情慾想像。因此對陽具中心、異性戀霸權的批判與翻轉格外辛辣。[75]

75　劉亮雅，〈洪凌的《肢解異獸》與《異端吸血鬼列傳》中的情慾與性別〉，收錄於氏著，《慾望更衣室：情色小說的政治與美學》，臺北：元尊文化，1998年，頁58。

確實，洪凌以黑色科幻、恐怖小說的形式，書寫情愛，演繹色慾，展演身體，其意並不在於建造一個脫離現實、逃避現實的愛慾帝國，反而藉此虛擬國度，展現更高度的嘲諷性與批判性，藉此反襯出異性戀霸權的主流世界的偏見視域；他們難道不是將同性戀視為黑色、科幻、恐怖的一種愛慾關係嗎？而酷兒是否正好可以反轉此種黑色、科幻、恐怖，將之納為自身所潛藏的豐沛能量之源，一種足以對抗主流霸權的異質的能量。正如劉亮雅所言：「洪凌的小說在挑釁、玩虐與柔情之間，讓女同性戀變化出科幻、黑色幽默與浪漫的形貌，啟開更多情慾想像的空間。」[76]

事實上，洪凌此種奇詭的、恐怖的，卻又極其犀利的、具批判力道的文字，也體現在她的論述性文字中，在各種書寫面向裡，洪凌都展現出一位「深思者」、「好辯者」、「戰鬥者」的多重姿態，如她的論述與小說，其實都擊向同一個世界。如其論述集《倒掛在網路上的蝙蝠》，即受到各界評論者的關注，何春蕤即說：「洪凌對語言的創造性使用已經到了不能用常情常理閱讀的段數，她把文字理論揉進網路、漫畫、科幻小說、B級電影等多種文本中，交織出一片令人目眩神迷光怪陸離的迷幻世界。」[77]王浩威更指出：

> 在書寫的世界，洪凌一直以桀傲不羈的姿態，面對著所在的遭遇。一方面在無限繁殖的龐大知識和資訊裡抗拒著被輕鬆閱讀／消費了，儘管這樣的作為往往造成讀者諸多不悅；另一方面，卻又無止盡地挑逗一切過路行人的慾望，在不順的推擠過程裡繼續被自己投射出來的幻影所迷戀。[78]

確實，困難的、不堪的、衝突的閱讀本身，正是一種自我的躁動，洪凌所要召喚的反思力量即潛藏於此。

76　劉亮雅，〈九〇年代臺灣的女同性戀小說——以邱妙津、陳雪、洪凌為例〉，收錄於氏著，《慾望更衣室：情色小說的政治與美學》，頁106。

77　洪凌，《倒掛在網路上的蝙蝠》，何春 的推薦，臺北：新新聞，1999年，頁4。

78　洪凌，《倒掛在網路上的蝙蝠》，王浩威的推薦，臺北：新新聞，1999年，頁5。

第三節　當代女作家作品的歷史記憶、
　　　　社會關懷與生活顯影

　　女作家的作品中，除了一般所謂「閨秀文學」中的小我、愛情、婚姻等議題之外，也包含了前節所述的性別文化反思、身體情慾展演、女性主體建構等等，同時，女作家筆下也觸及了作家本人的「外部世界」，展顯出獨特的歷史記憶、社會關懷與生活顯影。

　　一九八〇年代以後，臺灣女作家筆下的「外部世界」更形豐富多元，議題增加、力道增強、廣度增大，歷史關照與社會議題的公共發聲，不再是男性作家所專有獨擅的禁地，女作家以不同的視角介入，展現了不同的歷史觀點與敘事策略。臺中市女作家的歷史書寫與社會關懷，可以從幾個面向觀察，其一是廖輝英的「老臺灣四部曲」中的庶民女性史；其二是廖玉蕙的社會關照與生活顯影；其三是丘秀芷與白慈飄的傳記文學與英雄敘事。

　　廖輝英的「老臺灣四部曲」，是一部巨幅的歷史拼圖，以家族史的視角，經由女性的故事，橫跨清朝、日治、國府，再現了跨世代臺灣的歷史圖景。整體觀察，小說中包含了三種歷史元素：其一是大歷史，如清末甲午戰役、日本領臺的政治經濟政策、日本人的鴉片政策、1935年中部大地震、1937年七七蘆溝橋事變、第二次世界大戰、臺灣特別志願兵的徵調、戰後國府接收臺灣政治之亂象與社會動盪……；其二是庶民生活史的細節，如牛墟的情況、養鰻場、養女制度、羅漢腳、二二八受難者的家屬真實生活、女性的衣裝、妓女戶等；其三則是女性的生活史。前兩者是具體的歷史布景與細節，後者則是虛構的小說主體，虛實交織，構織成不同於男性敘事中較陽剛的歷史視角與歷史觀點。

　　至於廖玉蕙的社會關照與生活顯影，則是女性以散文的形式，書寫社會議題與生活現場的一種典型。陳明柔以小說研究的視角指出，一九八〇年代臺灣由於釋放出大量社會能量，因此在文學上形成多元敘述的可能性，單一的文學典律被解構，邁向「非典範的典範」或「典範消解」的時代[79]；而吳孟昌則指出，一九八〇年代

79　陳明柔，《典範的更替／消解與臺灣八〇年代小說的感覺結構》，東海大學中國文學系博士論文，1999年。

的臺灣散文亦然，從早期抒情散文的「詩化」特質，轉向「雜語化」的特質，在風格上固然還是以抒情性為主，然而，在議題上則有新的面向，包含出現「回應社會工業化的發展而新興的自然生態散文」，以及「面對政治環境的趨於開放而帶有批判意味的社會批評散文」[80]。廖玉蕙散文中的社會關照，即是在八〇年代臺灣散文發展中的語境中出現的，具有獨特的文學風格。整體觀之，廖玉蕙的散文有幾個特色：其一，她的生活散文既延續臺灣散文的抒情傳統，具有抒情風格，但卻又脫出其間，不雕琢堆砌美辭美文，不擺弄文藝聲腔，而走向清新、幽默、明快的路線；其二，她的社會觀察與關照的散文，具有知性散文、社會批評散文的批判性與反思性，但又不好堆疊知識話語，不以質地厚重稠密、文字強烈犀利為尚，而以四兩撥千金的寫作策略，用具有高度現場感、畫面感的文字，直接以事實細節產生批判力道。因此，廖玉蕙的散文，是介於抒情散文與知性散文、社會批評散文之間的獨特文體，自成一格。

其三是丘秀芷與白慈飄的傳記文學與英雄敘事，與前述廖輝英的女性的、庶民的、悲苦的歷史敘寫不同，也與廖玉蕙的庶民生活顯影與社會關懷反思不同，兩位女作家的傳記文學書寫，都扣緊「中華民國」的歷史敘事，書寫男性的、英雄的、主流的歷史故事，特別的是，除了黃興與林森，兩位女作家所書寫的偉人傳記，如丘逢甲、丘念臺、蔡惠如，都與臺中在地有關，也從側面勾勒了部分臺中歷史記事。

一、廖輝英的「老臺灣四部曲」

廖輝英的「老臺灣四部曲」——《輾轉紅蓮》、《負君千行淚》、《相逢一笑宮前町》、《月影》，從1993年寫到1996年，在書寫了一系列都會女性的故事之後，她規劃扣緊臺灣歷史脈絡，書寫跨世代女性的集體群像：

> 都會女性的議題是我小說寫作進程上所設定的第一個議題而已，在經歷

80　吳孟昌，《八〇年代臺灣散文中的臺灣意識與雜語性》，東海大學中國文學系博士論文，2013年，頁89。

過長久以來的都會生活與觀察之後，我企圖用小說將自己在廣告業與都會生活中的所見所聞、所思所感記錄下來。現在這個主題已經快告一個段落了，我打算轉而寫一系列有歷史脈絡的文學，這是無法隨意寫就，你必須先看很多歷史材料，甚至去找一些人談說古事昔情，培養自己的歷史感，否則恐怕寫不出那個時代的感覺。總之，我未來的寫作會超脫以往都會女性的模式，而將時間拉長，將空間拉大，寫出臺灣這塊土地的人的心靈故事。[81]

事實上，「老臺灣四部曲」可以視為廖輝英首部小說〈油麻菜仔〉的擴充與衍生，從都會職場女性的愛欲糾葛，回返歷史的視角，刻劃不同世代臺灣女性的生命處境。「老臺灣四部曲」的時空舞臺，從清末開始寫起，貫串日治時期到戰後，涉及對很多具體歷史細節、生活現場的掌握，是廖輝英從事文學創作以來最艱鉅的工程。在新版的《負君千行淚》自序中，廖輝英自陳她本欲寫作一系列十到十二部小說，並且有計畫地進行田野訪查與史料閱讀，然而工程實在過於繁瑣耗鉅，「老臺灣」系列最終完成四部小說：

按照計畫，我其實準備以日據時代前後為背景，總共撰寫十部至十二部的長篇小說；上述四部撰寫當時與之前，我已足足做了四、五年的田野調查和資料收集；然而當小說開始動筆之後，我才發覺困難重重，別的不說，光是女子的耳飾、日據時代的配給、牛墟的情況、學制問題、養鰻場、養女制度、唐山過臺灣的羅漢腳奮鬥歷程、二二八受難者的家屬真實生活、女性的衣裝、查某間（亦即妓女戶）等等，我雖已收集多時，真正寫起來卻還依然被許許多多極小極小的細節所困擾，寫寫停停、停停問問、問問查查，還好家父幫了很大的忙，很多資料與耆老專家，多勞他為我尋找和約請，我才能在五、六年內完成上述四部小說。但這四部寫完之後，正所謂計畫永遠趕不上變化，忙碌的狀況加上實在

81　鍾美芳、施懿琳、楊翠，《臺中縣文學發展史・田野調查報告書》，臺中縣：臺中縣立文化中心，1993年，頁315。

身心俱疲，只好暫時把老臺灣系列擱置，轉手去做其他的事、撰寫其他作品。[82]

「老臺灣四部曲」是以家族史的視角書寫，第一部《輾轉紅蓮》，廖輝英以「外婆那一時代苦命的傳統女性」為模本所寫，小說以日治時期跨入戰後為時間背景，以大稻埕為空間舞臺，描寫自幼被賣為童養媳的女主角許蓮花，嫁給富商子弟茂生，一生逆來順受，受盡丈夫的威壓，其後丈夫更因迷戀煙花女子，終致離棄而去，許蓮花一生歷經磨難，最後終於苦盡甘來的一生故事。

第二部《負君千行淚》，也是從日治時期寫起，甘家三代，第一代貧苦，第二代小鎮醫生甘天龍與妻子江惜，振興甘家，其後天龍、江惜，還有藝妓明珠陷入愛情糾葛。第三部《相逢一笑宮前町》以舊臺北城宮前町（今民生西路）為空間舞臺，時間則以戰爭期前後為中心，以兩條敘事軸線進行，其一是陳家的養女陳明珠的故事，包括她的成長過程，被養家苛虐、失愛，其後相識武元，兩人私奔，最後被離棄；另一條軸線則是懷抱愛情夢願的昭雄，因為被徵調到南洋當軍伕，愛情夢碎。一場戰爭，不僅奪去了愛情夢，也改變了所有人的生活。如該書的新版序所言：

> 一代一代不同的女人，面對似異實同的命運——嚴酷的大環境（二次世界大戰殖民地臺灣無可奈何的悲情）、悲慘的小環境（身為窮人家的女兒，養不起只好送人當養女，又遇到毫無憐恤疼惜胸懷的養父母，其命運可想而知）、所遇非人的不淑人生，一個美麗而堅強的女子，一段曲折感人的生命歷程，所有的源頭，其實都肇因於當年在人生的某一刻、在舞臺的某一隅，雙方相逢在命定的時空環境，牽引出一連串的遇合與故事。[83]

第四部《月影》則以富家女翁七巧為主角，貫串一個家族三代人的恩怨情仇、愛恨

82　廖輝英，〈序：重塑老臺灣大河四部曲〉，《負君千行淚》，臺北：九歌出版社，2005年，頁1。
83　廖輝英，〈序：當年花下逢君〉，《相逢一笑宮前町》，臺北：九歌出版社，2005年，頁1。

糾葛，最後，一個偌大的家族，就因為豐厚的土地祖產，爭鬧搶奪不休，家道終致衰微。

「老臺灣四部曲」有幾個共同特色，其一，皆以「家族史」的視角切入，透過一個家族幾個世代之間的恩怨情仇、起落榮枯，以此照見臺灣歷史發展的幾個斷面，包括日治時期、戰爭期、戰後初期的政治、經濟、社會、文化變遷，由小見大，鮮活映襯出大時代下一般人民的生活圖像，如前述廖輝英自己所言，有「女子的耳飾、日據時代的配給、牛墟的情況、學制問題、養鰻場、養女制度、唐山過臺灣的羅漢腳奮鬥歷程、二二八受難者的家屬真實生活、女性的衣裝、查某間（亦即妓女戶）等等」。

其二，皆以愛情敘事為主要的敘事軸線，而書中主角的愛情想像、失落與糾葛，亦經常與大時代的變局息息相關，相互糾纏。廖輝英此種書寫策略，不僅是「由小見大」，更是「以小寫大」、「以小做大」，與前述庶民生活史相同，通過愛情史所觸及的生死愛怨，反而更能彰顯出時局變動下庶民生活的苦痛與無奈。

其三，小說中的男性角色形象，有相類之處，一方面，無論是懦弱無能、用情不專、不務正業、傳統顧家[84]的類型，都深富父權文化思惟；另一方面，這些男性卻也都有著各種缺陷與無力，郭清萱以「無父文本」、「去勢模擬」稱之，指出廖輝英透過對文本中男性形象的摹寫，賦予小說中的男性雙重形象。「無父文本」是指小說中缺席的（如《輾轉紅蓮》中女主角的父親早逝，《負君千行淚》江惜的父親未曾出現）、無能的父親（如《相逢一笑宮前町》中明珠的父親無力拯救明珠，而《月影》中七巧的父親也無力保護七巧）；至於「去勢模擬」，則是指小說中的男人有各種缺陷，如有人格缺陷與障礙者、形體缺陷者、命運多舛者。郭清萱認為，廖輝英既寫出父權體制下女性的屈從與無奈，但也透過此種去勢書寫，達致反思父權文化的效果：

　　廖輝英利用「暴力男人」來凸顯長久以來，父權社會對女性的壓榨與桎梏，然而他卻也使用種種反父權體制的書寫策略，透過昏庸愚昧、病弱的

84　郭清萱，〈廖輝英小說中的男性形象──以老臺灣大河四部曲為例〉，《致遠管理學院學報》第3期，2008年，頁106-112。

表現手法閹割男性的權威。值得注意的是，以上各種類型的去勢模擬，其實含有重疊、互相補遺之處。廖輝英藉著外在形體的醜化與貶壓，來講述去勢模擬中的精神意涵，若是從精神層面來揭穿男性去勢模擬特質，亦在象徵意義上含有抹黑男性外在形體的模擬功效。因此我們可以得知，廖輝英對於男性角色的刻劃，往往都是雙管齊下，兩者並重。[85]

在歷史敘事方面，「老臺灣四部曲」觸及的歷史細節頗多，除前述幾項之外，另如臺灣民間社會的童養媳習俗、纏足習俗與解纏足、鴉片的吸食習俗、日本人的鴉片政策、清末甲午戰役、日本領臺的政治經濟政策、1935年中部大地震、七七蘆溝橋事變、第二次世界大戰、臺灣特別志願兵的徵調、戰後國府接收臺灣之政治亂象與社會動盪，以及包括電力使用、消費文化、城市發展等現代化生活景觀，可見廖輝英用功與用力之深。這些歷史細節一方面是小說故事發生的舞臺背景，另一方面，卻也是臺灣本身的歷史故事。

二、廖玉蕙的生活繪寫與社會關懷

廖玉蕙的散文，多書寫日常生活所知所感，透過平常事件寫出人生道理，或直述、或論評、或婉轉，筆鋒輕快又不失勁道[86]。統整來看，廖玉蕙的散文就是一幅鮮活躍動的生活顯影，包含了家庭與情感（親情、友情、師生情）書寫、生活細節與感受、成長過程與記憶敘事、社會觀察與反思、教學經驗與教育問題等等。

廖玉蕙的散文中佔最大量的，是家庭與情感書寫，如《沒大沒小》中，書寫兒子與女兒的成長記事，與母親和丈夫有趣的小故事，也把自己的生活糗事寫進去；《嫵媚》中，母親、丈夫、兒子、女兒、學生、朋友，佔滿整部文本；《如果記憶像風》也是充滿了孩子成長的動人細節，營造出溫暖的家庭生活圖像。2014年出版

85　郭清萱，《廖輝英小說中男性形象研究》，國立雲林科技大學漢學資料整理研究所碩士論文，2008年6月，頁95-96。

86　施懿琳、許俊雅、楊翠，《臺中縣文學發展史》，臺中縣：臺中縣立文化中心，1995年，頁296。

的《與春光嬉戲》，有舊作重刊，也有新作，即是她為一雙兒女的成長所留下的文字寫真；廖玉蕙自言，這本書在她的創作史上具有重要意義：

> 我的筆就隨著際遇，在親子、朋友、師生、同事及一些看似沒有關聯的社會人士間遊走。我在敲下每個字的同時，也不斷地進行反芻，子女教養、學校教育與社會關照都因之不斷反省、更新。其中，《與春光嬉戲》一書最具意義，因為若沒了它，其他的書寫都不會出現。[87]

除了家庭情感書寫，廖玉蕙最擅長的就是日常生活的所見所感所思，她採擇生活細節的能力高明，能在平凡處、瑣細處見人所未見，找到有趣的、深刻的、動人的小故事，對她而言，人間處處有溫情，處處有雋永的深意。這種對於生活現場具有高度探析力、穿透力的能力，一方面緣自她熱情、積極、參與性的人格特質，另一方面則緣自她的文學觀。在她的第二本書《今生緣會》中，廖玉蕙與林文月對談散文，述及她的文學觀：

> 好的散文，可以從最平凡的事物中找到暗示，從最沒有希望的題材裡找出教訓，寓眼光見解、人情物理於尋常之中。[88]

廖玉蕙作品中，信手拈來，幾乎都是這類「平凡事物中的暗示」，有時是充滿生活趣味的，有時則富含社會觀察與文化反思，如市場百態與見聞、對醫病關係的觀察、教育現場的經驗與師生關係反省、對人性光影的刻劃、對街道市景的描繪、對底層庶民的生活型態與生命態度的觀察……等等。在2013年出版的作品《在碧綠的夏色裡》中，從櫻花、星星、洗頭、清掃、市場、旅遊，都可以找到故事，有時感知溫情，有時仗義執言，陳芳明即清楚指陳，廖玉蕙散文風格動人之處，正在於真摯熱情：「既非屬於含蓄或婉約，也不屬於暗示或象徵，而是在人間事物中寄託感

87　廖玉蕙，〈用文字記錄下他們的成長——《與春光嬉戲》新版序文〉，《與春光嬉戲》（增訂新版），臺北：九歌出版社，2014年，頁3。
88　廖玉蕙，《今生緣會》，臺北：圓神出版社，1987年，頁212。

情。在冷漠社會裡，燃燒她的熱情。」

　　廖玉蕙散文的另一個主題，是對於自己成長的記事，對於故鄉臺中風土的繪寫，如〈永遠的迷離記憶〉、《純真遺落》等。總體來說，廖玉蕙的散文風格，如陳國偉所言：

> 一手寫家庭瑣事，一手寫社會、教育評論，……在書寫策略上，她承繼著女性作家那種抒情的筆調，關心女性自身處境及家庭；然而在關心的議題上，她顯然比早年的女作家看得更遠，已經從「自己的房間」走了出來，也觸及社會機器的運作、時代價值觀、人性、教育等。[89]

由於媒體副刊的發展，以及「專欄」的規劃，臺灣許多散文集都是集結專欄作品而成，廖玉蕙也因長期擔任各報副刊的專欄寫手，有許多專欄散文，其後集結成書出版。陳國偉指出，專欄文章一般都具有即時性與變動性的時間感，不符合文學史對「文學」應具有永恆性時間的美學判準，然而廖玉蕙的專欄文章，則具有雙重時間性，既有「即時性」，也有超越特定時間、特定事件的「永恆性」：

> 時間在她的書寫中既是流動的也是永恆的。……廖玉蕙的專欄散文既是隨波逐流，有意無意的掀起大浪，她既可以是繼承，也可以是創新。[90]

2000年以後，廖玉蕙的散文作品，大都搭配先生蔡全茂的畫作，蔡全茂的畫作一方面自成獨立的、穩定的美學風格，一方面又與文本內容緊密扣合，如此合作多年，與一般作品中文字與插畫的美學關係不同，廖玉蕙的文、蔡全茂的畫，形成獨特的圖文雙聲對話美學。

　　廖玉蕙的書寫中，另有一項重要工程，即是展演、教導關於「寫作」的功夫修練，如1996年的《我把作文變簡單了》，2007年的《文字編織：讓寫作變容易的六章策略》，2010年的《文學盛筵：談閱讀，教寫作》與《寫給語文老師的書：如

89　陳國偉，〈乘著時間的雙刃翼──廖玉蕙專欄散文的文學史意義〉，收錄於路寒袖主編，《台中縣作家與作品論文集》，臺中縣：臺中縣立文化中心，2000年，頁345。
90　陳國偉，〈乘著時間的雙刃翼──廖玉蕙專欄散文的文學史意義〉，頁353。

何教出精彩的語文課》等，糾正一般人從「作文」而衍生的對於「寫作」的錯誤觀念，以具體的範文（或錯誤文），提供深入、生動、活潑、具美學展演特性的解說與分析，提供讀者新的「寫作」想像與書寫策略。這些文章本身，既是一部部散文作品，也是散文的教戰手冊，更是關於「文學是什麼」的深刻敘說。

三、女作家的傳記文學與報導文學

女作家的歷史書寫，還有另一種典型，此即傳記文學的紀實寫作，以丘秀芷與白慈飄為代表。

丘秀芷出身臺灣歷史名家丘逢甲家族，她撰寫了兩部厚重的家族耆老傳記：《剖雲行日──丘逢甲傳》、《忠藎垂型──丘念臺的故事》，她的傳記文學因而也是另一種型態的家族史書寫。這兩部傳記，都是在「中華民族」正氣敘事的脈絡下，演繹叔公丘逢甲與伯父丘念臺的生命史。

與前述廖輝英以小說的方式架構臺灣家族史，以小歷史觀見大歷史的變遷，述說不同世代女性的生命處境與生存姿態的書寫路徑不同，丘秀芷的家族史書寫，選擇以家族知名的、有歷史功績的男性耆老為主角，透過傳記文學的紀實形式，彰顯這些男性族人的奮鬥過程、歷史功績、英雄形象。丘秀芷自陳，她受丘逢甲與丘念臺影響甚深，尤其是與丘念臺的日常生活接觸，更讓她對臺灣史與丘家的家族史深感興趣：

> 小時候常常跑到念臺伯家，他很喜歡我，我的筆名丘秀芷就是他替我取的，⋯⋯他的處世為人態度在無形中對我的影響蠻大的，高中畢業後我在他家也住了一段時間，那時他還是監察委員，家裡有很多書和港臺各地的報紙，我每天就是在翻這些報紙，其他像臺灣文獻叢刊，我就常看那些古書，所以當時就對臺灣史很有興趣；我也把丘逢甲叔公的《瀛海詩抄》從頭到尾看了好幾遍，這些對我的影響很大。[91]

91　施懿琳、鍾美芳、楊翠，《臺中縣文學發展史・田野調查報告書》，頁290。

這些家族耆老潛移默化的影響，還有大量臺灣古籍文獻的閱讀，不僅讓丘秀芷也走上文學創作之路，並且撰寫了多部傳記文學，除了前述丘逢甲與丘念臺之外，她還撰寫了《民族正氣——蔣渭水傳》，以1921年創始「臺灣文化協會」、1927年發起「臺灣民眾黨」的蔣渭水為主角，撰寫臺灣住民的抗日史，仍是將其置於「中華民族」的敘事之下。

除了傳記文學之外，丘秀芷的多部散文、小說，乃至兒童文學《血濃於水》等，也都經常以移民渡臺與抗日故事為題，以各種形式一再地敘／續寫主流正統的中華民族歷史敘事，其所彰顯出的歷史意識，大抵是英雄的、正氣的、血統的、男性的、傳承的、文化正統的歷史意識，與廖輝英「老臺灣四部曲」中所呈現的庶民的、挫敗的、困頓的、女性的、文化混雜的歷史意識，有很大的差異。

另一位女作家白慈飄，書寫文類遍及散文、小說、兒童文學，展現唯美浪漫的文學風格，一九八〇年代以傳記文學為書寫重心，1990年以後，則以報導文學為重心。白慈飄的報導文學，多以在地鄉土的文化采風、人物故事為主，如《永恆的鄉音》、《寶島文化行腳》、《北管春秋——藝師王金鳳訪談錄》等，呈現臺灣在地的人文采風與生命故事。有趣的是，她的傳記文學與兒童文學，則大多不是以臺灣在地人事為故事主體，而皆以「中華民族」建造過程中的偉人、愛國故事為題。

兒童文學方面，如《五四學生愛國運動》、《主權在民的事實》，都在刻劃中華民國初建時期的艱辛、愛國英雄的奮勇故事，並演義「民國」的價值。傳記文學方面，她兩度演義辛亥革命要角、中華民國開國元勳黃興的故事，如《剷除世界一切障礙之使者——黃興傳》、《雷雨湘江起臥龍——黃興的故事》等，以及國民黨老黨員林森傳記《光風霽月——林森的故事》。不過，白慈飄另有一部傳記文學，是臺灣文化運動者蔡惠如的故事《啟門人——蔡惠如傳》，這些都是由「近代中國」出版社所刊行。整體來看，臺中女作家的紀實文學，大多是在「中華民族」的敘事底下，以男性英雄為傳記主體，敘說男性的、英雄的、家國的奮鬥故事。

四、張秀亞、孟瑤的「女教書」與「女性葵花寶典」

　　張秀亞與孟瑤，都是六、七〇年代臺灣重要的女性書寫者，她們的作品都從各種不同的角度，以小說或散文等文類，觸及了性別議題。有意思的是，她們都曾以「說話體」的形式，通過「向女孩貼身說話」的書寫策略，展現她們的性別文化思索與性別觀點。這些文字中，一方面蘊含著傳統的文化思惟，另一方面也批判傳統觀念對女性的制約，觀點新舊雜陳，特別具有新舊交替時期的時代意涵。如張秀亞1961年出版的《少女的書》[92]，以及孟瑤1973年出版的《給女孩子的信》[93]。

　　張秀亞的《少女的書》中的「說話體」，是以宣講兼書信的雙重形式，作家化身一名套裝課程的講師，或者是連續性廣播節目的講者，向少女說話。內容分成十二篇，包括生活、愛好、詩、畫、靜、風度、健康、友情、愛情、婚姻、快樂、服務精神等，具體而言，包含了女性的自我修為、能量養成、性別氣質，也涉及女性的親密關係、人我關係，「就是和少女們討論人生問題和修養的一部箴言」[94]。

　　簡言之，這是一部「女教書」。儒漢文化中，向來有編纂「女教書」的傳統，但傳統的女教書，主要是對於婦德、婦容、婦功的規範，對於「在家為女」的女性，日後「出嫁為婦」，如何扮演妻子、媳婦、嫂子、妯娌的提點與訓示，女性在這些傳統「女教書」中，並非主體。而張秀亞的《少女的書》，則以少女本身為主體，強調真、善、美與快樂，對於少女的自我養成、生命主體的生活態度與認同感、成就感、歡愉感，特別關注。如〈談愛好〉強調「快樂」緣自自我的心靈寄託：「你的生命，正是一個更燦爛的春天，如何使這個美的季節過得有意義，有價值，有情趣？你一定得抉擇一件事物，一個工作，去欣賞它，玩味它，完成它，你生命的光彩，便將閃爍在那上面了。」[95]

　　張秀亞對於少女的「教示」或期許，大多數都是在性靈自照與美感經驗上，〈談詩〉、〈談畫〉亦皆如此。至於在親密關係方面，張秀亞也一再強調生命主體

92　張秀亞，《少女的書》，臺北：婦友社，1961年。本書使用2005年《張秀亞全集》版本。
93　孟瑤，《給女孩子的信》，高雄：大業書局，1973年。
94　錢劍秋〈序〉，《少女的書》，《張秀亞全集3》，臺南：國立臺灣文學館，2005年，頁311。
95　張秀亞，〈談愛好〉，《少女的書》，頁322。

本身的自我性靈與生活實感，如她說：「只有在愛情當中，你才領略到生活的味道。」[96]而在〈談婚姻〉中，則因寫於1961年，自然無法擺脫當時的主流觀念，一方面強調婚姻是兩者性靈的契合，二方面把婚姻生活標舉為「天職」：

> 「我願意！」……那是一句神聖的誓語，終生要謹守不渝。
> 自那以後，你就和你的少女時代告別了，而開始了妻子、主婦的生活，在人生的道途中，你又向前邁進了一步，結束那段無憂無慮、自在歡笑的少女生活，實踐一個女子的神聖天職了。[97]

　　相較於張秀亞強調性靈、美學、快樂，孟瑤的《給女孩子的信》則以二十封「給女孩的信」，從讀書、惜時、健康、器度、勤儉、消閒、交遊、婚姻、家庭與事業、女德、人生信念、性格修養、鎮定、朝氣、取與予、好勝與忌妒、自知與自信、群居與獨居、勇敢與驕傲、感情與理智等，強調一個女性的全方位人格養成。本書寫於張秀亞《少女的書》之後，但從形式與議題看來，比《少女的書》更接近於「女教書」的模式與內涵。相對於《少女的書》，《給女孩子的信》所討論的議題、討論方式，大多是一項項「生命修為」，而比較不是如張秀亞那般，是對生命美學的追求，書寫方式則比較接近說理。

　　事實上，細讀之下，《給女孩子的信》中也建議女孩探索自我性靈，但不如張秀亞那般彰顯出詩意的浪漫情懷，而是強調自我生命的修為：「書本的功用，本來可以淨化一個人的靈魂，沉澱一個人的俗慮，昇華一個人的塵思。」[98]其他如惜時、勤儉、忌妒，都是傳統「女教書」會觸及的議題。然而，值得討論的是，《給女孩子的信》雖然在表面形式與議題上接近於「女教書」，但具體的文字內容中，卻經常彰顯出新舊交替時期的性別思辨與論辯，反思女性在父權社會中的艱困處境，不時具有潛在的批判力道，就此而言，反倒比《少女的書》更深刻犀利。如前引〈智慧的積累——談讀書〉中指出，女性透過閱讀充實自己，方可排除進入婚姻

96　張秀亞，〈談愛情〉，《少女的書》，頁355。
97　張秀亞，〈談婚姻〉，《少女的書》，頁361。
98　孟瑤，〈智慧的積累——談讀書〉，《給女孩子的信》，頁2。

之後的性靈消瘦：

> 生兒育女，相夫教子，十個人有九個跳不出這個家的牢籠，因此十個人
> 也有九個為了那些作不完的家務而忘記充實自己。這使多少人覺得女人
> 身上最有價值的東西是青春美麗；最堪採擷的東西也只有青春和美麗！
> 為此，你要想延長你生命的價值，便不能不在俗務之外，去攫取一些學
> 問智慧；在現實生活以外，去開展一個精神世界。否則，十年以後，你
> 將變成一個眾人所厭棄的老廢物！[99]

孟瑤一再在文章中觸及「家務勞動」與「女性生活艱困」的課題，指出女性必須承
擔很多家務工作，經常會因而失去自我，因而以讀書、休閒、自信等方式維持自我
的存在感，就變得更加重要。如在談消閒一章，她也觸及到女性家務勞動的課題：

> 每一個女孩子常比男孩子更拙於享受閒暇，卻更需要了解怎樣去享受閒
> 暇。一者因為每一個女孩子都不可能擺脫家的羈絆，而家卻正是無窮盡
> 的瑣務生產所，……假若你不會把你的工作與閒暇的時間劃分開來，你
> 就會變成一部不眠不休的工作機器。[100]

又或者說在談女性的交遊時，她一語直陳：「由於過去病態的生活方式，我們可
以嚴格一點說：『女孩子沒有交遊』。」[101]談婚姻時她說：「貞操觀念顯然是有
保留的必要。不過，我們要把往日對女性片面的要求，變成男女間互守的信條而
已。」[102]談家庭與事業時，她指出，當感受到家庭與事業有所衝突時，兩者都不能
犧牲，透過工作的自我實現與社會實踐是重要的。而在談女德時，她重寫了「傳統
女德論述」，保留部分，改寫部分，形成一部新女德之書：

99　孟瑤，〈智慧的積累——談讀書〉，《給女孩子的信》，頁3。
100　孟瑤，〈藝術起源於遊戲——談消閒〉，《給女孩子的信》，頁14。
101　孟瑤，〈肝膽相照——談交遊〉，《給女孩子的信》，頁16。
102　孟瑤，〈情之所鍾——談婚姻〉，《給女孩子的信》，頁21。

仔細推敲班昭所言，有兩大特點，一是平易近人，便作典範；一是四大綱目，簡單扼要。但其中也有不能掩飾的兩大弱點，其一是能夠主持家庭，不足適應社會；其二是注意培養奴性，忽略充實內涵。準乎此，我想把它做一個大膽的修正：

顧識大局，明辨是非，行己有恥，動靜有法，是謂女德。

要言不繁，不道惡語，時然後言，不攻隱私，是謂女言。

盥浣塵穢，服飾整潔，沐浴以時，身不垢辱，是謂女容。

努力學問，廣交益友，針黹烹飪，作息有定，是謂女功。[103]

孟瑤所重寫的女德，除針黹烹飪之外，其實是一個人的生命道德與修為。《給女孩子的信》採取書信體及「類女教書」的書寫形式，但在相當程度上，對於傳統的女教道德，給予新的意義與詮釋、批判與改寫，在一九七○年代初期「女性主義」將要引入臺灣的前夕問世，具有與新／舊性別文化交互對話的多重意義。

103　孟瑤，〈風度與容止——談女德〉，《給女孩子的信》，頁27-28。

第八章　臺中兒童文學的蓬勃發展

　　臺中兒童文學自日治時期即有少量創作，至一九七〇、八〇年代後，不論在創作量、體例或推廣上，都有顯著的改變，如在1989年由趙天儀、陳千武等臺中作家創立「臺灣省兒童文學協會」，1990年則有洪中周等人開辦「滿天星」兒童書刊，更在1992年與學界合作，在靜宜大學成立「兒童文學專業研究室」，為兒童文學發展奠定良好基礎。而近年則有蔡榮勇、魏桂洲、鄭宗弦、陳秀鳳等作家，為兒童文學的創作與推動付出心力。因此，本章第一、二節鋪陳臺中兒童文學於日治時期至一九七〇年代前，及一九七〇年代迄今的發展概況，第三節再針對具代表性之兒童文學社團、刊物進行介紹，並羅列臺中兒童文學作家作品。

　　兒童文學範圍十分廣泛，不論作者為兒童、青少年或成人，體例為童詩、童話、散文、小說、評論或教育書，類型是原創、翻譯或改寫，只要是為兒童所作、適合孩童至成年前閱讀的作品，都可以收錄於兒童文學項下。但這樣的討論過於廣泛，由於篇幅有限，本章要介紹的兒童文學將以創作並出版成冊，閱讀年齡層以適合小學生至成年前（十八歲）青少年閱讀之作品為主，種類包含繪本、童詩、童話、少年小說等，且作者需有多部創作出版品，以彰顯其代表性及創作之持續性。至於推廣、改寫、翻譯、論述類型之兒童文學作家，僅於第一、二節中略提。

第一節　七〇年代以前的臺中地區兒童文學

　　臺灣兒童文學的系統性經營，應始於日治時期。在此之前，諸如童謠、民間故事等部分，幾乎皆歸類於民間文學項下。根據李獻璋編著的《臺灣民間文學集》（1936年）收錄情況可以得知，日治時期除了日文創作的童謠外，亦已有中文創

作，而且當時臺中作家林越峰，即曾寫過民間故事[1]。

　　出身臺中的林越峰（1909）被譽為「臺灣童話寫作前行者」[2]，他的〈葫蘆墩〉被收錄在《臺灣民間文學集》，寫的是葫蘆墩（今豐原）的地理傳說：據說葫蘆墩有三個土屯，是活地理，會噴火，導致街上常發生火災，居民習慣於日日收拾重要物品以防突來的祝融之災，也因為有「越燒越旺」的現象，居民們不怕火災，只怕不燒。另有傳說土屯下有一匹雪白的馬、土屯上有一隻潔白的兔子，白馬與白兔為白銀的守護神，曾有人追白馬而挖到白銀。但後來因街市發展速度越來越快，地理也因此受到破壞，不僅火不再燒，白馬和白兔也不曾再現，葫蘆墩後來也改名為豐原。

　　此外，林越峰於1935年在《台灣文藝》以中文發表〈雷〉與〈米〉兩篇童話，取材於自然現象與日常生活的米糧，破除迷信，以科學的原理解構雷神的擬象，以人民的勤作推翻上帝的賜贈。邱各容認為林氏兩篇童話不僅有「知識啟蒙」的作用，其中的「民族意識」也昭然若揭[3]。

　　1945年，游彌堅創辦的東方出版社，是臺灣光復後第一家以出版兒童讀物為主的書店[4]，雖然創立於臺北，但出資人中亦有臺中文化界士紳，例如林獻堂[5]，顯見臺中文人亦關注兒童文學發展。

　　另外，《臺灣力行報》也設有「兒童園地」專欄，根據1948年6月7日《臺灣力行報》第三版刊載資訊顯示，該專欄已經營至六十八期，內容有兒童所作的短文、笑話，也有成人投書的生活教育觀念，整體來說，不論是大人或孩童，稿件都能在此獲得刊登的機會，也可以藉此專欄文章獲取消息與知識。

　　至於臺中兒童文學的正式發展，最早可追到1949年。2月15日，《臺灣兒童》由當時臺中市出版，曾一度停刊，1950年1月才又復刊[6]，由臺中市政府教育科為配

1　林越峰曾寫〈葫蘆墩〉，並收錄於李獻璋編，《臺灣民間文學集》，臺北：台灣文藝協會，1936年6月。本段資料參考自邱各容，《臺灣兒童文學史》，臺北：五南圖書出版股份有限公司，2005年，頁5。
2　參見邱各容，《臺灣近代兒童文學史》，臺北：秀威資訊，2013年10月，頁220。
3　參見邱各容，《臺灣近代兒童文學史》，頁224。
4　參見「臺灣文學網」，網址：http://tln.nmtl.gov.tw/ch/M2/nmtl_w1_m2_c_1b.aspx?y=1945，登站日期：2013年11月7日。
5　出資名錄參見邱各容，《臺灣兒童文學史》，頁25。
6　《臺灣兒童》創刊、停刊、復刊之資料，參引自林文寶，〈臺灣兒童文學的歷史與記憶〉，

合國家教學政策，支助發行《臺灣兒童》月刊。《臺灣兒童》是臺灣光復後第一本兒童刊物，由臺中各公私立國小輪流負責刊物編務工作，內容以收錄全市各小學師生之作品為主，也同時收錄一九二〇、三〇年代知名女作家孟瑤、張秀亞等人的作品，足見內容的豐富性與充實度。也因為有地方政府的支持，《臺灣兒童》月刊較一般刊物維持更久，直至1960年10月出版第99期時才停刊[7]。

　　同樣是為了配合教育政策，1951年3月，臺灣省政府教育廳[8]（今教育部國民及學前教育署）發行《小學生》半月刊，該刊乃秉持「培植小朋友們豐富而正確的知識，優良而高尚的品德，強健而壯實的體魄，養成具有健全人格的現代國民」[9]之信念而出版。《小學生》半月刊在1953年改分為《小學生雜誌》與《小學生畫刊》，分別針對國小高年級及低年級學童所需教育進行設計，成為當時學童課外的精神糧食。《小學生畫刊》和《小學生雜誌》雖於1966年先後停刊，但對於一九五〇至六〇年代的臺中兒童文學，甚至是全臺兒童文學的發展來說，都具有極大的影響力[10]。

　　不過，由於距離日本統治結束不久，加上在國民政府遷臺的時空背景下，囿於語言的使用，五〇年代的兒童文學創作，多數還是掌握在來臺的大陸人士手上。原本在日治時期有所表現的臺中作家，諸如陳千武、張彥勳、詹益川、林亨泰等人都還沉潛著，默默轉換、嘗試以新的語言（中文）創作兒童文學[11]。

　　一九六〇年代，是臺中兒童文學的勃興時期。

　　在學校教育方面，因應兒童文學人才需求，六〇年代初期，全臺師範學校開始逐步改制為五年制師範專科學校，臺中師範學校在這一波改革中佔得先機，1960年

《全國新書資訊月刊》2009年8月號，頁8。

7　本段資料參引自洪文瓊主編，《兒童文學大事紀要（1945-1990）》，臺北：中華民國兒童文學學會，1991年6月，頁6。以及邱各容，《兒童文學史料初稿（1945-1989）》，臺北：富春文化，1990年8月，頁308-309。

8　臺灣省政府教育廳簡介：原為臺灣省行政長官公署下所設置之教育處，1945年於臺北成立；1947年5月，臺灣省行政長官公署改為臺灣省政府，教育處改制為教育廳；1956年8月1日，省教育廳遷至臺中縣霧峰鄉，1999年改隸教育部中部辦公室。至2013年1月1日，配合中央政府組織改造，成立三級機關「教育部國民及學前教育署」，掌理高級中學以下學校教育政策及制度規劃、執行及督導，並協助地方政府辦理國民及學前教育共同性事項。詳見「教育部國民及學前教育署」網址：http://www.k12ea.gov.tw/ap/index.aspx，登站日期：2015年1月15日。

9　邱各容，《臺灣兒童文學史》，頁38。

10　本段資料參引自邱各容，《臺灣兒童文學史》，頁38-44。

11　本段資料參引自邱各容，《臺灣兒童文學史》，頁58。

即改為臺中師範專科學校，校長朱匯森與劉錫蘭老師合作設計「兒童文學」課程綱要，隔年實際開課[12]。且至1967年9月，各師專夜間部開設「兒童文學研究」課程供選修[13]。另外，1963年，臺中師專老師劉錫蘭編著的《兒童文學研究》出版，該書為臺灣最早出版的兒童文學講義[14]。由此可知，不論是在教學上、研究上，或是培育新生代的兒童文學教育者及作家，有關兒童文學的推廣教育，臺中師專（今臺中教育大學）都有極大的貢獻。

　　而在師範院校之外，一般大學院校中有開設兒童文學課程之科系，不外乎是青少年兒童福利學系、家政系、圖書館系等，至於在文學院系中有兒童文學選修課程的，則以臺中的東海大學中文系為最早（1983年即開設），之後有淡江日文系、成大外文系等校系開課。就洪文瓊的觀察，此時期的兒童文學雖已在學術界現蹤，但仍位處邊緣[15]。

　　在公部門，1962年《兒童天地》出刊[16]，該刊是繼1949年的《臺灣兒童》後，第二本獲臺中市政府認可出版之刊物，至今仍在發行。普遍而言，《兒童天地》被視為《臺灣兒童》的改版。《兒童天地》刊載作文、兒童詩、漫畫類[17]，內容豐富，文采與美學兼俱。陳明台對《兒童天地》的評價為「提昇了兒童文學的內涵水準，鼓舞了兒童文學創作的風氣」[18]。

　　除了教育單位的改革及地方公部門出版刊物之外，1964年，臺灣省政府教育廳獲得聯合國兒童基金會資助五十萬美金，開始執行兒童讀物出版計畫。同年6月，省教育廳成立「兒童讀物編輯小組」，編輯小組由彭震球任總編，林海音、潘人木、柯太、曾謀賢分任文學、健康、科學、美術四類編輯，出版過中華兒童叢書、

12　雖然兒童文學在一九六〇年代初即被列入學術教育的一環，但是發展仍緩，一直到1987年師專都改制成師範學院後，兒童文學才列入必修課程。參引自賴素珍，〈「師院生兒童文學創作獎」現象觀察〉，國立臺東大學兒童文學研究所碩士論文，2007年，頁37-38。
13　洪文瓊主編，《兒童文學大事紀要（1945-1990）》，頁33。
14　劉錫蘭的《兒童文學研究》為臺灣最早一本兒童文學講義，臺中師專出版。參見洪文瓊主編，《兒童文學大事紀要（1945-1990）》，頁26。
15　本段資料參引自洪文瓊，《臺灣兒童文學史》，臺北：傳文文化事業有限公司，1994年6月，頁110。
16　林文寶，〈臺灣兒童文學的歷史與記憶〉，《全國新書資訊月刊》2009年8月號，頁8。
17　陳明台，《台中市文學史初編》，臺中：臺中市立文化中心，1999年6月，頁143。
18　陳明台，《台中市文學史初編》，頁143。

中華幼兒叢書、中華兒童百科全書等套書。此事不僅是臺灣官方系統在兒童文學的重大進展，同時也代表著，由於時代的演進，臺灣兒童文學不再只受日本影響，西方文化亦開始滲入[19]。

值得一提的是，1966年8月，美國文學專家海倫‧石德萊（Helen R. Sattley）應美國亞洲協會之邀來臺，此時臺灣省教育廳特地在臺中師專開設「兒童讀物研究班」，請到海倫‧石德萊講授「兒童文學研究」及「兒童閱讀心理研究」議題，研究活動為期四週，參與人數達百人，且多為兒童教育相關教師，這是一次成功的國際兒童文學交流，且可視為「臺灣兒童文學研習營的濫觴」[20]。加上同月13日，省教育廳在臺中教師會館舉辦兒童文學座談[21]，也可以看出臺中在一九六〇年代兒童文學發展上佔得一席之地。

到了一九七〇年代，臺中的兒童文學有更多在地性的表現。

在報紙刊物方面，《笠》詩刊在1971年增設兒童詩專欄，此舉引發童詩寫作的熱潮[22]。而在1976年，臺中在地報紙《民聲日報》也開闢「兒童生活」園地，每週日刊出[23]，為臺中兒童文學創作者提供另一發表管道。

以文化機構而言，位在臺中市雙十路的文英館（最早的臺中市立文化中心）是當年推展地區兒童文學最有力者，自1976年成立以來，首任館長陳千武先生在任期間，年年舉辦兒童詩畫比賽與展覽，亦常與文化單位（如中華文化復興總會臺灣分會等）合辦各種兒童文學研習活動。此外，文英館也舉辦童詩徵文，先後出版《小學生詩集》共四冊[24]。

曾任文英館館長長達十一年的陳千武（1987年退休），更可說是臺中兒童文學的重要推手之一，不僅主導文英館在兒童文學的功績匪淺，個人對兒童文學的貢獻也相當值得一提。陳千武除了曾在《台灣日報》「兒童天地版」任主編職，在臺

19　本段資料參引自洪文瓊，《臺灣兒童文學手冊》，臺北：傳文文化事業有限公司，1999年8月，頁70-71。

20　參引自林峻堅，《《滿天星》與兒童詩教育》，國立臺東大學兒童文學研究所碩士論文，2003年，頁24。

21　參見洪文瓊主編，《兒童文學大事紀要（1945-1990）》，頁31。

22　邱各容，《臺灣兒童文學史》，頁109。

23　參見洪文瓊主編，《兒童文學大事紀要（1945-1990）》，頁50。

24　本段參引自〈兒童詩的推手——陳千武專訪〉，收錄於林文寶主編，《兒童文學工作者訪問稿》，臺北：萬卷樓，2001年6月，頁58-59。

中市《兒童天地》月刊也編選童詩與撰寫兒童文學（尤以童詩為主）評介。而在兒童文學文化的交流方面，陳千武譯介過不少外國兒童文學作品，如《星星的王子》和為數極多的日文兒童詩與少年詩；也曾與日本詩人保登志子與安田學共同翻譯詩作，並集結成《海流》（共三本，中日對照），收錄兒童及成人詩作[25]。總而言之，陳千武對臺中，甚至是臺灣整體的兒童文學皆有實質上的影響力。

　　在作家方面，除了陳千武大力推動兒童文學，七〇年代臺中作家也相繼發表、出版兒童文學作品。如有李文賢以〈聽〉在1976年獲教師兒童文學創作獎散文第三名；魏桂洲、尤增輝、廖永來、洪中周、詹冰、吳麗櫻等人皆曾獲洪建全兒童文學創作獎；張彥勳出版《兩根草》、《獅子公主的婚禮》，亦曾獲教育部文藝創作獎兒童文學創作童話類第一名。另外，孟瑤在七〇年代與省教育廳合作，出版十餘部適合學童閱讀的中國歷史故事；廣義來說，孟瑤亦可稱為兒童文學作家，但本章以創作者為主，故不詳論。上述作家中，有些人在文壇耕耘已久，有些則剛嶄露頭角，但不論如何，這都代表臺中兒童文學正在快速起飛。

第二節　八〇年代迄今臺中地區兒童文學的發展

一、八〇年代

　　有了前面的能量累積，一九八〇年代不僅是全國兒童文學的豐盛時期，臺中在地的兒童文學活動亦十分活躍，打頭陣的是廖漢臣，他在1980年6月出版《臺灣兒歌》，除了談到「俗文學屬於民間的傳承」[26]，也論及臺語發音與方言符號，接著講述臺灣兒歌的特質、類型（連鎖歌、數目歌、對口歌、逗趣歌、遊戲歌、顛倒歌、岔接歌），以及其所關注的搖籃歌、敘事歌、抒情歌等。《臺灣兒歌》的重要性在於看見臺灣兒歌的輪廓，更蒐錄甚多臺灣各地的臺灣兒歌，對於研究者提供寶貴資料。

25　本段資料參引自邱各容，《臺灣兒童文學史》，頁248。
26　廖漢臣，《臺灣兒歌》，臺中：臺灣省政府新聞處，1980年6月，頁1。

　　八〇年代在臺灣各地都舉辦兒童文學座談會，次數頻繁，範圍廣大，主協辦者有官方也有民間單位，像是文建會、國家圖書館、臺中市立文化中心文英館，以及各大專院校、基金會、文學團體等。在臺中，不只座談會，另有兒童讀物展、兒童劇展、兒童文學創作夏令營等相關活動，如雨後春筍般相繼舉辦。

　　在官方，行政機關方面主要有：設於霧峰的臺灣省政府教育廳除了承繼過往對兒童文學的關注之外，更加碼補助各縣市辦理兒童劇展、辦理「縣市推展兒童節目」[27]，以及在1988年成立「臺灣省兒童文學創作獎」，鼓勵創作。臺中圖書館則以承辦全國性的兒童讀物展及「臺灣省兒童文學創作獎」等活動為主。另外，1983年因新臺中市立文化中心的落成，由陳千武主導的舊文化中心改名「文英館」（101年5月底，所有權移交國立臺灣體育運動大學），持續辦理研習會與座談會。臺中市教育局則曾辦理教師暑期童詩研習。而在學術及教學層面，有臺中師範學院承辦兒童文學學術研討會，以及東海大學接辦中華兒童博物館等相關成果。整體來說，臺中地區的行政、教學單位對於兒童文學的推展，是全國性及全面性的。

　　在社團方面，信誼基金會稱得上是一九八〇年代臺中兒童文學重要的推手之一，以「學前教育」為主軸，時常舉辦親職教育研習會、文學作品座談、作家及學者演講等活動。信誼基金會成立於1971年，是永豐餘企業創始人何傳所創立，在1977年已設置「學前教育中心」[28]，雖然臺中館在1986年才開幕，但是在八〇年代初期就開始於臺中耕耘。

　　特別的是，八〇年代是兒童戲劇的創新發展時期。國民政府來臺後，兒童戲劇的發展以國劇為主，並在政策規定下於國中小校園中實行。到了八〇年代，在國際化的影響之下，各方面交流趨於頻繁，新的思維開始引入，於歐美求學的相關人才開始回到臺灣貢獻己力，民間團體也紛紛加入，使得臺灣兒童戲劇的發展，開出新的一頁。

　　雖然臺北不論在政府部門的資助，以及人才聚集等發展條件上都優於臺灣各地，不過臺中在兒童教育，尤其是戲劇方面的推展也沒有缺席。臺灣省政府教育廳扮演極重要的角色：1980年，臺灣省政府教育廳開始舉辦兒童戲劇指導教師演習

27　參見洪文瓊主編，《兒童文學大事紀要（1945-1990）》，頁104。
28　參見信誼基金會網站：http://www.hsin-yi.org.tw/hsin-yi/。

營[29]；1984年3月9日，在北中南東都舉辦「全省兒童戲劇推廣實務研討會」，29日並公布該年全省兒童劇展實施要點。同年6月15日起，「臺灣省中區兒童劇展」在臺中縣立文化中心、臺中省立圖書館中興堂等地皆有演出[30]。而在1986年時，臺灣省政府教育廳補助每縣國中小學（國中三所、國小七所）辦理兒童劇展，條件是需要公開巡迴演出[31]。時至1988年，省教育廳再度補助經費辦理兒童劇展（但受補助單位減為每縣八校），並計畫要擴展成「社會型兒童劇展」：輔導成立兒童劇團，推展兒童戲劇及學校型兒童劇展[32]。省教育廳雖然不單只為臺中推行兒童劇展，但其重要性仍不可忽視。

此外，八〇年代中期，「魔奇兒童劇團」曾來臺中中興堂巡演「魔奇夢幻王國」（1987年）、「淘氣鳳凰七寶貝」（1987年）、「爸爸的童年」（1988年）三部戲。魔奇兒童劇團為益華基金會所支持，創立於1986年4月10日，也是臺灣第一家由基金會支持成立的兒童劇團，團名是參考奧地利維也納的「MOKI」兒童劇團（Mobiles Theater of Kinder）[33]，魔奇兒童劇團靈魂人物之一的胡寶林老師因曾參與「MOKI」的舞臺設計編劇工作，之後取得該劇團團長的同意，以「魔奇」作為兒童劇團之名。魔奇兒童劇團在臺中的演出，或許意味著臺中在「軟（兒童文藝）硬（建築、設備）體」方面的發展已有一定的水平。

總的來說，臺中兒童文學在官方行政機關、學校，以及私人社團的共同努力之下，經營得有聲有色，且不論是兒童文學教學、創作、座談、戲劇，都有精彩的展現。

至於個人方面，陳千武在一九六〇年代即因「早春的詩祭」而與日本詩人高橋久晴、韓國詩人金光林相識，而後促成了八〇年代開始的東亞詩壇交流，至1993年為止，前後出版六期《亞洲現代詩集》（其中第二集、第五集由《笠》詩社出

29　參見邱各容，《臺灣兒童文學年表（1895-2004）》，臺北：五南圖書出版股份有限公司，2007年1月，頁56。

30　參見邱各容，《臺灣兒童文學年表（1895-2004）》，頁64。

31　參見洪文瓊主編，《兒童文學大事紀要（1945-1990）》，頁101。

32　參見洪文瓊主編，《兒童文學大事紀要（1945-1990）》，頁122。

33　意指「流動的兒童劇團」，該劇團演出場地與形式不拘，其表演的重點在於要能隨時隨地與孩童一同演出。正文改寫自黃美滿，〈魔奇的夢——記台灣專業兒童劇團的起點「魔奇兒童劇團」〉，《美育》第159期，2007年9月，頁4-15。

版），並舉辦過七屆亞洲詩人會議（首屆1980年於日本東京召開），1988年的第三屆亞洲詩人會議（在臺中市立文化中心舉行）由陳千武策劃、主持，此次會議有不少來自港、日、韓的外國兒童詩人與會[34]，並由《笠》詩刊出版《參與會議詩人作品集》[35]。

另外，陳千武在1989年籌組「臺灣省兒童文學協會」，協會成立後任理事長，策劃給大眾參與的童詩創作研習講座，以及讓中小學教師交流的兒童文學研究營。除此之外，陳千武在八〇年代參與多場兒童文學創作研習營，主講「童詩創作」相關議題，也編輯《小學生詩集（2）》、《小學生詩集（3）》、《藝文沙龍（1）》，翻譯《日本童詩鑑賞》，並出版少年小說《富春的豐原》、兒童少年傳記《哥倫布》、《馬可波羅》，亦發表過〈時間〉、〈台灣的小人國〉、〈童心的發現〉等兒童文學詩作、故事或評論[36]。

此外，八〇年代末期十分重要的三件事，分別是：1989年「臺灣省兒童文學協會」在臺中的成立，以及《小榕樹》（又名《台中縣兒童文學創作專輯》，1987—）、《滿天星兒童詩刊》（1987—1990，之後易名《滿天星兒童文學雜誌》〔1990—〕）的刊行，更見證兒童文學的地方扎根有了一定的成績，至於協會及刊物之細節，留待本章第三節再行介紹。

在創作者方面，八〇年代主要的兒童文學創作者有黃海、渡也、蔡榮勇等，風格各異，創作豐富。黃海以科幻文學見長，作品中常見其對自然生態、環保、科技的看法與省思；渡也的兒童書寫著重於家庭關係，以及自然休閒活動；蔡榮勇以兒歌、兒童詩為創作與研究對象；趙天儀、陳千武等人則以兒童詩及文學評論為主，上述兒童文學作家將於第三節一一介紹。

整體而言，八〇年代是臺灣兒童文學發展史上的又一波高潮，對臺中地區來說，不僅各種面向的兒童文學活動相繼推展，新舊作家的交會、相惜，也帶給臺中兒童文學更多的發展及可能性。

34　參見吳櫻，〈美麗詩篇　不忍成句點——最後一屆東亞詩文學交流　感動與不捨〉，《大敦文化》36卷，2007年7月，頁56；羊子喬，〈陳千武文學年表〉，《島上詩鼓手——陳千武文學評傳》，高雄：春暉出版社，2009年5月，頁166。
35　陳千武，〈臺日韓現代詩交流的實績〉，《台灣現代詩》第15期，2008年9月，頁76-78。
36　本段資料整理自羊子喬，《島上詩鼓手——陳千武文學評傳》，頁125-136。

二、九〇年代

在國際化的浪潮下，各國的兒童文學界交流日益頻繁，臺灣與亞洲鄰近國家的往來十分密切，而臺中兒童文學圈的表現也相當亮眼，除了陳千武與日本作家的合作之外，臺灣與日本、韓國、香港、中國等地的兒童文學交流也進行得十分頻繁，如趙天儀、洪中周、吳麗櫻、陳秀鳳等臺中作家都曾與會發表、觀摩[37]。而一九八〇年代末才成立的「臺灣省兒童文學協會」，在九〇年代大有所展，諸如舉辦文學創作營、教師夏令營、與日本東京文學專家學者合著臺日兒童詩譯集、策劃研討會等，都是臺灣省兒童文學協會的主辦、承辦範圍。

在教學場域上，除了各師院必修兒童文學學分，以及少數大學開設的兒童文學相關課程之外，1996年國立臺東師院（今臺東大學）籌設的「兒童文學研究所」是臺灣第一個專事研究兒童文學的教學單位。洪文瓊認為，臺東師院兒童文學研究所的成立，象徵「臺灣兒童文學新典範」的形成[38]。而在臺中，靜宜大學文學院則是兒童文學的大力推展者，而且發展更早於臺東師院兒童文學研究所。

1992年，「兒童文學教學研究室」（現為兒童文學專業研究室）在靜宜大學成立，為兒童文學發展奠定良好基礎。「兒童文學教學研究室」是趙天儀與當時靜宜大學文學院各系、兒童文學相關領域老師們一同成立，舉辦過一系列演講活動、座談會、研討會。趙天儀曾自言研究室的目標，在於「將兒童文學與兒童語言結合，將國內的兒童文學推向更專業化、更國際化的領域」[39]。現在研究室中收藏不少國內外兒童作品及評論書籍，有心研究兒童文學者可在此找到不少珍貴資料。此外，靜宜大學文學院並在1998年5月主辦「第一屆兒童文學國際會議」，當時有韓、日、美、法、澳等國的學者與會[40]。就教學單位而言，靜宜大學文學院在九〇年代的兒童文學發展上，具有一定的地位。

在個人方面，趙天儀對兒童文學的貢獻，不只是臺中地區的，更是全國性的。

37　本段資料參引自邱各容，《臺灣兒童文學史》，頁247-262。
38　參引自洪文瓊《臺灣兒童文學手冊》，頁82。
39　趙天儀受訪資料，收錄於林文寶主編，《兒童文學工作者訪問稿》，頁320-321。
40　本筆資料參考自邱各容，〈開花結果滿園香──一九九〇年以來，臺灣兒童文學的發展（下）〉，《全國新書資訊月刊》2001年12月號，頁10。

趙天儀的兒童文學啟蒙甚早，小時候因家中事業（臺中市最大的唱片公司：大宗唱片公司）的關係，趙天儀習得不少日文童謠，而且在國小三年級時都還是日治時期[41]，因此在學校教育及生活薰陶下，閱讀日語寫成的兒童文學作品對於趙天儀而言是沒有阻礙的。而在七〇年代初期，《笠》詩刊設有「兒童詩園」專欄，對於臺灣兒童文學方面，是非常重要的指標性事件，當時的主編正是趙天儀。之後，趙天儀陸續在《笠》詩刊、《國語日報》等報刊雜誌發表了許多兒童詩評及詩論，此時期奠定其在臺灣兒童文學界不可忽視的地位。

　　1990年，趙天儀自國立編譯館退休後，應當時靜宜大學中文系系主任鄭邦鎮之邀，於該系教授「中國思想史」跟「兒童文學」[42]，同年11月即開始策劃「第一屆全國兒童文學與兒童語言學術研討會」（隔年11月舉辦）[43]，此學術研討會陸續舉辦十餘屆。趙天儀在靜宜大學任教十餘年中，不論是教授相關課程、成立「兒童文學教學研究室」、籌辦座談會、研討會，在在顯示他對兒童文學領域貢獻良多。而在學術之外，趙天儀曾任臺灣省兒童文學協會理事長，在1994—1995年間，密集擔任十二次臺灣省兒童文學協會承辦的「新詩童詩作品研討會」主持人，另外也長期擔任各兒童文學創作研習營、講座等活動主講人。趙天儀對於臺中及全國的兒童文學發展，具有極大的影響力，他不僅是創作者、評論者，也是實實在在的推展者。

　　九〇年代之後投入兒童文學者眾多，除了原先已在耕耘的前輩之外，尚有岩上、郭心雲、洪中周、莫云、鄭如晴、洪志明、魏桂洲、劉克襄、王麗琴、路寒袖、林沈默、莫等卿、陳秀鳳、李崇建、賴曉珍、鄭宗弦、李儀婷等人。大部分的作家都不是專寫一種文類，而是跨足各文類，上述作家中，以兒童文學創作為主力者，有鄭如晴、洪志明、魏桂洲、王麗琴、莫等卿、陳秀鳳、賴曉珍和鄭宗弦，將於第三節介紹。

　　至於其他作家如岩上和林沈默的詩作中，童詩所佔比例相較為輕。郭心雲早先

41　參見口訪趙天儀逐字稿，收錄於《臺中文學史委託研究計畫——文史資料蒐集、撰寫及展示（成果報告・附錄II）》（未出版），頁120。

42　參見口訪趙天儀逐字稿，收錄於《臺中文學史委託研究計畫——文史資料蒐集、撰寫及展示（成果報告・附錄II）》（未出版），頁117。

43　參見邱各容，《台灣兒童文學作家及作品論》，臺北：富春文化事業股份有限公司，2008年8月，頁303、304。

是以散文、小說創作為主，九〇年後期才出版兒少文學。洪中周在小說、散文及評論都有涉足，兒童文學專書的出版遲至2000年以後。莫云除了童話創作之外，還有詩、散文與小說作品。而劉克襄創作跨界繁多，其兒童文學作品和生態最為相關，風格不同於其他作者。路寒袖則出版童年記憶為基底的兒童故事繪本。莫等卿絕大部分的作品是歷史故事的兒童讀本。李崇建和李儀婷的著作，與兒童教育較為相關，另有小說或教育書的創作。

　　就議題來說，九〇年代的兒童文學發展更加多元，如有常見的歷史人物或族群的兒童文學傳記及故事、學齡兒童遭遇的就學及生活問題現象，還有現代因醫療科技發達，而檢測、定義的特殊疾病問題，以及近年因教育方式變革，產生出「鼓勵自我探索、強調自主學習」的兒童文學；另因近年來傳統風俗習慣開始受到重視，有些鄉土的記憶、民俗的基底，如農村生活、傳統米食文化、信仰的反思和重現，在兒童文學作品中亦佔有一席之地。也因為閱聽方式的改變，繪本式的作品也增加許多，圖文並茂的作品有助於小讀者透過圖像來親近文本。至於長於文學分析、評論的林政華、莫渝、許建崑、吳櫻等人，因篇幅有限，本章暫不討論。

　　另外，臺灣出版業的發展勝過以往，許多出版社都持續或陸續涉及兒童文學作品出版業務，有老字號的東方、九歌、富春、國語日報等，也有經營一段時間的信誼、格林文化、遠流、三民等，更有新成立並以出版兒童文學為主的出版社，如小兵、小魯、四也等，紛紛在兒童文學出版戰場上盡一分力。也因為時勢所趨，這些出版商大多集中在臺北，只有少數分散於中南部。

　　至於臺中的兒童戲劇在九〇年代以後的發展，也值得一提。臺灣第一間公立，並由文化中心成立的兒童劇團，即是「台中市立文化中心兒童劇團」，於1990年3月成立，6月即首演《會笑的星星》，由王友輝編導。根據曾從事台中市立文化中心兒童劇團幕後工作的蔡佩瑾的研究資料所示，兒童劇團在十二年間，共演出十六場（其中三場劇名相同，皆為「圍牆的秘密」），以及辦理寒暑期戲劇研習營（非每年都有）。在九〇年代中期，請來專業師資編導及培練團員，劇團有趨向穩定之感，不過由於附屬於文化中心之下，有兩大問題：第一，行政方面，承辦人公務繁忙無法專辦劇團事務，劇團所需經費之核銷或補助亦有多重難題；第二，劇團本身無法長期請北部業師來培訓團員，而團員的流動性大亦是因素之一，各種問題加總

起來，最終在無專案經費可再支持的情況下宣告停止辦理，至2001年即無實際演出，僅舉辦教師研習[44]。有意思的是，1991年11月首度演出的「圍牆的秘密」，是由有「教育劇場」專業的承辦人策劃，而在1992年5月31日於靜宜大學小劇場第二次演出後，開放劇團成員與觀眾面對面互動，是十分特殊的做法[45]。

　　另外，台中市立文化中心兒童劇團所演出的劇碼，如1997年由林仁杰編導的「小王子」、2000年由劉仲倫編導的「快樂王子之快樂城之意外版」，都是改編自外國的著名文學作品。其中劉仲倫是臺中在地人，自美國紐約大學取得戲劇教育碩士學位後回到臺中，深耕劇場表演與教學。

　　劉仲倫在1997年於臺中成立「大開劇團」，既演出成人劇，也有兒童劇。劇團成立後的第一場戲「鐵道啦枝哦」在臺中20號倉庫演出，更找來路寒袖朗讀其詩作〈我的父親是火車司機〉，結合臺中的空間、歷史及作家的個人生命經驗，交織出動人火花。大開在兒童戲劇方面長期經營，演出多半與臺灣文學有密切關係，像是「好久茶的秘密」系列兒童歌舞劇，其中第一集至第五集皆取材自陳千武《臺灣民間故事》，希望讓觀眾透過看戲，多一項「閱讀」臺灣傳說故事的選擇。另外也開設「戲胞培育室」、「兒童夏令營」等課程，讓市民不僅看劇，還能演戲，進而提升市民對於藝／文的接觸面向與領受力。

　　劉仲倫也在靜宜大學臺灣文學系教授「臺灣文學劇場」課程，該程陸續演出過楊逵〈牛犁分家〉、陳玉蕙〈徵婚啟事〉等文學作品，或改編自一個單篇、一本書，或拼貼多個文學作品，帶領修課學生從閱讀文學文本至演出，讓演出者與觀看者能從多方面來貼近文學。

　　除了大開劇團、藍天空劇團之外，還有以扮偶演出的大青蛙劇團（1994年成立），以及由日治後臺中第一家現代劇團「觀點劇坊」團員所創的頑石劇團（1994年）與童顏劇團（1994年）四個知名劇團。其中，「藍天空劇團」也是1997年成

44　參見蔡佩瑾，《從「台中市立文化中心兒童劇團」探究兒童劇團的經營與發展》，國立臺南藝術大學音像藝術管理研究所碩士論文，2009年6月，頁40-41、53。

45　從蔡佩瑾的論文脈絡中來看，似乎是1991年首度演出時就有面對面座談，但從其附圖可見拍攝時間為1992年5月31日，地點在靜宜大學伯鐸樓小劇場，因此本段為求慎重，以1992年作為說明。「圍牆的秘密」資料改寫自蔡佩瑾，《從「台中市立文化中心兒童劇團」探究兒童劇團的經營與發展》，頁55。

立，大半團員都是戲劇相關科系畢業，團長蔡佩瑾自言，因受到過去在台中市立文化中心兒童劇團之影響，以及本身亦是教學者的身分，將結合理論及實務演出作為經營藍天空劇團的方向[46]。在2004年時，曾以「公立兒童劇團」的模式，聚合前台中市立文化中心兒童劇團團員、招考新成員，有重現「台中市立文化中心兒童劇團」的意味存在。

簡言之，兒童文學在一九九〇年代之後，不僅只是成人或兒童所寫的文學作品，也不只是寫給成人或兒童看的文學作品，有越來越多結合文學與戲劇、藝術、音樂的呈現方式，將文學作品的美學展演出來，而兒童戲劇正是其中一種展演手法。

第三節　兒童文學之社團刊物與作家

一、社團

臺中最主要的兒童文學社團當推「臺灣省兒童文學協會」，由《滿天星》詩刊會員籌組，於1989年成立，軸心成員除了有《滿天星》會員，還有「笠」詩社的白萩、張彥勳、詹冰等資深文學前輩。之所以組織「臺灣省兒童文學協會」，核心成員陳千武寫道：

> 自從「滿天星詩刊」出版之後，同仁們便感覺需要組織協會，以團體力量促進兒童文學發展的必要。因個人忙於自己的生活，組織協會的想法一直未予進展，於是拖到去年（1989年）6月，我與台中天主教社會服務研究院王武昌院長詳談，王院長從親子教育的觀點，非常贊同兒童文學協會的組織，毫無條件地答應幫忙會場活動上的困難。[47]

46　參見蔡佩瑾，《從「台中市立文化中心兒童劇團」探究兒童劇團的經營與發展》，頁82。
47　陳千武，〈兒童文學的愛心——台灣兒童文學協會成立記〉，《陳千武詩思隨筆集》，臺中：臺中市文化局，2003年，頁129。

從陳氏所言可以得知，「臺灣省兒童文學協會」自發想至立案，籌備前後歷經約三年時間，終於在1989年12月正式成立。之後「臺灣省兒童文學協會」多次承辦中華文化復興委員會的兒童研習會，以及臺灣省文化處委託之兒童文學夏令營或徵文比賽。且每年暑假舉辦兒童文學研習活動，經常在靜宜大學內舉行[48]。「臺灣省兒童文學協會」的誕生，不僅意味著臺灣兒童文學界將注入新的力量，同時也帶動整個中部地區兒童文學的發展。

二、刊物

（一）《小榕樹》（《台中縣兒童文學創作專輯》）

《小榕樹》（又名《台中縣兒童文學創作專輯》）創刊於1987年3月，第一輯發行人為當時臺中縣長陳庚金，主編為蕭秀芳。取「小榕樹」為刊名，乃因榕樹為臺中縣縣樹，故名之。

《小榕樹》內容多收錄臺中縣內教師與學生創作的作品，涵蓋文類以童詩、童話故事、兒童散文、少年小說為主，童謠與劇本則篇數較少。刊物是全彩版面，配有插圖，對於吸引小朋友目光應多有助益。

《小榕樹》是臺中縣兒童文學創作徵文比賽後，由各文類前三名及佳作所集成。而徵文活動，則體現臺中縣兒童文學創作與教學的成果。之所以有徵文比賽，是為配合臺灣省政府教育廳的指令，以臺中為例，1986年配合省教育廳施政方針，在臺中市文化中心舉辦第一場兒童文學研習營以及徵文比賽，活動結束後始集成《小榕樹》第一輯。之後在第二、第三輯中，亦有收錄研習營的作品。《小榕樹》先有官方的推動，後有一群熱愛兒童文學的臺中縣教育工作者的支持下，持續出刊二十年，它不僅是眾多師生的發表空間，更是臺中縣兒童文學教育的具體成果[49]。由於縣市升格，《小榕樹》在2011年起成為「臺中市兒童文學創作徵文專輯」第一輯。

48　關於「臺灣省兒童文學協會」舉辦之活動，可參考洪文瓊主編之《兒童文學大事紀要（1945-1990）》。

49　本段資料參引自張晴雯，《《台中縣兒童文學創作專輯》教師作品主題之研究》，國立臺東大學兒童文學研究所碩士論文，2007年8月，頁15-17。

（二）《滿天星》（從兒童詩刊到兒童文學雜誌）

《滿天星》是一九八〇年代，中部地區發表兒童詩的重要舞臺。

有鑑於當時北有《月光光》、《布穀鳥》、《大雨》，南有《風箏》，獨缺可代表中部之兒童詩刊，因此由洪中周發起，與蔡榮勇、魏桂洲、蕭秀芳、吳麗櫻等多數臺中兒童文學家共同籌辦《滿天星兒童詩刊》，在1987年9月1日正式創刊，屬季刊性質。

大概是為吸引兒童注意，兒童刊物名稱通常是簡單易懂，多半取材自大自然或童玩等小朋友可親近之事物，《滿天星》也不例外，創辦人洪中周憶及過去命名之事，提到刊名與當時頗受兒童喜愛的小零嘴「滿天星」[50]同名，這是巧合，也可視為命名者童心不退，現在回首觀之，頗令人玩味。

至於刊物類型的定調，可從發刊詞中見端倪。洪中周指出：

> 國內倡導兒童詩已十餘年，在現階段，實在很需要有一份純兒童詩的刊物。中部幾位文友本著一股傻勁創設本刊，希望能喚起更多國人參與，期使國內兒童詩更加蓬勃發展。
>
> 本刊除了繼承前人的腳步以外，同時希望具有現階段童詩推展的時代意義，增添一點特色。[51]

由於《滿天星兒童詩刊》同仁的創作主要以兒童詩歌為主，且多參與北部兒童詩刊之經驗，因此在刊物初期定調為兒童詩刊，並取經《布穀鳥》之經營方式，以季刊發行。不過自1990年2月的第11期起，出刊方式改為雙月刊，屬性則改為「兒童文學雜誌」，刊登的種類更見廣泛。同年8月，由於「臺灣省兒童文學協會」的成立，《滿天星》內增闢「協會動態」專欄，宣布協會相關消息。就此看來，此時期的《滿天星》有走向協會會刊之前兆，但是從另一個角度來說，《滿天星》及中部

50　「滿天星」餅乾是聯華食品公司於1987年生產的零食，至今仍可在市面上購得。洪中周的說法引自林峻堅，《《滿天星》與兒童詩教育》，頁41。

51　洪中周，〈發刊詞〉，收錄於《滿天星兒童詩刊》創刊號，頁1。轉引自林峻堅，《《滿天星》與兒童詩教育》，頁43。

兒童文學更可以藉協會之力推廣至全臺。

　　除了提供多元的創作發表園地，因臺灣省兒童文學協會常舉辦兒童詩研習會，《滿天星》不僅協辦活動，部分成員也擔任講師，活動結束後還可收錄研營會之作品並予以刊登。到了1990年底，臺灣省兒童文學協會成立一年之後，《滿天星》正式成為協會會刊，並以《滿天星兒童文學》革新號第1期出刊[52]。

三、臺中兒童文學代表作家

1、　林越峰（1909—？）

　　本名林海成，臺中豐原人，卒年不詳。日治時期臺灣新文學作家，曾加入臺灣文化協會，並參加臺灣文藝聯盟，作品多發表於機關刊物《台灣文藝》。戰後即停筆，轉而從商，曾擔任豐原鎮民代表會秘書及漁市場理事多年[53]。

　　林越峰曾於1935年在《台灣文藝》發表〈雷〉與〈米〉兩部童話，〈雷〉以科學原理解釋閃電和雷聲的成因，取代過去民間傳說「雷神發威」之類的恫嚇說法，而更深層的寓意，在於勸慰人民不要恐懼於殖民者（日本）的威嚇[54]。〈米〉則藉由孩童一來一往的問答，明指糧食作品是由農人辛勤耕作而來，而不是上天／上帝賜予，藉此讓孩童建立「要怎麼收穫，就要怎麼栽」的觀念，不要有「不勞而獲」的心態。

2、　琦君（1919—2006）

　　本名潘希真，浙江省永嘉縣人。浙江杭州之江大學中文系畢業，曾任司法行政部編審科長，中國文化學院副教授，中央大學、中興大學中國文學系教授，退休後曾旅居美國並專事寫作，2004年返臺定居。創作以散文及小說為主，另有評論、兒

52　《滿天星》的發展參引自林峻堅，《《滿天星》與兒童詩教育》，頁48-60。
53　林越峰生平資料參引自臺中市政府文化局，「臺中文學家資料」，網址：http://www.culture.taichung.gov.tw/WritersIntroductionContent.aspx?id=859&key1=&forewordTypeID=0，登站日期：2015年1月25日。以及邱各容，《臺灣兒童文學史》，頁18。
54　參見邱各容，《臺灣近代兒童文學史》，頁223。

童文學。

　　琦君的兒童文學有《賣牛記》、《老鞋匠和狗》、《琦君說童年》、《鞋子告狀──琦君寄小讀者》、《桂花雨》、《玳瑁髮夾》、《寶松師傅》等，以《琦君說童年》、《桂花雨》、《玳瑁髮夾》來說，寫的幾乎都是自己童年的生活，寫人情、寫世事、寫家族（又以母親為主）、寫學生生涯，唯《琦君說童年》的〈小白回家〉是創作的童話故事，〈蔣公的童年〉則是蔣公的童年至少年時代。整體來說，琦君的作品中，「母親」一角色相當重要，母親的身教、言教對琦君的影響極深遠，這樣的教育環境和方式，在琦君的作品中顯而易見。

　　而《鞋子告狀──琦君寄小讀者》是寓居美國時所作，由二十六篇回覆讀者的信組成，寫在美國的生活感想，寫隨夫出訪歐洲所遇的趣事；寫外國人說的童話典故，也寫自己童年時聽爺爺說的鄉野故事；談外國童話、歷史故事，也不忘舉中國詩詞、孔莊思想，相輔相成。

3、 詹冰（1921—2004）

　　本名詹益川，苗栗卓蘭客家人。畢業於臺中一中、日本明治藥專，曾任國中老師與藥師。曾與林亨泰、張彥勳等人組織「銀鈴會」，創辦日文《緣草》詩刊。後與林亨泰等人合組「笠詩社」，創辦《笠詩刊》。曾獲臺灣省教育廳兒童劇本獎、教育部兒童文學獎、教育部散文獎、洪建全兒童文學獎首獎、臺灣新文學貢獻等十多項文學獎[55]。

　　詹冰在中年才開始正式創作兒童文學，先是在一九七〇年代創作《日月潭的故事》、《牛郎織女》、《寶生孝子》等多部劇本，後在八〇年代著有童詩集《太陽・蝴蝶・花》。邱各容認為詹冰詩作「可以從中真切的感受親情以及他對宇宙萬物的深情，這種超然境界的胸懷往往能夠撼動人的心弦，從而不斷的去玩味詩中文字間的豐富意涵。」[56]

　　除了兒童文學，詹冰在現代詩、散文、科幻小說與評論也多有表現，總體而

55　參引自陳器文等編撰，《臺中市志・藝文志》，臺中：臺中市政府，2008年12月，頁140-141。
56　邱各容，《台灣兒童文學作家及作品論》，頁21。

言，詹冰是一位多產且跨領域的重要臺中文學作家。

4、　張彥勳（1925—1995）

臺中后里人。畢業於臺中一中，在一中就讀時，便已對文學產生興趣，之後和同學一同發起組織文學團體「銀鈴會」，並主編《緣草》，提倡新詩創作。二十歲前已出版日文詩集《幻》和《桐葉落》。日治結束後，張彥勳因語言的關係沉潛一段時日，在掌握中文的使用後，1958年才又重出文壇，並以小說作為主要創作文類。1971年，張彥勳因眼疾導致一眼失明，一眼弱視，他的寫作方向也轉向兒童文學、少年小說和翻譯[57]。張彥勳的兒童文學作品有《兩根草》、《獅子公主的婚禮》、《阿民的雨鞋》、《小草悲歡》、《玫瑰花與含羞草》等，形式包含小說、詩與童話故事。張彥勳部分作品中的主人翁有著不向命運低頭的堅韌性格，相信憑藉自身的努力，未來將是開闊且值得期待的；有些則富含教育性，作品中暗藏作者欲傳達的價值觀。

5、　郁化清（1932—　）

筆名郁沫、澄源，臺中師範畢業。曾任國中、小學教師[58]。郁化清的創作以兒童文學為主，著有童話《快活谷》、《大耳王的世界》、《沒有尾巴的孔雀》、《想生蛋的小公雞》、《大魚吃小魚》、《一支不會笑的貓》、《驕傲的大工蟻》、《不要鼻子的小象》、《快樂狗俱樂部》、《夢幻特技員》，童詩《皮鞋的話》、《爸爸的鬍子》、《童詩萬花筒》等。

郁化清喜愛將角色設為動物或無生命之物體，並將之擬人化，偶爾也以人為主角，不論角色遇上什麼困境和挫折，在經歷考驗後總會圓滿解決。作品中營造出和平世界，不論人類、動物或非動物，都可以安居樂業，達到真善美的境界。或許這樣的境界也是作者所追求、嚮往的。

57　張彥勳生平參引自陳器文等編撰，《臺中市志・藝文志》，頁140-141。
58　郁化清生平參引自郁化清，《一支不會笑的貓》，臺北：昆明，1994年。

6、 郭心雲（1938—）

本名謝雲娥，臺中市人。曾任繪圖員、幼教老師、郵政人員。曾獲國家文藝金像獎、青年日報小說獎、省新聞處徵文獎、聯合報和行政院環保署文學獎等獎項[59]。郭心雲自一九八〇年代開始寫作，文類是散文和小說，至今出版近十本書，九〇年代末開始出版兒童文學作品，著有少年小說《地上的星星》、《阿貴的眼睛》、《少年的我》，兒童故事《第三隻眼：絲路古道傳說》、《草地女孩》。郭心雲的少年小說多從故事主人翁身上發展，不僅呈現學齡的孩童會遇上的困擾，也寫出兒童的活潑特性；兒童故事則參考自傳說和作者自己的童年生活而作。整體而言，郭心雲的兒童作品用詞淺白，文句易讀，對於人性與善惡的描寫與界線也很清楚，十分適合兒童閱讀。

7、 黃海（1943—）

本名黃炳煌，生於臺中，臺師大歷史系畢業。創作以科幻為主，文類有散文、小說、論述，八〇年代後正式嘗試創作兒童文學，曾獲國家文藝獎、中山文藝獎、中華兒童文學獎等，著有《流浪星空》、《奇異的航行》、《機器人風波》、《嫦娥城》、《大鼻國歷險記》、《地球逃亡》、《航向未來》、《太空城的孫悟空》、《時間魔術師》、《秦始皇到臺灣神秘事件》、《帶往火星的貓》、《誰是機器人》、《千年烽風奇幻遊》、《黃海童話》等。

黃海的兒童文學仍以其擅長的科幻手法寫作，自然生態、環保教育、科學技術、人文歷史都是他關注的議題；人類、機器人、動物等皆是他探討的對象；過去、未來、外太空、異世界、奇幻國度都能成為作品發展的空間，有別於其他兒童文學作家。

8、 洪中周（1948—）

彰化芬園人，現居臺中市。臺中師範畢業，曾任教於國小。曾參與「笠」詩社，任臺灣省兒童文學協會第一屆總幹事。曾獲教育部兒童獎、吳濁流文學獎小說

59　郭心雲個人簡介參考自郭心雲，《草地女孩》，臺北：小兵，2000年1月。

佳作獎、南投縣第一屆文學獎散文評審獎等獎項。洪中周為《滿天星》兒童詩刊創刊人，以及布穀鳥語文中心負責人，投入兒童文學工作多年，著有《滷蛋家族》、《風來的時候》，以及論述《兒童詩欣賞與創作》。另有散文《磨練筆頭》，小說《青暝藤仔》、《單身宿舍》、《你若是行入甘蔗園》、《皇帝的艦隊》、《今天不做乖兒子》、《山豬的腳印》等書[60]。

9、　渡也（1953—）

本名陳啟佑，另有筆名歷山、江山之助，曾任彰師大國文系教授，現任育達科技大學教授、中興大學中文系兼任教授。他就讀嘉義高工時與友人合辦《拜燈》雙月刊，曾加入「創世紀」詩社；1992年與向明、蕭蕭、白靈、蘇紹連、李瑞騰、游喚等人共創《臺灣詩學季刊》雜誌社。渡也的創作文類以詩為主，兒童文學亦以童詩呈現，兼有散文、論述。

渡也正式出版兒童文學作品在八〇年代，1982年即出版第一本《陽光的眼睛》，後來在2000年才又出版兒童詩集《地球洗澡》[61]。《地球洗澡》詩作中常出現家人的身影，像是〈媽媽〉、〈爸爸的葡萄〉、〈弟弟的眼睛〉，尤其在〈爸爸的葡萄〉一首更囊括了爸爸、姐姐、弟弟的角色，可見家庭關係在渡也的童詩創作中十分重要。也有不少關於休閒的詩作，提到釣魚、種菜、賞螢、摘水果等，都是鄉間常見的活動。

10、　鄭如晴（1954—）

本名鄭美智，高雄人。中興大學中文系、臺東大學兒童文學研究所碩士，曾前往德國慕尼黑歌學院及翻譯學院研修。曾任德國《橋報》主編、《國語日語》副刊主編，現為臺藝大講師。

鄭如晴的兒童作品有散文《再見外婆灣》，小說《少年鼓王》、《阿虹阿道三代一家親》，童話《巫婆最愛吃什麼》、《頭痛的狐仙》，一手寫人情世事，細述

60　洪中周簡介參引自洪中周，《山豬的腳印》，臺中：臺中市文化局，2000年。
61　渡也生平資料參引自《地球洗澡》，彰化：彰化縣文化局，2000年，頁154-164。

兒童心、大人情，一手寫童話，透過故事帶領讀者進行思考，小至個人價值觀，大
至公平公正的道理，都是鄭如晴關注的面向。另有長篇小說《沸點》、《生死十二
天》，散文《散步到奧地利》，以及翻譯作品十餘冊。

11、 蔡榮勇（1955—）

筆名蔡淺、雲中，彰化人。臺中師院畢業，曾任教於臺中師院附小。曾任臺灣
省兒童文學協會理事，並任《滿天星》編輯。曾獲第二屆月光光指導獎、第二十屆
國語文獎章。致力於文學創作和童詩、作文教學研究[62]。創作文類有論述、詩和散
文。著有兒童文學《兒歌創作集》、《布袋戲的話》、《北斗・我的最愛》，詩集
《生命的美學》、《洗衣婦》、《蔡榮勇詩集》，論述《童詩賞析》、《一二年級
寫作指導》、《兒童詩需要穿怎樣的衣服》等書。

12、 蕭秀芳（1955—）

筆名蕭泰，澎湖人。臺南師範專科學校畢業，曾任達觀國小、瑞峰國小教師，
協成國小、大忠國小、梧棲國小校長。曾參與笠詩社、滿天星兒童詩社、臺灣省
文藝作家協會臺中縣分會、中華民國兒童文學學會等文學團體。創作文類有詩和散
文及兒童文學。由於蕭秀芳長期於教育界貢獻己力，寫作也多與教育歷程感觸有
關[63]。

《菜鳥校長來報到》一書，是記述蕭秀芳考取校長後第一次服務的心路歷程，
在一所山區國小，初來乍到的校長在有限的資源和人力之下，為了不損小朋友的受
教權，同時要兼顧同事的感受，又不願有違自己的教育理念，做每一件事都要幾經
思量，諸如打造孩童學習英文的環境——利用早自習全校播放英文廣播、鼓勵孩子
進辦公室時以英文報告；建立安全的導護制度——每位老師輪流導護，不僅提高上
放學的安全，更促進學生與老師的關係；改善校園環境——舉辦教室布置比賽、廁

62　蔡榮勇生平資料參引自蔡榮勇，《北斗・我的最愛》，彰化：彰化縣文化局，2002年。以及
　　陳器文等編撰，《臺中市志・藝文志》，頁173。

63　蕭秀芳生平資料參引自「2007台灣作家作品目錄」，網址：http://www3.nmtl.gov.tw/writer2/
　　writer_detail.php?id=2388#，登站日期：2014年2月5日。

所美化活動等，活動過程、師生及家長的回饋，一步步建立起蕭秀芳的信心。

13、 洪志明（1956—）

　　苗栗人，臺中師專、臺東師範學院研究所畢業，任教於臺中市四維國小，曾參與滿天星兒童文學雜誌社、臺灣省兒童文學協會、中華民國兒童文學協會等團體[64]。對於兒童文學創作與論述十分投入，著有《快樂的小路》、《再見、特洛伊》、《花巫婆的寵物店》、《二年五班，愛貓咪》、《五年五班，三劍客！》、《校園歪檔案》、《植物的旅行》、《童詩萬花筒》、《中秋月，真漂亮》、《四年五班，魔法老師！》、《三年五班，真糗！》、《六年五班，愛說笑！》、《11堂智慧故事課》、《妙點子商店》、《一分鐘寓言》、《黑母雞找蛋》、《花園裡有什麼》，也有評論《用新觀念學童詩》、《兒童文學評論專集》等書。

　　洪志明有半數的創作靈感是從自己教學生涯而來，以《三年五班，真糗！》（2000）和《六年五班，愛說笑！》（2001）為例，抓取班級中的特色學生作為故事要角，都有善解人意的小女生、調皮搗蛋的小男童、貪吃的胖小子等角色，情節則多以校園生活為主。不過兩本書中學生的活動場域與人際關係就不太一樣，《三年五班，真糗！》的場景多半在課堂上，且多有老師參與其中，舉凡〈分割大象的小神童〉和〈教室裡演皮影戲〉、〈最好的禮物〉等，呈現師生上課的互動情形（老師鼓勵學生思考課本以外的答案）；〈本班的模範生〉討論如何選擇（老師讓學生自己決定誰才是模範生）、〈小皮球的聯絡簿〉呈現老師與學生和家長的溝通方式、〈偷吃餅乾的大老鼠〉是老師與同學共同找出問題的來源並加以解決。

　　至於《六年五班，愛說笑！》則幾乎不見老師的身影，由六年五班同儕小團體為故事要角，呈現出團體力量大、同儕情深的氛圍，而且不再與課業相關，發展出更多人際關係、課外活動篇幅，像是〈不快樂的菲傭〉講綽號對人的影響、〈心跳一百八〉講小六生情竇初開、〈聊天樹下的客人〉表達同儕的關心、〈輸得很高興〉談籃球、唱歌比賽的得失、〈小零錢的止痛藥〉是運動傷害和友情。整體來說，這本書是以朋友往來為基調，不論是吵架鬥嘴、互出主意，都可以看出出自小

64　洪志明生平簡介參引自陳器文等編撰，《臺中市志‧藝文志》，頁173。

朋友內心的善，或許對於六年級來說，同儕之間的關係已較三年級時更為重要，也更加穩定。那種「低年級『父母說』、中年級『老師說』、高年級『朋友說』」的演變，確實有那麼一點道理，在洪志明的作品中也可見端倪。

14、王麗琴（1957—）

王麗琴，生於臺中，居寓高雄，靜宜中文系、中山大學中文所畢業，曾任靜宜中文系助教、港都文藝學會監事[65]。

王麗琴創作文類豐富，以筆名王力芹創作兒童文學，著有《酸酸甜甜17歲》、《姐姐的註冊費》、《我的麻煩表弟》、《養豬的小女孩》、《兩個月的魔咒》、《搶救爸媽大作戰》、《無敵女孩GoGoGo》、《賣麵包的女孩》、《怪咖宿舍》、《小搗蛋魔鬼訓練營》、《寶貝惡作劇》、《把悲傷留給昨天》等。另以妍音或本名寫詩、小說、遊記，至2010年為止，至少出版兒少作品十三本，散文及小說七本。王麗琴的兒少作品有柔情，也有搞怪，有時賺人熱淚，有時讓人捧腹大笑，風格迥異，變化多端。

15、莫等卿（1961—2007）

生於馬來西亞，1981年前後來臺，定居臺中。創作文類以小說、兒童文學為主[66]。莫等卿的兒童文學不少，但以原創來說，《魯也出國啦》是最符合的一本，其他多為歷史小說、傳奇故事的改編，如有《金鶴傳奇》、《俠士與狼》、《滿清十三王朝》、《一代軍師孔明》、《幽靈號》、《白蛇傳》、《說唐演義》、《臺灣奇譚》、《江南四才子》、《孟麗君》、《西廂記》、《彭公案》等。

莫等卿曾表示，《魯也出國啦》是根據他的童年生活而寫成的[67]，也就是說，莫等卿的出生地及孩童時光，是他創作的重要養分來源。《魯也出國啦》一書，以小六生魯也為主角，和母親到馬來西亞找親戚（大姨媽），透過魯也的各種感官，

65　參見「高雄文學館作家數位典藏」，網址：http://163.32.124.24/ksm/artsdisplay.asp?systemno=0000002452&displaykind=1，登站日期：2014年2月10日。
66　莫等卿個人資料，參見陳器文等編撰，《臺中市志‧藝文志》，頁162-163。
67　莫等卿自序全文參見氏著《魯也出國啦》，臺北：富春文化，1994年。

呈現出第一次出國搭飛機、割膠、看獵山豬、騎大象、住酋長家、用手吃飯的新奇、興奮，也藉由在國外遇見的大姨丈、阿輝（二表哥）、安妮（阿輝表妹）、阿默（大表哥同事之子）等不同語族，簡述馬來西亞歷史、文化，讓魯也了解馬來西亞是由多元族群和語言（馬來語、華語等）所組成。這一躺旅程，除了帶給魯也新的視野、新的生活體驗之外，也讓魯也認識許多朋友，真誠的情誼帶給魯也不少快樂，更讓他反思自己原本在臺灣（臺北）的生活空間與習慣。大概是因為作者的自身經驗使然，角色刻劃得活靈活現，讀者宛如置身馬來西亞等地，一同度過異國生活。

16、　賴曉珍（1967—）

　　臺中人，淡江大學德文系畢業。處女作〈不能開花的鳳凰木〉獲第十七屆洪建全兒童文學創作獎童話優等獎，另曾獲省教育廳兒童文學獎、九歌現代少兒文學獎、好書大家讀年度最佳童書等獎項[68]。

　　賴曉珍在一九九〇年代即開始寫作兒童文學，出版了《人魚小孩的初戀故事》、《摩登烏龍怪鎮》、《大石頭胳肢窩》，2000年後則有《兔子比一比》、《銀線星星》、《貴豬大飯店》、《飛天豬V.S洗狗人》、《老爺電車怪客多》、《泡芙酷女生》、《泡芙與貓共舞》、《母雞孵出大恐龍》、《貓的內衣店》、《花漾羅莉塔》、《狐狸的錢袋》、《太陽公公的獨輪車》等書。另有異國遊札《家住愛丁堡》。

　　賴曉珍的創作文類以兒童文學為主，作品中常探討角色之間的相處模式，諸如友情、親情、愛情，都有所發揮，而且喜用動物，如龍、兔子、貓、豬、雞、狐狸等為主角或配角，對於動物的習性或特色描摩細微；故事的進展多從兒童／小動物的觀點出發，以童稚的視角看世界、看大人。賴曉珍常提出原本被視為理所當然的事，用故事包裝起來，讓人讀著讀著就相信書中寫的前因後果，這是賴曉珍童書的魔力。

68　賴曉珍個人資料參見邱各容，《臺灣兒童文學史》，頁269。

17、 鄭宗弦（1969—）

　　生於嘉義新港，現居臺中市。小時候喜歡畫圖，但在升學主義下不被家人支持；大學就讀中興大學農藝系，一度想轉考中文系，但被家人與老師勸退，最後讀到農業推廣研究所畢業；服役期間創作投稿，開始得獎、出書，回到「自己喜歡的事」，並認定要以創作少年小說為志業[69]。

　　鄭宗弦在九〇年代後期嶄露頭角，1997年以散文〈鬼秀才〉獲得臺灣省政府圖書館週徵文比賽佳作，之後獲獎無數，得過全國師院生兒童文學創作獎、九歌現代兒童文學獎、臺灣省第十二屆兒童文學獎、柔蘭兒童文學獎、教育部文藝創作獎、大墩文學獎、玉山文學獎、蘭陽文學獎、夢花文學獎等。不過他的第一篇少年小說是1998年發表的〈姑姑家的夏令營〉，隔年同名小說出版，接著有《第一百面金牌》、《又見寒煙壺》、《媽祖回娘家》、《神豬減肥記》、《夢幻快車驚魂記》、《香腸班長當家》、《我的姐姐鬼新娘》、《台灣炒飯王》、《我家要嫁鬼新娘》、《阿公的紅龜店》、《紅龜粿與風獅爺》、《有人在鹿港搞鬼》、《雨男孩、雪女孩》等，約以一年一至兩本作品的速度，至2010年已出版十九本書。

　　鄭宗弦的創作常見臺灣庶民生活經驗、禮俗文化，極具草根特性；小說中常有「主角遭遇困難，面對，最後解決難題」的模式，使得讀者可以在閱讀過程中獲得啟發並一同成長。例如《第一百面金牌》寫辦桌文化與精神，《媽祖回娘家》寫民間信仰與廟會活動，《阿公的紅龜店》寫紅龜粿在慶典的重要性與傳統米食文化，《紅龜粿與風獅爺》寫道士文化、地方風俗，以及小人物的心聲等。鄭宗弦可說是有心透過作品，經營及傳承臺灣民間傳統風俗之人。

18、 陳秀鳳（1971—）

　　筆名米雅，生於嘉義，現居臺中。政大東語系日文組畢業，日本大阪教育大學國語教育研究科兒童文學碩士，現任職於靜宜大學日文系。著有詩畫集《在微笑的森林裡吹風》、《今天，你開心嗎？》，兒童故事《桃樂絲的洋娃娃──彭蒙惠的

69　參見鄭宗弦《紅龜粿與風獅爺》，臺北：九歌，2010年7月，頁8-13。以及鄭宗弦個人部落格：http://blog.yam.com/aaxyz。

故事》、《小玲的台中歲時記》、《春天在大肚山騎車》，並譯有三十餘本日文童話圖書[70]。陳秀鳳的創作看似清淡，卻常出現撼動人心的詞句，闔上書還讓人留戀不已。

70　陳秀鳳個人資料參考自米雅，《在微笑的森林裡吹風》，臺南：人光，2001年4月，頁42-43。

第九章
臺中的文學地景與在地書寫

　　人類的活動無法與空間脫離，土地、空間與情感的緊密連結，更是文學書寫的普遍性主題。文學地景概指文學作品所呈現的地方景物樣貌及其內在心靈感受，其背後反映出作家群體對地景空間的歷史記憶與情感投射，往往具有一定的代表性，也反映地區的特殊性。根據人文地理學的說法，文學地景往往反映人類對生活空間的認同，謂之「地方」，這也就是地方感的形成。本章將依照不同的歷史階段，分為清領時期文學地景、日治時期文學地景、當代的文學地景與地方感的形成，討論臺中作為特定的區域空間，其自然與人文環境，如何被書寫觀看，而這些書寫的背後，又隱藏何種文化意涵？

第一節　清領時期的臺中文學地景

　　清領時期的臺中地區，雖早在康熙年間就有漢人拓墾結庄的紀錄，並形成諸多豪紳世家，但由於中部地區的行政與文教中心設在彰化，而商貿要鎮則在鹿港，故整個清領時期，臺中地區的人文發展相對較為遲緩，一直到日治時期，才逐漸取代彰化，成為中部的核心區域。在上述的時代背景下，清領時期對現今臺中地區的地景描寫，大多是偏向直觀的山川景物描寫，或記錄置身空間地景的當下經歷見聞，這類作品雖然並未觸及作者個人的生命情志，但卻翔實地記錄了當時臺中地區的地景地貌與社會型態，以下分為山岳、河川與農村等三個項目，依序說明。

一、山岳

　　清領時期對臺中地區山岳的描寫，主題集中在大肚山與九九峰兩座山岳上。在清領時期，分隔海岸平原與臺中盆地的大肚山臺地，因鄰近市街村鎮，遂成為周遭居民砍伐撿拾薪材的區域，後以「肚山樵歌」為名，列入彰化八景之中，成為文人描寫的對象。雍正年間擔任彰化知縣的秦士望，便以〈彰化八景〉為題，描寫彰化縣重要地景，其中對大肚山的描繪如下：

> 山高樹老與雲齊，一逕斜穿步欲迷。人跡貪隨巖鹿隱，歌聲喜和野禽啼。
> 悠揚入谷音偏遠，繚繞因風韻不低。刈得荊薪償酒債，歸來半在日沉西。[1]

這首作品描寫樵夫一邊唱歌，一邊入山砍柴的情境。詩句以描寫山上樹木茂密，遮蔽道路視野破題，接續描寫樵夫山歌悠揚繚繞，伴隨著鳥鳴，傳遍山林之間。最後，以夕陽歸家，伐薪買酒等意象，傳達百姓閒適安居的和樂氣象，符合地方官吏描摩「政治清明，百姓安樂」的主觀想像。

　　然而，隨著人口增加，在長期砍伐之下，遲至道光年間，大肚山上的樹木已經砍伐殆盡，讓「肚山樵歌」成為時代絕響。道光年間編成的《彰化縣志》便有以下記載：

> 大肚山：在縣治北十里，遠望之樣似峨眉，與望寮山對峙。山後秀淨，為貓霧捒一帶案山。山麓樹木陰翳，樵採者行歌互答，「郡志」：「肚嶺樵歌」是也。今則萌蘗無存，已見濯濯矣。[2]

文中的「縣治」為彰化城，「望寮山」指今日的八卦山，而「貓霧捒」則是臺中盆地，這段文字清楚記錄大肚山的空間位置。重要的是，文中記錄往昔因為樵夫上山砍柴而有「肚嶺樵歌」之景，如今因過度樵採，讓部分區域成了光禿一片。由此，

1　全臺詩編輯小組，《全臺詩》第貳冊，臺南：國立臺灣文學館，2004年2月，頁111。
2　周璽，《彰化縣志》，臺灣文獻叢刊第156種，臺北：臺灣銀行，1957年，頁13。

我們可以看到人力對地景的破壞與改易。

　　大肚山除了列入彰化八景之外，清光緒13年（1887），為配合臺灣建省，臺中地區脫離彰化縣，新設行政區域稱臺灣縣，而大肚山也以「肚山觀海」之景，入選為臺灣縣八景。清光緒19年（1893），丘逢甲寫下〈臺灣縣八景〉組詩，其中第三首即為〈度山觀海〉：

> 山與臥龍垺，奇觀接混茫。何人揮羽扇，籌策莫南洋。[3]

詩作首句形容大肚山臺地既像倒臥之長龍，又像是一堵橫亙的矮牆，次句指出這樣的奇景，綿延不斷直到視線看不清楚的遠方。第三、四句轉折語氣提出設問，問何人能有諸葛孔明之才，平靖眼前這片列強肆意妄為的海洋，將視角由山景轉往大海，一方面扣合了觀海主題，再者連結首句「臥龍」二字，最後傳達出知識分子晚清動盪時局下感時憂國的心境，短短數句由景入情，堪稱佳作。

　　除八景詩之外，陳肇興〈初往肚山之竹坑莊〉，也是一首描寫清代大肚山的重要之作：

> 甘雨幾時降，草木皆敷榮。東郊一以眺，綠野人盡耕。出城見肚山，一抹翠眉橫。北風從南來，蕭蕭刺竹鳴。籃輿到山麓，樹樹攔人行。傴僂穿其下，肩夫足跛傾。我坐看山光，卻喜路不平。峰峰如護衛，送我到竹坑。主人知我至，倒屣出門迎。一見各恨晚，歡笑若平生。[4]

詩題中的「竹坑莊」，即今日的龍井區竹坑里，是位於大肚山山腳的村莊，當時作者陳肇興受聘來此擔任西席教師，留下了對大肚山山麓的印象書寫。詩句描述自己途經彰化縣城東郊，看到雨後草木繁茂開花，而平原上布滿了耕地，接著視線往遠處延伸，就看到大肚山像眉毛一般橫亙在眼前。接續描寫乘坐竹轎，行走於大肚山

3　全臺詩編輯小組，《全臺詩》第拾伍冊，臺南：國立臺灣文學館，2011年2月，頁83。大肚山，起名源於山腳下有平埔社群大肚社而得名，但後世文人常覺「大肚」二字不雅，故意改寫為「大度山」，此處丘逢甲即是如此。

4　全臺詩編輯小組，《全臺詩》第玖冊，臺南：國立臺灣文學館，2008年4月，頁209。

山徑的體驗，風吹竹林響、綠樹礙人行，一路顛簸上下山麓，終於到了竹坑。最末寫主人家熱情歡迎，賓主相見恨晚的情形。整首作品，由彰化經大肚山到竹坑，讓我們隨著作者的文字，由田園到山麓，領略了當時綠意滿眼的大肚山風情。

除大肚山，另一座備受文人矚目的山岳是九九峰。九九峰又名火炎山（火燄山），因為地質含有赭土，在晨昏陽光的照耀下，山峰火紅宛若燃燒，因此早自清代以降，便被視為中部一大奇景，以「燄山朝霞」為名，譽為臺灣縣八景之一，而成為文人書寫歌詠的對象。在丘逢甲的〈臺灣縣八景〉組詩中，〈燄山朝霞〉名列第二，詩句對於火燄山的特殊景觀，有著簡單而傳神的描繪：

> 山靈抱奇氣，光燄作霞彩。東風吹不散，捧日照炎海。[5]

首句以九九峰鐘靈毓秀破題，帶出朝霞映照宛若火焰的次句。第三句，強調這樣火光山色乃風吹不滅，就像是捧著太陽照耀火海一般。而最末兩句，除了描寫山景之外，還一語雙關，用來強調自己拳拳報國的堅定心意。「炎海」一詞，可泛指南海炎熱地帶而言，此處指的即是臺灣。而「捧日」典出三國程昱夢見兩手捧日之事，後多以此比喻忠心輔佐帝王。連結來看，此句可謂是丘逢甲的自我期許之心，是透過描寫山景，託喻自身翼贊王事之心，是一種借景言志的表現手法。

除了丘逢甲之外，陳肇興的〈登洪家天玉樓望火炎山諸峰〉，則是由草屯方向，望向夕陽下的九九山連峰，由於全詩頗長，節錄描寫山景部分如下：

> 眾山如火光炎炎，九十有九崑岡尖。春風萬古吹不到，山形骨立無留髯。洪家有樓高百尺，三層對峙飛雕檐。褰來引我緣梯上，俯視群峰成排簷。不藉樹木為奇古，空所依倚何森嚴。怪犀醜象紛羅列，缺處仍以雲峰箝。魚尾半赤紅日墜，鵝毛一白青天粘。須臾變滅有千百，山耶雲耶都相兼。[6]

5　全臺詩編輯小組，《全臺詩》第拾伍冊，頁83。
6　全臺詩編輯小組，《全臺詩》第玖冊，頁251。

詩作破題直接切入九九峰的特殊景致與命名緣由，並描述九九峰細瘦光禿、不長草木的峰頂景觀。接著指出站在三層高的天玉樓上，九九山連峰看起來就像是並排的竹籤一樣，並強調無樹的山峰，各成姿態羅列排比，自有一番整齊景象，而山峰的缺口，也可由變幻的雲峰補上。接著視角由地面山峰轉往天上晚霞，形容夕陽照耀晚霞，宛若錦鯉尾巴顏色，光澤變換紅中帶金，又或者像白色鵝毛一般，清柔地沾黏在青色天空中，總之雲景變幻萬千，得與火焰山色相互輝映。

　　陳肇興筆下的九九峰，凸顯的就是一個「奇」字。洪棄生的〈九十九峰歌〉，也是依循類似的思考脈絡，刻意描繪九九峰的焰光奇景，並堆疊繁複的誇飾修辭，呈現九九峰的宏偉氣象，節錄部分詩句如下：

> 乾坤奇氣磅礴布，東南海岱巨靈護。坼地擎天一臂撐，九十九峰空際露。一峰摩空一峰從，空中密排青芙蓉。森然突兀放玉瓣，朵朵太古煙雲封。有時風雲氣拂鬱，劍鋒如從指邊出。駢列巨刃倚天揚，鬼斧神工出旋沒。丹赭晴霞捧赤城，照燭炎洲明復明。芒棱四吐如怒火，炙天不熱天亦驚。羲和日御行不得，重輪欲度便傾側。返照扶桑神鳥迷，倒影滄海蛟龍嚇。[7]

詩句中讚嘆九九峰排列相連、高入雲霄，宛若一朵青色的芙蓉花，又誇張的宣稱火紅雲霞照亮了整個臺灣，而如焰火般的山峰更是氣勢驚天，連羲和、女媧、扶桑神鳥、滄海蛟龍等神話人物，也會為之驚迷絕倒。洪棄生在詩作中對九九峰的讚嘆，讓九九峰幾乎脫離了現實，成為近乎海上仙山般的存在，也讓人對九九峰鬼斧神工的自然盛景，有著一探究竟的好奇心。

　　清領時期臺中地區的山岳，題材主要集中在大肚山與九九峰，這兩座山脈前者平緩，後者詭奇，分別在臺中盆地的西側與東南角落，大肚山容易登臨，而寫九九峰多屬遠望，但都在寫作者視線可及之處。至於更險峻高聳的中央山脈，由於當時屬於原住民的生活領域，為漢人足跡所未到之處，因此並未見於詩人筆下。

7　全臺詩編輯小組，《全臺詩》第拾柒冊，臺南：國立臺灣文學館，2011年10月，頁57。

二、河川

　　現今臺中市行政區域內，有三大河流橫亙而過，由北至南，分別是大安溪、大甲溪、大肚溪，其中大安溪是臺中、苗栗的界河，而大肚溪則是臺中、彰化間的分隔，這三條河流至今仍是臺中境內主要的河川。

　　清領時期，臺中地區河流的文學書寫，主要集中在大甲溪與大肚溪。探究其原因，由於大甲溪水勢盛大，為南北往來的自然天險，在雨季橫渡大甲溪，被視為死生之搏，再加上光緒13年（1887）臺灣建省之前，大甲溪為彰化縣與新竹縣之界河，是重要的行政區域地理指標，因此備受矚目，每每成為詩作吟詠的對象，相關詩作，數量極多。另一方面，大肚溪橫亙彰化與臺中之間，而彰化縣城又是中部行政與文教薈萃之地，眾多官員、文人南來北往都需渡河通過，因此橫渡大肚溪自然成為詩歌描寫的關注焦點之一。

　　相對的，大安溪在清領時期鮮少受到文人關注，這可能與清代行政區域劃分有關。光緒13年（1887）臺灣建省後，劃分出臺灣縣與苗栗縣，二者以大安溪為界，在此之前，大安溪並未被視為空間劃界的地標，受到的關注自然不多。此外，大安溪與大甲溪的距離不遠，也讓大安溪掩蓋於大甲溪的盛名之下，如清乾隆時人朱景英，在《海東札記》中，便將大安溪附錄於大甲溪條目之後[8]。而同在乾隆年間修撰的《重修福建臺灣府志》，也將大安溪與大甲溪相提並論：

> 大安溪：險如大甲溪，面較狹。夏、秋水漲，必待水落，邊海而行。源發水沙連內山。[9]

由這段記錄可以注意到，當時認為大安溪特色近似於大甲溪，只是溪面不如大甲溪遼闊。這種性質類似卻有所不如的評價，顯然是大安溪在清領時期被忽略的重要因素。康熙年間的《諸羅縣志》曾經評比大肚、大甲、大安三條溪流，其云：

8　朱景英，《海東札記》，臺灣文獻叢刊第19種，臺北：臺灣銀行，1958年，頁9。
9　劉良璧，《重修福建臺灣府志》，臺灣文獻叢刊第74種，臺北：臺灣銀行，1961年，頁66。

大肚、大甲、大安三溪，俱稱險絕。然大安溪面稍狹，大肚水勢稍平，獨大甲溪闊流急；水底皆圓石，大若車輪，苔蒙其上，足不可駐。至時人各自保，不能相救。又海口甚近，雖善泅如番，亦對之色變。秋漲尤險。[10]

由此記錄，可知大甲溪歷來是以「險闊」聞名，康熙時期的阮蔡文留有一首〈大甲溪〉，清楚描述渡河之艱險：

崩山萬壑爭流瀧，溪石團團馬蹄縶。大者如鼓小如拳，溪面誰填遞疏密。水挾沙流石動移，大石小石盪摩澀。海風橫刮入溪寒，故縱溪流作礐礐。水方沒脛已難行，水至攔腰命呼吸。夏秋之間勢益狂，瀰漫五里無舟楫。往來溺此不知誰，征魂夜夜溪旁泣。山崩巖壑深復深，此中定有蛟龍蟄。[11]

詩作以描寫湍流卵石破題，指出溪石累累，絆住馬足，難以前行。接著描述海風強勁，颳起溪面浪濤，讓渡河更加困難，水深至小腿時已難前行，深達腰部便隨時有性命之憂。接著指出水勢在夏秋雨季匯為洪流，河面遼闊又無渡船，歷來不知有多少冤魂在此喪命。最後，阮蔡文感嘆這溪流之中一定有蛟龍潛藏，才會如此危險噬人。

若說阮蔡文是由溪石、風浪、湍流，一路寫到溺斃冤魂，具體呈現出大甲溪天險難渡的特色，那朱景英的〈涉大甲溪〉，便是親身渡河的體驗與驚駭心情的記錄：

重巘薄巨溟，谿流赴其壑。建瓴勢敢當，一瀉不餘勺。何年擲山骨，彌望鋪磈硌。迅湍日舂撞，澀滑勿容蹻。跨碕絕杠梁，懸失代杕。當迲際茲險，徒御困各各。賴有蠻蜑群，頂踵力翹躍。逆掠雪捲濤，欹轉迴蘀。蹢躅達前崖，神志猶錯愕。咄哉大川涉，平生矢無怍。履坦幽人貞，安居達

10　周鍾瑄，《諸羅縣志》，臺灣文獻叢刊第141種，臺北：臺灣銀行，1962年，頁286。
11　全臺詩編輯小組，《全臺詩》第壹冊，臺南：國立臺灣文學館，2004年2月，頁393。

　　者樂。曷弗下澤乘，少游語如昨。所以馬文淵，頭白武谿惡。[12]

朱景英由山川形勢入筆，描述重疊的山巒臨近大海，而大甲溪夾帶著滂沱水勢穿山奔流入海。溪床內則滿布卵石，在湍流沖擊下，激起波濤，讓人難以渡越。再加上周遭無橋樑、渡船等設施，讓大甲溪成為往來路途上的險厄之所。接著描述自己渡河的經歷，指出幸好有平埔族人（蠻蜑群）充當徛役背其過河，並描述渡河時，在浪濤的拍擊下，自己就像風吹木葉般地搖蕩，花了很長的時間才到達對岸，但心情仍驚懼不安。最後，作者感嘆大概是平常沒做虧心事，此次才能履險如夷，平安渡過惡水，並引馬援困於南疆武溪之事，強調大甲溪之艱險，可與那鳥不敢飛、獸不敢臨的武溪相提並論。

　　縱使阮蔡文、朱景英不斷強調渡河之險，但更麻煩的是，大甲溪只春、冬二季可以冒險渡河，當夏、秋雨季一來，在暴雨或颱風後，溪水暴漲，甚至溢流，此時只能望流興嘆，南北往來為之中斷。為此，清領時期官府曾試圖築橋克服天險，這便是著名的「大甲溪鐵橋」。光緒7年（1881），福建巡撫岑毓英籌建大甲溪橋，當時利用枯水期施工，先修築沿岸堤防，並由福州船政局澆鑄鐵籠四十座，拆分運至工地現場後組裝，再以鐵籠積石作為橋樑的基礎[13]，並鋪設橋面，整體工程耗費二十萬圓[14]，是清領時期臺灣最大規模的橋樑工程。而這座橋，也因為使用鐵籠這項新工法，而被雅稱為「鐵橋」。在橋樑將成時，岑毓英寫下〈大甲溪鐵橋〉，記錄心中的自豪與喜悅：

　　　　甲溪如海闊茫茫，病涉民間矗是傷。昔日帝封今有莫，狂瀾自此慶安詳。[15]

詩作第一句強調大甲溪遼闊如海，第二句隨之指出大眾因此苦於涉川渡河，而自己作為巡撫，一直殷切掛念這個難題。第三句轉折語氣，自豪的表示，遠古有大禹治

12　全臺詩編輯小組，《全臺詩》第參冊，臺南：國立臺灣文學館，2004年2月，頁41。
13　臺灣銀行經濟研究室，《清季申報臺灣紀事輯錄》，臺灣文獻叢刊第247種，南投：臺灣省文獻會，1994年，頁1028。
14　連橫，《臺灣通史》，臺灣文獻叢刊第128種，臺北：臺灣銀行，1962年，頁86。
15　全臺詩編輯小組，《全臺詩》第玖冊，頁105。

水劃定九州疆界，今日則有鐵籠鎮石穩固安定橋樑，最末句認為鐵橋架設之後，大甲溪的洪濤再也不會構成危難，百姓們從此可以安居樂業。

　　然而事與願違，鐵橋在光緒8年（1882）夏季落成，啟用十餘天後，天降大雨不止，溪水沸騰奔流，堤岸崩潰，橋樑沖毀，四十座鐵籠僅餘八、九座殘存。對於這場工程悲劇，丘逢甲在〈大甲溪歌〉的序言中，針對鐵橋一事，留下「潦固溪性，夏秋固潦時，不俟落而爭之，誠未可以人力為也」[16]的評論，認為豐水期的大甲溪，不是單憑人力就可以克服的難題。

　　相對於大甲溪的危難不馴，詩人筆下的大肚溪則呈現出截然不同的風情。《諸羅縣志》曾指出大肚溪「水勢稍平」[17]，足見水勢平緩、溪面廣闊為大肚溪之特色，同光年間來臺的林豪，曾有〈大肚溪〉一首詩作，記錄下山光水影、和樂閒適的大肚溪風情：

　　　　逶迤嶺複與川連，古樹斜陽畫意傳。舴艋舟移人喚渡，桄榔葉暗鳥啼煙。榕根卓午征夫憩，石榻涼陰野老眠。鹿鹿不知村遠近，新詩敲就筍輿肩。[18]

詩句描述溪流伴隨綿延的大肚山，山光水色如畫可人。自己在渡口買舟過河，眼前是茂密的桄榔樹，耳邊滿是禽鳥的鳴啼。上岸後，已屆正午時分，往來之人多在榕樹下乘涼休息，更有鄉里老人在陰涼處石頭上睡午覺。而自己仍在路途上行進，坐在竹轎上推敲詩句的用字。林豪筆下的大肚溪，山水相依映目成畫，渡溪時全無怖懼驚悚之感，反而傳達出一種恬靜自足的悠閒心情，與前列大甲溪相關詩作，感觸明顯不同。

　　清領時，大肚溪北岸的渡口設在烏日，稱為「烏日渡」，是往來臺中、彰化必經之地，陳肇興便寫有〈烏日渡〉記錄渡河之景：

16　全臺詩編輯小組，《全臺詩》第拾伍冊，頁19。
17　周鍾瑄，《諸羅縣志》，頁286。
18　全臺詩編輯小組，《全臺詩》第玖冊，頁318。

> 溪流何處到，一望浩無涯。浪急日光碎，雲飛天勢移。茫茫迷蔗圃，淼
> 淼失蘆陂。搖櫓從茲去，孤舟似箭馳。[19]

詩人描述大肚溪浩瀚廣闊、一望無涯，讓其疑惑溪水自何而來。而渡河時，水浪翻湧漾照光芒，雲霧卻逐漸遮蔽天色，遠遠望去岸上的甘蔗園已模糊不清，而目光收回，則近岸的水草早淹沒在大水之中，河面上僅有自己一條小船，正迅急地越渡水面。

陳肇興詩句中的疑惑，其實反映了大肚溪潮差甚大的特色。所謂的潮差，指的是潮汐變化間，最高水位與最低水位的落差，而大肚溪正是全臺潮差最大的溪流，因此逢低潮時，水位極度下降，沙洲水草皆露出水面。反之，當滿潮時，海水灌入溪流，當河面達高水位時，只見浩瀚水勢，河床餘物則一概淹沒水底。眼見這種極為明顯的水位高低落差，也難怪陳肇興會感嘆水從何處來。

三、農村

漢人在明鄭時期，開始進入臺中地區囤墾，幾經頓挫征伐，在雍正時，逐漸壓制各平埔族社群，至乾嘉年間，漢人已取代平埔族人，成為中部住居開墾的主力族群。這種族群更替與環境開發的過程，屢屢記錄於當時詩作之中，如黃清泰的〈宿貓霧捒田家〉，即為其中的代表之作：

> 行役貓霧捒，駐馬看秋光。天外碧山碧，地上黃雲黃。雲黃稻已熟，家
> 家刈穫忙。笠子團團月，鐮鉤皎皎霜。打禾苦且樂，歌聲何悠揚。饁擔
> 羅田畔，婦媚依土旁。兒童四五人，裸走拾穗狂。貪看不覺久，暝色催
> 夕陽。一叟前致詞，止我宿田莊。竹橋通柴門，燈火明草堂。懃懇具雞
> 黍，從者飫酒漿。主人為我言，今年去年強。穀額幸不蝕，米價聞頗
> 昂。看看收成後，舊債一半償。意適笑言洽，稱醉還傾觴。臥我新竹

19　全臺詩編輯小組，《全臺詩》第玖冊，頁206。

榻，茵鋪稻香。清絕無塵夢，一枕遊羲皇。天明辭上馬，簡書心不遑。中途回首望，竹樹煙蒼蒼。[20]

詩句破題直言自己在秋季因公務來到貓霧捒，此時正逢稻穫，家家忙著收割米穀。接著描繪一連串的秋收景致，如刈稻打禾、婦人送餐、孩童拾穗等等，呈現出豐收興隆之農家景態。接著，陳述自己受邀留宿，主人家柴門草堂，雖非大富之家，但以濁酒肉食款客，卻也不見匱乏。並由主人之口，知道今年稻穫米價，皆比去年為高，可謂形勢大好、樂觀可期。最後，說明自己在餐宴後，醉臥欣眠，翌日心急公務，辭行上馬，離開了這個樂業安居的豐饒村莊。

　　詩中描寫的「貓霧捒」，指今日臺中南屯一帶，此處原為平埔族貓霧捒社所屬土地，也因而得名。另一方面，此處是漢人入墾臺中盆地時，最早形成漢人聚落的區域，始於康熙末年，至乾隆年間，已經略具規模。而作者黃清泰，任職北陸路中營都司，於嘉慶20年（1815）前後，因公務出行而貓霧捒留宿，在其眼中筆下，貓霧捒已經成為漢人聚居之地，往昔的草萊埔地，也已拓為良田片片，不僅反映出族群興替消長的情形，也記錄下嘉慶年間臺中漢人移墾之後農業蓬勃開展的社會狀況。

　　若說黃清泰的〈宿貓霧捒田家〉，反映出南屯一帶的拓墾狀況，那陳肇興的〈賴氏莊〉組詩，則記錄咸豐年間，北屯賴厝一帶的田園風情，選錄詩作如下：

聞亂拋城市，還家就友生。數間茅屋老，十里稻畦清。處處花依壁，家家竹作城。呻吟吾不惡，閒步看秋耕。（其一）

摘果穿花徑，隨流到稻阡。鳥衝雲外路，魚樂水中天。俯仰皆佳趣，行藏愧少年。隔籬有野叟，呼飲夕陽邊。（其二）

結宅臨流水，開門見遠山。主人能好學，稚子不偷閒。竹下挑燈飲，花

20　全臺詩編輯小組，《全臺詩》第參冊，頁253。

前出畫看。祇因素相愜，禮數一時刪。（其四）[21]

第一首作者自言因避戰亂，遂遷至賴氏莊的朋友家中。此處的戰亂，指的是咸豐3年（1853）5月，嘉義人賴鬃、賴益兄弟，糾眾抗官，豎旗造反，圍攻彰化。而彰化人曾家角唱和起事，彰化地方人心惶惶[22]，故作者也避居北屯賴厝，一方面觀望態勢，另一方面則充任西席教師，教育友人子弟。詩句主旨在於描寫賴氏莊的風情，透過茅屋竹圍、稻田璧花等語，呈顯出閒適的田園氣氛。

　　第二首，延續散步賞景的語意，描寫庄園周遭環境，即沿路而行，有果樹花徑、稻田流水，處處景致宜人，此外還有親切的鄉人，在夕陽下喚他一同宴飲，由外在之景到內在人情，都顯得單純美好。第三首則記錄寓居友人家中的狀況，詩句指出友人宅邸臨溪面山坐收良景，而主人家家風好讀，其教導的小孩子也很上進。最後說自己跟朋友情誼密切、不拘俗禮，常一同夜飲閒談，或品評書畫藝術等等。整體而言，陳肇興這組詩作，幾乎將賴氏莊形容成人間樂土，甚至有幾分避難至桃花源的況味。

　　然而，生活未必總是如此美好，陳肇興另有一首〈揀中[23]大風雨歌〉，便記錄下清領時期臺中盆地最大的環境問題，即野溪溢流成災。當時，臺中盆地地勢較為低窪，又有數條溪流枝蔓流淌，平素這些野溪為稻作提供了充足的灌溉水源，讓臺中盆地成為豐收之地，但若天雨不止，大水常溢流淹沒庄園，讓熟田一夕化為沼澤，而這首詩作便是記錄當時颱風致使水患的慘況：

昨夜狂颱振林木，千聲萬聲動巖谷。橫吹黑雨捲山來，飛灑如麻亂相撲。鞭策百怪驅蛟龍，雷公電母紛相逐。半空純是金甲聲，時有赤虯飛貼肉。使風挾雨雨倒吹，駕雨助風風更速。朝南暮北一旋轉，有若天輪

21　全臺詩編輯小組，《全臺詩》第玖冊，頁206。
22　臺灣經濟研究室編，《嘉義管內采訪冊》，臺灣文獻叢刊第58種，臺北：臺灣銀行，1959年，頁44。
23　貓霧拺，也常做貓霧捒，原為平埔社名，後引為今南屯一帶之地名。其後，隨著漢人拓墾區域的增加，貓霧拺成為臺中盆地的代名詞，並衍生出「拺東上堡」、「拺東下堡」等行政區域劃分。詩題中的「揀中」，意指「在貓霧拺這個地方」，當為泛指整個臺中盆地而言。

迴地軸。十圍杉楠摧作薪，萬叢梨柿散如雹。洶洶波浪天外來，頃刻平
地為川瀆。東鄰纔報流麥田，西舍還聞破茅屋。野水平添七尺高，漲痕
遙沒千畦綠。黃雲滿地抽鍼芽，餘粒但供烏雀啄。詰朝雨止風亦停，鄉
村十家九家哭。一春無雨苗不滋，今茲雨多反殺穀。田頭軋軋連耞鳴，
但有滯穗無圓粟。老農垂淚前致辭，乞減半租救饘粥。里胥下狀來催
租，悉賦輸將苦不足。輸官不足還賣田，稻田雖廢硯田贖。舌耕筆未幾
多年，歲歲陰陽無愆伏。滿城風雨供嘯歌，有田不如無田樂。[24]

這首詩作可分成三個段落，第一部分是描寫颱風襲來的威勢，如狂風暴雨、雷電交
加、大樹摧折等等。第二部分記錄大雨引發河川溢流造成水災，詩中描述野溪暴
漲溢流，平地頓時化為河流，淹沒無數田園，在風雨之中災情頻傳，如農地流失、
屋舍毀壞等等，而即將收成的稻穀，如今倒伏浸水，不日將穗上發芽，導致顆粒無
收，就算縱使有剩下的，也只夠成為鳥雀的食物。第三部分，陳述洪災對自己的影
響，指出大水致使今年稻穫無收，租耕田產的佃戶，希望能夠降半租救荒年，而官
府的稅吏卻仍依例催收稅賦，在下收不足、上繳難全的窘境下，只得賣田充數。最
後，陳肇興感嘆，田產不斷減少，只能靠擔任教師彌補，而這些年來，沒有一年是
陰陽調和好天氣的，只好拿這些風風雨雨當作題材創作詩歌，並自我嘲諷說：有田
還得煩惱歲時，還不如沒田來得輕鬆快樂。

　　縱使臺中盆地有沼澤水患的隱憂，但在抵禦西方列強海上入侵，以及居中兼
顧全島南北等考量下，光緒13年（1887），臺灣正式建省時，便以防禦地利為考
量[25]，擇定臺中盆地的橋仔頭[26]，作為省會建城之所在。當時析分臺灣西部為臺北
府、臺灣府及臺南府，以臺灣府城為省會，築城工程始自光緒15年（1889年）8
月，但因交通不便，建材運輸耗時鉅資，以及水患泥沼，延宕工程期日[27]，最終拖

24　全臺詩編輯小組，《全臺詩》第玖冊，頁225。
25　洪安全編輯，《清宮月摺檔台灣史料》第七冊，國立故宮博物院院藏清代臺灣文獻叢編，臺
　　北市：國立故宮博物院，1995年，頁5745-5750。
26　今臺中市中區、東區與南區一帶。
27　臺灣銀行經濟研究室，《劉銘傳撫臺前後檔案》，臺灣文獻叢刊第276種，臺北：臺灣銀
　　行，1979年，頁238。

垮整體經費，迫使工程於光緒17年（1891）2月停工。

　　停工時，城內官衙設施已基本完成，城牆部分則完築八座城門，北門、小北門至西門間的磚石城壁亦已完修，但其餘部分僅有壘石城基或土牆。工程延宕至光緒20年（1894）2月，省會遷往臺北，直到清領時期結束，城池工程終究未能完工。出身神岡呂家的呂敦禮，寫有〈大墩新建府城〉一首，記錄下臺灣府城停工後的城郭景致：

> 村墟疏落認新城，平野荒蕪接太清。細草常緣官堞長，閒花多傍女牆生。
> 月明尚少樓臺影，日暮初添鼓角聲。父老衣冠存太樸，大成殿畔事春耕。[28]

　　詩題中的「大墩」，指的是「東大墩街」，是當時商貿聚居之地，臺灣府城北端城牆緊臨於市街南側，故有「大墩新建府城」之說。而詩作一、二句，描述這座新城城內住居稀疏零落，一眼望去，荒地草埔幾乎連接天際。二、三句寫城牆狀態，指出綠草沿著未完工的土牆增生，而壘石的城基，就像一道矮牆，周遭綻開著許多野花。五、六句，拉高視野角度，指出在月色下，城區變化不大，尚且沒有太多的建築，但與往昔不同的是，城內已經有了晨鐘暮鼓的報時機制，詩人藉此表示官衙的行政機能已經開始運作。最末兩句，強調此地居民的生活型態，並沒有因為建城而大幅改變，依舊是恪守著農耕傳家的日子。

　　經由呂敦禮這首詩作，可以見到臺灣府城建設延宕的狀態，不論是滿城農地、住居稀少，亦或是荒煙蔓草中，不知何日方能完工的城壁，都清楚傳達出蕭條的況味，反映出築城計畫的失敗。

第二節　日治時期的幾個特殊文學地景

　　本節將選定日治時期描寫大甲鐵砧山、霧峰林家萊園、臺中公園等三處名勝的古典詩文為主要材料，探討日治時期臺中地區文學地景的特殊意涵。就性質而言，

28　全臺詩編輯小組，《全臺詩》第貳拾冊，臺南：國立臺灣文學館，2011年10月，頁10。

這三處名勝分別屬於歷史古蹟、私人園林及公共遊憩空間,而相關的文學書寫,則可彰顯在日本殖民統治時期,臺灣人置身於傳統漢文化認同,以及日本統治者的殖民本質與現代化的時代變遷,這些曲折複雜的轉變究竟帶來哪些巨大衝擊,作品中又顯現出哪些感受與思考,隱藏何種時代意涵?上述問題,將是本節的探討核心。

大甲鐵砧山位在臺中西北端、大安溪與大甲溪之間的獨立臺地,由於地形特殊以及鄭成功的劍井傳說,不但是著名的風景名勝,更是文人一再登臨歌詠的地景,這類作品反映在日本殖民情境下,臺灣文人對傳統文化與歷史的緬懷追思。而霧峰林家萊園,原本屬於豪門世家的私人庭園,在日治時期因緣際會從文人詩會雅集的活動空間,到一九二〇年代以後更蛻變成臺灣文化與政治啟蒙的重要據點。臺中公園則是最具現代化意象的都市景觀,始建於1903年,與市區改正同步推展,其興衰起落與臺中城市空間的變遷密不可分,反映出漢人文化傳統與日本殖民者所帶來的現代化城市空間的多重交會,相關漢詩文充滿多采多姿的特殊風貌。這三處文學地景,可代表大臺中地區傳統與現代的蛻變軌跡,共同見證臺中文學地景的多重意涵與特殊風貌。

一、大甲鐵砧山

大甲鐵砧山,又名銀碇山[29],以平緩延伸的臺地地形,矗立在大安溪南岸近海處,山勢不高,但因周遭皆為平野,獨立其間格外矚目,再加山頭平整,遠望酷似打鐵用的鐵砧,或者是倒覆的銀碇元寶,因此成為南北往來、近海航運的顯著地標而遠近馳名,列載史冊。

然而,在清領時期,鐵砧山雖為歷來方志必載的著名山岳,並有國姓井、南路鷹、田螺無尾等種種鄉野傳說,但卻鮮少成為往來文士書寫的目標,一直到光緒年間才有相關詩作傳世。推究原因,可能因為鐵砧山諸事,皆為明鄭東寧王國遺事,在清領時期屬於政治不正確之事,而被歷來文人所諱言。

一直到同治年間,因牡丹社事件來臺的沈葆楨,上疏追諡鄭成功,並建立專祠

29　陳培桂,《淡水廳志》,臺灣文獻叢刊第172種,臺北:臺灣銀行,1963年,頁30。

編入祀典，此議於光緒元年（1875）獲准，變相解除了往昔鄭氏竊據侵擾之罪責，使追捧緬懷明鄭遺事，由政治禁忌轉為官方鼓勵之事，在這種政治氣氛的轉折下，鐵砧山也成為追懷褒揚鄭成功的象徵之地。

　　光緒11年（1885），大甲巡檢余寵、鹽務委員林鏘、幕友盛鵬程、生員郭鏡清、職員謝鏡源、張程材等人，具名在鐵砧山頂創建延平郡王廟[30]，並在山麓的國姓井旁立碑，以一篇〈國姓井碑記〉說明開井緣由與相關傳說[31]，讓鐵砧山由單純的往來地標，轉化為祭祀緬懷鄭成功開闢臺灣的場域，間接促成了鐵砧山書寫的出現。

　　光緒15年（1889），苗栗設縣，南以大甲溪為界，而鐵砧山也以「銀錠綺霞」之景，入選為苗栗縣八景[32]。在光緒19、20年（1893—1894）左右編纂的《苗栗縣志》，對鐵砧山的記錄如下：

> 鐵砧山：一名銀錠山。在三堡，距城南五十里。高數十丈。山上有井，當日鄭成功舉兵於此，水多毒；以劍插地，得甘泉，今相傳為國姓井。（中略）每逢重九登高之會，而文人、學士到此廟飲酒和詩者不少；亦一方之名勝也。[33]

記錄中指出，當時文人會至鐵砧山延平郡王廟前宴飲賦詩，而在《苗栗縣志・文藝志》中，也可以看到劉少拔、何敬修兩人以〈銀錠綺霞〉為題的詩作[34]，然而這些八景詩作以描寫山景地勢為主，全無觸及鄭氏遺事之語。

　　進入日治時期後，日人為化解殖民地臺灣與母國日本之間的文化疏離感，遂以鄭成功具有日裔血統為切入點，大肆宣揚鄭氏遺事，將鄭成功的歷史地位推向高點。因此與鄭成功相關的史蹟與傳說，便受到社會矚目，屢屢成為報章雜誌刊載介

30　沈茂蔭，《苗栗縣志》，臺灣文獻叢刊第159種，臺北：臺灣銀行，1962年，頁163。
31　臺灣銀行經濟研究室，《臺灣中部碑文集成》，臺灣文獻叢刊第151種，臺北：臺灣銀行，1962年，頁60。
32　沈茂蔭，《苗栗縣志》，頁32。
33　沈茂蔭，《苗栗縣志》，頁25。
34　沈茂蔭，《苗栗縣志》，頁244、247。

紹的對象，而鐵砧山的劍井、無尾田螺等傳說，也透過報紙而流傳周知。例如，明治32年（1899），《臺灣日日新報》便以〈國姓遺井〉為題，報導鐵砧山的傳說：

> 大甲鐵砧山上有一井焉，名曰國姓井。相傳為鄭氏行軍到此，軍士乏水。鄭氏因拜井得泉，故名之，然已荒遠無稽矣。惟田螺無尾，相傳為軍士食田螺，將殼投井底，鄭氏當時有放之使活之言，故其殼活。至今田螺皆無尾，頗有可異云。[35]

而隨著鄭成功歷史評價的揚升，與鐵砧山諸傳說的廣為人知，日治時期針對鐵砧山的書寫，一改清領時期單純山光水色的描繪，轉而以懷古詩為主流，大量出現「鐵砧山懷古」或「鐵砧山弔鄭延平」一類的詩作。

　　例如明治40年（1907），櫟社便以「鐵砧山弔古」為課題，進行創作交流，目前詩作留存者，計有呂敦禮、傅錫祺、莊太岳、陳瑚、陳貫等人之詩，其中呂敦禮〈鐵砧山懷古〉，可謂為代表之作：

> 大甲行過又大安，雙流中峙好岡巒。百年遺恨傷亡國，一代孤臣此駐鞍。
> 闢地有功民愛戴，回天無力泣汍瀾。我來訪古尋遺井，萬丈沖霄劍氣寒。[36]

詩句以說明鐵砧山位置入筆，指出該山位於大甲溪與大安溪之間。接著帶入懷古主題，鄭氏部隊曾在此駐留，而明鄭滅亡於異族之手，更是一件讓人難以忘懷的憾恨之事。五、六句，評價鄭成功的歷史功業，指出臺民感念其拓土有功，並對其難挽明朝覆滅之事同感哀傷。最末兩句，將思緒由懷古抽離，再回到現實之中，說明自己踏訪插劍湧泉的國姓井，而該處依舊盪漾著鄭成功寶劍的英銳之氣。

　　而傅錫祺的作品，也採取和呂敦禮相近似的筆調，留下後列兩首〈鐵砧山弔古〉課題作品：

35　無記撰者，〈國姓遺井〉，《臺灣日日新報》，明治32年（1899）7月16日，6版。

36　全臺詩編輯小組，《全臺詩》第貳拾冊，頁10。

　　　大甲城頭聳翠巒，登臨陟覺感千端。苔侵井畔碑空沒，草長山腰廟欲殘。
　　　鯤島版圖重改隸，金陵王業失偏安。滿腔熱血孤臣淚，祇剩清泉一道寒。

　　　明祚運移不忍看，鐵砧頂上舊登壇。旌旗片片孤壘，鼓角聲聲和急湍。
　　　斷碣荒祠遺蹟古，空山衰草夕陽殘。英雄死去餘威在，井水猶留劍氣寒。[37]

　　第一首破題先指明鐵砧山位置，並說自己登臨山頂感慨萬千。二、三句描述國姓井
與延平郡王廟失修殘敗之景，帶入五、六句時代鼎革之慨，點出臺人淪落到被殖民
的苦境，與昔年南明無法偏安南京，最終仍遭滿人統治的命運相同，而夕陽下的衰
草遺跡，更是以景喻情，襯托出詩人心中的悲涼。七、八句感慨的表示，鄭氏的熱
誠血淚，在時間的淘洗下已成過往，最終僅剩下眼前的這一口寒井，述說著往昔的
榮光。

　　第二首說自己上到鐵砧山來，看著這些史蹟，對明鄭的滅亡，實在感到不忍。
並想像當時山頭上插滿鄭家軍旗的威武景況，那陣中的軍樂聲，與大安溪的湍流
聲，是何等的映襯輝映。五、六句轉折語氣，由想像抽回到現實，描述眼前斷碣荒
祠、空山衰草的殘破之景，製造出強烈的新昔對比，引發鼎革變異、山河殘破的感
慨。最後扣合國姓井內寶劍，會在端午時節現世的傳說，指出偉人雖已遠，但事跡
功業將永遠流傳不滅。

　　透過呂敦禮、傅錫祺的詩作，我們不難注意到，詩人對於鐵砧山上鄭成功的故
事與傳說極為熟悉了解，並且在感念鄭成功拓土之餘，也以東寧覆滅之事，自傷淪
為異國之民，而這樣的情志寄託，顯然是反映詩人對於殖民地體制的牴觸與無奈。
至此，鐵砧山已由地標、八景等單純地景，轉化為託喻臺人遭受殖民禁錮的象徵。

　　當然，並非所有針對鐵砧山懷古的作品，都具有如此強烈的遺民情結。大甲
在地的詩人許天奎，在其著作《鐵峰山房吟草》中，亦數見鐵砧山懷念鄭成功的詩
作，其中可以〈鐵砧山弔延平郡王〉為代表：

37　全臺詩編輯小組，《全臺詩》第貳拾壹冊，臺南：國立臺灣文學館，2011年10月，頁3。

　　憑弔荒山樹色昏，騎鯨人去霸圖存。光芒劍氣埋智井，嗚咽寒潮撼海門。
　　絕島已難支大局，孤軍安望復中原。曼殊王業今消歇，堪慰英雄未死魂。[38]

一、二句直指上山憑弔鄭成功，三、四句描述所見之景，即山麓有寶劍所掘之井，
而山腳下則有大安溪的急湍流向大海。五、六句肯定鄭成功反清復明的努力，痛惜
其孤軍奮戰難挽頹亡大局，最後認為如今鄭氏死敵滿洲清廷也已滅亡，或許足以告
慰鄭成功的英靈。

　　若將許天奎的詩作，對比前述呂敦禮、傅錫祺等人作品，可以發現，呂、傅二
人以明鄭滅亡，隱喻臺人被外族殖民，而許天奎則將滿清推至對立面，認為清朝滅
亡，可以寬慰鄭氏，由此我們可以注意到，清廷並非是許天奎政治認同的對象。有
鑑於許天奎出生於光緒9年（1883），乙未割臺時年僅十二歲，相對於成長於清領
時期，並有科舉功名的呂、傅二人，可以看到不同世代的詩人，其國族認同逐漸位
移的現象。

　　綜觀整個日治時期，鐵砧山懷古長期是臺灣文人緬懷、書寫鄭成功軼事的詩
題，尤其以大甲為核心的周遭區域文人，更是經常以此為題進行創作。昭和8年
（1933）11月25日，大甲衡社在鎮瀾宮開秋季擊聯吟大會，計有八十餘名詩人與
會，當時便以「鐵砧山懷古」為題，進行詩會創作活動[39]。會後作品統一發表於《詩
報》，可以說是當年中部文壇一大盛事，列舉兩首該會〈鐵砧山懷古〉作品如下：

　　鄭氏開臺又逐荷，孤忠隻手挽山河。山靈示意難恢復，絕尾黃鷹沒尾螺。

　　殘碑遺井未消磨，萬丈沖霄冷太阿。今日漢家無尺土，登山感慨淚痕多。[40]

以上兩首作品，第一首作者是彰化人吳士茂，他先肯定鄭成功開臺的功績，遺憾其

38　許天奎，《鐵峰山房吟草》，收錄於「臺灣先賢詩文集彙刊」第六輯，臺北：龍文出版社，
　　2009年，頁105。
39　吟稿合刊詩報社編，《詩報》第71號，基隆：吟稿合刊詩報社，昭和8年（1933）12月1日，
　　頁1。
40　吟稿合刊詩報社編，《詩報》第71號，頁22。

難挽明亡之局，並引用南路鷹與無尾田螺等傳說，認為這是山靈昭示復明無望的徵
兆。第二首作者是大甲在地的王清斌，他的作品由鄭氏殘蹟入手，指出鐵砧山上有
劍井與國姓井碑等遺跡，並以劍氣沖天之句，喻指鄭成功的事跡永不磨滅，後兩句
則由景入情，陳述自己登臨這個鄭氏揚威之地，如今皆非漢土，怎麼能不為臺灣淪
為日人殖民地而痛哭。

　　以上述兩首為代表的諸多作品，都一再運用鐵砧山傳說來書寫鄭成功的功業，
但考諸信史：鄭成功來臺不久隨即病故，鐵砧山的劍井，其實是鄭經派兵討伐大
肚社後，部隊結寨駐紮，壓制周遭各社的遺跡。此事早詳載在清代各方志之中，連
橫甚至曾以〈國姓井〉為題，寫過專文討論此一歷史事件，並發表在《臺灣日日新
報》上[41]。詩人寫作是否以信史為根據並不重要，關鍵在其創作背後的歷史意識，
因此我們可以說：日治時期鐵砧山的詩歌創作，大抵都是根據少部分的歷史事實，
加上大量的傳說軼聞而寫成，而詩人們以弔古傷今為創作主調，迴避信史記載，採
擷鄉野傳說為自己的作品增色，轉化為一種懷念鄭成功的集體記憶，文字背後真正
要傳達的是：置身殖民情境之下充滿無奈與滄桑的歷史感懷。

二、霧峰林家萊園

　　在臺灣五大家族中，霧峰林家與板橋林家齊名，其宅第規模之宏大、富麗堂
皇，堪稱臺灣少見之私人宅邸。就空間範圍而言，霧峰林家宅第大致包括：頂厝
（景薰樓）、下厝（宮保第、大花廳）、萊園三大部分。就文學地景而言，萊園原
本為霧峰林家林文欽所建的私人庭園[42]，命名由來是林文欽為奉養母親羅太夫人，
效法中國古代二十四孝故事中的老萊子「彩衣娛親」的精神而來。然而，萊園成為
相當具有代表性的臺灣文學地景，則與日治時期霧峰林家在臺灣文學、政治運動場
域的積極投入，有密不可分的關聯。

41　劍花室主，〈婆娑洋聞見錄（九）：國姓井〉，《漢文臺灣日日新報》，明治44年（1911）
　　3月9日，1版。
42　嚴格說來，萊園是林文欽的私人庭園，本無「霧峰林家花園」之名，但由於「板橋林家花
　　園」早已成一般俗稱，以致一般大眾也習慣逕稱萊園為「林家花園」。

　　林文欽之子林獻堂，不但是傳統詩社「櫟社」靈魂人物之一，同時也是日治時期臺灣民族運動的領袖。因此萊園此一特殊的空間地景，從私人庭園蛻變成文化活動的重要據點，在不同階段的文學作品中，呈現豐富的文學與文化意涵。

　　目前可見萊園最早的文獻，是梁子嘉為萊園第一代主人林文欽代筆的短文〈萊園記〉。其後進入日治時期，曾以文學作品描寫萊園者，包括日本總督兒玉源太郎、中國近代名人梁啟超，乃至以櫟社為主的臺灣傳統詩人、新文學作家，數量極多，以下簡述一二。

　　明治32年（1899）4月，時任第四任臺灣總督的兒玉源太郎，利用至彰化主持「饗老典」的機會，在回途專程安排到霧峰林家參訪，而《臺灣日日新報》的山衣洲也全程隨行記錄，以日文寫成〈隨轅紀程〉系列報導，詳細記錄了總督到霧峰林家參訪的經過，文中記錄林文欽、林紹堂等隆重接待總督一行，包括藝妓彈唱、在大花廳觀賞戲班演出，隨後還到萊園遊賞。文中並記錄兒玉兩首七言絕句漢詩，寫霧峰之行與萊園地景：

　　　　霧峰遮眼白雲堆，幾處樓門臨水開。深院焚香琴靜，春風綠泛手中杯。

　　　　庭院春深綠樹繁，山圍水繞別乾坤。正知醉月飛觴夕，數點風荷波有痕。[43]

若非特別說明，很難想像這樣雅致的漢詩，竟然出自日本武將出身臺灣總督之手，「霧峰遮眼白雲堆，幾處樓門臨水開」、「庭院春深綠樹繁，山圍水繞別乾坤」二句，簡潔呈現霧峰林家宅邸所在的地勢特徵。「正知醉月飛觴夕，數點風荷波有痕」，則是寫植有荷花的小習池及池中小島的「飛觴醉月亭」，山衣洲還提及：「萊園規模不甚大，但因位於山麓，所以其池沼、亭樹、花木、泉石等皆富有自然的情趣，比起板橋的林園，有仙凡之別。」[44]

　　相較之下，長期生活其間的林家詩人，也是櫟社創始人的林癡仙，其作品〈遊

43　籾山衣洲，〈隨轅紀程〉（八），《臺灣日日新報》，1899年4月28日，2版。
44　原文為日文，中譯參考程怡雯，《籾山衣洲在臺文學活動與漢詩文研究》，國立中興大學臺文所碩士論文，2011年7月，頁181-182，附錄並略作修正，原譯者為石松函。

萊園小池〉不但意境清雅，描寫景物也更為細微生動：

> 小池清且淺，容得一吳舠。岸染苔痕綠，波涵樹影青。蘆中翔翡翠，蘋
> 末立蜻蜓。釣竹閒來把，秋風滿水亭。[45]

本詩寫於明治34年（1901），是林癡仙結束多年在中國漂泊返臺定居後的第三年，當時櫟社仍屬草創階段，尚未正式組織化，但癡仙與幼春及其他櫟社早期社員，已常在此聚會。這首詩情調悠閒愉悅，寫景優美，充分展現癡仙身為傑出的臺灣傳統詩人極佳的寫作功力。本詩中間兩聯對仗精切工整，第三、四句呈現的是靜態的美景，第五、六句以動顯靜，在寧靜中增添動態的美感，將萊園小池的自然風光，刻劃得淋漓盡致。最後兩句呈現出一派悠閒，「秋風滿水亭」則使讀者宛如置身其中，似乎感受到那股涼意正迎面拂來。這首詩繼承古代園林文學傳統，以典雅細膩的文字風格，呈現文人雅士悠閒的生活情調。

　　兒玉與林癡仙的作品，描寫的是萊園作為私人園林偏向休憩、遊賞的功能，然而一九一〇年代以後，由於霧峰林家成員積極參與詩社創辦，或投身民族運動，並以萊園作為主要活動之所，因此導致萊園由單純的景觀園林，轉化、蛻變為日治時期極具代表性的文學與文化活動空間。

　　首先就文化活動方面，林癡仙於明治34年（1901），與林幼春、賴紹堯等三人成立櫟社，明治39年（1906），櫟社擴大組織規模，邀集傅錫祺、蔡啟運、呂厚菴、陳滄玉、陳槐庭、林仲衡等友人入社，並訂定會則十七條，將詩社運作常規化[46]。此後，櫟社便常以萊園作為社內聚會吟詩之所，而每當櫟社有重大集會活動，受邀與會的島內諸多文士，也常被安排到萊園宴飲吟詩、品題風雅，遂使萊園之名，隨著櫟社的發展而揚名全島。

　　明治43年（1910）4月，臺北詩人林湘沅參訪萊園的經歷，就是一個極為典型的案例。當時櫟社召開春會，邀集北中南三地詩人與會賦詩交流。身兼臺北瀛社社

45　林朝崧，《無悶草堂詩存》，收錄於「臺灣先賢詩文集彙刊」，臺北：龍文出版社，1992年6月，頁82。

46　傅錫祺，《櫟社沿革志略》，臺灣文獻叢刊第170種，臺北：臺灣銀行，頁1。

員與《臺灣日日新報》記者身分的林湘沅亦在其列，春會活動於4月24、25兩日，在臺中公園旁的瑞軒舉行。26日，詩會活動結束，櫟社成員林獻堂，另邀請林湘沅等部分詩友，轉往萊園賞玩，讓其對萊園美景留下深刻印象。林湘沅北返後，在《臺灣日日新報》上，分兩期發表〈赴櫟社大會日記〉[47]，文中便對萊園的創設緣由、景致風光多所著墨，並特別寫詩讚揚。而這類的宣傳報導，讓萊園的名聲更廣為傳誦，成為島內文人雅集的知名場所。

　　然而，櫟社的成立，最早頗有以詩遁世的遺民色彩，但在組織正式化後，便以保存漢文傳統為己任，除內部社員常聚詩會之外，更屢屢舉辦大型詩會活動，邀集島內知名文人與會，除互通聲氣外，更具有提振漢文書寫氣勢與內涵的實質作用。而萊園作為詩會活動的場址，也逐漸成為一種文化象徵，代表著對文化傳統的認同與堅持。在櫟社成員的詩作中，經常可以看到延續文化傳統、力挽漢文不墜的自我期許，連橫的〈櫟社席上有感林癡仙、賴悔之二兄〉便清楚蘊含這種想法：

> 火圖書共陸沉，秋風雨苦相侵。周秦以下無奇氣，山水之間有正音。璣或憐春酒薄，敲詩每覺夜鐘深。年來事事傷哀樂，又向萊園一悵吟。（萊園為社友聚集之處，今亦會此。）[48]

連橫這首作品，詩題與詩後附註載明，其參加在萊園舉辦的櫟社詩會，有感而發寫下此詩。詩作以「火圖書共陸沉」破題，喻指臺灣漢文傳統，隨著戰火以及異族統治而頹喪散佚，而「清秋風雨苦相侵」象徵的便是殖民體制下的不公與壓迫。三、四句，認為傳統漢文的基礎與範圍，早在周秦時代便已奠定，而如今在這萊園山水之間，正保存著可以上溯周秦的正統漢學精粹：詩學。五、六句，描寫萊園中詩人們苦吟賦詩不倦的姿態，呈現詩人們戮力維繫漢文化的樣貌。最末兩句語氣一轉，指出這一年來有許多大喜大悲之事，讓人情緒起伏不定、有傷中和，只能在這萊園之中，惆悵吟詠，一吐為快。

47　林湘沅，〈赴櫟社大會日記（一）〉，《漢文臺灣日日新報》，明治43年4月30日，5版。林湘沅，〈赴櫟社大會日記（二）〉，《漢文臺灣日日新報》，明治43年5月1日，7版。
48　連橫，〈櫟社席上有感林癡仙、賴悔之二兄〉，《臺灣日日新報》，臺北：臺灣日日新報社，1922年11月13日，6版。

　　連橫的詩作，清楚傳達出萊園作為文士雅集之所，已成為在殖民壓迫下，維繫漢文傳統的喘息之地。觀點與之相類的，還有林幼春的〈癸亥正月初十日重集題名碑下感作〉：

> 崇碑矻立山之阿，我昔記之今當歌。憶初結社人數九，癡仙極意張文羅。辛亥之歲稱極盛，三十餘子同吟哦。釣鰲海上任公子，亦駕赤鯉相經過。瑞軒萊園再觴，悲壯似疊漁陽撾。誰知此會不可繼，乃似風雨摧枝柯。悔之癡叔相繼逝，豈免生意同婆娑。邇來士氣又一振，筆歌墨舞如鳴鼉。中軍號令不自倦，起顧頗牧肩爭摩。往歲立碑紀姓氏，如樹赤幟威群魔。中央之帝鑿混沌，南北助我初無訛。就中諸陳盛文字，忽失一鳳中微瘥。傳莊鄭連幸健在，已傲顏謝凌陰何。吾家籍咸亦自勉，稍固吾圍期無他。當今一線所繫重，頗有異說翻周婆。中原地運亦微沸，賴此一柱當千波。吾徒吾徒慎自愛，毋對此石慚顏酡。我將懸目視其後，更五百歲神靈呵。[49]

林幼春這首長歌，寫於大正12年（1923）年初。當時櫟社成員剛在萊園之中設置「櫟社二十年題名碑」，上載該社創立以來社員之名。不久後，該社以「癸亥正月初十日重集題名碑下感作」為題賦詩，各抒對石碑落成一事之感觸。

　　林幼春在作品中，追憶櫟社成立盛衰亡替之事，並言「往歲立碑紀姓氏，如樹赤幟威群魔」，此處的「赤幟」，代表的是領袖之意，而群魔，則喻指日本而言，全句合觀，有櫟社引領臺人抵抗日本殖民體制下的文化滲透之意。又「當今一線所繫重」、「中原地運亦微沸，賴此一柱當千波」等詞語，更傳達出櫟社對於維繫漢文傳統，自認有著強烈的使命感。而正是這份堅持與付出，賦予萊園厚重的文化積累，甚至進一步成為文化傳承的神聖空間。

　　除了文化傳承之外，萊園也是日治時期臺灣民族運動推展的重要空間。明治44年（1911），梁啟超為募款而來臺訪問，先在臺中瑞軒接受櫟社款待，後轉赴林獻堂萊

49　林幼春，《南強詩集》，收錄於「臺灣先賢詩文集彙刊」，臺北：龍文出版社，1992年6月，頁38-39。

園五桂樓暫住，期間曾應主人林獻堂之請，寫下〈萊園雜詠〉，除首尾之外，中間即「萊園十景」：包括五桂樓、荔枝島、木棉橋、夕佳亭、小習池、擣衣澗、萬梅庵、千步磴、望月峰、考槃軒。十景的命名相當雅致，充分顯示萊園主人的風雅，而部分詩句之中，則隱約透露著其對割讓臺灣的無奈，以及對清國政局的憂思：

> 娟娟華月霧峰頭，氾氾光風五桂樓。傳語王孫應好住，海隅景物勝中州。（五桂樓）

> 春煙漠漠雨瀟瀟，劫後逢春愛寂寥。誰道蜀魂啼不了，淚痕紅上木棉橋。（木棉橋）

> 小亭隱几到黃昏，瘦竹高花淨不喧。最是夕陽無限好，殘紅蒼莽接中原。（夕佳亭）[50]

第一首詠五桂樓，值得玩味的是「傳語王孫應好住，海隅景物勝中州」，推崇霧峰林家庭園景物之美超越中國，顯示在梁氏眼中，臺灣經過漢文化的長期浸染，從原本移民社會，蛻變為足以安身立命的樂土。而第二首詠木棉橋，描寫木棉花被春雨打落橋面之景，若將「劫後」二字理解為隱喻甲午失利，則遭風雨吹淋的木棉花，就變成臺灣悲慘處境的象徵。第三首夕佳亭，寫遙望夕陽晚霞之景，並將視線由天際彩霞，延伸至對岸清國，感傷清國猶如黃昏，恐將黯淡消亡。

梁啟超來臺，雖然沒有實質涉入臺灣的民族運動，但其歷來的文章、言論，卻一直是鼓動林幼春、林獻堂等人投身政治運動的重要啟蒙讀物，此次親身來臺，想必也曾鼓勵林家叔姪，積極向日本政府爭取臺人權益。此後，藉著大正3年（1914）板垣退助來臺創設同化會之機，霧峰林家的林獻堂、林幼春與林癡仙等人，積極投入臺灣的政治運動當中。大正10年（1921），抵抗日本殖民不公，謀求臺灣文化啟蒙與發展的臺灣文化協會成立，並由林獻堂出任總理一職，這也讓萊園成為文協舉辦活動的空間，而最著名的事例，當屬夏季學校的開辦。

50　連橫，《臺灣詩鈔》，臺灣文獻叢刊第280種，臺北：臺灣銀行，1971年，頁248。

　　大正12年（1923）10月，文協召開第三次大會，會中決議利用暑假舉辦夏季學校，以開辦課程傳授新知的方式，啟發民族思想，抗拒臺灣總督府的愚民教育政策。故自大正13年（1924）起，連續三年在萊園開辦夏季學校，期間邀集諸多醫生、律師宣講時代新知，也有牧師、碩儒講演宗教、歷史與文學等相關課程，可以說是今古結合，極富現代意涵的一場文化饗宴。

　　昭和元年（1926），賴和曾經以隨筆的方式，記錄到萊園參加文協理事會的見聞與感觸，即著名的〈赴會〉一文。在這篇隨筆末尾，附錄三首詩作，其中第三首如下：

　　　詩人劫後多悲哀，合抱殘篇滿草萊。題碑儘有成名者，朽樗雖多是棄材。[51]

這首作品主要是以萊園櫟社二十年題名紀念碑為引，評論櫟社的性質與價值。抱持著左翼立場的賴和，對於大多出身地主富紳階級的櫟社成員，顯然欠缺好感。他認為櫟社成員堅守傳統漢詩文書寫，是一種不知與時俱進、抱殘守缺的行為，並諷刺題名碑上之人，猶如朽樗、棄材，終究無用於世。賴和在此處的諷刺，真可謂尖銳無比。然而，後來賴和在舊詩稿中，將詩句改寫如下：

　　　賦罷五噫又七哀，非時只合老蒿萊。題碑儘有成名客，樗櫟誰云是棄材。[52]

前後比較，最重要的是最末句的改動，由原先貶意的「朽樗雖多是棄材」，改成「樗櫟誰云是棄材」，可說是以反問的方式，對櫟社給予正面肯定。賴和改寫的動機雖然不明，但有鑑於櫟社成員中，林獻堂、林幼春、蔡惠如等核心成員，同時也都是抗日民族運動的領導人物，他們的實際作為，早已超越櫟社發起人林癡仙以朽木自居的消極心態。或許這也就是賴和詩中以「題碑儘有成名客，樗櫟誰云是棄材」之句給予肯定的主因。

51　賴和紀念館，「賴和文獻資料」資料庫，網址：http://cls.hs.yzu.edu.tw/laihe/liveingbooks/laihe/laihe091/photos/cca300001-li-no010-0008-w.jpg，登站日期：2014年11月15日。

52　賴和紀念館，「賴和文獻資料」資料庫，網址：http://cls.hs.yzu.edu.tw/laihe/liveingbooks/book_poem_0.asp?CHNO=01，登站日期：2014年11月15日。

賴和的詩作跳脫常見的園林景物書寫，不寫萊園景致之美，關切焦點轉移到時代感懷，他針對當時在這個歷史名園中活動的人物事蹟進行評價，背後隱藏著關切現實、思索臺灣命運的批判意識。

三、臺中公園

臺中公園始建於明治36年（1903），是日本人在臺中進行都市計畫的一部分，現址涵蓋清領時期一部分的墳地，其後陸續整併、擴張，直到大正元年（1912）才完成目前的規模。公園除了遊憩休閒，更是具備政治展示宣導、體育競賽、工商聯誼等多功能的活動空間。尤其，統治者更是藉由此一新興建設，舉辦各種活動，設立紀念碑、雕像等，以便彰顯統治成效，展示權力的具體表徵。

臺中公園闢建後，明治38年（1905）年6月設立忠魂碑[53]。明治40年（1907）6月5日，兒玉源太郎雕像在臺中公園砲臺山附近落成[54]。明治44年（1911）12月，後藤新平壽像已被安置在臺中公園文物陳列館前，但由於爆發所謂「北勢番討伐」事件，延遲至1912年4月3日才正式舉行揭幕儀式[55]。

日治時期的臺中市區由於交通便利，經濟發達，自然成為中部文人雅集的中心點，霧峰林家在市區緊鄰臺中公園的園邸「瑞軒」，曾是當時臺中仕紳文人集會的重要場所。出身臺南的著名文人連橫，旅居臺中時期（1908—1912年）即寄居於瑞軒，明治43年（1910）12月至明治44年（1911）3月，他曾在《漢文臺灣日日新報》發表《瑞軒詩話》，記錄不少櫟社成員及南北各地文人在此地舉行詩會的情形，並抄錄不少相關詩作，足以見證「瑞軒」此一私人庭園所曾譜下的文采風流[56]。連橫〈瑞軒記〉一文曾描述庭園之環境：

53　〈臺中の忠魂碑〉，《臺灣日日新報》，1905年6月22日，第5版。「忠魂碑」通常是為在臺征討過程中遇害的官兵而設立，官方會在重要節日舉辦祭拜儀式。
54　〈壽像の除幕式〉，《臺灣日日新報》，1907年6月5日，第2版。及〈兒玉前總督壽像除幕式〉，《臺灣日日新報》，1907年6月13日，第2版。
55　〈臺中通信・後藤男壽像除幕式〉，《臺灣日日新報》，1912年3月12日，第5版。及〈後藤壽像除幕誌盛〉，《臺灣日日新報》，1912年4月6日，第4版。
56　詳參見廖振富，〈連橫《瑞軒詩話》及其相關議題探析〉，《台灣古典文學研究集刊》第2期，臺北：里仁書局，2009年12月，頁261-308。

> 瑞軒在東大墩之麓，清溪一曲，老柳數行，有人設肆賣酒，林瑞騰公子
> 以千金買之，拓其旁為園，植花木，建亭榭，引水為池，種荷其中。仰
> 視東南，則鷲峰九十環拱若屏，而群山之上下起伏者又不可計數。公子
> 雅號客，暇則觴詠於是，而瑞軒之名遂聞於南北。[57]

據此，「瑞軒」的主人是霧峰林家林朝棟之子林瑞騰（主人還包括其兄林季商），「拓其旁為園，植花木，建亭榭，引水為池，種荷其中」是形容庭園的幽美環境，而「仰視東南，則鷲峰九十環拱若屏，而群山之上下起伏者又不可計數」則是描述向臺中盆地東南邊遠眺所見，九九峰（鷲峰）連綿而壯麗的山景。至於本文提及的「東大墩」，是沿用清領時期的名稱，即臺中市舊市區的公園路、三民路一帶。

明治42年至44年（1909—1911）間，櫟社曾連續三年在瑞軒與臺中公園舉辦三次大型詩會，明治42年（1909）的集會共有社員十六人，臺南詩友、霧峰、臺中詩友共六人，連同臺中廳長及下屬、翻譯四人參加。明治43年（1910）櫟社庚戌春會規模更大，共五十一人出席，是日治時期第一次大規模的各地詩人共同集會，也可視為後來「全島詩人大會」活動的濫觴。另外，明治42年（1909）的詩會題目是「春日遊台中公園」，明治43年（1910）的詩會題目是「台中竹枝詞」，都是以臺中在地風土為題。

另一次深受矚目的歷史聚會，則是明治44年（1911）邀請梁啟超來臺訪問的盛會，這次詩會與梁啟超歡迎會合併舉行，詩題是由梁啟超命題的「追懷劉壯肅」，後來又成為明治45年（1912）櫟社舉辦十週年大會的會前課題詩，影響深遠。這三次詩會，都有一個重要的共同儀式，即是到臺中公園文物陳列館前拍照留念[58]。

臺中公園自明治36年（1903）開始闢建後，逐步擴充範圍，根據《漢文臺灣日日新報》的報導，明治44年（1911）11月，臺中廳通過市區改正計畫，瑞軒被納入公園擴張的範圍內，並展開測量[59]。遍查相關史料與櫟社社員的詩集，發現自明治

57　連雅堂，《雅堂文集》，南投：臺灣省文獻會，1992年3月，頁86。
58　根據《櫟社沿革志略》記載，這三次聚會都曾到臺中公園內的文物陳列館前合影，其中1910、1911年的兩張合照，已被收錄在賴志彰，《臺灣霧峰林家留真集》，臺北：自立報系出版部，1989年6月，頁82-83、85。
59　〈臺中通信・公園擴張〉，《漢文臺灣日日新報》，1911年11月16日，第3版。〈臺中通

45年（1912）起，櫟社便不曾有在瑞軒舉辦詩會活動的記錄。綜合上述資訊，瑞軒可能在明治45年（1912）陸續被拆除整併。連雅堂提及，大約在大正3年（1914）冬天再到臺中，見到的瑞軒舊址竟已是：「亭傾池涸，滿目淒涼」的景象，使他大感悵惘[60]。因此推測最慢在大正3年（1914）前後，瑞軒已成為歷史陳跡。

　　現代化的公園成為都市全新的休閒遊憩空間，而這樣的建設是由殖民者所完成，面對同樣的地景，統治者與臺灣文人彼此的空間記憶迥然有別，即使是美景處處，鳥語花香，雙方的感受在詩作中展現出明顯的差異。

　　明治42年（1909）4月3日，在瑞軒舉行的櫟社詩會，會前曾先以〈春日遊台中公園〉為宿題，請出席者預先寫好作品。比較特別的是，當時的臺中廳長佐藤謙太郎率領部屬山田、鷹取兩人及臺籍廖姓通譯出席[61]，並留下相關詩作。而櫟社詩人，有此題詩作留存者甚多。兩相對照，明顯出現巨大的視角反差，箇中訊息耐人尋味。

　　當時擔任臺中廳長的佐藤謙太郎，所寫的〈春日遊台中公園〉屬於七言絕句，內容如下：

　　　　偏知花木帶餘光，臨水樓台似鳳翔。寄語遊人休亂踐，滿園春草總甘棠。[62]

短短四句中，充滿一片春光燦爛的祥和氣氛，值得特別留意的是後兩句，「滿園春草」顯然是現代化公園的人工植栽草地，作者以地方長官身分叮嚀遊客在公園遊憩時，不要踐踏花草，直接對市民進行道德規誡，而「滿園春草總甘棠」，暗用詩經

　　信‧公園擴張〉：「臺中公園之美，為全島第一，前者發表市區改正之時，並籌擴張公園則將附近之地包圍於內，如林氏之瑞軒亦在其中也。其後臺中廳頻行計畫，現命土木係實測調查，俟決定後，便可起工，則此後公園之景色，當較美於曩時也。」

60　連雅堂，《臺灣贅譚》，收錄於《雅堂先生餘集》，南投：臺灣省文獻會，1992年，頁127。

61　參見《櫟社沿革志略》明治42年條目：「四月三日（古曆閏二月十三日），會於瑞軒。先期，出宿題曰『春日游臺中公園』。屆期來會者，社友啟運、卿淇、悔之、痴仙、槐庭、伊若、少齡、旭東、望洋、滄玉、子材、壺隱、篤軒、雅堂、文華并鶴亭，計十有六人；適得全數三分之二。客則佐藤臺中廳長，鷹取、山田兩廳屬、廖通譯及臺南謝石秋、陳筱竹、蔡蘭亭、霧峰林燕卿、林階堂、臺中江介石諸氏。是為本社成立以來未曾有之盛會。」

62　佐藤謙太郎，〈春日遊台中公園〉，《臺灣日日新報》，1909年4月10日，第1版。原刊作者名登載為「佐藤謙」。

典故[63]，美麗句子的背後，流露出殖民者對治理成績的自得，也是殖民現代性的展現。再看他的部屬山田孝使[64]所寫的〈春日遊台中公園〉兩首，同樣充滿和諧愉悅的氣氛：

> 風暄日麗鳥聲繁，曳杖徐行向北園。池畔垂楊亭外竹，滿眸佳景繫詩魂。
> 衣香傘影不堪繁，行弔英雄髮魂。青山碧波自清境，杖黎攜酒醉西園。[65]

第二首「杖黎攜酒醉西園」，可能暗用「西園雅集」[66]的典故，形容櫟社詩人在臺中公園的集會，有如古代文人的文采風流。這兩首是以寫春天公園美景為主，整體情調悠閒而雅致。

以上兩名日本官員作品的描寫視角，與櫟社詩人作品偏向觸景生情而弔古傷今，充滿歷史滄桑感，兩者形成巨大反差。以下舉出數例以見，先看傅錫祺〈春日遊台中公園〉七律一首：

> 遊春興到擬題詩，柢觸滄桑下筆遲。黃土當年埋白骨，高樓今日俯深池。
> 百花簇擁將軍像，片石新鐫勇士碑。故物北門猶好在。小墩憑弔夕陽時。[67]

今昔對照，歷史滄桑感是全詩主脈。從「遊春興到擬題詩」到「柢觸滄桑下筆遲」兩句一起一落，「柢觸滄桑」之語已奠定全詩基調。「將軍像」指明治40年（1907）在臺中公園設立的兒玉源太郎像，「勇士碑」則是明治38年（1905）設立的忠魂碑。本詩「黃土當年埋白骨，高樓今日俯深池」、「故物北門猶好在，小墩

63　典故出自《詩經・召南・甘棠》，是透過「甘棠」的樹木，表達民眾對官員的愛戴與懷念。
64　查詢「臺灣總督府職員錄系統」，可確定1908年至1909年5月，山田孝使任職於臺中廳總務課，http://who.ith.sinica.edu.tw/mpView.action，中央研究院臺灣史研究所。
65　山田孝使，〈春日遊台中公園〉，《臺灣日日新報》，1909年4月10日，第1版。原刊作者名登載為「山田孝」。
66　東漢建安時期，曹家父子於銅雀臺西園與當時文人聚會，締造建安文學的風潮。北宋時，根據題名為米芾替李公麟〈西園雅集圖〉所寫的〈西園雅集圖記〉，有十五位文人高士聚集於主人王詵家的園林，舉行盛大的文人聚會。
67　傅錫祺《鶴亭詩集》，收錄於「臺灣先賢詩文集彙刊」，臺北：龍文出版社，1992年，頁10。

憑吊夕陽時」反映過去（清朝統治時期：黃土埋白骨）與現在（日本殖民現代化：高樓俯深池），對比之下，時代滄桑變化之強烈，令人感懷。

類似的感觸，其實是反映櫟社詩人的集體歷史記憶。同題之作，如陳懷澄：「一邱莽莽悲興廢，雙眼茫茫閱古今」[68]，林癡仙：「此間昔築鯨鯢觀，清明麥飯無人哀。杜宇冬青幾風雨，碧血染碧生莓苔。山邱一變作華屋，百年羅剎成蓬萊。」[69]甚或林幼春感慨更加激切，他寫道：

> 茲墩昔何有，但見纍纍墳。……日月一須臾，風雨更晨昏。鷙鳥擊清秋，羽族皆崩奔。秦人落韻處，瘡痏今仍存。淒涼作此聲，排雲叫天閽。不遭苦雨凍，詎識春風溫。春風有時來，桃李有時繁。枝葉雖云茂，終當庇本根。對此景物稠，惻愴不能言。[70]

全詩完全沒有春日出遊之歡樂，而專就古今滄桑、臺灣淪為日本殖民地的悲憤抒發無比的苦悶與無奈，可謂句句為傷心人語。「鷙鳥擊清秋，羽族皆崩奔。秦人落韻處，瘡痏今仍存」，將日本之蠻橫比喻為兇狠的猛禽，臺人如秦時避亂之民，四處奔逃，最後總結為「對此景物稠，惻愴不能言」，堪稱悲憤已極。

除了感嘆歷史滄桑，以及源自漢族意識的遺民情懷，另有一些詩句或透露更為複雜的糾葛，呈現新興現代景觀的省思，以及遺民情結面對殖民者雕像的矛盾衝擊。如陳瑚有此題七絕四首，其中的兩首如下：

> 春晴人賽獨輪車，士女環觀笑語譁。何似日斜風定後，半篙綠水泛漁槎。

> 墩下纍纍白骨多，已無麥飯到山阿。萬花環拜將軍像，對此黃泉感如何。[71]

68　陳懷澄，〈春日遊台中公園〉，收錄於林幼春編，《櫟社第一集》。該書附錄於《櫟社沿革志略》，臺灣文獻叢刊第170種，1963年2月，頁90。
69　林癡仙，〈春日游臺中公園〉，《無悶草堂詩存》，頁100。
70　林幼春，〈春日遊臺中公園〉，《南強詩集》，頁32-33。
71　陳瑚，〈春日遊台中公園〉，《枕山詩抄》，收錄於「臺灣先賢詩文集彙刊」，臺北：龍文出版社，1992年，頁57。

「春晴人賽獨輪車，士女環觀笑語譁」，描寫現代性的體育活動：自行車競賽。觀眾甚多，代表時代新風潮的來臨。根據史料，自行車競賽是日治時期新興的體育活動，甚至由官方特意提倡，早在明治37年（1904）的報紙就有以下描述：

> 臺中廳倡設自轉車競爭會，現已由各紳士購買自轉車數十乘，值價萬餘車，不日議開會場鬥爭遲捷，從事演習者，群爭先恐後也。[72]

賴志彰《臺灣霧峰林家留真集》收錄一張明治43年（1910）臺中公園內的自行車競賽照片，畫面所見選手約十七名，人人雙手牽扶腳踏車站立成一排合影，照片人物之髮型有人仍留著傳統辮髮，有些人則已剪去改成西裝頭。至於服裝穿著，從傳統唐衫到現代印有英文字母的現代T恤，新舊並見，反映從傳統到現代的演變軌跡，饒富趣味。而參賽人物包括站在右邊第四位的林獻堂，後面樹林依稀可見圍觀的群眾[73]。由此看來，林獻堂也是參與倡導甚至直接參賽的仕紳，走在時代尖端。不過回到陳瑚的詩作本身，「何似日斜風定後，半篙綠水泛漁槎」卻流露出相對保守的觀點，崇尚寧靜飄逸的和諧感，而對充滿競爭意識的賽事產生違和的排斥感。

　　第二首前兩句所描寫的是，臺中公園原有部分屬於古墳場範圍，但如今已因開闢公園而被泯除。後兩句「萬花環拜將軍像，對此黃泉感如何」，是描述總督兒玉源太郎的雕像矗立在公園的醒目位置，常有獻花頂禮。原先的墓地改建成公園，今昔變遷，深深觸動著被殖民者的族群創傷記憶。一片春光爛漫，詩人面對都市現代化公園的美景，想起臺灣過去的歷史與景物變遷，感受極為複雜。

　　又如寫作時間更晚的林仲衡〈台中公園泛舟即事〉組詩，其中兩首如下：

> 藻荇參差映夕暉，蘭橈激浪去如飛。不妨噴水前頭過，香霧濛濛欲濕衣。
> 不僅能乘自轉車，使舟如馬最憐渠。女流體育誰爭及，愧我埋頭祇讀書。[74]

72　〈自轉風行〉，《臺灣日日新報》，1904年5月29日，4版。
73　賴志彰主編，《臺灣霧峰林家留真集》，頁74-75。
74　林資詮，《仲衡詩集》，收錄於「臺灣先賢詩文集彙刊」，臺北：龍文出版社，1992年，157頁。

兩首都以公園划船為主要描寫內容,第一首「蘭橈激浪去如飛」的速度迅捷感,與上文引述陳瑚詩作「何似日斜風定後,半篙綠水泛漁槎」的寧靜感差異甚大,後兩句還寫到噴水造景作為陪襯。第二首則展現對「都會新女性」的讚賞,日治時期的臺灣女性能在臺中公園裡划船、騎腳踏車,展現強健的新女性形象與新時代的都會風情,作者自認傳統讀書人的文弱形象反不如新女性的體育表現。此時的臺中公園不但是公共的休憩空間,也成為女性自在活躍的場所。由於大正8年(1919)3月以後臺中公園才開始有划船的活動,推測這組詩的寫作時間可能是大正9年(1920)以後[75]。

第三節　當代臺中作家的在地書寫

本節論當代文學作品中的臺中書寫,目的在透過作家作品,勾勒臺中文學地景與在地書寫的多元面向,從老城區的「文化城」記憶,到大臺中的城鄉書寫,盡量含括在內。

考量人生經歷與時代背景之差異,將依照作家年齡大致分成前世代、中生代與新世代作家,列舉相關作品。首先論出生成長於日治時代的前世代作家,包括張深切、楊逵、巫永福、陳千武、林莊生、齊邦媛等人,關於臺中市被雅稱為「文化城」的相關記憶或個人的生活記憶;第二部分則是討論中生代與新生代作家的臺中書寫,所涵蓋作家與作品,以及相關文學地景,都更為廣泛而多樣化。

一、前世代作家的臺中書寫

1、張深切

臺中市被稱為「文化城」,這種雅稱的出現推測可能是在1960年前後,根據沈

75　〈公園內之舟遊〉,《臺灣日日新報》,1919年3月28日,6版。〈公園內之舟遊〉:「臺中公園內大池,從來僅供養魚之用,此回臺中諸有志者,胥謀購小舟三艘,泛於池中,以供釣魚、納涼、舟遊之用。」

征郎的說法：民國49年（1960）當時市長邱欽洲為建立臺中市的特色，「刻意想將臺中建設成為文化城」，此一名稱才被叫開來。然而提出之初，文化界名人張深切（1904—1965）卻對此一稱號不表認同，1961年他出版自傳《里程碑》，提出對臺中被稱為文化城的看法：

> 臺中被起了文化城的雅號，我想是因為過去臺中的文化活動最盛，每次有什麼全島性的運動，臺中便是發動的中心，所以一說到文化，就聯想到臺中。其實臺中市本身空虛無物，南北部所稱的臺中，大概是指臺灣中部地區的意思，簡單的只說臺中，使臺中市佔了便宜，不知不覺坐享了臺中的榮譽。[76]

張深切出生於草屯，後遷居臺中，他在前引書中推崇故鄉草屯與霧峰人才輩出，而這些人物的主要活動據點其實都在臺中市區，包括他本人在1934年發起臺灣「全島文藝大會」，進而籌組臺灣文藝聯盟，地點就是在臺中市的小西湖咖啡廳。不過他雖對臺中市享有文化城的美名頗有微詞，但也明確指出「過去臺中的文化活動最盛」，「全島性的運動，每次有什麼臺中便是發動的中心」。

2、楊逵

楊逵（1906—1985）從日治時期到戰後，長期在臺中地區活動，早已落腳定居成為臺中人。1935年他因路線之爭，脫離臺灣文藝聯盟，另創《臺灣新文學》雜誌。戰後1948年因起草「和平宣言」被捕入獄，1951年被送到綠島服刑。1961年，他結束長達十二年的綠島囚禁生涯返回臺中，透過朋友支助，在東海大學對面的荒山開闢東海花園，以種花、賣花維持生計。他的性格樂觀、浪漫而充滿理想，希望藉此實踐立足土地的勞動哲學。1969年3月12日發表散文〈墾園記〉，描述他在「東海花園」的生活近況：

76　見張深切《里程碑》，《張深切全集》卷一，臺北：文經出版社，1998年1月，頁44。

最近有個編輯來遊，問我近來有沒有寫詩，我笑著說：「在寫，天天在寫。不過，現在用的不是紙筆，是用鐵鍬寫在大地上。你現在看到的難道不美嗎？」[77]

在另一篇散文〈我有一塊磚〉，他開始構築一個更為遠大的夢想，在描述他秉持園丁精神，努力耕耘播種之後：

這裡正處在臺中市區與港都之間各十公里前後，將成為最理想的郊遊地區是可以想像的，也許很多學校、文化機構都會遷到這個地方，這個角落成為文化城。氣候好，颱風不猛，不淹水也是作為文化城的優越條件。向來臺中市被稱為文化城，文化氣氛是很高的，現在已經片影無存了。[78]

這段引文讀來引人深思，充分見證楊逵充滿樂觀與堅持的「傻子精神」。文章寫於1970年，文中提及：他願意為重建臺中的文化城傳統貢獻一塊磚，拋磚引玉，未來能在這裡蓋藝術館、圖書館等文化機構。他一方面感慨臺中作為文化城的光輝過往已蕩然無存，一方面又期待將當時仍是一片荒山的東海花園改造為全新的文化城。從上述引文判斷，「臺中是文化城之說」已逐漸成形。

3、巫永福

前世代作家中，對宣揚臺中文化城的「傳統」最力的，應該是巫永福與陳千武。巫永福（1913—2008）出身南投埔里，年少時到臺中一中就讀期間，奠定知識養成基礎，一九二〇年代留學日本，參與文學雜誌《福爾摩沙》之創辦，1935年在臺中擔任《臺灣新聞》記者，廣泛接觸臺灣中部文化界人士。戰後階段，1951年楊基先當選第一屆民選臺中市長，他應聘擔任市長機要秘書前後三年，參與多項重要決策，尤其為帶動教育與文化發展，他在任內先後協助在臺中市設立東海大學、逢

77　楊逵，《壓不扁的玫瑰》，臺北：前衛出版社，1985年3月，頁22。
78　同上，頁25-26。

甲工商學院、中國醫藥學院、靜宜文理學院，使臺中成為當時大專院校之多僅次於
臺北的城市。他曾寫過多篇相關文章，如〈台灣文學與中央書局〉、〈日據時代台
灣新文學運動與楊逵〉、〈文化先仔張星建〉、〈台中之為文化城：讀陳千武「文
化城的實質」有感〉等，另外專書《我的風霜歲月——巫永福回憶錄》與訪談記
錄，也多次詳述日治時代臺中文化活動的蓬勃發展情形，包括櫟社、臺灣文化協會
與《臺灣青年》之創刊、臺灣文藝聯盟與《台灣文藝》、楊逵與《臺灣新文學》、
中央書局等。

　　由於與臺中長期淵源，他對臺中近百年來的文化發展了解極深，對市區及近郊
的文化地景更是如數家珍，諸如臺中一中、樂舞臺（柳川旁）、臺中公會堂（臺中
公園對面，目前為假日快捷飯店）、臺中圖書館（舊址在自由路與民權路口，現為
合作金庫）、臺中座戲院（自由路與中正路口）、醉月樓（臺中火車站附近）等。
近郊有吳子瑜的東山別墅社（太平車籠埔）、霧峰林家萊園等也都是新舊文人匯
集、常舉辦各類文化活動的著名景點。

　　以〈台灣文學與中央書局〉[79]描述中央書局為例，該文首先回顧日治時期臺灣
的日漢雙語教育與漢文知識傳播，進而追溯一九一〇至二〇年代：臺中一中創校、
留日青年創辦《臺灣青年》雜誌、臺灣議會設置請願等，所謂「臺灣新文化運動」
的時代背景，進而詳述中央書局於1926年在臺中市區成立的由來：由出身大雅的張
濬哲、張煥珪兄弟與莊垂勝發起，1925年11月以「中央俱樂部」名義募股成立株式
會社，1927年1月先租用「台中市寶町三丁目十五番地」的木造平房開業（特別註
明是現在的「市府路103號，現改建天主教惠華醫院」），並購置旁邊中正路125號
的角地平房，當作倉庫及員工宿舍，直到光復後才將角地平房改建成三層樓，營業
六十多年直到1998年正式停止營業。該文不但清楚指出地址與建物，其後更詳述中
央書局成立背景、旨趣、主要股東，並介紹一九二〇至三〇年代臺中地區的文化人
與文化活動，從而生動呈現當時文化活動蓬勃發展的盛景。

79　巫永福著，沈萌華主編，《巫永福全集・評論卷二》，臺北：傳神福音文化公司，1996年5
　　月，頁13-35。

4、陳千武

陳千武（1922—2012），本名陳武雄，出生於南投名間，少年時期父親為子女升學方便而舉家遷居豐原，中學就讀於臺中一中，戰爭時期1942年接受特別志願兵訓練，1943年被徵調至南洋作戰，1945年8月日本投降之後，在集中營中輾轉經歷艱辛的奮鬥，直到1946年7月才從南洋返臺。

他在戰後重新學習中文，於1958年發表第一首華文詩，1964年參與《笠詩刊》的創辦與編輯，開始活躍於詩壇。1974年，受邀擔任臺中市政府機要人員。1976年臺中市政府接受文英基金會捐款，在臺中市雙十路興建臺中市立文化中心，這是全臺灣第一座縣市級的文化中心，並由陳千武擔任首任主任，他任內大力推廣各類藝文活動，由於其個人的文學經歷豐富，且創作成果斐然，當時臺中地區以這座文化中心為基地，舉辦種類繁多的藝文活動，力圖重振日治時期臺中文化活動蓬勃發展的光榮傳統，由於成效卓著，成為日後臺灣各縣市相繼設立文化中心的楷模。

以下略舉陳千武描述臺中文化活動及個人經驗的相關文章，以觀察臺中的生活經驗在他數十年的文學創作歷程中居於何種地位。〈淘氣少年時〉談在臺中一中求學時的生活，包括開始接觸文學，在《臺灣新民報》發表新詩，被日本校長罰站訓話，反抗學校政策不願改日本姓名等。另有多篇文章，回憶在臺中市區與當時臺灣作家的接觸經驗，如〈我的文學前輩作家〉一文，分別談舅舅吳維岳及其好友張深切；在中央書局閱讀文學書籍時，經理張星建親切地邀他到辦公室沙發上看書；《臺灣新民報》學藝欄主編黃得時，來臺中時特別打電話到學校找他，在臺中中央旅社約見，當面加以鼓勵，在座的還有張文環。另外，他也提及數度到梅枝町的首陽農場拜訪楊逵，跟著他蹲在花園裡，邊拔草邊談文學。

〈大墩鄉野開拓故事〉一文，則介紹臺中文學的發展簡史，上溯林癡仙、林幼春所發起的櫟社，接著談《臺灣青年》雜誌、臺灣文化協會、臺中地區的文學活動，到戰後的銀鈴會、笠詩社等一脈相承的精神。另一篇文章〈詩與讀書指導——記日本詩人高橋訪文化城〉，直接以「文化城」代稱臺中。在〈徘徊文學的小巷子〉一文最後，附上一首詩〈新富町與三民路〉，描述從日治到當代數十年的臺中變遷，引述首段如下：

　　　　台中市的心臟地帶

　　　　有一條穿越南北交通要津

　　　　開闢棋盤式文化城當初的日治時期

　　　　把新街和富貴町合稱為新富町

　　　　是優美的鳳凰木路旁樹成蔭的街道

　　　　旅人都經過這條幽雅的綠色庇蔭

　　　　到台灣八景之一的台中公園去

　　　　享受文化風味神韻[80]

呈現的是日治時期臺中新富町的由來，與臺中公園市中心區的美麗景觀，而棋盤式街道則說明當時殖民政府對臺中市區的規劃，彼時街道兩側鳳凰花木成蔭的景象，早已不復可見，但依舊存在陳千武的記憶裡。在〈台中的文學——構成文化城的實質〉一文中，他再度介紹日治時期臺中文化與文學活動的光輝歷史，進而在本文結尾提出他的期待：

　　　　台中的文學是台灣本土文學的大本營，不像台北的文學是統治者的文

　　　　學，這個歷史維護了台中文化城有其實質的榮譽。希望社會民眾都重視

　　　　文學活動，而人人過著優雅高尚的精神生活……。[81]

這既是他對臺中過往文學傳統的認知，也是對未來臺中文學發展的美好期盼。

5、林莊生

　　相對於巫永福、陳千武的一系列宣揚臺中「文化城」傳統的文章，長期旅居加拿大的林莊生（1930—2015），則以專著《懷樹又懷人：我的父親莊垂勝，他的朋友以及那個時代》詳細勾勒一九二〇至六〇年代跨越時代轉折的臺中文化風貌，文

80　本節引述陳千武各篇文章，出自陳千武《文學人生散文集》，此詩見該書頁178，臺中：臺
　　中市文化局出版，2007年11月。
81　《台灣現代詩》第11期，2007年9月，頁70-72。

筆生動，頗有「再現臺中文化傳統」的功能。

　　林莊生為日治到戰後臺灣文化人莊垂勝長子，由於家學淵源，從年少時期即有機會親炙不少臺灣近現代知識分子、文學家。他先後畢業於臺中一中、中興大學農藝系。1961年前往美國留學，1967年獲得Wisconsin大學農學博士學位後移民加拿大，在聯邦政府農業部從事生物統計、實驗設計方面的研究工作，1995年退休。

　　《懷樹又懷人：我的父親莊垂勝，他的朋友以及那個時代》原書在1992年8月出版，此書分兩部：第一部「父親與我」，歷述光復前後臺灣的社會生活。第二部「父親的朋友」，記述岸田秋彥、朱點人、洪炎秋、許文葵、黃春成、陳滿盈、徐復觀、葉榮鐘、蔡培火、林獻堂等人。此書獲得當年金鼎獎優良圖書，作者以流暢的文筆、細膩的剖析、獨到的見解，並藉助不少家藏珍貴的書信，生動勾勒出莊垂勝及其同時代臺灣知識分子的精神面貌與思想人格，是了解莊垂勝及其同時代文化人精神世界的最佳著作。

　　其中描繪臺中市區文化活動的主要篇章，可舉第三章〈圖書館時代與二二八〉為代表，該文談作者父親莊垂勝在戰後擔任臺中圖書館館長任內，致力推動本地文化活動的情形，列舉三項重要活動，分別是「文化講座」、「婦女讀書會」和「談話會」。「文化講座」是繼承日治時代文化活動的傳統，邀請各領域的專家學者前來演講，包括當時尚未離臺的臺北帝大（臺大前身）日籍教授金關丈夫、中村哲等，目的在提高民眾知識水準。「婦女讀書會」淵源自林獻堂、林攀龍父子在一九三〇年代組織「一新會」，對女性知識啟蒙的重視，委請臺中一女（今臺中女中）校長余麗華主持，每次三位主講人必定有一位是女性，在女性地位普遍不高的當時，相當難得。最後一項「談話會」，則是莊垂勝在日治時期發起「中央俱樂部」時，重要企劃的實現，屬於會員制的親睦團體，邀請文化界、醫師、民意代表、各行各業人士參加，每次有三位輪值會員主講，並以輕鬆交談的方式交換知識，每次參加者總有六十人以上。本書後半部談父親的朋友，內容也常觸及日治與戰後階段臺中地區的文化活動。尤其書中人物，還包括日籍帝大教授岸田秋彥，與1949年從中國來臺而定居臺中的徐復觀，充分見證臺中近百年來所形構而成的特殊文化傳統。

　　此外，他陸續出版幾本著作《一個海外台灣人的心思》（臺北：望春風，

1999）、《兩個海外台灣人的閒情心思》（臺北：前衛，2000，與陳虛谷之子陳逸雄合著）、《站在台灣文學的邊緣》（臺南：真理大學，2009），最新著作則是《回憶台灣的長遠路程》（2014，臺北：玉山社）。這些書都有不少文章談到臺中的文化人，包括雕塑家陳夏雨、民族運動參與者彭華英、女權運動先驅葉陶、霧峰的前世代人物林攀龍、林夔龍、張文環、林榮杰，一九〇〇年代出生的鹿港知識分子施家本、洪炎秋、莊垂勝、葉榮鐘等。

綜合而言，林莊生描繪臺中地區文化人頗有獨到之處，透過他生動的文筆，人物的個性特質栩栩如生，躍然紙上。以〈少年眼中的「陶姐」和她的兒子〉一文描寫葉陶為例，文中提到楊貴（逵）、葉陶一家的「首陽農場」其實是一塊起伏不平、不規則的開墾地，因為離作者在柳川邊的住家不遠，他常去看他們的花圃。作者對葉陶印象極深，對楊逵的印象卻十分淡薄。文中描述葉陶皮膚黑，聲音粗，常穿著黑色或灰色的臺灣衫，十分男性化。她不論置身於一大群貴夫人當中，或以男性為主的場合，都不改其豪邁率直的個性，洋洋自若，毫無自卑畏縮之相。

6、齊邦媛

出身臺中的前世代作家熟悉日治時代臺中的光榮歲月，因此以追憶的方式企圖重構臺中文化城的光輝傳統。然而相對於戰後來臺的中國作家，則有截然不同的成長背景與歷史記憶，齊邦媛就是一個絕佳的例子。

長期致力將臺灣文學推向國際的齊邦媛教授（1924—），出身中國東北遼寧省，曾在臺中生活多年。她在1947年10月來臺，擔任臺大助教，1948年10月與武漢大學學長羅裕昌結婚，羅裕昌當時任職於臺灣鐵路局，1950年6月由於丈夫調任鐵路局臺中電務段長，夫妻遷居臺中市復興路25號的鐵路局宿舍，一直到1967年丈夫調任鐵路局臺北總管理處為止，在臺中生活長達十七年。

她在2009年出版的自傳《巨流河》中，對這段曾在臺中的生活有詳細的描述，包括丈夫參與鐵路建設的盡心盡力，全家住在復興路鐵路局日式宿舍的甘苦回憶，三個兒子在臺中國小就讀，1953年起她在臺中一中擔任英文教師，1956年夏天考取傅爾布萊特「交換教員」獎金赴美國研習英語教學一年，1957年春天返臺之後繼續在臺中一中任教，曾任臺中市長的林柏榕、出身豐原的中研院院士

廖一久，都是她的學生。1958年秋天，轉到省立農學院（中興大學）任教，同時在遷徙到臺中霧峰北溝（霧峰區吉峰里）的故宮博物院兼職英文秘書，擔任文書翻譯並在外國政要參訪時擔任口語翻譯。1961年，開始在靜宜女子文理學院教美國文學、在東海大學外文系教翻譯，講授美國文學，鍾玲、孫康宜是當年在東海教過的學生。1967年因丈夫調職，全家搬回臺北，她也同時赴美進修。1969年春天，她結束進修，隨即返國擔任中興大學新成立的外文系系主任，每週往返臺北、臺中兩地，搭火車通勤長達三年半，持續到1972年夏天辭去中興大學教授職返回臺北。依此算來，她在臺中的時間，定居加通勤將近二十年之久。

《巨流河》書中關於在臺中生活的回憶，有以下幾個重點，其一，詳述其丈夫羅裕昌全心投入臺灣鐵路現代化工程的盡責與艱辛。其二，她個人在臺中一中、中興大學、靜宜學院、東海大學等校任教的經驗，尤其是臺中一中教英文的認真投入，與興大外文系創系之初的努力，以及與各校學生的深刻情誼。其三，她兼職故宮博物院英文秘書的特殊經驗，曾接待過伊朗國王巴勒維、泰國國王、外交部長葉公超、學者胡適等人，拓展她的國際觀與知識視野。

齊邦媛的臺中經驗，與臺中近百年來的社會與文化發展有密切連結。其一，丈夫羅裕昌是鐵路局高階工程師，對臺灣鐵路現代化貢獻卓著，而他們全家搬來臺中的原因是丈夫主動請調臺中，這件事充分彰顯臺中居於臺灣西部鐵路交通樞紐的特殊地位。日治時期1908年西部縱貫鐵路全線通車，在臺中公園舉行盛大慶典，並留下今名為「湖心亭」的象徵性建築；而羅裕昌則對一九六〇至七〇年代臺灣鐵路現代化奉獻心力，這兩件鐵路發展史上的大事都與臺中的地理位置有所關聯。

其二，齊邦媛在臺中擔任專任教職的兩所學校，臺中一中的創校歷史與臺灣近代史有深刻連結，被認定是臺灣民族運動的先聲；中興大學是日治時期的農林學校，戰後改制為省立農學院，最後升格為臺中唯一的國立綜合大學，她是外文系首任系主任，見證臺灣培育高等教育國際化人才的歷程。至於靜宜學院、東海大學在臺中的設校，根據巫永福的回憶文章可知，都是五〇年代為了強化臺中作為「文化城」的實質內涵，經過多方奔走，才爭取到這兩所來自美國教會系統的大學在臺中創立，顯見臺中在臺灣近現代教育史與人才培育上，扮演相當重要的角色。

其三，故宮博物院遷徙來臺時，最先將文物臨時置放在臺中糖廠，從1950到1965年，曾暫時在霧峰北溝新建的山邊庫房存放，長達十五年。1957年3月，故宮博物院在霧峰北溝的文物陳列室落成開幕，齊邦媛兼職該院秘書，正是在落成後的次年。而她的外文專長，對當時臺灣從事文化外交有相當的助益。

長達二十年的臺中生活經驗，無疑已成為齊邦媛一生難以磨滅的印記，其個人經驗與戰後臺灣的教育發展、交通建設、社會變遷已無法分割。在談到臺中一中的創校精神時，她引校園內矗立的創校紀念碑的文字，強調：「我第一次走進台中一中的大門，就看到那座創校紀念碑，五年中多次讀碑上文字都深受感動。」書中接著引述碑文片段內容之後，寫道：「這樣值得驕傲的立校精神，令我極為尊敬，在那裡執教五年，成為可敬傳統的一分子，也令我感到光榮。」談到當時與同事徐蕙芳老師，利用晚上一起準備學生的英文補充講義，她的描寫相當感性動人：

> 在台中十七年，家庭生活之外，最早躍入我記憶的常常是放在走廊盡頭的小書桌；用一條深紅色的氈子掛在房楹隔著臥房，燈罩壓得低低的小檯燈，燈光中我們兩個人做題目寫鋼板的情景，既辛酸又浪漫。……自台中一中教書開始，一生在台灣為人處世處處都有俯首在那小書桌上刻鋼板的精神。[82]

在個人過往生活的追憶中，透過「兩人齊心，夜間工作」形象生動的情境描繪，以小見大，呈現在艱困年代對教育工作的執著，更隱含人生態度的自我表述。本書另一處，她描述孩子為了留住喜歡的客人，總是將客人的鞋子藏到樹洞裡，讓他們走不了。結尾她更以感性之筆寫道：「台中其實是我和孩子們擁有童年回憶的故鄉，我自己的童年幾乎沒有可拴住記憶的美好之地。」[83]

她對臺中的感情，可另舉書中一例以見。1967年她在美國進修期間，短暫在印第安那州的「樹林中的瑪麗亞學院」教書，她目睹校園中蘋果園中蘋果掉落滿地的

82　齊邦媛，《巨流河》，臺北：天下遠見出版公司，2009年7月初版，頁350-351。
83　齊邦媛，《巨流河》，頁338。

興奮，立即聯想到：

> 我台中家前院一棵龍眼樹，每年結實時，鄰里小孩用長竹竿劈了鉗形
> 頭，越牆摘取，我的孩子追出去時，一哄而散，大家都很興奮，成了每
> 年初秋慶典一樣。[84]

出身中國東北的齊邦媛，在臺中定居多年後，因遠赴美國進修的偶然所見，立即聯想起臺中住家每年初秋隔鄰小孩偷摘龍眼的情景，所謂「日久他鄉做故鄉」，呈現的是外省族群在臺灣落地生根之後深刻的情感認同。1972年夏天她從中興大學辭職，她如此描述告別臺中的心境：

> 告別中興大學也就是告別了我的前半生，在台中生活十七年，生活儉
> 樸，卻人情溫暖。我親眼看著國立中興大學的牌子掛上門口，取代了農
> 學院的牌子，看見原是大片空著的校園蓋出了許多大樓。……那些年，
> 深山僻野，上山下海真是走了不少地方，認識了真正的台灣，驗證了高
> 等教育在台灣「十年生聚」的扎根力量和熱情。[85]

這段引文，再度將個人經驗與教育發展及時代變遷做了巧妙的連結。臺中在她的書中代表的意義，不只是個人生命經驗的重要一段，也是外省籍知識菁英為臺灣這塊土地奉獻半生的寫照。

二、中生代與新生代作家的臺中在地書寫

在廣義的「臺中作家」定義下，當代作家達上百人，礙於篇幅所限，本文選擇將廖玉蕙、周芬伶、劉克襄、路寒袖等資深作家，張經宏、賴鈺婷、林孟寰等新世代作家，並以向陽作為短暫停留臺中之代表，觀照上述作家如何書寫自身經驗的臺中。

84　齊邦媛，《巨流河》，頁374。
85　齊邦媛，《巨流河》，頁391。

1、　廖玉蕙——離返臺中的愛恨情愁

廖玉蕙自小在潭子長大，曾至臺中市區就學八年，對她而言，那樣的日子可謂愛恨交雜。由於母親擔心廖玉蕙在鄉下小學不利學習，因此在國小五年級就將她轉入「當時臺中市最負盛名的小學——臺中師範附屬小學」[86]，面對不熟悉的環境與人事，廖玉蕙自言在附小的兩年「充滿了沮喪和悲情」[87]，對整個城市感到憤恨難平：

> 天色逐漸暗了下來，昏暗中的街道更加不易辨識，我終於確信自己完全迷失了，驚嚇的眼淚再也藏不住，站在陌生的路口，我一邊詛咒著這個可恨的城市，一邊任憑淚水奔流而下，卻執意不肯向這個城市討饒。[88]

而且就算個人表現優異，「那種自卑的鄉下孩子面對都會小孩強烈優越感凌逼的痛苦卻與日俱增」[89]。在附小第一天放學的困境，以及自尊心的打擊，讓廖玉蕙沮喪，但一如她所說的「不肯向這個城市討饒」，在國小畢業後一度脫離苦海，「驕傲地走進自由路的臺中女中」[90]。

然而，「對自由過度的欣羨和追求馬上讓我嚐到了惡果」[91]，英文數學是廖玉蕙的罩門，無法突破的她轉向中央書局和大眾書局，吞嚥一本本小說，初中三年在學科不盡理想的情況下結束。考不上高中的廖玉蕙，透過二招進入豐原中學，一年後才由轉學考重回臺中女中，隨著高中畢業，北上就學，離開臺中。廖玉蕙回想八年的臺中求學歲月，「是一點點的感動和歲月也沖刷不去的大片心酸」[92]。

廖玉蕙回想之所以選擇離開臺中，主要是因為「十七歲前的歲月，像一張沒有出口的木箱，將我密密封藏，我恍若生活在過度稀薄的空氣中，無法暢快呼吸，時

86　廖玉蕙，〈回首事如前夕夢——記在臺中求學的那段日子〉，收錄於陳義芝主編，《廖玉蕙精選集》，臺北：九歌出版社，2002年11月，頁74。
87　廖玉蕙，〈回首事如前夕夢——記在臺中求學的那段日子〉，頁75。
88　廖玉蕙，〈回首事如前夕夢——記在臺中求學的那段日子〉，頁75。
89　廖玉蕙，〈回首事如前夕夢——記在臺中求學的那段日子〉，頁75。
90　廖玉蕙，〈回首事如前夕夢——記在臺中求學的那段日子〉，頁76。
91　廖玉蕙，〈回首事如前夕夢——記在臺中求學的那段日子〉，頁76。
92　廖玉蕙，〈回首事如前夕夢——記在臺中求學的那段日子〉，頁80。

時感受無比的寂寞」[93]，所以北上尋找夢想，希望能「有個溫暖的肩膀可以靠著流淚，有群知心的朋友可以勾肩搭背，有個沒有恐懼的地方可以任意徜徉」[94]。

　　但緣分是註定好的，廖玉蕙雖選擇離開臺中，還是與臺中脫離不了關係，一是婚姻：「幾年後，我嫁了個清水人，版圖拓展至西邊，雖在臺北落地生根，臺中卻一直還是我省親、休憩之所，和臺中的關係更為密切」[95]。二是老家：廖玉蕙在母親往生前，因念舊而買下原要賣出的潭子老家，母親逝後，更為了母親遺言「兄弟姊妹永遠毋通（不要）散」[96]，將老家整修一番，除了翻新家園、栽植花木，也三不五時邀請兄弟姊妹回潭子敘舊，話說從前，不僅坐實母親的交代，也緊繫親友之情。

　　近幾年，廖玉蕙在臺北生活數十年後，從教職退休，她的內心似乎萌生更多返鄉的渴望，進而發現自己當時追求的，就近在眼前，大有「眾裡尋他千百度，驀然回首，那人卻在燈火闌珊處」之感：

> 我耽溺於外地的流浪，如今卻眼眸時時回望故鄉，因為確知我所追求的遠方，其實就在離我最近的故鄉。[97]

更認為自己「年紀漸長，回歸故鄉的念頭像四溢的花香，由春至冬，無不濃烈嗆人！看來，臺中不只是我生長的地方，將來很可能也是我養老、長眠之所」[98]。廖玉蕙離返臺中之心情轉折，映照出一種在地人向外追求夢想的渴望，而多年後回首望向故鄉，更珍愛故鄉的心境。

2、周芬伶──從飲食貼近臺中

　　同樣是求學，周芬伶從國境之南，來到東海大學攻讀研究所，曾發願要在兩年內「踏遍中部土地」，也曾自言「我愛台中的吃」[99]，因此本處從飲食下手，跟

93　廖玉蕙，〈臺中已然在望〉，《在碧綠的夏色裡》，臺北：九歌出版社，2013年，頁64。
94　廖玉蕙，〈臺中已然在望〉，《在碧綠的夏色裡》，頁67。
95　廖玉蕙，〈臺中已然在望〉，《在碧綠的夏色裡》，頁65。
96　廖玉蕙，〈一株拒開花的櫻〉，《在碧綠的夏色裡》，頁21。
97　廖玉蕙，〈臺中已然在望〉，《在碧綠的夏色裡》，頁67。
98　廖玉蕙，〈臺中已然在望〉，《在碧綠的夏色裡》，頁65。
99　周芬伶，〈七期美食特區〉，《青春一條街》，臺北：九歌出版社，2009年2月，頁90。

著周芬伶享用臺中美食。檢視她在《青春一條街》所寫的臺中，除了豐富精神層面的校園生活之外，滿足生理需求的飲食文化也盡現其中。在飲品方面，周芬伶愛喝咖啡，曾說「給我一杯咖啡，那是我的忘情水，我願為它活下去！」[100]談到好喝的咖啡，她則推介東海校園附近的店家：「『十五巷』、『玫瑰園』，咖啡有水準，『佛羅倫斯』的藍山咖啡是我最喜歡的。」[101]喝過東海大學周邊的咖啡，接著向外拓展，來到周芬伶居住過四年的七期，先嚐小吃：

> 有一天看見一家叫「鱻」的小吃店，看起來乾清爽，進去叫了幾樣，價格不便宜，但味覺馬上被挑了起來，滷腳筋入口即化，虱目魚肚鮮嫩不輸台南一等，蝦仁飯是招牌，小菜尤其可喜，菜豆、苦瓜、蘆筍、章魚、生魚片都精彩可喜，乾乾淨淨擺在日本料理店才有的玻璃櫃中……。[102]

海味吃罷，改啖山珍，到與「鱻」同街的「最好吃雞肉」點盤白斬雞，「那看起來不怎麼樣的雞肉，吃來鮮甜結實，一般人絕做不出來的美味」[103]。再不然也可以吃吃青海路的洛陽水餃、山西刀削麵、蛤仔麵、臭豆腐鍋、當歸豬腳麵線[104]等等，都是價低易飽的小吃。要吃高檔的、異國風情的料理也有許多選擇，諸如中港路上的小義大利，精誠街上由美軍宿舍改建的庭園餐廳，或是蘭桂小館、天香樓等店家，也是不錯的選擇。

　　而在臺中生活，不免俗的要提及在臺中發跡的珍珠奶茶，在〈大肚王國〉中，周芬伶透過糕餅和珍珠奶茶略提舊臺中的歷史：

> 古時的台中舊名「大墩」，為漢人屯墾區，川埠縱橫，後來日人依京都格局規劃，成棋盤狀，舊市區街道狹小，餅鋪特多，茶座隨處可見，台

100　周芬伶，〈給我一杯忘情水〉，《青春一條街》，頁46。
101　周芬伶，〈給我一杯忘情水〉，《青春一條街》，頁45。
102　周芬伶，〈七期美食特區〉，《青春一條街》，頁87。
103　周芬伶，〈七期美食特區〉，《青春一條街》，頁88。
104　小吃種類引自周芬伶，〈七期美食特區〉，《青春一條街》，頁88。

中的糕餅文化與喝茶風氣有關，珍珠奶茶不就從這裡出發？[105]

周芬伶更稱臺中為「餅都」，對餅店和吃餅方式都有研究：

> 買餅一定得到自由路，阿明師是豐原崑派過來的，真正的太陽堂牆壁上
> 有顏水龍的鑲嵌向日葵壁畫，光那面牆就是國寶……買太陽餅，認得那
> 面牆就不會錯了，然阿明師的餅歷史最悠久，水準相去不遠。
> ……
> 老台中人吃餅用泡的，老人小孩尤是，手不穩更是掉得厲害，泡在碗裡
> 就安全了，所以古早叫「泡餅」又叫「麥芽餅」，麥芽太甜，也有加蜂
> 蜜的，反正中部人真會做餅，也真愛吃餅。[106]

除了知名餅店，市區「美珍香」的鳳梨酥和一心豆干，還有「薔薇派」、「萬益」
豆干，以及豐原社口「犁記餅店」的大餅、綠豆椪和「雪花齋」等，周芬伶將臺中
糕餅文化介紹了大概。

此外，臺中一中、雙十路體育館、孔廟、文英館、臺中圖書館、臺中公園一
帶，被周芬伶稱為「臺中的菁華」[107]，菁華區裡最讓她念念不忘的美食是豐仁冰：

> 我吃到最好吃的豐仁冰在體育館前面，矮小的木房子，學生滿座，我值
> 完班必來報到，五百C.C.的大杯子裡裝紅茶刨冰，裡面也許還有獨家配
> 方，一種說不出的焦香耐人尋味，其中還有大紅豆、小紅豆、綠豆、粉
> 圓、小湯圓，好吃又大碗，好像才五元、十元。[108]

一路自大度山吃進市區，又跨足社口、豐原，周芬伶的臺中生活，藉著飲食地圖，
一一鋪展開來。

105　周芬伶，〈大肚王國〉，《青春一條街》，頁115。
106　周芬伶，〈潮州粿台中餅〉，《青春一條街》，頁127、128。
107　周芬伶，〈青春一條街〉，《青春一條街》，頁81。
108　周芬伶，〈青春一條街〉，《青春一條街》，頁81。

3、 劉克襄──流連老城區

　　臺中雖然建城三百餘年，說老不老，但時代演進腳步愈走愈快，昔日曾是風華絕代的市區，現今成了幾乎一蹶不振的老城。老城何在？概略的說，從臺中火車站一路往自由路、三民路望去，一整片日治時期規劃的棋盤格街區，都是老城。老家就在舊城區的劉克襄，相當關注老城的動態，對於老市區的發展也自有一套看法，他在〈一座舊城的魅力〉中略談舊城的昔日風采：

> 這兒曾是舊台中的黃金地段，例假日人潮常川流不息，鄉下人在此一如剛到台北車站，常有窒息之壓力。
> ……
> 以前最熱鬧的一家，標有菊花，門牌123號，70年代初時，蔣經國拜訪後，一炮而紅，從此奠定了太陽餅的盛世。前些時，中山路轉角的阿明師人氣最旺，據說是從那戶商家跳槽的。[109]

　　過去的舊城風貌，是為人所讚揚的，而今幾不復見：「百業蕭條下，台中明顯停格於70年代末。而一心豆干、紅豆牛奶冰的熱潮，逐漸消褪，太陽餅躍昇為台中名產了。……百年前規劃的棋盤街道，還有一些日本建物殘留著，成為老公司行號和行政的辦公大樓，更把整個舊城耽擱，滯留於一個較為緩慢的生活圈。」[110]

　　今日的舊城區何以無從翻轉頹勢？從現代化的角度來看，劉克襄指出：「沒有三鐵共構，從台中火車站到自由路、三民路一帶的舊城區，更註定了毫無翻身的機會。」[111]雖然多年前臺中市政府意圖改變這樣的頹勢，但還是宣告失敗：

> 其實，十年前，市政府努力搶救過，試圖打造車站周遭的繼光街商圈。

109　劉克襄，〈一座舊城的魅力〉，參見http://www.nchu.edu.tw/~taiwan/reside_writer_liu_08-4-4.htm，登站日期：2015年4月22日。

110　劉克襄，〈一座舊城的魅力〉，參見http://www.nchu.edu.tw/~taiwan/reside_writer_liu_08-4-4.htm，登站日期：2015年4月22日。

111　劉克襄，〈一座舊城的魅力〉，參見http://www.nchu.edu.tw/~taiwan/reside_writer_liu_08-4-4.htm，登站日期：2015年4月22日。

綠川街景的整治，以及無數生活記憶的召喚，全都用上了，但人潮不
在，再怎麼努力，大街都無以為繼，小路連帶荒蕪。再者，加上施政的
方向過度重視經濟，並未朝自然景觀的風貌大刀闊斧，很快的這些也降
溫，一樣堆積為舊城沒落的內涵。[112]

不過劉克襄還是看見了老城區的一些優點，以自由路的改變為例，包括「白木屋、
和果子、懷古滷味，以及聯翔餅店等等食品業的陸續進駐，都讓我們看到這條餅街
的成熟和多樣」。劉克襄也稱讚了「日出」公司在此區的經營，他認為「充滿人文
氣息的食品小店」，或者是五權西路那家「貼近舊城的生活內涵」的店面，都可以
肯定為經營者意圖融入舊城的用心。

　　除了大路旁的飲食經濟，小街小巷內的庶民小吃範圍也是劉克襄關注的。對劉
克襄而言，舊城區中「最具代表性的菜市場」[113]就是第五市場；坐落在樂群街和四
維街內的第五市場，是一個貨色、消費群都很健全的市場，「不管就台中小吃美食
的密集度，或者從一個市場供給的農產品、生活雜貨等等評估，第五市場都有足夠
的人潮支撐，自成一個圓滿小世界」[114]。緊臨著市場，周邊有著許多家美味經典小
吃，諸如樂群街上的東羊角饅頭、蚵仔粥，自立街的陳記蚵仔麵線、四維街的大麵
羹等等[115]，味好料實在，價錢也很公道。其中的大麵羹，稱得上是中部人的特色小
吃，劉克襄提到：

　　　　那時大麵羹是尋常啖食的點心。除了街上販賣，割稻時節，農家婦人會
　　　　在家裡烹煮一鍋，過了午，擔到田裡，讓幫忙割稻的人食用。[116]

不過現今大麵羹已經少見了，「殘存的店家，分布大抵在台中火車站半徑約一公里

112　劉克襄，〈一座舊城的魅力〉，參見http://www.nchu.edu.tw/~taiwan/reside_writer_liu_08-4-4.htm，登站日期：2015年4月22日。
113　劉克襄，〈台中第五市場〉，《男人的菜市場》，臺北：遠流出版事業股份有限公司，2012年9月，頁34。
114　劉克襄，〈台中第五市場〉，《男人的菜市場》，頁34。
115　小吃及街名參照自劉克襄所繪製的美食地圖，《男人的菜市場》，頁30。
116　劉克襄，〈台中大麵羹〉，《男人的菜市場》，頁276。

內的範圍。這是舊台中的主要生活圈，似乎反映了大麵羹並未隨著市區日後的重劃，散播出去，或者發揚光大。這個足以代表台中傳統的粗俗麵食，跟舊台中一樣，侷限於某個小區域，淪於自生自滅」[117]。大麵羹是臺中農業時代的見證之一。而近年懷舊風潮興起之後，大麵羹又再度被看見，不僅「被網友捧為台中小吃三寶，……連重要外賓走訪台中時，市長胡志強都大力招待此一地方家常美味」[118]。

4、 路寒袖──遇上文化‧城

在大甲成長的路寒袖從海線挺進文化城，就讀臺中一中時，愛好文學的路寒袖除了在校與友人共創文學社團「繆思社」，某天得知作品曾被選為課文的知名作家楊逵竟然還活著，而且就住在臺中的大肚山上，之後在拒絕聯考的期間，自告奮勇地到東海花園與老作家一起生活了四個月。回憶自己能住進東海花園的原因，路寒袖提到：

> 花園裡有間破敗的工寮，只有兩張鋪層稻草加草蓆的單人床與書桌，多
> 年來常有藝文人士短暫作客，或許此一傳統早已形成，所以當我向楊逵
> 表達希望進住工寮時，他正眼也沒瞧我一下的盯著報紙，就答應了。[119]

住進工寮後的工作與楊逵的相處情況，則是：

> 每天清晨，我會在群鳥的鳴叫聲中起來，然後整理老作家經營的花園，
> 澆水、除草、間或種些小花，偶爾他也會來幫忙，我喜歡看他挑水的模
> 樣，枯瘦佝僂的身子壓著兩隻大水桶，步履卻是穩健，青筋微暴的赤
> 足，倒像與土地牢牢的黏在一起。早餐後，我們便坐在院中的鄧伯老藤
> 棚下喝茶、閱報、讀書。常常他會提及一些過往的瑣事及有生之年的願

117　劉克襄，〈台中大麵羹〉，《男人的菜市場》，頁276。
118　劉克襄，〈台中大麵羹〉，《男人的菜市場》，頁277。
119　路寒袖，〈東海大學‧約農路的木屐聲〉，《走在，台灣的路上》，臺北：遠景出版事業有限公司，2012年1月，頁139。

望，但對當時的我而言，不管是往昔或未來都是那麼的遙遠、不可見，
或者應該說，我根本還未釐清生命的本質。[120]

青少年時期的路寒袖，在文化城遇上文化人，雖與楊逵一同勞動、一同談天僅四個
月，但他也自言「與楊逵朝夕相處，生活習慣、文學觀已受其影響」[121]，這樣的影
響可自路寒袖的作品中，看見踏實、貼近生活的創作基調及文學筆觸。

路寒袖在高中時期與臺中市文學文化的關係頗深，他曾著詩寫道：

高中的記憶早已淪為
喧囂夜市的殖民地
昔日巷弄內閒散的步履
如今充斥著血拼的勇氣

市中央的老書局熄燈後
先賢紛紛離了席
而書冊驚嚇散飛
不知該棲身於重劃區的第幾期[122]

詩作中的巷弄泛指現今一中街及附近小巷弄，一中商圈取代火車站前的第一廣場，
成為新世代年輕人的購物去處，「血拼」（shopping）明指著消費行為。市中央的
老書局正是中央書局，中央書局是日治時期文人雅士的集會場所，亦有販賣書籍，
許多到臺中一中、臺中師範等院校就讀的文藝青年，就近前往中央書局閱讀購書的
比例不少。第二段的「不知該棲身於重劃區的第幾期」，則點出臺中不斷開發的現
況，在經濟發展為前提的今日，文化、歷史無從棲身。

不過好消息也是有的，臺中文學館正在籌劃改建中，透過詩作〈走在未來的台

120　路寒袖，〈晚景〉，《憂鬱三千公尺》，臺北：聯合文學出版社，2003年4月，頁68-69。
121　路寒袖，〈東海大學‧約農路的木屐聲〉，《走在，台灣的路上》，頁140。
122　節錄自路寒袖，〈記憶台中〉，《那些塵埃落下的地方》，臺北：遠景出版事業有限公司，
　　　2014年5月，頁140。

中文學館〉，路寒袖寄寓了他的期望：「這裡，風朗讀散文／詩如雨下在綠茵的小說／每一行都是崇山峻嶺／也盡是登高的階梯」[123]，表達臺中文學館是可以閱讀／被閱讀的空間，而文學作品內容背後涵蓋的，同時是文學、文化、歷史的基礎。

　　相對於前述作家關注的臺中舊市區的風華與破落，新世代作家張經宏、賴鈺婷與林孟寰，則耕耘出另一片天地。

5、 張經宏——以青少年視角看臺中市

　　若從張經宏的年齡來看，其實不算太新，之所以在此歸類為新世代作家，主要是因為近幾年他的創作大量發表，2011年以〈摩鐵路之城〉拿下九歌兩百萬小說獎首獎，書中以一個高中生的視角看臺中，用詞特殊、犀利，使張經宏一夕之間聲名大噪，成為眾人皆知的作家。底下就《摩鐵路之城》，探析張經宏小說主角看見怎樣的臺中城市風貌。

　　《摩鐵路之城》的主角吳季倫，是臺中知名私立高中輟學生，在一間汽車旅館上班；他眼中的臺中空間常讓他難以忍受，若是在馬路上抬頭望，「整排路燈像找不到交尾對象的螢火蟲，虛弱耗著亮光」[124]，若在下雨天時低頭看，「很快地不知哪裡湧出來的屎色泥水，整條馬路漫流成一條噁心的大排水溝，……水面上到處搖擺的塑膠袋、寶特瓶聚集過來」[125]，整體空氣中瀰漫著多種味道，像是雨後可以聞到「好像那些噴濺在地的尿液與痰汁，全被這場雨搔了出來，在空氣中互相勾纏撞擊」[126]的酸臭味，又或者聞到「到處是交配的氣味」[127]。自吳季倫所見／聞的城市空間，利用暗淡的街燈，以及垃圾、痰液、排泄物，將臺中市形構出充滿灰暗、擁擠、腥臊的市容。若在臺中市騎車，要注意躲在叉路口的警察以及鋪得很爛的馬路[128]。

　　吳季倫也到過臺中公園與一中商圈，在吳季倫眼中，臺中公園是個「令人洩

---

123 路寒袖，〈記憶台中〉，《那些塵埃落下的地方》， 102。
124 張經宏，《摩鐵路之城》，臺北：九歌出版社，2011年，頁10。
125 張經宏，《摩鐵路之城》，頁10。
126 張經宏，《摩鐵路之城》，頁11。
127 張經宏，《摩鐵路之城》，頁10。
128 張經宏，《摩鐵路之城》，頁147-148。

氣的公園」，因為「在這邊你聽不到任何悠閒的腳步聲，那些拖鞋在地上用力摩擦的傢伙像衰神上身一樣，一個個死氣沉沉，不然就是情侶緊緊摟住彼此，從這頭往那頭逃難似地快速通過」[129]。除了這些，公園裡還會有「香水噴得像百貨公司廁所的女人」，突顯出時常出沒臺中公園的人群身分大略有學生、遊民與流鶯等等。而在一中商圈附近，樓房上掛著五顏六色的廣告看板，有牛仔褲、球鞋、健身房、政治人物等等，路上充斥著汽車、計程車、人潮、攤販，地面上則可以看到長長的髮絲、碎紙片、棉絮、蟑螂[130]等。張經宏透過吳季倫這個青少年的視角，傳達出不同於多數作家的臺中公共空間樣貌，簡單來說，《摩鐵路之城》中的臺中，被形塑成擠擁、充滿髒汙與垃圾，以及廣告滿天的都會空間，不可否認的，這的確是現今臺中市容與公共空間的一種切面。

6、　賴鈺婷──浪行臺中小地方

大里出生的賴鈺婷，在臺中市區念高中，考上大學後離開臺中，先後待過高雄與臺北，在雙親往逝以後，毅然自臺北返鄉任教，然後藉著旅走家鄉，懷念童年，然後擴及臺中，認識地方。

大里七將軍廟，是賴鈺婷筆下最靠近童年的具體空間：

> 沿著童年的足跡漫步，腦海不著邊際地浮現幼年嬉笑過街的畫面。黃昏時分，最常和阿媽這樣說說笑笑，沿騎樓、樹蔭走著，走到大龍眼樹下的七將軍廟。[131]

走記憶中笑聲堆疊成的路重回七將軍廟，聽信眾與將軍爺訴苦、求助，七將軍廟不僅是「守護幾代人足以共通的歷史情感」，也是保存賴鈺婷童年回憶與見證祖孫親情之處。

129　張經宏，《摩鐵路之城》，頁86。
130　張經宏，《摩鐵路之城》，頁88。
131　賴鈺婷，〈七將軍廟〉，《小地方：一個人流浪，不必到遠方》，臺北：有鹿文化事業有限公司，2010年2月，頁86-87。

　　除了故鄉大里，賴鈺婷也走入眷村，踏入海濱，登臨山區，不只觀看風景，地方蘊涵的故事、特殊景象，也是她所關注的。例如行至南屯彩虹眷村，或許有著「將『標幟著一個大時代、許多小家庭共生的集體印記』[132]作個人式的保留」的想法，因為不僅是面臨拆除危機的彩虹眷村，在土地利用與財團開發等利益考量上，臺灣土地上許多老式的房舍（土角厝、眷村、日式建築等）都逐一被拆除，有些建為私人透天厝、別墅，有些則變為國宅、大樓，空間被拆解，歷史也隨著歸於塵土，不見蹤跡。

　　來到清水海邊，賴鈺婷筆下刻劃了高美濕地的特色：「紅白相間的高美燈塔撐開地平面，潮汐泥水間，那一整排巨大的風力發電機組是一扇扇閃著童話色澤的銀白風車。」[133]風車與燈塔是旅客來高美時鏡頭獵景目標之二，而「生長在潮間帶的雲林莞草」[134]以及沙洲上的水鳥們，則是濕地上重要的生態景觀。

　　接者因為讀〈桃花源記〉，在一次旅途中上行位於和平鄉的武陵，沿途風景「山壁林樹掩映，土黃、淺藍、淡白、深綠穿插為一幅山林大地。沿著山谷低處，俯望滿地碩大鮮綠的高麗菜。窗畔及目處望去，果樹沿著山坡層層疊疊，蘋果、桃子、梨子、李子……，結實累累的印象，滿山滿谷」[135]。除了自然景觀之外，豐碩的經濟作物也植滿山坪。然後在尋訪「煙聲瀑布」[136]的途中，甚至經過「水色瑰奇寶綠」[137]，同時也是臺灣國寶魚櫻花鉤吻鮭主要棲地的七家灣溪。一路挺進武陵，賴鈺婷除了看見如詩如畫的美景與碩美果子，也看見「漂洋過海，退除役的老官兵進入大甲溪上游，在地勢僻遠的山區，拿鋤頭圓鍬，開墾種作」[138]的移民歷史。

7、　林孟寰──美村路史詩

　　臺中市出生的林孟寰，在十二歲之際就成為作家，出版童話《彩石遺事》，其後創作不斷，作品常獲得大小獎項，或獲刊於文學刊物；作品《天空之門》與《美

132 賴鈺婷，〈童話眷村〉，《小地方：一個人流浪，不必到遠方》，頁40。
133 賴鈺婷，〈高美濕地浪行〉，《小地方：一個人流浪，不必到遠方》，頁126-127。
134 賴鈺婷，〈高美濕地浪行〉，《小地方：一個人流浪，不必到遠方》，頁127。
135 賴鈺婷，〈煙聲獨行〉，《小地方：一個人流浪，不必到遠方》，頁168。
136 賴鈺婷，〈煙聲獨行〉，《小地方：一個人流浪，不必到遠方》，頁168。
137 賴鈺婷，〈煙聲獨行〉，《小地方：一個人流浪，不必到遠方》，頁170。
138 賴鈺婷，〈煙聲獨行〉，《小地方：一個人流浪，不必到遠方》，頁168。

村路上》分別在2008年及2009年被選為臺中市籍作家作品集，由臺中市政府出版，林孟寰因此成為最年輕的臺中市籍作家。底下，就《美村路上》跟著林孟寰看見美村路的發展。

　　一九六〇年代越戰爆發，美軍駐守臺灣，在臺中市美村路一帶有許多美軍宿舍，路名也因此而來，而美軍宿舍的附近發展出許多酒吧，林孟寰的詩作自以「走過狂歡與寂寞的十二個街區／青春點綴著各色的霓虹」表述了當時的酒吧文化。之後戰事休止，美軍離開後，「戰爭已在遙遠的記憶之外」，美村路逐漸開發成「樓宇相互攀高著」的樣貌，四處高樓聳立，美村路舊的樣貌不復存在，至於夜生活，昔日暗夜中的酒吧霓虹轉為「僅存的白晝濃縮在小小的豆漿店裡」，被路上豆漿店裡水銀燈投射出的白亮燈光取代。林孟寰的詩作不僅寫出美村路的六〇年代，也有世界的六〇年代，更帶出美村路的今昔市容與生活形態。

8、 向陽──短暫停留的臺中印象

　　臺中作為文化城，與教育的關聯頗深，前述作家不論原籍何處，都曾在臺中就學，而教學方面，來臺中大專院校任教的作者不少，礙於篇幅有限，底下僅舉向陽為例，藉由作品觀察他在臺中生活的時光片段與見聞。

　　來到大肚山，肯定不能錯過山風與夜景。向陽曾在靜宜大學任教多年，離開前隻身來到大肚山巔[139]，其後寫成〈冬月鑑照〉，著名風／景躍於筆下：

> 大肚山的冬夜，寒風颼颼，如海浪潮湧，一潮方起，一潮已落，來回迴復，襲過耳梢與髮際。遠望山下靜謐的大台中，燈火蜿蜒，一路行過暗鬱的平野，靜謐的夜景底下暗藏的是騷動的心靈，暗鬱的夜色之中，卻又鍍著一層清亮可人的光暈。[140]

冬夜站在臺中都會公園的向陽，在觸覺上首先感受到的就是大肚山的風，一陣陣冷冽的北風刮過臉龐；而視覺上，由車燈路燈交織而成的光影秀鋪展在眼前，大肚山

---

139 向陽，〈冬月鑑照〉，《我們其實不需要住所》，臺北：聯合文學，2004年，頁95。
140 向陽，〈冬月鑑照〉，《我們其實不需要住所》，頁92。

暗夜的美，就在一靜一動中形構出來。

在臺中的幾年間，向陽也到過不少地方，例如2000年他曾到訪阿罩霧（今霧峰）的林家宅第，並寫下〈頹園流金〉一文為紀。文中寫到宮保第的歷史與建築之美：

> 在一八六二年〔清同治元年〕起造的阿罩霧〔霧峰〕林家下厝宮保第的
> 內埕，……門楣之上鏤空而精細的木雕，繽紛而華麗的彩飾，以飛龍戲
> 鳳之姿，遊動於這古老的空間之中，宛若貴婦眉梢之下的流盼之目，勾
> 人心弦。[141]

訪過宮保第，走至萊園，不能忘的是梁啟超曾住過的五桂樓，以及文人雅士集會吟詩的飛觴醉月亭：「一九一一年春，梁啟超受林獻堂之邀來台，就寓居於萊園五桂樓。樓前植種五棵桂樹，正對前方小習池，以及池中種滿荔枝的荔枝島，島上的飛觴醉月亭，春雨來時，煙霧波光……。」[142]

但是九二一地震之後，林家宅第的建築多半頹倒損壞：「一年後的今天，我來到這裡，站在內埕的石磚上，觸目所見，樑柱頹矣，牆磚傾矣，簷瓦落盡，只有空蕩蕩的庭埕張著驚嚇的眼神望向青空。這只是整個霧峰林家宅第的下厝之一，其他如大花廳、二房厝、草厝，以及頂厝的景薰樓、蓉鏡齋、新厝、頤園，還有當年被稱為勝景的萊園，都在這場地震中損毀。曾經在台灣歷史中扮演過一定角色的豪宅林園，一夕之間盡成瓦礫。」[143]震後到訪林家的向陽，透過文章描繪霧峰林家過去豐美的建築體與人文歷史，同時記錄災後頹傾的歷史園林，以及當時人去樓空的歷史殘景。

向陽也曾趁著假期，前向臺中之東的和平鄉，到松鶴部落的博愛國小避暑兼旅遊。在博愛國小的操場上，放眼望去是環繞的山景，美則美矣，讓人心曠神怡：「坐在小學校司令台旁的石階上，探看前方，連綿的群山拉著手往更高更深的所在行去，近處一片翠綠，隱約可以看到山徑蜿蜒其間，蜿蜒緩步，……而一逕喧嚷的

141　向陽，〈頹園流金〉，《我們其實不需要住所》，頁71。
142　向陽，〈頹園流金〉，《我們其實不需要住所》，頁72。
143　向陽，〈頹園流金〉，《我們其實不需要住所》，頁72。

蟬聲，則是翠嶺為旅人吟唱的唄歌。坐對這樣的勝景，可以洗疲憊的塵俗之心，可以清污垢的凡世之靈。」[144]但因為九二一地震而被震裂的山體，亦直收入向陽的眼中：

> 環繞在溪谷之上的群山，分明留下遭到撕裂的痛楚，從每座山頭奔瀉而下的裸石崩土硬生生撕裂翠嶺的肌膚，一路狂走，直到溪谷。這些裂傷，有的整壁剝落，有的裂縫微迸，在翠綠山巒間，攀爬著慘黃的疤痕，東一塊西一塊，這一條，那一條，散佈在舉目可見的山間，使得翠嶺頓成荒山，桃源直如廢園。[145]

在文章最後，向陽更提到人與山林的共存困境，這樣的困境不只是靠山為生的居民需要面對的，更值得大眾仔細思量。此文不僅記錄臺中山林／臺灣土地的秀麗風光，以及大地震造成的傷痛，而且充滿人文關懷與生態意識。

第四節　地方文學獎中的臺中書寫

　　一九八〇年代以後，臺灣本土意識抬頭，各縣市政府紛紛成立地方文學獎，累積不少創作成果。臺中方面，市政府自1997年開辦「大墩文學獎」以來歷經十三屆，縣政府則於1999年起連續舉辦十二屆「臺中縣文學獎」，直到縣市合併之後，2011年起合為「臺中文學獎」。地方文學獎對於臺中文學的助益良多，但礙於篇幅有限，本部分以「臺中縣文學獎」及「大墩文學獎」為討論範圍。

　　「臺中縣文學獎」與「大墩文學獎」，在徵選獎項上包含新詩、散文、短篇小說，至於報導文學部分，臺中縣每一屆都有徵選，臺中市自第八屆起才增設。值得一提的是，「大墩文學獎」另設有「文學貢獻獎」、「兒童文學」及「傳統詩」：「文學貢獻獎」自第一屆即設置，第八屆起中斷，至第十二屆才又恢復該獎項，第

144　向陽，〈翠嶺荒山〉，《我們其實不需要住所》，頁62-63。
145　向陽，〈翠嶺荒山〉，《我們其實不需要住所》，頁63。

十三屆從缺；「兒童文學」自第八屆起設立，第十屆未徵選，第十三屆改徵選「童話」；「傳統詩」僅2004年的第七屆辦理過。

　　地方文學獎與「地方意識」的具體實踐有關，亦即與地方記憶、在地自然環境與人文景觀關係密切，且地方文學獎因其「參賽資格」規定，以及「以地方為名」的特殊性，較易形成「地方書寫／書寫地方」的獨特風格。

　　文學獎中的「地方意識」可從宗旨、參賽資格、「報導文學獎」的設置、參選者的「自我定位」、作品內容等幾個面向來探討。

　　其一，「大墩文學獎實施要點」之「宗旨」由前七屆觀之：「（一）肯定資深作家長期創作及鼓勵新人積極從事文學創作。（二）獎勵優良文學作品，倡導地方文學風氣，提升國民文化素養。」[146]至第八屆起改為「目的」[147]並增加三點：（三）透過文學作品，呈現臺中市之人文特色與風貌。而「臺中縣文學獎徵獎辦法」之「宗旨」則為：「鼓勵全民寫作，提倡文學風氣，展現臺中縣之人文特質與風貌。」[148]不論是「宗旨」還是「目的」，都彰顯出「地方文學獎」與「城市風貌和在地人文特色」的具體關係，「地方意識」鮮明。

　　其二，自「參賽資格」也可觀察出文學獎的「地方意識」。以「大墩文學獎」中特有的「文學貢獻獎」為例，得獎者需具備「本籍臺中市或設籍臺中市五年以上」、「長期致力於文學創作、對文學發展具有影響特殊貢獻者」[149]兩項與在地之深厚淵源，且得獎人多數也強調自身的文學創作或貢獻與臺中城市的關係，如第四屆得獎者詹冰本人指出，自己的詩心就是從臺中萌發，作品獲獎也是在臺中：

　　　　回憶，唸台中一中的時候
　　　　我的詩心開始發芽、生長

146　臺中市文化局編印，《台中市第三、四屆大墩文學獎得獎作品集》，臺中：臺中市文化局，2000年12月，頁314。

147　第八屆起，「目的」之前兩點與前七屆文句略有差異，改為：（一）獎勵優良文學創作，發掘和培養文學新人。（二）推廣文學欣賞及寫作風氣，提昇國民文化素養。參見臺中市文化局編印，《台中市第八屆大墩文學獎得獎作品集》，臺中：臺中市文化局，2005年10月，頁282。

148　路寒袖主編，《李普陣亡了：第六屆中縣文學獎得獎作品集》，臺中：臺中縣立文化中心，2004年，頁306。

149　臺中市文化局編印，《台中市第三、四屆大墩文學獎得獎作品集》，頁314。

　　　　五年級時，參加台中市中等學校作文比賽

　　　　對手都是日本人，我得了第二名。爽快！[150]

又如第十二屆得獎者路寒袖，也指出臺中市就是自己的文學啟蒙與原鄉：

　　　　因為文學，我的足跡遍及台中大部分的角落，全身的毛細孔吸飽了台中

　　　　味……

　　　　而仔細檢視我的作品，無論文學、音樂或攝影等，其實大部分都是寫於

　　　　台中，完成於台中的。所以可以肯定的，台中也是我的文學原鄉，我的

　　　　文學想望與騷動唯有在此才能獲得最大的慰藉與發抒。[151]

　　　在創作方面，對於「作者身分」與「題材」則有不同要求。大墩文學獎前三

屆要求作者需符合「本籍臺中市或設籍臺中市三年以上，目前仍居住於臺中市或就

讀臺中市中等學校以上學生」[152]。第四至七屆改為「本籍臺中市或設籍臺中市一年

以上。目前服務或居住於臺中市。目前就讀臺中市中等學校以上學生」[153]。第八屆

時改成「參選資格不限，惟作品內容需以書寫臺中市人文、地理、風土民情為題

材」[154]。放寬撰稿者的限制，但將作品限縮於描寫臺中市本地。到了第十一屆，又

改為「參賽資格不限，題材不限，惟報導文學類作品內容需以臺中市人文、歷史、

地理、風土民情為題材」[155]。由上可見投稿人身分與非報導文學類之作品資格逐漸

放寬。

　　　至於臺中縣文學獎，其參選資格則始終如一：「本籍臺中縣。曾設籍臺中縣

150　詹冰，〈獲得大墩文學獎〉，收錄於臺中市文化局編印，《台中市第三、四屆大墩文學獎得
　　　獎作品集》，頁131。

151　路寒袖，〈文學的啟蒙與原鄉〉，收錄於臺中市文化局編印，《台中市第十二屆大墩文學獎
　　　得獎作品集》，臺中：臺中市文化局，2009年10月，頁13-14。

152　臺中市文化局編印，《台中市第三、四屆大墩文學獎得獎作品集》，頁315。

153　臺中市文化局編印，《台中市第三、四屆大墩文學獎得獎作品集》，頁318。

154　臺中市文化局編印，《台中市第八屆大墩文學獎得獎作品集》，頁282。　第九屆與第十屆微
　　　調為「參選資格不限，惟作品內容需以書寫臺中市人文、地理、歷史、風土民情為題材」。

155　臺中市文化局編印，《台中市第十一屆大墩文學獎得獎作品集》，臺中：臺中市文化局，
　　　2008年10月，頁305。

一年以上者。曾於臺中縣就學、服務一年以上者。目前於臺中縣就學、服務、居住者。參加報導文學類者不受以上資格限制」[156]。不過，中縣文學獎除了報導文學一類之外，題材並不加以限制，但每一屆仍有數篇描寫臺中縣風土人情之作品，可見投稿身分的設限對於文本的「地方意識」仍具有一定的影響力。

在參選資格與題材開放之後，徵獎辦法中的「地方意識」開始式微，這種情況在許多縣市都已出現，顯然與臺灣整體政治社會環境有關，或是主事者認為，本土化發展已達到一定程度，不需特別強調；或是與投稿率有關，當縣市文學獎紛設，投稿率即成為評比的重要標的。這時，文學獎的「地方意識」可從「報導文學」獎項來觀察。大墩文學獎自第八屆起加徵報導文學獎，臺中縣文學獎則每屆都有徵選，內容皆要求要與「地方」的人文／水文相關，可觀見其間如何再現臺中的人文、歷史、地理、風土民情。

其三，參選者的「自我定位」亦能彰顯「地方意識」，當作者與「在地」密切相關，許多得獎者的「得獎感言」中，都可見到被召喚的「地方意識」。如以〈阿媽家在美村路〉拿下第五屆大墩文學獎散文獎優等獎的楊孟珠，是土生土長的臺中人，她的自我介紹與得獎感言即是：「徹底的台中人，喜歡在這個城市遊移，感受時間的流動和自己生命的成長或失落。」[157]又如獲得第十二屆中縣文學獎短篇小說獎的黃耀賢，是畢業於靜宜大學中文系的淡水鎮人，他在自我介紹裡寫到，「曾在臺中生活將近十年，非常懷念沙鹿的風和秋日午後將大度山與港口鍍上赤金的夕陽。」[158]不論是在個人介紹或作品內容中強調自己與臺中的連帶關係，其「身分」、「作品」、「在地書寫」、「書寫在地」的色彩仍很鮮明，可見「大墩文學獎」與「臺中縣文學獎」所彰顯的臺中城鄉「在地性」。

本文礙於篇幅所限，將鎖定「大墩文學獎」及「臺中縣文學獎」中「書寫臺中」的得獎作品，探析其中關於地景地標的摹寫，個人記憶的挖掘，在地文化溯源與建構等幾種勾繪臺中音景的元素。

156　陳瓊芬總編輯，《一個墜落的女體：第十二屆中縣文學獎得獎作品集》，臺中：臺中縣立文化中心，2010年，頁347。
157　臺中市文化局編印，《台中市第五屆大墩文學獎得獎作品集》，臺中：臺中市文化局，2002年10月，頁68。
158　陳瓊芬總編輯，《一個墜落的女體：第十二屆中縣文學獎得獎作品集》，頁57。

一、以空間地景鋪設臺中地圖

　　綜觀兩文學獎的新詩、散文、小說與報導文學作品，大抵以幾種面向書寫城市空間，包括特定地景地標的摹寫、以城市街巷建構城市地圖、以飲食拼寫城市地圖、以空間承載個人記憶與家族記憶、書寫城市的身世與歷史等等。

　　首先，地景地標的摹寫，是城市書寫中最普遍的模式，作家在一張公共的城市地圖中，以文字推進特寫鏡頭，標示出幾個特定的城市空間地景。這些地景地標，既具有公共性，又因作者透過不同的觀閱視角，不同的標示符碼，從而構織出一幅自身獨有的城市地圖。以公共性而言，這些地景地標是臺中的知名地點，文本因而具有「類導覽手冊」的「指路性」意涵；以個人性而言，則滲入了個人知覺空間，是個人心靈地圖的映現。

　　關於地景空間的公共性，呈顯在作家選擇地標時具有共通性與多元性；以幾部新詩作品觀之，如余麗丹〈城市光景〉以國美館、棒球場、市民廣場、臺中公園等幾個空間，勾勒城市的光景。王宗仁〈大墩下午茶〉，以科博館、中央書局、樂舞臺、第一市場、市民廣場、豐樂公園、文英館等地點，拼織出一幅橫跨三十年的城市記憶地圖。又如蔡文傑〈你還記得清水嗎？〉[159]以鰲峰山、高美濕地、伯仲樓、杏花天酒家、東亞戲院等地點，取景清水的幾個著名景點。黃信博〈雨季〉[160]則自臺中港、大安溪，一路追至源頭的雪山山脈，自西方的海口逆行至東方的山地。這些詩不僅猶如剪貼簿，拼貼出山海屯的地景，形構臺中音景，甚至鉤繪了地方的今昔，強調時間對臺中所形構的層疊痕跡。

　　其次，以街巷鋪展臺中地圖，也是經常出現的地方書寫，典型的如王怡仁〈大墩掌紋〉，以「婚姻線」、「生命線」、「事業線」三種意象，再現臺中市幾條街巷的獨特風情。「婚姻線」是寫三民路，一條婚紗禮服公司迤邐排比的街路；而「生命線」是指以小吃聞名的中華路，一條飲食地圖；至於「事業線」則是昌平路

159　收錄於路寒袖主編，《毽子：第七屆中縣文學獎得獎作品集》，臺中：臺中縣立文化中心，2005年，頁198-199。

160　收錄於陳嘉瑞總編輯，《旱：第九屆中縣文學獎得獎作品集》，臺中：臺中縣立文化中心，2007年，頁186-188。

一帶，此街到處是皮鞋店，皮鞋事業宏大，跨海到了海峽對岸的中國。王怡仁的寫法，是將城市擬想為一個有機生命體，以城市的掌紋，標示城市的身世、命運和動態發展。又如江惠齡〈我和奶奶〉[161]，提到中投公路附近的便利商店、國光路的大買家、中興路的金石堂、東興路旁的資源回收中心，寫的則是生活在大里市樹王里社區的主角生活範圍的必經之處，是個人的，具地方特色的。

至於以城市的飲食或名產，釀造城市的氣味，也是普遍的書寫向度。詩作之中的氣味書寫，以旅者的視角切入者不少，旅者來到一座城市，總要尋找它的各種味道，以味蕾辨識城市的獨到之處。如鄧榮坤的〈路過台中，與青春撞了腰〉，以鳳梨酥、豆干、太陽餅、茶與酒，拼貼食與色。又或者移居他處的旅人，藉由家鄉的那一味，度過異地的快樂悲傷，如鄭宗弦的〈太陽餅〉[162]，父親自臺中提來自製的太陽餅，讓獨自在臺北生活的主角獲得心理上的撫慰。此外，特殊的物產也造就居民的飲食慣習，鄧榮坤在〈在大肚溪逗留〉中，提到「蝦猴是沿海地區老饕們生活中的休閒海鮮」[163]，道出大肚溪附近居民的一種飲食特習。歐陽嘉〈三角街仔〉寫的則是臺中特產「麻芛」，麻芛不僅是特有農產品，也是主角記憶中特別的一環。

二、以空間承載記憶

前述以「空間」為主體的書寫，在時間上通常具有明顯的兩重時間性，顯性的部分是「現在式」，作者通常立身現實時空，以特定空間、街巷、氣味，交織著記憶元素，描繪城市光景，拼織出臺中的人文景觀。「時間」雖然並非主要書寫對象，但「記憶元素」就使文本蘊藉著時間氣味，成為另一重的、隱性的、「過去式」的時間性。

而以「時間」為書寫主體的文本，空間的元素也很鮮明，但由於「記憶」才是核心，空間就成為時間的載體。如前述幾個地景空間，除了公共建築之外，自然

161　收錄於路寒袖主編，《五欲供：第八屆中縣文學獎得獎作品集》，臺中：臺中縣立文化中心，2006年，頁50-65。

162　收錄於石靜芬執行編輯，《台中市第七屆大墩文學獎作品集》：臺中：臺中市文化局，2004年，頁157-166。

163　收錄於陳嘉瑞總編輯，《旱：第九屆中縣文學獎得獎作品集》，頁243。

景觀，例如河川、溪流、海港，也是臺中書寫重要的一環，幾部關於水域的作品，河流本身當然鮮明，但也被意象化成為特定記憶的載體，則是其共通性。如位於臺中火車站前的綠川，是臺中地景的重要指標，也是城市的象徵符碼之一，在王宗仁〈大墩下午茶〉中，綠川既是一個空間標示，同時也被象徵化，成為城市、記憶、內在心靈的通用符碼：

> 我背著影子像背著書包
> 肩帶調整到和歲月同樣的長度
> 有點恍惚，但我確定是往綠川方向走
> ……
> 詩人告訴我們
> 詩句才是最好的吸管
> 我吸了幾口，繼續躺臥於
> 三十年記憶鋪陳的草皮
> 孩子繼續在風中追跑
> 而我，胸前垂柳
> 全都綠川了[164]

而何元亨〈夢旋故鄉土〉的大安溪，是童年的空間載體，由許多自然景觀共構而成：

> 記得小時候，我喜歡在溪邊的堤防上遠眺大安溪，溪的對岸是焦黃又帶點綠意的鐵砧山，腳下有淙淙的溪水流過。從堤防到山之間，隆起的沙洲把河床切割成好幾條大小不一的河道。各種不同形狀的石頭靜臥在沙洲上，還來不及開花的菅芒迎風搖曳，讓習慣寂靜的沙洲變得更熱鬧。[165]

---

164 王宗仁，〈大墩下午茶〉，收錄於《台中市第八屆大墩文學獎得獎作品集》，臺中市文化局編印，，頁20、22。

165 收錄於路寒袖主編，《探照生命裂縫的光群：第一屆中縣文學獎得獎作品集》，臺中：臺中縣立文化中心，頁130-131。

由河床、沙洲、菅芒，形構出大安溪的自然圖景。然靈的〈黃昏地帶〉[166]，則提到梧棲魚港的勞動人群與漁獲，帶出臺中港的經濟取向。

　　此外，透過個人或家族記憶元素，用時間的光影，烘托出大臺中的光影，也是繪寫地方記憶的一種策略。如蔡文傑的〈童年，柑仔店〉[167]，回憶住在清水武鹿庄的童年時期，以武鹿庄為舞臺，書寫兄弟情誼，並把到柑仔店買糖果打電動、在池塘邊釣魚、至民家揀洗韭黃的庶民活動穿插其間，三者共構。黃炳煌的散文〈父親的神秘文物〉，以父親遺留的水漬文件，作為記憶的啟動器，當年，父親以「華僑」身分在基隆登岸，來臺灣謀生，滯留在臺中並成家；而一張父親在臺中公園撿到的林獻堂及友人的照片，把臺中／臺灣史也置入記憶的時空座標之中；父親的記憶、家族史、城市史共織互涉。張英的〈阿公的抽屜〉[168]，則藉由已逝祖父留下的單據、錢幣，追溯祖父的生命故事，以及東勢地區的農業史與臺灣史。

　　將空間與個人記憶扣連，鐘麗琴的個人記憶與城市記憶，則繪寫出全然不同的城市風景。鐘麗琴散文中的空間，色澤疊影黝深，反差較大，她以在酒店中彈琴駐唱的經驗，描繪出酒國夜生活中的種種風景，酒色財氣充斥，是不同的成長圖示，也是夜晚城市的另一種音景。

三、在地文化溯源與建構

　　除了個人記憶，臺中整體的歷史記憶，也是彰顯「地方圖景」重要的元素。同樣以一個公共空間，連結家族史與個人史，楊孟珠〈荒謬與荒涼〉也有獨特的切入點；文本以臺中市向上路圍牆後一排舊式日本官員房宅，作為記憶發想的中心地標，那排宅舍住著戰後國府的將軍與官僚後人，其中最大的一戶「據說住著國父孫中山」的後代，對比於敘事者的家屋，猶如兩個世界。各種想像、傳聞圍繞著這棟宅子；答案揭曉後才知道，那裡所住的人也姓孫，但不是孫中山，而是孫立人將

166　收錄於郭恬氫總編輯，《唱歌乎你聽：第十一屆中縣文學獎得獎作品集》，臺中：臺中縣立　　文化中心，2009年，頁230-232。
167　收錄於路寒袖主編，《毽子：第七屆中縣文學獎得獎作品集》，頁142-148。
168　收錄於郭恬氫總編輯，《唱歌乎你聽：第十一屆中縣文學獎得獎作品集》，頁296-316。

軍,在白色恐怖案件中被軟禁於此,孫中山與孫立人:「一個是民族的圖騰,一個是禁忌的名字。」[169]〈荒謬與荒涼〉註寫一代風華的孫將軍,在白色恐怖中成為階下囚,又成為庶民社會的傳奇故事,成功地將個人記憶、家族記憶與城市歷史、國族歷史縮結,以共時性的經驗反差,彰顯出歷史經驗的多重性與複雜性。寫的是地方,反思的是歷史,關切的是人。

而在兩文學獎中,特別是報導文學類之作品,有許多是透過道路、建築、產業等有形無形之事物,形構出臺中小地方的文化、歷史與風情。林松範〈大肚山上的「車米崙」〉[170],從「開發史」角度切入,透過文獻的爬梳、作者親自的探訪,挖掘出臺中盆地上的小徑身世,呈顯龍井、大肚、臺中近三百年來的族群、政治、經濟、交通之關聯。王派仁的〈烏日故事館——三民街走一回〉[171],寫到烏日開發時間可追溯至康熙末年,由於烏日鄰近大肚溪(烏溪),加上水路發達,成為臺灣中部與大陸貨貿頻繁之處,有交通及經濟兩大利因,烏日被列為省城的候選地點,雖然最後未被選定,烏日街巷的人文歷史仍不可抹滅。除了歷史之外,也提到生態、鐵道的資料,在地景地貌方面亦有詳細的介紹。

在建物方面,張明德〈后里鄉與月眉糖廠滄桑史〉[172]、余益興〈懷舊與再生——三叉買菸場的前世今生〉[173]、王派仁〈在紅磚拱廊下尋找宮原武熊〉[174]所報導的月眉糖廠、三叉買菸場、宮原眼科,都是日治時期建造,這些人物與建築不僅見證臺灣殖民史的一頁,對於地方與臺灣的社會、經濟也有所貢獻,直至今日,即使建物歷經損毀與重建、營生面向轉型,依舊不損其代表性與重要性。

同樣與經濟相關,亦不能忽視撐起一片天的地方產業,如馬占魁〈百年老店糕餅飄香 兩代店主妙手奇材〉[175]報導的豐原「雪花齋」與「老雪花齋」,庶民飲食使豐原成為糕餅之都。林惠敏的〈不再紡麻——獨留布袋史話在隆豐社區流

169 楊孟珠,〈荒謬與荒涼〉,《台中市第十屆大墩文學獎得獎作品集》,臺中:臺中市文化局,2007年10月,頁84。
170 收錄於郭恬氳總編輯,《唱歌乎你聽:第十一屆中縣文學獎得獎作品集》,頁278-293。
171 收錄於陳瓊芬總編輯,《一個墜落的女體:第十二屆中縣文學獎得獎作品集》,頁268-292。
172 收錄於路寒袖主編,《毽子:第七屆中縣文學獎得獎作品集》,頁244-266。
173 收錄於陳瓊芬總編輯,《一個墜落的女體:第十二屆中縣文學獎得獎作品集》,頁296-318。
174 收錄於臺中市文化局編印,《台中市第十二屆大墩文學獎作品集》,頁318-333。
175 收錄於路寒袖主編,《李普陣亡了:第六屆中縣文學獎得獎作品集》,頁240-254。

傳〉[176]，介紹豐原地區日治時期製造外銷世界的麻紡織產業，可惜原本的麻紡織廠歇業後，土地也被分割、轉賣、開發。同為紡織產業，翁麗修〈織情綿綿〉[177]談沙鹿鹿寮成衣業；發跡於一九四〇年代，六〇至七〇年代是鼎盛時期，八〇年代之後因鄰近國家的低價服飾進口與產業外移，不光鹿寮，整體臺灣的成衣業走向下坡，好在鹿寮還有幾家批發商與成衣廠堅持不退，並聯合以自產自銷的模式，發展出價低質優、商品多樣化的產業類型，構築新形態的生產網絡，期盼讓鹿寮成衣業起死回生。

王乙徹〈烏金‧群像──梧棲魚港烏魚產業觀查〉，剖析烏魚產業興盛與衰微之因，除了自然與人為造成生態環境的改變以外，捕撈手法與政經因素的考量也影響梧棲／臺灣漁業甚距：

> 黃朝盛指出，在全球氣候暖化影響下，烏魚漁場從台灣南部北移。但中國漁民近年來炸魚、一網打盡、毒魚等捕撈方式，造成資源枯竭。
>
> ⋯⋯
>
> 被漁民稱為「烏金」，當成年終獎金的烏魚，因為對岸漁民的主動與被動加入，十年來逐漸褪色，逐漸隨波流去。漁民知道、專家清楚、魚商也了解，但在價格的驅使下，向大陸漁民買來搶先在北部海域捕撈的烏魚，成為這個惡性循環的起點。
>
> 此舉影響的恐怕不只是價格，而是臺灣烏魚產業的潰散。
>
> ⋯⋯
>
> 有趣的是，二〇〇七年底到二〇〇八年初，中國突然嚴格禁止台灣漁船進入大陸沿海的漁港，碰巧當年的台灣烏魚漁獲量創下五十年最低⋯⋯，烏魚已經是兩岸問題之一，兩岸關係好的時候，漁船直航到對岸進貨，當年就可能豐收；萬一兩岸關係不好，產量就可能降低，這也是台灣烏魚產業目前的窘況。[178]

---

176 收錄於路寒袖主編，《五欲供：第八屆中縣文學獎得獎作品集》，頁250-270。
177 收錄於紀鎬雄總編輯，《那年冬天，第十屆中縣文學獎得獎作品集》，臺中：臺中縣立文化中心，2008年，頁318-334。
178 收錄於紀鎬雄總編輯，《那年冬天，第十屆中縣文學獎得獎作品集》，頁273。

　　余益興的〈再見旱溪米粉寮〉[179]則重新喚醒旱溪在地人腦海深處的米粉寮昔日風光，由於產業受限於製作人力不足、天候陰晴不定、旱溪整治的影響，以及消費市場競爭、大眾飲食習慣的改變，旱溪米粉業終究只能走入歷史。

　　而白棟樑的〈砲台上的葡萄架〉[180]，則寫新社福興村白毛臺的今昔風貌，過去除了有營埔文化、谷關文化等平埔遺址，也有泰雅族南勢群白毛社遺跡；荷蘭人逼壓白毛社族人自大甲一路退居新社山林，日本人開發八仙山林場，甚至採用「以番制番」的方式，讓白毛社人與泰雅族人互相殘殺；八七水災後，林業開採停擺，現今成為巨峰葡萄等高經濟水果的產地。原住民史、殖民史、產業結構的改變，不僅是新社的區域史，同時也是臺灣的變遷史。

　　透過「臺中縣文學獎」與「大墩文學獎」的得獎作品，解析其所彰顯的臺中的多重面貌，以及文本中的地方認同、地方記憶所隱含的臺中「地方意識」。

179　收錄於臺中市政府編印，《台中市第十屆大墩文學獎作品集》，頁179-196。
180　收錄於路寒袖主編，《五欲供：第八屆中縣文學獎得獎作品集》，頁230-246。

第十章 結論

一、本書研究成果

　　當代臺灣區域文學史的撰述與出版，大約始於一九九○年代，由地方政府文化單位推動，並委請學界學者負責撰稿，迄今已累積可觀的成果，而合併之前的臺中縣市文學史相關著作，堪稱臺灣這種風潮的開創者。2010年12月25日，臺中縣、市合併並升格為直轄市，本書《臺中文學史》是合併後臺中地區文學史的全新著作。近二十年來，臺灣文學創作蓬勃發展，臺灣文學的研究更是日趨嚴謹而成果豐碩。本書在先行研究的基礎上，一方面關注當代臺灣文學的發展，一方面又挖掘不少新發現或新出版的文學史料，並將視角集中在「臺中」的區域範圍，目的在提供全新的臺中文學史發展鳥瞰與論述。

　　在總結本書各章的論述，回顧全書成果之前，必須再度強調：行政區域的劃分，對論述文學發展而言，只宜作為參考座標，不應削足適履、自我設限，本書對「臺中文學」指涉對象與範圍的認定，採從寬認定的原則。日治時期臺中州的行政區域，涵蓋現今臺中市、南投縣、彰化縣，而百餘年來，諸如交通往來、文化活動、教育發展、商業消費，早已形成以舊臺中市都會區為核心的「大臺中」生活圈，互動頻繁，依存緊密。文學活動及文學出版，也都以臺中為中心。由於臺中地區文學活動的高度蓬勃發展，作家及作品數量龐大，名家輩出，實難以盡述，疏漏錯謬之處，勢所難免。

　　就架構而言，本書採取雙軌書寫架構，企圖建構兼具史觀及議題性的臺中文學史：前者是按照時間排序，依「口傳時期」、「清領時期」、「日治時期」及「戰後迄今」四大階段建構歷史感；二是選定四大主題，分別就「族群」、「性別」、「兒童文學」及「臺中地方書寫」勾勒臺中文學的多元樣貌與生活感。

　　第二章「原住民族與漢族口傳文學」置於正文的開端，乃因考慮口傳文學比文字書寫的文學更早出現，尤其無文字的臺灣原住民族，以及漢人庶民階層，口耳相傳的傳說、故事、歌謠，不但是族群文化的精粹，更是文學的源頭，具有不可忽視的價值，因此透過後世行諸文字之作，探究過去臺中先住民的歷史足跡與生活軌跡。

　　清領時期雖時間較長，但從臺灣文學史的角度觀察，臺中地區文教發展起步較晚，加上當時民變四起，漢人墾拓社會處於動盪狀態，亦對當時臺中文教造成極大影響。本書第三章先解析清領時期的古典詩文發展背景，再介紹代表作家及作品，織繪出當時的臺中文學圖景，篇幅相對較為簡短。

　　至於日治時期雖然僅五十年，但卻是「臺中文學」快速崛起，甚至領導全臺文學發展走向的關鍵階段。戰後臺中被稱為「文化城」，此一概念的出現雖出於建構在地文化的強烈企圖，但其根基則是日治時期臺中被建設成新興都會的物質條件充足使然。透過市區改正、西部縱貫鐵路通車，臺中居於全臺中心的有利位置，不但交通便捷，氣候宜人，當時新舊文學百家爭鳴，文化與文學活動大量匯集臺中，使臺中成為名副其實的「文化城」。因此本書第四章，一方面點出上述的發展背景，一方面詳細論證日治時期的文學發展史，重視並強調新舊文學之間的傳承性，同時以多方文學史料印證臺中確為日治時期的文壇中心。

　　戰後迄今已七十年，臺中文學發展快速，不論質或量，都明顯多於前幾個時期，但本書為求體例上一致，以第五章進行勾勒鳥瞰，篇幅非常龐大。就研究成果顯示，戰後古典詩文仍有發展，這也是本書的重要發現之一；以往多半認為古典文學在戰後已不復存，但根據本書研究發現，戰後古典文學仍維持相當的發展與傳承，新舊世代仍不乏傑出名家，但其發展也有難以跳脫的發展困境。至於新文學則分為「戰後初期至八〇年代以前」與「解嚴前後至今」兩節，其下分論各時期的時代背景、文壇現象與文學發展圖景，縱觀七十年來臺中地區新文學的發展概況。至於論述內容，則同時兼顧宏觀的文學與文化史視野，以及微觀的作家作品評介，既足以反映政治環境、文化與文學思潮、社會脈動，對文學創作產生的影響，也顯示作家對現實處境的回應，在時代性、社會性與個人性之間，產生諸多繁複的風景與變貌，各具鮮明特色，乃至引領時代風潮，堪稱燦然大觀。

　　本書自第六章起，共以四章之篇幅，分述族群文學、女性文學、兒童文學和地景與在地書寫四大議題。

　　臺中位於臺灣中部地帶，人群往來頻繁，漢人與原住民的互動日漸頻繁，清領時期臺中的流寓文人與世居此地的漢人作家，都有不少作品留下族群互動的見證，這是第六章第一節的討論焦點。至於當代的族群文學，有兩大趨勢值得注意。其一是當代原住民接受漢化教育，掌握書寫工具之後，開始進行創作，原住民所寫的漢語原住民文學，乃隨著時代風潮孕育而生，並逐漸發展。其二，戰後臺灣本土文化運動興起，官方獨尊「國語」的政策被質疑、批判，一九八〇年代之後母語復興運動蔚為風潮，本土語言開始受到重視，包括福佬語與客語的漢族母語文學都有不少人嘗試創作，累積了一定的成果。因此在第二、三節中，將分別討論原住民漢語文學與漢族母語文學，其共同關注的是：族群特色如何在這些作品中被建構？

　　第七章轉而關照臺中文學中的性別議題，分別自古典與當代文學探討古典作品中的女性形象，以及當代女性作家筆下的身體書寫、情慾書寫、性向書寫，以及歷史、社會、政治、生活等多面向的記憶敘事與評價，扣緊文學作品，進行具體析論與性別反思。本章以兩節的篇幅討論女性作家及其作品，考量主因一來是過去女性作家及作品相對弱勢，再者，當代女作家在性別文化、歷史、政治、生活的關懷和貢獻十分顯著，成果斐然，值得賦予高度重視。

　　第八章以臺中兒童文學發展為討論重點，在日治時期即可見到臺中人在兒童文學的創作，戰後不論官方或民間，有更多人積極投入兒童文學的推廣、創作，或創辦文學刊物、或創立文學協會，使得臺中兒童文學發展在一九七〇至八〇年代有豐富的成果。近年來，除有資深作家持續創作，亦有不少年輕作家拓展新的創作領域。

　　第九章強調的是文學作品中的「臺中」，創作者除了繪寫有形的山川、風土、古蹟、現代都市，也透過文字將臺中生活具體化，讀者在觀看文學作品之時，一覽臺中景物風貌以及寫作者的記憶與心情。古典與現代作家，都分別留下不少地方記憶書寫，形成臺中獨特的地方認同與地方感，不但對形構臺中認同具有重大價值，也是當代社會與學校教育，進行在地文化導覽與鄉土教育的絕佳素材。此外，八〇年代後「地方文學獎」的設立，鼓勵不少學子與一般民眾進行創作，亦為地方文史

工作者增加史地調查成果的發表園地，對於「地方感」的形塑，有極大的加分效果，在臺中亦是如此，因此從文學獎作品中，亦可探見極具在地特色的篇章。

二、本書編著與計畫執行過程

本書之編寫出版，乃是執行臺中市政府文化局「臺中文學史委託研究計畫——文史資料蒐集、撰寫及展示」計畫案之成果。由於本案是為配合「臺中文學館」之落成啟用而來，根據文化局之要求，計畫內容涵蓋三大項：其一，撰寫《臺中文學史》並經過嚴謹審查程序後出版；其二，文學史料之蒐集，以提供未來「臺中文學館」展示之素材；其三，提供「臺中文學館」未來展示之建議。計畫期程從2013年1月至2014年11月，前後不足兩年，時間相當緊迫。其後並經嚴謹而漫長的審查與修正程序，更是耗費不少時間。

執行本案的第一年，共辦理四場座談會。第一場，邀請陳萬益、彭瑞金、胡萬川、李瑞騰、施懿琳五位學者，針對區域文學研究的現況與未來廣泛交換意見，並為《臺中文學史》提出撰寫方向之建議。第二、三場，分別邀請中生代作家廖玉蕙、周芬伶、劉克襄、路寒袖、瓦歷斯‧諾幹等人，與新生代作家李崇建、張經宏、李長青、賴鈺婷、楊富閔等人，就個人創作經歷與臺中有關的記憶現身說法，其中也包括作家針對「區域文學」概念提出質疑與反思。第四場則是邀請長期推動在地文化工作的文史工作者，包括明台高中董事長林芳（長期推動霧峰林家、萊園的文史活動）、回到東勢客家聚落的音樂人邱晨、臺中鄉土文化學會發起人黃豐隆、對臺中文化發展有深入鑽研的林良哲，以及臺灣現代詩協會的要角吳櫻，進行多方諮詢，以拓展臺中在地文學與文化的多元視野。

另一方面，本書同時進行十七位作家或後代家屬的深入訪談，除訪談影音檔案可作為未來展示材料外，訪談內容並經整理為全文逐字稿，作為撰寫《臺中文學史》之參考。訪談內容分量龐大，未來可考慮另出版專書。

三、本書編寫困難與限制

經過上述程序，本計畫案之第二年即積極從事本書之撰稿，而依照多次專家諮詢與審查學者之建議，本書之架構與臺灣現有區域文學史稍有不同，希望以「雙軌架構」兼顧時間發展脈絡之掌握，與重要議題之深入理解。然而由於撰稿時間短暫，資料相當龐雜，而行政區合併後的大臺中市，可納入討論之作家與作品不勝枚舉，難以盡述。

另外，近年古典文學史料出土極多，當代文學創作蓬勃發展，既需兼顧學術之嚴謹性，又需考量書寫內容之普及性，並非易事，如何達到以簡馭繁、提綱挈領之效，頗感左右為難。尤其將時間發展脈絡，壓縮在四章範圍內（第二至第五章），難免導致資料龐雜、取捨兩難的困境。至於本書後半部的議題探討，不論是文學地景與在地書寫、性別反思、族群文學、兒童文學，相關材料極多，本書僅能摘要舉例或進行鳥瞰式的勾勒。再者，各個議題都牽涉不少專業知識，考慮到一般市民或讀者的接受度，本書避免過度理論化或流於文字艱澀，以免產生閱讀障礙，凡此種種，在在考驗編寫者的思維與文字表述能力。

原先規劃全書字數控制在十萬字左右，實際撰寫時才發現，篇幅若過度壓縮，勢必只能呈現浮光掠影的模糊印象，參考價值有限，最後定稿大約四十萬字，篇幅相當龐大。而本書牽涉多端，如何在時間壓力下能確保學術品質與雅俗共賞，可說是撰寫過程的最大考驗。

四、研究成果與展望

概略言之，本書研究成果有以下幾點，其一，突破區域文學史的論述模式，本書一方面以時間為經，從口傳時期以迄當代，呈現簡要的臺中文學發展史脈絡；另一方面以議題為緯，透過幾個重要議題的掌握，呈現臺中文學的共項與區域特色。

其二，古典與現代的融通、對話，從日治時期開始，臺中作為當時臺灣文壇的中心，清晰呈現新舊文學提倡者的協力與合作關係。這種特色顯現在櫟社、臺灣

文社的領導成員，如林獻堂、林幼春、蔡惠如、莊垂勝、葉榮鐘等人，既是櫟社社員，同時也是臺灣文化協會、臺灣政治啟蒙運動的核心人物，他們透過世代結盟與傳承，進而支持、鼓勵新文學的發展，攸關日治時期臺灣文學的生態，不可漠視。而本書後半部各章涉及的議題，也都是同時上溯古典文學的狀況，再詳論新文學的精彩且多元的風貌。

　　其三，在全球化浪潮高漲的當代，透過本書研究發現，臺中文學除了回溯日治時期以降「文化城」的光輝傳統，以及當代文學豐富而精彩的內涵之外，在高度國際化與消費文化當道的現代，除了標榜硬體建設的成果，臺中面臨城市肌理的實質文化內涵為何？面臨的文化發展困境，乃至再生力量又何在？文學內涵反映的訊息，又將如何回饋轉化為文化建設的重要參考依據？所謂鑑往知來，本書各章的討論過程，或隱或顯都提供了不少足以深思的內涵。作為人類文化與精神文明的重要表徵，所有的文學都是現在進行式，未來臺中文學的發展方向為何？精神底蘊何在？希望本書能提供一些借鏡與參考。

參考文獻

一、專書

1.　《詩潭顯影》，女鯨詩社，臺北：書林，1999年。
2.　《福爾摩莎詩哲：林亨泰文學會議論文集》，彰化：彰化縣立文化局，2002年1月。
3.　《臺中文學史委託研究計畫——文史資料蒐集、撰寫及展示》（成果報告・附錄Ⅱ），2014年3月。
4.　《臺中縣志》，臺中：臺中縣政府，1989年9月。
5.　《臺灣作家全集・陳虛谷、張慶堂、林越峰合集》，臺北：前衛出版社，1991年。
6.　《臺灣作家全集・短篇小說卷・別冊》，臺北：前衛出版社，1994年。
7.　《擊吟稿：「佚題」、「眼鏡」、「種芭蕉」、「墨蓮」、「迎年菊」、「舊曆書」、「田然足」等七題》，臺北：臺灣大學圖書館，2000年手稿影印本。
8.　《擊吟稿：「女軍」》，臺北：臺灣大學圖書館，2000年手稿影印本。
9.　丁紹儀，《東瀛識略》，臺北：臺灣銀行經濟研究室，1957年。
10.　中村孝志，《荷蘭時代台灣史研究下卷　社會・文化》，臺北：稻鄉出版社，2002年。
11.　中島利郎編，《1930年代臺灣鄉土文學論戰資料彙編》，高雄：春暉出版社，2003年3月。
12.　文建會編，《中華民國文藝社團概況》，臺北：文建會，1989年10月。
13.　文馨瑩，《經濟奇蹟的背後》，臺北：自立晚報出版社，1989年。
14.　方秋停，《原鄉步道》，臺南：臺南縣政府，2008年11月。
15.　王文瑞，《挹青吟草：張賴玉廉詩集》，臺中：晨星出版公司，2008年7月。
16.　王幼華，《狂者的自白》，臺中：晨星出版社，1985年8月。
17.　王幼華，《兩鎮演談》，臺北：時報文化出版事業有限公司，1984年9月。
18.　王定國，《我是你的憂鬱》，臺北，希代出版社，1988年6月。
19.　王松，《臺陽詩話》，臺北：臺灣銀行經濟研究室，1959年。
20.　王建竹編，《臺中詩乘》，臺中：臺中市政府，1976年12月。
21.　王惠玲選注，《丘逢甲集》，收錄於「臺灣古典作家精選集」，臺南：國立臺灣文學館，2012年12月。
22.　王達德著、黃哲永編，《瘦鶴詩文集》，收入「臺灣先賢詩文集彙刊」，臺

北：龍文出版社，2011年5月。

23. 王德威，《小說中國——晚清到當代的中文小說》，臺北：麥田出版社，1993年。

24. 丘為君，《台灣學生運動1949—1979》，臺北：龍田出版社，1979年。

25. 丘逢甲，《嶺雲海日樓詩鈔》，臺灣文獻叢刊第70種，臺北：臺灣銀行，1960年。

26. 瓦歷斯・尤幹，《山是一座學校》，臺中：臺中縣立文化中心，1994年。

27. 瓦歷斯・尤幹，《番刀出鞘》，臺北：稻鄉出版社，1992年。

28. 瓦歷斯・諾幹，《伊能再踏查》，臺中：晨星出版有限公司，1999年。

29. 瓦歷斯・諾幹，《番人之眼》，臺中：晨星出版有限公司，1999年9月。

30. 瓦歷斯・諾幹，《戴墨鏡的飛鼠》，臺中：晨星出版有限公司，1996年。

31. 白棟樑，《鳥榕頭與它的根——太平市誌》，臺中：太平市公所，1998年1月。

32. 白菊鳳主編，《我的家鄉潭仔墘》，臺中：臺中縣政府，1993年10月。

33. 白萩，《風的薔》，臺中：笠詩社，1985年。

34. 石靜芬執行編輯，《臺中市第七屆大墩文學獎作品集》：臺中：臺中市文化局，2004年。

35. 伊能嘉矩，《臺灣文化志（中卷）》，南投：國史館臺灣文獻館，2011年4月。

36. 伍寶珠，《從反思到反叛——八、九〇年代台灣女性主義小說探究》，臺北：大安出版社，2001年2月。

37. 全臺詩編輯小組，《全臺詩》第壹冊，臺南：國立臺灣文學館，2004年2月。

38. 全臺詩編輯小組，《全臺詩》第貳冊，臺南：國立臺灣文學館，2004年2月。

39. 全臺詩編輯小組，《全臺詩》第參冊，臺南：國立臺灣文學館，2004年2月。

40. 全臺詩編輯小組，《全臺詩》第玖冊，臺南：國立臺灣文學館，2008年4月。

41. 全臺詩編輯小組，《全臺詩》第拾壹冊，臺南：國立臺灣文學館，2008年4月。

42. 全臺詩編輯小組，《全臺詩》第拾貳冊，臺南：國立臺灣文學館，2008年4月。

43. 全臺詩編輯小組，《全臺詩》第拾伍冊，臺南：國立臺灣文學館，2011年10月。

44. 全臺詩編輯小組，《全臺詩》第拾柒冊，臺南：國立臺灣文學館，2011年10月。

45. 全臺詩編輯小組，《全臺詩》第拾捌冊，臺南：國立臺灣文學館，2011年10月。

46. 全臺詩編輯小組，《全臺詩》第貳拾冊，臺南：國立臺灣文學館，2011年10月。

47. 全臺詩編輯小組，《全臺詩》第貳拾壹冊，臺南：國立臺灣文學館，2011年10月。

48. 吉廣輿，《孟瑤評傳》，高雄：高雄市立文化中心，1998年5月。

49. 向陽，《我們其實不需要住所》，臺北：聯合文學，2004年。

50. 向陽、須文蔚主編，《臺灣現代文學教程：報導文學讀本》，臺北：二魚文化公司，2002年8月。

51. 朱家慧，《兩個太陽下的臺灣作家──龍瑛宗與呂赫若研究》，臺南：臺南市立藝術中心，2000年。

52. 朱景英，《海東札記》，臺灣文獻叢刊第19種，臺北：臺灣銀行，1958年。

53. 江自得，《Ilha Formosa：江自得詩集》，臺北：玉山社，2010年4月。

54. 米雅，《在微笑的森林裡吹風》，臺南：人光，2001年4月。

55. 羊子喬，《島上詩鼓手──陳千武文學評傳》，高雄：春暉出版社，2009年5月。

56. 羊子喬、陳千武主編，《光復前臺灣文學全集12・望鄉》，臺北：遠景出版社，1982年。

57. 行政院客家委員會編印，《99年至100年全國客家人口基礎資料調查研究》，2011年4月，電子檔。

58. 何信翰，《iP kap杯仔》，臺北：李江臺語文教基金會，2013年7月。

59. 何揚烈，《瀛洲詩集》第三、四卷合刊，收入「臺灣先賢詩文集彙刊」，臺北：龍文出版社，2011年5月。

60. 吳三連、蔡培火，《台灣民族運動史》，臺北：自立晚報社文化出版部，1990年第1版第6刷。

61. 吳子光，《一肚皮集》，收錄於「臺灣先賢詩文集彙刊」，臺北：龍文出版社，2001年6月。

62. 吳子光，《芸閣山人集》，收錄於「臺灣先賢詩文集彙刊」，臺北：龍文出版社，2001年6月。

63. 吳子光，《臺灣紀事》，臺灣文獻叢刊第36種，臺北：臺灣銀行，1959年。

64. 吳明益，《臺灣自然書寫的探索（1980—2002）》，新北：夏日出版社，2012年1月。

65. 吳幅員，《清會典台灣事例》，臺北：臺灣銀行經濟研究室，1966年。

66. 呂正惠，《戰後台灣文學經驗》，臺北：新地文學，1992年。

67. 呂敦禮，〈感懷次邱仙根工部粵台秋唱原韻〉，《櫟社第一集・厚庵詩草》，臺中：博文社活版印刷部，1924年2月。

68. 呂順安主編，《臺中縣鄉土史料》，南投：臺灣文獻館，1994年12月。

69. 呂赫若著、林志潔譯，《呂赫若小說全集》，臺北：聯合文學出版社，1995年7月。

70. 呂興昌，《臺灣詩人研究論文集》，臺南：臺南市立文化中心，1995年。

71. 呂興昌編，《林亨泰研究資料彙編（上、下）》，彰化：彰化縣立文化中心，1994年6月。

72. 巫永福，《我的風霜歲月：巫永福回憶錄》，臺北：望春風文化，2003年9月。

73. 巫永福著，沈萌華主編《巫永福全集・評論卷二》，臺北：傳神福音文化公司，1996年5月。

74. 李永熾監修，薛化元主編，《台灣歷史年表・終戰篇Ⅱ（1966—1978）》，臺北：國家政策研究中心，1990年12月。

75. 李汝如，《臺灣文教史略》，南投：臺灣省文獻會，1972年5月。
76. 李長青，《江湖》，臺北：聯合文學出版，2008年10月。
77. 李長青，《風聲》，臺北：九歌出版社，2014年9月。
78. 李敏勇編，《傷口的花：二二八詩集》，臺北：玉山社出版事業股份有限公司，1997年2月。
79. 李璋編，《臺灣民間文學集》，臺北：台灣文藝協會，1936年6月。
80. 李瑞騰編，《1998年臺灣文學年鑑》，臺南：國立臺灣文學館。
81. 李筱峰，《島嶼新胎記》，臺北：自立晚報社文化出版部，1993年3月，頁8—10。
82. 李福清主編，《和平鄉泰雅族故事·歌謠集》，臺中：臺中縣立文化中心，1995年7月。
83. 李魁賢主編，《一九八二年台灣詩選》，臺北：前衛出版社，1983年2月。
84. 杜國清，《望月》，臺北：爾雅出版社，1978年12月。
85. 杜國清，《愛染五夢》，臺北：桂冠出版社，1999年3月。
86. 沈茂蔭著，《苗栗縣志》，臺北：臺灣銀行經濟研究室，1962年。
87. 周芬伶，《母系銀河》，臺北：印刻出版社，2005年。
88. 周芬伶，《汝色》，臺北：九歌出版社，2012年。
89. 周芬伶，《青春一條街》，臺北：九歌出版社，2009年2月。
90. 周芬伶，《浪子駭女》，臺北：二魚文化出版社，2003年。
91. 周芬伶，《絕美》，臺北：前衛出版社，1985年。
92. 周芬伶，《熱夜》，臺北：遠流出版社，1996年。
93. 周婉窈，《海洋與殖民地臺灣論集》，臺北：聯經出版公司，2012年3月。
94. 周鍾瑄，《諸羅縣志》，臺灣文獻叢刊第141種，臺北：臺灣銀行，1962年。
95. 周璽，《彰化縣志》，臺灣文獻叢刊第156種，臺北：臺灣銀行，1957年。
96. 孟瑤，《給女孩子的信》，高雄：大業書局，1973年。
97. 東海大學中文系編，《苦悶與蛻變：六〇、七〇年代台灣文學與社會》，臺北：文津出版社，2007年5月。
98. 林子瑾，《櫟社第一集·瑾園詩鈔》。
99. 林文寶主編，《兒童文學工作者訪問稿》，臺北：萬卷樓，2001年6月。
100. 林幼春，《南強詩集》，收入「臺灣先賢詩文集彙刊」，臺北：龍文出版社，1992年6月。
101. 林幼春編，《櫟社第一集》，收錄於《櫟社沿革志略》，臺灣文獻叢刊第170種，1963年2月。
102. 林幼春編，《櫟社第一集·灌園詩草》，收錄於《櫟社沿革志略》，臺中：霧峰，1924年2月。
103. 林仲衡，《仲衡詩集》，收入「臺灣先賢詩文集彙刊」，臺北：龍文出版社，1992年3月。
104. 林亨泰，《找尋現代詩的原點》，彰化：彰化縣立文化中心，1994年6月。
105. 林亨泰，《見者之言》，彰化：彰化縣立文化中心，1993年6月。
106. 林亨泰，《現代詩的基本精神——論真摯性》，笠詩社，1968年。
107. 林亨泰主編，《台灣詩史「銀鈴會」論文集》，彰化：台灣磺溪文化學會，

1995年6月。

108. 林吳帖，《我的記述》，臺中：素貞興慈會，1970年8月。

109. 林沈默，《夭壽靜的春天：臺詩十九首》，臺北：前衛出版社，2011年6月。

110. 林宗義口述，《島嶼愛戀》，臺北：玉山社，1995年10月。

111. 林明理，《用詩開拓美──林明理談詩》，臺北：秀威資訊，2013年2月。

112. 林明德編，《臺灣現代詩經緯》，臺北：聯合文學，2001年。

113. 林武憲編，《洪醒夫研究專集》，彰化：彰化縣立文化中心，1994年。

114. 林俊義，《政治的邪靈》，臺北：自立晚報出版社，1989年。

115. 林莊生，《懷樹又懷人》，臺北：自立晚報社，1992年8月。

116. 林博文，《悸動的六○年代》，臺北：時報文化出版事業股份有限公司，2010年7月。

117. 林朝崧，《無悶草堂詩存》，收入「臺灣先賢詩文集彙刊」，臺北：龍文出版社，1992年6月。

118. 林攀龍著、林博正編，《人生隨筆及其他：林攀龍先生百年誕辰紀念集》，臺北：傳文文化出版，2000年。

119. 林獻堂，《東吟遊草》，收錄於《林獻堂先生紀念集・遺著》，臺中：林獻堂先生紀念集編纂委員會，1960年12月。

120. 林獻堂，《灌園先生生日記》，臺北：中央研究院臺灣史研究所，2011年7月出版。

121. 林耀亭，《松月書室吟草》，收入「臺灣先賢詩文集彙刊」，臺北：龍文出版社，1992年。

122. 林鐘雄，《台灣經濟發展四十年》，臺北：自立晚報社，1987年10月。

123. 邱各容，《台灣兒童文學作家及作品論》，臺北：富春文化事業服份有限公司，2008年8月。

124. 邱各容，《兒童文學史料初稿（1945—1989）》，臺北：富春文化，1990年8月。

125. 邱各容，《臺灣兒童文學史》，臺北：五南圖書出版股份有限公司，2005年。

126. 邱各容，《臺灣兒童文學年表（1895—2004）》，臺北：五南圖書出版股份有限公司，2007年1月。

127. 邱各容，《臺灣近代兒童文學史》，臺北：秀威資訊，2013年10月。

128. 邱敦甫，《靜廬吟草》，收入「臺灣先賢詩文集彙刊」，臺北：龍文出版社，2001年6月。

129. 邱貴芬，《（不）同國女人聒噪》，臺北：元尊文化出版社，1998年。

130. 邱貴芬，《後殖民及其外》，臺北：麥田出版社，2003年9月。

131. 姚瑩，《東槎紀略》，臺灣文獻叢刊第7種，臺北：臺灣銀行，1957年。

132. 姜貴，《旋風》，臺北：九歌出版社，1999年。

133. 客家委員會委託、典通股份有限公司執行，《103年度臺閩地區客家人口推估及客家認同委託研究成果》，2004年6月，電子檔。

134. 封德屏編，《永不凋謝的三色菫：張秀亞文學研討會論文集》，臺南：國立臺灣文學館，2005年。

135. 施敏輝編，《台灣意識論戰選集：台灣結與中國結的總決算》，臺北：前衛出版社，1988年9月。

136. 施懿琳、許俊雅、楊翠，《臺中縣文學發展史》，臺中：臺中縣立文化中心，1995年。

137. 施懿琳、鍾美芳、楊翠，《臺中縣文學發展史・田野調查報告書》，臺中：臺中縣立文化中心，1993年6月。

138. 柳書琴，《荊棘之道──臺灣旅日青年的文學活動與文化抗爭》，臺北：聯經出版社，2009年。

139. 洪三雄，《烽火杜鵑城：七〇年代台大學生運動》，臺北：自立晚報出版，1993年。

140. 洪中周，《山豬的腳印》，臺中：臺中市文化局，2000年。

141. 洪文瓊，《臺灣兒童文學史》，臺北：傳文文化事業有限公司，1994年6月。

142. 洪文瓊，《臺灣兒童文學手冊》，臺北：傳文文化事業有限公司，1999年8月。

143. 洪文瓊主編，《兒童文學大事紀要（1945─1990）》，臺北：中華民國兒童文學學會，1991年6月。

144. 洪安全編輯，《清宮月摺檔臺灣史料》第七冊，國立故宮博物院院藏清代臺灣文獻叢編，臺北市：國立故宮博物院1995年。

145. 洪凌，《倒掛在網路上的蝙蝠》，臺北：新新聞，1999年。

146. 洪敏麟，《台中縣地名沿革專輯》第一輯，臺中：臺中縣立文化中心，1993年。

147. 洪敏麟總編輯，《大肚鄉志》，臺中：大肚鄉公所，1993年。

148. 洪麗完，《台灣中部平埔族：沙轆社與岸裡大社之研究》，臺北：稻鄉出版社，1997年6月。

149. 紀大偉，《感官世界》，臺北：聯合文學，2011年8月。

150. 紀大偉，《戀物癖》，臺北：聯經出版公司，2011年。

151. 紀鎬雄總編輯，《那年冬天，第十屆中縣文學獎得獎作品集》，臺中：臺中縣立文化中心，2008年。

152. 胡萬川、王正雄總編輯，《大安鄉閩南語故事集（二）》，臺中：臺中縣立文化中心，1998年6月。

153. 胡萬川、王正雄總編輯，《大安鄉閩南語故事集（三）》，臺中：臺中縣立文化中心，1999年11月。

154. 胡萬川、王正雄總編輯，《大安鄉閩南語故事集》，臺中：臺中縣立文化中心，1998年6月。

155. 胡萬川、王正雄總編輯，《外埔鄉閩南語故事集》，臺中：臺中縣立文化中心，1998年6月。

156. 胡萬川、黃晴文總編輯，《東勢鎮客語故事集（三）》，臺中：臺中縣立文化中心，2003年3月。

157. 胡萬川、洪慶峰總編輯，《東勢鎮客語故事集（六）》，臺中：臺中縣立文化中心，1991年4月。

158. 胡萬川總編輯，《東勢鎮客語歌謠》，臺中：臺中縣立文化中心，1994年3

月。

159. 胡萬川、陳嘉瑞總編輯，《東勢鎮客語歌謠集（三）》，臺中：臺中縣立文化中心，2003年3月。

160. 胡萬川、陳嘉瑞總編輯，《潭子鄉閩南語謠諺集》，臺中：臺中縣立文化中心，2002年9月。

161. 胡萬川總編輯，《大甲鎮閩南語歌謠（一）》，臺中：臺中縣立文化中心，1994年12月。

162. 胡萬川、黃晴文總編輯，《大甲鎮閩南語故事集（一）》，臺中：臺中縣立文化中心，1995年6月。

163. 胡萬川、黃晴文總編輯，《梧棲鎮閩南語故事集》，臺中：臺中縣立文化中心，1996年7月。

164. 胡萬川、黃晴文總編輯，《清水鎮閩南語故事集（一）》，臺中：臺中縣立文化中心，1996年。

165. 胡萬川、黃晴文總編輯，《清水鎮閩南語故事集（二）》，臺中：臺中縣立文化中心，1997年。

166. 胡萬川、黃晴文總編輯，《新社鄉閩南語故事集（一）》，臺中：臺中縣立文化中心，1996年6月。

167. 胡萬川、黃晴文總編輯，《新社鄉閩南語故事集（二）》，臺中：臺中縣立文化中心，1997年6月。

168. 胡萬川總編輯，《石岡鄉客語歌謠（二）》，臺中：臺中縣立文化中心，1993年12月。

169. 胡萬川總編輯，《石岡鄉閩南語歌謠》，臺中：臺中縣立文化中心，1992年6月。

170. 胡萬川總編輯，《沙鹿鎮閩南語故事集》，臺中：臺中縣立文化中心，1994年3月。

171. 若林正丈著，賴香吟譯，《蔣經國與李登輝》，臺北：遠流出版公司，1998年12月，頁134。

172. 范銘如，《眾裡尋她——台灣女性小說縱論》，臺北：麥田出版，2002年3月。

173. 郁化清，《一支不會笑的貓》，臺北：昆明，1994年。

174. 原幹洲，《自治制度改正十週年紀念人物史》，勤勞富源社出版，1931年7月。

175. 徐正光、宋文里合編，《台灣新興社會運動》，臺北：巨流圖書公司，1989年2月。

176. 徐秀慧，《光復變奏——戰後初期臺灣文學思潮的轉折期（1945—1949）》，臺南：國立臺灣文學館，2013年12月。

177. 根誌優，《台灣原住民歷史變遷——泰雅族》，臺北：台灣原住民出版有限公司，2008年9月。

178. 浦忠成，《被遺忘的聖域：原住民神話、歷史與文學的追溯》，臺北：五南圖書出版股份有限公司，2007年1月。

179. 翁中光編，《中社詩存》，收入「臺灣先賢詩文集彙刊」，臺北：龍文出版

社，2009年3月。

180. 高天生，《台灣小說與小說家》，臺北：前衛出版社，1985年5月。

181. 國史館臺灣文獻館編輯組編輯，《方志學理論與戰後方志纂修實務國際學術研討會論文集》，南投：臺灣文獻館，2008年9月。

182. 國立臺中科技大學主編，《楊逵、路寒袖國際學術研討會論文集》，臺中：國立臺中科技大學，2013年3月8日。

183. 尉天驄主編，《鄉土文學討論集》，臺北：遠景出版社，1978年。

184. 張子文、郭啟傳、林偉洲等，《臺灣歷史人物小傳——明清暨日據時期》，臺北：國家圖書館，2003年12月。

185. 張方慈，《張方慈集》，臺南：國立臺灣文學館，2010年4月。

186. 張秀亞，《少女的書》，收於「張秀亞全集3」，臺南：國立臺灣文學館，2005年。

187. 張秀亞，《張秀亞全集2‧散文卷一》，臺南：國立臺灣文學館，2005年3月。

188. 張良澤，《四十五自述》，臺北：前衛出版社，1988年9月。

189. 張炎憲、陳美容編，《戒嚴時期白色恐怖與轉型正義論文集》，臺北：台灣歷史學會、吳三連台灣史料基金會，2009年12月。

190. 張隆志，《族群關係與鄉村台灣——一個清代台灣平埔族群史的重建和理解》，臺北：國立臺灣大學文學院，1991年6月。

191. 張瑞芬，《五十年來臺灣女性散文：評論篇》，臺北：麥田出版社，2006年。

192. 張瑞芬，《狩獵月光——當代文學及散文論評》，臺北：聯合文學出版社有限公司，2007年4月。

193. 張瑞芬，《臺灣當代女性散文史論》，臺北：麥田出版社，2007年4月。

194. 張經宏，《出不來的遊戲》，臺北，九歌出版社，2012年。

195. 張經宏，《摩鐵路之城》，臺北，九歌出版社，2011年。

196. 張寶琴、邵玉銘等主編，《四十年來中國文學》，臺北：聯合文學出版社，1994年。

197. 張鐵民，《中社詩集卷二》，臺中：中社詩社，2002年10月。

198. 梁明雄，《張深切與《台灣文藝》研究》，臺北：文經出版社有限公司，2002年。

199. 笠詩社、東海大學中文系合編，《笠與七、八○年代台灣詩壇關係學術研討會論文集》，高雄：春暉出版社，2008年8月。

200. 莊永明，《台灣第一》，臺北：文經出版社，1983年。

201. 莊垂勝，《徒然吟草》，收入「臺灣先賢詩文集彙刊」，與陳虛谷《虛谷詩集》合刊，臺北：龍文出版社，2001年12月。

202. 莊垂勝著、林莊生編，《徒然吟草》，臺北：同文印書館，1991年7月。

203. 莊嵩，《太岳詩草》，收入「臺灣先賢詩文集彙刊」，臺北：龍文出版社，1992年6月。

204. 莊龍著、連雅堂編，《南村詩稿》，收入《雅堂叢刊詩稿》，南投：臺灣省文獻會，1987年。

205. 莫渝，《莫渝詩集》，高雄：春暉出版社，2007年9月。
206. 莫渝、王幼華，《苗栗縣文學史》，苗栗：苗栗縣立文化中心，1990年1月。
207. 莫渝編，《台灣詩人選集8：陳千武集》，臺南：國立臺灣文學館，2008年12月。
208. 莫等卿，《魯也出國啦》，臺北：富春文化，1994年。
209. 許天奎，《鐵峰山房唱和集》，收入「臺灣先賢詩文集彙刊」，臺北：龍文出版社，2009年3月。
210. 許俊雅《黑暗中的追尋——櫟社研究》，上海：東方出版公司，2006年6月。
211. 許俊雅主編，《臺灣現當代作家研究資料彙編10呂赫若》，臺南：國立臺灣文學館，2011年。
212. 許俊雅主編《臺灣古典文學評論合集》，臺北：萬卷樓圖書公司，2004年11月。
213. 許美智編，《族群與文化：「宜蘭研究」第六屆學術研討會論文集》，宜蘭：宜蘭縣史館，2006年。
214. 許雪姬主編，林獻堂著，《灌園先生日記》，臺北：中央研究院臺灣史研究所，2000年。
215. 許雪姬等，《臺中縣志・人物志》，臺中：臺中縣政府，2010年10月。
216. 連雅堂，《雅堂文集》，南投：臺灣省文獻會，1992年3月。
217. 連橫，《連雅堂先生全集》，臺灣省文獻委員會，1992年3月。
218. 連橫，《臺灣通史》，臺灣文獻叢刊第128種，臺北：臺灣銀行經濟研究室，1962年。
219. 連橫，《臺灣詩乘》，臺灣文獻叢刊第64種，臺北：臺灣銀行，1950年。
220. 連橫，《臺灣詩鈔》，臺灣文獻叢刊第280種，臺北：臺灣銀行，1971年。
221. 連橫主編《臺灣詩薈》第19號，「啜茗錄」，1925年7月15日，臺灣省文獻委員會複印本，1992年3月，頁482。
222. 郭心雲，《草地女孩》，臺北：小兵，2000年1月。
223. 郭紀舟，《七〇年代台灣左翼運動》，臺北：海峽學術出版社，1999年1月。
224. 陳千武，《文學人生散文集》，臺中：臺中市文化局，2007年11月。
225. 陳千武，《台灣原住民的母語傳說》，臺北：臺原出版社，1999年5月第7刷。
226. 陳千武，《活著回來》，臺中：晨星出版社，1999年8月。
227. 陳千武，《陳千武作品選集》，臺中：臺中縣立文化中心，1990年6月。
228. 陳千武，《陳千武詩思隨筆集》，臺中：臺中市文化局，2003年。
229. 陳千武編，《臺中縣日據時期作家文集》，臺中：臺中縣立文化中心，1991年12月。
230. 陳玉峰，《生態台灣》，臺中：晨星出版社，1996年
231. 陳玉峰，《自然印象與教育哲思》，臺北：前衛出版社，2000年
232. 陳明台，《台中市文學史初編》，臺中：臺中市立文化中心，1999年。
233. 陳明台主編，《陳千武譯詩選集》，臺中：臺中市政府文化局，2003年8月。
234. 陳明柔主編，《台灣的自然書寫——二〇〇五年「自然書寫學術研討會」文集》，臺中：晨星出版社，2006年11月。

235. 陳炎正，《台中傳奇》，台灣省各姓淵源研究學會，1998年。
236. 陳炎正主編，《后里鄉志》，臺中：后里鄉公所，1989年9月。
237. 陳炎正主編，《潭子鄉志》，臺中：潭子鄉公所，1993年6月。
238. 陳炎正主編，《龍井鄉志》，臺中：龍井鄉公所，1996年6月。
239. 陳芳明，《台灣新文學史（下）》，臺北：聯經出版社，2011年10月。
240. 陳芳明，《後殖民臺灣》，臺北：麥田出版社，2002年。
241. 陳芳明等編，《張深切全集》，臺北：文經出版社有限公司，1998年。
242. 陳芳明等編《中華民國發展史——文學與藝術》，國立政治大學、聯經出版社，2011年10月。
243. 陳建忠，《日據時期臺灣作家論：現代性、本土性、殖民性》，臺北：五南圖書出版股份有限公司，2004年。
244. 陳建忠，《被詛咒的文學——戰後初期（1945—1949）台灣文學論集》，臺北：五南圖書出版股份有限公司，2007年1月。
245. 陳映真、曾健民主編，《1947—1949台灣文學問題議論集》，臺北：人間出版社，1999年9月。
246. 陳映真等著，《呂赫若作品研究》，臺北：聯合文學出版社，1997年。
247. 陳益源主編，《台中縣國民中小學台灣文學讀本：地方傳說卷》，臺中：臺中縣文化局，2001年6月。
248. 陳培桂，《淡水廳志》，臺灣文獻叢刊第172種，臺北：臺灣銀行，1963年。
249. 陳雪，《附魔者》，臺北：印刻文學生活雜誌出版有限公司，2009年。
250. 陳瑚，《枕山詩抄》，收入「臺灣先賢詩文集彙刊」，臺北：龍文出版社，1992年。
251. 陳義芝主編，《廖玉蕙精選集》，臺北：九歌出版社，2002年11月。
252. 陳嘉瑞總編輯，《旱：第九屆中縣文學獎得獎作品集》，臺中：臺中縣立文化中心，2007年。
253. 陳翠蓮，《百年追求：台灣民主運動的故事》，臺北：衛城出版，2013年10月。
254. 陳翠蓮，《派系鬥爭與權謀政治：二二八悲劇的另一個面相》，臺北：時報文化事業股份有限公司，1995年2月。
255. 陳銘城、張國權編著，《台灣兵影像故事》，臺北：前衛出版社，1997年10月。
256. 陳器文主持，《臺中市志・藝文志》，臺中：臺中市政府，2008年12月，頁9—10。
257. 陳瓊芬總編輯，《一個墜落的女體：第十二屆中縣文學獎得獎作品集》，臺中：臺中縣立文化中心，2010年。
258. 傅于天，《肖巖草堂詩鈔》，臺北：龍文出版社，2001年6月。
259. 傅錫祺，《櫟社沿革志略・大正七年（戊午）》，臺灣文獻叢刊第170種，臺北市：臺灣銀行經濟研究室，1963年。
260. 傅錫祺，《鶴亭詩集》，收入「臺灣先賢詩文集彙刊」，臺北：龍文出版社，1992年6月。
261. 彭小妍主編，《楊逵全集》，臺北：國立文化資產保存研究中心籌備處，

2001年12月。

262. 彭瑞金，《台灣新文學運動四十年》，臺北：自立晚報社，1991年3月。

263. 彭瑞金等，《重修清水鎮志》，臺中：臺中市清水區公所，2013年8月。

264. 森宣雄、吳瑞雲，《臺灣大地震：1935年中部大震災紀實》，臺北：遠流出版事業股份有限公司，1996年。

265. 渡也，《不准破裂》，彰化：彰化縣立文化中心，1994年6月。

266. 渡也，《地球洗澡》，彰化：彰化縣文化局，2000年。

267. 渡也，《面具》，臺中：臺中縣立文化中心，1993年6月。

268. 游勝冠，《台灣文學本土論的興起》，臺北：前衛出版社，1996年7月。

269. 游霸士・撓給赫，《泰雅的故事——北勢八社部落傳說與祖先生活智慧》，臺中：晨星出版有限公司，2003年。

270. 然靈，《解散練習》，臺北：秀威資訊，2010年6月。

271. 琦君，《留予他年說夢痕》，臺北：洪範出版社，1980年。

272. 黃凡，《傷心城》，臺北：自立晚報出版社，1983年4月。

273. 黃凡，《賴索》，臺北：時報文化出版事業有限公司，1980年6月。

274. 黃秀政等編，《臺中市志・人物志》，臺中：臺中市政府，2008年12月。

275. 黃叔璥，《臺海使槎錄》，臺北：臺灣銀行經濟研究室，1957年。

276. 黃武忠，《臺灣作家印象記》，臺北：眾文圖書股份有限公司，1984年。

277. 黃英哲編，涂翠花譯，《臺灣文學研究在日本》，臺北：前衛出版社，1994年。

278. 黃哲永、吳福助主編，《全臺文》五十二，文听閣。

279. 楊牧，《柏克萊精神》，臺北：洪範書店，1980年。

280. 楊富閔，《花甲男孩》，臺北：九歌出版社，2010年5月。

281. 楊焜顯，《礦溪水流過的半線天》，彰化：彰化縣文化局，2008年8月。

282. 楊逵，《綠島家書》，臺中：晨星出版社，1987年3月。

283. 楊逵，《壓不扁的玫瑰》，臺北：前衛出版社，1985年3月

284. 楊翠，《壓不扁的玫瑰——一位母親的三一八運動事件簿》，臺北：公共冊所，2014年12月。

285. 楊澤主編，《狂飆八〇》，臺北：時報出版事業股份有限公司，1998年。

286. 葉石濤，《走向臺灣文學》，臺北：自立晚報，1990年。

287. 葉石濤主編，《一九八二年臺灣文學選》，臺北：前衛出版社，1982年2月。

288. 葉石濤、鍾肇政主編，《光復前臺灣文學全集3・豚》，臺北：遠景出版社，1979年。

289. 葉榮鐘，《小屋大車集》，臺中：中央書局，1965年1月。

290. 葉榮鐘，《少奇吟草》，臺中：晨星出版社，2000年12月。

291. 葉榮鐘，《半路出家集》，臺中：中央書局，1965年1月。

292. 葉榮鐘，《葉榮鐘全集》，臺北：時報文化事業股份有限公司，1995年4月。

293. 葉榮鐘，《台灣人物群像》，臺北：時報文化事業股份有限公司，1995年4月。

294. 葉榮鐘等編，《林獻堂先生紀念集・遺著》，臺北：海峽學術出版社，2005年12月。

295. 詹冰，《變》，臺中：臺中市立文化中心，1993年6月。
296. 路寒袖，《走在，台灣的路上》，臺北：遠景出版事業有限公司，2012年1月。
297. 路寒袖，《那些塵埃落下的地方》，臺北：遠景出版事業有限公司，2014年5月。
298. 路寒袖，《春天个花蕊》，臺北：皇冠出版公司，1995年4月。
299. 路寒袖，《憂鬱三千公尺》，臺北：聯合文學出版社，2003年4月。
300. 路寒袖主編，《台中縣作家與作品論文集》，臺中：臺中縣立文化中心，2000年12月。
301. 路寒袖主編，《李普陣亡了：第六屆中縣文學獎得獎作品集》，臺中：臺中縣立文化中心，2004年。
302. 路寒袖主編，《毽子：第七屆中縣文學獎得獎作品集》，臺中：臺中縣立文化中心，2005年。
303. 路寒袖主編，《五欲供：第八屆中縣文學獎得獎作品集》，臺中：臺中縣立文化中心，2006年。
304. 達西烏拉彎‧畢馬（田哲益），《泰雅族神話與傳說》，臺中：晨星出版有限公司，2002年7月。
305. 廖永來，《台灣的愛》，臺北：前衛出版社，1995年2月。
306. 廖玉蕙，《今生緣會》，臺北：圓神出版社，1987年。
307. 廖玉蕙，《在碧綠的夏色裡》，臺北：九歌出版社，2013年。
308. 廖玉蕙，《與春光嬉戲》（增訂新版），臺北：九歌出版社，2014年。
309. 廖振富，《臺灣古典文學的時代刻痕——從晚清到二二八》，臺北：國立編譯館，2007年7月。
310. 廖振富，《櫟社研究新論》，臺北：國立編譯館，2006年3月。
311. 廖振富編著，《蔡惠如資料彙編與研究》，臺北：臺灣大學人文社會高等研究院，2013年12月。
312. 廖瑞銘編，《大甲鎮志下‧文化篇》，臺中：大甲鎮公所，2009年1月。
313. 廖漢臣，《臺灣兒歌》，臺中：臺灣省政府新聞處，1980年6月。
314. 廖輝英，《在秋天道別》，臺北：九歌出版社，1990年。
315. 廖輝英，《相逢一笑宮前町》，臺北：九歌出版社，2005年。
316. 廖輝英，《負君千行淚》，臺北：九歌出版社，2005年。
317. 廖輝英，《窗口的女人》，臺北：九歌出版社，1989年。
318. 廖輝英，《愛殺十九歲》，臺北：九歌出版社，1995年。
319. 廖輝英，《歲月的眼睛》，臺北：九歌出版社，1990年。
320. 臺中市文化局編印，《台中市第三、四屆大墩文學獎得獎作品集》，臺中：臺中市文化局，2000年12月。
321. 臺中市文化局編印，《臺中市第五屆大墩文學獎得獎作品集》，臺中：臺中市文化局，2002年10月。
322. 臺中市文化局編印，《台中市第八屆大墩文學獎得獎作品集》，臺中：臺中市文化局，2005年10月。
323. 臺中市文化局編印，《臺中市第十一屆大墩文學獎得獎作品集》，臺中：臺

中市文化局，2008年10月。

324. 臺灣行政長官公署，《台灣一年來之宣傳》，臺灣行政長官公署出版，1946年。

325. 臺灣省政府文化處、中華民國社區營造學會，《大家來寫村史——民眾參與式社區史操作手冊》，南投市：臺灣省政府文化處，1998年12月。

326. 臺灣經濟研究室編，《嘉義管內采訪冊》，臺灣文獻叢刊第58種，臺北：臺灣銀行，1959年。

327. 臺灣銀行經濟研究室，《清季申報臺灣紀事輯錄》，臺灣文獻叢刊第247種，南投：臺灣省文獻會，1994年。

328. 臺灣銀行經濟研究室，《臺灣中部碑文集成》，臺灣文獻叢刊第151種，臺北：臺灣銀行，1962年。

329. 臺灣銀行經濟研究室，《劉銘傳撫臺前後檔案》，臺灣文獻叢刊第276種，臺北：臺灣銀行，1979年。

330. 趙天儀，《台大哲學系事件真相——從陳鼓應與『職業學生』事件談起》，臺北：花孩兒出版社，1979年9月3版。

331. 趙天儀、邱若山主編，《陳垂映集・第二卷》，臺中：臺中縣立文化中心，1999年。

332. 趙勳達，《《臺灣新文學》（1935—1937）的定位及其抵殖民精神研究》，臺南：臺南市立圖書館，2006年12月。

333. 齊邦媛，《巨流河》，臺北：天下遠見出版公司，2009年7月初版。

334. 劉克襄，《男人的菜市場》，臺北：遠流出版事業股份有限公司，2012年9月。

335. 劉克襄，《旅鳥的驛站》，臺北：大自然出版社，1984年。

336. 劉克襄，《漂鳥的故鄉》，臺北：前衛出版社，1984年。

337. 劉良璧，《重修福建臺灣府志》，臺灣文獻叢刊第74種，臺北：臺灣銀行，1961年。

338. 劉亮雅，《慾望更衣室：情色小說的政治與美學》，臺北：元尊文化，1998年。

339. 劉清河編，《綠川漢詩創作集》，臺中：鄭順娘文教公益基金會，1999年12月。

340. 潘英海、詹素娟主編，《平埔研究論文集》，臺北：中研院臺史所籌備處，1995年6月。

341. 蔡文傑，《風大，我愈欲行》，臺北：遠景出版社。

342. 蔡旨禪，《旨禪詩畫集》，收入「臺灣先賢詩文集彙刊」，臺北：龍文出版社，2001年。

343. 蔡秀菊，《蛹變》，臺中：臺中市立文化中心，1997年4月。

344. 蔡榮勇《北斗・我的最愛》，彰化：彰化縣文化局，2002年。

345. 鄭宗弦《紅龜粿與風獅爺》，臺北：九歌，2010年7月。

346. 鄭烱明編，《越浪前行的一代：葉石濤及同時代作家文學國際學術研討會論文集》，高雄：春暉出版社，2002年2月。

347. 蕭國和，《台灣農業興衰四十年》，臺北：自立晚報出版，1989年9月。

348. 蕭蕭，《現代詩入門》，臺北：故鄉出版社，1982年2月。
349. 賴志彰，《臺灣霧峰林家留真集》，臺北：自立報系出版部，1989年6月。
350. 賴鈺婷，《小地方：一個人流浪，不必到遠方》，臺北：有鹿文化事業有限公司，2010年2月。
351. 賴鈺婷，《遠走的想像》，臺北：有鹿文化，2013年12月。
352. 應鳳凰，《五〇年代台灣文學論集》，高雄：春暉印刷廠有限公司，2007年3月修訂版。
353. 應鳳凰、鍾麗慧編，《中華民國作家作品目錄2》，臺北：行政院文化建設委員會，1995年。
354. 聯合文學編輯製作，《閱讀文學地景·散文卷》，臺北：聯合文學出版社有限公司，2008年4月。
355. 薛化元等著，《戰後台灣人權史》，臺北：國家人權紀念館籌備處，2003年。
356. 謝秋濤，〈小東山詩存跋〉，收錄於《臺灣詩鈔》，臺灣文獻叢刊第280種，臺北：臺灣銀行，1970年。
357. 鍾逸人，《狂風暴雨一小舟——辛酸六十年（上、下）》，臺北：前衛出版社，2009年12月修訂3版1刷。
358. 鍾肇政、葉石濤主編，《光復前臺灣文學全集7·植有木瓜樹的小鎮》，臺北：遠景出版社，1979年。
359. 簡楊華，《棲鶴齋詩文集》，臺中：臺中鄉土文化學會出版，2012年12月。
360. 簡義明，《寂靜之聲——當代臺灣自然書寫的形成與發展（1979—2013）》，臺南：國立臺灣文學館，2013年10月。
361. 羅秀美，《文明·廢墟·後現代——台灣都市文學簡史》，臺南：國立臺灣文學館，2013年8月。
362. 顧敏耀選注，《吳子光集》，收錄於「臺灣古典作家精選集」，臺南：國立臺灣文學館，2013年11月。
363. 鷹取田一郎編，《臺灣列紳傳》，臺北：臺灣總督府出版，1916年。
364.

二、報紙、期刊論文

1. 〈公園內之舟遊〉，《臺灣日日新報》，1919年3月28日，6版。
2. 〈天足近況〉，《臺灣日日新報》1901年3月10日，5版。
3. 〈同志諸君〉，《福爾摩沙》創刊號，1933年7月，頁1。
4. 〈自轉風行〉，《臺灣日日新報》，1904年5月29日，4版。
5. 〈杜國清作品討論會〉，杜國清之發言，《文學界》第13集，1985年春季號，頁28。
6. 〈兒玉前總督壽像除幕式〉，《臺灣日日新報》，1907年6月13日，第2版。
7. 〈後藤壽像除幕誌盛〉，《臺灣日日新報》，1907年4月6日，第4版。
8. 〈恭賀新禧〉，《台灣文藝》第2卷第1號，1934年12月18日，頁1。

9.　〈楊通譯之就聘〉，《臺灣日日新報》，1917年1月2日，3版。

10.　〈臺中忠魂碑〉，《臺灣日日新報》，1905年6月22日，第5版。

11.　〈臺中通信‧公園擴張〉，《漢文臺灣日日新報》，1911年11月16日，第3版。

12.　〈臺中通信‧後藤男壽像除幕式〉，《臺灣日日新報》，1912年3月12日，第5版。

13.　〈臺灣文社大會〉，《臺灣日日新報》，1919年10月22日，5版。

14.　〈諸氏之入監〉，《台灣民報》3卷8號，1925年3月11日，頁5—6。。

15.　〈鶯啼燕語〉，《臺灣日日新報》1920年5月3日，4版。

16.　《台南新報》，1930年2月11日，6版。

17.　《台南新報》10078期，第6頁報導：「全島聯吟大會第一日開於臺中公會堂」，1930年2月11日。

18.　《台南新報》10087期，第6頁，1930年2月20日。

19.　《台灣現代詩》第11期，2007年9月，頁70—72。

20.　《風月報》82期，1939年3月31日。臺北：南天書局複印本，2001年6月，36—37頁。

21.　《詩報》62期，1頁，「鰲西吟社擊吟會」報導，1933年7月1日。

22.　《漢文臺灣日日新報》，1911年11月16日，第3版。

23.　《漢文臺灣日日新報》1905年8月18日，1版。

24.　《臺灣日日新報》，1982年6月7日，4版。

25.　《臺灣日日新報》1899年9月21日，1版。

26.　《臺灣古典詩雙月刊》第24期，台灣古典詩擊雙月刊雜誌社，1998年9月。

27.　《銀鈴會第一次聯誼會特刊》，臺中：銀鈴會，1948年8月29日，頁1—3。

28.　《瀛洲詩集》第3、4卷合刊

29.　《瀛洲詩集》第12卷

30.　《瀛洲詩集》第18、19卷合刊

31.　Fran T.Y. Wu，〈台灣同志經典最低閱讀書目〉，《聯合文學》第27卷第10期，2012年8月，頁52—57。

32.　山田孝使，〈春日遊台中公園〉，《臺灣日日新報》，1909年4月10日，第1版。

33.　文學界編輯部，〈關於《文友通訊》〉，《文學界》第5集，1990，1983年元月春季號，頁117。

34.　王拓，〈是「現實主義」文學，不是「鄉土文學」〉，《仙人掌》雜誌第1卷第2號，1977年4月，頁717—3。

35.　石計生，〈印象空間的涉事——以班雅名的方法論楊牧〉，《中外文學》第31卷第8期，2003年1月，頁234—252。

36.　朱西甯，〈論反共文學〉，《中華文化復興月刊》第10卷第9期，1977年9月。

37.　江秀鳳，〈旱溪素描〉，《蓮蕉花台文雜誌》第3期，1999年7月，頁13。

38.　江秀鳳，〈霧峰林家史〉，《蓮蕉花台文雜誌》第4期，1999年10月，頁14。

39.　佐藤謙太郎，〈春日遊台中公園〉，《臺灣日日新報》，1909年4月10日，第

1版。

40. 何寄澎，〈永遠的搜索者──論楊牧散文的求變與求新〉，《臺大中文學報》第4期，1991年6月，頁170。

41. 吟稿合刊詩報社編，《詩報》第71號，基隆：吟稿合刊詩報社，昭和八年（1933）12月1日。

42. 吳介民，〈革命在他方？此刻記憶1980年代〉，《思想》22期：「走過八十年代」，臺北：聯經出版社，2012年11月，頁157。

43. 吳坤煌，〈臺灣鄉土文學論〉，《福爾摩沙》第2號，頁10─19。

44. 吳燕生，〈怡園雅集分韻〉，《臺灣日日新報》1931年4月8日，4版。

45. 吳燕生，〈阿里山雜詠〉《詩報》82期，1934年6月1日，頁3。

46. 吳燕生，〈昭和丙子季秋富春吟社輪值中州聯吟會賦此以祝〉，《詩報》140期：3頁，1936年11月2日。

47. 吳燕生〈祝櫟社三十年紀念會〉，《詩報》26號，1931年12月15日，頁22。

48. 吳櫻，〈美麗詩篇　不忍成句點──最後一屆東亞詩文學交流　感動與不捨〉，《大墩文化》36卷，2007年7月，頁56。

49. 宋冬陽（陳芳明），〈台灣詩的一個疑點──試論劉克襄的詩〉，《台灣文藝》第95期（1985年），頁38。

50. 宋澤萊，〈憶洪醒夫〉，《大甲溪》雜誌第15期「洪醒夫紀念專輯」，1991年8月。

51. 李依樺，〈吟詠生命況味・林廣談詩文──專訪臺中市大墩文學貢獻獎得主〉，《大墩文化》47期，2008年5月，頁51─53。

52. 李毓嵐，〈林獻堂生活中女性〉，《興大歷史學報》24期，2012年6月，頁86─90。

53. 李毓嵐，〈美人、詩會與音樂：從〈陳懷澄日記〉看櫟社詩人陳懷澄的文人生活〉，「日記與臺灣史研究學術研討會」會議論文，中央研究院臺灣史研究所、高雄市立歷史博物館、高雄醫學大學共同主辦。

54. 沈冬青，〈進入源頭，參與創造──內心風景的搜索者楊牧〉，《幼獅文藝》第82卷第4期，頁7。

55. 孟祥翰，〈藍張興庄與清代臺中盆地的拓墾〉，《興大歷史學報》第17期，臺中：國立中興大學歷史學系，頁398。

56. 林子瑾，〈臺灣光復有感〉，《新臺灣》第1卷3號，北京：臺灣省旅平同鄉會，1946年4月1日，頁16。

57. 林文寶，〈臺灣兒童文學的歷史與記憶〉，《全國新書資訊月刊》2009年8月號，頁8。

58. 林幼春，〈櫟社二十年間題名碑碑記〉，《櫟社沿革志略》，《臺灣文獻匯刊》第170種，1958年10月，頁43。

59. 林淇瀁，〈擊向左外野：論日治時期楊逵的報導文學理論與實踐〉，收於《楊逵文學國際學術研討會論文集》，國家臺灣文學館主辦，靜宜大學臺灣文學系承辦，2004年6月19日、20日，頁3。

60. 林惠敏，〈中州吟社成就第一街詩人〉，《閃亮臺中》第32期，2006年12月，頁30─31。

61. 林湘沅，〈赴櫟社大會日記（一）〉，《漢文臺灣日日新報》，明治43年4月30日，5版。
62. 林湘沅，〈赴櫟社大會日記（二）〉，《漢文臺灣日日新報》，明治43年5月1日，7版。
63. 林燿德，〈貘的蹄筌──劉克襄詩作芻論〉，《文藝月刊》第204期（1986年），頁47─48。
64. 邱各容，〈開花結果滿園香── 一九九○年以來，臺灣兒童文的發展（下）〉，《全國新書資訊月刊》2001年12月號，頁10。
65. 邱閱南編，《台灣古典詩擊雙月刊》第28期，臺中：台灣古典詩擊雙月刊雜誌社，1999年5月，頁158。
66. 阿盛，〈再現臺灣女性面貌──廖輝英〉，《自由時報》，1999 年1 月22日，第41 版。
67. 施懿琳，〈從笠詩社作品觀察時代背景與詩人創作取向的關係；以《混聲合唱》為分析對象〉，《笠》第226期，2001年12月，頁60。
68. 省立臺中圖書館編，〈台灣中部地方文獻資料（一）〉，《臺灣文獻》，34：1，1983年3月，頁106—107。
69. 山衣洲，〈隨轅紀程〉（八），《臺灣日日新報》，1899年4月28日，2版。
70. 負人，〈台灣話文雜駁（一）〉，《南音》創刊號，1931年12月，頁13。
71. 翁佳音，〈被遺忘的臺灣原住民〉，《臺灣風物》42：4，1992年，頁178。
72. 張彥勳，〈從「銀鈴會」到《笠》〉，《笠》第100期，1980年12月，頁31。
73. 張素貞，〈五十年代小說管窺〉，《文訊》第九期（1984年3月），頁99。
74. 梅遜，〈七年來文獎會得獎作家與作品〉，《文壇》特大號，1957年2月，頁1。
75. 莊金國，〈挖掘鄉土文藏〉，《笠》第47期，1972年2月，頁13。
76. 連橫，〈櫟社席上有感林癡仙、賴悔之二兄〉，《臺灣日日新報》，臺北：臺灣日日新報社，1922年11月13日，6版。
77. 郭清萱，〈廖輝英小說中的男性形象──以老臺灣大河四部曲為例〉，《致遠管理學院學報》第3期，2008年，頁106—112。
78. 郭清萱，《廖輝英小說中男性形象研究》，國立雲林科技大學漢學資料整理研究所碩士論文，2008年6月，頁95—96。
79. 陳千武，〈臺日韓現代詩交流的實績〉，《台灣現代詩》第15期，2008年9月，頁76—78。
80. 陳秀如，〈從迷失到覺醒──論廖輝英小說中的女性成長迴路〉，《台灣文學評論》第5卷第4期， 2005年10月，頁108。
81. 陳延輝，〈蓮蕉花雜誌出版感言〉，《蓮蕉花台文雜誌》創刊號，1999年1月20日，頁1。
82. 陳素香，〈八○九○二千及之前和之後〉，《思想》22期：「走過八十年代」，頁214。
83. 陳雪滄，〈贈東墩吟社四顧問〉，《詩報》207號，1939年8月16日。
84. 陳惠珊，〈狂暴與纖細──周芬伶散文中的疾病書寫〉，《東華中國文學研究》第5期，2007年6月，頁113。

85. 曾霜煙，〈大肚鄉土〉，《蓮蕉花台文雜誌》第28期，2005年10月，頁27。
86. 曾霜煙，〈臺中公園——望月亭〉，《蓮蕉花台文雜誌》第28期，2006年4月，頁13—14。
87. 無記撰者，〈國姓遺井〉，《臺灣日日新報》，明治32年（1899）7月16日，6版。
88. 黃春城，〈談談「南音」〉，原載《臺灣文物》第3卷第2期，1954年8月20日。
89. 黃美滿，〈魔奇的夢——記臺灣專業兒童劇團的起點「魔奇兒童劇團」〉，《美育》第　159期，2007年9月，頁4—15。
90. 黃崇憲，〈夢想共和國的反挫：1980年代的個人備忘錄〉，《思想》22期：「走過八十年代」，頁191—192。
91. 楊焜顯，〈咱的故鄉滯梧棲〉，《蓮蕉花台文雜誌》第6期，2000年4月，頁17。
92. 楊焜顯，〈清水清水是咱兜〉，《蓮蕉花台文雜誌》第7期，2000年7月，頁14。
93. 楊逵，〈二‧二七慘案真相——台灣省民之哀訴〉，《自由日報》、《和平日報》同時發表，1947年3月8、9日。
94. 楚卿，〈投資整個人生事業〉，《文訊》，1985年8月，頁148。
95. 葉天籟，〈墮落的詩人〉，《台灣民報》第242號，1929年1月8日，頁8。
96. 葉榮鐘（奇），〈「大眾文藝」的待望〉，《南音》第1卷第2號卷頭語，1932年1月。
97. 葉榮鐘（奇），〈第三文學提倡〉，《南音》第1卷第8號卷頭語，1932年6月。
98. 葉榮鐘（奇），〈智識分配〉，《南音》第1卷第7號卷頭語，1932年5月。
99. 葉榮鐘（奇），〈發刊詞〉，《南音》創刊號，1931年12月12日。
100. 葉榮鐘，〈戲曲的觀眾——答紫鵑女士〉，《台灣民報》第287號，1929年11月17日，頁9。
101. 廖振富，〈《傅錫祺日記》的發現及其研究價值——以文學與文化議題為討論範圍〉，《台灣史研究》18卷4期，頁224—229。
102. 廖振富，〈百年風騷，誰主浮沈——二十世紀臺灣兩大傳統詩社：櫟社、瀛社之對照觀察〉，《臺灣文學研究學報》第9期，臺南：國立臺灣文學館，2009年10月，頁239—240。
103. 廖振富，〈林莊生先生訪談錄〉，《臺灣風物》63卷3期，2013年9月30日。
104. 廖振富，〈連橫《瑞軒詩話》及其相關議題探析〉，《台灣古典文學研究集刊》第2期，臺北：里仁書局，2009年12月，頁261—308。
105. 台灣古典文學研究集刊編輯委員會，《台灣古典文學研究集刊》第3號，臺北：里仁書局，2010年6月。
106. 鄭順娘，〈綠川〉，《蓮蕉花台文雜誌》第5期，2000年1月，頁7。
107. 鄭順娘，〈綠川的早晨〉，《蓮蕉花台文雜誌》第13期，2002年1月，頁7。
108. 蕭阿勤，〈世代，理想，衝撞——1980年代：林世煜先生訪談錄〉，《思想》22期：「走過八十年代」，頁149。

109. 賴子清，〈古今台灣詩文社（二）〉，《臺灣文獻》10卷3期，1959年9月，頁83。
110. 賴妙華，〈烏牛欄e英雄〉，《蓮蕉花台文雜誌》第10期，2001年4月，頁22。
111. 賴明弘，〈臺灣文藝聯盟創立的片斷回憶〉，《臺北文物》第3卷3期，1953年12月10日，頁60。
112. 鍾美芳《日據時代櫟社之研究》，《台北文獻》直字第78期，1986年12月，頁278—279。
113. 顏子魁，〈美援對中華民國經濟發展之影響〉，《問題與研究》第29卷第11期8，1990年8月，頁85—89。
114. 魏貽君，〈島嶼失憶症的憂鬱──有關路寒袖的「憂鬱三千公尺」〉，《自立晚報》本土副刊（1992年11月3日）。

三、學位論文

1. 王上丘，《清代臺灣中部書院之研究》，國立嘉義大學史地學系碩士論文，2012年。
2. 王建國，《百年牢騷：台灣政治監獄文學研究》，國立成功大學中國文學系博士論文，2006年7月。
3. 朱高影，《三民主義青年團之研究》，國立臺灣師範大學歷史學研究所碩士論文，1992年6月。
4. 吳孟昌，《八〇年代臺灣散文中的臺灣意識與雜語性》，東海大學中國文學系博士論文，2013年。
5. 吳宗曄，《《臺灣文藝叢誌》（1919—1924）傳統與現代的過渡》，國立臺灣師大臺灣文化及語言文學研究所碩士論文，2009年。
6. 吳怡慧，《王幼華小說研究》，南華大學文學研究所碩士論文，2004年6月。
7. 吳品賢，《日治時期臺灣女性古典詩作研究》，臺灣師大國文研究所碩士論文，2001年6月。
8. 呂宜姿，《孟東籬寓言研究》，國立臺灣師範大學國文系教學碩士班碩士論文，2014年8月。
9. 宋澤萊，《台灣存在主義文學的族群性研究：以外省人作家與本省人作家為例》，國立中興大學臺灣文學研究所碩士論文，2009年2月。
10. 李芝芬，《周芬伶女性／私小說書寫研究》，國立新竹教育大學語文學系碩士論文，2010年11月。
11. 李長青，《林沈默現代詩研究》，國立中興大學臺灣文學研究所碩士論文，2009年7月。
12. 林峻堅，《《滿天星》與兒童詩教育》，國立臺東大學兒童文學研究所碩士論文，2003年。
13. 林純芬，《張深切及其劇本研究》，靜宜大學中國文學研究所碩士論文，2003年。

14. 林燕釵，《陳垂映生平及其小說作品研究──從《暖流寒流》到〈鳳凰花〉》，國立清華大學臺灣研究教師在職進修碩士學位班碩士論文，2013年1月。

15. 姚蔓嬪，《戰後臺灣古典詩發展考述》，國立師範大學國文學系博士論文，2011年。

16. 柳書琴，《荊棘的道路：旅日青年的文學活動與文化抗爭──以《福爾摩沙》系統作家為中心》，國立清華大學中文系博士論文，2001年。

17. 胡瑋菱，《陳雪亂倫主題小說之研究》，國立東華大學華文文學所碩士論文，2012年7月。

18. 張家豪，《楊牧散文研究》，國立政治大學中文所碩士論文，1998年。

19. 張晴雯，《《台中縣兒童文學創作專輯》教師作品主題之研究》，國立臺東大學兒童文學研究所碩士論文，2007年8月。

20. 張瑛姿，《驛動的後現代女性書寫──陳雪小說論》，國立成功大學臺灣文學所碩士論文，2006年7月。

21. 郭清萱，《廖輝英小說中男性形象研究》，國立雲林科技大學漢學資料整理研究所碩士論文，2008年6月。

22. 陳明柔，《典範的更替／消解與臺灣八○年代小說的感覺結構》，東海大學中國文學系博士論文，1999年。

23. 陳素娥，《雲林地區小說之研究》，南華大學文學系碩士論文，2014年6月。

24. 陳素華，《趙天儀現代詩創作與評論的研究》，靜宜大學中國文學研究所碩士論文，2006年7月。

25. 程怡雯，《山衣洲在臺文學活動與漢詩文研究》，國立中興大學臺文所碩士論文，2011年7月。

26. 黃琇紋，《張麗俊《水竹居主人日記》記載之臺灣文學史料分析》，國立中興大學臺灣文學研究所碩士論文，2009年7月。

27. 黃瑞田，《科學詮釋與幻想──黃海科幻小說研究》，國立中山大學中國語文學系研究所碩士論文，2004年。

28. 楊翠，《鄉土與記憶：七○年代以來台灣女性小說中的時間意識與空間語境》，國立臺灣大學歷史所博士論文，2003年7月。

29. 葉靜謙，《吳子光與《一肚皮集》中的臺灣風土探析》，逢甲大學中文所碩士論文，2009年6月。

30. 廖振富《櫟社三家詩研究──林癡仙、林幼春、林獻堂》，國立臺灣師大國文所博士論文，1996年。

31. 廖珮吟，《《臺灣古典詩雙月刊》之研究》，國立中正大學臺灣文學研究所碩士論文，2011年7月。

32. 劉莉瑛，《廖輝英小說中女性形象之研究》，中國文化大學中國文學研究所碩士在職專班碩士論文，2002年。

33. 蔡佩瑾，《從「台中市立文化中心兒童劇團」探究兒童劇團的經營與發展》，國立臺南藝術大學音像藝術管理研究所碩士論文，2009年6月。

34. 蔡其昌，《戰後（1945─1959）台灣文學發展與國家角色》，東海大學歷史研究所碩士論文，1995年12月。

35. 賴郁融，《聖道與魔道──周芬伶作品研究》，國立東華大學中國語文學系碩士論文，2010年7月。
36. 賴素珍，《「師院生兒童文學創作獎」現象觀察》，國立臺東大學兒童文學研究所碩士論文，2007年。
37. 謝旺霖，《論楊牧的「浪漫」與「臺灣性」》，國立清華大學臺文所碩士論文，2009年。
38. 簡麗梅，《孤獨與美的覺醒──蔣勳散文研究（2001~2010年）》，佛光大學中國文學與應用系碩士論文，2011年7月。
39. 魏秀玲，《蔡旨禪及其《旨禪詩畫集》研究》，國立政治大學中國文學研究所碩士論文，2004年6月。
40. 顧敏耀《臺灣古典文學系譜的多元考掘與脈絡重構》，國立中央大學中文系博士論文，2010年1月。

四、網路資源

1. 〈啟明‧拉瓦訪問稿〉。陳芷凡撰，2009年5月12日：http://dore.tacp.gov.tw/dorefile//00/00/5h.pdf
2. 〈藝評家江凌青驟逝〉，「自由電子報」：http://goo.gl/xybPAX
3. 〈藝壇新秀江凌青遽逝　得年僅31歲〉，「聯合新聞網」：http://goo.gl/8yTJ-gA
4. 《台灣e文藝》相關資料：http://mypaper.pchome.com.tw/chengbo/post/1984477
5. 《花甲男孩》內容簡介：http://www.eslite.com/product.aspx?pgid=1001116561938859
6. 《數位典藏與數位學習聯合目錄》資料庫：http://catalog.digitalarchives.tw/item/00/6c/09/e4.html。
7. 2007台灣作家作品目錄：http://www3.nmtl.gov.tw/writer2
8. Vicky & Pinky單車環球夢：http://www.vickypinky.com/site.php
9. 〈山海文字獵人：啟明‧拉瓦〉，陳芷凡撰：http://fasdd97.moc.gov.tw/writer_query2.php?writer=24
10. 「中央研究院民族學研究所數位典藏」資料庫：http://c.ianthro.tw/162065?qs=%E6%96%B0%E8%98%AD%E7%A4%BE
11. 「中央研究院臺灣史研究所‧檔案檔：http://archives.ith.sinica.edu.tw/collections_con.php?no=5
12. 天下文化公司：http://www.bookzone.com.tw/event/lc051/index.asp
13. 台港澳華人作家」：http://www.zsbeike.com/cd/43550274.html。
14. 台灣現代華語文學年文學地圖：http://fasdd97.moc.gov.tw/writer_query2.php?writer=26
15. 全球華人藝術網‧江凌青的網站：http://goo.gl/Bv0AMo
16. 沈政男部落格‧作家簡介：http://goo.gl/kva9Cz
17. 歧路文學：http://benz.nchu.edu.tw/~garden/garden.htm

18. 客+100：http://hakka100.hakkatv.org.tw/people_category_detail.aspx?people_id=7b845bf0-28d3-492f-ad6d-4fc2c9814e32

19. 原住民族委員會：http://www.apc.gov.tw/portal/docList.html?CID=49744114ECE41D1F。

20. 財團法人吳三連史料基金會：http://www.wusanlien.org.tw/02awards/02winners01_b00.htm

21. 財團法人臺中市鄉土文化學會：http://web.nuu.edu.tw/~flhuang/ncat/

22. 高雄文學館作家數位典藏：http://163.32.124.24/ksm/artsdisplay.asp?system-no=0000002452&displaykind=1

23. 教育部國民及學前教育署：http://www.k12ea.gov.tw/ap/index.aspx

24. 智慧型全臺詩知識庫：http://xdcm.nmtl.gov.tw/twp/c/c01.htm

25. 當代文學館：http://orchid.shu.edu.tw/article/article_author.php?sn=112。

26. 旗山奇部落格：http://goo.gl/A6IMIk

27. 臺中教育大學臺灣語文教育學系・師資介紹：http://lle.ntcu.edu.tw/teacher_main.php?sno=66&type=2

28. 台文戰線聯盟：http://goo.gl/4zVuPg

29. 臺灣人物誌資料庫：http://tbmc.ncl.edu.tw:8080/whos2app/servlet/whois?textfield.1=%E8%AC%9D%E9%81%93%E9%9A%86&go.x=40&go.y=16

30. 臺灣大百科全書資料庫：http://nrch.cca.gov.tw/twpedia.php?id=8145

31. 臺灣文學網：http://tln.nmtl.gov.tw/ch/M2/nmtl_w1_m2_c_1b.aspx?y=1945

32. 臺灣文學議題導讀・「臺灣文學・母語文學」：http://dcc.ndhu.edu.tw/literature/subject6.htmhttp://dcc.ndhu.edu.tw/literature/subject6.htm

33. 臺灣白話字文獻館：http://pojbh.lib.ntnu.edu.tw/script/news-p0.htm

34. 臺灣記憶：http://goo.gl/DKKlR8

35. 臺灣詩社資料庫：http://cls.hs.yzu.edu.tw/TWP/c/c01.htm

36. 臺灣漢詩資料庫：http://140.125.168.74/literaturetaiwan/poetry/04/04_01/04_01_01.htm。

37. 臺灣總督府職員錄系統：http://who.ith.sinica.edu.tw/mpView.action

38. 閱讀華文臺北：http://www.tpocl.com/content/writerTimeline.aspx?n=C0231

39. 臺灣日日新報資料庫（大鐸版）：http://140.120.81.240/ddn/ttswork/_T9.pdf

40. 吳垠慧，〈文壇才女江凌青過世　得年31歲〉，「中時電子報」，2015年1月20日：http://www.chinatimes.com/realtimenews/20150120004583-260405

41. 江宜儒〈王定國：房價泡沫破掉的那刻　我希望我在寫作〉，「中時電子報」，2014年1月8日：http://www.chinatimes.com/newspapers/20140108001530-260115。

42. 呂興昌〈白話字中的台灣文學資料〉，「台灣文學研究工作室」：http://www.de-han.org/pehoeji/tbcl/index.htm

43. 李長青個人部落格「人生是電動玩具」：http://mypaper.pchome.com.tw/poetism

44. 阮美慧，〈林亨泰〉詞條，國立臺灣文學館「臺灣文學辭典資料庫」：http://goo.gl/KgEIPB

45. 空大臺中詩學社：http://studwww.nou.edu.tw/~kdtzsss/index_970318.html

46. 信誼基金會：http://www.hsin—yi.org.tw/hsin—yi/

47. 國立臺灣歷史博物館‧臺灣女人資料庫：http://goo.gl/GVvLgj

48. 國立臺灣歷史博物館‧臺灣女人站「淑女之風的另一類型—— 林吳帖」：http://women.nmth.gov.tw/zh-tw/Content/Content.aspx?para=347&page=0&Class=87

49. 陳彥鈴，〈賴鈺婷：在小地方流浪，尋找家的熟悉〉，博客來OKAPI，2012年4月5日：http://okapi.books.com.tw/index.php/p3/p3_detail/sn/1171

50. 楊明怡，〈藝評家江凌青驟逝〉，「自由電子報」，2015年1月21日：http://news.ltn.com.tw/news/supplement/paper/849336

51. 楊媛婷，〈金鼎獎得主　嗆龍應台眼中只有中國〉，「自由電子報」，2014年8月14日：http://news.ltn.com.tw/news/focus/paper/804460

52. 臺中市政府文化局‧臺中文學家資料：http://www.culture.taichung.gov.tw/WritersIntroductionContent.aspx?id=859&key1=&forewordTypeID=0

53. 臺北市文化局「華文作家資料庫」：http://goo.gl/Cwjc0t

54. 臺北市政府文化局‧閱讀華文臺北‧華文文學資訊平臺資料庫：http://202.153.189.60/readtaipei/content/writerTimeline.aspx?n=D0190

55. 臺灣瀛社詩學會論壇官站：http://www.tpps.org.tw/forum/forum.php?mod=viewthread&tid=943

56. 劉清河facebook：https://www.facebook.com/profile.php?id=100005809871374&fref=nf

57. 劉曉欣，〈客語寫作　江秀鳳：再苦也值得〉，「自由電子報」，2008年7月7日：http://news.ltn.com.tw/news/local/paper/225188

58. 鄭宗弦個人部落格：http://blog.yam.com/aaxyz

59. 賴和紀念館‧賴和文獻資料資料庫：http://cls.hs.yzu.edu.tw/laihe/liveingbooks/laihe/laihe091/photos/cca300001-li-no010-0008-w.jpg

附錄：當代臺中新文學作家小傳

莊垂勝（1897─1962）

字遂性，號負人，晚署徒然居士，鹿港人，名詩人莊太岳四弟。莊垂勝曾任職於大目降（今臺南新化）糖業講習所，後轉任霧峰林家秘書，1921年受林家資助赴日本明治大學留學，受新思潮影響頗深；畢業後返臺隨林獻堂推動文化啟蒙運動，因擅長講演、理路清晰、言詞雄辯，被稱為「莊鐵嘴」，是文化協會三大臺柱之一。

1925年與文友在臺中創設中央俱樂部，經營中央書局，以開展新思想、推動新文化為目標。戰後初期，莊遂性出任臺中圖書館館長，他雖自謙：「『圖書館館長』不過是地方小廟裡的『廟公』。」[1]但是，館長任內，他推出文化講座、婦女讀書會和談話會等三項活動，使圖書館發揮民眾參與的功能。二二八事件發生時，他被牽連其間，遭遇短期牢獄之災[2]，以致圖書館的推廣理念被迫無疾而終。獲釋後即辭去公職，專心經營中央書局，並回鄉經營大同農場。1962年肺癌病逝，留有遺詩八十四首，由哲嗣林莊生、林敬生編成《徒然吟草》[3]。

葉榮鐘（1900─1978）

葉榮鐘，字少奇，鹿港人，定居臺中。日治時期活躍於政治與文學領域，同時擅長新舊文學。曾長期擔任林獻堂秘書，參與文化啟蒙運動，1931年與黃春成、

1　林莊生，《懷樹又懷人》，臺北：自立晚報社，1992年8月，頁57。
2　有關莊遂性與二二八事件，參見林莊生的回憶，林莊生，《懷樹又懷人》，頁62-67。
3　莊垂勝，《徒然吟草》，收錄於「臺灣先賢詩文集彙刊」，與陳虛谷《虛谷詩集》合刊，臺北：龍文出版社，2001年12月，作者介紹頁（原書無頁碼）。

賴和、莊遂性等人合辦《南音》雜誌，戰爭時期受邀加入著名傳統詩社櫟社，成為第二代社員。戰後1947年二二八事變，不少臺灣菁英分子罹難，文壇人士噤若寒蟬。葉榮鐘從原本服務的臺中省立圖書館被撤職，轉入彰化銀行任職，從1948年一直到1966年退休止，歷任：專員、調查課長、秘書室主任、協理、顧問等職。晚年潛心寫作，著述極豐，包括《日據下台灣政治社會運動史》、《日據下台灣大事年表》、《台灣人物群像》、《少奇吟草》，及散文集《半路出家集》、《小屋大車集》、《美國見聞錄》、《三友集》等，作品時代性鮮明，堪稱臺灣跨越日治到戰後的代表作家。生前著作，由其女葉芸芸結合學界力量，整理為「葉榮鐘全集」，2000年12月由晨星出版社出版。

林攀龍（1901—1983）

筆名林南陽，臺中霧峰人，林獻堂長子，1909年隨父親的秘書甘得中赴日求學，就讀東京小日向臺町小學、東京高等師範附中、第五高等學校，1921年考上東京帝大法學部法政科，1925年自東京帝大畢業[4]。留日期間，恰逢一九二〇年代臺灣民族運動、新文化運動蓬勃開展之際，他亦積極參與其間，如「啟發會」、「新民會」等臺灣青年團體，並經常在《臺灣青年》、《臺灣》雜誌上發表文章。

林攀龍雖然出身資產豐厚的霧峰林家，卻抱持高度的學習熱忱，寧願放棄家產，前往歐洲留學多年，1925年畢業後，即前往牛津大學攻讀文學、宗教與哲學，1928年再前往巴黎索邦大學選讀哲學與文學課程，1930年又到慕尼黑大學修德文，直到1932年才自德國返臺。返臺後，初任《臺灣新民報》編輯局的學藝部長，其後以辦學為志，但他的辦學理念是希望透過辦理私校，實踐民主精神，因此婉拒建國中學、臺中一中校長的聘請，於1949年創立萊園中學，即現在的明台中學。

一九六〇年代起，他創辦許多企業，以明台產物保險最為人知。另外有「明台輪船公司」。也擔任過中央書局董事、彰化銀行董事、私立延平中學董事等職務。1983年因心肌梗塞病逝於臺北國泰醫院。主要著作有《人生隨筆及其他：林攀龍先

4　林攀龍資料參見郭啟傳撰，「臺灣記憶」：http://goo.gl/DKKIR8，登站日期：2014年10月10日。

生百年誕辰紀念集》[5]。

楊逵（1906—1985）

　　本名楊貴，筆名楊逵、楊建文等，出生於臺南新化，1927年自日本返臺，投身文化運動與農民運動，1935年遷居臺中，至1985年辭世，總計入籍臺中五十年。1924年，楊逵一方面為了逃避童養媳婚姻，一方面受到留日臺灣學生返臺演講的鼓吹與激勵，亟欲到海外擴展新視野，因此負笈日本，半工半讀，進入日本大學文學藝能科夜間部就讀。1927年，響應「臺灣農民組合」召喚，束裝回臺，參與「臺灣農民組合」的組織化運動，並負責起草「臺灣農民組合第一次全島大會宣言」，列名十八位中央委員及五位常務委員之一[6]。

　　1928年，農民組合分裂，楊逵鬥爭失敗被逐出農組，其後除持續參與「臺灣文化協會」相關活動之外，轉向文學創作，1932年發表小說〈送報伕〉，1934年獲日本《文學評論》第二獎（第一獎從缺），是臺灣首次進入日本中央文壇。1934年參與「臺灣文藝聯盟」，曾擔任《台灣文藝》編輯委員，負責日文欄主編，其後因為編輯理念不同，1935年創辦《臺灣新文學》雜誌，1937年中日戰爭爆發，日本政府廢止報紙雜誌的漢文欄，《臺灣新文學》被迫停刊，楊逵得日本友人入田春彥相助，開辦「首陽農場」，專事種花與寫作[7]。

　　1945年二戰結束，日人撤臺，楊逵創辦《一陽週報》，出版中、日文對照《中國文藝叢書》六輯，又任《和平日報》、《力行報》文藝版主編，鼓吹和平統一陣線。1949年因參與起草〈和平宣言〉被判刑十二年，1961年出獄後，在臺中大肚山經營「東海花園」，自喻是「用鐵鍬把詩寫在大地上」[8]。楊逵作品風格以寫實主義手法為主，擅用比喻與嘲諷，關照並批判現實，揭櫫一個公義和平的新世界，作品有《鵝媽媽出嫁》、《壓不扁的玫瑰》、《綠島家書》、《樂天派》、《睜

5　林攀龍著、林博正編，《人生隨筆及其他：林攀龍先生百年誕辰紀念集》，臺北：傳文文化出版，2000年。
6　河原功、黃惠禎，〈年表〉，收錄於彭小妍主編，《楊逵全集・第十四卷・資料卷》，臺北：國立文化資產保存研究中心籌備處，2001年，頁370-371。
7　河原功、黃惠禎，〈年表〉，頁373-377。
8　楊逵，〈墾園記〉，原載《臺灣新生報》，1969年3月12日，收錄於《楊逵全集・第十卷・詩文卷・下》，2001年12月，頁374。

眼的瞎子》等，2001年中央研究院出版十四冊《楊逵全集》（第十四冊為《資料卷》）。

姜貴（1908—1980）

本名王林渡，又名王意堅，山東諸城縣人，畢業於私立北平鐵道學校，其後赴廣州從軍，北伐成功後，在南京擔任《中央黨務月刊》編輯[9]，1948年來臺，曾居住臺南，一九七〇年代居住於臺中，1980年病逝於臺中。1978年獲吳三連文藝獎，寫作文類以長篇小說為主，遍及中、短篇小說及散文，重要作品有《重陽》、《突圍》、《旋風》、《春城》、《江南江北》、《碧海青天夜夜心》、《乍暖還寒》等二十餘部，是一九五〇年代反共文藝的健將。

姜貴青年時加入國民黨，見證了國共鬥爭的慘烈，歷經大時代的變局，因此經常以現實事件為題材創作小說，如他曾以1927年的寧漢分裂、南昌事變為題，撰寫小說〈重陽〉[10]；曾以1932年日本人所發動的「上海事變」（又稱「一二八事變」）為背景，撰寫小說《突圍》。1952年，他完成代表作《旋風》，這部作品被認為是反共名著的排行榜第一名[11]，然而，姜貴1952年完成本書時，卻沒有出版社願意出版，1957年改書名為《今檮杌傳》，自費出版，1959年復以《旋風》之名，由明華書局出版，四十年後的1999年新版本問世，由九歌出版社出版[12]。

張文環（1909—1978）

嘉義縣梅山大坪村人，地主階層出身，日治晚期到戰後初期活躍於臺中地區。十九歲赴日入讀岡山中學，二十三歲進入東洋大學文學部，並與林兌、王白淵等組織「文化運動同盟」，後因隨該會發動反帝示威而被捕入獄。次年與吳坤煌、蘇

9　應鳳凰、鍾麗慧編，《中華民國作家作品目錄2》，臺北市：行政院文化建設委員會，1995年，頁200。
10　王德威，〈小說・清黨・大革命──茅盾、姜貴、安德烈・馬婁與一九二七夏季風暴〉，收錄於氏著《小說中國──晚清到當代的中文小說》，臺北：麥田出版社，1993年，頁31-58。
11　應鳳凰依據被「文學史提到的次數」來計算，《旋風》是反共名著的第一名；參見應鳳凰，《五〇年代台灣文學論集》，高雄市：春暉印刷有限公司，2007年3月修訂版，頁59。
12　應鳳凰，《五〇年代台灣文學論集》，頁60。

維熊、巫永福等人再度組織「臺灣藝術研究會」，發行《福爾摩沙》雜誌。昭和12年（1937）偕同日裔妻子定兼波子[13]返臺，擔任《風月報》和文主筆。隔年任職於「臺灣映畫株式會社」。1941年離職，與黃得時、吳新榮、陳紹馨等共組「啟文社」，創辦《臺灣文學》。1944年，因戰爭空襲緣故，張文環由臺北移居臺中霧峰，此後大半時間均在臺中居住，曾任霧峰街役所主事、臺中縣第一屆縣議員，以及「臺灣省通志館」編纂等等。

張文環的代表作有〈早凋的蓓蕾〉、〈貞操〉、〈父親的顏面〉、〈哭泣的女人〉、〈父親的要求〉、〈重負〉、〈辣薤罐〉、〈藝妲之家〉、〈部落的慘劇〉、〈夜猿〉、〈閹雞〉（1942年）及長篇小說〈山茶花〉等約二十餘篇。張文環小說有濃厚的鄉土意識與民族精神，被日本文評者譽為「臺灣的菊池寬」。1945年戰後，張文環因親睹臺灣政治亂象及思想壓制，曾長期停止創作；張文環長子張孝宗指出：「光復以後，家父對政治多所失望，……家父對光復以後種種政治怪現象相當反感。」[14]直到1975年，張文環才重新出發，發表日文長篇小說《在地上爬的人》，後由廖清秀中譯為《滾地郎》出版[15]。

邱淳洸（1909—1989）

本名邱森鏘，字琴川，彰化人。畢業於臺中師範學院及日本學院大學的日本語文講座，長期任教於國小。邱淳洸早年即開始文學創作，包括漢詩、短歌、徘句、新詩等，散見於當時主要雜誌如《台灣文藝》、《臺灣文學》、《文藝臺灣》。代表作有《化石之戀》（1938年）、《悲哀的邂逅》（1939年）、中文詩集《十年拾穗》（1955年）、《琴川詩集》（1969年）、《琴川詩集2》（1974年）等。邱氏擅於以風景畫般之意象抒發淡淡幽懷，與吳瀛濤、陳遜仁同屬當代浪漫詩人之代表。而邱淳洸的詩作，也以景物詩為主，展現心象與物象之間的流動與映襯，詩語

13　即張芙美女士。
14　鍾美芳、施懿琳、楊翠，《臺中縣文學發展史・田野調查報告書》，臺中：臺中縣立文化中心，1995年9月，頁217。
15　張文環資料摘擷自柳書琴編，〈張文環生平及寫作年表〉，收錄於氏著《荊棘之道：臺灣旅日青年的文學活動與文化抗爭》，臺北：聯經出版社，2009年5月，頁590-619。

具有流暢性與音樂性[16]。

李升如（1911—1997）

筆名小年、浪者、繼昌，山東人。畢業於山東大學，參與抗日戰爭，負責文宣工作，曾任魯蘇戰區黨政處專員，第二十二高級中學教員，山東省立政治學院講師，山東省政府祕書、編譯等職務。1949年隨政府來臺，歷任臺中一中、嶺東商專和樹德工專等校教師，並任中國文藝協會中部分會常務理事、臺灣省文藝作家協會理事長等。曾獲教育部文化局獎狀、教育部社教獎章、文復會獎狀、中國文藝協會獎章、行政院文建會「文藝之光」紀念獎牌等獎項。

創作文類以詩、散文為主，遍及報導文學，主要作品有詩集《在戰地裡》、《復國吟》、《時代魂》、《旭日》等，散文集《征塵》、《征程》，以及報導文學《八年抗戰之山東》等[17]。

巫永福（1913—2008）

南投埔里人，臺中一中畢業，十七歲赴日就讀明治大學時，因羨慕文藝科教授的堂堂陣容（有小說家山本有三、菊池寬、橫光利一，詩人荻原朔太郎等），故捨醫就文。1985年畢業後返臺擔任「臺灣新聞社」記者，與東京「臺灣藝術研究會」、「臺灣文藝聯盟」、「臺灣文學社」等文化運動團體的淵源深遠長久。1943年，時序進入戰爭期，巫永福和楊達、張星建等組織「臺灣藝能奉公會」，推展新劇運動，且以臺灣代表團團長的身分參加在臺中市召開的國際和亞洲詩人會議。戰後巫永福曾擔任臺中市第一屆市長楊基先的機要秘書，繼吳濁流後接任《台灣文藝》發行人[18]。

巫永福深受日本小說家芥川龍之介（1892—1927）影響，探索不為人知的幽暗心靈，在一九三〇年代後期小說中具有前衛的特色。戰後困於語言障礙，乃專攻詩

16　邱淳洸資料摘擷自陳明台編，《台中市文學史初編》，臺中：臺中市立文化中心，1999年6月，頁80-81。
17　參見國立臺灣文學館，「臺灣文學網」資料庫，網址：http://goo.gl/1GzoZQ，登站日期：2015年1月19日。
18　巫永福，《我的風霜歲月：巫永福回憶錄》，臺北：望春風文化，2003年9月，頁12。

作，未再發表小說。巫永福除了創作之外，推廣文學發展不遺餘力，1976年巫永福創設「巫永福評論獎」，1993年成立「財團法人巫永福文化基金會」，設「巫永福文學獎」，鼓勵長篇小說的創作。其代表作品有日文小說〈首與體〉、〈黑龍〉、〈河邊的太太們〉、〈山茶花〉、〈阿煌與父親〉、〈春杏〉、〈慾〉等，另有《巫永福全集》（24冊）、《我的風霜歲月：巫永福回憶錄》[19]。

蕭繼宗（1915—1996）

字幹侯，湖南湘鄉人。1949年來臺後，歷任各校教職，在學術界素有名望，包括東海大學教授兼中文系所主任、教務長、政治大學教授、臺灣大學教授，以及美國南加州大學客座教授等。創作文類以學術論著為主，著有《滄夢集》、《友紅軒詞》、《孟浩然詩說》、《先秦文學選注》、《評校花間集》、《晚霞頌》、《豆棚瓜架錄》、《湘鄉方言》等，另有散文集《獨往集》、《七三回憶》、《興懷集》，亦有散文小品散見於各大報紙、雜誌、學報[20]。

童世璋（1917—2001）

筆名童言、童言無忌，湖北省武昌縣人。中央軍校十六期、高教班八期、革命實踐研究院十三期、政工幹校政治作戰班一期畢業。在黨政軍各界均曾擔任要職，且跨足教育、媒體，並且是官方文藝機構的重要成員，曾任空軍官校副處長、國防部總政治部聯勤組長、臺灣省新聞處主任、報社主筆、勤益工專講師、中國文藝協會榮譽理事、青溪新文藝學會理事、青年作協理事等，曾獲中國文藝協會文藝獎章。

童世璋創作以散文為主，兼及論述、小說與傳記文學，一九六〇至八〇年代是其主要創作期，重要作品有散文集《寸草集》、《多刺集》、《星辰集》、《品茶集》、《新綠集》、《燃燒的靈魂》、《情文情話》、《煙雲浮雲》、《回憶抗戰

19　巫永福，《我的風霜歲月：巫永福回憶錄》，頁12。
20　蕭繼宗資料改寫自陳器文等編撰，《臺中市志‧藝文志》，頁120；「2007台灣作家作品目錄」：http://www3.nmtl.gov.tw/writer2/writer_detail.php?id=2405，登站日期：2013年7月18日。

時的憂患意識》、《波沈》等，小說集《瘋狂》、《春風》、《新晴》等。傳記則有《忠藎垂型——谷正倫先生傳》，論述類則有《怎樣把軍中文化辦好？——國軍文化示範營綜結》、《中華文化源流與民族精神》等作品[21]。

琦君（1917—2006）

本名潘希真，浙江省永嘉縣人。浙江杭州之江大學中文系畢業，曾任司法行政部編審科長，歷任各校教職，包括中國文化學院副教授，中央大學、中興大學中文系教授，退休後曾旅居美國多年，專事寫作，2004年返臺定居。創作以散文及小說為主，兼及評論、兒童文學，重要作品有散文集《琴心》、《溪邊瑣語》、《紅紗燈》、《煙愁》、《三更有夢書當枕》、《桂花雨》、《細雨燈花落》、《千里懷人月在峰》、《留予他年說夢痕》、《水是故鄉甜》、《母親的金手錶》等三十餘本，以及小說集《菁姐》、《百合羹》、《繕校室八小時》、《七月的哀傷》、《錢塘江畔》、《橘子紅了》等。

趙雅博（1917—？）

筆名有曉星、警雷、寒流，1954年來臺，曾任臺灣師範大學教授、臺中衛道中學校長。「趙雅博興趣廣泛，涉獵頗多，對文化、文學、社會科學、哲學、美學都有研究，多次出席世界哲學會議，作者志在綜合中西思想為一爐，完成一種世界性的新思想，故創作多為東西方哲學思想、宗教與文化、倫理學、美學等主題，下筆嚴謹，言語流暢。」[22]創作文類以論述、散文為主，多以哲學所思、遊記所感等為主題，包括有《藝術哲學散論》、《中國文化與現代化》、《中外特殊倫理學》、《秦漢思想批判史》、《談美》，以及《今日西班牙》、《天涯驚鴻》、《以色列朝聖記》、《挑戰》、《突破與創新》、《成聖大憲章》等。

21　資料參見臺北市政府文化局，「閱讀華文臺北・華文文學資訊平臺」資料庫，網址：「http://202.153.189.60/readtaipei/content/writerView.aspx?n=C0180」，登站日期：2015年1月19日。

22　趙雅博資料摘擷自「2007台灣作家作品目錄」，網址：http://www3.nmtl.gov.tw/writer2/writer_detail.php?id=2162，登站日期：2014年2月11日。

繁露（1918—2008）

本名王韻梅，浙江上虞人。抗戰爆發後棄學從軍，1947年隨軍來臺，專事寫作，晚年旅居美國。創作以小說為主，著有《愛之諾言》、《養女湖》、《第七張畫像》、《向日葵》、《殘暉》、《大江東去》、《天涯萬里人》、《山色青青》、《何處是兒家》、《江湖女》、《忘憂石》、《小城風雨》、《初出國門》、《沉寂的音響》、《我心，我心》、《框框中的人》、《用手走路的人》、《夢迴錢塘》、《歲月悠悠》、《我的一〇三天》、《此情可問天》、《殘酷的愛》等四十餘本小說集，故事背景多取自一九四〇、五〇年代的北伐、抗戰、剿匪時期經驗[23]。

孟瑤（1919—2000）

本名揚宗珍，湖北省漢口市人。1938年，舉家隨國民政府遷至重慶，入讀國立中央大學歷史學系，常至國文系旁聽，深受古典文學薰陶。畢業後任教於中學。1949年來臺，定居臺中市，先後任教於臺中師範、國立師範大學、新加坡南洋大學與中興大學，曾獲中華文藝獎、教育部文學獎、中山文藝獎、嘉新文藝獎。

孟瑤自一九五〇年代開始創作，以小說為主，著有《美虹》、《心園》、《危巖》、《幾番風雨》、《窮巷》、《柳暗花明》、《追蹤》、《蔦蘿》、《畸零人》、《含羞草》、《這一代》、《三弦琴》、《望斷高樓》、《兩個十年》、《長夏》、《弄潮與逆浪的人》、《滿城風絮》、《浮生一記》、《望鄉》、《女人‧女人》、《寒雀與孤雁》等共七十八部長短篇小說。

大抵而言，孟瑤的小說呈現出五〇、六〇年代臺灣及海外華人社會眾生相，將亂世顛沛流離、哀樂生死鋪述在讀者眼前，並能觸及人性深處的情操，成功映照出大時代的滄桑、晦暗與昂揚[24]。

23　繁露資料改寫自陳器文等編撰，《臺中市志‧藝文志》，頁125。
24　參見吉廣輿，〈孟瑤生平寫作年表〉，《孟瑤評傳》，高雄：高雄市立文化中心，1998年5月，頁372-396。

張秀亞（1919—2001）

筆名有陳藍、張亞藍、心井，河北滄縣人，畢業於中國輔仁大學中文系、外文系、歷史所，因而奠下張秀亞跨界的思想與文學基底。1948年來臺，曾任教於臺中靜宜英專（現靜宜大學），輔仁大學在臺復校後，返輔仁大學擔任中文系教授，兼任於中興大學、靜宜學院講授現代散文。

張秀亞寫作甚早，年方十五初二時，即發表第一篇散文、第一部詩作[25]，創作文類遍及詩、散文、小說，第一本小說集《大龍河畔》出版時年方十九。在1950年後開始大量創作，寫作生涯近七十年，以散文為主，著有《三色堇》、《凡妮的手冊》、《愛琳的日記》、《北窗下》、《曼陀羅》、《水仙辭》、《湖水・秋燈》、《我與文學》、《書房一角》、《人生小景》、《詩人的小木屋》、《石竹花的沉思》、《杏黃月》等。周芬伶認為，張秀亞的文學成就，散文第一，次為詩與小說[26]。張瑞芬指出，張秀亞散文技藝有三個高峰，即1962年的《北窗下》、1973年的《水仙辭》、1979年的《湖水・秋燈》，而1952年出版的《三色堇》，則是她初期的成熟之作，因此，張秀亞作為一位臺灣女性散文的經典作家，跨越時間甚長，包含了一九五○、六○、七○年代，甚至到八○年代都還有重要作品出版。

王臨泰（1919—1997）

筆名有柳青、蘇文、雁明、王至寬等，別號至寬。1950年來臺，最初以寫作維生，作品發表於各大報，其後歷任黨政要職，1953年出任教育廳秘書，1984年以臺灣省政府參議職位退休；曾任亞洲文學出版社社長，創辦及主編《亞洲文學》月刊。1997年病逝臺中霧峰醫院。曾獲中華文藝基金委員會文藝創作獎。創作主要以小說為主，著有《人海戰術的故事》、《芳鄰》、《殘酷的故事》、《荒林風雪》、《心燈》、《芳蹤何處》、《烏溪河畔》、《靜靜的田莊》、《藍色的月亮》、《山村傳奇》、《疾風中的勁草》、《石狗與妖鵝》、《紫金山上的槍聲》

25　張瑞芬，《臺灣當代女性散文史論》第四章，臺北：麥田文化，2007年4月，頁212。
26　周芬伶，〈夢之華——張秀亞詩小說與散文詩的文體實驗〉，收錄於封德屏編，《永不凋謝的三色堇：張秀亞文學研討會論文集》，臺南：國立臺灣文學館，2005年，頁38。

等，另有論述與傳記作品[27]。

詹冰（1921—2004）

本名詹益川，苗栗卓蘭客家人。畢業於臺中一中、日本明治藥專，曾任國中理化老師、藥師。1942年與張彥勳、林亨泰等人同組「銀鈴會」、創辦日文《緣草》詩刊。1964年與林亨泰等人合組「笠詩社」，創辦《笠詩刊》。曾獲臺灣省教育廳兒童劇本獎、教育部兒童文學獎、教育部散文獎、洪建全兒童文學獎首獎、臺灣新文學貢獻等十多項文學獎。著有詩集《綠血球》、《太陽・蝴蝶・花》、《實驗室》、《詹冰詩選集》、《銀髮詩集》等，也有小說和劇本，並與作曲家郭芝苑合作歌曲如〈紅薔薇〉，兒童歌劇〈牛郎織女〉等[28]。

陳千武（1922—2012）

本名陳武雄，另有筆名桓夫，南投名間人。1935年考入臺中一中，開始廣泛閱讀文學作品。1938年移居豐原，開始習作新詩與和歌。隔年，投稿新詩於《臺灣新民報》，但因學校禁止學生投稿，遂取「陳千武」作為筆名，此後更陸續發表多篇新詩、小說。1941年畢業，服務於臺灣製麻會社豐原工廠。1943年9月，擔任臺灣特別志願兵，參加太平洋戰爭，奉派至印尼群島作戰。終戰後，隨部隊參與印尼獨立戰爭，至1946年7月返臺，任職於林務局管理處行政。1958年開始以「桓夫」為筆名發表新詩。1964年與詩友同創《笠》詩刊，主編《詩展望》，任「亞洲現代詩集」編委。1976年任臺中市文化中心首任主任，並續任臺中市文英館館長，舉辦甚多國內外文學研討會與文化推廣活動，至1987年退休。1989年，被推選為臺灣筆會第二屆會長。1993年受邀參加「世界詩人大會」，獲頒詩人獎[29]。

陳千武的文學創作包含幾個層面，戰前以詩為主，多集中於四〇年代初期，

27　王臨泰資料摘擷自李瑞騰編，《1998年臺灣文學年鑑》，臺南：國立臺灣文學館，頁199-200；「閱讀華文臺北」，網址：http://www.tpocl.com/content/writerTimeline.aspx?n=C0231，登站日期：2014年1月29日。
28　詹冰資料參考陳器文等編撰，《臺中市志・藝文志》，頁134。
29　資料摘錄自羊子喬，〈陳千武文學年表〉，《島上詩鼓手——陳千武文學評傳》，高雄：春暉出版社，2009年5月，頁153-174。

有《徬徨草笛》、《若櫻》、《花詩集》三本詩集出版；六○年代後創作文類跨足詩、小說、兒童文學及論述，著有詩集《密林詩抄》、《不眠的眼》、《野鹿》、《剖伊詩稿──伊影集》、《媽祖的纏足》、《安全島》、《愛的書籤》、《寫詩有什麼用》、《陳千武詩集──現代中國詩人》、《月出的風景》、《禱告──詩與族譜》、《木瓜花詩集》、《搭乘木筏船》、《暗幕的形象》、《拾翠逸詩文集》。小說《獵女犯──臺灣特別志願兵的回憶》（其後改題《活著回來──日治時期，臺灣特別志願兵的回憶》）、《情虜──短篇小說集》，以及兒童文學《富春的豐原》、《臺灣民間史話》、《臺灣原住民的母語傳統》、《臺灣民間故事》、《擦拭的旅行──檳榔大王遷徙記》、《謎樣的歷史──臺灣平埔族傳說》、《木瓜花詩集》、《荒埔中的傳奇》等[30]。

楊念慈（1922─2015）

生於山東濟南市，國立西北師院國文系未畢業，即以學生身分入中央軍校受訓，服役期間曾於前線與游擊區參與作戰，經歷了九年軍旅生活。來臺後，1953年開始擔任教職，曾執教於中興大學、臺中一中、曉明女中。曾任《自由青年》編輯。早年曾出版散文集《狂花滿樹》，五○年代後即以小說創作為主，著有《殘荷》、《落日》、《陌巷之春》、《廢園舊事》、《黑牛與白蛇》、《風雪桃花渡》、《老樹濃蔭》、《犁子之子》、《薄薄酒》、《少年十五二十時》、《大地蒼茫》等。楊念慈的創作觀強調「讀下去有味道」，主張「要從內部熬練出來，不可取巧，不要畏懼材料粗糙」[31]。

端木方（1922─2004）

本名李瑋，字季之，筆名阿拙、孫蘊琦，山東利津人。1948年，中央軍官學校十九期步科畢業，在國共內戰中累進至旅參謀一職。1951年隨軍來臺後退伍，轉任臺中一中、曉明女中教師。創作文類以小說為主，著有《疤勳章》、《四喜

30　參考陳器文等編撰，《臺中市志・藝文志》，頁85、138-139。
31　楊念慈手稿，〈讀下去有味道〉，出自陳明台，《台中市文學史初編》，頁115。

子》、《星火》、《拓荒》、《殘笑》、《青苗》、《拾夢》、《七月流火》等，是一九五〇年代反共文學的代表性作家，曾獲中華文藝委員會頒發獎金[32]。

楚卿（1923—1994）

本名胡楚卿，湖南長沙人，畢業於湖南師範學院教育系。二十五歲來臺後，陸續在馬公、南投、花蓮等學校教書，1964年任教於臺中一中、逢甲大學，至1979年移居高雄，總計居住臺中十六年。退休之後任《民眾日報》副刊編輯、編譯。來臺後，最初以詩作為主，多發表在《野風》雜誌，1953年出版《生之謳歌》詩集，1961年以後以小說創作為主，主要創作期在一九六〇至九〇年代初，重要作品有《長河》、《天涯夢》、《迴旋路》、《日月光華》、《葬仇記》、《雨夜流光》、《八面山高西水長》、《變奏曲》、《懷夢草》等，另有大量翻譯作品。

林亨泰（1924—）

筆名亨人、恆太，彰化人。國立臺灣大學教育系畢業，陸續任教於彰化高中、建國工專、臺中商專、東海大學等校，長年往來彰化、臺中兩地。1947年加入「銀鈴會」，作品多發表於該會同人誌《緣草》以及《臺灣新生報・橋副刊》、《力行報》等。

1948年，受四六學潮後校園言論自由限縮影響，文學活動趨於沉寂。1954年，因閱讀《現代詩》雜誌，重燃創作之火，陸續在《現代詩》上發表新詩作品。1956年參加紀弦主導的「現代派」，嘗試將西方「現代主義」表現論引入臺灣詩壇，可謂現代詩運動的重要推手。1964年，參與「笠」詩社的發起，並擔任詩刊首任主編。此後長期引領臺灣現代詩壇風潮，以勇於變革及思想敏銳著稱，作品兼具了現代主義的藝術論及關懷現實的本土論，八〇年代後更倡導母語寫作的重要性，多變的文學風格，精準呈現出時代之脈動。此外，林亨泰長年擔任現代詩獎、時報文學

32　資料參見臺北市政府文化局，「閱讀華文臺北・華文文學資訊平臺」資料庫，網址：http://202.153.189.60/readtaipei/content/writerView.aspx?n=D0054，登站日期：2015年1月19日。

獎、巫永福評論獎與陳秀喜詩獎之評審委員，提攜後進不遺餘力，不但是思想的啟蒙者，也是詩史的見證人。

　　林亨泰著有詩集《靈魂產聲》、《長的咽喉》、《林亨泰詩集》、《爪痕集》、《跨不過的歷史》，以及論述《現代詩的基本精神──論真摯性》、《J.S布魯那的教育理論──PSSC等新課程的編制原理》、《見者之言》、《找尋現代詩的原點》[33]。曾獲頒創世紀詩評論獎、第二屆榮後臺灣詩獎、鹽分地帶文學營「臺灣新文學貢獻獎」、國家文藝獎等[34]。

王映湘（1924—）

　　筆名司馬空、一心，雲林河西人，曾擔任《中市青年》執行編輯。王映湘自抗戰時期即開始寫作，內容多以大時代為背景，有明顯的戰鬥性，也捕捉社會百態，筆鋒平實[35]。創作文類以小說為主，亦有論述，著有《種子》、《雲天懺魂》、《爺爺萬歲》、《骨山血海紅旗飄》、《寒星熠熠》、《鐵漢》、《瑞珍》、《一朵溜溜地雲》、《春滿二重》、《遙望天涯》、《王映湘八十自選集》等。

齊邦媛（1924—）

　　遼寧鐵嶺人，1947年來臺，曾任教於臺中一中、省立農學院（現中興大學）、臺大外文系。長期主編《中華民國筆會季刊》（THE TAIPEI CHINESE PEN），及參與《台灣現代華語文學》（Modern Chinese Literature from Taiwan）英譯計畫，推動英譯吳濁流、王禎和、黃春明、李喬、鄭清文、朱天文、平路等臺灣代表性作家之文學作品，對提高臺灣文學在國際間的能見度貢獻極大。

　　代表作品有《千年之淚》、《霧漸漸散的時候》，及長篇自傳《巨流河》[36]。其

33　參考陳器文等編撰，《臺中市志‧藝文志》，頁139。

34　相關資料參見阮美慧，〈林亨泰〉詞條，國立臺灣文學館，「臺灣文學辭典資料庫」，網址：http://goo.gl/KgEIPB，登站日期：2015年1月13日。

35　王映湘資料摘擷自「2007台灣作家作品目錄」，網址：http://www3.nmtl.gov.tw/writer2/writer_detail.php?id=143，登站日期：2014年2月20日。

36　關於《巨流河》一書出版與回響，參考天下文化公司網頁：http://www.bookzone.com.tw/event/lc051/index.asp，瀏覽日期：2015年1月25日。

中2009年出版的《巨流河》一書，刻劃大時代動亂之下一生的奮鬥歷程，包括成長於中國東北、八年抗戰艱困中的奮鬥及青年從軍的愛國赤誠、戰後來臺致力於教育與臺灣文學作品推廣翻譯，她自述這本書「不是我一個人的事，不是我一個人的看法，我寫了很多人，在那麼長的時間，在最大的痛苦、最大的危險、最大的絕望中，是如何生活」。全書格局壯闊，波瀾迭起，文筆生動感人，出版後引起極大的迴響，其後又將迴響文章結集成《相逢巨流河》出版。先後獲得第三十四屆行政院文化獎、第五屆總統文化獎。

張彥勳（1925—1995）

筆名紅夢，臺中后里人。就讀后里公學校時期，受日籍導師啟發，開始嘗試文學創作。1942年就讀臺中一中，與同學朱實等共組「銀鈴會」，並主編同人雜誌《緣草》。1943年與1945年，相繼出版個人日文詩集《幻》與《桐葉落》（《桐葉落》）。

戰後，任教於后里國民學校，同時與詩友重組「銀鈴會」，擔任主編復刊銀鈴會同人誌《緣草》，並更名為《潮流》，嘗試以中文進行創作書寫。1949年，因其弟張彥哲參與反政府運動後逃亡日本，再加上銀鈴會社友朱實涉入「四六事件」，遂遭牽連入獄百餘天，出獄後，燒毀過往作品與銀鈴會等相關資料。因政治壓迫與語言轉換等問題影響，封筆停止創作。

1958年重啟創作，改以小說為書寫主軸，陸續發表九十餘篇中短篇小說，結集出版為《芒果樹下》、《川流》、《驕恣的孔雀》、《仁美村》、《蠟炬》、《他不會再來》、《淚的抗議》、《鑼鼓陣》等小說。1971年患青光眼而左眼弱視、右眼失明，受視力衰退影響，放棄書寫成年面向的小說，轉而從事兒童文學創作，接連出版《兩根草》、《阿民的雨鞋》、《小草悲歡》、《玫瑰花與含羞草》等作品集。一九八〇年代，重拾現代詩寫作的熱情，在1986年出版詩集《朔風的日子》，後於1995年過世[37]。

37　資料參見許雪姬，《續修臺中縣志・人物誌》，頁414-416；〈張彥勳文學年表〉，臺北市文化局「華文作家資料庫」，網址：http://goo.gl/Cwjc0t，登站日期：2015年1月14日。

古之紅（1925—2012）

本名秦家洪，別號頌葛，筆名秦孝、顧洪，浙江吳興人，出生於上海。1939年，考入南京模範中學，開始嘗試創作。1941年創辦《文藝青年》，前後出刊八期。1943年，就讀國立師範學校文史地專修科，就學期間寫詩甚勤。1945年，為慶祝二十歲生日，出版個人詩集《低能兒》。隔年就讀江蘇學院中文系，1948年畢業，渡海來臺，任教於省立虎尾女中。1953年創辦《文藝列車》，與陳其茂、郭良蕙共主編務，出刊兩期後退出。1955年，又創辦《新新文藝》月刊，負責實際編務，至1959年雜誌因經費短絀停刊為止。1963年遷居臺中，任教於臺中女中。1967、1968年間，為中廣及臺視撰寫廣播劇與電視劇。1979年受《台灣日報》副刊邀請，定期撰寫專欄「芻蕘集」。1988年自教職退休，旅遊東北亞，撰寫自傳、遊記等散文發表，2012年病逝於臺中。

黃守誠（1928—2012）

黃守誠，河南湯陰人，筆名歸人、黎芹、林楓、康稔，河南嵩華學院畢業，1949年來臺，曾主編《中華文藝》、《筆匯》、《正聲兒童》、《實踐周刊》，曾任中學教師、花蓮師範學院副教授。創作文類以散文為主，及於論述、小說、采風報導、傳記等，也致力於古典文學的教學和研究。論者指出，黃守誠的散文具有厚重的特色：「寫情寫事物，都以含蓄的筆調出之，形成莊嚴和厚重的風格。」

黃守誠除創作散文、小說外，與早逝詩人楊喚為好友，曾編選《楊喚書簡》、《楊喚全集》。著有小說《弦外》、《尋》，散文《懷念集》、《夢華集》、《風雨集》、《在懸崖上》、《哥哥的照片》、《鍾情與摯愛》等書。黃守誠對散文之文類特質有一番見解，他的散文觀強調「自由與個性」：「散文是作者心靈的自由，是一種表現作者個性最顯著的文體。現代作家必須擺脫舊有的約束，來創造散文雄渾的新生命。」[38]

38　黃守誠資料摘擷自「2007台灣作家作品目錄」，網址：http://www3.nmtl.gov.tw/writer2/writer_detail.php?id=2515#，登站日期：2014年2月20日。

詹悟（1929—）

筆名卜吾心，浙江青田縣人。1949年來臺，中興大學外文系畢業、政大公共行政研究所碩士畢業。詹悟也是跨足教育界、公務界、媒體界的典型，歷任教育及公職，包括高農及商專教師、省教育廳股長、專員、督學、彰化社教館館長等，並曾主編《師友》月刊，現已退休，專職寫作[39]。詹悟曾獲多種文學獎項，包括以〈珍珠姑娘〉一文獲《文壇》中篇小說徵文第二名（第一名從缺）、以〈母親的心與黃昏的燈〉獲《中央月刊》中篇小說徵文第二名（第一名從缺），以及中興文藝獎章散文獎、國軍文藝獎、青溪文藝獎等[40]，重要作品有散文集《青山多嫵媚》、《母親的臉》、《父親的書房》、《大地之美》、《夏天裏過海洋》、《山水汗漫遊》、《自我成長》、《青溪萬古流》等，以及小說集《誰來帶我》、《最大的船》、《情如今夜明》、《戰友們》、《羊莊》等。

楊御龍（1929—1980）

筆名言知、碧天，江蘇省南通縣人，年少即從軍，1949年來臺時，仍任軍職，退役後轉任臺中《自強日報》編輯。過去貫用「言知」發表散文，以「碧天」寫小說，後以本名寫作。創作文類以小說、散文為主，作品密集發表於一九五〇年代中後期至一九八〇年代初期，曾獲國軍新文藝短篇小說金像獎、散文報導銀像獎、警總散文金環獎等獎項。著有散文《我在大陳》、《山海集》、《歌在田間》，小說《親情》、《勇士的塑像》、《另一個戰場》、《翠雲》、《缺了角的黃月亮》、《黑渡》、《富基村的故事》、《愛心》、《椅子的故事》等[41]。

畢珍（1929—1998）

本名李世偉，另有筆名奇珍子、九指書生、白雲殘夫，安徽廣德人。1949年前後來臺，曾任臺中《民聲日報》記者。創作文類以小說為主，著有《淚湖夢

39　資料參見國立臺灣文學館，「臺灣文學網」資料庫，網址：http://goo.gl/8dtQzc，登站日期：2015年1月19日。
40　「旗山奇部落格」，http://goo.gl/A6IMIk，登站日期：2014年2月20日。
41　楊御龍資料改寫自陳器文等編撰，《臺中市志・藝文志》，頁142。

影》、《鈴鐺恩仇記》、《罪城記》、《荒唐的蜜月》、《魔豆》、《奇珍集》、《長青島》、《來去陰陽道》等百餘本歷史、傳奇、武俠小說，另有散文《我家我友》[42]。

秦嶽（1929—2010）

本名秦貴修，另有筆名秦童，河南修武人。1949年來臺，畢業於臺灣師範大學國文學系。秦嶽積極活躍於臺中藝文圈，橫跨教育界、文學界、媒體界，特別在一九七〇年代的中部文壇，頗有影響力。秦嶽曾任教於臺中明道中學、臺中女中。參與「大地詩社」、「海鷗詩社」等社團，創辦「噴泉詩社」並擔任首任社長。曾編輯過《海鷗》、《噴泉》、《大地》、《明道文藝》及《中市青年》等刊物，且任「文學街出版社」總編輯。創作以詩、散文為主，著有詩集《夏日・幻想節的佳期》、《井的傳說》、《臉譜》、《山河寄情》、《詩誌山河情》，散文《影子的重量》、《雲天萬里情》、《山水浩歌》，以及評論《書香處處聞》等。並曾獲青溪新文藝書法金環獎、中國語文獎章、中興文藝獎章新詩獎等獎項[43]。

林莊生（1930—2015）

林莊生，臺中人，先後畢業於臺中一中、省立農學院（中興大學前身），為日治到戰後臺灣文化人莊垂勝（1897—1962）之長子（從母性），由於家學淵源，從年少時期即有機會親炙不少臺灣近現代知識分子、文學家，在長期耳濡目染之下，對臺灣歷史文化與社會，抱有深刻的認識與特殊見解。他在1961年赴美留學，1967年獲得威斯康辛大學博士學位後，應聘擔任加拿大農業部研究人員，1995年退休後專事寫作。

1992年出版《懷樹又懷人：我的父親莊垂勝，他的朋友以及那個時代》一書，曾獲金鼎獎殊榮。該書以流暢的文筆、細膩的剖析、獨到的見解，並藉助不

42　畢珍資料改寫自「2007台灣作家作品目錄」，網址：http://www3.nmtl.gov.tw/writer2/writer_detail.php?id=1403，登站日期：2014年2月11日。

43　參見「2007台灣作家作品目錄」，網址：http://goo.gl/oYOxjj，登站日期：2015年1月19日。

少家藏珍貴的書信，生動勾勒出莊垂勝及其同時代臺灣知識分子的精神面貌與思想人格，是了解莊垂勝及其同時代文化人精神世界的最佳著作。著名臺灣史學者吳密察推崇本書是「足於表現第一代近代文化人精神面貌的經典」，允為知言。他從公職退休後，又陸續出版《一個海外臺灣人的心思》、《兩個海外臺灣人的閒情心思》（與陳虛谷之子陳逸雄合著）、《站在臺灣文學的邊緣》等書，最新著作為2014年出版的《回憶臺灣的長遠路程》一書。其著作之內容，集中在臺灣近代人物、歷史、文學與文化，有其一貫的關懷與思想脈絡，文筆細膩生動，兼具文學與歷史價值[44]。

朱夜（1933—1995）

本名朱蔚君，筆名朱存文、朱斌、冶父山童，香港美江學院文學碩士，1949年前後來臺。曾任軍職、編輯、電影編導，1975年後旅居巴拉圭，擔任朱門建設機構董事長。曾獲青年文藝獎、全國十大優秀青年，中篇小說《雪地》獲中華文藝獎金委員會獎助出版，1992年被英國劍橋傳記中心「國際名人辭典」選為世界名人，1993年美國傳記協會「世界名人錄」選錄為傑出文學家[45]。朱夜以小說創作為主，著有《櫻花季節》、《雪地》、《第一夢》、《隨風飄泊》、《獵狼人》、《黑色太陽》、《一縷琴心》、《大地咆哮記》、《綵夜盟》、《朱夜選集》、《禪夢》、《慈母湖邊》等近二十本書。

漢寶德（1934—2014）

筆名也行、可凡，山東省日照縣人。國立成功大學建築系畢業，美國哈佛大學建築碩士、普林斯頓大學藝術碩士。曾任東海大學建築系主任、國立中興大學理工學院院長、國立自然科學博物館館長、臺南藝術學院校長、世界宗教博物館館長、總統府國策顧問等職。

漢寶德的文學作品以散文、傳記與論述為多，主題多與建築相關，將藝術情

44　參考廖振富〈林莊生先生訪談錄〉，《臺灣風物》63卷3期，2013年9月30日。
45　朱夜資料摘擷自「2007台灣作家作品目錄」，網址：http://www3.nmtl.gov.tw/writer2/writer_detail.php?id=316，登站日期：2014年2月10日。

懷與哲學思維互相交融，文風典雅渾厚，極具人文及歷史思維。著有散文集《龍套的哲學》、《域外抒情》、《科學與美感》、《真與善的遊戲：漢寶德看古物》、《歐洲建築散步》、《漢寶德亞洲建築散步》。傳記則有《築人間：漢寶德回憶錄》。論述除建築專業書籍外，尚有《風情與文物》、《風水與環境》、《漢寶德談美》、《漢寶德談藝術》、《漢寶德談藝術教育》、《漢寶德談文化》等文化論述代表作[46]。

谷風（1935—）

本名盧精華，生於中國山東省鳳城縣。1949年來臺後，曾任政府青年刊物《中堅》主編一年、「中國青年寫作協會臺中縣分會」理事長、「中國文藝協會臺中市分會」及「臺灣省文藝作家協會」理事、「臺中縣文化基金會」與「臺中市文化基金會」文學組召集人，以及大明中學董事長等職務，是熱忱推動基層文學教育的佼佼者[47]，著有《谷風藝文選集》。

趙天儀（1935—）

筆名柳文哲、梁小燕、趙聞政、趙啟宏、常遇春、劉至誠、羅漢、海瑩、殷鑑等，臺中市人。1948就讀臺中一中初中部，開始嘗試散文創作，1950年與李敖、陳正澄等創刊《臺中一中初三上甲組報》。1954年，因病自臺中一中高中部休學一年，休養期間開始習作新詩，並發表於《公論報‧藍星週刊》。1956年入讀臺大哲學系，持續發表現代詩作品，1962年就任臺大哲學系助教。1964年，與詹冰、陳千武、林亨泰等十二人創立「笠」詩社，並出版《笠》詩刊，負責「詩壇散步」專欄。1971年，任臺大哲學系代主任並兼任哲學所所長。1974年，臺大哲學系事件發生，受誣告而解職，隔年入國立編譯館，擔任人文社會組編纂一職至1990年退休。1991年起歷任靜宜大學中文系、臺文系、生態系教職，現已退休

46　資料參見臺北市文化局，「華文文學資訊平臺」，網址：http://202.153.189.60/readtaipei/content/writerWorks.aspx?n=E0180，登站日期：2015年1月19日。

47　谷風資料摘擷自施懿琳、許俊雅、楊翠，《臺中縣文學發展史》，臺中：臺中縣立文化中心，1995年6月，頁293。

專心寫作。

　　趙天儀在戰後文壇極為活躍，創作文類包含現代詩、散文、論述與兒童文學，其作品集或文學評論集多達三十種。著名作品方面，詩集有《園的造訪》、《大安溪畔》、《牯嶺街》、《壓歲錢》、《林間的水鄉》、《荒野的擁抱》等，散文集有《風雨樓隨筆》、《風雨樓再筆——臺灣文化的漣漪》，兒童文學《變色鳥》與《小麻雀的遊戲》，而《詩意的與美感的》、《兒童詩初探》、《臺灣現代詩鑑賞》、《臺灣兒童文學的出發》則屬文學評論範疇[48]。

　　除個人創作外，也積極參與文學社團，如笠詩社、臺灣筆會、臺灣省兒童文學協會、中國新詩協會、臺灣美學藝術學會等。而各類文學活動，如文學獎評審、文學營或文學研討會，也常見其身影。更曾主編過多種文學雜誌，如《笠》、《台灣文藝》、《臺灣春秋》、《滿天星》等刊物，是一位在多項領域皆能悠遊自得、備受後輩推崇的長者。陳明台曾推許其人其詩，曰：「他的不虛榮，真摯的態度，使他的詩平實可感。從他的詩中，感受得到滿溢的人間溫情。」[49]

張光釋（1935—）

　　臺中市人，國立藝專廣播電視科畢業，曾任中國電視公司導播、編審、光啟社副社長、道聲出版社副社長、公共電視臺副總經理。陳器文指出，「張光釋的創作以小說為主，曾師事孟瑤，善於描寫大時代的亂世兒女，深入探討人性及人的內心世界。散文受張秀亞影響。」[50]小說作品有《端倪》、《逃城》、《張光釋小說集》、《想望》、《心瀾》、《流景》等，另有散文《燦爛谷》、《情之所鍾》、《愛之谷》。曾獲第一屆中興文藝獎章小說獎、幼獅文藝全國小說競寫優勝、華盛頓國際詩人協會傑出英文詩人獎等[51]。

48　參見陳素華，〈趙天儀生平年表〉，《趙天儀現代詩創作與評論的研究》，靜宜大學中國文學研究所碩士論文，2006年7月，頁120-130。
49　陳明台，《台中市文學史初編》，頁133。
50　陳器文等編撰，《臺中市志・藝文志》，頁143。
51　資料參見國立臺灣文學館「臺灣文學網資料庫」，網址：http://goo.gl/TmbHhm，登站日期：2015年1月15日。

非馬（1936—）

本名馬為義，生於臺中市，在原籍廣東度過童年，十二歲回到臺中。就讀光復國小及臺中一中。臺北工專畢業，美國威斯康辛大學核工博士，在美國從事能源研究工作多年，退休後專心寫作及繪畫、雕塑。為笠詩社及芝加哥詩人俱樂部會員，曾任美國伊利諾州詩人協會會長。曾主編《朦朧詩選》、《臺灣現代詩選》。非馬的詩題材廣泛，視野開闊，從季節到動物，從醉漢到馬卒，無所不寫，結合了鄉土精神和現代文學的表現手法，意象鮮明。著有《在風城》、《非馬詩選》、《白馬集》、《非馬集》、《四人集》、《篤篤有聲的馬蹄》、《飛吧！精靈》、《Autumn Window》、《宇宙中的綠洲》、《微雕世界——非馬詩選》、《沒有非結不可的果》、《畫家畫話》、《凡心動了》等詩集[52]。

丁貞婉（1936—）

生於新加坡，珍珠港事變時返臺，在鹿港度過童年，就讀彰化女中、臺大外文系、英國倫敦大學。曾任教於國立中興大學及中山大學外文系，講授英美文學、翻譯以及西洋美術欣賞。出版品主要為譯作，如《喜劇演員》、《密西西比河上的歲月》、《毆殺父親》、《黃昏的訪客》、《達菩之家》、《稻草人》、《傻子伊凡》、《天使與鞋匠》、《死亡之舟》、《黑女尋神記》等十數部英美文學及文學評論，另著有論述《金雀花王朝的後裔》[53]。

許文廷（1937—）

臺中市人。1956年畢業於臺中商專，1957年入《民聲日報》工作，擔任副刊主編職務。後赴美國堪薩斯大學進修博士學位，返臺後擔任臺中商專教務主任、臺中技術學院教授、副校長及校務顧問等教職，並為臺灣省文藝協會理事。一九六〇年代著有散文《五月花》及長篇小說《明天的太陽》，九〇年代末期之後改以寫作遊記，有《荒野中哭泣的國王》、《守住太陽的荒城》、《眾神默默的中東》、《航

52　非馬資料摘擷自陳器文等編撰，《臺中市志・藝文志》，頁144。
53　丁貞婉資料摘擷自陳器文等編撰，《臺中市志・藝文志》，頁144。

向北緯25度》、《喜馬拉雅山下的琴聲》、《埃及──連結天與地的金字塔》、《北歐‧格陵蘭──天之涯‧地之角》、《瑞士‧奧地利‧德國──走過布蘭登堡大門》、《南極‧南美‧紐西蘭復活島上的神秘雕像》等書出版[54]。

姚姮（1937─）

本名徐月桂，臺中市人。臺中女中畢業，曾任《民聲日報》及《商工日報》編輯。長期熱中於翻譯工作，先後翻譯《一念之間》、《女人的絕招》、《別愛陌生人》、《杜鵑窩狂想曲》、《孤寂地帶》、《鑽戒與眼淚》等通俗奇情小說，《希區考克》系列小說及神秘偵探類作品近百部。筆耕數十年，翻譯成就可觀。其個人創作則有散文及小說作品《弱女》、《年輕的時候》、《我沒有哭》、《女性的魅力》[55]。

白萩（1937─）

本名何錦榮，臺中市人，省立臺中商職畢業，經營廣告美術設計公司。白萩文學起步甚早，十四歲開始寫新詩，十六歲時即開始發表詩作與散文，1955年發表新詩〈羅盤〉，獲得中國文藝協會第一屆新詩獎，此後即加入「現代派」。二十一歲出版第一本詩集《蛾之死》。

白萩在詩人社群中，具有高度跨界性，臺灣四大詩社──現代詩、藍星、創世紀、笠──他都有深厚淵源，曾先後參與其間，更是《笠》詩刊創刊者之一。曾為亞洲國際詩刊《亞洲現代詩集》執行主編，臺灣現代詩人協會理事長。論者指出，白萩詩風融合了表現主義、新即物主義及象徵主義的方法，能扎根鄉土，又能創造獨特的語言風格，兼有浪漫情懷及生命體驗，語言淺顯而意象凸出，卓然有成[56]。著有《蛾之死》、《風的薔薇》、《天空象徵》、《香頌》、《詩廣場》、《風吹

---

54 資料摘擷自國立臺灣文學館「臺灣文學網資料庫」，網址：http://goo.gl/MQkuVo，登站日期：2015年1月15日。與陳明台，《台中市文學史初編》，頁136。又；《台中市文學史初編》中誤植作家名為「庭」，書名則誤植為《明日的太陽》。

55 姚姮資料摘擷自陳器文等編撰，《臺中市志‧藝文志》，頁144。

56 白萩資料摘擷自陳器文等編撰，《臺中市志‧藝文志》，頁145。

才感到樹的存在》、《自愛》、《觀測意象》等詩集，作品獲獎無數，有多本被譯為外國語言。

孟東籬（1937—2009）

本名孟祥森，又名漆木朵、蔗杖、林喚光，河北省定興縣人。1948年隨父母來臺，落腳鳳山眷村。國立臺灣大學哲學系畢業，私立輔仁大學哲學碩士。1963至1978年間，先後任教於臺大、世界新專、花蓮師專。1979年，在東海別墅開設「大度山房」賣書，並在東海大學任教。1980年，與愛人隱居於花蓮鹽寮，親手搭建濱海茅屋，力行貼近自然的儉樸生活，也成為文友躲避塵囂的淨土。1985年，開始以「孟東籬」為名出版個人創作。1997年，遷居陽明山，澹泊獨居，大量翻譯環境保護、社會關懷之書籍。2009年病逝。

孟東籬大量譯介國外作品，在文、史、哲、心理、宗教等各領域書籍計有八十二本。個人創作以散文為主，《幻日手記》和《萬蟬集》各於一九六〇與七〇年代出版，八〇年後則有《濱海茅屋札記》、《野地百合》、《素面相見》、《愛生哲學》、《念流》、《人間素美》等作品[57]。

陳正之（1937—2004）

筆名田壯，臺中人，曾任印刷廠技工，臺灣區域發展研究院臺灣鄉土文化研究所兼任副研究員，曾於中廣第二調頻閩南語廣播網、梧棲鎮農會等主講「常民文化」，在臺視「臺灣春秋」節目中講述「臺灣俗諺」。曾獲國軍文藝小說類銅像獎、臺灣省新聞處徵文首獎[58]。創作以描寫民間傳統文化的散文為主，有《民樂瑰寶──臺灣的北管與南管》、《掌中功名──臺灣的傳統偶戲》、《草臺高歌──臺灣的傳統戲劇》、《樂韻泥香──臺灣的傳統藝陣》、《手底乾坤──臺灣的傳統民間工藝》、《臺灣歲時記──二十四節氣與常民文化》、《智慧的語珠──臺

57　資料摘擷自呂宜姿，〈孟東籬大事年表〉，《孟東籬寓言研究》，國立臺灣師範大學國文系教學碩士班碩士論文，2014年8月，頁149-155。

58　陳正之資料摘擷自「2007台灣作家作品目錄」，網址：http://www3.nmtl.gov.tw/writer2/writer_detail.php?id=1512，登站日期：2014年12月6日。

灣的傳統諺語》、《竹編工藝》、《民俗思想起──消失中的常民文化》、《一粒
米流百點汗──源遠流長的古農具導讀親子書》，兼及小說和兒童文學，有《綠竹
林》、《寒暑表》、《月娘月光光──臺灣囝仔歌童書》等。

岩上（1938—）

本名嚴振興，別號文聰、堂紘，嘉義縣人。臺中師範學院、逢甲大學畢業。
是在中部相當活躍的詩人，曾任中小學教師、中國青年寫作協會南投縣分會理事
長、《南投青年》月刊總編輯。1965年加入「笠」詩社，1976年與友人創辦「詩脈
詩社」，主編《詩脈季刊》，1994年擔任《笠》詩刊主編。曾獲第一屆吳濁流新詩
獎、第二屆中興文藝獎章、中國文藝協會新詩創作獎。創作以詩集為主，有《激
流》、《冬盡》、《臺灣瓦》、《愛染篇》、《岩上詩選》、《岩上八行詩》、
《更換的年代》、《岩上短詩選》、《針孔世界》等，另有兒童文學《忙碌的布袋
嘴──岩上兒童詩集》、《詩的存在》[59]。

呂幸治（1938—）

生於豐原，就讀臺中一中時即開始寫作投稿，並獲《讀者文摘》徵文獎，就讀
高醫時仍創作不歇。大學時期的作品主要都發表在中央副刊及聯合副刊，大多屬於
小說，不少作品被鍾肇政主編的《本省作家作品選集》收集。停筆二十餘年，1991
年呂幸治回歸文學，寫了長篇小說《這一代》[60]。

郭心雲（1938—）

本名謝雲娥，臺中市人。曾任繪圖員、幼兒教師、郵政人員。個性灑脫，崇尚
自然，對於生活的深刻體驗，豐富了創作泉源，也存積生命的生動感悟。寫作以散
文及小說為主，亦及於兒童文學，散文題材多為日常生活所見所聞，小說則凝集生

59　參見國立臺灣文學館，「2007台灣作家作品目錄」，網址：http://www3.nmtl.gov.tw/Writer2/
　　writer_detail.php?id=733，登站日期：2015年1月16日。
60　呂幸治資料摘擷自施懿琳、許俊雅、楊翠，《臺中縣文學發展史》，頁298-299。

活的歷練和體驗，反映多元工商業的生活問題，以樸實婉約之筆，探討人性的善與惡，透過文字耕耘，流露作者對生活周遭的眷愛[61]。著有《蟬聲又起》、《石緣四輯》、《明月幾時有》、《心中亮著一盞燈》、《萍蓬草集》、《飛吧！鳥兒》、《凡塵織女星》、《地上的星星》、《阿貴的眼睛》、《第三隻眼：絲路古道傳說》、《少年的我》、《草地女孩》、《想飛》等。

李永熾（1939—）

筆名映萩、北辰，臺中石岡人。臺中一中、臺大歷史系、臺大史研所畢業，日本東京大學大學院史學碩士，現已自臺大歷史系退休。曾為「澄社」社員、「臺灣客家公共事務協會」理事[62]。創作以論述為大宗，兼及散文及兒童文學。著有散文《莽蒼集》、《交響的聲音》（與楊群奮合著），兒童讀物《近代國家的興起》、《近代日本》、《日本文明》，論述則有《日本的近代文化與知識》、《日本近代思想論集》、《中國歷史一百講》、《西洋歷史一百講》、《歷史中國》、《從江戶到東京》、《徒然集》、《徒然集續集》、《歷史・文學與臺灣》、《世紀末的思想與社會》等書。

丘秀芷（1940—）

丘秀芷本名邱淑女，丘逢甲是其叔公，丘念臺是堂伯父，筆名即由他所取。世界新聞專科學校編採科畢業，曾任豐原中學教師、《婦友》月刊編輯委員、行政院新聞局國內處顧問、中國婦女寫作協會理事長、世界女記者女作家協會臺灣分會副理事長等職。創作以散文、小說為主，兼及傳記文學，重要作品有散文集《小白鴿》、《綠野寂寥》、《月光光》、《驀然回首》、《悲歡歲月》、《一步一腳印》、《留白天地寬》、《番薯的故事》、《我的頑皮動物》、《禾埕上的琴聲》等，小說集《遲熟的草莓》、《江水西流》、《千古月》等，以及傳記《剖雲行日──丘逢甲傳》、《忠藎垂型──丘念臺的故事》、《民族正氣──蔣渭水傳》和

61　郭心雲資料摘擷自陳器文等編撰，《臺中市志・藝文志》，頁147。
62　施懿琳、許俊雅、楊翠，《臺中縣文學發展史》，頁288。

兒童文學《血濃於水》等。

杜國清（1941—）

臺中豐原人。日本關西學院大學日本文學碩士，美國史丹福大學中國文學博士。曾參與《現代文學》、《笠詩刊》，詩作發表量大，第一本詩集《蛙鳴集》由現代文學雜誌社出版，其後許多作品由笠詩刊出版，如《島與湖》、《雪崩》、《伊影集》、《殉美的憂魂》、《情劫集》等。另有多本譯作，如《惡之華》、《詩的辯護》、《詩的效用與批評的效用》等[63]。杜國清寫詩，亦論詩，長期任教於加州大學聖塔巴巴拉分校，長期在海外推動臺灣文學研究，設立該校的「臺灣研究中心」，居功厥偉。

黃海（1943—）

本名黃炳煌，臺中市人。1957年就讀臺中一中，隔年因患肺結核養病而休學。1959年進入省立臺北結核病院住院醫療，期間參加文壇函授學校小說班，開始習作小說，同時因大量閱讀科普讀物、天文學、偵探小說等書籍，遂啟發黃海從事科幻小說創作。1963年參加中華日報文藝寫作研習會，此後陸續在各報紙副刊發表短篇小說。1974年，通過初、高中學歷鑑定考試，並參加大學聯考，入讀師大歷史系。畢業後，擔任聯合報編輯一職，致力於科幻小說的創作與推廣。

黃海自六〇年代開始出版科幻小說，著有《奔濤》、《大火·在高山上》、《通往天外的梯》、《一〇一〇一年》、《新世紀之旅》、《銀河迷航記》、《天外異鄉人》、《天堂鳥》、《最後的樂園》、《鼠城記》、《百年虎》、《永康街共和國》等；八〇年代後正式嘗試創作兒童文學，有《奇異的航行》、《機器人風波》、《嫦娥城》、《大鼻國歷險記》、《地球逃亡》、《航向未來》、《太空城的孫悟空》、《帶往火星的貓》、《千年烽風奇幻遊》、《黃海童話》等十餘部作品。另有散文《迷霧征塵》、《人在宇宙中》、《夢迴鐵砧山下》。黃海的科幻小說中常有對人性的探討，對高科技的存疑，以及對地球環境持續被破壞的憂慮，透

63　施懿琳、許俊雅、楊翠，《臺中縣文學發展史》，頁251。

過文字，不斷呼籲社會大眾應重視生存環境惡化的問題[64]。

游霸士・撓給赫（1943—2003）

漢名田敏忠，筆名田訥溪、田間，苗栗縣泰雅族澤敖利亞族天狗部落人。臺灣師範大學畢業，曾任教於苗栗高中、臺中明道高中、大明中學、臺中高工等校[65]。創作文類以小說為主，1995年後陸續出版《天狗部落之歌》、《赤裸山脈》、《高砂王國——北勢八社軼事》、《地老天荒薩衣亞》、《泰雅的故事》等小說，深蘊泰雅族的歷史敘事觀點與故事細節。

白慈飄（1945—）

本名白忿票，埔里人。臺中商專畢業，曾任《台灣日報》、《自由日報》編輯，目前專事寫作。曾獲《文藝月刊》小說徵文首獎、文復會金筆獎、中國文藝協會文學傳記獎章、臺灣省文學獎、行政院文建會與新生報聯合徵文散文獎等。創作文類有散文、小說、兒童文學，如《乘著樂聲的翅膀》、《慈心集》、《在我們的時光中》、《三百六十五里路》、《車程歲月》、《過站》、《畫像》、《幾畦新綠》、《我的愛，只有妳懂》、《樹影泥香》等；九〇年代後以報導及傳記文學為主，如《永恆的鄉音》、《寶島文化行腳》、《啟門人——蔡惠如傳》、《剷除世界一切障礙之使者——黃興傳》、《光風霽月——林森的故事》等[66]。

蔣勳（1947—）

出生中國陝西省西安市，1950年隨母來臺，次年定居臺北。1962年就讀私立強恕中學，開始現代詩、小說創作。1964年，詩作經弦介紹陸續發表於《自由青年》與《蕉風》雜誌。中國文化大學史學系、藝術研究所畢業，赴法國攻讀巴黎大學藝

64　參見黃瑞田，〈黃海寫作年表〉，《科學詮釋與幻想——黃海科幻小說研究》，國立中山大學中國語文學系研究所碩士論文，2004年，頁156-163。

65　游霸士・撓給赫資料改寫自陳器文等編撰，《臺中市志・藝文志》，頁166；「台灣現代華語文學年文學地圖」，網址：http://fasdd97.moc.gov.tw/writer_query2.php?writer=8。

66　參見「2007台灣作家作品目錄」資料庫，網址：http://www3.nmtl.gov.tw/Writer2/writer_detail.php?id=268，登站日期：2015年1月19日。

術研究所。畢業返臺先後主編《雄獅美術》叢刊與《雄獅美術》月刊。1979年起，先後執教於文化大學、輔仁大學、臺灣大學、東海大學、東吳大學與東華大學駐校作家。此外，亦常受邀擔任各項文學獎、美展、影展之評審，對國內文藝脈動具有深刻影響力。

蔣勳創作文類有詩、小說、散文，著有《少年中國》、《多情應笑我》、《眼前即是如畫的江山》、《萍水相逢》、《大度‧山》、《今宵酒醒何處》、《人與地》、《島嶼獨白》、《婆娑之洋‧美麗之島》、《只為一次無憾的春天》、《傳說》、《因為孤獨的緣故》、《情不自禁》、《秘密假期》等，以及美學論述《藝術手記》、《給少年的中國美術史》、《藝術概論》、《蔣勳藝術筆記》、《孤獨六講》、《詩與報導》等。並曾獲教育廳全省小說比賽第一名、中興文藝獎、吳魯芹文學獎、第五屆中國時報文學獎等獎項[67]。

董崇選（1947—）

臺南人，臺師大英語系、臺大外文碩士、臺大英語系博士，曾任中興大學外文系教授，現為中興大學外文系名譽教授，臺中市政府中小學英語教學推動委員會諮詢委員、「懂更懂學習英文網站」負責人。曾獲梁實秋文學獎翻譯獎、中興文藝獎章[68]。創作文類為詩、小說、論述，以詩聞名，著有《落英集》、《繽紛錄》、《退之集》、《心雕小品》、《情與愛之間》、《西洋散文的面貌》、《文學創作的理論與教學》等作品，另有翻譯《何謂諷刺》、《談寓言》等書。

陳憲仁（1948—）

南投人，成功大學中文系，臺灣師範大學國文研究所結業、逢甲大學中文研究所博士候選人。陳憲仁長期參與文史團體及文學媒體，曾任《明道文藝》雜誌社社長，為文化總會臺灣省分會研究委員、臺灣史蹟研究中心委員、中華民國歷史文學學會副理事長、臺灣文學學會及中華民國筆會理事等，現為明道大學中文系專任

67　資料參見簡麗梅，〈蔣勳生平及創作年表〉，《孤獨與美的覺醒——蔣勳散文研究（2001~2010年）》，佛光大學中國文學與應用系碩士論文，2011年7月，頁191-196。
68　參考陳器文等編撰，《臺中市志‧藝文志》，頁148-149。

助理教授。陳憲仁最大的文學貢獻，是於1976年明道中學創辦《明道文藝》雜誌時，標舉「讓青年敞開心靈，讓時代留下腳印」的宗旨，長達三十年的努力，成果豐碩，無論是《明道文藝》雜誌的發刊，抑或是舉辦至今未歇的「全國學生文學獎」，皆培育許多文壇新秀，對臺灣文學的發展極具貢獻。此外，陳憲仁對於藝文活動的推動，不遺餘力，發起在明道中學校園內成立「現代文學館」，保存、展示重要文學史料，蔚為美談[69]。創作文類包括論述、散文等，主題以作家訪問、現代文學賞析、現代及古典文學論評為主。著有散文《滿川風雨看潮生》。

江自得（1948—）

臺中潭子人，臺中一中、高雄醫學院畢業，曾任職於臺北與臺中榮總，目前已於臺中榮總胸腔內科退休。曾任台杏文教基金會董事長、文學臺灣基金會、臺灣現代詩人協會常務理事、阿米巴社社長。1989年因白萩介紹而加入「笠詩社」，之後開始關注臺灣文學文化脈動，因1989年意外摔傷造成短期行動不便，正好靜下心來思考自己的未來方向，1995年左右按照自己心意，重新提筆再寫詩[70]。創作以詩為主，首本詩集《那天我輕輕觸著了妳的傷口》於1990年出版，之後陸續有《故鄉的太陽》、《從聽診器的那端》、《那一支受傷的歌》、《三稜鏡》、《給NK的十行詩》、《遙遠的悲哀》、《Ilha Formosa：江自得詩集》、《鬧鐘響了：江自得小詩集》等作品出版。

賴彩美（1948—）

筆名宜家，臺中人，創作文類以小說為主，兼及散文。論者指出，賴彩美的「散文以個人生活經歷為主要題材，憶往記昔，多寫人物與遊記。小說以日常生活體驗為基礎，喜以庶民為筆下主角，透過素樸的語言傳達其中生活悲喜，展演尋常生活。李喬以為其小說乃『樸素文學作品』、『她不修飾不掩蓋，就這樣坦白赤

69　陳憲仁資料摘自「2007台灣作家作品目錄」，網址：http://www3.nmtl.gov.tw/writer2/writer_detail.php?id=1658#，登站日期：2014年10月3日。

70　江自得資料參考自〈訪江自得先生逐字稿〉，《臺中文學史委託研究計畫——文史資料蒐集、撰寫及展示（成果報告‧附錄 II）》，2014年3月，頁239-254。（未出版）

裸表達出來，說它粗糙在此，說它感人也在此』。」[71]著有《三朵梅花》、《三月天》、《細妹的人生》、《孤女的願望》等書。

廖輝英（1948—）

廖輝英，臺中豐原人，臺大中文系畢業，現居臺北，曾從事廣告業、《婦女世界》雜誌編輯等工作。1982年，第一部小說〈油麻菜仔〉獲第五屆「時報文學獎」小說甄選獎，1983年，小說〈不歸路〉又獲第八屆「聯合報小說獎」中篇小說特別推薦獎，作品獲獎無數[72]，從此專事寫作，並到處宣講性別議題。

廖輝英的創作文類以小說、散文為主，小說計有《油麻菜籽》、《不歸路》、《落塵》、《窗口的女人》、《歲月的眼睛》、《在秋天道別》、《今夜微雨》、《愛殺十九歲》、《紅塵再續》、《外遇的理由》、《女人香》，以及稱之為「老臺灣四部曲」的《輾轉紅蓮》、《負君千行淚》、《相逢一笑宮前町》、《月影》等[73]，合計近四十本小說；散文著作則包含《談情》、《說愛》、《自己的舞臺》、《咫尺到天涯》、《兩性拔河》、《兩性迷思》、《女性出頭一片天》、《愛情原來是這樣》、《騷動的青春》、《愛，不是單行道》等三十餘本散文。

莫渝（1948—）

本名林良雅，別名白沙堤、林彥，生於苗栗竹南。臺中師專、淡江大學法文系畢業，曾到法國進修。曾加入後浪詩社、笠詩社、臺灣筆會、臺灣省兒童文學協會等文學社團[74]。莫渝創作以詩和散文為主軸，自八○年代前後，出版《無語的春天》、《長城》、《土地的戀歌》、《浮雲集》、《暗夜的星芒》、《水鏡》、《第一道曙光》等詩集，散文《愛與和平的禮讚》、《河畔草》，以及兒童文學

71　賴彩美資料摘擷自「2007台灣作家作品目錄」，網址：http://www3.nmtl.gov.tw/writer2/writer_detail.php?id=2414，登站日期：2014年2月10日。
72　廖輝英資料改寫自施懿琳、許俊雅、楊翠，《臺中縣文學發展史》，頁263。
73　廖輝英，〈重塑老臺灣大河四部曲——負君千行淚新版緣起〉，收錄於《負君千行淚》，臺北：九歌出版社，2005年，頁3。
74　莫渝資料摘擷自莫渝，〈莫渝年表〉，《莫渝詩集》，高雄：春暉出版社，2007年9月，頁121-123。

《神奇的窗戶——中國兒童詩歌賞析》、《鞋子的家——兒童詩歌筆記》、《神奇的貓——貓的文學欣賞》等。另有《走在文學邊緣》、《讀詩錄》、《香水與香頌》、《笠下的一群》、《臺灣新詩筆記》、《臺灣詩人群像》等數本評論集。

陳明台（1948—）

臺中人，詩人陳千武之子。文化大學歷史碩士班畢業後赴日留學。曾任教於淡江、靜宜、東吳、中國醫藥學院（現中國醫藥大學）及中正大學。陳明台的第一本詩作《孤獨的位置》於七〇年代初期出版，八〇年代中期後才又陸續出版《遙遠的鄉愁》、《風景畫》兩本詩集，以及《心境與風景》、《前衛之貌》、《異質的風采——日本近現代文學研究論集》、《臺灣文學研究論集》、《台中市文學史初編》、《抒情的變貌：文學評論集》、《強韌的精神》等論集，另也翻譯日本近代文學作品十數冊[75]。

翔翎（1948—）

本名李慶旋，靜宜大學外文系、文化大學英文所、愛荷華大學翻譯碩士。「就讀靜宜文理學院時曾辦『彩虹居詩社』，在文大就讀時加入『華岡詩社』，並於1973年成為大地詩社創社社員之一。曾任教於中興大學外文系、中山醫學院」[76]。著有《翔翎詩抄》。

白棟樑（1948—）

南投人，現為望山文化工作室負責人，定居臺中太平。「創作文類以報導文學為主，文字平實、貼近人心。對於臺灣山林與鄉土環境有很深的感情，以『望山』為名，期許自己與臺灣人追本溯源，挖掘田野現況與歷史。曾獲中國時報文學獎、臺灣省文學獎報導文學組、全國生態文學獎暨報導文學、臺中縣文學獎報導文

75　陳明台資料改寫自陳器文等編撰，《臺中市志・藝文志》，頁149。

76　翔翎資料摘擷自《詩潭顯影》，女鯨詩社，臺北：書林，1999年，頁16；「台港澳華人作家」：http://www.zsbeike.com/cd/43550274.html，登站日期：2014年2月7日。

學組、省文獻會優良地方誌獎、省政府散文獎、行政院新聞局優良電視社會建設獎、文獻會史蹟研討論文獎」[77]。著有《三古街舊事》、《征服之路》、《平埔足跡——台灣中部平埔族遷移史》、《鳥榕頭與它的根——太平市誌》、《大屯紀事——台中縣大屯區地名總研考》、《弦歌不輟台灣調》、《大肚山的菅蓁花》、《台中縣土地公調查》等。

蘇紹連（1949—）

曾使用米羅・卡索、管黠為筆名，臺中沙鹿人。臺中師範學院語教系碩士，畢業後任教於沙鹿國小至退休。曾為「後浪詩社」、「龍族詩社」社員，並與詩友籌組《臺灣詩學季刊》。創作以詩為主，曾獲「創世紀」詩創作獎，國軍文藝金像獎長詩類銅像獎、中國時報文學獎詩獎、中興文學獎新詩獎、洪建全兒童文學獎童話組優等，以及第五屆大墩文學獎文學貢獻獎等[78]。著有《茫茫集》、《童話遊行》、《驚心散文詩》、《河悲》、《雙胞胎月亮》、《隱形或者變形》、《行過老樹林》、《我牽著一匹白馬》、《臺灣鄉鎮小孩》、《草木有情》、《大霧》、《散文詩自白書》、《蘇紹連集》、《時間的背景》等。

許建崑（1949—）

臺北人，東海大學中文所畢業，曾任東海大學通識教育中心人文組召集人、臺中教育大學語教系兼任副教授、臺東大學兒童文學研究所暑期班兼任副教授及中華民國兒童文學學會常務理事，現為東海大學中文系副教授。其對古典小說、現代小說、兒童文學均有涉獵。著作以散文及論述為主，如《牛車上的舞台》、《拜訪兒童文學家族》、《張衡傳》、《閱讀的苗圃：我的讀書單》、《閱讀新視野——文學與電影的對話》等。

77　白棟樑資料摘擷自「2007台灣作家作品目錄」，網址：http://www3.nmtl.gov.tw/writer2/writer_detail.php?id=267，登站日期：2014年2月10日。

78　蘇紹連資料改寫自陳器文等編撰，《臺中市志・藝文志》，頁150-151；「2007台灣作家作品目錄」，網址：http://www3.nmtl.gov.tw/writer2/writer_detail.php?id=2601，登站日期：2014年2月7日。

廖玉蕙（1950—）

臺中潭子人，東吳大學中文系碩士、博士。曾任《幼獅文藝》月刊編輯，曾任教於東吳大學中文系、中正理工學院文史系、臺北師範學院語教系、世新大學中文系、臺北教育大學語言與創作學系，現已退休，目前專事寫作。退休後返鄉整理潭子老家居住，經常往返於臺中、臺北之間。

廖玉蕙創作文類以散文為主，兼及論述、報導文學。散文多寫日常生活所知所感，或直述、或評斷，筆鋒幽柔又不失勁道[79]，曾獲中山文藝獎、吳魯芹散文獎、五四榮譽文藝獎章、中興文藝獎、臺中市文學貢獻獎等多種獎項。散文集有《閒情》、《今生緣會》、《記在心上的事》、《不信溫柔喚不回》、《嫵媚》、《沒大沒小》、《五十歲的公主》、《讓我說個故事給你們聽》、《像我這樣的老師》、《公主老花眼》、《當風箏往上飛》、《純真遺落》、《後來》、《在碧綠的夏色裡》、《阿嬤抱抱！小龍女和我們的成長》、《與春光嬉戲》……等；報導文學《走訪捕蝶：赴美與文學耕耘者對話》、《打開作家的瓶中稿：再訪捕蝶人》，論述《細說桃花扇——思想與情愛》、《文字編織：讓寫作變容易的六章策略》、《江花江水豈終極：古典小說戲劇論集》等六十餘冊。

黃凡（1950—）

本名黃孝忠，中原大學畢業，創作文類以小說為主，兼及散文。一九八〇年代黃凡創作的質與量俱豐，被視為臺灣新世代小說家中的佼佼者。其前期書寫主題側重於政治小說的創作，後期則偏重都市文學的經營，作品如《賴索》、《傷心城》、《反對者》及《慈悲的滋味》等，皆曾引起廣泛的注意。另著有《大時代》、《零》、《自由士》、《都市生活》、《你只能活兩次》、《上帝的耳目》、《躁鬱的國家》、《貓之猜想》、《寵物》等二十餘本小說，以及《我批判》、《東區連環泡》、《靈魂密碼》等數本散文。

79　廖玉蕙資料改寫自施懿琳、許俊雅、楊翠，《臺中縣文學發展史》，頁296；「2007台灣作家作品目錄」，網址：http://ww3.nmtl.gov.tw/writer2/writer_detail.php?id=2414，登站日期：2014年5月14日。

簡政珍（1950—）

　　設籍於臺北，曾任中興大學外文系副教授、教授、系主任等職，現為亞洲大學人社院院長。創作以詩和論述為主，其文學批評遍及詩、電影、小說及音樂，重要作品有《季節過後》、《紙上風雲》、《歷史的騷味》、《浮生紀事》、《意象風景》、《失樂園》、《放逐與口水的年代》、《當鬧鐘與夢約會》等詩集，以及《詩的瞬間狂喜》、《電影閱讀美學》、《詩心與詩學》、《放逐詩學——台灣放逐文學初探》、《台灣現代詩美學》、《當代詩與後現代的雙重視野》等論集，另有散文集《我們有如燭火》出版。

王岫（1950—）

　　本名王錫璋，臺中人，臺中一中、臺灣師範社教系圖書館學組畢業，畢業後先後服務於省立臺中圖書館、師範大學圖書館、中央圖書館、國家圖書館等。王岫自國小時代便開始投稿，高中、大學時期，作品經常刊載於《民聲日報》、《青年戰士報》。步入社會後，創作文類以散文及論述為主，曾為《國語日報》家庭版「每週書訊」專欄作者、親職教育版「觀念頻道」專欄編選人，並常在《中國時報》專欄「開卷」上發表圖書閱讀與出版的專業文章。目前出版有散文集《鐘聲》、《酒敘》、《跑腿的爸爸》（2004年改版為《天才老爸俏女兒》）、《知識的燈塔》、《愛上圖書館》、《迷戀圖書館》等，論述則有《書海探索》與《圖書與圖書館論述集》[80]。

陳亞南（1950—）

　　筆名陳依，生於彰化。臺灣師範大學教育系畢業，曾任國中小學教職、《現代兒童》月刊主編。曾獲洪建全兒童文學獎創作獎首獎，梁實秋文學獎散文創作類佳作等獎項。創作文類以散文為主，兼及兒童文學，著有《牽掛》、《人間有愛》、《靜對滿天星》、《一心璀璨》、《猶有溫婉》、《荷風情恬》、《陽光昇起，就

80　資料參見臺北市文化局，「華文文學資訊平臺」，網址：http://202.153.189.60/readtaipei/content/writerView.aspx?n=G0007，登站日期：2015年1月21日。

是好日子》、《拾穗人生》、《閒閒走走──臺灣小旅行》等十餘本散文，以及《彩虹泉》、《綠色的雲》、《一個神秘的字》、《七個科學家》等兒童文學作品，另也投入兒童戲劇，作品曾多次獲獎、演出[81]。

王溢嘉（1950─）

臺中人，臺大醫學院畢業，「從醫兩個月後改行投入文化事業，曾任《心靈》雜誌主編、《健康世界》雜誌總編輯、健康文化公司發行人。現專事寫作，並為野鵝出版社社長。創作文類有散文、小說、論述等，以其醫學背景為基礎，為文學批評另闢一番新視野，將所有學科如心理學、文學、精神分析、民俗學等的分野徹底打破，採取科際整合的方式從事文學的批評與研究；對於中國古典小說，亦採取心理、精神分析的方法解讀創作動機與心理成因，精采而不失趣味。散文以探討生命的意義為主，融合知性與感性、冶人文與科學於一爐，對於人生多有啟發。此外，亦以本身所長，編著不少醫學著作」[82]。著有《IQ與創造力》、《聯齋搜鬼》、《精神分析與文學》、《不安的魂魄》、《前世今生的謎與惑》等專論，《實習醫師手記》、《悲劇的誘惑》、《性‧文明與荒謬》、《說女人》、《一隻暗光鳥的人生備忘錄》、《智慧的花園》、《海上女妖的樂譜》等十餘本散文。

林廣（1952─）

本名吳銘，別名孟真，南投竹山人，輔大中文系畢業。曾任教於宜寧、立人、衛道中學等校，定居臺中多年。大學時參加校刊社與救國團復興文藝營，接觸到弦等多位前輩作家，啟發創作現代詩的興趣。1974年，曾獲輔仁大學新詩創作首獎，之後得獎不斷，2000年獲頒中華民國新詩學會詩運獎，2004年獲臺中市大墩文學貢獻獎，2007年獲太平洋詩歌節新詩創作首獎。

林廣創作文類以詩為主，早年作品大多為抒情詠懷之作，1992年開始嘗試「臺語詩」創作，詩風轉向社會寫實與懷鄉懷舊。出版有詩集《雙桅船》、《樹的象

81　陳亞南資料改寫自陳器文等編撰，《臺中市志‧藝文志》，頁152-153。
82　王溢嘉資料摘擷自「2007台灣作家作品目錄」，網址：http://www3.nmtl.gov.tw/writer2/writer_detail.php?id=176#，登站日期：2014年5月14日。

徵》、《蝶之舞》、《時間的臉譜》、《在時鐘裡渡河》，兼及散文《鄉間小路》與短篇小說《夢魘》[83]。

莫云（1952—）

本名宋淑芬，臺中市人，臺灣大學中文系畢業。曾任臺中育英國中、居仁國中教師，旅居美國多年後返臺定居，曾任《秋水》詩刊執行編輯，並於2011年創辦《海星》詩刊。曾獲中央日報文學獎、教育部文藝創作獎、梁實秋文學獎、臺灣省兒童文學創作獎、北美華文新詩獎等[84]。創作文類有詩、散文、小說與兒童文學，著有《彩雀的心事》、《她和貓的往事》、《塵網》、《推開一扇面海的窗》、《飛吧，飛吧，小夢仙》、《紫荊又開》等。

李文賢（1952—）

生於南投，設籍臺中，新竹師範畢業，早先於高雄任教職，後轉回臺中翁子國小擔任教師。作品曾獲教育部兒童文學創作獎、幼獅文藝全國散文大競寫優等獎、教育部「溫暖人間」徵文獎及散文創作獎、高雄市教育局兒童文學創作獎等獎項。創作以小說為主，發表於各大報刊雜誌，九〇年代初出版的小說《雕》，是集舊作為大成[85]。

邱玉馹（1952—）

本名邱玉甚，臺中師範學院畢業，現專事寫作。創作文類以小說為主，論者指其：「善於表達現代人於節奏快速的都市生活中，所產生的疏離感，卻又賦予一種光亮，並不令人感到灰心或絕望。」[86]著有《實驗電影》、《快樂村》。

83　李依樺，〈吟詠生命況味‧林廣談詩文──專訪臺中市大墩文學貢獻獎得主〉，《大墩文化》47期，2008年5月，頁51-53。

84　資料參見林明理，〈一支臨風微擺的青蓮──淺釋莫云的詩〉，《用詩開拓美──林明理談詩》，臺北：秀威資訊，2013年2月，頁106。

85　李文賢資料改寫自施懿琳、許俊雅、楊翠，《臺中縣文學發展史》，頁299；「2007台灣作家作品目錄」，網址：http://www3.nmtl.gov.tw/writer2/writer_detail.php?id=506#，登站日期：2014年2月10日。

86　邱玉馹資料摘擷自「2007台灣作家作品目錄」，網址：http://www3.nmtl.gov.tw/writer2/writer_detail.php?id=871，登站日期：2014年12月10日。

渡也（1953—）

　　本名陳啟佑，筆名歷山、江山之助，曾任彰師大國文系教授、育達科技大學教授、中興大學中文系兼任教授，現已退休，定居臺中大里多年。高中時與友人合辦《拜燈》詩刊，曾加入「創世紀」詩社；1992年與向明、蕭蕭、白靈等人共創《臺灣詩學季刊》雜誌社。創作文類以詩為主，著有《諸羅記》、《手套與愛》、《憤怒的葡萄》、《落地生根》、《空城計》、《面具》、《不准破裂》、《我策馬奔進歷史》、《我是一件行李》、《攻玉山》等十餘本詩集，另有論述《分析文學》、《花落又關情》、《渡也論新詩》、《普遍的象徵》等，散文《歷山手記》、《永遠的蝴蝶》、《夢魂不到關山難》、《台灣的傷口》，以及兒童文學《陽光的眼睛》、《地球洗澡》[87]。

蔡秀菊（1953—）

　　原籍臺中縣人，臺灣師範大學生物系、靜宜大學生態系碩士畢業，長期從事教育工作，曾任臺中清泉國中、沙鹿國中、漢口國中教師，現已退休。蔡秀菊在詩創作與詩活動的參與方面，均十分積極，曾參加笠詩社、臺灣省兒童文學協會、臺灣現代詩人協會、女鯨詩社等文學社團。曾獲大墩文學獎創作新人獎、吳濁流文學獎新詩獎、綠川文學獎等獎項。創作文類以詩為主，及於散文與論述，著有《蛹變詩集》、《黃金印象》、《司馬庫斯部落詩抄》、《春天的e—mail》、《野地集——當自然、人文與現代詩相遇》、《詩的光與影》、《蔡秀菊詩選》，另有散文《懷念相思林》、小說《夜舞者——臺灣生態小說集》、評論專著《文學陳千武》[88]。

吳櫻（1953—）

　　本名吳麗櫻，雲林人。臺中師院國民教育研究所、中興大學中文所畢業。曾任臺中師院實小、四德國小、靜宜大學兼任講師，臺中教育大學附設小學校長，現已退休。吳櫻對於文化及文學活動參與十分積極，曾任臺灣兒童文學協會理事、臺

87　渡也資料摘擷自「2007台灣作家作品目錄」，網址：http://www3.nmtl.gov.tw/writer2/writer_detail.php?id=1783，登站日期：2014年2月6日。

88　蔡秀菊資料摘擷自陳器文等編撰，《臺中市志‧藝文志》，頁157。

灣現代詩人協會理事長等職。論者指出：「吳櫻的寫作題材多與當今社會中女性身心種種遭遇、鄉土的人事變遷和環境污染相關，語言接近當代口語，有樸素自然之風。」[89]著有散文《伴著月光蟲鳴》、《清涼小子》、《臺中文化城——臺中的人文景緻與文學景色遨遊》，小說《失血的太陽》、《女流》，另有傳述專書《童詩教室》、《信鴿：文學・人生・陳千武》，詩作則多發表於各大詩刊、文刊[90]。

陳信元（1953—）

臺中人，中國文化大學中文系畢業，長期投身文學媒體及出版業，曾於故鄉、蓬萊、蘭亭、業強、幼獅等出版社擔任總編輯、總經理、總策劃、發行人等職務，並曾任《出版之友》執行主編、臺灣《大陸兒童文學研究會會刊》總編輯、南華管理學院出版學研究所副教授兼所長、臺灣師範大學及世新大學兼任副教授、中國青年寫作協會常務監事、中華民國著作權人協會理事。同時參與創組「當代文學史料研究小組」、「大陸兒童文學研究會」。現任佛光人文社會學院文學系副教授[91]。創作文類以論述為主，有《鴛鴦枕上——明清民歌精華賞析》、《從臺灣看大陸當代文學》、《出版與文學——見證二十年海峽兩岸文化交流》等專著，並主編《臺灣地區文壇大事紀要》。

方杞（1953—）

本名吉廣輿，另用筆名吉輪常、高軒，高雄人。中興大學中文系畢業，香港新亞研究所文學碩士、高師大國文博士。曾任左營高中教師、輔導主任、圖書館主任，佛光出版社社長、佛光山文化院執行長，並陸續在佛光山叢林學院、高雄師範大學、南華大學與義守大學任教。此外曾為《音樂雜誌》編輯，《高青文粹》總編輯，並為《臺灣新聞報》、《大成報》副刊、《皇冠雜誌》之專欄作家。曾獲聯合

89　摘擷自陳器文等編撰，《臺中市志・藝文志》，頁156。
90　資料參見陳素娥，《雲林地區小說之研究》，南華大學文學系碩士論文，2014年6月，頁63。另參見葉志雲，〈吳麗櫻重拾寫作夢想〉，《大墩文化》55期，2009年9月，頁50-52。
91　陳信元資料摘擷自「2007台灣作家作品目錄」，網址：http://www3.nmtl.gov.tw/writer2/writer_detail.php?id=1568，登站日期：2014年2月7日。

報文學獎、中國語文獎章、臺灣新聞報西子灣文學獎、高雄市文藝獎等獎項。

創作文類以散文與詩為主，著有《覷紅塵》、《人不癡狂枉少年》、《人生禪》、《生活的清涼》、《生命的晴空》、《癡情人》、《人間難》、《方杞散文》等十餘本散文集，詩集則有《觀心人》、《妙慧人》、《覺迷人》等八冊，另有傳述《孟瑤評傳》、《宋初九僧詩研究》[92]。

彭選賢（1954—）

臺中人。新竹師範專科學校畢業，「曾任《自由日》副刊主編、《國語日報》臺中語文中心教務主任、梨山國小總務主任、大里國小輔導主任，現已退休。彭選賢的創作文類有詩、散文和小說，以短篇小說為主。詩作筆觸清新脫俗，取材廣泛；散文表現出他對生活的感悟，對生命的敬重，文筆洗鍊，表現出濃厚的思想和哲理。小說則充滿鄉土氣息，平易近人，卻有一股感人的力量。」[93]著有小說《愛笑的大妞》、《綿綿青山》、《輕塵》，散文《楓樹的心事》，詩《地板書法家》、《水的神話》，合集《牆上的蝸年》。

周芬伶（1955—）

周芬伶，筆名沈靜，屏東潮州人。屏東女中、政大中文系、東海中文所畢業，因任教於東海大學中文系，長期居住於臺中。研究所就讀時期開始擔任《台灣日報》編輯，曾創辦「十三月戲劇場」，擔任舞臺總監職務。曾獲聯合報散文獎、中山文藝散文獎、中國文藝協會文藝獎章、吳魯芹散文獎、吳濁流小說獎等多種獎項。

創作以散文為主，遍及小說、兒童文學、口述歷史、劇本與論述，重要作品有散文集《絕美》、《熱眼看人生》、《花房之歌》、《閣樓上的女子》、《辦公室情報》、《熱夜》、《戀物人語》、《汝色》、《女人，是變色的玫瑰》、《母系

92　參見臺北市文化局，「華文文學資訊平臺」，網址：http://202.153.189.60/readtaipei/content/writerView.aspx?n=G0004，登站日期：2015年1月21日。

93　彭選賢資料摘擷自「2007台灣作家作品目錄」，網址：http://www3.nmtl.gov.tw/writer2/writer_detail.php?id=1736#。登站日期：2014年12月10日。

銀河》、《紫蓮之歌》、《青春一條街》、《雜種》、《散文課》、《創作課》、
《北印度書簡》等二十餘冊，以及小說集（含少年小說）《醜醜》、《藍裙子上
的星星》、《人生‧難題與夢》、《世界是薔薇的》、《浪子駿女》、《影子情
人》、《粉紅樓窗》、《小華麗在華麗小鎮》等，另有口述歷史《憤怒的白鴿》、
劇本《春天的我們》等[94]。

王定國（1955—）

彰化鹿港人，1967年遷居臺中，就讀臺中二中，1970年就讀僑光商專，在學
期間大量創作短篇小說與散文，陸續投稿於各報副刊與文藝雜誌，曾獲全國大專文
藝創作比賽類第一名。1977年，退伍後任職於建築公司，負責文字企劃工作。1979
年，創辦泰王建設事業有限公司，隔年參加司法考試，擔任法院書記官僅三個月，
便離職開設廣告企劃公司，且重拾創作熱情。一九八○年代陸續發表諸多小說譴責
社會亂象。1990年成立國唐建設公司，1993年，因經商有成遭綁架勒贖，幸得脫
困。2004年起，中斷創作七年，至2011年復出，目前仍持續在《印刻文學雜誌》上
發表中短篇小說。

王定國人生經歷特殊，為文壇少見，而小說之藝術性之精美，也受到廣泛推
重，近年復出文壇更深受矚目。其作品以小說、散文為主，出版有小說集《離鄉遺
事》、《宣讀之日》、《我是妳的憂鬱》、《沙戲》，散文集《細雨菊花天》、
《隔水問相思》、《企業家，沒有家》、《憂國》、《美麗蒼茫》等。2013年11月
出版小說集《那麼熱，那麼冷》，被國立臺灣文學館《2013台灣文學年鑑》列為年
度「焦點人物」之首[95]。

王幼華（1956—）

筆名王魯、黃克，苗栗頭份人。淡江大學學士、中興大學碩士、博士，現任教

94　資料參見李芝芬，〈周芬伶年表〉，《周芬伶女性／私小說書寫研究》，國立新竹教育大學
　　語文學系碩士論文，2010年11月，頁139-151。
95　部分資料參見宋澤萊，〈王定國創作年譜（初稿）〉，收錄於「台文戰線聯盟」網站，網
　　址：http://goo.gl/4zVuPg，登站日期：2015年1月21日。

於苗栗聯合大學。創作文類有小說、散文及評論，小說中「展現臺灣社會文化整體情境及變遷的宏大企圖，現代都市文明的畸零人心態、冷僻角落的大陸移民及生命原罪」[96]。

著有《惡徒》、《兩鎮演談》、《土地與靈魂》、《洪福齊天》、《帶著藏寶出走》、《我有一種高貴的精神病》等十餘本小說，另有散文與評論《獨美集》、《台灣文學評論集》、《族群論述與歷史反省》。

鍾喬（1956—）

本名鍾政瑩，生於臺中。中興大學外文系畢業，文化大學藝術研究所戲劇碩士。一九八〇年代參加諸多社會運動，以書寫報導文學的方式，爭取社會大眾支持。亦與楊渡、詹澈組織春風詩社，企圖以詩作來反映社會現實。九〇年代初創辦差事劇團，負責編導劇目。

鍾喬的創作文類相當多元，以詩為主，旁及散文、報導文學、小說、劇本；論者指出，他的文學主體精神為：「以寫實與想像結合的敘事風格，呈現他對人民、土地、社會與歷史的參與及關懷。」[97]

重要作品有詩集《在血泊中航行》、《滾動原鄉》、《靈魂的口袋》，散文《宛若昨日》、《回到人間的現場》、《身體的鄉愁》、《述說一種孤寂》，報導文學《城市邊緣》、《亞洲的吶喊》、《邊緣檔案》，小說《戲中壁》、《阿罩霧將軍》、《雨中的法西斯刑場》，劇本《腳蹤》、《觀眾，請站起來》、《魔幻帳蓬》等[98]。

陳明克（1956—）

筆名陳亮，生於嘉義民雄。清華大學物理系博士，現為中興大學物理系教授。創作文類以詩為主，「曾獲台灣文學獎、大墩文學獎、磺溪文學獎新詩獎、教育部

96　王幼華資料摘擷自陳器文等編撰，《臺中市志‧藝文志》，頁160。
97　參考陳器文等編撰，《臺中市志‧藝文志》，頁160。
98　資料參見文化部，「臺灣大百科全書」資料庫，網址：http://nrch.cca.gov.tw/twpedia. php?id=8145，登站日期：2015年1月21日。

文藝創作獎等獎項，文字平易近人，風格平實，又擅於行文中夾雜突出意象，使詩中產生濃厚的故事性」[99]。著有《地面》、《歲月》、《天使之舞》、《暗路》、《掙來的春天》、《陳明克詩集》、《最後的賭注》等詩集。陳明台對其詩風格的點評為：「在明亮中有優雅的抒情，有追憶的情緒，對語言的運用，詩的全體氣氛的釀造，也有可圈可點之處。」[100]

游喚（1956—）

本名游志誠，別號瑞田，筆名游七、游仔、尤七，生於南投。曾任靜宜大學、成功大學中文系副教授，現為彰化師範大學國文系教授，是「學院派文評家」[101]。著有學術論述《現代名詩賞析》、《周易之文學觀》、《古典與現代的探索》、《文學批評的實踐與反思》、《文學批評精讀》等書。另有詩集《游喚詩稿・甲集》、《慢跑》、《游喚短詩選》，散文《感情的水聲》、《酒罈上的灰塵》、《鳥與不鳥的策略》、《少年易經——寫給青少年看的易經》等，以及傳記《敦煌石窟寫經生——潘重規教授》。

廖莫白（1956—）

本名廖永來，生於彰化二林。臺中師專畢業，就讀臺中師專時曾加入後浪詩社、春風詩社。曾任臺中縣立法委員、縣長等。擔任臺中縣長任內，推動出版「臺灣文學中小學讀本」、創設「中縣文學獎」、舉辦「中縣文學營」，對於臺灣文學、在地文學的發展，貢獻不小。創作以詩為主，論者謂其：「作品的面貌相當廣泛，在作品中呈現人間的壓迫、悲苦，有現實關注與社會意識力量，反映社會矛盾，表露同情良心，且具社會責任感，是臺灣第一位詩人縣長。」[102]著有《菊花過客》、《戶口名簿》、《臺灣組曲——廖莫白詩選》、《台灣的愛》、《廖永來詩

99 摘擷自「2007台灣作家作品目錄」，網址：http://www3.nmtl.gov.tw/writer2/writer_detail.php?id=1555，登站日期：2014年2月6日。
100 陳明台，《台中市文學史初編》，頁165。
101 施懿琳、許俊雅、楊翠，《臺中縣文學發展史》，頁291。
102 摘擷自「2007台灣作家作品目錄」，網址：http://www3.nmtl.gov.tw/writer2/writer_detail.php?id=2108。非全文。

選》、《你在我最深的內心——縣長的詩生活》。

馬水金（1956）

筆名有蕭然、鼎聲、東岸野叟、江東客等，生於臺中，青年中學肄業，長期擔任出版媒體工作，曾任《民聲日報》副刊助理、主編。1981年12月成立金玉堂出版社，任發行人。亦為金玉堂文化印刷事業、達爾文人文科技公司董事長，及宏孝院出版社、文學街出版社發行人兼總編輯[103]。創作文類以散文及論述為主，另有小說及傳記。著有散文《竹林・綠野・幽徑》、《山上的月亮》、《無愁歲月》，小說《黑獄風雲》，合集《凌晨輕歌》、《蘆笛響在小河邊》、《浮生少年遊》、《策馬江湖》、《浮生散記》等作品。

劉克襄（1957—）

本名劉資愧，另有筆名李鹽冰，臺中烏日人。中國文化大學新聞系畢業。1976年加入華岡詩社，結識向陽、渡也、陳玉慧等人，開始創作現代詩。1981年擔任《台灣日報》副刊編輯，隔年轉任《中國時報》美洲版副刊編輯，1985年任職《中國時報》人間副刊編輯與撰述委員，1988年任自立報系藝文組主任。1990年起專事寫作。曾獲第三屆中國時報文學獎敘事詩獎、第七屆中國時報新詩推薦獎、第一屆臺灣詩獎、中外文學獎、笠詩社二十年新人獎、第十六屆吳三連獎、第十六、十七屆聯合報文學獎報導文學獎、第二十一屆吳魯芹散文獎等諸多獎項。

劉克襄創作文類跨界甚廣，包括論述、詩、散文、報導文學，質量俱佳，也是最具代表性的臺灣生態作家。出版有《臺灣鳥類研究拓展史（1842—1912）》、《旅次札記——天空最後的英雄》、《消失中的亞熱帶》、《臺灣舊路探查記》、《大山下，遠離台三線》、《在地圖裡長大的台灣》、《出發。散步去：逛老街、發現城市的另一張臉》、《11元的鐵道旅行》、《十五顆小行星——探險漂泊與自然的相遇》、《男人的菜市場》、《裡臺灣》、《四分之三的香港：行山・穿

---

103 馬水金資料摘擷自「2007台灣作家作品目錄」，網址：http://www3.nmtl.gov.tw/writer2/writer_detail.php?id=1189。

村‧遇見風水林》等作品，以及兒童文學《望遠鏡裡的精靈——台灣常見鳥類的
故事》、《少年綠皮書——我們的島嶼旅行》、《豆鼠私生活》、《小石頭大流
浪》、《大頭鳥小傳奇》等書。《四分之三的香港》一書，先後獲得2014中時開卷
十大好書獎、2014亞洲周刊年度十大好書、2015臺北國際書展大獎等獎項。

黃豐隆（1958—）

臺中南屯人，中興大學應數所資訊組博士，現為國立聯合大學資工系副教授。
黃豐隆長年關注臺中鄉土文化發展，至今已投入鄉土文化工作二十餘年，並在2003
年1月18日，與南屯地區「南屯文化工作隊」成員共同成立「臺中市犁頭店鄉土文
化學會」（2011年更名為「財團法人臺中市鄉土文化學會」），現為榮譽理事長，
主編會刊《臺中鄉圖》，自2003年起每年刊行一期，深度報導在地歷史與文化[104]。

黃豐隆除了調查鄉土文化，更以文字及影像記錄臺中在地風情，曾舉辦攝影
展，其報導文學作品也多次獲得臺中市大墩文學獎。著有《蔗糖歲月》、《三屯鄉
土紀事》、《鄉土之歌》，另編有《臺中市土地公廟》、《咱的家鄉水堀頭》。

路寒袖（1958—）

本名王志誠，臺中大甲人。臺中一中、東吳大學中文系畢業。於東吳大學就學
時創辦「漢廣詩社」，出版《漢廣詩刊》，曾任《中國時報》人間副刊撰述委員、
《台灣日報》副總編輯兼藝文中心主任、「文化總會」副秘書長兼中部辦公室主
任、文建會《文化視窗》月刊總編輯、國立臺中科技大學兼任教授、高雄市文化局
局長等職。2014年12月，接任臺中市政府文化局局長。

路寒袖的創作文類具有高度跨界性，以詩、散文為主，及於歌、兒童文學、
攝影，是臺灣當代詩人中，詩作與歌曲長期緊密結合的最重要實踐者，風格獨具。
重要著作有詩集《早，寒》、《夢的攝影機》、《春天个花蕊》、《我的父親是火
車司機》、《路寒袖臺語詩選》、《那些塵埃落下的地方》，散文集《憂鬱三千公

---

104 「財團法人臺中市鄉土文化學會」相關資料參引自學會網站：http://web.nuu.edu.
tw/~flhuang/ncat/，登站日期：2014年11月30日。

尺》、《歌聲戀情》等作品，兼及兒童文學《像母親一樣的河》、《聽爸爸說童年》、《陪媽媽回外婆家》，以及攝影詩文集如《忘了，曾經去流浪》、《何時，愛戀到天涯》、《陪我，走過波麗路》、《走在，台灣的路上》、《看見，靈魂的城市》，另有歌詞〈春天个花蕊〉、〈畫眉〉等八十餘首，曾獲金曲獎、金鼎獎、賴和文學獎、年度詩獎、臺中市文學貢獻獎等。

楊渡（1958—）

本名楊炤濃，1958年生於臺中烏日，臺中一中、輔仁大學中文系、文化大學藝術研究所戲劇組畢業。長期擔任媒體工作，曾任《大地雜誌》編輯、《中國時報》副總主筆、《中時晚報》總主筆、輔仁大學講師，主持過專題報導電視節目「台灣思想起」、「與世界共舞」等，現任中華文化總會秘書長。

文學活動部分，1982年曾與友人詹澈、鍾喬等人合組「春風詩社」，隔年與李疾、林華洲等人共同創辦《春風》詩叢刊。創作文類甚廣，詩、散文、小說、傳記、報導文學、論述等皆有涉獵，著有詩集《南方》、《刺客的歌：楊渡長詩選》、《下一個世紀的星辰》，散文集《三兩個朋友》、《飄流萬里》、《暗夜裡的傳燈人》、《島嶼的另一種凝視》，報導文學《民間的力量》、《強控制解體》、《世紀末透視中國》、《激動一九四五》、《紅雲：嚴秀峰傳》、《簡吉：台灣農民運動史詩》、與簡明仁合著《帶著小提琴的革命家：簡吉和台灣農民運動》，以父母親早年奮鬥歷程、家族史作為基底，勾勒出臺灣大環境下甘苦日子的長篇紀實文學《水田裡的媽媽》，以及戲劇研究《日據時期台灣新劇運動》等十餘種[105]。

詹義農（1958—）

雲林縣斗六市人，輔仁大學中文系畢業，曾任職臺中市明德女中、葳格高中教師，現定居臺中市。

　　早年曾加入山水詩社、腳印詩社和掌門詩社，其早期詩作充滿中國古典文學耽美、幽微、浪漫的詩情，並於1986年集結出版詩集《憶儂》一書。其後輟筆多年，2005年重提詩筆，便掙脫舊有的詩藝形式與文字語言，作品也接連入選2005年、2006年、2007年臺灣年度詩選及各種詩選集。2013年，出版以臺灣山水地景、原生植物為創作題材的詩集《醉拍春山》、《與玉山杜鵑約會》二書，書中甚至收有長達三百餘行的記錄紫斑蝶遷徙的長詩，可說是生態書寫的鉅作，曾獲邀臺中彩墨藝術節特展，備受矚目。其詩作意象靈巧，表露出對土地與人民的真摯情感與關懷，詩人林沈默評說，詹義農「是個百分百『詩／生活』的實踐者」，其地誌詩不但「組織了靜態的『地景元素』」，並嵌入「動態的『生活元素』」，因此其詩充滿「視覺／情感流動藝術的鑿痕斧跡」。

林沈默（1959—）

　　本名林承謨，生於雲林斗六，現定居臺中大里。嘉義中學、文化大學企管系畢業、臺師大臺文所肄業。就學期間曾創辦《八掌溪》詩刊、主編《漢廣》詩刊，歷任中國時報周刊編輯主任，現任職於臺中市政府文化局，並成立蕃薯糖文化工作室，致力於推動母語教學。曾獲臺灣文藝獎、吳濁流文學獎、中華文學敘述詩獎、全國優秀青年詩人獎等[106]。創作現以臺語詩為主，兼及小說、兒童文學，著有《白烏鴉》、《火山年代》、《紅塵野渡》、《林沈默臺語詩選》、《沈默之聲台語詩集》、《臺灣囡仔詩》、《霞落大地小說選》、《夭壽靜的春天》、《唐突小鴨的故事》等作品。

孟璇（1959—）

　　本名張俊夫，生於東勢。「臺中高工、聯合工專畢業，政戰預官班七十年班，曾加入『劍花詩社』、中華民國新詩學會、中國青年寫作協會，曾為自立報系記者、臺灣新生報省政記者。作品曾獲國軍文藝金像獎短詩佳作獎、陸軍文藝金像獎

106　林沈默資料改寫自《夭壽靜的春天──臺詩十九首》作者簡介；並參考〈訪林沈默先生逐字稿〉，《臺中文學史委託研究計畫──文史資料蒐集、撰寫及展示（成果報告・附錄Ⅱ）》，2014年3月，頁137-149。（未出版）

短詩銀獅獎、散文銅獅獎等」[107]。著有散文集《山居的日子》、《夜來的體裁》、《寫在山居的日子裡》。

鐘麗琴（1959—）

雲林斗六人，臺中家商畢業，曾長期在餐廳、Pub擔任駐唱歌手及鋼琴師，並於臺中市政府文化局歌唱技巧研習教室、臺中市救國團團委會任鋼琴教師[108]。因參加臺中縣文化中心舉辦的文學營，與文學結下不解因緣，作品曾多次獲得臺中地方文學獎。創作以散文為主，著有《一個鋼琴師的故事》、《灰姑娘的換衣間》。

扶疏（1960—）

本名黃素芬，筆名另有逸竹、楊人雙、款冬花。「政大中文系畢業，曾任出版社編輯、彰化高商教師，現任教於新竹光復中學。創作文類以詩與散文為主。不同於當今詩人喜好探索自我，扶疏於自我觀照外，題材另亦涉及民族國家等大敘事」[109]。著有《水藍魚白》、《年少，走出教室來》、《唯謊言盛開》、《母親的河》等作品。

瓦歷斯・諾幹（1961—）

漢名吳俊傑，筆名柳翱、瓦歷斯・尤幹，Mihuo部落（今自由里雙崎社區）人，屬泰雅族北勢群。臺中師專畢業後，歷任花蓮富里國小、臺中梧南國小、臺中富春國小、臺中縣自由國小烏石分校等教職，亦在各大專院校兼任教職，今已退休，專注於原住民文化運動與書寫。曾獲時報文學獎、聯合報文學獎、聯合小說新人獎、吳濁流文學獎、教育部文藝創作獎、臺北文學獎及文學年金、西子灣文學獎、陳秀喜詩獎、1992及1995年度詩獎。

107　孟璇資料摘擷自施懿琳、許俊雅、楊翠，《臺中縣文學發展史》，頁293。
108　鐘麗琴資料引自《鍵子：第七屆中縣文學獎得獎作品集》，臺中：臺中縣立文化中心，2005年，頁151。
109　扶疏資料摘擷自「2007台灣作家作品目錄」，網址：http://www3.nmtl.gov.tw/writer2/writer_detail.php?id=498，登站日期：2014年2月10日。

創作文類以散文、詩為主，兼及小說、微小說、論述、傳記、報導文學，寫作文類與視角極其廣闊，思想清晰敏銳，重要作品有詩集《想念族人》、《山是一座學校》、《伊能再踏查》、《當世界留下兩行詩》、《瓦歷斯・諾幹2012：自由寫作的年代》等，散文集有《永遠的部落：泰雅筆記》、《番刀出鞘》、《泰雅孩子・臺灣心》、《戴墨鏡的飛鼠》、《番人之眼：部落觀點，泰雅人說故事》、《迷霧之旅》等，以及《荒野的呼喚》、《臺灣原住民史——泰雅族史篇》、《字字珠璣》等報導文學、評述專書，另有小說集《戰爭殘酷》、《城市殘酷》、《瓦歷斯微小說》等。

徐望雲（1962—）

本名徐嘉銘，另有筆名徐老虎、葛蘭休，后里人，外省第二代，現因工作住在溫哥華。曾任臺中明道中學教師、報刊編輯；曾獲優秀青年詩人獎、藍星屈原詩獎等獎項。創作文類有詩、散文、論述，「論述方面，致力於提出新詩發展數十年來，仍存在的未解決問題。詩創作方面，約分為兩階段，大學時期與軍旅時期以古典抒情為主，並重視意象與語言，第二階段則切入社會寫實與批判，同時亦融入情詩部分。散文則取材自日常生活中之點點滴滴，語言平白，著力在挑動讀者閱讀的興味及情感」[110]。著有《帶詩蹺課去——詩學初步》、《弦、鄭愁予詩歌欣賞》，詩集《望雲小集》、《革命前後》、《傾訴——徐望雲情詩集》，以及《如果有人問起》、《搞笑共和國》、《決戰禁區》、《溫哥華》、《好吃鬼小銘的搞怪日記》等散文及日記。

楊翠（1962—）

臺中人，自幼與知名文學家祖父楊逵同住在大肚山東海花園。東海歷史所碩士、臺大歷史所博士。曾為《自立晚報》副刊編輯、《自立週報》全臺新聞主編、《台灣文藝》執行主編、臺中縣社區公民大學執行委員。曾任教於成功大學、靜宜

---

110 摘擷自「2007台灣作家作品目錄」，網址：http://www3.nmtl.gov.tw/writer2/writer_detail.php?id=1132#，登站日期：2015年1月25日。

大學、中興大學，現任東華大學華文系副教授、「賴和文教基金會」董事、「政治受難者關懷協會」理事、「楊逵文教協會」理事長。

創作以散文和文化評論見長，「散文從生活中種種瑣碎著筆，深入自身心路歷程，為更多女性舖敘心事，筆觸溫柔婉約，看似輕盈，又有股對人生莊重的凝思。學術方面專注於臺灣史、臺灣文學與性別文化的研究與教學」[111]。曾獲第一屆全國學生文學獎、懷恩中學傑出校友、第四屆國史館臺灣文獻獎，早年散文曾結集為《最初的晚霞》，2014年出版《壓不扁的玫瑰：一位母親的三一八運動事件簿》，引起廣泛迴響。編有《烈焰‧玫瑰——人權文學　苦難見證》、《斜眼的女孩》等散文集，學術專著《日據時期臺灣婦女解放運動——以《台灣民報》為分析場域（1920—1932）》，另曾與施懿琳、許俊雅、鍾美芳合寫過《臺中縣文學發展史‧田野調查報告書》、《臺中縣文學發展史》、《彰化縣文學發展史》，在地方文學調查工作及史論的書寫方面，有不可抹滅的貢獻。

郁馥馨（1962—）

生於南投雙冬，中興大學畢業，父親是兒童文學作家郁化清。曾任《台灣日報》編輯。創作以散文、小說為主，「文筆清麗，字裡行間洋溢著理想性格與創作激情，作品擅長描寫現代女性在傳統約制和自我追求之間的矛盾掙扎，並不時流露出女性對獨立人格的抗爭和維護」[112]。著有《找個人私奔》、《屋頂上的女人》、《年輕的你讓我的心這樣的痛》、《往燈光多處走》、《結婚萬歲》、《決心要玩》、《我不是故意這麼壞》、《元配靠邊站》等作品。

張啟文（1962—）

大雅人，曾任教於大雅國中、西苑國中。創作文類以散文為主，對於風土人物的刻劃鮮明[113]，著有《鄉土情懷》、《千山萬水》、《我的金門歲月》、《山水有

---

111 摘擷自「2007台灣作家作品目錄」，網址：http://www3.nmtl.gov.tw/writer2/writer_detail.php?id=2003，登站日期：2014年2月10日。
112 摘擷自陳器文等編撰，《臺中市志‧藝文志》，頁163。
113 張啟文資料改寫自施懿琳、許俊雅、楊翠，《臺中縣文學發展史》，頁297-298。

相逢》、《相逢集集線》、《烈嶼手記》等作品。

方秋停（1963—）

生於臺南，定居臺中。東海大學中文研究所碩士、美國中佛州大學教學碩士，現任教於明道中學。創作以散文為主，作品散見國內外中文副刊，曾獲海洋文學獎、吳濁流文學獎、玉山文學獎、中縣文學獎等[114]，專著則有《山海歲月》、《原鄉步道》、《童年玫瑰》。

李順興（1963—）

彰化人，美國華盛頓大學比較文學博士，現任中興大學外文系教授及藝術中心主任，近年致力於「數位文學」的經營與探索，相關作品與論述皆置於「歧路花園」、「美麗新文字」網站。其特別之處在於除了以網路為媒介之外，也企圖藉此進行新的創作、發表，甚至是傳播方式的實驗[115]。創作以小說為主，著有《非是非》、《廢五金少年的偉大夢想》。

陳斐雯（1963—）

臺中人，臺中女中、文化大學中文系創作組畢業。曾任《人間雜誌》特約採訪記者、《自立晚報》藝文組記者兼《自立早報》兒童版主編、《中時晚報》副刊編輯、《中國時報》浮世繪版主編。創作文類以詩為主，她的詩作被評為「具有敏銳的感情，透過多變的寫法，編織一種現代的美，語言清澈，想像飛躍」[116]，亦長於星座數術之學。著有《陳斐雯詩集》、《貓蚤札》兩本詩集，以及散文《星座奇觀》。

---

114 方秋停資料改寫自「當代文學館」，網址：http://orchid.shu.edu.tw/article/article_author. php?sn=112，登站日期：2014年2月7日。
115 李順興資料改寫自陳器文等編撰，《臺中市志・藝文志》，頁163；以及「歧路文學」： http://benz.nchu.edu.tw/~garden/garden.htm。
116 陳斐雯資料摘擷自「2007台灣作家作品目錄」，網址：http://www3.nmtl.gov.tw/writer2/ writer_detail.php?id=1615，登站日期：2014年2月11日。

燕泥（1963—）

本名陳朝松，另有筆名陳去非，臺中人。輔仁大學法律系財經法學組畢業，臺北教育大學臺文碩士，曾任《勁報》副刊特約撰稿，現任國小教師。曾發起成立「地平線現代詩社」並擔任社長，創作文類以詩為主，兼有詩學理論、散文、兒童詩、小說、劇本等。其詩創作有寫意和社會寫實二個方向，作品清新浪漫，兼有人道精神，詩人向明曾評論他創作的真摯態度：「陳去非是當今年輕詩人中，對詩最認真，最執著的一個。」[117]陳去非的詩學理論，以西方方法論為經、中國詩學理論為緯，重視修辭學和美學的實際應用，著有《星期天的辯護》、《燕泥春草集》等作品。

黎妙瑜（1965—）

臺中人，明道高中、靜宜大學中文系畢業。曾以〈光彩街〉獲第七屆全國學生文學獎散文組第一名。「黎妙瑜擅長以浪漫唯美的情感與現實的衝突，刻劃男女感情世界的動人與迷惘」[118]。著有小說《孤挺花》、《媚惑的季節》。

嚴忠政（1966—）

臺中人，南華大學文學研究所畢業，現為大學講師、臺中市惠文高中、曉明女中特約作家。為創世紀詩社社員。曾獲教育部文藝創作獎、臺中縣文學獎、聯合報文學獎、時報文學獎、台灣文學獎、文建會兒歌甄選獎、臺北文學獎、大墩文學獎、玉山文學獎等獎項。

創作文類包括詩與散文，論者對其作品的評論為：「其詩擅營造多層次之內容，結構層層相扣而又能各自獨立，並喜於意象與字詞上之歧義性進行深鑿。後期詩作融合古典文學意境，而於錘鍊文字與用典上有更深一層運用。散文則關注兒童基礎作文教育，藉由情境式之誘導引領幼童進入寫作世界。」[119]著有《黑鍵拍

117　燕泥資料摘擷自「2007台灣作家作品目錄」，網址：http://www3.nmtl.gov.tw/writer2/writer_detail.php?id=1509，登站日期：2014年2月11日。

118　黎妙瑜資料摘擷自陳器文等編撰，《臺中市志・藝文志》，頁164。

119　嚴忠政資料摘擷自「2007台灣作家作品目錄」，網址：http://www3.nmtl.gov.tw/writer2/writer_detail.php?id=2590#，登站日期：2014年2月11日。

岸》、《情境式作文》、《資優生情境式作文》、《前往故事的途中》、《玫瑰的破綻》等作品。

李崇建（1967—）

臺中市人，東海大學中文系畢業。曾在體制外的全人中學任教七年，2006年7月創辦「千樹成林」，2010年成立「快雪時晴創意工作室」；擔任曉明女中、惠文高中特約作家及多家教育機構顧問。曾獲聯合文學小說新人獎、臺灣省兒童文學創作獎、洪醒夫小說獎等獎項。創作以散文、小說、兒童文學為主，著有《上邪》、《快樂三字經》、《快樂看中國1》、《給長耳兔的36封信：成長進行式》、《快樂夢想家》，以及教育書《移動的學校：體制外的學習天空》、《作文，就是寫故事：故事核心式創意作文術》等。

沈政男（1968）

臺中人，臺中一中、臺大醫學系畢業，現為草屯療養院老年精神科醫師。2000年開始寫作，是以散文、新詩為主的新銳作家，曾獲時報文學獎新詩獎、竹塹文學獎、梁實秋文學獎散文獎、林榮三文學獎散文獎等二十餘項文學獎肯定。熱中參與社會運動，醫師執業之餘，另兼任《民報》社論主筆、《國語日報》專欄作家，常在報章媒體與網路平臺上，大量發表時事評論、兩性關係、青少年發展、老年生活等論議文字，具有相當程度的社會輿論影響力，目前作品尚未結集出版[120]。

林良哲（1968—）

臺中市人，政治大學法律系財經法組畢業，目前為《自由時報》臺中市駐地記者。著有《臺中公園百年風華》、《台中電影傳奇》、《臺中酒廠專輯》、《手術刀與照相機的故事》、《何春木回憶錄》等書。

120　資料參見「沈政男部落格‧作家簡介」，網址：http://goo.gl/kva9Cz，登站日期：2015年1月22日。

紀小樣（1968—）

　　本名紀明宗，生於彰化，現居臺中。現為自由創作者、布穀鳥兒童作文班指導老師。紀小樣自一九九〇年代以來，獲獎無數：全國優秀青年詩人獎、吳濁流文學獎、西子灣副刊年度最佳作家、王世勛文學新人獎、中央日報文學獎、中國時報文學獎、聯合報文學獎、礦溪文學獎、教育部文藝創作獎等獎項。創作文類以詩為主，主題涵蓋面廣泛，內容豐富，多從現實中的微小事物出發，側重獨特的角度切入，發揮想像力，又不失其理性，杜十三評其詩「用字遣詞不留鑿痕，渾然天成的創造出知性與感情兼具的動人意象」[121]。著有《十年小樣》、《實驗樂園》、《想像王國》、《天空之海》、《極品春藥》、《橘子海岸》、《熱帶幻覺》、《暗夜聆聽》等詩集。

利格拉樂・阿𡛸（1969—）

　　漢名高振蕙，屏東人，小學五年級搬至臺中，現居臺北。為當代原住民女作家。曾任多所院校之講師。利格拉樂・阿𡛸創作文類以散文為主，「以『原住民女性』的觀點，透過對家族（母親、外婆）生命史的溯源，以及族群同胞口耳相傳的故事紀錄。作品中並無艱澀的理論或抽象的敘事，平實的呈現原住民原始自然的文化風貌，淺白易讀，更能在了解族群間的差異之餘，進而學習對異文化的包容與尊重。與瓦歷斯・諾幹致力於推廣原住民文化，編著有《臺灣原住民人文月曆》、《臺灣原住民人文年曆》」[122]。其文章散見各報刊，集結出版為《誰來穿我織的美麗衣裳》、《紅嘴巴的vuvu》、《穆莉淡：部落手扎》、《故事地圖》等書。

張經宏（1969—）

　　臺中人，臺中一中、臺大哲學系、臺大中文所畢業，曾任教於臺中一中，現專職寫作。曾獲教育部文藝創作獎、高雄鳳邑文學獎、聯合文學小說獎、時報文學

121　紀小樣資料摘擷自「2007台灣作家作品目錄」，網址：http://www3.nmtl.gov.tw/writer2/writer_detail.php?id=1005#，登站日期：2014年2月11日。
122　利格拉樂・阿𡛸資料摘擷自「2007台灣作家作品目錄」，網址：http://www3.nmtl.gov.tw/writer2/writer_detail.php?id=400，登站日期：2014年5月17日。

獎、大墩文學等獎項。2011年以《摩鐵路之城》獲九歌兩百萬小說獎首獎，由於題材殊異，備受注目，2014年被公共電視臺改編為「人生劇展」單元劇型式的電視電影，並於2014年7—8月間播出。另著有《出不來的遊戲》、《好色男女》、《雲想衣裳》、《從天而降的小屋》、《晚自習》等作品。

陳雪（1970—）

本名陳雅玲，臺中神岡人。中央大學中文系畢業，曾當過編輯、服務生、企劃宣傳、擺過地攤，現專事寫作。陳雪的創作文類主要為小說，兼及散文，作品主題多聚焦於女同性戀者的愛慾、身體、認同與家庭，重要作品有《惡女書》、《夢遊1994》、《惡魔的女兒》、《橋上的孩子》、《蝴蝶》、《陳春天》、《附魔者》、《迷宮中的戀人》、《人妻日記》、《只愛陌生人——峇里島》、《天使熱愛的生活》、《愛上爵士樂的女孩》、《台妹時光》等十餘本作品。

江心靜（1970—）

臺中人，臺中女中、東吳大學中文系畢業，曾任外文編輯、翻譯、記者，以及中正大學、逢甲大學、臺中文山社區大學講師。現為作家、詩人、雜誌專欄作者、藍色空間（Blue Studio）創意總監[123]。曾與好友林存青以騎單車的方式，環遊五大洲，三十餘個國家。著有詩集《水光——八年藏詩集》，與林存青合著散文《單車飛起來——勇闖紐澳》、《Vicky & Pinky單車環球夢》、《單車楓葉情》、《候鳥返鄉》等書。

王宗仁（1970—）

彰化人，東吳大學政治系、玄奘大學中文所畢業。現為《滿天星兒童文學雜誌》編委。曾獲全國優秀詩人獎、全國學生文學獎等新詩獎項。創作文類以詩為主，論者評為：「其詩有意自生命中的殘缺與逼仄處尋找哲學，運用驚奇而濃重的

---

123 江心靜資料參見「Vicky & Pinky單車環球夢」，網址：http://www.vickypinky.com/site.php，登站日期：2014年2月11日。

視覺意象，創造出靈慾之間不斷迴旋的瘡孔與時間，其中有無奈的冷視，亦有作意的哀愁，描繪出詩人自我挑戰與跌撞的靈魂圖像。」[124]著有《失戀生態》、《象與像的臨界》、《詩歌》詩集，以及《白色煉獄——曹開新詩研究》。

洪凌（1971—）

本名洪泠泠，臺中人。臺大外文系畢業、英國薩克斯大學英國文學碩士，香港中文大學博士，現為世新大學性別所助理教授。曾獲全國學生文學獎、幼獅文藝科幻小說獎。作品深富父權、反異性戀霸權的性別批判思想，風格傾向詭奇怪誕，大膽創新，具高度實驗性。著有小說《肢解異獸》、《宇宙奧狄賽》、《異端吸血鬼列傳》、《在玻璃懸崖上走索》、《不見天日的向日葵》、《歔粒無涯》、《復返於世界的盡頭》、《皮繩愉虐邦》等十餘部小說，以及論述《弔詭書院——漫畫末世學》、《魔鬼筆記》、《妖聲魔色——動漫畫誌異》、《酷異劄記——索朵瑪聖城》、《倒掛在網路上的蝙蝠》、《魔道御書房》等，另有多部譯作。

紀大偉（1972—）

臺中人，自求學時代起常居臺北，美國加州大學洛杉磯分校比較文學研究所博士，現為國立政治大學臺灣文學研究所助理教授。創作文類有論述、小說及翻譯，「關注議題有女性主義、酷兒文學、後現代主義、電腦網路文學、科幻小說等。其前衛新潮的觀念，配合理論與創作的積極活動，不斷地質疑、顛覆傳統文學觀念。在其大膽獨特的描寫中，呈現當代社會顛倒錯亂、令人目眩神迷的現象」[125]。著有小說集《感官世界》、《膜》、《戀物癖》，以及論述作品《晚安巴比倫——網路世代的性慾、異議與政治閱讀》。

甘耀明（1972—）

124　王宗仁資料摘擷自「2007台灣作家作品目錄」，網址：http://www3.nmtl.gov.tw/writer2/book_search_result.php。登站日期：2014年5月17日。

125　紀大偉資料摘擷自「2007台灣作家作品目錄」，網址：http://www3.nmtl.gov.tw/writer2/writer_detail.php?id=1004，登站日期：2014年5月17日。

　　苗栗獅潭人。東海大學中文系畢業，東華大學創作與英語文學所碩士，定居臺中多年。曾任小劇場工作者、記者、全人教育中學教師、靜宜大學駐校作家，現專事寫作。曾獲聯合報文學獎短篇小說獎、寶島文學獎、台灣文學獎、林榮三文學獎、吳濁流文學獎等獎項。創作以小說為主，曾數度改編為電視單元劇，亦有散文作品。已出版有小說集《神秘列車》、《水鬼學校和失去媽媽的水獺》、《喪禮上的故事》、《殺鬼》。並與李崇建合著教育類散文集《沒有圍牆的學校：體制外的學習天空》[126]。

李長青（1975—）

　　出生於高雄，成長於臺中，現定居臺中。國立臺中師範學院特教系畢業，國立中興大學台灣文學研究所文學碩士。曾任台灣現代詩人協會理事，曾任台灣現代詩協會理事，《笠》詩刊編輯委員，《中市青年》主編。現為吳濁流文學獎基金會董事，《當代詩學》社務委員，《台文戰線》同仁，台中市草湖國小教師，靜宜大學台文系兼任講師，國立彰化師範大學國文系博士生。詩作被譯為英、日、韓等多國文字，詩作手稿由國家圖書館收入「名人手稿系統」。曾獲吳濁流文學獎、文建會「台灣文學獎」、聯合報文學獎、教育部文藝創作獎、自由時報林榮三文學獎、國立台灣文學館金典獎等。著有詩集《落葉集》、《陪你回高雄》、《江湖》、《人生是電動玩具》、《海少年》、《給世界的筆記》、《風聲》等。[127]

李儀婷（1975—）

　　筆名發條女，臺中人。嶺東商專、東華大學創作與英語文學碩士。現任耕莘青年寫作會駐會導師、四也童書出版社副總編輯。作品獲國內大獎無數，是文學獎常勝軍。創作文類以小說、兒童文學為主，此外亦涉足劇本創作。小說題材具多樣

126　資料參見「2007台灣作家作品目錄」資料庫，網址http://goo.gl/D0YZfV，登站日期：2015年1月22日。

127　李長青資料摘擷自「2007台灣作家作品目錄」，網址：http://www3.nmtl.gov.tw/writer2/writer_detail.php?id=547。李長青個人部落格「人生是電動玩具」，網址：http://mypaper.pchome.com.tw/poetism，登站日期：2014年5月17日。

性，從大眾愛情小說到原住民文化取材之作皆有，著有小說《10個男人11個壞》、《流動的郵局》，兒童文學《悅讀8寶週——快樂看中國3》、《媽祖不見了》，並與作家許榮哲同著《悅讀8寶週——快樂看故事1》、《悅讀8寶週——快樂看故事2》、《悅讀8寶週——快樂看故事3》，另有電影劇本《風雨中的郵路》等作品。

黃琬瑜（1975—）

臺中人，文華高中、高師大國文系、臺師大國文所碩士畢業，現任教於臺中市惠文高中。就學期間曾獲高師大中國文學獎、師大紅樓文學獎散文、新詩各獎項，2002年以〈關於雞蛋與一篇小說的誕生〉獲第二十屆全國學生文學獎大專小說組第二名，2007年以〈我的志願〉獲第十屆臺中大墩文學獎新詩組首獎，2008年以〈金錢阿堵物〉獲第十一屆臺中大墩兒童文學獎，2009年則以〈母親的衣櫃〉獲第五屆林榮三文學獎小品文獎。

林婉瑜（1977—）

本名林佳諭，臺中市人，曾獲時報文學獎、林榮三文學獎、優秀青年詩人獎、青年文學創作獎等獎項，現為出版社編輯。創作文類以詩為主，論者指出：「其詩輕靈跳脫，語言節制，以縝密的結構與精準之文字成詩，藉由描繪細小事物而從中取譬，寓大於小，由細節的描繪中獲取意義。王文興謂其詩『具有深度，美感，與奇思妙想』。」[128]著有《索愛練習》、《剛剛發生的事》、《可能的花蜜》、《那些閃電指向你》等詩集。

賴鈺婷（1978—）

臺中大里人，高雄師範大學國文系、臺灣師範大學國文研究所畢業，因就學就業居南住北，現返回臺中定居，任教於霧峰農工。曾獲全國學生文學獎、海洋文學獎、臺中縣文學獎、大武山文學獎、金鼎獎「最佳專欄寫作獎」等。擅寫散文，描

128　林婉瑜資料摘擷自「2007台灣作家作品目錄」，網址：http://www3.nmtl.gov.tw/writer2/writer_detail.php?id=807，登站日期：2014年5月17日。

繪行旅在臺灣鄉鎮、聚落的風情與心情感觸。著有《彼岸花》、《小地方》、《遠走的想像》。

然靈（1979—）

本名張葦菱，別號烏鴉，生於基隆，靜宜大學中文系、中文所畢業，現定居臺中。大學時期，因受到喜寫詩愛創作的室友高恩雅的「日夜薰陶」，又在修課時受到趙天儀、向陽、楊翠等多位老師的肯定與鼓勵，走上創作一途，詩作曾獲得政治大學長廊詩獎、臺中縣文學散文獎、乾坤詩獎、海洋文學新詩獎、吳濁流文藝獎等數十項獎項，〈貓步〉、〈下廚〉兩詩作更為臺中圖書館青年文學創作數位化作品購藏[129]。2010年將多年來詩作集結出版《解散練習》，是臺灣第一本女性散文詩集，2011年再出版《鳥可以證明我很鳥》。

江凌青（1983—2015）

臺中霧峰人，先後畢業於霧峰國小、五權國中及臺中一中美術班，後進入臺灣師範大學美術系就讀。自臺灣師大美術研究所西洋美術史組畢業後，考取公費留學補助，就讀英國萊斯特大學美術史與電影史系，2014年取得博士學位，返國後在中興大學人文與社會科學研究中心擔任博士後研究員。2015年1月17日病逝。[130]。

江凌青創作層面多元，表現傑出，堪稱文壇才女。高中即開始文學創作，詩、散文、小說、評論都很擅長；且自幼繪畫屢屢得獎，作品典藏於國父紀念館、逢甲大學、中國醫藥大學、霧峰鄉農會等，在劇場、電影理論方面亦表現不俗。文學方面，自1999年起，大量發表於《中國時報》、《聯合報》、《自由時報》、《幼獅文藝》、《乾坤詩刊》與《聯合文學》等報章雜誌，2008年出版圖文小說《男孩公寓》，2016年由臺中市政府文化局出版《城市標本採集錄》。此外，尚有諸多藝文論述散見於《藝術家》、《藝外》、《電影欣賞季刊》、《藝術學研究》、《現代美術學報》、《歷史文物月刊》等刊物。曾獲時報文學獎、梁實秋文學獎、臺北文

129　然靈資料改寫自然靈，《解散練習》，臺北：秀威資訊，2010年6月，頁127-133。

130　參考「中時電子報」，2015年1月20日：https://tw.search.yahoo.com/search?p=%E6%B1%9F%E5%87%8C%E9%9D%92%E9%81%8E%E4%B8%96&fr=yfp-s&ei=utf-8&v=0

學獎、全國學生文學獎等文學獎項[131]。

林孟寰（1986—）

筆名吳千行，綽號大資，生於臺中。臺中一中畢業，現就讀臺大戲劇系研究所，任「無獨有偶劇團」團長。1998年，僅就讀國小六年級的林孟寰已出版第一本童話書《彩石遺事》，之後作品曾獲全國學生文學獎、第一屆台積電青年短篇小說獎優勝等。著有小說集《天空之門》，詩集《美村路上》。林孟寰不僅是新世代作家，也是新世代編劇，所編導之作品也曾多次獲獎。

楊富閔（1987—）

臺南大內人，東海大學中文系畢業，在東海大學就讀期間，受到周芬伶教授的文學啟蒙而嶄露頭角，作品屢屢獲獎，現就讀臺大臺文所博士班，是目前很受矚目的新生代作家之一。作品曾獲林榮三文學獎短篇小說首獎、玉山文學獎散文首獎、打狗文學獎、吳濁流文藝獎等獎項。擅以鄉土為創作題材，經驗多來自故鄉臺南與第二故鄉臺中，寫親人，寫故土，寫記憶，曾被譽為「宅版的王禎和與黃春明」[132]。著有《花甲男孩》、《為阿嬤做傻事：解嚴後臺灣囡仔心靈小史1》、《我的媽媽欠栽培：解嚴後臺灣囡仔心靈小史2》、《休書：我的臺南戶外寫作生活》。由於其創作力豐沛，表現傑出而備受矚目，被國立臺灣文學館《2013臺灣文學年鑑》列為年度「焦點人物」。

131　參見「全球華人藝術網・江凌青的網站」：http://goo.gl/Bv0AMo，登站日期：2015年1月21日。另見〈藝評家江凌青驟逝〉，「自由時報電子報」，網址：http://goo.gl/xybPAX，登站日期：2015年1月21日。以及〈藝壇新秀江凌青遽逝　得年僅31歲〉，「聯合新聞網」：http://goo.gl/8yTJgA，登站日期：2015年1月21日。

132　引自周芬伶，〈推薦序：富閔小子〉，收錄於《花甲男孩》，臺北：九歌出版社，2010年5月，頁10。

臺中文學史

國家圖書館出版品預行編目（CIP）資料

臺中文學史 / 廖振富, 楊翠著. -- 二版. --
臺中市 : 中市文化局, 民105.07
面；　公分
　　　ISBN 978-986-04-5628-8(精裝)

　　1.臺灣文學史　　2.臺中市

863.9/115　　　　　　　　104015406

作　　者｜廖振富・楊翠

發 行 人｜林佳龍

總 策 劃｜王志誠

策　　劃｜施純福・黃名亨・林敏棋・陳素秋・林承謨

執行策劃｜張曉玲・陳兆華・范秀情・魯欣萍・王琬舒

出版單位｜臺中市政府文化局

地　　址｜臺中市臺灣大道三段99號惠中樓8樓

電　　話｜04-22289111

傳　　真｜04-23713788

網　　址｜www.culture.taichung.gov.tw

承製單位｜遠景出版事業有限公司

地　　址｜新北市板橋區松柏街65號5樓

電　　話｜02-2254-2899

傳　　真｜02-2254-2136

網　　址｜http://www.vistaread.com/

執行編輯｜郭庭瑄

美術編輯｜楊曜聰

校　　對｜朱珮慶

二版一刷｜中華民國105年7月

G P N｜1010401392

I S B N｜978-986-04-5628-8

定　　價｜新臺幣 五九〇 元